不鹊 上

小乔木 著

江苏凤凰文艺出版社

图书在版编目（CIP）数据

不羁：全2册 / 小乔木著. -- 南京：江苏凤凰文艺出版社，2023.3
ISBN 978-7-5594-7044-7

Ⅰ.①不… Ⅱ.①小… Ⅲ.①长篇小说－中国－当代 Ⅳ.①I247.5

中国版本图书馆CIP数据核字(2022)第127978号

不羁：全2册
小乔木 著

责任编辑	王昕宁
特约编辑	周　贝
出版发行	江苏凤凰文艺出版社
	南京市中央路165号，邮编：210009
网　　址	http://www.jswenyi.com
印　　刷	长沙鸿发印务实业有限公司
开　　本	880mm×1230mm 1/32
印　　张	19.5
字　　数	645千字
版　　次	2023年3月第1版
印　　次	2023年3月第1次印刷
书　　号	ISBN 978-7-5594-7044-7
定　　价	62.80元（全2册）

江苏凤凰文艺版图书凡印刷、装订错误，可向出版社调换，联系电话025-83280257

目录 Contents

第一章 … 归国，重逢 /001

第二章 … 晚安，好梦 /029

第三章 … 醉酒，亲吻 /064

第四章 … 换我，追你 /122

第五章 … 浮城，旧梦 /189

第六章 … 罗密欧，朱丽叶 /225

第七章 … 亲人，爱人 /276

目录 Contents

第八章…同居，日常 /315

第九章…甜蜜，分离 /366

第十章…伦敦，浪漫 /384

第十一章…恋恋笔记本 /411

番外一…绅士平倬 VS 华羽 /430

番外二…婚礼派对 /550

番外三…顾太太，新婚快乐 /584

番外四…嫁给了毕业照上的那个男生 /608

第一章
归国，重逢

Part 01

南城的初秋向来干燥，很少下这样绵密的雨。

四年过去，连天气都变得陌生。

南夏撑着透明的伞走出半旧的小区，站在路边。

细雨顺着风落到她胳膊上，又冷又湿。

南夏瑟缩了下。

天色晦暗，雨帘下的建筑和街道模糊不清，却是熟悉的风格。

一辆黑色车疾驰而过，溅起几滴泥点子落在她的小白鞋上。

南夏蹙眉，从黑色手提包里拿出张纸巾，弯腰认真擦掉，起身时，恰好一道刺眼的车灯照过来。

白色的奥迪。

"夏夏——"

陈璇早看见南夏了。

雨雾里高高瘦瘦的身形，一尘不染的干净气质，除了南夏，没别人。

陈璇打开车窗，冲南夏使劲儿挥手，按喇叭。

南夏将脏掉的纸巾折好放进包里，上车。

陈璇激动地捏住她的胳膊："夏夏，你都没什么变化，还跟个大一新生似的。"

南夏长着一张男人都爱的"初恋脸"，巴掌大小的瓜子脸，颧骨不高不低，一双眼里透着要命的清纯，乌黑顺滑的长发整齐地垂在腰间，更让人多生出几分遐想。

两人很久没见，南夏觉得陈璇的声音熟悉又亲切，连带她那头金黄色的短发都顺眼许多。

南夏将伞收到一旁，含笑说："出了学校最怕别人说像学生，你还骂我像大一的？"

后头有车按喇叭催促。

陈璇"啧"了一声，重新发动车子："得了便宜还卖乖，夸你还不愿意。咱们班那帮男生真是不要脸，一听说你要来，个个跟打了鸡血似的。平时聚会十个人都凑不齐，今天报名已经快三十个了，还有带着别的班的人来蹭聚会的，我真是服了。"

南夏垂着头，轻轻"嗯"了声。

陈璇看了她一眼："坐得舒服吗？要不要给你调一下座位？我说大小姐，你是不是都没坐过这么便宜的车？"

南夏偏头看她："埋汰谁呢？摩托车我都坐过。"

陈璇笑起来："对，当年顾深经常……"

提起这个名字，车里忽然陷入沉默。

过了一会儿，还是南夏先开口："没关系，都过去多少年了，我还挺怀念他骑摩托车载我的时候。"

陈璇看她的确不大在意的样子，松了口气："不在意就好，顾深这个三心二意的渣男，不值得。"

南夏怔了下："渣男？"

陈璇："你这么好，他还劈腿，不是渣男是什么？当年我就跟你说他身边女人多，不靠谱。"

事情已经过去很久，但回忆起来仿佛还像昨天才发生一般。

南夏认真道："不是的，他没劈腿。"

陈璇不信："你还替他说话？当时学校论坛里都有人把照片放出来了，传得沸沸扬扬……"

南夏打断陈璇的话："真的没有。"

顿了下，南夏又说："他当年对我很好的。"

"在你眼里就没坏人。"陈璇懒得跟南夏争，"算了，不提他，扫兴，反正他今晚也不来。"她又笑容暧昧地问，"在国外这几年谈过恋爱没？外国帅哥有没有什么不同？"

南夏顿了一下，才想起来回答："没谈。"

陈璇惊讶："真没谈？"

南夏："没。"

陈璇："你不会还想着那个渣男吧？你出国这几年，他身边的女人可没少过，光我碰见的就有三回，每次都不一样。"

南夏垂眸："没，就是没机会谈。"

陈璇踩下刹车："那一会儿他们问，你千万得说你谈过，不然那群男人指不定怎么想呢。"

聚会餐厅选在二十四小时营业的京鼎轩。

包厢里早坐满了两大桌人，只有五六个女生，剩下的全是男人。

南夏一进门，于钱就第一个跑过来："嫂子，你可终于回来了，这么多年连个信儿都没有。"

陈璇推他："滚，怎么叫人呢？"

于钱这才拍了下脑袋，反应过来："不好意思，叫习惯了，那我以后叫你姐，行吧？"

其实于钱比南夏年龄大，他这么叫还是因为南夏跟顾深谈过。

南夏没在意："怎么喊都行。"

于钱知道她表面看起来不太好接近，实际是个很好的人，笑着应了，把她推去主位。

毕业后很难聚齐这么多人，大家凑一块儿有聊不完的话题，欢声笑语，推杯换盏。

真正跟南夏相熟的也就那么几个，大部分还是因为顾深才熟悉。

南夏在回国的飞机上就一直在想还会不会见到顾深，包括来今晚的聚会前她还在想，如果见到会不会尴尬。

但他真的没来。

南夏松了口气，又觉得心里有点空。

不少人要过来敬酒，于钱坐在南夏旁边替她挡酒："我姐不喝酒啊，我替她。"

一个眼熟的女生笑了："哎，都不是你嫂子了还护着？"

于钱拿起玻璃杯仰头一饮而尽："说什么呢，不是嫂子也是我姐，懂吗？她走哪儿我都护着。"

南夏微笑起来："明明是你自己酒瘾上来了想喝，还要借我的名义。"

于钱打了个酒嗝："姐，给点儿面子，别拆穿我。"

席间不知谁问了句："顾深怎么没来？"

于钱笑着接话："这不陪妞儿出国野了。"

南夏捏着玻璃杯，喝了口饮料。

四年了，有女朋友太正常了，何况还是顾深这种特受女人欢迎的人。

饭局结束，大家还嚷着要去旁边的 KTV 继续下一场。

南夏不会唱歌也不喝酒，本来没打算过去，却被于钱拉着往过道走："姐，你可必须得去，多少年没见了，大家得一块儿玩个痛快才行。"

陈璇是个麦霸，也推她过去："夏夏，你就当陪我了。"

盛情难却，南夏打算过去坐一小会儿再趁机开溜。

饭店里撒不开欢儿，一到包厢里，气氛热烈得骤然上升了几十度。

几个男人拿着麦狂喊："原谅我这一生不羁放纵爱自由——"

陈璇在点歌器旁边点完歌，坐回来。

南夏规矩地坐在沙发上，小幅度转了转发痒的脖子，忍不住伸手去碰。

陈璇大声问南夏："你怎么了？脖子痒吗？刚吃饭的时候就看你一直在挠。"

南夏点头："跟我去趟洗手间，拆下标签。"

唱歌声音太大，陈璇只听见了前半句，她正好也要去厕所，便拉着南夏起身。

两人刚走到门口，门倏地被推开。

南夏差点儿被门撞到额头，下意识往后退了两步，一抬头，怔住了。

昏暗的光线中，五色灯光恰好打在男人身上。

他胳膊上随意搭着件外套，穿着黑色的衬衫，领口两三个扣子都没扣，露出小麦色的肌肤，隐约还能看到胸肌线条。

恣意的，不羁的，玩世不恭的。

明明是正式的衬衫，却全然敛不住他浑身上下那股痞气。

他额间碎发微垂，像是沾染了雨水，狭长的双眼里带着一抹漫不经心的笑，双眼皮压出一道很深的褶皱。

看清眼前人的那一刻，他脸上的笑容消失了。

两人的视线在半空撞上。

整个世界仿佛在此刻安静下来。

顾深的目光只在南夏身上定格了一秒，也许一秒都不到，旋即冷漠转开，迈着长腿往里走。

两人擦肩而过。

音乐不知道什么时候已经停了。

南夏听见身后有人吹了声口哨："哟，顾深来了——"

而后是于钱的惊讶声："你不是带姑娘出国野了吗？"

南夏迈步走出去，带上门，隐约听见包厢里格外热烈的笑闹声。

一路走到洗手间，音乐声渐小，南夏还能听到自己剧烈的心跳声。

回想起刚才顾深那无波无澜的一眼，她鼻子微酸。

他应该再也不会理她了吧，当年她那么决绝地提了分手。

陈璇担忧地看着南夏："你怎么样，夏夏，要不我先送你回去？"

"不用，也太明显了。"南夏声音平静，从包里拿出一把小剪刀递给她，"帮我拆一下衣领上的标签，扫得我脖子难受。"

陈璇接过剪刀："你什么时候开始穿带标签的衣服了？"

从大学见到南夏的第一眼起，陈璇就知道她穿的衣服都是高定。

陈璇动作麻利地拆掉标签，是个常见的快销品牌。她想起来今天去接南夏也不是到南夏原来住的别墅，而是个破旧的小区。

"夏夏，你不会是家里出事儿了吧？"

南夏把标签扔进垃圾桶，拍了拍陈璇的肩膀："放心，什么事儿都没有，就是我跟我爸闹了点矛盾，回头跟你仔细说。"

陈璇看南夏神情的确不像有事的样子，便放下心来。

顾深把衣服往沙发背上随手一扔，靠在沙发上。

于钱惊讶地看着他,顺手递了一瓶酒过来。

顾深坐着也没个正形,一只脚随意踩在沙发上,另一只脚伸长,接过于钱递来的酒,吊儿郎当地说:"这都多久了,早回来了。"

于钱:"不对啊,我前天给你打电话你还……"

顾深扫了于钱一眼。

于钱突然明白:"啊,对对对,你瞧我这记性,好像是一个礼拜前的事儿了。"

顾深一来,包厢更热闹了,不时有人过来敬他酒。

顾深举杯,不时随意跟他们碰几下。

过了一会儿,包厢门再次被推开。

南夏跟陈璇走了进来。

眼前的场景简直让人毫不意外。

那人无论到哪儿都是焦点人物,他虽然没坐在中间,但周围的人显然已经把他当成中心,无论男女都下意识往他那边靠,反倒显得左边位置有点儿空。

顾深右手拿着瓶啤酒,就那么一只脚踩着沙发,吊儿郎当地坐着,跟以前一模一样。

南夏看了他一眼,移开目光。

他却一眼都没看她。

包厢里充斥着呛鼻的味道。

南夏回到位置上,用余光看顾深。

他忽地把酒瓶往桌上随意一搁。

旁边有个女生跟他挨很近,拿着酒瓶不知跟他说了句什么,他笑了声,脚也从沙发上放了下来。

喝了酒气氛更高,于钱嚷着要玩"真心话大冒险"。

于钱喝得半醉,特意跑过来拉南夏:"姐,你可一定得来玩,大学时我就想跟你玩。"

那会儿有顾深拦着,她一次都没被为难过。

众人嗅到了八卦的气息,目光在顾深和南夏身上来回打量,开始起哄。

陈璇护着南夏:"我替夏夏来。"

旁边一男生喝醉了扯着嗓子喊:"你以为你跑得了?今天都得玩,

不玩不许走。"

大家跟服务员要来板凳,围成一圈,于钱拿了个空酒瓶开始转。

第一轮转到个男生,那个男生选了"大冒险",跟现场最喜欢的女生拥抱。

那男生下意识地向南夏看去。

顾深没有看过来,不轻不重地把面前的酒瓶往边上推了推,发出"吱"的一声。

察觉到男生的目光,南夏忽然紧张,好在男生最后说了另外一个女生的名字。两人拥抱了下,周围一片叫好声。

南夏松了口气。

几轮都没转到她,她渐渐放松下来,也觉得这游戏挺有意思。

没想到下一轮就转到她了。

瓶口指向她的那刻,包厢里发出前所未有的欢呼声,分贝高得几乎要将屋顶震塌。

南夏不敢选"大冒险",无奈道:"真心话。"

于钱抢着说:"都别欺负我姐,我来问——现在单身吗?"

这问题明显嘴下留情了。

南夏大方地点头:"单身。"

顾深眼神都没给一个,淡声道:"继续。"

他修长的手指在绿色啤酒瓶上随手轻轻一转——又是南夏。

南夏一怔。

若非顾深一眼都没往自己这儿看,南夏简直怀疑他是故意的。

南夏仍然选了"真心话"。

于钱眼睛骨碌一转,问:"你一共谈过几个男朋友?"

南夏指尖微僵,下意识地向顾深看去。

他正好坐她对面。

晦暗的光线里,他神色不明,抬眸很随意地扫了她一眼。

淡漠的、没有任何情绪的一眼。

这是今晚,他第二次看她。

南夏怕被人发觉,不敢看顾深太久,很快移开视线,刚要说话,就听到陈璇说:"这有什么不好意思的,我替她说。"

陈璇对南夏使了个眼色，伸出三根手指："三个。"

南夏一愣。

像是被这答案震住，现场静了一瞬。

众人忽然又全都向顾深看去。

大家都知道他是其中一个，也都见过当年他是怎么把这位清纯端庄的大小姐放在掌心里宠的。

顾深向后一靠，一只脚又重新踩回沙发，嘴角挂着痞气的笑，像是对这情况漠不关心。

桌上的手机在这时振动起来，他接起："等下打给你。"

旁边有男生打趣："哟，女朋友查岗呢？"

顾深扯了下嘴角，往外走。

南夏把手放在膝盖上。

顾深迈着步子，不紧不慢地经过她背后，带起一阵风。

南夏觉得口干，后背也忽然发烫。

她把长发拨到一边，露出后颈，拿起手边的矿泉水喝了口，冰冰凉凉的液体顺着食道流下去，后背的温度逐渐降下来。

不到十分钟，顾深回来了。

他应该是淋了雨，头发上有细密的雨珠，眼底却忽然浮起几分倦意。

旁边一个男生笑问："顾深，被女朋友管了？"

南夏看向顾深。

顾深没回应这个问题，随意往嘴里灌了口酒。

普普通通一个动作，放他身上就是有种肆意的劲儿。

游戏很快重新开始。

这会儿进行到"大冒险"，一个女生挥着记号笔要在男生衬衫上画王八，男生不让，两人在狭小的空间里追逐打闹。

那女生脚底不知被什么绊了下，一下子扑进南夏怀里，黑色的记号笔在南夏纯白色的裙子上画出又黑又粗的一条长线，从左胸一路到了腰间，分外鲜明。

女生吓了一跳，不停地道歉："对不起，你这衣服要不我帮你洗干净吧。"

她早听说过南夏的衣服贵,赔是赔不起的。

女生一摔过来南夏就立刻伸手扶住她,往后一仰,差点儿自己也摔了,不知道被身后的谁扶了下。

南夏坐稳后,语气温柔地安慰:"没事儿,只要你没摔着就行,这衣服不值钱的,我自己处理就好。"

南夏的声音又柔又暖,完全不像看起来那样有距离感。

女生晃了下神,再次提出帮她洗。

南夏冲女生微笑着摇摇头,示意自己没事。

女生坐回去后跟旁边人感慨:"南夏好温柔好软啊,难怪顾深喜欢,我刚才都被迷住了。"

说话声隐约传入顾深耳中,他掌心发烫,眼神不由自主地柔和下来。

几轮游戏后,话题尺度升级到限制级。

陈璇也玩"嗨"了,主动喝了几瓶酒。

空瓶又转到南夏。

于钱喝得满脸通红,问:"姐,快老实交代你的第一次。"

顾深冷冷瞥他一眼。

于钱头上像是被浇了盆冷水,瞬间清醒。他立马换了个问题:"第一次接吻多长时间?"他舒了口气,"这能问吧,姐?"

在场所有人都知道,顾深是南夏的初恋,她的初吻肯定是跟他。

众人目光都落在她身上。

既然来玩了自然要玩得起,南夏落落大方道:"能问。但当时我太紧张,忘了是多长时间。"

于钱哪能就这么放过她:"姐,你就说个大概时长。"他转头一拍顾深的肩膀,"要不哥你说也行。"

顾深冷眼看着于钱,伸手按住空瓶,声音也冷:"能转到我再说。"

南夏垂睫。

他根本不想提跟她的丝毫过往。

顾深随意转了下酒瓶,瓶口指向于钱。

于钱一开始还挺高兴,结果没想到接下来一连九轮都是他。

他向来爱起哄,今晚得罪的人不少,这么多轮下来底裤都快被扒光了。

眼看顾深又要转瓶，于钱忙伸手按住酒瓶求饶："我错了，哥，我真错了，我再也不敢了。"

顾深眼神冰冷依旧。

于钱用祈求的目光看着南夏："姐——"

以前他瞎起哄的时候被顾深收拾，就去求南夏给他求情，这会儿纯属习惯性反应。

南夏就那么看了顾深一眼。

顾深没看她，把酒瓶轻易地从于钱手里拽出来，放在黑色桌面上一转。于钱眼睁睁看着瓶口转向他——左手边那个人。

只差一点，就又是他。

到底是手下留情了。

他吓得够呛，捂住胸口欲哭无泪，向南夏投去感激的目光。

南夏冲他微一点头，视线又回到顾深身上。

她也不太确定，刚才是不是她起了作用。

游戏玩得差不多了，大家又开始唱歌。

已经晚上十二点整，南夏向来早睡，到这会儿眼皮开始打架了。

她正想喊陈璇一起走，包厢门突然被推开。

于钱正拿着话筒唱歌，一看见来人就骂上了："平倬，我们都快结束了你才来。"

平倬穿着一件黑色风衣外套，风度翩翩，脸上挂着温柔的笑容。

"这不加班刚结束，就赶着来见你们。"

于钱："我呸，国庆节你加什么班。"

平倬在包厢里扫视了一圈，很快锁定南夏，直接走过去坐到她身边："回来了？"

南夏点头。

平倬把手里的纸杯递给她："热牛奶。"

南夏这才发现他右手拎了个纸袋，左手拿着把黑色的伞。

她胃不好，大学时经常连常温的矿泉水喝了都会不舒服，跟她相熟的人都知道她这个毛病。

南夏心中一暖，接过来："谢谢。"

胃的确已经有点儿不太舒服,她喝了一小口,温热的奶香在舌尖散开。

有女生看见这边的动静,打趣道:"平倬,你什么意思,就买一杯,看不见我们是不是?"

平倬微笑,声音温柔:"你们这群酒鬼用得着这个?"

于钱唱完一首歌,拉着平倬喝酒。

平倬:"真不喝,我明儿还得加班。"

于钱骂他:"你来干什么?干什么?!没劲!"

在场的人都看出平倬是为谁来的,下意识地去看顾深。

顾深没个正形地靠在沙发上,面无表情。

包厢里的人重新开始吼叫,唱歌的、拼酒的,热闹得厉害。

顾深突然起身,拿起手机和外套,说:"有点事儿,先走了,你们玩。"

的确有点晚了。

他一说要走,也陆续有几个人站起来想走。

平倬温柔地看着南夏:"困了吧?送你回去?"

南夏诧异:"但是你才刚来。"

平倬微笑:"我本来也就是来见你的。"

南夏点头,看着仍然激动拼酒的陈璇:"那我叫蘑菇一起走。"

因为一小半人都站起来要走,大家干脆都起来出去送。

楼道被一群人堵住,显得有点儿窄。

顾深走在最前头,去前台结了账。

外头还下着小雨,冷飕飕的。

于钱醉醺醺地跟在南夏身后,悄悄把她拉到一边儿,一边比着"嘘"声的手势,一边很大声地说:"姐,你为什么突然回国?是不是因为放不下我哥?我刚瞅你偷瞄了他好几次,你是不是想把我哥追回来?"

南夏紧张地去看顾深。

好在他被几个男生围着聊天,似乎完全没察觉到这儿的动静。

南夏隐隐放下心,拍了于钱的肩膀一下:"你真是一点儿记性都不长,还起哄呢?"

于钱:"嘘——我不说,我谁都不说。"

一辆劳斯莱斯很快开到路边。

顾深挥挥手:"走了。"

于钱一下子像是打了鸡血："哎哎哎，你顺路送送我姐，把我姐安全送到家。"

顾深眼神淡漠地扫过来，跟南夏说了今晚的第一句话，语调平淡无波："住哪儿？"

两人中间隔着四五个人的距离，南夏却清清楚楚地听到了他这句话。

雨似乎停了，世界在此刻格外安静。

有微凉的风吹过。

顾深身形高大，从容不迫地把手里的外套穿上，等南夏回话。

南夏握紧手里的热牛奶，抬眸看他："我住西边儿。"

顾深点头："不顺路。"

他回头开了车门，最后有两个男生和一个女生上了他的车。

车影很快消失在茫茫夜色中。

平倬看了眼南夏。

她一直看着远处，脸上带着谁也挑不出错的微笑。

Part 02

把陈璇送到家后，平倬把手机解锁后扔给坐在副驾驶位的南夏："加个微信吧。"

南夏："好。"

两人随意地聊着天。

平倬："这次回来打算待多久？"

南夏："应该暂时都不会出国。"

平倬："找到工作了？"

南夏："刚回来两天，只投了简历。"

平倬换了话题，笑问："听说你出国后谈了两段恋爱？"

话传得真快。

他刚刚都没在现场，居然也知道这事儿。

南夏看他："你什么时候变这么八卦了？"

平倬是顾深的好友，大学里她跟顾深刚谈恋爱那会儿，为了掩人耳目，经常拿平倬当挡箭牌，弄得很多人最开始以为是平倬在跟她谈恋爱。

平倬风度翩翩，对她很好，几乎从不八卦她跟顾深的事儿。

平倬:"这不太久没见,我得了解一下。"

南夏其实不介意跟他分享这些事,但她的确没再谈过,又不好改口,只好含混地糊弄过去。

路过一个二十四小时药店,平倬忽地停了车:"等我一下。"

他很快从药店出来,手里拎着药。

南夏担心地问:"你不舒服吗?"

平倬把手里的东西递给她:"给你的。"

南夏微怔:"给我?"

平倬:"脖子不是过敏了?我刚看有点儿红。你以前就容易过敏。"

南夏接过来愣了下:"谢谢,其实已经没什么事儿了。"

平倬"嗯"了声:"平时多注意点儿。"

他一直把她送到楼下,看着她楼上的灯亮起来,才摸出手机拨了个电话:"哪儿呢?"

顾深声音沙哑:"十六楼。"

昏黄的光线。

十六楼酒吧走文艺风,桌子凳子清一色木制,歌手也安安静静地在台上唱着,适合怀旧。

顾深手里拿着杯"蓝色回忆",漫不经心地晃了晃,一饮而尽,脑海里全是刚才他走时南夏的那一眼。

他没看她。

可余光里全是她。

她跟四年前比几乎没什么变化,清纯美好,干净得一尘不染。

外头下着雨,所有人的鞋上都不免溅了点儿泥,只有她的一双白鞋上毫无污垢。

他收拾于钱的时候,她就那么看了他一眼,他一颗心不自觉软了下来,不由自主就手下留了情。

顾深自嘲一笑,又叫了杯酒,刚要喝,酒杯被摁住了。

平倬问:"喝多少了?"

他从来没见顾深大醉过,也摸不清顾深的酒量到底是多少。

顾深抬眸,淡扯了下嘴角:"没多少。"

平倬："在这儿说还是出去说？"
顾深把酒放下，起身往外走。
外头的雨彻底停了。
两人来到平倬的车边，顾深往车上一靠。
平倬："人给你安全送回去了，药也买了，地址也搞清楚了，国外的情况也摸了点儿。"
顾深："说吧。"
夜色笼罩着南城。
缥缈的歌声从酒吧里传出来，偶尔有车辆从马路上飞驰而过。
平倬："说是暂时不会走，打算找工作。至于谈恋爱……"
顾深双眸一暗。
平倬描述尽量简短："说是谈了两个，都只几个月。"
顾深没应声，浑身散发着冷意，半晌没动。
平倬知道顾深对南夏的感情。
陈璇前一天夜里在微信群里说南夏要来第二天的聚会时，顾深刚出国没多久。
他立刻抛下一切去机场，买了最近回国的机票赶回来，还特意打电话找平倬来送人回家，打听情况。
平倬手机响了。
他划开屏幕，南夏发来一条微信。
Summer：【谢谢你的热牛奶和药，还有送我回来。你到家了吗？】
平倬把手机递给顾深。
顾深扫了眼屏幕："你回吧，不然她会等。"
平倬："还是你回吧。"
顾深眼神一暗："没必要。"
平倬"哦"了声，问道："那我回什么好？"
顾深把平倬的手机接过来，打了几个字又还回去。
平倬也没看顾深回了什么，把手机装兜里，伸手拍了拍顾深的肩膀："其实夏夏那么优秀，又在国外四年，谈两段恋爱也正常，也不代表……"
顾深打断平倬的话："我用得着你安慰？"他转头上了车。
平倬把顾深送回家。

临下车前,顾深说:"别忘了把她的地址发我。"

二十六楼。
空荡荡的房间。
顾深伸手打开灯,换了鞋去冰箱里拿出罐黑啤打开,气泡密密麻麻蹿了出来。
他喝了口,脑海里全是平倬的那句话——
"说是谈了两个,都只几个月。"
他知道平倬怕刺激他,已经描述得尽量精简。
但他知道,这短短一句话里都包含了什么。
南夏并不是一个很容易跟别人在一起的人。
她曾经完全忘记过他,跟别人重新开始。
她曾经属于过别人。
顾深将手中的啤酒罐捏得变了形,蓦地用力砸向客厅崭新的平面电视。
一声巨响,屏幕裂出一道缝隙。
他完全没管,抬脚进了卧室。

南夏回到刚搬来两天的小屋里,从窗户里目送楼下平倬的车离开,然后去洗澡。
吹干头发已经深夜三点了,她算了下时间,感觉平倬应该也差不多到家了,发了条微信过去。
平倬过了会儿才回复过来。
【放心,好梦。】
南夏微微一滞。
熟悉的口吻和用词,没想到她还能再次见到。
只不过不再是顾深发给她。
也许因为两人是好友,所以平倬在用词上也被顾深影响了。
当年顾深经常深夜送她回家,然后再自己一个人开车回去,不管多晚她都会等他报了平安后再睡。
他喜欢回"好梦"这两个字,而不是平常人的"晚安"。

南夏心里浮起一点酸涩。

她一直喜欢的人,是别人的了,再也不会给她发这两个字。

她发了会儿呆,也不知道为什么,想起今晚那个女生借着游戏跟顾深表白的场景。

大概是十一点那会儿,空瓶转到一个女生,是大学时隔壁班的林鹿,林鹿一直都喜欢顾深。

林鹿咬唇看了眼顾深,选了"大冒险"。

林鹿喜欢顾深这事儿应该不少人知道,立刻就有人点火:"来来,挑一个现场的男士亲一下。"

夜深了,游戏尺度也开始升级。

林鹿一直看着顾深。

于钱一个激灵:"你不是要选我哥吧?"他下意识地看了眼南夏,"不是,我哥现在不单身,是不是不太合适?"

南夏脸上没什么多余的情绪。

另一个男生拍桌子:"是不是玩不起啊?"

林鹿这时说话了,像是豁出去了似的:"顾深,你知道大学里我一直都喜欢你。"

顾深撩起眼皮,看了眼林鹿。

林鹿微笑着,语气却有些哽咽:"我知道我没戏,我也快结婚了,在结婚前,我能抱你一下吗?这样我就能没有任何遗憾地去结婚了。"

谁也没料到她会这么大胆,突然说出这样一番话。

原本起哄的人停了下来。

气氛突然压抑。

年少的时候,谁没暗恋过一个终究不属于自己的人呢?

但那些感情,也只能放在心里,想起来有点儿酸,余味却是甜的。

南夏全部的视线都落在顾深身上,不知道他会不会同意。

顾深勾唇笑了下,吊儿郎当地说:"行啊,结了婚也能抱,只要你老公同意。"

全场大笑出声。

林鹿本来要哭,这会儿也笑起来:"那你想得有点儿美。"

林鹿走上前,两人很礼貌地抱了下。

顾深的手都没碰到她后背，只是虚虚地悬在那儿，规矩得过分。

他其实骨子里一直都是个很规矩的人，就算后来和南夏在一起好几年，期间有无数次机会，他都没真动她。

南夏心里又是一酸，还有点儿羡慕林鹿。

不像她，再也抱不到那人了。

迷迷糊糊睡过去，第二天醒来已经十一点了。

南夏洗漱完毕，下楼吃了午餐，回来后拿出电脑开始完善简历，忙到下午四五点终于搞定，投了几家心仪的服装设计公司。

她伸了个懒腰，打开手机，发现自己不知道什么时候被平倬拉进了昨晚的聚会群。

手机开着静音，她没注意，群里已经热情地刷了上千条信息。

南夏刚要往上划拉，这会儿突然看到一条有人打趣的微信。

男生 A：【顾深，南夏不付还说得过去，我们该付还是得付，哪能每次都占便宜。[偷笑]】

片刻后，顾深回了一个问号。

南夏垂眸，往前翻了翻聊天记录，原来是在说聚会付款的事。

于钱说顾深请客，但大家都不愿意占他便宜，表示要 AA，然后就开始了玩笑。

玩笑越开越过火。

男生 B：【不是，顾深，这我女神回来了，哪能便宜你一个人请客。】

男生 C：【就是就是，当着我女神的面，不能就你一人表现吧？那还有平倬呢！】

…………

许是被他们无休止的玩笑弄烦了，顾深同意了 AA 付款。

不少人很快付了钱。

南夏这才想起来，她还没办国内的银行卡，微信里一分钱都没有，只能求助陈璇了。

这时，于钱忽然发言了。

此生无余钱：【不是，哥，你 AA 咋还把我姐算进去了呢？】

此生无余钱：【我姐的钱你还要收，要不要脸？】

众人又开始了新一轮的疯狂打趣。

这回顾深没理这群人了。

南夏也没理,不想往枪口上撞。

陈璇打来电话,南夏把还没办国内银行卡的事儿说了。

陈璇:"没问题,我替你给。"

南夏本想跟她微信借钱自己付,但想着这也一样,就同意了。

陈璇很快在群里说话了。

蘑菇:【夏夏刚回国还没办国内的卡,我替她给。】

一堆男生跳出来抢着替南夏付。

男生D:【女神进群了吗?哪个是她?Summer吗?我替她给!】

男生E:【还是我来吧,大学时借过女神的设计手稿,学到很多东西,一直也没机会感谢。】

…………

昨晚在南夏衣服上画了一道的女生也跳出来。

女生A:【要不我替她给吧,昨晚不小心弄脏她衣服,很不好意思的。】

陈璇给南夏发来微信: 【你俩可真受欢迎。[冷笑.jpg]】

南夏再不出声也不太合适。

Summer:【谢谢大家,蘑菇帮我付就好。】

群里又一阵刷屏。

几乎是下一秒,南夏就收到了七八个好友申请。

除了于钱,还有几个不太熟悉的。

都是同学,南夏一一点了通过。

没有顾深。

也是预料之中的事。

过了会儿,顾深终于抽空在群里回了条微信。

像是隔了几十条微信后跟南夏的对话。

顾:【不用。】

他取消了收款。

顾深头昏脑涨地醒过来,就发现手机被群里的玩笑刷屏了。

他没看群,先扫了眼平俸发过来的微信。

平俌：【地址是桃园小区21号楼802。】

顾深蹙眉，她怎么住那儿去了？

他起身拉开窗帘。

高耸的CBD大厦在西斜的阳光下分外柔和。

群里的玩笑像是没完没了。

他忽然拿起手机点进群成员，一眼就看到了"Summer"这个昵称。

南夏也在。

他有点烦躁，发起了收款。

南夏脸皮薄教养又好，以前旁边的人就常拿她打趣，她也从没生气。

但他不喜欢她被这么欺负。

结果于钱又跳了出来。

他私下给于钱发了条微信：【昨晚上没玩够？】

于钱瞬间在群里闭麦了。

南夏也出来说了句话，群里瞬间沸腾了。

一堆人抢着要替她付钱。

他冷笑一声，取消了群收款。

当天晚上，陈璇申请加他微信好友。

自从跟南夏分手后，他偶遇过陈璇几次，陈璇一次都没给过他好脸色，把他联系方式也删掉了。

顾深点了通过。

陈璇什么也没说，直接给他转账一千块钱。

顾深没理，把手机扔到了一边儿。

第二天，钱被原封不动地退回去了。

陈璇又转了次账，这回说话了。

蘑菇：【收钱！】

顾：【说了不用。】

蘑菇：【你快点儿收，我们夏夏不想跟你扯上一丝一毫关系。】

顾深眼神黯了下，没再回复。

又隔了两天。

顾深下班回家洗完澡躺在床上，手机通讯录里又来了条好友申请。

自从聚会后，他的联系方式像是突然被卖了，不少以前大学里的姑娘们过来加他。

像往常那样，他挨个点拒绝，却在看到"Summer"这个昵称时僵住。

差一点，他就点了拒绝。

顾深呼吸一滞，隔了很久，点了通过。

【你已添加了 Summer，现在可以开始聊天了。】

几分钟后，那头发来条消息。

Summer：【你好，这是聚餐 AA 的钱，麻烦收一下，谢谢。】

转账一千元。

你好？

顾深简直被她气笑了，抄起手机直接回道：【你是？】

天气阴沉沉的。

南夏在阳台晾着刚洗出来的白色长裙，被记号笔染过的地方还是多了层淡黑色，像现在天空的阴云。

她洗了几遍，试了在网上找的各种方法，都没成功。

不过好在也算学会洗衣服了。

一切忙完，她坐回狭小的客厅，抽出张纸巾擦汗，顺便翻看手机。

邮箱里有几封约她面试的邮件，她一一回复后，打开微信，陈璇把她不久前转的钱退了。

蘑菇：【顾深一直没收钱，算了夏夏，一顿饭而已，他请你也是应该的。】

南夏垂眸。

没什么是应该的，她向来不喜欢欠别人的，更何况是那个人。

南夏回电话过去。

陈璇应该是在忙，接起来后气喘吁吁的，语速飞快："夏夏，我得赶个采访，忙完后再给你打啊。"

南夏柔声说："我没什么事儿，你忙你的。"

她翻出聚会群，点开顾深的头像看了两秒，又关上。

夜里。

南夏躺在陌生的小屋里，心绪不宁，有点儿睡不着。

什么都变了。

住的地方变了,天气变了,他跟她都变了。

周遭安安静静的,只有老旧空调沉闷的吹风声。

南夏打开床头灯,摸出手机。

深夜十二点。

她轻轻点开群里顾深的名片。

只有一个"顾"的昵称,其余什么都没有,朋友圈不对外开放。

南夏点开顾深的头像放大凝视,是一个雨天的湖边,旁边有木桥,还有他半条胳膊露在外头,肌肉线条流畅而有力。

有点像她最喜欢的电影《恋恋笔记本》里男女主角雨天热吻的场景——有湖,有木桥,有大雨。

当年南夏一直有个心愿,想找到这样一个地方跟顾深热吻,但总也没找到这样的地方。

想不到多年后真的给他找到了。

也许他还在这个场景里跟他心爱的姑娘热吻了。

南夏心绪起伏,咬唇又看了会儿,将手机放下。

不到三分钟,她又抓起手机。

只是还个钱而已,不用这么紧张。

她指尖轻颤,点开那人的名片,居然磨蹭了半个小时,才把好友申请发出去,备注里什么都没填。

顾深肯定知道,这人是她。

只是不知道他会不会完全不想跟她有任何交集,压根儿连她微信都不想加。

十二点半。

南夏静静地呼吸着,觉得有点儿热,把空调调低两摄氏度。

时间忽然变得格外漫长。

一分一秒似乎都被拉长。

她看了眼手机屏幕,重新躺下,决定睡了。

顾深或许已经睡了,不如明早再来看结果。

南夏刚准备去关灯,微信里突然弹出一条消息,是顾深通过了她的好友请求。

她呼吸慢了半拍,手都在微微发抖。

停顿几秒，南夏开始打字。

【这几年还好吗？加你微信是想把聚餐的钱还你，你还是收一下吧，不然我会有点儿不好意思。】

打完这句话，南夏反复读了好几遍，把开头的"这几年还好吗"删掉了。

这句看起来似乎带着点儿怀旧的意思，他现在也有女朋友，问这个显得不太合适。

删掉后，南夏想了一会儿，把后面的内容也全部删掉，重新打字。

【这是聚餐 AA 的钱，麻烦收一下。】

为了防止顾深不收钱，还是用通知的语气比较好。

最后，她在开头和结尾添加了很官方的"你好"和"谢谢"，确定没什么问题后，把这句话发出去，然后转了一千块钱过去，期待他赶紧把钱收了，了结这件事。

不到一分钟，那头回消息了。

顾：【你是？】

南夏顿了下，几乎能想象出顾深说出这句话的样子。

玩世不恭的，散漫的。

没料到他竟然没认出自己的头像，南夏心里突然发堵。

Summer：【我是南夏，之前在群里说过话的。】

顾深的回复很冷淡。

顾：【没注意。】

没注意？

所以之前在群里跟她说话的是鬼吗？

南夏突然没忍住。

Summer：【那你不知道我是谁，你还加我好友？】

顾深也不是那种随便加别人好友的人，以前大学里多少姑娘想加他好友，他全都拒绝。

这条发过去，南夏立刻就觉得不妥当，瞬间撤回。

顾：【你什么意思？】

顾：【你的意思是，我认出你了，故意装不认识？】

南夏心想，我就是这个意思。

但她当然没敢这么回。

她还在思考该怎么回的时候,顾深又发来条消息。

顾:【我犯得着?】

南夏攥着手机的手微微握紧,瞬间冷静下来,刚才所有的猜测在这刻全部被推翻。

的确,他犯不着。

南夏默默打字:【抱歉,我没有那个意思,加好友是想请你收一下那天聚餐的钱。】

片刻后。

顾:【说了不用。】

南夏继续回:【还是请你收一下吧,我不想欠你的。】

他不是也不想跟她有任何牵扯,聚会上连那个吻都不愿意提吗?

那头很久没回复,久到南夏差点儿以为顾深睡着了。

顾深突然发来条微信。

顾:【南夏。】

突然被叫全名儿,南夏莫名紧张。

顾:【你欠我的就只有这一千块?】

南夏僵住,脑海里浮现出那个夏天她决绝的分手场景。

那是个暴雨天。

顾深站在南夏家别墅门口。

他是骑着机车过来的,左手拿着黑色头盔,就那么站在暴雨里等她,全身都被浇透了。

南夏走到屋檐下,递了把伞给他。

他随手接过去。

屋檐底下根本淋不到雨,顾深却把大半边伞都打在南夏头顶上。

他撩起眼皮看她:"你短信什么意思?"

她垂眸,声音冷淡:"就是短信里的意思。"

顾深笑了声,问:"为什么?"

南夏没应声。

顾深说:"别跟我说你信了学校论坛里那些乱七八糟的谣言,我对你怎么样你……"

南夏打断他:"不是的,你很好。"

她稍顿:"只是我不喜欢你了。"

天空骤然劈下一道惊雷。

顾深看了南夏一会儿,自嘲般地笑了声,吊儿郎当地问道:"你说真的?真分手?"

南夏点头。

顾深把伞扔给她,扭头便走。

瓢泼大雨里,机车飞驰而过,轰隆隆的声音很快变小,他的身影消失在大雨里。

那之后,南夏很快换了联系方式出国,顾深也再没找过她。

她一直庆幸,顾深是很洒脱地接受了分手,没有太过伤心。

没想到时隔多年后,他会问出这样一句话,像是好久之前生的气,在此刻爆发。

南夏一时不知道该如何回复。

片刻后,顾深发来一条语音。

"还是说,你像于钱说的那样儿,还放不下我,还想着把我追回来,这只不过是一个你用来加我微信的借口?"

原来那晚他听见了于钱说的话。

他语气吊儿郎当的,完全没有任何生气的意思,反而带着一点戏谑。

没生气就好。

南夏松了口气,回道:【不是。】

为了避免顾深误会,南夏很认真地解释:【要不这样,你收了钱就把我删除,可以吗?】

顾深散漫道:【这是以退为进?】

南夏愣了愣。

顾:【睡了。】

他没收她的钱,也没删她微信。

Part 03

9月底,天气突然又热了起来,阳光晒得人脸疼。

南夏进入商场一层的星巴克要了杯温牛奶，卡里只剩不到三万块人民币了，搁以前买个包都不够。

以后很久的时间里，她都会是这样的经济状况。

虽然拮据，但她觉得很舒服，这么多年，第一次拥有了自由。

走到"My Lady"店铺前时，电话突然响了。

HR用很官方的语气说："抱歉，这个职位因为公司架构调整临时被取消了。"

已经不是第一次出现这种情况了，南夏觉得奇怪。

之前父亲南恺很激烈地反对她回国，最后放话说："你想回国可以，我只给你一万美金，而且你在国外所有跟我相关的设计经验、作品、奖项都完全不许提。"

这样的话，南夏两年的工作经验完全被抹杀，等同于刚出大学，也只能应聘助理设计师这样最基层的职位。

南恺没想到，南夏同意了。

她抛下了所有的一切，选择回国。

选择的那刻，是有勇气的、畅快的。

她也做好了现实是残酷的准备，决定从新人出发，去应聘薪水一般的助理设计师，只要能进轻奢或者成衣定制的公司就可以。

但是没想到，连续几次通过了面试后，对方都在发 offer 前告知她职位被取消。

这时，南恺打来了电话。

南夏心中隐隐有种预感，这预感在南恺跟她说第一句话时得到了证实。

南恺声音很温和："夏夏，工作找得怎么样了啊？"

南夏握紧了手机："是不是你，爸爸？"

南恺沉默。

过了片刻，他似是默认了这个说法："国内数得上名字的轻奢和成衣品牌，没有我没提携过的人。"

他在国内女装设计领域纵横二十多年，是闯入英国的唯一华人女装设计师，资历和人脉摆在这里，南夏根本不可能跟他抗衡。

南夏微微咬唇。

南恺:"回来吧,国外有这么好的平台和资源让你大展宏图,为什么要在国内浪费时间、浪费你的天分?"

国内的服装设计环境自然完全无法跟国外的相提并论,但南夏因此生出了更强烈的逆反心。

挂掉电话前,她斩钉截铁地说:"我是不会回去的,爸爸,你死心吧。"

如果成衣设计和轻奢女装都走不通的话,那就只有商业时尚女装这条路可以走。

对于一般的设计师来说,这是个很不错的起点。

但南夏从小就在南恺的教导下立志当高定设计师,耳濡目染各种高定品牌服装,毕业后进入的也是一线奢侈品牌,还跟团队拿了小有名气的青年设计师奖。

回国来当商业时尚女装的设计师,还是助理,未免真的大材小用。

南夏在商场的空座椅上坐了会儿,下定了决心。

目前首先要做的是生存下去。

打车到家,南夏开始往国内时尚女装品牌投简历。

陈璇正好打电话过来问她找工作的事儿,她含混地说了两句。

挂掉电话不到五分钟,于钱打来电话,劈头就问:"姐,你是不是在找工作啊?"

应该是陈璇担心她的情况,所以告诉了于钱。

南夏也没瞒着他:"对。"

于钱抱怨道:"姐,你咋不找我呢?我好歹在国内女装行业当了几年成衣定制销售,快把你简历给我,我给你推荐几家公司。"

于钱的一番好意,南夏没拒绝,把简历发给他之后,打开电脑搜索米兰时装周。

这还是四年来第一次,她没去现场看秀。

黑色的T台,柔和的音乐。

印花、刺绣。

这一季秋冬的热元素是复古。

这些天连看好几场秀,眼前这场元素是最丰富,也是最不好驾驭的。

顾深回到酒店，脑海里萦绕着一个身影——南夏穿着今天秀场里看见的那件复古浅绿色刺绣大衣。

想给她买。

她肤色白，气质又淡雅，穿上肯定好看。

数不清这是第几次了，每次看秀总得碰到几件觉得适合她的，却再也没机会买给她。

想到这些天南夏孜孜不倦地给他转账，顾深真是头疼。

洗完澡出来，手机又在振动。

顾深围着浴巾接起来，懒懒道："催命呢？今儿打我一天电话了。"

于钱："终于打通了。哥，你根本不敢相信，我做了什么。"

顾深挑眉："车又被剐了？"

于钱开车技术不行还特爱秀，之前常把车蹭坏剐花，顾深老拿这事儿打趣他。

但于钱这回居然没顾得上反驳，他激动道："不是，哥，你好好想想，什么事儿值得我给你打这么多次电话？"

听这兴奋劲儿和语气，顾深心念一转，察觉到必定跟那个人有关。

顾深："说。"

于钱："哥，我姐不是在找工作吗？然后就托我帮忙。"

顾深嗤笑了声："她用得着你帮？"

于钱尴尬道："行吧，是我主动要帮。"

顾深语调微扬："然后？"

于钱道："你们部门不是缺设计师吗？我就把她的简历推给你们HR了。"

顾深顿住。

于钱在那边絮絮叨叨："我看那天晚上我姐挺注意你的，说不定你们就能破镜重圆呢？反正你现在那女朋友你也没认真不是？把人扔国外自己回来，啧。"

顾深笑了："谁跟你说那是我女朋友？"

于钱："啊？不是女朋友大晚上在你房间？"

顾深懒得理他："还有，谁跟你说我要招她进来了？"

于钱笑了声："行，哥，你别招她，你直接忽略她。你要是能把我姐筛掉，我管你叫爸爸！"
　　顾深稍顿，凉凉道："我没你这个不孝子。"
　　于钱愣住了。

第二章
晚安，好梦

Part 01

清晨，南夏被闹钟铃声叫醒。

拉开窗帘，明媚的阳光落了半间卧室。

崭新的开始，上班第一天。

她后来面试了几家公司，最终在于钱的建议和综合考量下，选择了倾城集团。

她简历上没有工作经验，只能以助理设计师入职。

倾城给她开出了很有诚意、远超新人助理设计师的薪水，而且倾城从前年开始拓展成衣定制业务，她将来有很大机会往这个方向发展。

南夏洗漱完后直接叫了车去倾城集团大楼。

第十二楼，"My Lady"时尚女装事业部。

HR（人事经理）把南夏带去工位，给她介绍旁边的同事苏甜。

苏甜人如其名，甜得跟颗糖似的，回头一看见南夏就愣住了："你也太好看了吧！"

南夏温柔大方地笑了笑："谢谢。"

苏甜活泼开朗，两人没一会儿就熟悉了。

南夏领来电脑等了会儿,看周围还有很多工位都空着,于是问苏甜:"咱们部门的其他同事是出差了吗?"

苏甜:"不是,他们一大早就在大会议室跟顾总开会,明年早春的服装打版今天出来了。"

南夏:"这样。"

南夏对倾城集团不太熟悉,百度上的信息很简单,具体业务还是面试前听于钱给她热心讲解的。

倾城集团旗下服装线有三条,一条高端成衣定制"The One",一条中高端时尚女装"Fancy",一条中低端时尚女装"My Lady"。

My Lady 这条女装线旗下的设计部门有一位设计总监、三位主设、十位设计师,以及九位助理设计师,每季度负责出五个主题大约六十款服装。

南夏犹豫片刻,问:"这种会议助理设计师不能参加吗?"

苏甜垂头:"唉,是啊,我们都没资格。"

南夏安慰她:"没关系,我们努力成为设计师。"

苏甜握拳:"嗯!"

然而成为设计师不是件容易的事,苏甜在公司考核了两次都没过。

"但是好难啊……"苏甜愤愤地往嘴里塞了颗棉花糖,然后把零食袋子递给南夏,"你要吃吗?"

南夏摇头:"我不太吃甜的。"

苏甜看着她不盈一握的细腰,又往嘴里塞了颗糖。

南夏看了眼苏甜嘴边沾着的棉花糖,伸手比画了下,轻声说:"你这里沾了东西。"

苏甜不好意思地笑笑,伸手去摸嘴边:"还有吗?"

见她碰了几次都没碰到,南夏温声说:"我帮你吧。"

南夏抬手,轻轻擦掉苏甜嘴角沾的棉花糖。

苏甜目不转睛地盯着南夏看。

南夏回看她,很温柔地冲她笑了笑。

苏甜:"你别那么看我,我不行了!我要死了!"

南夏愣了愣。

这时,远处的会议室大门倏然间被推开,细碎的谈话声和略显混乱的脚步声从不远处传来。

南夏转头,伸出的手忘记收回,僵在半空。

吊顶的白光倾泻而下,顾深被众星捧月般围在中间,不紧不慢地往过道走。他单手插兜,低头听身旁一身职业装的女人说了句什么,微点了下头,从容、沉稳。

他身上的黑色衬衫衣领也不像那天那么肆意敞着,只解了最上头一颗扣子,只有袖口还是毫无章法地往上捋,露出有力的小臂。

南夏从未见过这样的顾深,忽然觉得他像是换了个人。

似是察觉到她的目光,顾深撩起眼皮往她这边扫了眼,目光顿住。

南夏穿了件黑色的复古长裙,小露香肩,乌黑的头发用珍珠发饰轻轻盘起,浑然有种清纯优雅的气质。

她仪态极好,像只天鹅,似乎在帮身旁的女生擦脸上的脏东西,这个静止画面令人赏心悦目。

顾深虽在看她,脚步却未停。

一群人浩浩荡荡走过来,南夏方才回过神,收回了手。

苏甜喊人:"顾总早,林总监早。"

顾深左手边穿着黑T恤、绑着小长辫的男人叫林森,是My Lady线的设计总监,就是他最后一轮面试决定招南夏进来的。

林森注意到顾深的目光,顺便介绍:"顾总,这是我们部门新招来的助理设计,南夏。南夏,这是我们这条女装线的负责人,顾深顾总。"

顾深掩饰住眼中的诧异,点了下头,没等南夏说话,直接越过她往前走,跟旁边的女人说:"下午的会推迟半小时……"

声音越来越远。

南夏这才明白,原来苏甜口中的顾总是顾深,她竟然跟顾深进了同一家公司,她还是顾深的下属。

难怪于钱会那么兴致勃勃建议她来倾城工作。

南夏不由得咬唇。

出来的设计师们都回到了自己位置上,周围很快被坐满。

林森没注意南夏的神情,吩咐她:"你跟我来。"

林森把她带到设计师林曼曼面前:"你主要先辅助曼曼,她会带你。"

面试的时候也见过了,南夏收回心神,很礼貌地鞠躬:"您好。"

她没说"请多指教",因为她也不确定会待在这个公司。

林森嘱咐完就离开了,林曼曼在忙,没空搭理南夏,南夏只好又回到座位。

苏甜凑过来,花痴般地说:"夏夏,看到顾总没?是不是特别帅?"

南夏淡淡"嗯"了声。

苏甜激动到不行:"我在公司健身房碰到过顾总一次,他身上的肌肉线条简直荷尔蒙爆棚,你不知道公司有多少女人喜欢顾总、想追他,可惜顾总放话不搞办公室恋爱,那些女人才慢慢消停下来。"

南夏拿起手机,跟没听到似的:"我出去打个电话。"

楼下树荫里,南夏微微仰头,耳机里传来于钱苦口婆心的声音:"不是,姐,我真不是故意的。你想想,我哥他现在也不是单身,我办这事儿不是硌硬你吗?而且我哥他那么高职位,也不管招助理设计师的事儿,他估计连你进公司这事儿都不知道,我也没跟他说。当时那么跟你分析,就是觉得倾城给的价格好,还有成衣定制,以你的能力肯定很快就能有机会,你跳去成衣线不就行了?我哥不管成衣线。你跟我哥的事儿都那么多年了,没必要为了避嫌放弃工作啊?你进都进去了……"

他说的这些南夏其实都知道。

她只在意一件事。

南夏问:"你真不是故意的?"

于钱:"我真不是故意的。姐,这样,我要是故意的,我……"他咬牙,"我回头管你叫妈。"

南夏沉默片刻,说:"那吃亏的不是我吗?"

于钱语塞。

南夏重新上楼,坐在工位上沉思片刻,给陈璇发了条微信:【我进倾城了,My Lady 线,见到他了,我在想要不要留下来。】

陈璇在时尚杂志做了那么久,应该知道详情,早知道应该在入职前问她一下,但当时她采访太忙,南夏就没去打扰她。关键网上也没查到倾城创始人的信息,南夏完全不知道这公司跟顾深有关系。

但她要是真的直接刚入职就走,又太过不负责任。

想起刚才顾深的态度,她觉得于钱说的话似乎也有几分可信,顾深可能真的不知道自己要来,如果知道,一定会当场将自己筛掉。

南夏微叹了口气。

忽然有人敲了敲她的桌面。

南夏抬头,是刚才跟在顾深旁边的女人,穿着职业的通勤装,笑容很有亲和力。

"你好,我是顾总的助理李可,叫我可可就行。你是新来的助理设计师南夏吧?"

南夏起身:"你好,可可。"

李可:"顾总要见你。"

南夏:"现在吗?"

李可:"对。"

可能看南夏紧张,李可碰了碰她的胳膊:"没事儿,别紧张,新人入职顾总都会见一面聊一聊的。"

南夏不知道是真是假,但此刻真假也显得不那么重要。

她点点头,跟在李可身后。

顾深的办公室在走廊尽头的拐角处。

李可敲门而入:"顾总,人来了。"

落地窗干净而明亮,阳光从一侧照到男人半边脸上,一脸玩世不恭的表情。

他正跷着一只腿打字,闻言也没动作,不慌不忙地把一句话敲完,才抬起头瞥了眼。

南夏站在门口,目光落在他不规矩的腿上,而后上移,停在他脸上。

二人目光在半空中交会。

对视片刻,顾深倏地轻轻一哂,眉梢微挑,语气也带了点儿挑衅:"怎么,不敢进来?"

熟悉的语气。

南夏缓缓走进来。

顾深抬抬下巴,指着对面的转椅:"坐。"又转头对李可说,"她简历呢?"

李可立刻走过去,从桌上的文件中找出简历来:"给您放这儿了。"

她目光不经意间扫到南夏的学历——南城大学,忽然想起来顾深也是南大毕业的。

感觉两人之间的气氛似乎也有点微妙,李可脑海里忽然闪出个念头:"你们不会认识吧?我记得顾总也是南大的。"

南夏一顿,脸上的笑容微微僵硬。

顾深轻描淡写:"认识。"

李可:"那太好了,是校友……"

顾深打断她:"我前女友。"

李可惊住了。

跟在顾深身边当助理这么多年,她替他挡过不少女人,还被有些女人误会过她跟顾深有关系,这还是这么多年来,顾深第一次主动想跟某个女人扯上关系。

她盯住南夏,笑容不禁又温和了几分。

南夏霍然抬头,也没想到顾深直接把这件事儿说出了口。

——他不是不想提吗?

聚会的时候玩游戏连初吻都不愿意提,怎么在公司见到她,反而说起了这些?

下一秒。

顾深:"后来我把她甩了。

"没想到这么不死心,竟然还追了过来啊。

"既然来了,希望你不要因为私人感情影响工作。"

南夏有些蒙。

宽敞的办公室里,气氛瞬间令人窒息。

南夏反应了好一会儿,才意识到刚才顾深到底说了什么。

哦。

他说她是他前女友。

他把她甩了。

她为了追他直接追到了倾城。

南夏也明白过来,为什么顾深会突然把这件事在助理面前讲出来,可能怕她跟别人说是她甩了他,所以先发制人。

南夏一直觉得对他很亏欠,如果他这么说觉得舒服,她其实不太在意。

对上李可震惊的目光，她微笑着，稍稍点了下头。

李可淡定地出去了，顺带把门关上。

办公室里顿时只剩下南夏和顾深两个人。

这是四年来，她第一次跟他单独相处，心中有种微妙的紧张感。

南夏手心发汗。

顾深指尖在办公桌上敲了敲，语气随意："怎么进的公司？"

南夏："于钱帮我推荐的简历。"

顾深拿起她的简历扫了眼，了然道："原来如此，为了接近我，连于钱都用上了？"

南夏一愣。

顾深嗤笑一声，看她："刚不都承认了吗？为了追我才进来的。"

南夏回忆了下，意识到刚才自己那个点头让人误会了。

她深吸一口气："不是，我刚才只是——"

顾深放下简历，眸光淡淡地看向她，淡漠得没有一丝温度。

南夏原本想解释的话忽然说不出口，但她感觉到顾深不仅不知道她要来这家公司，还不太希望她来，否则也不会是这样冷淡和嘲讽的态度。

南夏调整了下呼吸，说："很抱歉，我不知道你也在这个公司，如果让你觉得不舒服的话，我可以辞职。"

跟顾深一起工作，她也面临着无形的压力和或多或少的尴尬，不如趁早离开。

南夏站起来，微微欠身："那我就先出去了。"

她刚迈出一步，就听到身后传来懒懒的声音。

"站住。"

南夏回头。

顾深把她的简历放下，伸手按在桌面上，语带讥讽："你把我们公司入职当儿戏吗？"

南夏耐心解释："不是，我只是怕你觉得不舒服。"

顾深向后一仰，看着她："怕是你不舒服吧？"

办公桌上的手机屏幕突然亮了下。

顾深划开随意扫了眼，把手机扔下，用吊儿郎当的语气说："我为什么会觉得不舒服？是你追我追进来的呢。微信无法引起我的注意，所以这回选了个能引起我注意的？"

顾深继续说："啧，我还突然有点儿享受这种——被追的感觉。"

南夏一愣，刚要开口，又被顾深打断："但是呢，真不好意思，全公司都知道我不搞办公室恋情。"他忽地起身，双手撑在办公桌上，身体往前微弯看着她，一字一顿道，"这是规矩，懂吗？

"至于你的不舒服，请你克服一下，拿出职业的态度来，告诉我林总监没有看错人，毕竟——是他招你进来的。"

南夏微顿，刚入职就离开，的确观感很不好。

顾深并没有想让她离开，而是要她拿出专业性来，何况他说了他不会搞办公室恋情，自然对她也不可能有这个意思。

而且，她最大的顾虑是——直接离职，太辜负招她进来的林森了。

顾深也不着急，就等着南夏慢慢想。

片刻后，南夏点点头道："谢谢顾总，我明白了，我会拿出专业性来。不过……"她觉得有些事还是有必要解释清楚，"我并不是为了追您才进的公司，我开始说过了，并不知道您也在这家公司，而且我知道您有……"

"顾总""您"这些字眼让顾深嘴角抽搐了下，从来没想过有天南夏能这么喊他。

顾深深深看她一眼："行吧，算你不是为了我。"

他虽然这么说，却明显一副不信的语气。

南夏微叹了口气，没再跟他争论。

顾深这回很规矩地坐下，随手拿起她的简历："按照惯例，问你几个问题，问完你就可以出去了。"

南夏也重新回到位置上。

顾深垂眸，在她简历上看了一会儿，很平静地问："2014年去了英国中央圣马丁学院读了两年服装设计？"

他们也是在2014年夏天分的手。

南夏轻声说："对。"

顾深："在学校期间对设计有了什么新的认识和改变？"

南夏："设计师应该大胆自由地表达自己的灵魂……"

南夏声音温柔好听，顾深一时微微失神，她说完半晌后才反应过来。

顾深往下看她的简历，问："2016年毕业后，为什么没找工作？"

圣马丁是服装设计首屈一指的学校，不可能找不到工作。

南夏抬头看他："是个人原因。"

顾深有些烦躁地扯开衣领下方的两颗扣子，跷起一条腿横在另一条大腿上，没应声。

南夏小心翼翼地问："我是必须说吗？"

如果顾深一定要听，应该可以告诉他原因，只是需要他保密。

他依旧没应声。

南夏想了想："如果必须要说的话……"

"不用。"顾深停顿片刻，淡声问，"最后一个问题，为什么选择回国发展？"

他放下手中的简历，抬眸看南夏。

他双眸漆黑幽深，看不出情绪。

南夏对上他的目光："就是觉得国内这些年发展也挺快的。"

顾深垂下眼皮，没再看她："可以了，你出去吧。"

直到坐回工位上好久，南夏都没回过神，感觉刚才的经历像是一场梦。还是苏甜把她从梦里叫醒。

苏甜突然拍了南夏的肩膀一下，很欣喜："夏夏，你跟陈璇是大学同学啊？"

南夏回神点头："你怎么知道？你认识陈璇？"

苏甜："陈璇给你打了好多电话你都没接，她就打给我了。我们服装经常在陈璇她们那本《Beauty》杂志做广告，所以我跟陈璇超级熟！"

南夏温柔笑笑："原来是自己人，我先给她回个电话。"

电话接通，陈璇劈头就问："夏夏，你怎么去倾城了？于钱这个助纣为虐的东西，早知道我就不该跟他说。你赶快辞职，离那个渣男远点儿，咱们再找别的更好的工作！"

南夏顿了下，还是决定如实回答："蘑菇，我刚才跟顾深聊过了，我决定留下来。"

陈璇气道："我就知道，这男人又给你灌了迷魂汤。不行，我亲自去趟倾城问问他这个渣男到底想干什么！当初劈腿，现在又这样，夏夏，你清醒点行不行？"

那头传来高跟鞋的声音，似乎陈璇已经打算要往这边赶。

南夏知道陈璇关心自己，立刻解释道："不是你想的那样，当年他真的没劈腿，而且这次我进倾城他说他不知道。"

陈璇咆哮："倾城是他们家的，于钱是他兄弟，你被于钱忽悠进去他能不知道？也就你这么单纯才会信！"

南夏温声："蘑菇，你先冷静一点。"

陈璇："冷静不了！挂了！我非得过去扇他一巴掌不可。"

南夏："蘑菇——"

陈璇怒气冲冲挂断电话。

南夏再打过去，她已经不肯接了。

南夏只好不停发微信消息，解释当初是自己要分手，顾深没劈腿，陈璇也没回。

南夏忐忑不安，往顾深办公室门口瞟了眼，正在想要不要把这件事跟他说，林曼曼忽地隔了两排座位喊她："南夏是吗？你过来下。"

林曼曼的声音尖锐，听起来不太舒服。

南夏立刻走了过去："您找我。"

林曼曼正在画图，闻言头也没抬："对。"

南夏隐约有点儿期待："是有工作给我吗？我一定努力。"

林曼曼："嗯，去楼下给我买杯咖啡，美式。"

南夏微愣。

林曼曼放下笔看她，说："愣着干什么？十分钟之内我要在我的办公桌上看到。"

助理给设计师买咖啡南夏以前也不是没见过，但大多数设计师都会用比较温和的语气，毕竟这种事也不算名正言顺。

林曼曼语气强硬，像是对她带有敌意。

南夏回过神，没把这敌意放心上，大方地说："好的，我立刻去。"

公司楼下就有间星巴克，南夏排队买完一大杯热美式，拿着往回走，刚好碰见气势汹汹、一脸杀气的陈璇。

《Beauty》杂志社离倾城开车也就十分钟的距离。

陈璇是倾城的常客,但她没门禁卡,需要人带才能进去。

她举着手机大骂:"顾深,你是男人就给我下来,不然我冲进去大家脸上都不好看!"

嗓门之大,引人注目,幸好楼下等候区人不算多。

南夏拿着咖啡纸袋小跑过去拽她:"蘑菇,你小声点儿。"

看见南夏,陈璇脸上浮起恨铁不成钢的表情。

等陈璇挂断手机,南夏拉着她跑到等候区角落的沙发坐下:"蘑菇,你怎么真来了?我发的微信你都没看吗?"

陈璇抬手:"我不想跟你说,你已经无药可救了,我只问问那个渣男他想干什么。"

南夏急道:"蘑菇,我什么时候骗过你?顾深他真不知道我要来倾城,是设计总监林森招我进来的,我不想刚入职就离职,影响很不好……"

陈璇忽地站起来,愤恨地看着前方,拿起桌上的咖啡疾步往外走。

南夏回头。

顾深单手插兜,像是刚看见她们,眯了下眼,不慌不忙地走过来。

南夏立刻起身跟过去。

陈璇扔掉咖啡杯盖,把热咖啡瞬间尽数泼到顾深的黑色衬衫上。

滚烫的温度。

微微黏稠的褐色液体顺着衣服往下流。

顾深猝不及防地"嘶"了声,下意识后退一步,单手往外扯着衬衫,撩起眼皮扫了眼陈璇。

陈璇高声道:"顾深,你这个渣男,你告诉我你到底想干什么?你能不能放过她?合着这么多年你就可着她一个人骗是不是?"

顾深蹙眉。

南夏追过来,焦急地从咖啡纸袋里拿出几张餐巾纸去帮顾深擦。

"怎么样?烫到没有?"

她语气焦急,眉头轻皱,葱白纤长的指尖隔着湿漉漉的黑色衬衫触碰到顾深胸前的肌肤,像是带着酥酥麻麻的电流一般,让他整个身体不由自主轻轻一颤。

顾深俯首,隐约闻到了她发间极淡的香气,也看到了她耳后那颗熟悉的浅浅的痣。

如此之近的距离。

顾深嗓音发哑，低眸看她："嗯，烫到了。"

平淡的声音里，似乎还透着点儿委屈。

南夏许久没听过他这样的语气，内心忽然一酸，手上动作微顿。

陈璇伸手用力将她一拉："夏夏，你过来！别管这个渣男——"

南夏转头，表情微变："蘑菇，不许再闹了。咖啡很烫的，怎么能直接往人身上泼？"

南夏向来善于掩饰情绪，几乎不会说任何重话。

陈璇听她语气就知道她真的生气了，小幅度动了动嘴唇，什么也没说。

南夏替顾深把衣服上的咖啡擦得差不多了，担心地问："你要不要解开衬衫看一眼？我怕你烫伤。"

顾深低笑一声，语气不太正经："怎么着？想趁机占我便宜？"

南夏无奈地看他一眼："那要不你自己去洗手间检查一下，顺便用凉水冲一冲。"

顾深嘴角勾出一丝笑意。

南夏担忧地看着他，这人怎么明明被烫了还突然高兴起来了？

顾深抬眸，盯住南夏看了一会儿，声音带着点儿痞气："用不着，没那么严重。"

陈璇倒是忍不住又骂起来："顾深，你要不要脸？谁要占你便宜？"

这时，旁边恰好走过几个员工，不停地往这边看。

顾深扫了眼，那几个人立刻快步离开了。

顾深从裤兜里拿出车钥匙在手上随意甩了甩，对陈璇说："走吧，非得在这儿说？"

陈璇也想把南夏摘出去："行，换个地方。"

见两人一副要开战的样子，南夏担心地看着陈璇："蘑菇……"

陈璇打断她："我看你是忘了当年怎么打电话跟我哭到半夜三点的了，就这还说不是他劈腿？"

南夏呆住了。

闻言，顾深的视线落在南夏脸上，似乎是在探究当年她是不是真哭过。

这么丢脸的事被说出来，南夏略微尴尬。

说不动陈璇，南夏只好转头硬着头皮对顾深说："不好意思，当年的事蘑菇有点误会,是我没跟她说清楚。"

顾深没应声,垂眼不知在想什么。

片刻后,他懒散地说:"放心,我还不至于打女人。"

南夏愣了愣。

顾深:"这是我跟她的事,请你立刻拿出你专业的态度,回去工作。"

南夏默默注视着两人进了电梯。

顾深按了电梯,目光却一直落在她身上,直到电梯门被关上,他目光都没移开。

南夏胸口仿佛被什么堵住了似的,站在原地。

大学的时候,陈璇就常常不理解她为什么跟浑身都是痞气的顾深在一起,经常说顾深配不上她,加上这个误会,也不知道两人会聊成什么样儿。

但两人明显想避开她。

南夏想起来林曼曼的咖啡,又去买了一杯,上楼。

长这么大,南夏还是头一回在工作中被人这么吼。

林曼曼指着腕间的手表,生气令她的法令纹更深:"姐姐——买个咖啡而已,需要这么长时间?半个多小时过去了,马上是午饭时间了。"

的确是自己耽搁了,南夏低头道歉:"很抱歉,因为在楼下突然出现了一点儿意外,是我买晚了。"

林曼曼高高在上地看着她:"还有,我要的是冰美式,中杯不是大杯,你怎么回事儿,连话都听不懂吗?"

南夏回忆了下,完全不记得林曼曼交代过她要冰美式,也没交代过要中杯。

但她刚才思绪混乱,也不太确定这件事。

南夏只好再次道歉,脸上挂着得体的笑:"不好意思,我立刻去重新买。"

南夏重新下楼买了杯中杯冰美式回来,林曼曼翻了个白眼接过,吩咐她:"以后每天早晨九点前,往我的办公桌上放一杯咖啡。"

南夏想了想,问:"都要中杯冰美式吗?"

林曼曼:"一三五要中杯冰美式,二四要中杯冰拿铁,明白吗?"

南夏颔首:"好的。"

南夏转身,听到林曼曼还在吐槽:"真不知道总监看上她什么,一点儿小事都办不好,工作经验也没有……"

南夏没在意这话。

时间一长,她有没有实力,大家自然会知道。

回到工位,她忍不住翻看手机微信,陈璇还没回复她——不知道和顾深聊得怎么样了。

这种担忧的情绪一直持续到吃午饭的时候。

苏甜带着南夏去公司三楼食堂。

食堂环境很不错,整个一层都是透明的窗户,干净又明亮。

南夏心不在焉地搅动着盘子里的沙拉,听见苏甜安慰她。

"夏夏,你别把林曼曼的话放心上,她本来有个表妹想推荐进公司,但林总监选了你,所以她看你不爽,故意冲你发火儿呢。"

南夏意识到自己没控制好情绪,立刻微笑着说:"放心吧,我没事儿的。"

苏甜暧昧地凑近她几分:"哎,跟你说个八卦。"

南夏本人不八卦,但闻言还是捧场:"什么?"

苏甜小声说:"听说今天早上有个女人在楼下泼了顾总一杯咖啡、还骂顾总劈腿、渣男,事情都已经传开了。"

想不到传得这么快,南夏心中内疚,毕竟起因是自己,不仅损害了顾深的名声,还害得他被烫伤了。

南夏出声维护:"也许是有什么误会,不一定像传言那样。"

苏甜:"夏夏,你真是人美心善,好单纯哦。"

南夏一愣。

苏甜:"我觉得误会可能不大,什么误会能追到公司直接泼咖啡啊?而且有人很肯定地说那个女人不是顾总女朋友,因为顾总女朋友来过公司几次,属于那种性感类的,跟今天这个女人长得差别很大。"

她"啧"了一声:"夏夏,你运气真好,进公司第一天就能遇见这种百年不遇的八卦。"

说着,苏甜朝南夏竖了个大拇指。

南夏歪着头笑笑:"那我是不是得谢谢你告诉我这个百年不遇的

八卦?"

苏甜:"不用客气,都是自己人。"

南夏微笑着夹起餐盘里的沙拉吃了口,没再说话。

她耳边回荡着那句"顾总女朋友来过公司几次",内心钝痛。

午休时间,南夏特意去附近的药房买了烫伤的药膏和棉签,趁人不注意时放到了顾深的办公桌上。

顾深一直到下午四点才回来。

他径直进了办公室,很快,设计总监和几个主设也都进去了。

南夏划开手机,陈璇也终于回复她了。

蘑菇:【夏夏,没事了,你先安心工作。】

隔两分钟又发来一条。

蘑菇:【回头我们再细聊,不过你还是要小心点儿顾深。】

南夏松了口气。

顾深应该暂时跟陈璇说明白了。

插曲过后,南夏终于能安心工作,整理了一下午电脑,把需要的软件都下载好,就到了六点下班时间。

办公室吊顶的白灯全都亮了,打在周围忙碌的人身上。

几乎没什么人下班。

林总监和几个主设从顾深办公室走出来。

路过时,林总监很温和地对南夏打趣说:"你今天第一天上班,要是没事儿就先走,没关系。你看看周围,以后有你加班的时候。"

苏甜正在画图,闻言也笑着附和:"对,一定要珍惜你不用加班的日子。"

的确没必要做无谓的加班,南夏站起来:"谢谢林总监,那我就先走了。"

林总监点头离开。

南夏叫了车,拎着包往楼下走,走到门口时,忽然收到顾深发来的微信。

顾:【你买的?】

底下是一张药品照片。

南夏顿住脚步，回复。

Summer：【嗯，你记得好好涂。如果起泡的话千万不要戳破。】

Summer：【还有，今天的事，对不起。】

顾深很快回复过来。

顾：【我不会涂。】

顾：【也记不得。】

南夏很耐心地回复：【很简单的，就用棉签蘸着那个药膏往发红的地方轻轻涂就好，如果你不记得的话，可以设个闹钟或者让可可提醒你涂的时间。】

消息发过去后，南夏站在路口等车，地图显示路段拥堵，司机还需十二分钟抵达。

见旁边不远处垃圾桶外有个空的矿泉水瓶落在地上，南夏走过去，拿出张纸巾捏着矿泉水瓶扔进垃圾桶里。

耳旁忽然传来戏谑的声音。

"你这么有公德心，怎么对我就没点儿良心？我是因为谁受的伤？"

南夏抬头。

深黑色劳斯莱斯车窗摇下，露出那人狭长深邃的双眼。

她一怔。

顾深举起手里的药膏："你是不是得负点儿责任，帮我涂一下？"

南夏缓缓起身。

天色渐暗，空气里也透着些许凉意。

南夏一瑟，顿了片刻，说："但我也不可能每次都帮你涂……"

他有女朋友，她不想跟他有太多牵扯。

顾深不耐烦地打断她："你倒是想得美，还想次次给我涂？就一次，教完我就行。"

涂个药膏而已，需要教吗？

想起大学里感冒从不吃药的顾深，南夏还是说："那好。"

顾深从里面把车门打开，随口道："上车。"

南夏手停在车门把手上片刻，坐了上去。

她穿着一双干净的小白鞋，上车时微微撩起裙子，露出一截白皙的小腿和骨感的脚腕，性感又撩人。

顾深别开眼，把手里的塑料袋扔过去。

车子缓缓向前开。

南夏垂着眼，自如地打开手里的塑料袋。

车内一片安静，只能听到塑料袋的清脆响声。

南夏拿出药膏打开，又拿出棉棒蘸了点儿透明色的药膏，转头看顾深。

他不知什么时候换了件白色衬衫，一排扣子整整齐齐地扣着，连最上头那颗也没解，跟平时的他完全不同。

可能是因为在工作场合，所以他比较规矩。

南夏咬了下唇，说："可能需要你解开一下衬衫，我才方便涂药。"

顾深转过头看了她一会儿。

南夏忽然脸红，怕他突然蹦出一句她接不住的话。

好在他什么都没说，开始单手解衬衫的扣子。

他动作很慢，像刻意放缓似的，好半天才解开一颗。

南夏耐心地等着。

他又慢条斯理地去解第二颗。

等了好一会儿，他还没解开，南夏不觉开口："可以稍微快一点儿吗？"

顾深倏地一笑，转头看她："等不及了？"

南夏一愣。

没等她回应，顾深直接摊开双手，放荡不羁道："要不你来？"

天色已经全暗了。

车窗外的高楼大厦亮起色彩斑斓的霓虹灯，却让人有种清冷的感觉。

听到这话，南夏的视线从顾深背后的窗上挪到他脸上。

车里也在顷刻间昏暗下来，他的脸像是隔着一层雾，怎么也看不清楚。

跟他单独私下相处过于危险，她怕克制不住心底的欲望，但又要在心里提醒自己他是有女朋友的人，不能对他有任何想法。

她一时没忍住，才会开口提醒，没想到他会甩出这样一句话。

车内陷入诡异的安静。

顾深没再解衬衫，也没动作，似乎是在打量南夏的神色。

片刻后，南夏打破沉寂："还是你自己来吧。可以开灯吗？"

顾深不由自主坐姿规矩起来，语气却还在调侃她："哦，让你看得更清楚点儿？"

南夏无语："不看清楚怎么涂？"

两人一个靠左，一个靠右，中间距离大得能再坐两个人。

顾深抬了抬下巴，声音懒懒的："那你是不是得坐过来点儿？"

南夏犹豫了下，起身挪了几分，仍旧跟他维持着距离。

顾深没再说什么，解开白色衬衫，露出一片胸膛。

昏黄的灯光下，清晰可见他胸前一片微红，还有两个鼓起的水泡。

还是被烫到了。

南夏彻底忘记保持距离，不自觉靠过去，用棉棒给他轻轻涂伤口。

最后，她整个人都倾身靠过去。

顾深向后一仰，给她稍稍让开位置。

眼前是她盘起的乌黑发髻和发髻上略显夸张的白钻首饰，几绺头发丝擦得他下巴尖痒痒的。

顾深忽地深深吸了一口气。

南夏紧张地抬头："我弄疼你了吗？"

她的目光如水，夹杂着内疚和担心，跟很久之前的目光重叠。

顾深低低"嗯"了声。

南夏柔声说："那我再轻点儿。"

南夏动作越发慢，小心翼翼地，好久才涂了一小片儿区域。

这对顾深来说，简直是种折磨，被烫伤的地方又痛又热又痒，令人难耐，而她又如此触手可及。

顾深抬起右手，悬在她发髻上片刻，还是没碰下去。

好一会儿，南夏像搞定了个大工程似的舒了口气，起身："好了，你可以把衣服扣上了。"

顾深扫了眼胸口，眼尾微微上挑。

"急什么？你不看得挺开心？"

南夏把用掉的几根棉棒用纸巾包好，放进包里，把剩余的药和棉棒装好递给他："你应该知道怎么涂了。"

顾深随意应了声。

他衬衫仍旧敞开着，露出健康的小麦色肌肤，肌肉线条流畅，漫不经心地扫了她一眼,接了。

南夏耳根发烫,转头看了眼窗外:"那我就先下车了,在前面的路口把我放下就行。"

顾深随手甩了甩塑料袋,说:"你是不是还忘了件事儿?"

南夏:"什么?"

顾深指了下胸前烫伤的部分:"我是因为谁受的伤?"

想到的确是因为自己,南夏说:"很抱歉,我……"

顾深打断她:"我不是说这个。"

南夏不解,不是想让她道歉吗?

顾深用理所应当的语气说:"你是不是得提醒我擦药时间?"

没想到他说的是这件事,南夏微怔了下。

"可可能提醒你吗?"

顾深慢条斯理地扣着扣子:"可可是我的工作助理,私事我不方便麻烦她。"

南夏垂睫。

顾深已经重新穿好衬衫,只是袖口散乱随意地拢在小臂上,重新靠回椅背上。

南夏细声问:"那我提醒你的话,你女朋友不会介意吗?"

顾深掀起眼皮,转头向她看去。

南夏下意识地解释:"我主要是怕你女朋友误会,毕竟我们以前是那种关系。"

"女朋友?"顾深勾了下嘴角,"放心。"

这自信且理所应当的语气,也就是说他女朋友不会误会。

他这么有信心,南夏也没必要过分担心,点头说:"好,那从明天开始,我微信提醒你。"

顾深懒懒地"嗯"了声,问:"住哪儿?"

南夏:"不用了,把我放前面路口,我打车回去就行。"

顾深扫她一眼:"又怕我女朋友误会?"

南夏:"不是。"

顾深"哦"了一声,语气吊儿郎当的:"那是你屋里有人,怕你男朋友误会?"

这都什么乱七八糟的?

"不是,我没男朋友。"南夏下意识否认,想了想,说,"那把我送嘉华购物中心附近就行。"

南夏现在住的是很一般的小区,如果直接报小区名字很可能会被顾深询问原因,所以她只报了小区附近的购物中心。

好在顾深没往下细问,或者说仿佛完全没在意她说出来的地址在哪儿,只是跟司机说了声,而后就翻开了手边的笔记本电脑,似乎打开了设计图。

南夏没敢再看,也拿出了包里的 iPad,随手在画图。

车窗外夜色已深,一辆辆车疾驰而过,车内安静得只能听到清浅的呼吸声。

等到了嘉华,南夏说:"停在这里就行,我就住附近。"

顾深目光还在电脑屏幕上,闻言头都没抬:"嗯。"

南夏径自下车,目送黑色的劳斯莱斯消失在夜色中。

顾深回到繁悦二十六楼时,指针刚好指向十点钟。

他从冰箱里拿出瓶黑啤坐在沙发上喝了口,看着右下角破碎的电视机屏幕,忽然想起他第一次对南夏有兴趣的场景。

那是大一上学期期末考试前的清晨。

前一晚,他刚跟他妈妈周怡吵完架,一夜没怎么睡,干脆早起跑了出去。

外头像是下了一夜的雪才停,积雪有半尺多厚。

天气有点儿冷,他找了间偏僻的小自习室。

他坐在最后一排的椅背上,脚踩着桌子。

偶尔有背着书包的同学路过,一见他这副不好惹的样子便跑开了。

不知过了多久,他起身准备离开,刚出后门,就遇见过来自习的南夏和陈璇。

他没注意,一下撞在了南夏身上。

南夏毫无防备,差点给他撞得摔倒在地,还好陈璇扶了她一把。

他眼皮都没抬,吊儿郎当地说:"不好意思啊。"

南夏似乎抬头看了他一眼,说:"没关系。"

他没回应,直接离开,听见身后的声音。
"这不是顾深吗?这教室怎么给他搞得乱七八糟乌烟瘴气的……要不算了,夏夏,咱们换一间。"
南夏之后说了什么听不太清楚,他当时只觉得她的声音可真好听,又软又甜。
他这时走到前门,不自觉往教室里扫了眼。
南夏穿着一件纯白色的精致大衣,衣摆一路垂到脚踝,脚上也踩着双白色的靴子,干净得一尘不染,正弯着腰捡地上的垃圾,他也终于听清她说了什么。
"都习惯在这间教室学习了,清理一下就好。"南夏脸上挂着温暖的笑容,丝毫不嫌弃。
顾深顿住脚步看了一会儿,第一次觉得于钱他们口中的女神还不错。
陈璇无奈,帮她一起捡。
南夏捡完垃圾,又把顾深踩过的有脚印的地方用纸巾擦得干干净净,然后踮起脚开了窗,转头冲陈璇笑笑:"这不就好了?"
窗外有风吹过,落雪的梧桐树枝轻轻晃动着,雪簌簌落下。
阳光从她身后升起,暖而明媚。
那一刻,他听见他被放大的心跳声——
"扑通扑通!"
脑海中的画面突然转到今夜她弯腰捡矿泉水瓶的场景。
像极了当年。
顾深把喝完的啤酒瓶投篮似的往垃圾桶里一扔,力气太大,罐装啤酒瓶又弹了出来。
以往阿姨会帮他收拾,但他这会儿想了想,走过去弯腰把啤酒瓶重新扔进垃圾桶里,突然觉得这无聊的行为也因南夏有了些乐趣。
他走到电视机屏幕前,慢慢蹲下,触碰着碎掉的屏幕一角。
良久,他微闭了眼,低声说:"行,南夏,过去的事我不在乎。"

Part 02
第二天起床,南夏先给顾深发了条微信:【记得涂药。】
然后,她才洗漱出门。

她这么发了三四天，顾深都没什么回应，连个"嗯"字儿都懒得回，应该是真把她当一个能提醒的工具人了吧。

又过几天，南城气温骤降。

又是雨天，风也大，出租车在路上堵得厉害。

南夏买完咖啡，踩着点儿进入公司。

林曼曼的包在位置上，人已经到了，应该是去开会了，南夏把咖啡拿出来，搁在她办公桌上。

这次会议持续的时间格外长，一直到十一点，一群人才从会议室里鱼贯而出。

林曼曼走在最前头，脸色不太好看。

她周末在公司加班改图到晚上十二点多，周一一早赶来开会。本来这套图林森已经点头，没想到会上的设计师投票没通过，又要重画。

时间也越来越紧张，最迟下个月底也必须下厂了，也就是说设计时间最多还有半个月。

她本身心理已经烦躁到崩溃，回到座位上一摸咖啡后发现竟然是冰的，她又是生理期，脾气瞬间爆发，隔着两排座位吼起来："南夏——你有病吧？大冷天给我买这么冰的咖啡？"

她嗓音又尖又亮，周围不少人的目光都移到南夏这边。

南夏没什么表情。

她不喜欢跟人大声说话，所以干脆走了过去，认真解释说："是您之前说的，一三五是冰美式，二四是冰拿铁。"

林曼曼在会上就被几个设计师反驳得无话可说，没想到刚出会议室又被一个刚入职的新人助理顶撞，她气得失去理智，一时间什么都没想，拿起咖啡杯甩到南夏身上。

周围一片惊呼。

南夏毫无防备，被砸中的瞬间，咖啡杯盖分离，湿冷的咖啡带着冰块溅到身上。

天气本来就冷，这杯冰咖啡泼上来更是带着透骨的凉意，南夏不由自主地轻轻发抖。

苏甜小跑过来递给南夏纸巾，看着林曼曼说："林设计师，咱们好歹也是同事，你也太过分了吧？"

南夏沉默不语，擦拭着衣衫上的污渍。

周围突然陷入寂静。

察觉不对劲，南夏回头。

顾深沉着脸走过来，身后还跟着林森、李可和几个主设，像是刚从会议室出来。

当着众人，顾深径直走到南夏身边，脱掉身上的西装外套披在她身上。

这么狼狈的时候怎么会刚巧被他撞上？

南夏垂头试图躲避他的目光，低声："不用。"

她上身穿着件西装外套，里头的白色衬衫贴到了身上，衬出她胸前的玲珑曲线，惹人遐想。

顾深不容置疑道："穿上。"

这么多人看着，南夏也没再拒绝，用他的衣服彻底将自己裹住。

瞬间暖和许多，外套上还残留着他的体温和味道。

顾深转头看向林曼曼，语气冰冷："怎么回事儿？"

迟迟没人敢接话。

顾深在工作中虽然严肃，但私底下常跟大家开痞坏的玩笑，大家都觉得他很好相处，但此刻他周身的气息都是冷的，众人从没见过他如此生气的模样。

林曼曼心里也生出几分悔意，自己的确过于莽撞了，没想到还恰好被顾深撞见。

被他这么一觑，林曼曼莫名紧张，从座位上站起来："顾总，只是助理做错了件小事罢了。"

顾深冷笑："因为买错了咖啡？"

原来他听见了。

听他这语气，林曼曼心里突然浮起不太好的念头。

买咖啡这件事不是助理设计师的工作，严格说起来为买错咖啡发脾气是林曼曼没理。

林曼曼正在想该用什么措辞解释，被围在中间的南夏突然抬起头，开口了："我没有买错咖啡。"

众人一时全都向南夏看去。

她脖颈修长，仪态完美地站在原地，稍大的黑色西装外套扣子错开相扣,像是刻意这么穿出来的时尚搭配。

即便被当众羞辱,她也是落落大方的。

众人本来应该对她抱有同情,但一眼望去,只能生出赞美和佩服。

顾深的视线移到南夏脸上,示意她继续说。

南夏声音也很平静:"因为第一次买咖啡的时候我不小心买错了,所以之后林设计师的吩咐,我用手机录了音。"

林曼曼的脸色在瞬间变得苍白。

南夏目光平静地跟她对视:"想来应该是您记错了,我可以播放手机录音,让您回忆一下。"

不卑不亢,从容不迫,根本不是一开始在她面前表现出来的温柔、好拿捏、对什么活儿都不计较的模样。

林曼曼将指节捏得泛白,脸上浮起难看的笑容:"不用了,想必是我记错了。不好意思,因为今天天气太冷了,我又是生理期,心情有些烦躁,不是故意想为难你。"

南夏似乎也没有要追究这件事的意思,只是说:"没关系,只是这阵子买咖啡的钱,希望林设计师记得还给我。"

顾深眼神微深。

此话一出,林曼曼脸上瞬间挂不住了。

周遭也向她投来了鄙夷的眼神——让人买咖啡竟然钱都不付,太过分了。

林曼曼马上说:"抱歉,我忘了,现在就转你。"

说完,她回头去拿手机。

南夏本不想跟林曼曼起冲突,奈何对方像是柿子挑软的捏,一再找她碴儿。

这回要是再轻易放过,恐怕林曼曼会变本加厉。

南夏在心里舒了口气,现在应该也差不多了吧。

顾深却没有要轻易放过的意思。

他冷觑了林曼曼一眼,转头看向林森,沉声:"林总监,公司花钱雇来的助理设计师,就是用来给人买咖啡的吗?"

林森微愣一下,立刻回道:"当然不是,是我的疏忽。"

说着,他看了林曼曼一眼。

林曼曼立刻鞠躬说:"是我不对,顾总、林总监,对不起。"
顾深:"跟谁道歉呢?"
纵使脸上再挂不住,林曼曼也只得跟南夏鞠了个躬:"对不起,南夏。"
南夏:"没关系。"
说完,她抬眸,看了眼顾深。
顾深却没看她,冷冷道:"写一封正式的道歉信贴在十二楼公告栏一周,赔偿南夏的衣物和精神损失费,还有——"他扫了眼地毯上的咖啡渍,"地毯清洁费用从林设计师的薪水里扣除。"
林曼曼唇色发白:"好的。"
顾深目光扫视众人:"我不希望同事之间再出现这种事,李可,把公司规章制度发给十二楼所有人一份,本周五考核。"
李可:"好的。"
没料到顾深会如此兴师动众,南夏有些意外。
顾深扫了眼南夏,把她的神色看在眼里:"你跟我来。"
当着众人,南夏跟着顾深进了办公室。
玻璃门被关上后,在场的人均松了口气,各自回到座位工作。
有个跟林曼曼关系不错的设计师凑到她跟前小声嘀咕:"这南夏谁啊?跟顾总有关系?顾总不是不近女色吗?"
设计师对助理发脾气只是一件再小不过的事,尤其是林曼曼马上要升主设,即便真有做得不妥的地方,顾深也不至于下她面子。
林曼曼冷笑一声:"谁知道呢?"

淅淅沥沥的雨水打在透明玻璃上。
顾深关上门,扯开衬衫上的两颗扣子,看着南夏,神色晦暗不明,没有说话。
一跟他单独相处南夏就紧张,她想了想,看了眼身上他的外套,伸手打算脱下来。
顾深:"穿着。"
南夏伸出的手放下来。
顾深神色缓和几分,靠着办公桌站着,双腿交叠:"有事儿没?"
看出他眼里透着关切,南夏的呼吸都慢了几分。

她也是生理期，今天出门穿得有点少，被冷风一吹，再被咖啡这么一泼，小腹的确有些难受。

但她只微微摇了摇头。

顾深打量她片刻："不舒服？"

南夏回答："没。"

顾深点头道："是我没管理好属下，抱歉。"顿了下，他补充道，"你不必紧张，今天换了谁我都会这么做。"

这是怕她误会在解释吗？

南夏心中泛起酸涩，面上却丝毫不显："不会，我要谢谢顾总才对。"

顾深拿起办公桌上电话："你进来一下。"

从拨出电话到有人进来，也就不到五秒的时间。

这安静的五秒里，两人都没说话，却分外难熬。

李可推门而入。

顾深："改天你带南夏去买套衣服，记公司账上，当作公司对她的赔偿。"

李可笑容温和："好的。"

南夏："不用这么……"

顾深抬眸。

南夏顿住。

小腹突然抽痛，她下意识地伸手捂住。

顾深微微蹙眉，仿佛想到什么："行了，今天放你一天假，你回去休息。"又转头对李可说，"让我司机送她回家。"

胸前洒过咖啡的地方又黏又腻，小腹又疼痛，南夏的确有点受不了，也没推辞："那外套我回头洗干净还给您。"

南夏跟林森打了个招呼，直接回家了，进门第一件事就是洗澡。

热水从头顶浇下，将身上的污渍冲得干干净净。

她微闭着眼仰头，脑海里莫名想起顾深给她披衣服时的画面。

当时不觉得有什么，但回想起来却心跳加速。

他的指尖轻轻按压在她肩上，像是从背后用胳膊环住了她一半的身体，触感温热。

南夏深吸一口气,制止了自己的胡思乱想。

她吹干头发从浴室出来,倒了杯热水喝了几口,躺在床上抱住被子,才感觉舒服几分。

微信里是苏甜关切的询问。

糖糖:【夏夏,你回家啦?心情好点儿没?千万别受林曼曼的影响,把她当空气就行。】

南夏走的时候苏甜正好去开会了,她没来得及打招呼。

她很快回复过去:【放心,不会受影响。】

苏甜不知道南夏的心情到底如何,挑愉快的事情跟她说。

糖糖:【你不知道,刚才保洁过来评估清洗地毯的费用,居然要八千块,因为公司的地毯是整层楼一起的,要清洗就要一起清洗,当时林曼曼的脸都白了!】

糖糖:【还有你的精神损失费,法务部那边鉴定了一万块,这还没加你的服装费,真是痛快!】

糖糖:【对了,听说检查也要手写。[顾总牛.jpg]】

这句话后头跟的表情包看起来像是苏甜找了张顾深的图片现做的,表情包里的顾深一脸严肃、沉稳,跟以往她眼中的他完全不同。

南夏点开表情包看了会儿,不觉莞尔一笑,存在手机里。

糖糖:【还有,顾总今天给你披衣服的时候也太偶像剧男主角了,真是羡慕他女朋友。】

南夏垂头,开玩笑似的回了句:【我也羡慕。】

反正苏甜完全不会往那个方向想,就当作是自己的一个暗戳戳的秘密吧。

下班的时候,苏甜又发了条微信。

糖糖:【夏夏,你今天运气可太差了,顾总的女朋友来公司了,你没见到!】

南夏指尖一抖。

Summer:【遗憾。】

糖糖:【不过没关系,我偷拍到图了,啊啊啊!顾总女朋友还蛮特别的。】

接着,不用南夏开口,苏甜已经连发了几张偷拍图过来。

图片里是一个很干练的女人,二十五六的样子,也是健康的小麦色皮肤,扎着个高马尾,手里拎着 LV 的包,挽着顾深的胳膊往大厦外走。

看这样子,图是在大厦外拍的。

下一张是两人在路边上车的图。

顾深替她打开车门,她正弯腰上车。

南夏说不清楚心里是什么滋味。

明明已经分手了那么久,明明也知道了顾深有女朋友,但亲眼见到照片,她还是有点受不了。

久违的被压抑的情绪在瞬间涌上来,她抬眼看着被挂在衣架上顾深的黑色西装外套,莫名想哭。

她转头看向窗外,雨停了,天也彻底黑了。

又过了一会儿,手机里收到条短信,是快递到了,让她九点前去代收点取。

大约是她买的一个简易组装衣柜到了。

快递也不送货上门了。

南夏微叹了口气,穿了厚点的衣服出门去小区代收点。

楼下拐角处停着辆崭新的奥迪 A6,车牌尾号四个八。

南夏余光扫过,觉得车牌很吉利。

从代收点拿到快递,南夏拽着比她还高的长方形纸箱,像蜗牛般一点点向前方移动。

这快递也太沉了。

因为下了小雨,地上还是潮湿的,南夏尽量绕开水坑,移动得格外缓慢。

小区的路灯落在她身上。

前方突然有刺眼的车灯闪过,纯色的白。

南夏有点紧张地拖着纸箱往路边移,生怕挡住人家车道。

车主似乎也没有任何着急的意思,关了车灯,打着不疾不徐的双闪等她。

南夏松了口气,好长时间才终于挪到路边。

黑色奥迪缓缓驶过,重新亮开车灯,一路行驶到小区门口停下。

顾深按下车窗,下车。

路边恰好有水，没别的地儿落脚。

他像是没看见，一脚踩上去，熟练地抽出根烟递给门口的保安："小哥儿，麻烦您，现在24号楼附近有个姑娘在搬一个有点儿沉的箱子回家，拜托您帮她搬一下，我付您钱。"

他稍顿，补充道："别说有人找您帮忙。"

Part 03

第二天是个大晴天。

南夏从家里出来，一眼看见昨夜停那辆奥迪车的地方有不少烟头。

她走过去用纸包住烟头捡起来，数了数有七八个，这奥迪车主烟瘾还挺大。

她把烟头扔进附近的垃圾桶里，叫了辆车，一路通畅无阻。

昨晚的事让南夏心情不错，午饭时还主动跟苏甜分享。

"我们小区的保安很善良，竟然还帮我把那么重的快递搬上楼，太热心了。"

苏甜没她这么单纯："夏夏，你是一个人住吗？"

南夏微笑："对。"

苏甜叮嘱说："那你千万要小心点，那个保安别有不好的心思。"

听她这么说，南夏也谨慎起来，仔细回忆了一下昨晚那个保安的表情："应该不会，我看他挺面善的，而且小区里都有摄像头，应该没事。"

苏甜："防人之心不可无，总之，你一个人千万要注意。"

南夏点头："我会的。"

苏甜开始八卦，没一会儿，话题转到顾深女朋友身上。

"你不知道，昨天本来还有人猜顾总看上你了呢，结果顾总女朋友一来，彻底没人议论了。"

南夏"嗯"了一声。

苏甜："都不知道这些人在想什么，顾总早说了不谈办公室恋爱，还往你身上泼脏水。"

南夏微笑："八卦而已，没事。"

林曼曼效率很高，这天下午就把正式的道歉声明写好贴在了十二层公告栏里，见到南夏笑脸相迎，抱歉的话说个不停，然后给南夏指派了一堆活儿——整理打版衣服的纽扣、整理色卡、服装存档等,而且都规定了完成时间。

南夏不得不加班。

但她没法觉得这是林曼曼故意报复,因为整个一层楼的设计师和助理几乎都在加班。

大约九点的时候,大部分人都离开了。

苏甜打了个哈欠:"我也要走了,我住得远,回去要一个半小时。夏夏,你还要多久?"

南夏算了下手里的工作,还差三分之一。

"我还要一小会儿,你先走。"

远处的林曼曼回头看了南夏一眼,嘴角泛出一丝冷笑,拎着包走了。

当晚,南夏十二点多才到家。

第二天又是加班。

晚上十一点的时候,南夏这片儿的座位全空了,只有远处角落里还亮着灯,似乎还有个同事没走。

南夏拉伸了下肩膀,把手里最后的文档存进电脑,分类命名后,关掉电脑。

不远处的灯灭了,传来不疾不徐的脚步声。

南夏顺着声音看过去,是顾深。

原来他也在加班。

以前上大学的时候,南夏常想顾深这么放荡不羁一人,完全不适合被工作圈住,没想到他不仅工作出色,居然还能加班。

顾深手里松松垮垮拎着件西装外套往外走,许是因为加班太久,他不像白日里在公司的正经沉稳模样,走起路来也没个正形,吊儿郎当的。

察觉到南夏的目光,他撩起眼皮看过来。

两人视线在空中撞上。

停顿一秒。

南夏率先移开视线,低头喊他:"顾总。"

顾深嗤笑了声,甩了甩手里的车钥匙,语气带着点儿戏谑,喊她:"南设计师。"

南夏一滞。

她喊他"顾总"，他喊她"南设计师"，这称呼听起来仿佛没什么问题，但不知道为什么，南夏总感觉他这语气像故意的。

顾深扬眉："还在加班？"

南夏正要说打算走了，还没开口，又听他意味深长地补了句："还是知道我加班，在等我？"

他又开始了。

南夏忽略他的语气，淡定道："在加班。"

顾深这时已走到了她办公桌前。

她办公桌前就是条过道。

顾深胳膊肘压在她办公桌前方的隔板上，身体前倾，低头扫了眼她的电脑屏幕，闲闲道："黑着屏幕加班？"

他气息极近。

南夏微微后仰，有些慌乱："不是，准备走了。"

明明是正常的关电脑，被他这么一说好像真说出她在等他的意思，尤其是她的回答还这么紧张。

两人中间隔了约一尺距离，顾深一双漆黑的眸子打量着她。

南夏手指蜷缩起来，正要说先走，顾深手机响了。

他终于没再看她，按下蓝牙耳机，皱了下眉，又往办公室方向走去。

尽头那片地方又重新亮起灯，南夏松了口气，翻开手机叫车，然后下楼。

不知道什么时候又下起了雨，还不小。

叫车软件刷新了一次又一次，半小时过去了，南夏还没叫到车，只好坐在一楼大厅等候区等着。

"叮"一声，电梯声响起。

大堂的灯早灭了一半，远处的阴影里有个熟悉的身形慢悠悠往外走，从暗处走到灯光底下。

是顾深。

他一眼看见南夏，笑了。

"还在等我？"

他身形高大，走到她身旁，居高临下地看着她。

南夏站起来解释:"不是,雨太大,叫不到车。"
窗外的雨仿佛应和她似的,"噼里啪啦"声更响。
顾深转头扫了窗外一眼:"倒是个好借口。"
也不知道为什么,他认定了她还对他有想法。
既然三番四次都解释不清楚,南夏干脆也懒得解释了。
顾深甩了甩手上的钥匙,看她一眼:"那走吧?"
南夏:"去哪儿?"
顾深"啧"了一声:"当然是送你回家,总不能让你白等这么久。"
南夏无语:"不用。"
顾深扬眉:"你确定?上次有个同事深夜加班下雨打车,听说一直到夜里三点才回去。"
南夏微微动了动嘴唇,拒绝的话却说不出口。
要真等到三点,她明天就不用上班了。
顾深也不急,就站那儿等她想。
片刻后,南夏看着还在刷新的打车软件,直接取消了打车。
"那麻烦顾总了。"
顾深又带她进了电梯,到 B2 层。
南夏看着闪着车灯的劳斯莱斯,想了想,打开车后门。
顾深在前头看见她的动作:"南夏,你什么意思?把我当司机了?"
南夏:"不是,我是怕不方便。"
顾深气笑了:"哪儿不方便?"
南夏只好坐回副驾驶位。
这么多年,她再次坐在了他车的副驾驶位上。
以前大学时顾深爱玩车,赛车机车都玩,也经常开赛车带她跑赛道。
他那会儿年少轻狂,意气风发,赛车场上总能跑第一,跑完后还摘下头盔,捏着她的下巴尖问:"怕不怕?"
南夏摇头。
她一点儿也不怕,还觉得兴奋和刺激。
顾深会凑过来亲她一口:"不愧是我的女人。"
车灯亮起,南夏从回忆中抽离。
顾深把外套往后座一扔,目视前方,说:"安全带。"

以前都是他给她系。

南夏连忙把安全带系好。

车子缓缓开进雨夜里。

也许因为下雨，顾深开得不快，车速只有八十。

车里安安静静的，只能听见雨声。

外头车辆很少，只有孤独的路灯伫立在路边，洒下昏黄的灯光。

两人谁也没说话，就这么开了一段路。

车子在一个红灯前停下。

顾深突然开口："说话。"

南夏："嗯？"

顾深打了个哈欠："你不说话我都要睡着了，不能疲劳驾驶，懂吗？"

疲劳驾驶是这个意思吗？

南夏无语，但看他的确有些困的模样，还是开始跟他聊天。

"你这几年，过得怎么样？"

顾深语气敷衍："挺好，你呢？"

南夏："我也还行。"

典型的尬聊。

片刻后，南夏又说："那个聚餐的钱你收……"

顾深视线扫过来，语气不太正经："不必了呢，有你的爱慕者替你付过了。"

南夏狐疑道："谁付的？"

顾深"啧"了一声："我哪知道呢，头像我没见过，毕竟你这么受欢迎。"

南夏："你怎么乱收别人钱？这样，你把钱退给他收我的，或者你把他微信推给我。"

顾深："哦，想跟你的爱慕者交流一下？"

南夏："不是。"

顾深遗憾道："那真是可惜，我已经把他删了。"

南夏看了他一会儿，猜测刚才他说的大约不是真的。

她想了想，也没再纠结这顿饭钱，换了话题："我还以为大学毕业后你会当职业赛车手，没想到你会来服装行业。"

顾深稍顿。

绿灯亮起，车子重新启动。

顾深笑了笑："我也没想到。"

尴尬的气氛稍缓，南夏又主动询问起他的伤势："你烫伤的地方好些了吗？"

顾深转头看她一眼，脸不红心不跳地撒谎："没。"

南夏有些意外："没好转吗？怎么会，都这么多天了……"

顾深："怎么，你需要亲自看一眼确认下？"

南夏默默收回质疑："不用。"

她抿了抿微干的唇，刚才加班的时候忙着工作，水都忘记喝了。

前头有家麦当劳，顾深踩下刹车："我去买点儿东西。"

他穿上外套，下车从后备厢里拿了把黑色的伞，高人的身影走进雨帘里。

南夏就这么注视着他。

没几分钟，他出来了，手里拎着个袋子。

他把伞放进后备厢，再次上车，把手上的饮料递给南夏。

温热的。

南夏还以为顾深顺路要给女朋友买东西回去，没想到是给她的，怔住了。

顾深很少干这事儿，脸色不太自在："热牛奶。"

"谢谢。"南夏伸手接过，指尖擦过他的掌心。

他淋了雨，头发有点儿湿，随意一甩更显放荡不羁，额间的水珠贴着麦色肌肤往下滑。

南夏顺手扯了两张车上的纸巾递给他。

车子重新启动。

顾深余光看见纸巾："我开车，没手。"

南夏手在半空停了一会儿，试探地问："那我帮你？"

顾深"嗯"了声。

南夏拿起纸巾，将他右边脸上的雨水擦干，说："稍微低下头。"

她指尖温热，像是带了电，顾深呼吸紧促，稍低下头。

她手腕贴着他下巴擦过，绕到他左半边脸擦拭片刻："好了。"然后把两张用过的纸巾放在了手包里。
还是以前熟悉的习惯。
顾深嘴角划过一个极浅的笑容。
下着雨，这回顾深直接把南夏送到了楼下。
南夏举了下手里的牛奶："谢谢。"
路上喝了几口，舒服很多。
顾深没回应，直接下车拿了伞，绕过来打开副驾驶位的门。
南夏下车。
雨没变小，闷闷地砸到伞上。
顾深将伞递给她。
小区里的路灯亮着。
顾深半个身体都在伞外，黑色西装一半都被雨水打湿。
南夏没接，仰头看他。
他也低头看了她一会儿，眼里闪着细碎的亮光。
而后，他稍稍倾身低头。
南夏突然有一种，他会吻下来的感觉。

… 第三章 …
醉酒，亲吻

Part 01

南夏身体下意识往后仰。

顾深嗤笑了声，把伞塞她手里，转身绕过车头上了车。

南夏这才反应过来，追过去隔着车窗跟他说："我已经到家了，这伞还是给你吧。"

顾深看她一眼，意味深长道："回头记得还我，别跟我西服似的，说还也见不着影儿。"

说完，他关上车窗，扬长而去。

南夏洗完澡躺床上才忽然想到，在公司的时候，顾深拿着车钥匙应该直接去地下车库才对，按理来说根本不会从一楼出来碰到她。

他难道是特意绕过来送她的？

那他，是什么意思？

南夏垂眸，指尖绕着乌黑的头发缠了几圈。

估摸着差不多到了时间，她给顾深发了条微信。

【到家了吗？】

这是她的习惯。

那头没及时回复。

南夏走到窗前，拨开窗帘，外头黑乎乎一片，极远的地方亮着几盏灯，雨终于停了。

指针跳到一点，顾深终于回了消息。

【到了。】

两秒后，他又补了句。

【好梦。】

南夏心里浮起一丝异样的感觉。

正准备睡觉，陈璇突然发来条微信。

【夏夏，你睡了没？】

南夏正要打字回，很快又一条消息进来。

蘑菇：【假如顾深跟他女朋友分手再回头追你，你还会跟他在一起吗？】

南夏顿住，放轻呼吸，打字回去。

Summer：【为什么突然这么问？】

蘑菇：【你还没睡啊？没什么，我随便问问。】

南夏指尖轻轻颤了颤，回复：【他不会的。】

他不是那种人。

南夏这一晚上都睡得不太安稳，第二天起来眼下带了点儿乌青。

出门前，她给顾深发了条微信，提醒他涂药。

南夏的妆容向来轻薄干净，不太遮得住眼下的乌青，整个人显得憔悴了一些。

苏甜看她的眼里都带了点儿心疼，说："你最近是不是天天加班到十二点啊？"

南夏温柔笑笑："也不是每天。"

苏甜眼珠一转："夏夏，你没男朋友吗？要不我给你介绍一个，是我一个学长。他在投行工作，煲汤特别厉害，到时候让他给你好好补补。"

南夏一转头，顾深和李可从另外一头并肩走过来。

李可说着什么，顾深蹙眉点头，视线淡淡地往这边瞥了眼，很快移开。

苏甜心里一紧，给南夏发微信：【我怎么觉得顾总今天心情不大好，

刚看我那眼怪吓人的。】

　　Summer：【可能是工作太忙。】

　　两人很快走过去。

　　南夏把昨天林曼曼交代的工作拿过去。

　　林曼曼连看都没看，只微笑着点了点头，又给南夏布置了一堆杂七杂八的活儿。

　　以前林曼曼是个硬钉子，现在是表面客气，背地里整治南夏。

　　这些也的确都是工作，旁人说不出什么来。

　　南夏回到座位上，开始整理。

　　因为时间紧张，南夏跟苏甜特意挑了中午一点钟人少的时候去食堂吃午饭。

　　她们吃完坐电梯上楼时，里头恰好有个个子高挑的鬈发女人，皮肤是健康的小麦色。

　　南夏跟她对视一眼，进了电梯。

　　苏甜觉得女人眼熟，不停往后瞟。

　　女人大大咧咧的，正在打电话，语气活泼："我偏要烦顾深，我烦死他！谁让他之前……喂，听得见吗？"

　　信号不好，电话断了。

　　苏甜眼神都变了。

　　电梯到了十二楼，南夏按开电梯门，让到一旁。

　　那女人挂掉电话，看了南夏好几眼才出了电梯，踩着高跟鞋往顾深办公室走去。

　　苏甜激动道："是顾总的女朋友，今天真是运气爆棚，竟然这么近距离见到了！"

　　南夏垂睫，"嗯"了声，脸上没什么表情。

　　顾深正在审视屏幕上最后一批服装设计图，办公室门被大力推开，又被关上。

　　他眼都没抬，能在他办公室这么作妖的只有一个人。

　　"周一彤，你能像个女人那样温柔点儿吗？"

　　周一彤自如地坐在沙发上，吐出俩字："不能。"

顾深向后一仰，揉了揉眉心："说吧，又看上什么了？"

周一彤脸色一喜，凑到他旁边，说："LV不是出了那个新款包吗？国内买不到。"

顾深边拿电话边说："整天就知道包，也没见你背出个什么名堂。"

喊了李可进来，把买包的事交代好，顾深又搜出一张图指给李可看："G家的这件复古浅绿色大衣也一起买一件。"

周一彤兴奋道："太阳打西边儿出来了，你竟然主动给我买衣服？"她凑到屏幕前扫了眼。

顾深用手指敲着桌子，说："你能有点儿自知之明吗？你这么黑压得住这颜色？"

周一彤愣了愣。

片刻后，她反应过来："你给女人买？"

"哥，你谈恋爱了？是谁？谈多久了？"

顾深淡声道："闭嘴。"他转头看着李可，"买上次被咖啡泼的员工的尺码。"

顿了顿，他又补上句："先别跟她说。"

李可内心一震，表面却不显："好的。"

没八卦可看，周一彤拖着顾深下楼买咖啡。

"哎呀，我妈说了你要劳逸结合……"

周一彤扯着顾深的袖子边走边说，路过南夏座位的时候，她觉得南夏眼熟，还特意又看了眼。

南夏听到动静，没抬头。

顾深看了南夏一眼，跟着周一彤下楼了。

喝完咖啡，他终于把这尊大佛送走了。

南夏上完厕所出来洗手，恰好碰见李可跟一个女同事聊天儿。

女同事很八卦地碰李可的肩膀一下："可可，今天来公司的那位是不是顾总女朋友啊？好有品位。"

李可看见南夏，含笑对她点了点头，然后才回应女同事的问题："我不知道。"

女同事觉得没劲："你还嘴这么紧，十二楼谁还不知道呢？"

李可余光扫了眼南夏,微笑着说:"真不一定是。"

南夏洗完手走出去。

当晚加班到大约七点的时候,李可带了两个助理推着两个箱子过来。

"大家最近加班辛苦了,顾总今天请客,订了鸡汤给大家补补。"

加班的人不少,欢呼雀跃一番,各自拿了盒汤走了。

南夏接过小姑娘分发的汤盒,垂眸说了声"谢谢"。

苏甜"哇"了一声:"该不会我早上说的话被顾总听到了吧?他大发善心,给他的员工们发补品了?"

南夏把汤放在办公桌上,往顾深办公室的方向看了眼。

顾深正巧出来,对上她的视线。

南夏平静地挪开视线,打开汤盒,红枣鸡汤,是她在大学里常喝的味道。

她搁在一边,没喝。

十一点半。

处理完最后的文件,南夏关掉电脑,看着办公桌上打开的鸡汤。

鸡汤已经完全冷掉,上头浮着一层薄薄的淡黄色油脂。

南夏把盖子盖上,拿起来,面无表情地扔进茶水间的垃圾桶里。

那头传来熟悉的脚步声。

顾深果然出现在她身后。

他笑了声,散漫道:"怎么,出国几年,口味换了?"

那鸡汤一出现,南夏就知道是给她订的。

大学那会儿为了追她,顾深也算费尽心思,为了送她一杯奶茶,给整个班都送了。

那他这会儿又是什么意思?

前脚秀完恩爱后脚又来讨好她?

想起昨晚自己信誓旦旦回复给陈璇的微信,南夏觉得自己有点可笑。

也许这么多年,他已经变了。

南夏语气很淡:"只是没喝完。"

她饭量向来小,顾深闻言也没什么怀疑,甩甩手里的钥匙:"走吧?送你回家。"

语气稀松平常到好像他每天都应该送她回家。

南夏抬头看他:"谢谢顾总,我已经叫到车了。"

顾深手上钥匙还在甩着,"叮叮当当"的,眼神就那么淡淡地盯着她。

南夏也毫不避让地看着他。

几秒后,南夏撇开视线,走到工位拿起包和手机,往门口走去。

身后的脚步声跟着她,一步一步,跟她脚步声相应和。

南夏率先进了电梯。

电梯门刚要关,一双修长的手按上来,顾深迈步而入。

逼仄的空间,明亮的电梯四面都是镜面。

南夏垂着头,一语不发,没给顾深一个眼神。

只过了几秒,漫长得像是几个世纪。

终于到了一楼,南夏轻轻吐了一口气,正要迈步而出,一条胳膊挡在她身前。

顾深转过身,问她:"你怎么了?"

南夏:"没什么,只是我要回家了。"

顾深笑了声,干脆用两条胳膊将她围住,两只手撑在电梯扶手上,倾身说:"这脾气还跟大学时一模一样,一生气就不爱说话。"

南夏偏开头。

顾深随意甩了下头发:"我怎么惹你了?嗯?"

他大约猜到几分,但就是要逼她亲口说出来。

南夏:"没。"

她试图往外走:"太晚了,我得回家。"

她伸手去推顾深的胳膊,男人力气大,她试了几次都推不动,最后直接喊他大名:"顾深。"

男人懒洋洋地应了声:"嗯?"

南夏:"让我出去。"

顾深无赖似的:"回答问题。"

南夏礼貌地道:"顾总,既然你已经有了女朋友,我想我们应该保持点距离。"

女朋友?

果然是为这个。

上次不是说了放心,她当耳旁风了?

顾深不着痕迹地笑了下,看了眼两人中间的距离:"这不挺远?起码有二十厘米。"

南夏白了他一眼。

"行。"顾深前倾的身体抬高了点儿,"那再离远点儿。"

他像是又往后挪动了几厘米。

是真的无赖。

南夏咬唇。

顾深没再逗她,语气正经了几分:"就为这事儿生气?"

他语气轻飘飘的,仿佛这是件无足轻重的小事。

南夏讥讽道:"我为什么要生气?顾总已经有了女朋友,还百忙之中费尽心思给我订鸡汤,我感激还来不及。"

她一张小脸气得发红,固执地盯着他看。

顾深本来要解释他跟周一彤的关系,闻言露出个痞笑,身体也往她的方向靠了几分,呼吸几乎落在她脸上。

南夏退无可退,后腰贴在了电梯扶手上。

顾深笑得意味深长:"谁跟你说鸡汤是我给你订的?"

风刮起一地落叶。

天气骤然变冷,南夏一下出租车就打了个喷嚏,意识到今天穿少了。

她站在大厦底下看"倾城"的 logo(标志),微叹了口气。

终于熬到周五了,周末起码有两天不用面对顾深。

昨晚顾深在电梯里压着她问怎么知道是给她订的鸡汤,她当时完全不知道该怎么回答,就是一种感觉。

但万一真是她自作多情,就尴尬了。

他那么一问,她也不确定他究竟是什么意思。

幸好司机师傅给她打来电话说车到了,顾深才放她离开。

今天早上起来,南夏连涂烫伤药膏的提醒都没发。

这几天下来,她隐约感受到了顾深对她似乎有那么点余情未了,但仔细想想,又说不通。

虽然当年人人都说他花心,但他其实极为专一,对凑上来的女人看都不看一眼。

如果这么说，难道真是她误会了，他对她其实根本没那个意思，只是顺路送她回家，鸡汤也不是他特意给她订的，是犒劳全部门的？

那她昨天……也太尴尬了。

南夏抱着剪好线头的衣服挂在走廊的活动衣架上时，顾深刚好跟市场部的主管走过来。

过道被衣服占据大半空间，只剩一人距离。

顾深没看她，直接掠过她身前，身上有极淡的烟草味儿。

南夏身体贴墙站着，没敢动，更没敢看顾深。

市场部主管是个四十岁左右的型男，叫卓任宇，经过的时候瞟了眼南夏，笑着打趣道："哟，设计部什么时候来了这么一个大美人啊，之前怎么都没见过。"

顾深蹙眉淡声："这份活动推广方案没有创新，重做。"

卓任宇紧张起来："但是时间恐怕来不及……"

顾深看他："那就把你用来看美女的时间花在方案上。"

卓任宇心里一惊：也不至于吧，我不就看了一眼？

连日的加班让南夏有点疲惫，为了提起精神，她下午趁空隙下楼买了杯热拿铁。

上班时间，店里没什么人，不用排队。

她拿着热咖啡推门而出，一抬头迎面就看到顾深和他女朋友。

他女朋友挽着他的右臂，嘟着小嘴撒娇："我昨天刚来过，干吗又让我来？你自己不会买咖啡吗？"

顾深单手插兜，抬头看见南夏。

两人目光在半空中交会。

南夏率先移开目光，准备往右边走，给他们让开位置。

没想到顾深恰好也往右走，似乎是要给她让位置。

两人差点撞上。

顾深下意识伸手，扶了她胳膊一下。

南夏触电般弹开，怕被误会，立刻喊了句"顾总"撇清关系。

——他胆子也太大了，竟然当着女朋友的面扶她？

周一彤是个不知名的主持人，录节目熬了一个大夜，现在还困着，打了个哈欠,又近距离看见南夏,又想起顾深刚才的动作,瞬间反应过来,几乎快要跳起来。

她激动地指着南夏:"我想起来了,你不是我哥的女神吗?"

南夏一愣:前男友的现女友的哥哥把我当女神?

南夏礼貌地问:"请问你哥是?"

周一彤用力拍了顾深外露的小臂一下:"就是他啊!"

南夏惊住。

自己是顾深的女神?

他们是兄妹?

以前怎么没听顾深说过他有妹妹?

南夏脑海中仿佛有什么霍然炸开,忍不住抬头去看顾深。

顾深闲闲地看着南夏,缓缓开口:"介绍一下,这是我小姨的女儿,周一彤。"

南夏脑海空白了片刻,很快稳住心神,微笑着说:"你好。"

周一彤:"你好,你好。"她上下打量南夏一眼,"真不愧是我哥的女神,真人比照片还好看,怪不得他这么多年都惦记着,不肯交别的女朋友。"

她说话直白,毫不顾忌顾深的面子。

南夏怕顾深脸上挂不住,下意识否认:"怎么会,可能是你认错人了。"

"不可能吧。"周一彤盯着南夏,"他房间里贴的全是你的照片,我见过好几次,应该不会认错才对。"

南夏更惊讶了,视线再度看向顾深,似乎是在询问。

她一双眼如水清澈,顾深也没否认,就那么看着她。

周一彤问:"你是不是南大的?"

南夏点头。

周一彤眼珠一转:"你是不是十一前后回国的?"

这有什么关系?

南夏缓慢地再次点了下头。

周一彤双手一拍:"那绝对是你。"她指着顾深说,"这个禽兽,十一假期为了赶回来看你,把我和我妈直接扔国外自己买机票回来了。"

"还说是有重要的人要见,简直重色轻友……"

周一彤后头又说了什么，南夏全然没听清楚，只觉得整个喧嚣的世界忽然都安静了。

他做的一切突然就这样猝不及防地摊开到她面前。

他没女朋友。

他的房间里都是她的照片。

在她回国聚会那天，他抛下亲人，千里迢迢从国外赶回来见她。

南夏是个很擅长隐藏情绪的人，但这一刻，她突然绷不住，眼眶一酸，眼泪就要落下来。

她强忍泪意，勉力维持着正常的表情："不好意思，我还有工作要忙，先上去了。"

她步履匆匆，跟顾深擦肩而过，衣服贴着他裸露的小臂蹭过去。

顾深没留她，目光却一直注视着她的背影，直到她进了电梯。

周一彤看南夏差点儿哭了，刚才吃瓜的兴奋劲儿全无，抬头去看顾深："哥，我是不是说太多了？"

顾深站在原地片刻，忽然露出一点如释重负的笑意，说："话多也有话多的好处。"

周一彤："我看这个姐姐应该还很喜欢你啊，听见你那么对她都忍不住哭了，你们当初为什么分手啊？"

顾深没应声，推门而入，买了两杯咖啡，把其中一杯递给周一彤："行了，你可以走了。"

周一彤一愣："不是，你叫我来到底是干吗的？我好歹是堂堂一个主持人……"她很快反应过来，"是不是那个姐姐误会我是你女朋友了？以前你老拿我当挡箭牌，公司人误会了也不解释，这次就……"

顾深："话多。"

周一彤不太服气："你刚还说话多有话多的好处，我话不多刚才那个姐姐能哭吗？"

顾深这会儿倒怪起她来了："你还敢提，你把人惹哭不是还得我哄？LV包不想要了？"

周一彤赶紧闭嘴。

顾深："赶紧走。"

周一彤腹诽：想骂人。

镜子里,南夏的眼睛红红的,妆也花了。

她拿起粉扑刚要补妆,却又忍不住想哭。

十二楼都是认识的同事,南夏走消防楼梯上了十三楼,在厕所里小声哭了一场,说不清楚是开心更多,难过更多,还是感动更多。

南夏平复完呼吸,补完妆下楼,回到座位上。

苏甜刚好画完设计稿,抬头看见她:"夏夏,你哭了吗?"

南夏表情倒看不出什么,微笑着说:"没事儿,就是有点儿感冒。"

苏甜半信半疑地"哦"了声。

顾深这时从门口走进来。

他像是从外头抽烟刚回来,身上穿着黑色风衣外套,慢步往这边走。

林森刚好从办公室出来,喊他:"顾总,新的设计系列你先看一眼。"

顾深"嗯"了一声,停在南夏工位前。

林森拿着打印出来的设计图走过来。

顾深后背靠在南夏工位的格挡板上,姿态随意,纸张在他手中一张张翻动。

烟草的气息在周围弥漫,南夏轻轻地呼吸着,偶尔抬头看他背影一眼,又很快低下头去假装工作,却有些静不下心来。

片刻后,顾深开口:"还可以,看周一会上的反馈。"

林森紧绷的神经稍缓:"这套服装有点偏性感,我还怕你会不喜欢。"

顾深扬了扬眉,单手将图纸递给林森:"我只是不喜欢太暴露的,小性感谁会不喜欢?"

他另一只手空出来,从兜里拿出刚买的湿纸巾,沿着格挡板往下滑,轻轻放到南夏桌子上。

南夏一颗心都快跳出来了,生怕被别人发现。

好在周围的人都各自在忙,没人注意这边儿。

顾深嘴角噙着一丝笑意,对林森说:"最近设计部辛苦了,最后一套早春服装定下来后放你们三天假。"

以往因为工作忙,都是只放一天假而已,这回竟然这么大方。

林森喜笑颜开:"那您可是大发慈悲了。"

周围都是设计部的同事,听到这话瞬间都高兴起来。

顾深趁机往后扫了眼，李可提醒他下个会议马上开始，他稍稍点头，起身离开。

他走了好一会儿，南夏看左右没人注意，才敢伸手去碰那包湿纸，一时没忍住，重重地打了个喷嚏。

这回是真要感冒了。

她将湿纸巾放进包里，扯了张桌上的纸巾，擦了擦鼻涕。

下午六点。

苏甜拎着笔记本起身，说："我先走了，夏夏，都周五了不想在公司加班，剩下的图周末再画，你注意保暖，周末愉快啊！"

南夏："周末愉快。"

跟苏甜有同样想法的人应该不少，不到七点整个楼层都空了，只有另外一头的灯还亮着。

南夏往那边看了眼，接着工作。

她整理杂活儿这几天摸出经验，大约八点左右就忙完了。

她起身接了杯温水喝了几口，没忍住又打了个喷嚏，然后往那头看了眼，顾深应该还没走。

外头"呼呼"刮着大风。

她垂眸，打开电脑开始画图。

刚画了没多久，另外一头的灯忽地灭了。

顾深单手插兜，缓步走过来，目光落在南夏身上，然后挪开，继续往前走。

南夏咬唇，关掉电脑，也拎着包往外走。

在电梯关上之前，她迈步而入。

顾深上下扫视她片刻："今儿走得挺早？"

南夏有点儿心虚："忙完了。"

顾深轻笑了声："不是跟着我出来的？"

电梯里的灯光白得刺眼。

顾深靠着电梯一侧，双手向后撑着扶手，耷拉着脑袋，玩世不恭地看着南夏。

南夏没承认，也没否认。

或者说，她没必要否认。

既然已经确定他没女朋友，她对他的那点心思，也没必要藏得严严实实。

顾深笑了下。

电梯"叮"一声到了一层。

南夏瞥了眼亮起红灯的电梯按钮，并没有要出去的意思——这按钮是她进电梯后下意识按的。

顾深撩起眼皮："坐我车走？"

南夏低低"嗯"了声。

顾深没再说话，带着她径直到了 B2 层停车场。

停车场里已经没什么车，空空荡荡的。

顾深迈着长腿走在前头。

南夏一出电梯就觉得一阵冷风袭来，钻进她单薄的白色毛衣里，她下意识停下来打了个喷嚏。

车灯亮起，顾深听见声音转身往回走。

他干脆利落地脱掉黑色风衣，将南夏整个人裹住。

暖意瞬间将南夏包裹。

不同于上次在办公室的刻意回避，顾深这回双臂贴着她肩膀两侧，从她背后绕过来，稍稍停顿了下，才慢慢放开她。

南夏顿住。

顾深绕到她面前，不太正经地说："穿这么少，为了展现身材？"

南夏上身穿着白色毛衣，底下穿了条灰色长裙，露出半截小腿，脚下是双白色高跟鞋。

她这也没突出什么身材吧？

顾深的目光从她脸上稍往下移了几分："你这展现得也不彻底啊？"

他向来贫，这么跟她说话像是回到了大学时代。

南夏不但没介意，还有点怀念这种感觉。

她细声道："不是，我出门没注意看天气。"

脱掉风衣后的顾深只穿了件黑色衬衫，肩宽腰窄，倒显得身材极好，只是太单薄了。

南夏去脱他给的外套："你这样穿得太薄了，我没那么冷。"

顾深:"穿着。"

他扬眉:"我说这么多年过去,你还这么没眼力见儿,看不出来我热?"

大学时,冬天他们在外面约会,有次下了雪,他为了把衣服给她穿,也这么说过。

南夏眼睛微酸。

顾深扬扬下巴:"上车。"

车往南夏住的地方开去。

今天周五,路上堵得厉害,走走停停,半小时都没开出两公里,此刻又在一个红灯前停下。

一路上,南夏几次想开口,都没勇气询问。

最后反而是顾深先说话了:"跟我吃个饭。"

不是询问,而是肯定的语气,像是料定了她会同意。

南夏点头,那样子又纯又乖。

终于过了这段儿拥堵的路段,顾深带她去了家安静的西餐厅。

服务员拿着菜单过来,顾深说:"要一份西冷。"然后抬头看她,"你还要煎鳕鱼吗?"

南夏颔首:"要的。"

顾深合上菜单:"那就这样,再要两杯温水。"

可能是因为贵,这家西餐厅周五晚上也没什么人,不远处小提琴的声音悠扬而美好。

煎鳕鱼先上来,南夏垂眸看了眼盘子里的鳕鱼,抬头去看顾深。

顾深了然:"吃不完?"

南夏点点头:"嗯。"

牛排这时也上来了。

顾深熟练地将她盘子里的鳕鱼切走一半放进自己盘子里——还是跟以前一样。

对面是她,顾深一顿饭难得坐得规矩。

吃完饭回去的路上,南夏几次想开口,都不知该从何问起。

顾深也没怎么说话,只是不时看她一眼。

就这么到了她家楼下。

南夏没急着上楼，顾深也没催。

两人心里都明白，今天不会这么容易就结束，总要聊点儿什么。

车子里安安静静的，外头刮着风，不时有几个小区的人经过。

顾深深吸了口气，有点儿按捺不住，从储物盒里拿了盒烟，推开车门："我下去抽根烟。"

南夏叫住他："就在车里抽吧。"

顾深："怕熏着你。"

他一条腿已经迈出去，手腕却忽地被南夏抓住。

顾深回头，感觉手腕被触碰的那块肌肤神经末梢被放大数倍，发烫得厉害。

南夏放开他的手腕："外面冷。"

顾深舔了下后槽牙，回身关上车门，把烟随手一扔，干脆不抽了。

他关车门的时候带起一阵冷风。

南夏被冷风一激，没忍住，重重打了个喷嚏。

顾深立刻打开了车里的空调热风，问："家里有药吗？"

南夏不想麻烦他："有的。"

她一直有备常用药的习惯，顾深没怀疑，点头说："不是有话要跟我说？说吧。"

车里亮着微黄的灯光，衬得顾深不羁的眉眼柔和许多，甚至还带了点儿缱绻。

南夏看了他一会儿，问："今天你妹妹说的都是真的吗？"

顾深眉梢微挑："你不都信了？"

言外之意，她因为信了才会忍不住哭。

这回答算是默认。

南夏："那你这几年……"

"没。"顾深指尖懒散地在方向盘上敲了两下，语气很随意，"一个都没谈。"而后将头转向她的方向。

南夏微微怔了一下，嘴角虽然仍旧挂着笑容，却已经有点儿勉强："我……"

她想说"我也是"，嗓子里已经带了哑意，怕哭出来，一时停在那里。

顾深从她神情里看出了内疚和一闪而过的动容。

他手扶在方向盘上转了转，淡声："你不用跟我交代。"

他不想听详情，怕受不了。

南夏眼泪忽地开始往下落。

顾深抬手取纸巾递给她："哭什么？"他语气轻飘飘的，"我也就是没找着合适的，不然凭我这条件……"

他顿住，轻哼一声。

南夏擦掉眼泪，嗓子有点沙哑："聚会那天，你也是为我回来的吗？"

顾深吊儿郎当地说："不是，为了同学聚会。"

南夏闻言一噎。

顾深倾身，胳膊搭在她座椅背上，

他双眸漆黑如墨，呼吸落在她脸颊一侧，凉凉的，带着点儿痒意。

他扯了扯嘴角："你心里不都明白？问的什么废话？"

南夏在心里想：只是想让你亲口再确认一遍。

她偏头对上他的目光。

两人鼻尖就隔了不到五公分的距离。

顾深："你还有什么想问的？"

南夏摇头："没有了。"

"那轮到我了。"顾深深吸一口气，问，"当年为什么跟我分手？"

南夏身体一僵。

这么多年来，这是他心底的一根刺，他一定得知道原因。

他继续说："别用当年那套说辞打发我，真不喜欢我为什么跟陈璇哭到夜里三点？"

南夏肩膀微微颤抖，过了好一会儿，她终于开口，一双眼小心翼翼地看着他："能不能给我一点时间？我现在……"她忽然说不下去。

顾深没逼她："行。"

南夏没忍住，又打了个喷嚏。

车里的时间指向十一点。

顾深："走吧，送你上楼。"

他迈步下车，绕到另一头替南夏打开门。

天上有一轮皎洁的圆月，银色月光在地上铺了一层冷霜。

顾深带她进电梯，直接按了八层。

南夏有些惊讶:"你怎么知道我住……"

顾深知道她要问什么,言简意赅地说:"平倬。"

南夏了然,想到平倬那天带的热牛奶:"那天平倬给我带的热牛奶……"

顾深:"我让他买的。"

南夏顿住。

到家门口,南夏掏出钥匙开门,把风衣还给顾深。

顾深接过来穿上。

南夏想起那件西装:"最近一直在加班,你的西装我还没来得及洗,我周末洗好,下周一给你带过去。"

顾深嘴角弯了下:"亲手给我洗?"

南夏脸红:"嗯。"

顾深:"知道了,进去吧。"

南夏抬眸:"我看着你走。"

顾深知道她的毛病,笑了声:"行。"转身进了电梯。

开车出了小区,顾深又想起件事,给南夏拨去电话。

南夏刚换完睡衣手机就响了,是个陌生号码。

她接起来,是顾深的声音:"不用等我到家,吃完药先睡,我到家给你发微信。"

已经是他的员工,他拿她号码很容易。

南夏犹豫了下,说:"我正好要洗澡,估计洗完澡你也差不多能到家。"

顾深:"你洗澡要洗一小时?"

两人一个住东边一个住西边,几乎横穿南城,距离有点儿远。

南夏说起瞎话:"差不多。"

顾深:"你是想逼我深夜飙车?"

那意思,她要等他到家才睡,他就加速飙车回去。

"别——"南夏紧张起来,"你慢慢开,我不等你就是。"

电话那头传来他的一声低笑:"那我挂了。"

南夏嘱咐:"嗯,路上小心,你千万不要飙车。"

"放心。"

他说完等着她挂电话。

南夏又补了句："那我明天给你发微信,提醒你涂药。"

那么点儿小伤早好了。

顾深声音里蕴着笑意："好。"

Part 02

第二天一早,顾深有个越洋会议。

开完会是九点,他却还没收到南夏的提醒微信。

顾深给她发了条微信:【还没醒?】

南夏没回复。

到了十点,那边还没动静。

顾深觉得有什么不对劲,他拨了个电话过去,响了很久,那头没接。

顾深穿上外套往外走,边下楼边给陈璇打电话。

陈璇这几天都在通宵赶稿,周末好不容易能睡个懒觉,一大早被电话吵醒本来已经很火大,一看来电显示是顾深,接起来劈头就骂:"你个渣男这么早给我打电话……"

"南夏病了。"顾深钻进车里,看了眼导航,边发动车子边说,"一直没接电话,我怕她发烧。我这儿堵车,过去要一个半小时,你离她近,先过去看一眼。"

陈璇闻言骤然清醒几分,也顾不上别的:"我这就过去。"

她离南夏家就二十分钟车程,很快到了,"砰砰"敲门。

南夏迷迷糊糊中终于听见响亮的敲门声。

她嗓子发干,身体也没什么力气,费力爬起来,穿着拖鞋走到门口从猫眼里往外看了眼,开门。

"蘑菇,你怎么来了?"

"夏夏,你没事儿吧?我都敲了十分钟门了,你再不开我要报警了。"

南夏的嗓音是哑的:"没事儿,我就是睡得有点儿沉。"

陈璇看她脸颊微红,觉得她不太对劲,一摸她额头滚烫:"你发烧了?"

南夏不知道,闻言朝自己额头摸去:"有吗?"

发烧的人自己哪儿摸得出来。

陈璇:"走,换衣服,我带你去医院。"

"不用。"南夏拒绝,"就是个小感冒,我吃点儿药睡一会儿就行了。"她又累又困,完全不想动弹。

陈璇:"药呢?"

南夏好像还有点糊涂的样子:"对,我得叫骑士来送,差点忘了。"

陈璇无语,看这样子她完全没吃药。

南夏回到卧室摸出手机一看,未接来电二十几个,顾深打了十几个。

他以前从不这么给她打电话,怕有急事,南夏立刻回拨过去。

那头很快接起来,声音微沉:"你怎么回事儿?打你这么多次电话都没接?"

南夏有点抱歉:"我今天睡得有点儿沉。"

顾深:"你人没事儿?"

南夏:"我没事儿,就是觉得有点累,可能最近加班太多了。"

陈璇在她身后喊:"她发烧了,没吃药也不肯去医院。"

南夏赶紧解释:"我烧得不厉害,就是个小感冒……"

顾深直接把电话挂了。

不到一分钟,陈璇手机响了。

她打开公放,那头传来顾深的声音:"带她去附近的第二人民医院,我们在那儿会合。"

陈璇看南夏一眼:"她不愿意去。"

顾深在电话里喊她:"南夏。"

南夏说:"我去,我这就换衣服。"

挂掉电话,陈璇"啧"了一声:"他的话比我的管用是吧?"

看南夏实在难受,陈璇也没敢说别的,帮南夏换完了衣服就扶她上了车。

南夏说想睡觉,直接躺在了车后座上。

陈璇以为她困,找出条围巾盖她身上,由她睡,没想到到了医院却怎么也喊不起来她。

陈璇被吓着,幸好顾深这会儿也到了。

顾深耳朵上还挂着白色的蓝牙耳机,走路带风,直接从车里把南夏抱了出来。

顾深喊她:"南夏?"

南夏仍旧迷迷糊糊的，随口"嗯"了声，又像呓语似的："好困。"

顾深俯身轻轻用额头碰了下她的，脸色一沉，抱着她往急诊走。

陈璇跟了上去。

发烧三十九摄氏度，南夏人都烧糊涂了，还好输了会儿液，体温很快降下来。

顾深和陈璇都松了口气。

两人去了病房外说话。

顾深沉声问："她为什么一个人回国还住在那种小区？"

陈璇没回答。

顾深语气凌厉："你还不肯跟我说？就打算让她一个人一直住那儿？旁边连个照顾的人都没有？"

她什么时候受过这种罪？

陈璇别扭地说："我是真不知道。"

顾深冷冷扫她一眼。

陈璇："真的，她没来得及告诉我，我最近忙也没问。那这样，等她醒了我问问她再告诉你，总行吧？"

顾深看她说的不像假话，点了下头，往病房里看了眼："我去买点儿粥，她应该快醒了。"

陈璇忽然叫住他："等等。"

顾深停步转头。

陈璇："这话现在说也许不太合适，但为了夏夏，我一定得问。你打算怎么做？甩了你现在的女朋友吗？"

顾深双眸微沉："陈璇，这是我最后一遍告诉你，我没女朋友。"

消毒水的味道刺鼻。

南夏缓缓睁开双眼。

四周是白旧的墙体，已经有了细微的裂缝。

耳旁传来陈璇的声音："夏夏，你醒啦？"

南夏感觉身体恢复了些力气，轻轻点头，借着陈璇扶她的力量坐起来。

她一张嘴，嗓子是哑的。

陈璇赶紧给她喝了几口矿泉水。

南夏往四周扫了眼："顾深还没过来？"

她一醒来就问那个人，陈璇没好气道："出去买粥了。"

南夏点点头。

陈璇看她精神好了很多，没忍住问："你们怎么回事儿？要复合？"

南夏垂睫："还不知道。"

陈璇："他……"

仿佛知道陈璇要说什么，南夏率先开口："他真没女朋友，应该是你误会了。"

"怎么可能？"陈璇还是不信，"我明明看见那个女人在商场里挽着他胳膊很亲密的样子，这狗男人还死活不认，什么意思？"

南夏想了想，从手机里翻出张照片递到陈璇面前："是不是这个女人？"

"就是她，你怎么有她照片？"

南夏："这是她表妹。"

陈璇愣了："顾深还有表妹？"

真是她误会了？

想起之前跟顾深谈话时，她指责顾深渣男，当年劈腿高韦茹的绯闻在论坛闹得沸沸扬扬，顾深却一脸浑不在意、吊儿郎当。

她当时语气激动："夏夏一颗心简直喂了狗，那一个月几乎每晚都跟我打电话哭到半夜三点，说起你还维护得要命，说是她提的分手，真不知道你给她灌了什么迷魂汤。"

顾深只有在那会儿眼神认真了些："她哭得很厉害？"

陈璇那会儿还嘲讽他："是，知道她为你哭，你很得意是不是？"

"那你有没有想过，她说的是真的？"顾深扯了下嘴角，似是自嘲，"我才是被甩的那个。"

陈璇只当他胡说八道。

如今这么一想，难道是真的？

陈璇："夏夏，当初真是你提的分手？"

南夏点头。

陈璇问南夏为什么提分手，南夏没说话。

见她不答，陈璇换了话题："那你为什么突然回国？为了顾深？"

顾深拎着粥盒站在门口，门开着条缝，他恰好听见这句话，顿住脚步。

片刻后，南夏说："也不算是……我回国的时候，不知道他是不是还单身。我回国，是因为跟我爸吵架了，他断了我所有的卡。"

陈璇听着觉得更奇怪了："叔叔那么疼你，就算吵架也不至于把你卡全断了呀，什么事儿能吵得这么厉害？"

病房里安静得落针可闻。

几秒后，南夏慢慢地说："也不算是什么大事儿，就是他让我跟人订婚，我不愿意。"

门忽地被推开，原来是护士进来给南夏换药袋。

换完没一会儿，顾深就回来了，手里拎了两个袋子，脸上没什么表情："醒了？烧退了没？饿不饿？"

他身上带进来一阵淡淡的烟草味，应该是在楼下抽烟了。

南夏以前讨厌这味道，如今闻起来却还挺怀念。

她点头："烧退了，也饿了。"

顾深从旁边拿了个凳子，规矩地坐下，从袋子里掏出碗粥打开，放在病床的小桌子上，把勺子递给南夏，冲陈璇扬扬下巴："你的自己拿。"

陈璇随便吃了两口，很识趣地说有事儿要先走。

顾深把她送到门口。

陈璇压低声音，说："夏夏说她回国是因为……"

顾深没让她往下说："我刚听见了。"

顾深回到病房，南夏还没喝完粥。

她右手插着针不方便，左手动作不太灵活，慢慢悠悠的，嘴角还挂了粒米饭，怪萌的。

顾深扯了张纸巾递过去，看她的眼里有笑意："擦擦嘴角。"

南夏忙接过来擦了擦。

一碗粥被她喝了一小半。

顾深问："还喝吗？"

南夏摇头："饱了。"

顾深顺手把她的粥拿在手里。

南夏："你别喝……"

顾深:"怎么?"

南夏的声音不自觉低了几分:"我感冒了,会传染给你。"

顾深:"这点儿程度。"他意有所指,"放心。"语气自带一股痞气。

南夏脸红。

想起来以前她感冒的时候他大胆地凑过来亲她。

又想起来,她那天问他女朋友会不会介意她的提醒短信时,他也说了"放心"这两个字。

只是当时她没听懂他的暗示。

点滴一直挂到下午三点才结束。

南夏彻底退了烧,拿着医生给她开的一堆药出院。

输液果然好得快,这么一会儿,南夏又精神了。

顾深打开车里的空调暖风,发动车了。

开了一会儿,南夏觉得不太对劲,因为这不是回她家的路。

她转头问:"我们要去哪儿?"

顾深:"我家。"

南夏顿住。

顾深:"你这样没人照顾我不放心。"

南夏一颗心都提起来了:"但是——"

顾深瞥她一眼:"行了,有这么个接近我的机会,你心里指不定怎么乐呢,别装了。"

听见这么直白的调侃,南夏倒也没害臊。

她是挺高兴的。

时隔这么多年,他还等着她。

南夏:"我是想说,我得回去拿东西,像衣服什么的。"

顾深吊儿郎当地说:"穿我的,也不是没穿过。"

南夏回看他一会儿:"那也行。"

她顶着张纯得要命的脸说出这句话,杀伤力极大。

他看她一眼,眼里涌动着欲望,要不是看在她生病的分儿上,顾深肯定不会放过她。

两人以前在一起两年多,南夏明白顾深那眼神意味着什么。

她转头,安安静静地坐着,没敢再招惹他。

繁悦二十六楼。

顾深家的房子气派又干净。

窗外是崭新明亮的 CBD 大厦，一片商业的繁华。

顾深从鞋柜里找了双男式拖鞋递给南夏。

南夏第一次来这儿，她没怎么来得及细看，顾深手里已经拿了杯热水，喊她吃药。

她接过水杯，把几种药都吃完，看了眼客厅里右下角裂开的电视屏幕，问："电视坏了吗？"

顾深："嗯，不小心撞到，已经联系人修了，屏幕要从国外定。"

南夏点头。

茶几上整齐地摆着几盒打开的烟，一看就是阿姨来收拾的。

南夏指了指其中一盒的牌子："这牌子好像很多人抽，好抽吗？"

顾深挑眉："好多人？你还见过谁抽？"

南夏："没谁，就是不认识的人。"

顾深笑着往她身边靠了点儿："南夏，我随便问问，你紧张什么？"

他狭长的双眼凑到她眼下，双眼皮褶皱被压得很深。

她喜欢他的眼睛，总透着一股玩世不恭的意味。

淡淡的烟草气息扑面而来，存在感极强。

南夏很认真地回："我怕你误会。"

顾深笑了："误会你有男朋友？"他眼神突然发狠，"你就是有男朋友我也……"

门铃忽地响了，顾深没说完，起身去开门。

来的人是李可，她送来几套衣服，还有一些洗漱用品，衣服都是南夏的尺码。

李可在顾深家看见南夏，也没诧异，顾深报尺码的时候她就猜到了。

李可含笑看着南夏："跟了顾总三年多，还是第一次看见他屋里有女人。"

顾深笑了："行了，她都知道了。"

李可很快走了。

顾深帮南夏把衣服挂去主卧衣柜，递了身睡衣给她。

"你睡这屋。"

这不是他房间吗?

南夏一怔,呼吸一滞。

她没多问什么,垂眸把睡衣接过来——是很保守的长衣长裤。

她想起什么似的,问:"你之前不是说可可只是你的工作助理,不管你私人的事吗?"

顾深毫无被戳破谎言的尴尬,反而笑了:"所以?"

所以他让她提醒涂药的事,是故意的?

顾深仿佛知道她在想什么,他往前走了一步,脸上挂着坏笑:"故意的,怎么了?"

夕阳从窗户一侧照进来。

南夏半个身子都笼罩在顾深的影了里,她稍稍退了一步,脚跟已经贴到了床边。

她有点儿紧张地说:"不怎么,挺好的。"

顾深很不要脸地说:"我猜你也很享受。"

顾深去了客厅,顺带把门关上。

南夏换好睡衣,也去了客厅。

顾深不知什么时候也换上了睡衣,正跷着腿坐在沙发上看电视。

看她出来,他下意识把坐姿调整得规规矩矩,问:"你不睡会儿?"

南夏摇头,她今天输液时已经睡得够多了。

顾深也没让她,把遥控器递给她:"想看什么自己换。"

电视屏幕碎了一角,功能却一点儿没受影响。

南夏走过去,坐在沙发上,跟顾深中间隔了点儿距离,调了个时尚频道,是某个大牌 2015 年的早春秀。

没多久晚饭就到了。

顾深点了鸡汤和素菜给她,两人吃完饭,又坐回沙发看电视。

顾深拿了笔记本电脑过来,不时处理几封邮件。

两人就这么安静地坐在沙发上。

也许是生病的原因,南夏十点又困了。

她起身去浴室洗了个澡,吹干头发打算睡了。

进主卧之前,南夏看了仍在处理邮件的顾深一眼,说:"那我,先睡了。"

顾深"嗯"了一声,没抬眼。

南夏手指在门框上来回摩挲,又问:"你打算几点睡?"

顾深正在聚精会神看这月的营业额,闻言抬头,把电脑推到一边,看着她笑了:"怎么,打算等我一起睡?"

又是那副完全不正经的语气。

南夏垂眸,没应声。

他们以前也在同一张床上躺过,所以顾深让她睡他屋子的时候,她默认了顾深也会过来睡。

顾深本来只想开个玩笑,但看南夏的神色似乎是默认,喉结滚动了下,起身朝她走去。

南夏刚洗完澡,乌黑的头发顺滑而柔软,垂到腰间。

因为感冒,她巴掌大的小脸越发白,衬得唇色更加娇艳,整个人也越发惹人怜爱。

她站在原地,乖巧地等他过来。

顾深没穿拖鞋,光着脚走过去,伸手扶住墙壁,就那么看着她,看到她深色的睡衣领口里露出一片肌肤。

南夏轻声说:"以前也不是没睡过。"

顾深盯着她看了会儿,笑了。

"上过生理课没?以前那叫睡?"

也就是躺一张床上聊会儿天抱一抱罢了,他怕吓着她,碰都没敢碰她。

听懂他话里的意思,南夏瞬间脸红了,脸颊像染上一层粉色胭脂。

顾深:"还不进去?是想让我给你上生理课?"

南夏倏地进了卧室,关上房门。

顾深在门外笑了声。

南夏刚躺好,就看见顾深发来的微信。

顾:【我在你隔壁,有事儿随叫随到。】

随叫随到。

南夏嘴唇微弯,把手机放床头柜上,关灯躺下。

正要闭眼,突然想起来周一彤之前说的顾深房间里贴满她照片的话,她顿时睁开双眼,又重新把灯打开。

墙壁四周贴着灰色壁纸,空空如也,一张照片也没有。

周一彤说的话应该都是真的，难道是知道她要过来，顾深特意让人把照片都取了？

南夏微微有点失落，关灯躺回去。

但这份失落很快就消失了。

床铺里似乎还有顾深身上的味道，一点点烟草味混杂着一点点薄荷味。

她很快安心地睡着了，一觉到天亮。

南夏醒来时，才早上七点。

除了嗓子还有点灼烧感，几乎已经没了别的感觉。

南夏坐起来，抱着手机，给顾深发去条微信。

【记得涂药。】

而后，她面不改色地放下手机走出去。

客厅光线暗，隔壁的卧室门紧闭，没有丝毫动静。

南夏洗漱完从浴室走出来，就听见顾深带着点儿磁性的声音："起这么早？没不舒服了？"

她被吓了一跳。

顾深不知道什么时候出来的，就靠墙站在浴室门外，头发微乱，睡衣松松垮垮的，毫不顾忌地光脚踩在地上，还跟以前一样。

"我应该已经好了。"南夏低头往他脚上扫了眼，"怎么不穿拖鞋？"

顾深吊儿郎当的："懒得穿，反正一会儿要洗澡。"

他总是有很多歪理。

南夏又指指他的睡衣扣子："你睡衣也没扣好。"

几个纽扣都只扣了一半。

她已经替他想好了理由："也是因为等会儿要洗澡？"

顾深扯了扯嘴角："那倒不是。"

哦，所以又多出个理由。

顾深语气玩味道："看你这么关心我烫伤的肌肤，不让你看你岂非很失望？"他眼神暧昧，"这么扣方便解。"

南夏抬眸看他。

知道他单身后，南夏完全没什么心理压力了，两人那点儿暗戳戳的意思也到了明面儿上,只不过还需要点儿时间相处。

南夏问:"那我要不看,你是不是很失望?"

顾深愣了愣。

南夏接着道:"毕竟你提这件事,已经提了两次了。"

她表情一本正经、落落大方,像是丝毫没意识到她在跟他调情。

听到这话,顾深笑了。

大学那会儿他刚跟南夏好的时候,周围的人都以为他喜欢冷美人,没人知道南夏私底下活泼的模样才更让人心痒难耐。

这会儿她像是彻底放松下来,找回了以前的状态跟他相处。

顾深点头:"是挺失望。所以为了不让我们俩都失望,你解开看一眼?"

他跟个流氓似的,摊开双手,示意她过来。

南夏说:"那可太好了,我就喜欢看你失望的样子。"

南夏说完这句话立刻溜了。

顾深在原地舔了下嘴角,骂了声,然后笑着进浴室洗澡。

第二天要上班,南夏觉得病好得差不多了,提出要回家。

她说这话的时候,顾深正在沙发坐着看NBA,闻言抬眸扫了她一眼:"再等一天。"

应该是怕她病情反复。

南夏犹豫片刻,说:"那明天,我打车去公司上班。"

她总不能跟他一起去上班吧?

被人发现就完了。

顾深反问:"不然呢?难道你还想着坐我车去?"

南夏闭麦了。

回到卧室,跟陈璇报了病好的消息后,她突然又想起来一件事,刚进倾城的时候,顾深说过不会谈办公室恋爱。

那她,是不是得考虑换个工作?

现在换还有点早,等他们关系稳定后,再换工作好了。

南夏嘴角忍不住微微上扬。

第二天起来,两人先后各自去公司上班。

顾深要开八点的晨会，早走很多，走之前还帮南夏叫了早饭。

南夏依旧处理着手头的杂活儿，快十点的时候，不远处的会议室突然爆发出一阵热烈的掌声。

苏甜松了口气："终于敲定了，我给设计师画花样都快画吐了。"

设计师有时候会给一些命题部件让助理画，南夏还没收到过林曼曼的指定命题。

会议室的人鱼贯而出，众人脸上皆是如释重负的表情。

林森面带喜色地说："今晚部门全员聚会，庆祝明年的早春系列定稿。先吃饭再KTV，聚会结束后放假三天。"

欢呼声瞬间充满十二层。

顾深这时从会议室出来，林森立刻说："顾总一起去吧，我们部门团建你还一次都没去过，是对我们设计部不满意？"

林曼曼正巧站在林森旁边，也跟着起哄，碰了下顾深的胳膊："是啊，顾总，一起来吧。"

顾深漫不经心看了眼低头工作的南夏，含笑说："一会儿看情况。"

顾深到底还是来了。

因为要处理工作，他比其他人晚到两小时，只跟得上KTV场。

设计师有三四十人，包厢巨大，还有个专业的圆形舞台。

顾深推门而入的时候，南夏正在舞台上跳舞，旁边是苏甜在唱歌。

五彩缤纷的光落在南夏身上。

她穿了条黑色贴身连衣裙，一字锁骨性感迷人，随着音乐轻轻舞动身体，将玲珑的身体曲线展现得淋漓尽致，从胸到腰，再到臀。

偏偏她那张脸又纯得要命，让人不敢生出亵渎之意。

顾深呼吸顿住，就那么站在门口看她，想起了大学里第一次见到南夏时的样子。

那会儿军训刚结束，学校里开迎新晚会。

于钱看节目单知道他女神华羽要上来跳舞，激动得不行，一早拿出相机占了个好位置要拍照，并鼓动周围的人给他女神投票。

当晚会评出"观众最喜欢的节目"前三名。

从军训第一天开始，顾深都听于钱念叨"华羽"这名字八百遍了。

他没见过华羽，也许见过，但没什么印象。

他向来不缺女生关注,恋爱也只看他愿不愿意谈,自然懒得费心。

晚会节目挺无聊,场下新生反应也平平。

进行到一半的时候,主持人报下个节目是肚皮舞,表演的女生还没上场,全场已经沸腾了。

大家都知道是华羽要上来。

没多久,华羽在灯光下缓缓出场。

她虽然穿了长裙,但露了腰和肩膀,看得出身材极好。

于钱从看见她的那刻起眼皮就没眨过,还一直喊:"绝对今晚第一,毫无悬念。"

结束后,于钱翻开手机,让旁边的平倬投票。

平倬声音淡淡的:"不投。"

顾深倒无所谓,翻开手机正要投票,紧接着,音乐声响起,他听见于钱不由自主地高声喊了句"妈呀",表情像是惊掉了下巴。

顾深顺着他目光往台上扫了眼。

女生穿了件金色的连衣裙,裙子长过膝盖,躺在一架白色的钢琴上被人推出来,露出匀称的小腿线条。

灯光蓦地暗下去。

舞台重新亮起的瞬间,南夏从钢琴上翻身跳跃而下,长发随风摆动。

其实她穿着保守,舞蹈跟华羽相比几乎算没什么尺度,但她跳的是爵士,动作干净利落,卡点到位,散在腰间的长发微卷,散发着属于少女的独特小性感,再加上那张清纯要命的脸,杀伤力简直无敌。

场下不少人疯狂打口哨。

于钱没忍住说:"这能是咱们班南夏?"

他们一个班的,早见过了。

南夏美是美,但平常看着冷淡无趣有距离感,于钱都不太敢接近她。

倒是平倬笑了声,逗于钱:"来来,你刚不是要给你女神投票吗?你投,我看你投谁?"

于钱顿了顿,说:"那这肯定还是投咱们班的人,好歹拿了奖咱们班也长脸,对吧?"

他转头去问顾深,试图获得支持。

那会儿顾深也不过是对南夏稍微有了点印象,没那意思,说:"随便投，一个破奖，认什么真。"

南夏最后拿了"最受欢迎的节目"第一名。

当晚的南大论坛里，她生生被投成了全校男生心目中的第一女神。

"顾总——"

尖叫声打断顾深的回忆。

林曼曼不知道什么时候发现他进来，欣喜地小跑过来，拿过旁边一个空着的话筒喊："顾总来了——"

歌声和舞蹈刹那停住，只剩下伴奏背景音乐。

在场众人目光都落在顾深身上。

本来坐在中间的林森自动让开位置，示意林曼曼把顾深拉过来。

顾深却没过去，在沙发边上挑了个空地儿坐下，接过林曼曼手里的话筒看向台上，低沉性感的嗓音透过音箱传出来。

"别让我打断你们，接着跳。"

他的目光定格在南夏身上，漫不经心的。

南夏的心像是漏跳半拍，有点后悔上来跳舞。

刚才林森要她喝酒她说酒精过敏实在喝不了，林森想起她简历里特长写了跳舞，就提出让她上去伴舞。

再拒绝显得不合适，何况给苏甜伴舞也没什么，南夏就上台了。

没想到顾深会在这时候进来。

苏甜比南夏还紧张，悄悄揪了揪南夏的袖子，小声问："怎么办呀？"

南夏垂睫："没事儿，你唱吧。"

歌声重新响起，南夏调整好呼吸，再次开始跳舞。

顾深没怎么掩饰，大大方方看着台上，接过林曼曼递过来的啤酒瓶，漫不经心跟她碰了下。

林森看到他的脸色，含笑说："怎么样？我挑人眼光是不是不错？"

顾深跟林森碰了下酒瓶，眼里也蕴着笑意，说："是不是不错，还得看设计稿。"

林森说："是。"

一曲唱完。

周围开始起哄让顾深唱歌。

他五音不全，找借口挡了回去，只跟大家喝酒玩游戏。

南夏跳完就跟苏甜下去坐到角落，跟顾深一东一西，几乎隔了一整个包厢。

人一多就容易分成几堆玩，职场里阶层明显。

顾深那儿自动围着主设和七八个设计师。

一群助理们很自觉地围成另外一圈。

苏甜凑到南夏耳边吐槽："林曼曼那个妖娆样子，恨不能靠顾总身上了。"

南夏往那边看了眼。

顾深不知什么时候脱了外套，只剩里头穿的黑色衬衫，隐约能看见衬衫下的肌肉线条。

林曼曼倾身坐在他身旁，再差一点儿就进他怀里了。

顾深面无表情，单手甩了几下，将骰子盒扣在黑色大理石桌面上，打开："你又输了。"

林曼曼娇嗔道："顾总，你真是，也不让着人家。"

她伸手作势要打顾深。

顾深不动声色闪开，把两瓶啤酒往她面前一推："愿赌服输，喝吧。"

似是察觉到南夏的目光，他抬眸扫了眼。

南夏转开目光，喝了口手上的饮料。

顾深起身，拿了瓶啤酒走过来。

助理们早看见了，不等他人过来就全站了起来。

顾深含笑说："不用这么紧张，今天是来玩儿的，都坐，我过来跟大家喝杯酒。"

林森这会儿也陪着过来，手里也拿了瓶啤酒，看见南夏手里的果汁，蹙眉道："南夏，既然是顾总敬酒，你少喝一点。"

他顺手把桌上刚开的啤酒递过去。

这么多人看着，南夏想了想，正要接，被顾深挡了。

顾深散漫道："别听你们总监的，你们爱喝什么都行。"

林森只好把啤酒放下。

顾深跟助理们一一碰杯。

这也算惯例，年会或聚餐的时候，顾深每桌都会过来喝一杯，喝完就走,所以大家也没紧张,只有南夏呼吸慢了几分。

碰完杯后,都以为顾深要离开,谁知他直接在沙发上坐下,坐到了苏甜和南夏中间。

他存在感强得可怕,身上的烟草味儿和酒精味儿扑鼻而来,他的腿似乎也轻轻触碰到了南夏的膝盖。

不露痕迹的。

南夏下意识往墙角挪动几分,生怕被人看出来端倪。

顾深颇为随意地歪着身体,往右后方一靠,脊背几乎贴住了南夏的胳膊。

他没看南夏,转头跟左边的苏甜扬扬下巴:"你唱英文歌儿还挺好听,再唱一首?"

旁边的人也跟着起哄。

苏甜很爽快:"行,那夏夏你接着给我伴舞。"

南夏一愣。

顾深这会儿才转过头看她,仿佛刚发现她这人似的:"刚跳舞的是你啊,那再跳一个呗?"

他眼里藏着坏笑。

费这么大劲儿就想看她跳舞?

南夏无语。

周围人都在起哄,苏甜又跃跃欲试,南夏只好又上去跳了一次。

一行人玩到十二点多才出来。

浓浓夜色,空气里起了一层薄薄的雾霭。

顾深的黑色劳斯莱斯已经停在路边。

他今晚喝得有点儿多,伸手按了下太阳穴,问:"我车上能坐两人,谁上来?送你们回去。"

林曼曼抢先含笑说:"我家正好离顾总家近,都在CBD附近,麻烦顾总捎我一程。"

顾深抬眉:"忘了说,我今儿有事儿,要去西边儿。"

林曼曼嘴角的笑容冷掉。

不知谁打趣说:"要去看女朋友吧?"

顾深笑了声："这你都知道？"

大家都笑了。

顾深目光越过众人，落在南夏身上，然后又转到苏甜身上。

"苏甜。"

苏甜正在叫车，听到顾深喊她立刻反射性抬头。

顾深："你刚不是说住西边儿？送你一程？"

苏甜特别激动："好啊。"她顺手拉住南夏，"夏夏也住西边儿，带她一起吧。"

南夏想给苏甜封个助攻王。

顾深一脸不太在意的模样："行，那就顺路捎上。"

他打开副驾驶位的门坐了上去。

苏甜拉着南夏坐到后座。

车子开得又快又稳，一盏盏路灯呼啸而过。

苏甜一上车就兴奋扭头，她还是头一次坐劳斯莱斯这么高级的车。

她嘴巴也甜："顾总女朋友好幸福呀。"

前头的顾深仰头靠在座位上，微闭着眼一直没说话。

闻言，他低笑了声："是吗？"

苏甜："当然啦，你这么晚还想着去看她，她肯定高兴死了。"

"你们女人都这么觉得吗？"顾深望了眼后视镜里的南夏，似是随意地问，"你也这么觉得？"

南夏愣了愣。

沉默五秒。

顾深拉长语调："嗯？"

苏甜推了下南夏的胳膊。

南夏觉得顾深幼稚得很，无奈应了声："嗯。"

顾深发出声低笑："那就好，我还怕她会生气。"

苏甜笑着说："怎么会。"

夜里不堵车，不过二十分钟苏甜就到了，等她下车后走进小区，顾深就从副驾驶位打开门下来，坐到了后排。

车子又重新启程。

顾深应该真喝了不少，坐前头时南夏不觉得，现在往她旁边一坐，一股浓重酒味儿扑鼻而来。

他也没挨她很近,捏着眉心跟司机报了南夏家里的地址。

南夏无奈:"你干吗这么大费周章把我送到家?你回去还得一个小时。"

顾深像是来了小脾气,歪头看她:"我自己愿意,你管得着吗?"

这语气真是有点儿喝醉的样子。

南夏看他:"你喝了多少?"

顾深不太在意:"没多少。"

他酒量应该不差,南夏从没见他喝醉过,但他今晚真不太正常,手一直扶着额头不太舒服。

南夏看了他一会儿,跟司机说:"师傅,在前面掉头,回繁悦。"

司机一怔,问:"顾总?"

顾深浅笑:"听她的。"

两人终于在一点半到了繁悦楼下。

下车时,顾深没注意脚下,踉跄了一步差点摔倒,南夏赶快去扶住他。

"你是不是真醉了?"

她声音又软又娇,顾深不禁心神荡漾,转头看她:"好像是。"

南夏一路扶着他上楼,进门,把他扶到沙发坐着,很快给他冲了杯蜂蜜水过来。

顾深胡乱把外套往地上一扔,就着她的手喝了蜂蜜水。

南夏把外套捡起来找地方挂好,扶他进主卧。

顾深却没打算进去,指了指旁边的房间:"去那间。"

南夏住哪间他倒是还很清楚。

南夏只好带着他往隔壁走。

隔壁是间次卧,比主卧小一点儿。

顾深似乎真醉了,半个身子都压在南夏的肩膀上,南夏感觉差点儿被压垮。

她费了好大力气将他弄到床上,又替他盖好被子,正要起身出门的时候,手腕突然被拉住。

她低头。

顾深撩起眼皮,看着她问:"南夏,你怎么又跟我回来了?"

他双眸漆黑，难得认真："你不是说病好了要回去住吗？"

被捏住的肌肤隔了两层衣料，南夏依旧能感受到他的力量。

南夏的手腕被他捏得有点儿疼，便往他那边靠了靠，顾深果然稍稍放松了些。

南夏柔声说："我怕你回来太晚。

"而且……你喝了这么多酒，我不太放心，想照顾你。"

似乎对她的回答很满意，顾深笑了。

他说："我还想喝一杯蜂蜜水。"

像是撒娇。

南夏觉得顾深这会儿跟个小孩儿似的，简直让人想往脑袋上揉一把。

但她没敢。

南夏很快又冲了杯蜂蜜水拿进来。

顾深把被子掀了，跟没骨头似的软软躺在床上，衬衫也解了一半。

见她进来，他仿佛才想起有她这么个人似的。

南夏把他拉起来，喂他喝蜂蜜水。

他渴了，两三口就喝光了。

南夏问："还要吗？"

顾深摇摇头，躺回去。

南夏把他喝完的蜂蜜水杯搁到床头柜上，看着顾深，在思考一件事——要不要帮他脱衣服。

两分钟后，她决定放弃。

因为如果要帮他脱上衣，那裤子是不是也要脱？

脑补了下给他脱裤子的场景，南夏脸红了。

还是就给他盖个被子吧。

南夏拎起被子一角正要盖过去，顾深想去厕所正好起身，两人倏地撞上。

顾深下意识搂住她的腰。

南夏猝不及防，完全没站稳，任由顾深带着她倒在床上，唇贴上他的。

南夏愣住。

顾深睁开了双眼。

四目相对，两人呼吸也是混乱的。

唇间微凉，混杂着啤酒的味道，足足等了五六秒，南夏才意识到什么似的，蓦然起身，腰却又被顾深按住。

他手掌宽大而温暖，稍稍用力，将她重新按回怀里，然后不由分说，用力吻上她的唇。

床垫是软的。

床单和被罩都是深灰色的。

卧室里安静得只能听见两人的呼吸声，混乱地纠缠在一起。

积攒了四年的感情和等待在这一刻爆发。

顾深一手死死扣住南夏的腰，另一只手扣在她脖子后头，令她动弹不得，舌头撬开她齿关撞了进去，攻城掠地一般侵占着她唇间的味道，欲罢不能。

南夏贴着顾深胸膛，一颗心"怦怦"直跳，像是立刻要从胸腔中冲出来。

口中是浓烈的啤酒味儿，混杂着一丝烟草气息和微甜的蜂蜜口感，还有属于他的味道。

熟悉又陌生，让人忍不住想沉溺。

她只在最开始的时候下意识挣扎了一下，然后就跟随他的节奏。

他从没这么亲过她。

浓烈的、炙热的、放纵的。

像是要把过去遗失的都补回来。

这个吻持续了很长时间。

长到南夏呼吸都不太顺畅，全身也起了薄薄的一层汗，她低低喊了一声："顾深……"

顾深在她唇上轻咬了口，方才意犹未尽地缓缓放开了她。

南夏深吸了好几口新鲜空气，才缓过神来。

她还趴在顾深胸口上，也没起来。

他醉眼迷离，半眯着眼瞧她。

南夏突然不确定他是喝醉了发酒疯，还是真的想吻她。

两人就这么互相看了会儿。

顾深手机忽地响了。

他终于彻底放开她，揉了揉额头，把手机摸过来。

南夏看见了来电显示：高韦茹。

原来他们还一直有联系。

南夏起身出去，顾深也没拦她，把电话挂了。

他似乎真喝得有点儿多，去了趟洗手间后回来很快睡着了。

南夏却失眠了。

大学那会儿的事儿像电影画面似的，在她脑海里一一闪过，清晰得像是昨天才发生。

那是大一的秋天。

南夏跟陈璇下课后路过学校篮球场，一堆人围着角落叫好。

不用猜就知道是顾深他们那伙儿人。

顾深跟平倬，一个放荡不羁一个谦谦君子，两人又是一个宿舍，一起打球时简直把学校一大半女生的心都勾走了。

常有个跟他们混在一起的女生，就是高韦茹。

不同于寻常女生，高韦茹为人飒爽直接，常混在男生堆里，跟他们称兄道弟。

陈璇给南夏指了指："那个外系的高韦茹，都说跟顾深是一对儿，或者马上就成了。听说之前有个女生跟顾深表白，信当场被她给撕了，顾深连眼都没眨一下。"

南夏不在意："是嘛。"

陈璇："可不，顾深这眼光够差的。"

那会儿他们完全没交集，虽然是一个班的，但顾深基本不怎么上课，偶尔露面也坐最后一排划水，跟她们这种好学生完全不同。

南夏倒是跟平倬还多说过两句话。

又隔了几天，南夏和陈璇在食堂门口碰见他们。

他们一堆人刚吃完饭从食堂出来。

擦肩而过的时候，南夏听见高韦茹抱怨冷："顾深，你外套借我一下呗？懂不懂怜香惜玉？"

顾深蔫坏蔫坏的："你算香还是玉？"

周围人都笑了。

高韦茹作势要打他。

顾深给她追了几步，无所谓地把外套扔她怀里："穿呗。"

陈璇对南夏使了个眼色，小声说："这两人还没在一起啊？"

后来于钱说，从头到尾都只是高韦茹的一厢情愿，顾深对高韦茹从没有过那意思。

大二上学期，顾深跟南夏在一起后，完全换了个人似的，乖乖当起了好学生，陪着她上课上自习。

有次他们在出自习室的时候碰见高韦茹。

那会儿刚好下起小雨，高韦茹没带伞，他们俩也只有南夏的一把伞。

高韦茹目光冷淡地看了南夏一眼，含笑跟顾深说："顾深，衣服借我一下呗？下着雨有点儿冷。"

顾深向来怕热，下雨了也不觉得冷，外套松松垮垮地拎在手里。

听到这话，他没回，只看了高韦茹一眼。

高韦茹目光转向南夏："你男朋友外套借我躲个雨，不吃醋吧？"

南夏微笑着说："没关系。"

她看向顾深。

顾深从容不迫地把外套穿身上，懒懒道："不太方便呢，我也突然觉得有点儿冷。"

高韦茹脸色发白。

顾深跟没看见似的："给于钱打个电话，让他给你送把伞和外套，五分钟的事儿。"然后就带着南夏去食堂了。

去的路上，南夏还跟他说："一件外套而已，干吗不借她？"

顾深打着伞，闻言脚步一停："这么大方？那行，要不咱们再回去把衣服给她？"

南夏："都走出这么远了。"

顾深轻嗤一声："你是真不懂还是装不懂？"

南夏挽着他的胳膊："一件衣服而已，给她又能怎么样？"

顾深笑了："不怕她哪天把你男朋友也拐走了？"

南夏盯着他，眼睛亮亮的："她才拐不走。"

顾深宠溺地看着她："你还挺有信心。"

后来顾深带南夏跟那帮人吃饭，高韦茹也来了。

场上的人大约也明白，特意把她俩隔开好几个人坐。

高韦茹脸上笑嘻嘻的，却在喝酒的时候突然跟南夏为难。

她拿着酒杯，半开玩笑似的说："什么意思？敢不敢跟我们喝一杯？

看不起我们是不是?"

场上瞬间鸦雀无声。

连向来长袖善舞的于钱都突然词穷了。

几秒后,平倬声音温柔地跟南夏说:"喝一杯应该没关系,不会醉的。"

高韦茹接话:"对呀,一杯而已,我又不灌你。"

他们那会儿都不知道南夏酒精过敏,南夏觉得那会儿提这个也不太合适,喝一杯酒也无非起些疹子罢了。

她看了眼面前的啤酒杯,正要去拿,被顾深按住了。

顾深对她轻轻摇了摇头,然后目光转向高韦茹:"她一口都不用喝。你想喝酒可以出去随便喝。"

大约他从没说过这样重的话,在场几乎所有人脸色都变了。

高韦茹咬牙点头道:"行,顾深,我倒要看看,你们能好多久。"

说完,她甩脸子出去了。

一场聚餐因为这件事气氛不太好,草草结束。

南夏当时还问:"你朋友们是不是都不喜欢我?"

跟她吃饭都有点儿拘谨。

顾深"啧"了一声,勾住她的肩膀:"他们要是喜欢你,我得跟他们打起来。"

后来,南夏跟着顾深也跟他那帮朋友混熟了,还特意又问了于钱一次这事。

于钱说:"姐,我们不是不喜欢你,我们那会儿是压根儿不敢跟你说话,看你一眼都觉得是亵渎你,你可太纯了。"

南夏愣住了。

南夏睡得不大安稳,恍惚间做了很多梦。

她早上起床来到客厅,顾深已经把早餐摆好了,还是粥。

想起昨晚那个吻,南夏脸颊发烫,没敢跟他对视。

顾深平静地看她一眼:"先去洗漱。"

见他好像什么都没发生似的,南夏怀疑他昨晚压根儿就是喝醉了,可能完全不记得发生了什么。

吃饭时,她试探地问他:"你昨晚是不是喝断片儿了?"

顾深喝了一口粥，闻言抬头思考了一下："好像是。昨晚有发生什么事儿吗？"

他好像真不记得了。

南夏有些遗憾，停顿片刻，闷声说："也没什么，就是高韦茹给你打了个电话。"

顾深蹙眉："就这？"

南夏点头："就这。"

顾深看了南夏一会儿，南夏被他看得有点儿心虚。

好在他没再继续这个话题，说："我喊了高韦茹一起去俱乐部赛车，平倬和于钱也都去。"

他在南夏面前向来坦白，毫无避忌。

南夏"哦"了声，抬头问，"你不用上班吗？"

虽然她们设计部放假了，但其他部门还在照常上班。

顾深不太满意她这问题："我之前陪着你们设计部门加班是白加的？跟着放个假都不行？"

南夏没说话了。

顾深看她："一起去？"

他像是随口一问。

南夏："我跟你一起去吗？"

那大家会不会误会他们之间现在的关系？

"不然呢？"顾深扫她一眼，"让平倬特意过来接你一趟？"

南夏说："那也行。"

就是在故意气他。

顾深笑了声："你想得倒美，人家没空，陪女朋友呢。"

Part 03

赛车俱乐部在西边山脚下，占地面积很大，弯道也多。

山里的树叶几乎都黄了，落了一地。

南夏从顾深车里出来的时候，其他人都到了。

她一眼就看见了高韦茹。

高韦茹的变化很大，原来的短发如今成了大波浪，手上涂了黑色指甲油，墨镜推在头顶上，穿了一身复古长裙，是个性感女人的模样。

南夏看见高韦茹的一刹那，高韦茹也一眼看见了她。

这么多年，南夏几乎没变化，看着比大学那会儿还纯，被保护得完美，让人忌妒。

顾深停好车，带南夏走过去。

于钱狗腿地迎上来："姐，你今儿也来了。"他轻轻甩了自己一嘴巴，"都是我的错，我哥压根儿没女朋友，也没陪人去国外玩，那是他表妹，我真太没用了。"

"我都知道了。"南夏微笑着安慰他，"怎么会没用呢？我这不是特意过来谢谢你，替我介绍了个好工作。"

"姐，看你说的，跟我这么客气。"于钱这会儿开心了，暧昧地瞅了眼她身后的顾深，"你跟我哥是不是……"

南夏知道他要说什么，垂眸："没。"

于钱有点儿遗憾，但也没再说什么。

高韦茹看见顾深，说："我还以为你死了呢。"

顾深闻言也没生气，散漫道："那真是让你失望了。"

高韦茹冷哼一声，目光转向南夏，连客气的话都懒得说，直接问："敢不敢比一圈？"

她的语气带着挑衅，仿佛当年在学校里问南夏敢不敢喝一杯一样。

平倬说："这就不太合适了，夏夏都没摸过赛车。"

于钱紧跟着说："高韦茹，你要点儿脸行吗？你一个天天赛道上跑的跟我姐一没摸过赛车的人比，过分了啊。"

南夏脸上的表情没什么变化，始终带着从容的笑意。

高韦茹最讨厌南夏这样子，像是对谁都从没恶意，衬得自己越发小气。

她问："不敢？"

南夏看着她，轻飘飘地说："没什么不敢的。"

场上众人都惊住了，高韦茹也很意外。

她以前挑衅的时候多了，南夏都抱着息事宁人的态度，从不跟她计较，所以她一直觉得南夏是白莲花。

这还是第一次，她在南夏脸上看见了斗志。

顾深嘴角勾了一下。

于钱头一个反应过来,他是真为南夏好:"姐,要不算了。"他压低声音,"她赛车挺厉害的呢。"

南夏语气轻松:"玩玩而已。"

于钱拿眼神暗示顾深。

顾深跟没看见似的,视线落在南夏脸上,也一脸不在意的样子,说:"想比就比。"

于钱一听这话顿时乐了,这不就明摆着说输了顾深替南夏找回场子。

他也没再阻拦,一脸看戏的模样。

几个人进去换了衣服。

南夏穿了身火红色的赛车服走出来,左手持红色头盔,头发散在腰间。

顾深早出来了,在门外抽烟,听见于钱惊呼回头,眼神定住看了好一会儿,直到烟烫到手才反应过来,把烟掐了。

众人没见过她穿这么艳的颜色,不觉多看了两眼。

于钱小声跟平倬说:"没看出来我姐这么有料。"

南夏穿着紧身的赛车服反而显出胸前的曲线来。

这话他不敢跟顾深说,只能跟平倬小声叨叨。

平倬不知想到什么,随口"嗯"了声。

很快,高韦茹也穿着黑色赛车服出来了。

赛道分初级、中级和高级。

高韦茹选赛道时没为难南夏:"就初级吧。"

初级赛道就两个弯儿,没什么危险度,新手也能开。

南夏看了眼赛道图,轻描淡写地说:"其实我车技还可以,选高级吧。"

顾深蹙眉。

于钱惊了:"姐,你会开赛车?"

南夏颔首。

于钱:"那大学那会儿……"

南夏:"出国后学的。"

于钱"哦"了一声,心想,跟谁学的?

但他没敢问。

顾深眼神一暗。

高韦茹眼里也闪过几分诧异,但她也没怕,只问:"来真的?"

南夏迎上她的目光:"当然。"

上车前,顾深替南夏检查好了车子,又替她检查好头盔,确认无误后,跟她说:"输就输了,别逞强。"

南夏这会儿看着挺乖:"嗯。"

几个人在观众席远远地看着。

两辆车一红一蓝,几乎同时冲了出去。

这个俱乐部算是专业赛车弯道,高级赛道一圈五公里,弯道七处,其中有段路有三个连续螺线型收缩的弯道,很考验技术。

于钱在看台上一脸担心:"我姐行吗?"

不到二十秒,他就惊了:"我姐居然压着高韦茹跑。"

顾深早瞧出来了,他眯着眼,摸了根烟出来。

红车虽然只是稍微领先,但在赛道上却一直压着蓝车,蓝车几次想超车都没成功。

高韦茹冷笑一声,南夏车技真不错,但这赛道自己常跑,必然也占据了优势。

她在转弯处加大马力,直接往南夏车尾去撞。

这是跑道上常有的心理战。

高韦茹常来这个俱乐部,出了名的开车野,经常假装撞别人借机超车,几乎都能成功。

看台上另外几个人看出她风格,没忍住欢呼几声。

红车像是不得已,让到了外圈。

顾深盯着跑道。

于钱微叹口气,跟平倬对视了眼,知道南夏大概率要输了。

谁也没想到,下一个弯道,红车突然加速,直接极速漂移连续过了两个弯道,将蓝车远远甩在身后。

于钱惊讶地说:"我姐这专业的啊。"

这么高速又完美的漂移,没有专业教练指导和训练根本下不来,于钱玩了这么久的车,也不敢在三百多码的速度下玩这个,更何况高韦茹。

1分49秒。

南夏冲过终点,比高韦茹快了十几秒。

两人回来,高韦茹脸色不太好,南夏表情跟刚才没什么变化,只是看了顾深一眼,像在等他夸似的。

顾深掐了烟走过去,一张脸冷得跟什么似的。

别人没看出来,他却看得清楚,刚南夏漂移超车的时候只差一点就翻车了,还好她稳住了,不然肯定受伤。

他面无表情地把她手上的头盔接过来,拿起瓶矿泉水拧开,递给她。

于钱凑过来打趣:"姐,没想到你开车技术这么猛,怪不得把我哥迷得七荤八素的。"

南夏心中疑惑:怎么感觉有什么不对劲?

她看了眼顾深,想从他眼里找出点儿惊喜的感觉,可他只是冷冷看她一眼,什么都没说。

高韦茹瞥了南夏一眼,突然笑了:"行,我认输。"

于钱怼她:"你早该认输了。"

休息了会儿,其他人都下场去了赛道,只剩下南夏和顾深。

他这会儿才开口,语气也冷:"谁教你这么开车的?不要命了?"

南夏这才知道他看出来了,怪不得他没夸她。

想起刚才,南夏也有点心虚,一时没敢说话。

顿了片刻,她才抬眸看着他微冷的表情,说:"那我想赢。"

南夏知道以前高韦茹怎么说她。

觉得她跟顾深不是一个世界的人,顾深喜欢的她都不喜欢。

以前她跟顾深在一起的时候,完全不在意别人怎么说,觉得只要他们的心靠在一起就行。

但不知道为什么,今天高韦茹这么挑衅,突然激起了她的好胜心。

顾深咬牙想接着数落她,听她这么软软地说了句,一双眼跟一泓泉水似的,气顿时撒不出来。

他说:"你有必要跟她比?"

他意有所指。

南夏心里明白他的意思,却说:"是你刚才说想比就比的。"

顾深笑了声:"怪我了是吧?我让你怎么着你就怎么着?提分手的时候没见你这么听话?"

南夏不敢回嘴了,仰头喝了一小口矿泉水。

等她喝完,顾深把矿泉水瓶接回来:"下次再这么开看我怎么收拾你。"

南夏没想到顾深一点儿没觉得惊喜,她没忍住问:"我车技有这么不好吗?"

太阳照过来,晒得人有些热。

顾深口渴,拿起手里的矿泉水瓶喝了口,听见这话,漫不经心扫了她一眼。

南夏稍顿。

他喝的是刚才她喝过的那瓶水。

他喉结滚动,线条分明,喝起矿泉水来也没个正形,喝完后把瓶盖拧上,随手往旁边座位一扔。

虽然昨晚已经吻过了,但看他直接这么当面儿喝自己喝过的水,南夏还是不太自在地别开脸,去看赛道上的车。

应该是平倬跑了第一。

顾深一直没回答南夏这个问题,直到平倬他们又跑了几圈,南夏差点儿忘记这回事儿时,他忽然开口了:"不知道,没试过。"

南夏一时没反应过来:"什么没试过?"

顾深带着一脸玩世不恭的痞笑,很直白地说:"车技。"

南夏一愣。

他大学里也这样,嘴上总是占她便宜。

南夏只当没听出那层意思,正儿八经地说:"那回头我开车,你坐副驾驶位上试试。"

顾深含笑看她:"行啊。"

一脸坏笑。

平倬几个人开了几圈回来,顾深才下场了。

他是职业赛车手水平,几圈下来众人看得赏心悦目。

平倬跟于钱去了另外一头,只剩高韦茹和南夏,两人隔了一个座位。

高韦茹突然开口问:"你们复合了?"

她没喊南夏的名字,南夏也知道她在跟自己说话。

南夏如实回答:"没。"

高韦茹:"早晚的事儿。你知道今天是顾深主动叫我来的吗?"

南夏以为她又要挑衅,只是淡淡回看她:"知道。"

高韦茹忽地笑了:"知道?那你知道在今天之前,他已经四年都没理过我了吗？"

　　这事儿南夏完全不知道，她狐疑地看着高韦茹。

　　高韦茹定定地看着她："他让我来，跟你解释当年的事。

　　"他是为了你跟我断了联系，也因为你跟我恢复了联系。"

　　南夏深吸一口气，内心复杂又感动，怪不得高韦茹见顾深第一面就问他是不是死了。

　　事情其实说起来也简单。

　　大学毕业那个月，论坛上突然爆出来一张图——高韦茹和顾深先后从一个五星酒店房间出来，全校人都以为顾深劈腿了。

　　"事实上——帖子是我发的。"高韦茹说，"那会儿不止我在那个酒店房间，平俾、于钱他们都在。我们报名参加了个电竞校园赛，在酒店开房间训练。

　　"我先出的酒店，顾深跟平俾他们后来一起出来的。照片里平俾他们被截图截掉了。"

　　她转头看向南夏："我们什么事儿都没有。"

　　南夏安安静静听完，点头说："我没怀疑过他，谢谢你的解释。"

　　高韦茹原以为要颇费一番口舌解释，不然顾深自己或者让平俾他们解释就行，没想到南夏这么容易就信了。

　　高韦茹诧异地问："你没怀疑过他？"

　　南夏摇头。

　　因为前一天，她跟顾深也在那个酒店，后来因为有事，她当晚离开了。学校论坛后来的绯闻她也看到了，她根本没在意。

　　她不信前一天跟她在那个酒店的顾深，第二天会跟另一个女人也约在那个酒店。

　　高韦茹问："这么说你们不是为这个分手的？那为什么？"

　　南夏目光看向赛道。

　　宝蓝色的赛车疾风般飞驰而过，越过终点后停下。

　　顾深从车里出来。

　　南夏的视线尽数落在他身上："抱歉，我不太方便说。"

　　高韦茹轻嗤一声："谁稀罕知道呢，我巴不得他多受点儿罪。"

　　这会儿平俾和于钱过来了，于钱问："高韦茹，你又跟我姐说什么呢？"

顾深恰好抱着头盔走上来。

他放荡不羁地甩了甩头发,听见于钱欠揍的声音:"姐,甭管高韦茹跟你说了什么,你都别信。"

偏南夏这会儿看了顾深一眼,很乖巧地点头:"好的。"

顾深远远地把头盔扔于钱怀里,吊儿郎当地走过来:"说完了?"

于钱接住头盔,不明所以。

高韦茹点头:"完了。"她看着顾深,半开玩笑似的,"但南夏没打算跟你复合呢,人还得出国。"

南夏腹诽:她这人怎么不搞事就不舒服?

顾深没生气,只淡淡看了高韦茹一眼:"挑事儿是吧?"

高韦茹觉得没意思,转头又下了赛道。

平倬和于钱识趣地闪到一边儿了。

他们走后,顾深脸色一直淡淡的,情绪不高。

深秋的太阳过了中午那阵儿就没了余力,全然没了温度。

风一吹,南夏感觉还有点儿冷。

她瑟缩了下,慢慢挪到顾深旁边,把刚才于钱跟她说的话又认真说了一遍。

"不管高韦茹跟你说了什么,你都别信。"

南夏又说:"我暂时不会出国的。"

只是暂时。

南夏察觉到他脸色不好,立刻又补了句:"以后也不一定会出国。"

顾深眼角这才漫出丝笑意:"也没不打算不复合?"

南夏一下子没好意思接话。

顾深以为她在考虑,怕她有压力,轻嗤了声:"你倒是想得美,想跟我复合我还得考虑考虑。"

南夏那个"没"字儿到了嘴边又给咽了下去。

顾深换了话题:"她都跟你解释清楚了?"

他心里隐约也明白南夏不是为了那事跟她分手,但他不确定。

只要有一丝一毫的不确定,他都要把这不确定抹掉。

再来一次,他不想有任何差池。

南夏心中微痛,缓慢地点了点头:"其实不用她解释,我没怀疑过你。"

顾深看着她："真没怀疑过？"

南夏仰头凝视着他："没。"

顾深扯了下嘴角，仿佛在自嘲——没怀疑过，但还是毫不犹豫地甩了我。

南夏被他的表情刺痛，想起当年自己说的绝情的话，胸口起伏不定，呼吸也有些乱。

"是因为我……"她哽住了。

顾深轻抚上她的后背，似是安抚。

"不想说就先不说。"他不以为意道，"多大点儿事儿，我也不是等不起。"

这个人，刚才还在说她想复合还得考虑考虑，现在又跟她说这种话。他一直对她都这么好，不愿意给她任何压力。

南夏轻轻咬唇。

顾深抬手把大拇指放她唇上轻轻摩挲，语气不太正经："别这么咬，咬坏了怎么办？"

南夏没再咬唇，清纯的双眼凝视着他，突然张口，轻轻咬了一下他放在她唇边的大拇指。

微痒的电流从指间瞬间蔓延至全身，顾深完全没料到她会有这种行动，僵住片刻，舔了下后牙槽儿，咬牙道："胆子挺大。"

南夏完全是无意识的动作。

她当时都没发觉这个想法，身体已经情不自禁地采取了行动，等她意识到时已经咬到了顾深的大拇指。

而且是光天化日之下，周围还这么多人。

南夏飞速后退一步："我……"她很快找了个完美的借口，"我本来是想咬唇的，不小心咬到你了，对不起。"

顾深靠近她，呼吸都落到她脸上："真不是占我便宜？"

南夏摇头："不是。"

这时于钱远远地喊顾深比赛，南夏正好借机催他走。

顾深含笑看她一眼，拿起头盔："这次先饶了你。"

不知道为什么，平倬没参加比赛，只在看台坐着。他眉眼间带着倦意，看南夏走过来，绅士地递了瓶矿泉水给她。

平倬问："喝这个行吗？要不要给你点杯热牛奶？"

南夏说："不用。"

她想起来之前顾深说平倬陪女朋友的事儿，不觉跟他开起了玩笑："听说你有女朋友了？恭喜。什么时候带给我们看看？"

平倬脸上却并无喜色，淡声道："不是女朋友，就那种关系罢了。"

南夏很意外，不过都是成年人，你情我愿，倒也没什么。

高韦茹又过来了，忽然朝南夏身后喊了句："华羽？"

南夏顺着她的目光回头。

大约隔了两排空椅，一男一女紧挨着坐在那儿，不知坐了多久，像是在调情。

华羽听到有人喊她，抬头扫了眼。

她穿着性感的V领小长裙，露出傲人的事业线，一双媚眼如丝，是个尤物。

她含笑站起来："高韦茹，好久不见。"

高韦茹在这儿见着华羽也很诧异："你怎么来这儿了？你也玩车？没听你说过呀。"

华羽："陪男朋友来的。"

她咬重了"男朋友"三个字。

平倬回头看她一眼。

她身边的男人长相普通，为人倒是挺热情，立刻跟周围人打招呼。

高韦茹敷衍地给华羽介绍："南夏，平倬，都鼎鼎大名的，不用我多介绍吧？"

华羽似笑非笑地看着二人："当然知道，你们设计院的才子佳人嘛。当年没成我还觉得挺可惜，怎么着？要复合了？"

总有外系的人这么误会，高韦茹正愁没地儿给顾深添堵，幸灾乐祸地说："可不是嘛，我都准备好份子钱了。"

南夏愣住了。

华羽的视线落在平倬身上。

平倬抬眸看她，目光淡漠。

高韦茹又介绍："这位是经管院的系花华羽，你们也都听过吧？"

平倬往华羽胸前扫了眼："何止听过。"他稍顿，"也见过。"

华羽漫不经心地笑了下。

南夏觉得这话有点儿不对劲,她一时也没细想,伸出手:"你好,我是南夏。"

华羽等了两秒才轻握了下南夏的手:"你好。"她懒懒地说,"我还有事儿,就不奉陪了。"

她转身走了。

南夏察觉到平倬不对劲,这会儿回味过来了:"你说的那个人是她?"

平倬"嗯"了声。

南夏再次惊了,一时不知道该劝他跟华羽断了,还是跟他说华羽明显误会了他们之间的关系。

倒是平倬看见她表情笑了:"你别担心,我心里有数。"

高韦茹不明所以:"什么人?"

这群人跟高韦茹好久不见,自然要一起吃顿饭,也避免不了喝酒。

顾深喝到半醉,结束后直接把车钥匙扔南夏手里,像是在说天经地义的事儿:"开车送我回去。"

以前都是于钱打趣,这回他还没来得及开口,高韦茹先骂了句:"顾深,你要不要脸?这就想把人拐回去了?"

一帮人笑得暧昧。

南夏一本正经地解释:"你想多了,我就只是送他回家而已。"

这帮人笑得更厉害,顾深也没忍住笑了,骂了句"滚",说:"别理她。"

高韦茹"啧"了一声:"怪不得他喜欢你。"

南夏扶着顾深坐进副驾驶位。

顾深伸手要把外套脱了,南夏怕他着凉不许。

她很久没这么管过他了。

顾深甘之如饴,把外套裹身上,头歪到一边:"行,听你的。"

看样子又像是醉了。

她以前怎么没发现顾深这么容易喝醉。

南夏轻叹一口气,准备发动车子前,她低头看了眼钥匙扣。

是个蘑菇头的表情包,边角已经有些泛黄。

是当年顾深从她这儿拿走的第一件东西,算是两人的定情信物。

那是大一上学期期末,刚下了点儿小雪。

陈璇前一晚刚出去通宵补论文，南夏一个人去图书馆自习，中午出来时遇见个男生跟她表白。

从新生欢迎晚会跳舞后，跟她表白的人络绎不绝，她都一一婉拒。

进大学前，南恺早跟她说过不许谈恋爱，毕业后去国外，他自然会给她挑好合适的未婚夫，这些人都配不上她。

南夏的人生从小就是被南恺掌控的。

他为了栽培她费尽心思，她也没辜负他的期望，各项成绩都很优异，顺风顺水考上南大设计院。

所以她压根儿就没打算谈恋爱。

她用这个理由回绝了所有人。

一般人被拒绝几次也就死心了，只有这个男生还不放弃，每隔几天就会来图书馆等她一回。

已经数不清是第几次了。

他这回手里又拿了盒巧克力，一路纠缠，从图书馆跟她到篮球场外。

那男生急了，直接去拉她手腕："走吧，我真的就想请你吃顿饭而已。"

南夏没料到他会突然触碰她，下意识想用力甩开。

看她迫不及待想避开自己的模样，男生又气又急，手上力气更大了："你躲什么，我又不是洪水猛兽。"

南夏尽力保持着礼貌："同学，我已经跟你说过很多遍了，我真的不打算在大学里谈恋爱……"

他扯着她的衣袖，把她大衣上的一颗扣子都扯掉了。

黑色纽扣滚到地上。

南夏一惊。

下一秒，一颗篮球猛地砸到那男生身上，伴随着顾深放荡不羁的声音："听不懂话怎么着？人没看上你，懂吗？"

南夏回头。

顾深应该是刚打完球，额头上还有细密的汗，他大冬天也不嫌冷，穿了身篮球服，露出劲瘦的小臂和小腿，浑身都散发着荷尔蒙的气息。

对上他那狭长的双眼，南夏心头一跳。

顾深扫她一眼，恰好看见她黑色手提包上挂着的心情复杂蘑菇头表情包挂件，忽地笑了。

她这么正经淑女的人,居然喜欢这玩意儿?

那男生瘦弱,被球用力一砸差点儿摔倒。

他后退两步,面子上挂不住,气急败坏道:"顾深,井水不犯河水,你少管闲事儿。"

顾深目光这才转回来,完全没把他放在眼里,语气里带着轻蔑:"我还真就管了,怎么着?"

男生又气又急,但他还真不敢惹顾深,就顾深那身肌肉,要打起来,铁定他吃亏。

他没办法,只好把那盒巧克力往南夏面前一举:"不吃饭也行,这巧克力你收下吧,我特意让人从国外给你带的。"

南夏摇头,很有礼貌地说:"谢谢,我不吃甜的。"

刚都吓成什么样了,这会儿还谢谢呢。

顾深"啧"了一声:"听见没?人家看不上你的东西。"他抬手随意擦了把额头的汗,转了下手腕,勉为其难道,"我倒挺爱吃甜的,要不你送我?"

男生知道今天不会再有什么结果,终于拿着巧克力走了。

南夏紧绷的神经终于放松下来。

她之前对顾深没什么太好的印象,只觉得他是个浪荡的花花公子,周围总有一堆女人围着,没想到他会出手救她。

顾深个子高,居高临下看她一眼,用一种过来人的傲慢语气跟她说:"我劝你呢,以后拒绝人就拒绝得干脆利落点儿,直接说'我没看上你',别说一些什么'不打算在大学里谈恋爱'的废话,懂吗?"

当时顾深必然不会想到,她最后把这套干脆的拒绝全用在了他身上。

虽说他这嚣张的语气让南夏不太舒服,南夏还是很温柔地说:"那样不太礼貌。"

顾深真服了。

南夏:"不过,谢谢你帮忙。"

她下颌紧绷着,明显还有些紧张。

她乌黑的长发散在风里,抬头看他的时候却落落大方,装得一点儿都不害怕。

顾深玩味地看她一眼,不太正经:"怎么谢?请我吃饭?"像是在逗小猫小狗似的逗她。

他是学校的风云人物，真跟他在学校食堂晃一圈得被不少女生惦记上，但他的确是帮了她。

片刻后，南夏抬眸问："你真想让我请你吃饭感谢你吗？"她黑色的眼睫毛又密又长，像蜻蜓翅膀轻颤着。

顾深像是很随口提出来这件事，有点儿像是接着那男生的话茬，不像是真想跟她吃饭的样子。

顾深听见这话笑了，饶有兴致地看着她。

他五官轮廓分明，双眼狭长，自带一股痞劲儿。

南夏果然听见他懒洋洋地说："不是，我就想看看，你打算怎么礼貌地拒绝我。"

刻意加重了"礼貌"这两个字。

南夏一时语塞。

两秒后，南夏很认真地说："不好意思，我爸不让我跟陌生人吃饭。"

顾深愣了愣。

偏她还抬头，睁着一双明亮干净的眼睛问他："这算不算满足了你的愿望？"

她一张脸纯得跟什么似的，人看着也安静，却说出这么俏皮的话。

顾深就没见过这样儿的，顿时来了兴致："我觉得不太礼貌。"

南夏说："那我再给你鞠一躬？"

顾深笑了："一个可不够，得三个。"

两人这么一贫，都笑了。

顾深指着南夏手袋上的蘑菇头挂件儿，这回语气正经了点儿："把这玩意儿送我得了。"

南夏微顿，顺着他目光看了半天，才拿起蘑菇头挂件儿："你说的是这个吗？"

顾深平常虽然玩世不恭，但看着也像是个挺正经的贵公子，居然会喜欢这么"特别"的挂件？

南夏犹豫片刻："这个可能不太行。"

顾深本来随口一说，觉得不过是个小玩意儿，应该没什么，但看南夏还这么舍不得，心里不知为何觉得有点儿闷。

他语气不太正经:"这么舍不得?男朋友送的?"

南夏下意识解释:"我没男朋友。"

顾深当然听说过,只不过想再确认一下。

他挑眉:"那是男性朋友送的?"

南夏不自觉想维护自己的"名誉",说:"这是我室友送我的,不太方便转送。"

顾深挑眉:"算了,我也没真想要。"

他俯身单手把篮球捡起来,转身要走。

南夏喊住他:"顾深——"

顾深回头,笑了:"知道我叫什么啊?"

他这么出名,她知道也没什么奇怪的吧?

南夏颔首,说:"这个不能送你,你要喜欢的话,我再买个新的给你。"

顾深说:"不用。"转头拿着篮球走了。

他离开后,南夏这才发现远处围了几个女生,都在悄悄看她和顾深,还有人拿着手机在拍。

当晚,她在家里接到陈璇激动的电话。

"夏夏!怎么回事!顾深居然为了你跟另外一个男生打架了?!"

南夏说:"没有的事儿,你打哪儿听的?"

陈璇说:"学校论坛有照片。"

南夏这是头一回上论坛。

照片拍得很模糊,不过是她跟顾深站在篮球场外说话罢了,怎么能脑补出那么多东西?

一看底下文字,一个女生信誓旦旦地说南夏是顾深的女朋友,有别的男生跟南夏告白被顾深打了,末了还哀号一句"男神已名花有主"。

底下有人问:【顾深不是跟高韦茹一对儿吗?是不是误会呀?两人看起来不亲密。】

陈璇边八卦边数落南夏:"这么精彩的事儿你怎么不告诉我?!"

南夏说:"你不是通宵补作业在睡觉吗?"

陈璇:"睡觉算什么。"

南夏最终把实情跟陈璇说了,陈璇倒有点儿失望,听南夏说要给顾深买蘑菇头挂件,她顿时又来了精神:"你不会喜欢上他了吧?"

南夏否认:"不是,就一个谢礼,我看他还挺喜欢你送我那个挂件儿的。"她突然开起玩笑,"要不我买了你替我送一下,我觉得你俩也挺合适的。"

陈璇:"放过我吧,他那人我可压不住。"

顾深不爱背包,南夏记得有次在食堂吃饭,听他舍友笑他钥匙又丢了,便打算给他挑个蘑菇头的钥匙扣。

南夏挑了半天,最后选中一个"今天的我又是如此地迷人"的表情包,莫名觉得这个蘑菇头对镜梳妆的场面适合顾深,下单让商家定制。

等了一个礼拜,东西才到手上。

顾深平时总不上课,一礼拜也见不着一次面,篮球场倒是能蹲到。但经过上次论坛的风波,南夏也不敢轻易过去,最后想了个折中的办法,打算让他舍友平倬给他带过去。

这天下课后,南夏叫住了平倬。

平倬为人温和绅士,听她说完也没多问什么,直接把东西接过来:"行,他收了我微信告诉你。"

班里有群,平倬知道南夏的微信号。

平倬问:"你一个人?"

南夏"嗯"了声。

今天早上只有一节八点的早课,又是毫不重要不算学分的选修课,肉眼可见系里三分之一的人都没来,陈璇向来不爱早起,自然不会来。

看平倬宿舍人都没来,应该也是一样。

平倬微笑着问:"你回宿舍还是去图书馆?"

南夏说:"回宿舍拿东西。"

平倬点头:"走吧,我送你。"

想着反正顺路,谈不上什么送不送的,南夏同意了。

回女生宿舍要先经过男生宿舍,南夏让他不用送。

平倬很绅士地说没关系,一路把她送到女生宿舍楼下,看着她上去才转身走了。

平倬刚一回宿舍,于钱吼得都快把他耳朵震聋了:"快交代,你是不是在追南女神?你为什么送她回宿舍?"

顾深像是刚起来,睡眼惺忪地看了平倬一眼,声音很平静:"他从阳台看见你的那刻到现在，吼十分钟了，整栋宿舍都听见了。"

平倬笑了声，把手里东西往上一扔："人给你的。"

顾深漫不经心接过来："是嘛。"

平倬："我不过顺路一送，要追早追了。"

顾深没应声，把东西打开拎在手里看了眼，笑了。

于钱这才搞明白怎么回事，更惊了："不是吧，哥，有事儿的是你俩？"

"说话就说话，吼得我头疼。"顾深嫌他吵，"不就上回那破事儿，你们不早知道了？"

于钱："我看看，我看看。"

顾深连着盒子扔给他。

于钱把挂件拿在手里翻了翻，乐了："今天的我又是如此地迷人，哈哈哈，哥，这表情包可太适合你了。南女神怎么也知道你这么自恋？"

顾深嗤地一笑。

于钱跟发现新大陆似的叫起来："哟，还有手写的感谢卡片呢？还真是有礼貌。"

顾深刚没注意，闻言说："拿来我看看。"

南夏字迹娟秀工整：【谢谢帮忙。】

顾深笑了："她怎么不颁个锦旗给我。"又骂于钱，"你小声点儿，别又吼得整栋楼都知道了。"

后来的事儿是于钱给南夏讲的，还拿"颁锦旗"和"今天的我又是如此地迷人"这话打趣她很久。

南夏没想到，已经过去这么久，这钥匙扣顾深居然还留着，而且应该是最近找出来特意挂上去的，因为前几天他送她的时候，她没见着。

等了一会儿没见她开车，顾深扫了她一眼："车动了吗？"

至于吗？一个钥匙扣看这么久。

南夏以为他醉到连车动没动都没分清，忙回神发动车子。

她开车还挺稳。

顾深看她开了一段儿，彻底放心，半眯着眼靠在椅背上休息，想着以后万一在某些场合喝多了酒，就让她过来接。

等回到繁悦时，顾深竟然真睡着了，直到南夏打开副驾驶位的车门，轻轻推了推他胳膊，他才清醒过来。

南夏以为他真醉了，很温柔地哄他："我们上去睡，好不好？"

我们？

顾深勾了下唇，干脆就装醉了，也没应声。

顾深虽然不胖，但对女生来说还是挺沉的，南夏费力把他扶到门口，让他按指纹。

他胳膊稍稍抬起，很快又无力地落下。

这回醉到连指纹都按不上了。

南夏没办法，握住他的手，往指纹锁上带。

他手背冰凉，皮肤稍微有些糙，摸上去却意外舒服。

试了几次后，锁终于开了。

进门之后，南夏刚关上门，突然落入一个温暖的怀抱里。

顾深从背后环住了她。

南夏一僵。

他双臂环绕至她腰前，将她整个人箍在怀里，头靠在她肩上半垂着，呼吸洒在她颈间，无意识地哼了一声。

听到那声低哼，南夏松了口气，稍稍转头看他："又醉了啊？"声音里透着点儿她自己都没意识到的宠溺。

她低声说："原来你酒品这么差，喝醉了就喜欢占人便宜，怪不得以前在我面前都不敢喝醉。"

顾深抱着她，没什么动静，像是就这么抱着她睡着了似的。

那股酒味儿也伴着他的靠近弥漫了过来，奇怪的是，南夏一点儿不觉得讨厌。

这酒味儿放他身上都好闻了许多。

很久没被他这么从背后抱过，南夏舍不得推开他，好一会儿才拍了拍他的手："进去睡好不好？"

顾深没应声。

南夏试图推开他的双臂，男人力气很大，她试了几次都推不开，只好又喊他："顾——"

她才说了一个字，蓦地顿住。

顾深低头，冰凉的唇落在她后脖颈上。

... 第四章 ...
换我，追你

Part 01

门是檀木色的，吊顶是灰色的，空气是微凉的，他的手是热的，唇却是滚烫的。

整个世界都安静下来。

南夏一瑟，一动都不敢动。

颈后是她敏感的地方，他这么一贴，鼻尖的气息也落在上头，又痒又酥。

她双手攥紧，有点儿受不了似的喊他："顾深。"声音跟蚊子哼哼似的。

顾深没听见。

他的唇在她颈后停住，南夏深吸了口气，微微闭上双眼，全身不易察觉地战栗着。

她被他浓重的气息完全包裹，无处可逃。

灼热的温度从后颈那块儿肌肤一点点散开，她体温也随之升高。

南夏手指蜷缩着扶在冰凉的门把手上，滚烫的掌心得到了一丝舒缓。

顾深的唇停留了会儿，终于转头，又靠在她肩上接着睡。

他这动作像是全无意识，把她当成了床靠上来。

最开始的战栗感逐渐过去，取而代之的是一种微妙的复杂感，南夏转身从他怀里挣扎出来，把他胳膊搭在肩上，扶他进卧室。

顾深的双眼一直闭着。

南夏按捺住跳动不安的心，给他喂了杯蜂蜜水，替他盖好被子。

他睡着的时候毫无规矩，没几秒就甩开被子，大半个身子都在外头，可能觉得热。

南夏想起来今天已经开始试供暖，他穿着衣服睡的确会热，干脆从旁边换了张毯子盖他身上。

他这才睡安稳了。

他五官干净利落，长而密的睫毛一根根清晰而分明，南夏看得心头一颤。

下意识摸了摸颈后刚才被他触碰的那块肌肤，南夏低声说："明天起来，你肯定又什么也不记得了。"

但南夏这回没机会跟顾深讨论这个问题，因为第二天一起来，顾深就去上班了。

屋子里空荡荡的，一片静谧，只有光线从外头透进来，落在半空，将空气中的尘埃颗粒照得清楚。

犹豫片刻，南夏给顾深发了条提醒他涂药的微信。

不到五秒，顾深回过来消息：【醒了？我让人送饭给你。】

她回：【不用，正好我打算回家了。】

总不可能一直住他这儿。

拉开窗帘，阳光明媚，照得CBD大楼熠熠生辉。

她没想过，顾深会在这繁华的商业中心买个房子。

他原来明明最烦这些地方，觉得路段常常拥挤，开个车都不痛快。

南恺这时给她发了条微信，问她情况怎么样。

南夏简单说了下情况，说已经找到工作，让他放心。

顾深也回了消息：【行。】

他没留她。

南夏替他整理了下屋子，看见衣柜里挂着她的衣服，想了想，又给

顾深发去条微信：【谢谢你那天让可可帮我买的衣服，大概多少钱？我给你。】

这些衣服都是商场的牌子，应该不会太贵。

这回顾深打来语音，他语气里还带着调侃："谁跟你说那些衣服是买给你的？"

南夏垂睫，想起之前他订鸡汤的时候也这么问过她，不由得稍顿："都是我的码。"

顾深："你这个码的人多了去了，怎么就是给你买的了？"他语气透着点儿嚣张，"我呢，是买给不时要来我家住的女性。"

南夏"哦"了一声，很平静地说："那我跟她们AA？"

顾深给她逗笑了："南夏，你这个连杯奶茶的钱都要AA的毛病是打哪儿学的？"

大学那会儿她就这样，连杯奶茶的钱都跟他算得清清楚楚。

顾深要是不收钱，她也会想办法从别的地方给他补上，或者吃饭提前偷偷付钱，或者给他买些小礼物。

南夏正要解释，听见他又问："跟我沾上点儿关系，让你很难受？"

南夏立刻说："不是。"

电话那头安静几秒。

南夏说："就是……"她突然不知道怎么解释，脑海里闪出两个字，在没意识到之前从嘴巴里蹦了出来，"礼貌。"

说出口后，她觉得这理由还挺好。

谈恋爱AA不就是一种礼貌嘛。

顾深笑了声，突然又很正经地说："我不喜欢。"

南夏微愣。

记忆里，顾深还从没跟她说过这样的话。

以前谈恋爱的时候，他哪儿哪儿都顺着她，从没说过不喜欢她做什么。

顾深接着说："大学那会儿我就不喜欢，但觉得你喜欢就随你。但后来我一直在想，你是不是早想好了要跟我分开，所以一点儿也不想欠我的，要走的时候也能毫无愧疚干脆地离开。"

他斩钉截铁道："这次我清楚明白地告诉你，我不喜欢。"

那头传来细微的声音，像是他吸了口烟。

南夏心中微痛。

片刻后，她问："那我……如果最终还是要出国呢？"

那头沉默很久，久到南夏以为顾深不会回答这问题时，顾深开口了："出呗，过几年再回来，反正也不是第一回了。"

他挂了语音。

南夏意识到他是真生气了。

接下来南夏再发什么消息，他都没理。

两人再次见面已经是两天后上班时。

南夏在工位坐着，顾深跟卓任宇从过道经过，他一眼都没看她，仿佛回到了之前重逢后初次见她的陌生模样。

这还是第一回，他跟她生气，主动挂电话，还不搭理她。

南夏心里堵得慌，只好埋头工作，转移注意力。

午饭时，南夏忍不住跟苏甜问了个问题："甜甜，你谈过恋爱吗？"

苏甜一脸自豪："没，但我指导别人谈恋爱的经验特别丰富。夏夏，你有喜欢的人啦？"

南夏犹豫片刻，说："不是我，就是我有一个朋友……"

苏甜明白了："行，不是你。"

南夏也没管这些，继续说："她大学时谈过一个男朋友，谈了差不多三年，后来因为要去留学分手了。上周她回国，发现她之前的男朋友还单身，两个人应该也互相还有好感，就犹豫要不要继续在一起。那个男生问她是不是还会出国，听到她说不确定的时候生气了。"

"大概就是这样。"

苏甜不解："为什么不确定呢？"

南夏说："就是她们家移民了，她爸爸在国外，她不能把她爸爸一个人放国外。"

苏甜不解："那她又为什么回来呢？"

南夏随口说了个原因："觉得国内发展机会很不错。"

苏甜："那这男生生气很容易理解啊。你想想，当年要出国追求学业分手也就算了，现在回来还不确定，万一再出国又分手呢？"

南夏轻轻"嗯"了一声，似乎在思索着什么。

苏甜:"我觉得这事儿也容易,夏夏,你想清楚是不是确定会留在国内发展,要是不确定的话,也别跟他互相耽误了。"

南夏:"耽误?"

苏甜:"对呀,你们应该也二十六七了,要考虑认真谈恋爱结婚了嘛。"

南夏僵住,她从来没想过顾深会结婚这事儿,潜意识里一直觉得他还是大学那个他,离结婚还早。

但是她忘了,她都被催着订婚,他也会的。

万一他跟别人结婚……

她想都不敢想。

苏甜看她失神,安慰说:"或者问问那男生是否愿意跟你一起出国发展?"

南夏摇头:"他不喜欢国外。"她微笑着说,"不过我明白了,谢谢你,甜甜。"

她像是醍醐灌顶,原本不确定的事情在这瞬间确定了。

她没办法看到顾深跟别人结婚。

她不行。

想通这点,南夏整个人放松下来,又问了个问题:"还有,我那个朋友是那种谈恋爱会AA的人,那个男人说过他不喜欢我朋友这点。但我朋友觉得欠别人不好,你说她要不要改?"

苏甜:"这事儿放别的男女身上都得高兴死,你俩居然能为这个吵架?"

她话里话外都默认这是南夏的感情,南夏也没纠正,只说:"也不算吵架,他只是提出来了。"

苏甜想了想:"我也能理解,那个男人可能觉得你跟他太见外了。"

南夏点头:"是这样,他还问我朋友是不是跟他沾上关系就难受。"

苏甜看她一眼,问:"夏夏,你想想,将来你结婚以后花你老公的钱,你会觉得欠你老公的吗?"

南夏思考了一下:"好像不会,但他还不是……"她稍顿,"我老公"三个字没好意思当着苏甜说出口。

苏甜:"那不结了?你就是怕欠他的呗。"

南夏想了想,的确是这么回事儿。

"那——"她小心翼翼地问，"男人生气的话，一般应该怎么哄呀？"

苏甜："你还用哄？你直接撒个娇说要跟他在一起，是个男人都把持不住的。"

南夏："就是要我追他的意思？"

苏甜："也行。你随便一追，他就到手了。"

午饭后回到办公室。

南夏在脑海中规划好一切，先编辑了条微信发给南恺，跟他说打算长期留在国内。

发完后，她如释重负，远远看了顾深的办公室一眼，想着下班后找机会跟他当面说一下这事儿。

明年的早春服装全部打版之后，设计师们就开始忙春夏服装的设计。

这回时间充裕很多，大家也不那么急着出成品，先找素材，积累灵感，所以原本每晚加班的十二楼设计师这片儿突然空了，只剩南夏和苏甜。

林曼曼也早走了，扔给南夏一堆杂活儿让她整理。

苏甜则是在画设计稿，准备升设计师的考核。

在倾城，想从助理升到设计师，得单独设计一套系列服装，通过四个主设和一个总监匿名投票，三人及以上通过才可以。

跟苏甜同期进来的几个人要么跳槽，要么都成了设计师，只有她还是助理，她着急不已，这次的作品修修改改好几次，反而越改越觉得不尽如人意。

这会儿恰好看见顾深从办公室里出来，她连忙站起来，问："顾总，我升设计师的考核图，能不能请您帮我看一眼？"

虽然考核要求独立设计，但提意见是可以的，顾深品位又是出了名的好。

顾深闻言停下脚步："可以。"

南夏抬头望去。

顾深脸上没什么表情，眉眼间难掩倦意，灰色羊绒大衣微微敞开着，露出里头精致的白衬衫。

苏甜问："顾总，您要出差吗？"

南夏这才发现，顾深腿旁边有个银色的行李箱。

公司铺了地毯，他拖着行李箱一路走来，一点儿声音都没有。

顾深"嗯"了一声："对，要出差，今晚走。"

他没看南夏。

他低头翻开设计图，一页页看过去，蹙眉问道："苏甜，这是你第几次考核了？"

苏甜知道不妙，声音不自觉变小："第五次。"

顾深把画稿递回给她："这次你要是再通不过，我建议你换个公司，或者，换个行业。"

苏甜从没听过这么重的话，眼泪瞬间涌了出来，拿着设计稿的手都在发抖。

南夏走过去轻轻拍了拍苏甜的背安慰，抬头看顾深："顾总，您不能轻易这样对一个人的未来下定论，每个设计师都是从新人成长起来的。您得告诉她问题在哪里，然后给出建议。"

顾深这才撩起眼皮，看了南夏一眼。

"不能轻易对一个人的未来下定论？"他淡声，视线落在南夏身上，"我这是对她负责。"

顾深拎着行李箱离开后，苏甜控制不住放声大哭。

南夏一边轻轻搂着她，一边给她递纸巾。

远处几个市场部的同事还在加班，听到声音频频往这边看。

南夏把苏甜带进了空旷的会议室，关上门。

苏甜坐下后哭得更肆意，边哭边撕手里的画稿，被南夏抬手按住。

南夏向来温柔，苏甜没想到她手上有这么大力气，抢都抢不过来。

南夏说："设计师不能撕自己的设计稿。"

她声音很柔，但说出来又带着一种由内而外的力量感。

苏甜抽噎道："这不是设计稿，是垃圾。顾总说得没错，我根本一点儿都没用心，标准的制版图到现在都画不对。"

顾深刚才只跟她留了一句话——

"制版图到现在都画错，既然做这行完全不用心，为什么不换个行业？"

当时南夏比苏甜还难受，那话落她耳朵里，就像是在问既然对他不用心，为什么不换个人。

南夏轻轻地吸了口气，问："介不介意我帮你看看？"

苏甜说："不介意。"

南夏把设计图拿在手里，一页页翻过去。

看完后，她心里有了数，问苏甜："我只问你一句话，你还要不要当设计师？"

苏甜眼泪差点又要出来了，执拗道："要——当然要。"

她不愿意服输。

南夏从会议室的笔盒里拿了支笔出来，平静道："那就擦干眼泪，改设计稿。"

苏甜本来心里很难过，顾深的当头一棒太重，因为一个小失误，直接否定了她职业生涯和这些年的所有努力。

但被南夏这么一问，她内心不服输的意念大大被激发出来了，她抬手擦干眼泪，咬牙道："好。"

苏甜基本功扎实，尤其画一些服装上边角的花样很不错，但一到服装本身的设计，就像是一堆内容混杂在一起，混乱且没有层次。

南夏指出她这个问题："制版图只是个小问题，顾总说你不用心，更深层的含义，应该是想说你这个系列设计图没有花费心思，没有主题和表达。"

的确是这样。

苏甜设计的时候就是看别人设计的样子，或者大改，或者找素材拼接。

南夏说："你一定要有自己的想法。"

设计师要有自己的想法谁都知道，但说起来容易做起来难，想法不是那么容易有。

苏甜又急了："但我就是没自己的想法啊，怎么办？"

南夏安抚道："你可以从自己喜欢的主题画起来，或者说……"她想了想，"你可以想象你给你的朋友设计一系列的衣服，帮她去追一个男生，你的衣服可以让她更美丽、更自信、特点也更鲜明。"

苏甜恍然大悟："居然还能这么想？我好像一下就有了点儿感觉，我这就去试试。"

她情绪来得快去得也快，这会儿又破涕为笑了。

南夏按住苏甜的手:"别急,先把想法在纸上一条条列出来,统一完善之后再开始画线稿也不迟。"

她找来张纸摊开,让苏甜一点点捋顺。

以前从没人教过自己这些,苏甜感激道:"谢谢你,夏夏,你也太厉害了,在圣马丁念过就是不一样,你肯定会很快成为设计师的。"

南夏温柔地笑笑:"借你吉言。"

苏甜犹豫片刻,又歪着头看南夏:"那我可以给你设计吗?你真的太漂亮了,我已经有了一点设计灵感了。"

南夏微笑:"那是我的荣幸。"她想了想,"那就假装我要搞定一个跟我生气的男人。"

苏甜暧昧地笑了:"我一定努力帮你!"

她本来就爱八卦,也爱帮朋友解决感情问题,把这种想法代入设计里瞬间兴趣大增。

苏甜拿来本子,问了南夏平时喜欢穿的衣服样式、颜色、风格,一一认真记录下来,然后问道:"那你想搞定的男人喜欢什么样的女生,你知道吗?"

南夏想了想,也不太确定:"他应该喜欢有点儿小性感的女生吧?"

她听顾深这么说过。

苏甜点头:"跟顾总一样,原来男人都喜欢小性感。"

南夏紧张片刻,发现苏甜完全没往这上头想,内心又浮起一丝隐蔽的愉悦感——

还可以暗戳戳地跟他有联系。

苏甜上下打量南夏一番:"夏夏,你穿着一直挺保守的。"

身为设计师,南夏的衣服称得上保守,只偶尔露个一字肩,前阵子天气还热的时候,裙子也只露了小腿。

苏甜说:"如果胸、腰,还有大腿,一定要让你选一个地方露出来,你会选哪里?"

南夏略显为难:"一定要露吗?"

苏甜用力点头:"对。要搞定男人,自然要让他对你眼前一亮,给他带来一种全新的感觉,那他就完全顾不上生气了。"

南夏犹豫片刻,脸颊发烫:"那就——腰吧。"

她隐约感觉，顾深挺喜欢搂她的腰。

两人这么一问一答，苏甜中间再穿插南夏一些设计上的建议，最后两人晚上十一点才出公司大门。

南夏坐在刚叫的快车里，看车窗外的夜色。

冷寂的，萧瑟的，神秘的。

刚才忙着安慰苏甜，她没来得及跟顾深说打算留在国内这事儿，当时时机也不太妥当。

车子在小区外面停下，司机嫌小区里绕，懒得往里开，南夏也没跟他计较。

下车后，她看见之前帮她搬过东西的保安小哥，冲他微笑了下，算是打招呼。

保安小哥呆了一下，很快也冲她笑笑。

回到家洗完澡后，南夏躺在床上翻开手机微信。

她跟顾深的对话还停留在之前——

她问他：【你生气了吗？】

昨晚他挂了电话后她发的。

他一直到现在还没回，生气得很明显。

想起顾深今晚表面上在说对苏甜负责，实则暗指她要负责的话，南夏轻轻叹了口气。

假如这次她真跟他复合后又出国，那的确是很不负责。

她以前竟然都完全没想过这个问题。

内疚的感觉再度涌上心间，南夏拿起手机，给顾深发微信。

【你大概什么时候回来？】

【我有点事想跟你说。】

她看了眼还挂在衣架上的西服外套。

【顺便把洗好的西服外套还给你。】

他应该挺期待她亲手给他洗外套的吧？

顾深没回，估计这个点儿还在飞机上。

南夏觉得他会回，也没等，很快躺下睡了。

迷迷糊糊中，手机响了。

她接起来，声音也是含湿的："喂？"

顾深清冷的声音从手机那头传出来："你要跟我说什么？"

他声音喑哑，像是极力克制着某种情绪。

南夏蓦然清醒，从床上坐起来，看了眼手机屏幕。

凌晨一点半。

南夏关心地问："你怎么这个时候打过来了？下飞机了吗？"

那头传来关车门的声音。

顾深问："你要说什么？"

南夏担心他的身体："现在太晚了，要不你先回酒店睡觉，我们明天再……"

柔声细语被他沉声打断，他一字一句地问："南夏，你到底要跟我说什么？"

顾深语气很重，声音凌厉，像是带着无边的怒意。

南夏从没听过他这么跟她说话，下意识愣了一下。

听她许久不说话，顾深忽地自嘲般笑了下，语带讥讽地说："你怕什么？把你四年前说过的话再跟我说一遍，给个痛快。"

南夏怔住，这才意识到，原来四年前那件事对他伤害如此之大。

顾深声音未停："别担心，我这次已经有了经验。"

他咬牙切齿地说："这次我亲自送你走——"

电话里传来"砰"的一声，像是他用拳头砸在了车门上。

他狠声："说话。"

南夏肩膀微颤，眼泪已经流了下来。她胡乱擦掉眼泪，低低地喊了一句，语调里不自觉带上了点儿哭腔："顾深——"

她的声音顾深再熟悉不过，他稍顿，侧头望向车窗外。

天空不知什么时候飘起了盐粒般的雪，他把车窗开了条缝，任由冷风卷着雪粒吹到他脸上。

他微闭了双眼。

她不过就这么喊了他一声，就让他轻而易举地卸去了全身的怒气。

他完全不是对手。

他简直是栽到了这人身上，还不止一次。

明明早已伤痕累累，却还甘之如饴。

电话那头只叫了声他的名字，然后什么也没再说，只有衣物摩擦窸窣的声音不时传来。

几秒后，顾深淡声说："你哭什么，我都没哭。"

他这话一出，那头像是绷不住似的，又隐约传来低声哭泣的声音。

想起她边哭边委屈还要勉强自己微笑的样子，顾深一颗心都软了，不自觉开始哄她："别哭了。"

"是我不好，我刚才话说重了。"

他深吸一口气，声音愈发柔和："你要走肯定是有你的考虑，我不该这么说话。"

"你打算什么时候走？"

那头完全安静下来。

应该是南夏把麦禁了，连杂音也完全听不到。

顾深能猜到她在哭，内心不觉烦躁，就这么等了她一会儿。

南夏重新开了麦。

他听见她温柔如水的声音里夹杂着一点委屈和内疚，更多的，却是透着愉悦："顾深，我打算一直留在国内了。"

周遭仿佛在一刹那安静下来。

窗外是飞速倒退的景物。

脑海中有个声音忽然同此刻她的声音重叠。

那年陈璇跟他说："夏夏出国了，她再也不会回来了，你死心吧。"

他记得他当时的心情，如坠冰窟。

但这冰在这瞬间开始融化。

顾深嘴唇半张开，又微微阖上。

过了很久很久，他像是不敢置信般，低哑的声音都在发颤："南夏，你说什么？"

陈旧发黄的木地板上全是一团团卫生纸。

屋里暖气给得足，南夏已经觉得有些热。

此刻听见顾深不敢置信地颤声询问，像是有种终于苦尽甘来的激动，南夏抑制住内心酸涩，柔声说："顾深，我不走了。"

那头停顿片刻，问："真的？"

他像是终于冷静下来，语调也恢复了正常。

南夏轻轻"嗯"了声,又重复一遍:"不走了。"

顾深想问清楚:"为什么?"

南夏想让他去睡觉,但知道有些事情若是不跟他说清楚,他必然也睡不着。

于是,她挑重点,直奔主题:"为了负责。"

顾深吊儿郎当地笑了声:"还算你有良心。"

南夏没说话。

最大的矛盾解决,两人彻底放松下来。

顾深跟她说一个礼拜后回南城,到时候再过来找她。

南夏说好,到时候给他西服。

顾深这会儿语气暧昧了起来:"就只还西服?"

南夏用手指缠着头发卷了卷,垂眸问:"那你——还想要什么?"

顾深呼吸顿住,问:"我要什么你都给吗?"

南夏微微咬唇,好一会儿没说话。

片刻后,她小声问:"你想要什么?"

顾深声音里含着一丝笑意:"南夏,云城下雪了。"

南夏脸倏地滚烫起来。

她明白他的意思。

但其实,这件事他们早做过了,只是他不知道。

南夏轻声说:"我等你回来。"

这就是答应了。

顾深一颗心软得快化了。

他重重地吸了口气,说:"我可真恨不得这会儿长了翅膀飞回去。"

南夏微笑起来,低声说:"我也想给你画一对翅膀。"

两人说完这话,电话里只有轻浅的呼吸声。

南夏突然想起什么来:"对了,我还有件事儿想跟你说。"

她说这话时没过脑子,立刻又想起来顾深还在出差,紧接着说:"不过改天吧,都两点多了,你快睡觉。"

顾深早到酒店门口了,他怕电梯里信号不好,一直没进去,肩上已经落了不少雪。

重要的话说了,其他的事儿他倒是也不急。

但他这会儿心情澎湃,也不太睡得着。

他温声道:"没关系,我不困。什么事儿?说吧。"

南夏一本正经地说:"但我困了,要睡了。"

顾深一听就知道她是为了让他早睡,但他这会儿脑子里全是她,只想跟她再多说两句话。

他说:"我真没事儿,明天早上十点的会,也不着急。"

南夏很坚持:"但我真的困了,我要早睡。"她声音里不自觉带了点儿撒娇,"我现在年纪也大了,不比上学那会儿,回头眼角长了皱纹,你该不喜欢我了。"

顾深笑了声:"谁跟你说我现在喜欢你了?"

南夏一愣,这不是很明显吗?

这人还那么傲娇。

南夏认真地问:"真不喜欢我呀?"

她声音又软又甜。

顾深都能想象出她说这话时纯得要命的样子。

他正要调戏回去,又听见她说:"那要是我追你的话,你是不是就会喜欢我了?"

顾深再次顿住。

那会儿大学里周围的人常常问他跟南夏这种好学生谈恋爱是不是很无聊,他都是嗤笑一声,回"你不懂"。

除了他,谁也不知道南夏私下里多要命。

她偶尔矜持,大多时候都大大方方的,兴致上来,还会反调戏回去。

她表面清纯高冷,实际热情似火,像火的那一面,只有他才能看见。

就像此刻。

顾深恍然觉得,大学时的那个南夏又回来了。

他语气吊儿郎当地回:"要追我?"

南夏学他的语气,开玩笑似的:"这不为了让你喜欢我嘛。"

其实她心里也有点没底,但总觉得苏甜说的有道理,就想试试。

刚才顾深误会她要走,明明受伤的是他,一听见她有哭音他又立刻哄她。

听见他说"是我不好"四个字时,南夏感觉心都快碎了,她也想尽所有的可能对顾深好一点。

就算是她主动，又有什么关系？

只要他喜欢。

果然，他的声音听起来很愉悦："那就要看你的本事了。"

南夏"哦"了一声，坦然道："我会努力的，争取让你——满意。"

顾深莫名觉得口干，他舔了下干裂的嘴唇："行，我等着。"

之后南夏就催他睡觉。

顾深给她勾得哪儿睡得着，可怕她担心还是说好。

等了几秒，谁也没舍得挂电话。

虽然见不到面，但隔着电话好像能听见彼此的呼吸声。

顾深声音温柔得像水："老规矩，你先挂。"

南夏这会儿倒开始找碴儿了："那你之前怎么挂我电话？"她稍顿，"而且还不回我信息。"

她虽然是一副找他算账的样子，声音却带着点儿撒娇。

顾深低声："我什么时候挂过你电话？"

不回信息是他被气着了，挂她电话的事儿他可做不出来。

南夏记得清清楚楚："就之前我生病啊，蘑菇说我不去医院，你直接就把我电话挂了。"

顾深被她气笑了："南夏，你讲不讲理？"

他那会儿都急成什么样儿了，一路超车往那边赶，一听说她不想去医院哪儿还顾得上别的？

南夏明白他的意思："但你就是挂了我的电话。"

顾深最喜欢她跟他使小性子，不由自主地弯起嘴角。

他抬头仰望黑色的天空，簌簌飘雪在酒店 logo 灯光的照耀下美如画卷。

他不自觉放低声音，哄她："好，是我的错。

"以后无论发生什么，我绝不主动挂你电话。"

南夏"哼"了声："那我挂了，你快去睡。"

顾深："嗯。"

虽然是这么说，但南夏并没有立刻挂断电话，而是等了好一会儿。

舍不得。

这种美好的感觉已经很久很久都没有过了。

顾深跟她心情一样。

片刻后，顾深柔声说："挂吧。"

南夏"嗯"了一声，这才恋恋不舍地挂断了电话。

已经凌晨三点了。

挂电话就挂了有差不多半个小时。

南夏扯开被子下床，把刚才哭完扔在地上的卫生纸团扫干净，去浴室洗了把脸。

她眼皮肿了，眼睛里也有血丝。

她看着镜子里的自己，甜甜地笑了。

躺回床上，耳边回荡着顾深刚才那句话"云城下雪了"。

他第一次吻她的时候，也下着雪。

那是大二下学期的平安夜，他们刚刚确定关系三个月。

南夏那会儿被南恺管得严，每晚十点必有车等在学校门口接她回去。

她不敢让南恺知道自己谈恋爱的事儿，所以每天顾深就把她送到离大门还有两三百米的地方，看着她走。

那天也一样。

但因为是节日，学校里成双成对的男女多了不少，这么早跟顾深分开，南夏觉得很抱歉。

两人走在路上，顾深勾着她肩膀往外走。

南夏忍不住出声问："你会不会觉得跟我谈恋爱很麻烦啊？"

顾深："哪儿麻烦？"

南夏闷声："就是你要是跟别人谈的话，能陪你挺长时间的。"

顾深思考了下，痞里痞气道："好像是。"

南夏抿唇。

顾深勾着她的脖子往怀里带了带，坏笑着说："那我就看上你了能怎么办？受着呗。"

南夏一颗心都是甜的，微笑着侧头看他。

微暖的路灯下，他眼神也是暖的。

南夏说："那我以后尽量多陪你。"

顾深俯首："还要怎么陪？现在不天天都腻在一起了？"他不太正

经地说，"要不，我在学校附近租个房子，中午我们还能回去待会儿？"

南夏犹豫片刻。

顾深："逗你呢——还当真了？"

南夏看了他一会儿："我觉得可以。"

顾深稍稍顿住。

南夏颇为遗憾道："既然是逗我的，就算了。"

她作势要往前走，被顾深轻轻一拉，拉回怀里。

"跟我使坏是不是？"

南夏额头贴着他的胸膛，稍稍仰头："是你自己说逗我的。"

顾深笑了，问："认真的？"

南夏抬头，双眼亮晶晶地看着他，学他说话："逗你呢——还当真了？"

顾深被她气得不行。

南夏看了眼时间，已经十点十分了。

她把包里装的苹果拿出来塞他怀里，丢下句"平安夜快乐"就快步往学校门口小跑过去了。

上了车，南夏还喘着气跟司机道歉："不好意思，今天出来晚了。"

司机很和蔼地说："晚一点儿没关系，小姐不用这么着急。"

洗完澡锁上房间门，南夏想到今天气顾深的模样，忍不住抱着被子笑弯了腰。

她给顾深发了条微信：【我洗好澡了。】

两秒后，顾深的电话就打来了。

她问："你在干吗？"

顾深："跟平倬、于钱他们在外头吃烧烤喝酒。"

那头于钱像是已经半醉了，扯着嗓子喊："嫂子，怎么大过节的你也不陪陪我哥，他孤单空虚寂寞冷——"

顾深笑骂了句"滚"。

他起身找了个安静的地方："你呢？准备睡了？"

南夏"嗯"了一声。

顾深顺口说了句："还那么乖。"

南夏没应声。

知道她的心病，顾深打算换个话题，一抬头，恰好看到下雪了。

他问:"南夏,你那儿下雪没?"

南城太大,有时有的地方下雪,有的地方却不下。

南夏起身走到窗户旁边,把窗帘稍稍拉开,看到大片雪花往下飘落,欣喜道:"下雪了哎。"她不由自主地说,"真想跟你一起看今年的第一场雪。"

顾深笑了:"这有什么难的?"

南夏不明所以,又听见他轻声说:"我去找你。"

"别——太晚了。"

顾深没听她的,一个小时后,又给她打来电话:"你往外看。"

南夏拉开窗帘。

顾深站在别墅门口的路灯下,不太正经地跟她挥了挥手,旁边停了一辆出租车。

顾深低沉的声音从电话里传来,像是有无限柔情:"这不就一起看到了?"

南夏怔怔看着他,说不出话。

顾深:"说话。"

南夏:"你是不是傻,都这么晚了就为这个过来?"

顾深语气痞痞的:"怎么说话呢?看我明儿怎么收拾你。"

天气挺冷,他就站在楼下跟她聊天,远远地隔着窗户看她。

过了会儿,顾深才说:"行了,雪也看了,去睡吧?"

南夏问:"那你呢?这个点儿,学校宿舍都关门了。"

顾深浑不在意:"随便找个酒店住。"

南夏"嗯"了一声。

听出她语气里的不舍,顾深含笑说:"这么舍不得我?明儿还得见面呢。"

顾深上了出租车,把门关上,突然听见南夏说:"你等一下,我出来找你。"

大约十分钟左右,南夏裹了件白色大衣,猫着步子从别墅里悄悄跑了出来。

顾深觉得她又乖又可爱,直接把她拎怀里抱了好一会儿。

出租车在不方便,顾深干脆给钱让司机走了。

出租车一离开，顾深看着南夏，问："偷跑出来的？"

南夏第一次干这种事，心虚地点了点头，拽着他往东边儿走，小声说："我爸睡了，咱们去那边，那边有个小花园。"

顾深觉得她这样萌得不行，使劲儿憋笑，等到了花园才没忍住笑出声："你这是跟我演罗密欧和朱丽叶呢？"

南夏为了他第一次干这种事还被笑，不大乐意了。

顾深哄她好半天："我就觉得你这样儿特可爱，别气了。"他卖起了惨，"我手都快冻僵了，给我暖暖？"

南夏轻哼了声，想到他在外面冻了这么久，才放过他，握住他的手放进自己兜里。

才一会儿，她就反应过来了："人不都是男生给女生暖手吗？"

顾深一本正经地胡说八道："那些女生都不懂心疼他们的男人，我女朋友就不一样了。"

南夏没理他。

也不过暖了几分钟，顾深嫌姿势不舒服，又把她搂在了怀里。

雪无声地下着。

远处亮着几盏路灯，落到花园长椅上只剩微弱的光。

南夏只能看见顾深的轮廓剪影。

他痞里痞气的声音在黑夜里格外迷人。

天气太冷，南夏没一会儿也冷了，缩在顾深的大衣里。

顾深似乎顿了下，而后忽地低头看她。

南夏莫名紧张。

顾深没说话，也没进一步动作。

片刻后，可能是意识到她紧张，顾深轻抚她的背替她舒缓。

雪渐渐在地上铺了薄薄一层。

顾深说："回去吧？我怕冻着你。"

已经一点多了。

南夏不太愿意地应了声。

顾深含笑说："你要喜欢这种约会，我天天都能来找你，别遗憾了。"

南夏才不承认："明明是你喜欢，嘴角都快笑裂了。"

顾深："我喜欢死了。"

快出小花园时,南夏倏地停下脚步。

顾深:"怎么?"

再往外走就是路灯,南夏的表情在此刻也清晰很多。

南夏抬头问:"你刚才,是不是想亲我?"

顾深滚动了下喉结:"你说呢?"

南夏迎着他的目光:"你想亲我好久了。"

顾深双眸深深看着她。

南夏天不怕地不怕的样子:"那你怎么不亲?"

顾深仿佛是在夸她:"你胆子倒是挺大。"

要不是怕吓着她,他早亲了。

顾深揉了下她的脑袋:"对你好还不知道……"

南夏忽地踮起脚尖,两条胳膊挂他脖子上,轻轻吻上了他的唇。

冰凉的触感,像是有片儿雪花恰好落在他们唇间,慢慢融化。

南夏一触即离。

她心跳得飞快,也不知道自己从哪儿来的胆子能干出这事儿,只是一心觉得,他大老远来一趟,不能让他就这么走了。

但要是出去到了有路灯的地方,她肯定不好意思亲他。

但反正亲都亲了,南夏也没敢看他反应,故作镇定想往外走,可整个人被他扯了回来。

"往哪儿跑呢?"顾深声音带着哑意,"亲了人不想负责了?"

他这回手直接勾在了她腰上。

以前他都是很规矩地搁在她背上。

天气明明很冷,贴住她后腰的那块儿肌肤却像是烙铁似的滚烫。

她全身也不觉发烫。

他灼热的唇在这瞬间落了下来,很轻地吻着她。

他唇间有淡淡的薄荷味,隐隐约约夹杂着烟草的味道。

南夏向来讨厌烟草味儿,此刻却忽然沉迷。

漫天大雪落在他们身上。

他把她勾进怀里,按在胸膛上,绵密的吻落在她唇间,落在她脸颊一侧,落在她耳边。

她轻轻地呼吸着,听见他迷乱的气息,听见他说:"真不想走了。"

Part 02

周一早晨，南夏在出租车上接到了南恺的电话。

预料之中的气势汹汹。

"你说你不回英国了？"

早已想好的事情，南夏没任何犹豫："对。"

南恺："为什么？"

南夏："国内成衣和高定市场这几年发展得很快，现在国外的高定客户三分之一以上都来自国内……"

南恺打断她的话："你是不是为了那个男人？"

南夏攥紧手，没回应。

她向来不会说谎，更不会对南恺说谎。

南恺气道："行，为了个男人，连爸爸也不打算要了？"

南夏喊他："爸——你别这么说。"

她受不了这么重的话。

南恺："难道不是吗？"

南恺以前就总用这种话压她，"不孝顺"三个字落在头上，几乎压得她喘不过气，所以之前她一直没能下定决心留在国内。

但这次，她从答应顾深的那刻起就全部都想好了。

南夏稳了稳心神，很果断地说："爸，我已经决定了。我也不会不要您，我会常回英国看您的。"

南恺愣住。

他本来以为南夏离不开他，离不开他给的生活，所以才会提出那个条件，断了她的卡。

但没想到，她竟然真的飞出家里后再也不想回来了。

南恺气得要命："你都想好了？"

南夏垂眸："是，对不起，爸爸。他这么多年一直在等我，我不能再对不起他。"

南恺语气发颤："那个浪荡子有什么好的？他那种身份哪里配得上你？"

南夏制止他："爸爸，你别这么说他，他人真的很好，当时学校帖子里的事都不是真的。"

毕业前，学校论坛上除了飘红的"顾深劈腿高韦茹"的帖子，还有一个扒顾深身份的帖子突然冒了出来。

内容大约是说顾深是某个集团老总的私生子，母亲是个破坏别人家庭的三线小明星，争家产不成假装自杀却成真。老总跟原配还有个儿子，比顾深大三岁，老总对大儿子悉心培养，对顾深不过是给点儿零花钱养着罢了，生怕他跟大儿子抢家产。只是顾深不死心，在背地里做了很多手脚伤害大儿子。

那会儿南恺刚知道南夏谈恋爱的事儿，本就在生气，一调查，发现了学校里这两个帖子，对顾深的不满顿时达到了顶点。

扒顾深身份的帖子第二天就被删除，但文字内容学校很多人都保存了。

南夏本来想问问顾深知不知道是谁发的帖子，但帖子出现的那几天顾深都在忙事情，没怎么跟她联系，后来他们分手，她也就没问这事了。

但她从来没相信过帖子里关于顾深的描述。

她不相信顾深会伤害别人。

南恺哪里听得进去，他就这么一个宝贝女儿，自从南夏母亲去世他就捧在手心里养着，生怕她受到丝毫伤害。

把她卡断了已经是后悔不已，打这个电话也是想找个机会重新把卡送她手里，没想到会听到这么个消息，南恺压根儿不想听："你是鬼迷心窍了，他哪里比得上William？要家世有家世，要学历有学历。"

南夏："可是我不喜欢。"

南恺："你都没跟他接触几次，多接触接触自然就会喜欢，他绅士又有能力……"

南夏打断他的话："如果喜欢这种事多接触就可以，那么爸爸，妈妈去世了这么多年，你怎么不再找一个？"

南恺："你胡说什么？"

夏慕是南恺心里的痛，这么多年来提都不能提。

南夏意识到错误，立刻说："对不起，爸爸。"

南恺沉默片刻，挂断了电话。

南夏也有点儿后悔刚才提了妈妈，怕南恺难过，她又认真发了条微信消息道歉。

　　Summer：【对不起，爸爸，我不是故意的，你别太难过。我爱你，永远都爱你，但我也有自己的人生。】

　　进了办公室，南夏长长地舒了口气。

　　过了一小时，南恺的司机方伯给她打来电话跟她要地址，给她寄别墅的钥匙，还说南恺已经把之前断的卡重新开通了，她有需要可以用。

　　南夏眼眶一酸，知道南恺还是疼她，但还是说："不用，我可以养活自己。"

　　方伯说："小姐，别让我难做。"

　　南夏还是给了个地址过去。

　　忘记早上的烦心事，南夏开始工作。

　　她看了眼苏甜。

　　苏甜正埋头画设计线稿，而林曼曼给她的工作依旧是杂活儿。

　　她已经进公司一个多月了，连笔都没动过，林曼曼压根儿连个花边儿样子的设计都没派给她，更别提服装整体设计了。

　　也不能一直这样下去，南夏打算找林曼曼谈谈这件事。

　　她把之前自行设计的作品打印出来，走到林曼曼办公桌前："林设计师。"

　　林曼曼正在看电脑上的线稿，听见她的声音，连头也没抬："怎么？"完全就是不想理她的样子。

　　南夏不介意林曼曼的态度，平静地说："请问您有没有设计的工作需要交给我做？"

　　林曼曼唇边浮起一丝讥笑："设计工作？"

　　南夏把设计稿递过去，说："对，因为我之前也设计过一些作品……"

　　林曼曼连接都没接，直接说："你的设计作品面试的时候我都看过了，设计稿完全不规范，设计样式是悬浮的，非常脱离实际，很多细节根本无法落实，而且你也没有任何的实际工作经验。我建议你还是从基础开始打起，就算是圣马丁出来的，也不要眼高手低。"

　　南夏察觉到她的不满，果然之前的事她还很介意。

　　自己的设计稿的确不规范，但属于灵感式设计，很多设计大师都会这么画，只是后续细节需要再丰富完善，而林曼曼直接给了自己一个"脱离实际"的评价。

南夏没打算跟林曼曼继续争论，而是点头道："我会努力的。那我帮您搜集素材可以吗？"

设计师设计作品前都需要搜集素材，这个工作很耗费时间。

林曼曼笑了声："可以啊。"

她这么轻易答应，南夏倒是有些意外。

南夏问："那我帮您搜集哪个方向的呢？"

林曼曼："随你。"

这意思，就算南夏搜集了素材，林曼曼也不会用。

因为一般设计师都会规定个主题和方向，不然太散，搜集来的东西是没法儿用的。

再说下去也没有结果，南夏说了声"好"，然后转头回座位，恰好碰见李可。

林曼曼瞬间热情到像是换了个人："可可，你怎么过来了？"

李可含笑对南夏点点头，然后对林曼曼说："我来通知你，升主设的考核定在两个月后，以你设计的春夏系列成品为准……"

南夏把打印出来的设计稿收好，没受刚才事情的影响，打开iPad，低头开始画设计图。

本来是想走个形式，但林曼曼不愿意，她也没必要再争取，只要设计出来的作品好，难道林森还会不用吗？

周五下班后的道路尤其拥堵。

平常只需要二十分钟的车程，这天出租车足足走了四十分钟。

南夏付钱下车，远远地看见"十六楼"三个字，走了进去。

这是家文艺范儿的酒吧，安静优雅。

陈璇已经等不及，自己先喝上了，见她进来使劲儿跟她挥手。

两人有阵子没见。

陈璇繁忙的工作终于告一段落，立刻就约南夏出来喝酒聊天。

南夏刚落座，陈璇叫来服务员："要一杯最新的Fresh Air。放心，这个酒精含量很低。"

南夏的酒精过敏并不严重,这种酒精度低的饮料以前也喝过,一杯没事儿,她点点头。

寒暄过后,陈璇开始问南夏关于顾深的事儿。

她早想问了,就是一直没抽出时间。

南夏也没打算瞒她,把事情大概讲了讲。

陈璇惊了:"你的意思,你出国这几年他都没谈过?"

南夏点头。

陈璇:"不会吧,往他身上扑的女人那么多。"

饮料上来,南夏拿起来喝了口,说:"你想想我刚回来那晚同学聚会,你不是跟别人说我在国外谈过吗?我都谈过了,他谈过也没什么,所以他没必要骗我。"

陈璇想了想:"也是。真是人不可貌相啊,顾深看着花心,竟然这么专一。而平倬看着绅士,还能干出来跟人打架这种事儿。"

南夏微愣:"平倬怎么了?"

陈璇:"我也是听别人说的,说他为了个女人在酒吧跟人打起来了。"她指尖在桌面点了点,"就这儿。"

南夏:"那平倬没事儿吧?"

陈璇:"他倒是没什么事儿,听说把那人打进医院了。也是奇了,不知道是什么样儿的女人。"

"他没事儿就好。"南夏放下心来,想了想,说,"应该是华羽。"

陈璇一口酒差点儿喷出来:"经管的系花?他俩什么时候的事儿?这华羽大学里追着平倬跑了三年他都没理,怎么出了大学还栽了?"

南夏愣住:"华羽追平倬吗?我怎么一点儿都不知道。"

陈璇:"大学那会儿你眼里只有你家那位,哪有别人呢?不过你怎么知道那女人是华羽?"

南夏把之前在赛车场见到华羽的事儿说了。

陈璇比了个大拇指,说:"牛。这平倬也不是一般人啊,暧昧的都是系花级别的。"

两人举杯轻轻碰了下,陈璇冲南夏暧昧地笑了笑,说:"打算什么时候复合啊?"

南夏晃了晃玻璃杯中粉色的饮料,很淡定地说:"要看我什么时候能追到他。"

陈璇惊了:"你追他?你需要追他?你勾一勾手指他就到手了好不好?"

是个人都知道顾深放不下南夏。

"倒也不能这么说。"南夏不太好意思,但又觉得陈璇说的是实话,很快点头道,"但你说得很有道理。"

陈璇:"我怎么觉得你最近跟着顾深脸皮变厚了。"

听她这么说,南夏还挺高兴:"其实是我想补偿他嘛。"

南夏脸上浮着层淡淡的粉色,娇俏可人,神态不自觉就带上点儿甜蜜,比刚回来那会儿鲜活了很多。

大学那会儿她平时也是清清冷冷、正正经经的,只有跟顾深在一起时才会偶尔露出小女孩儿情态,所以虽然当时不看好他们俩,陈璇也没太拦着她,觉得只要她开心就行。

陈璇来了兴致:"你打算怎么追他?"

南夏垂眸:"还没想好。不过他说明天回来后来找我,到时候——"她明眸转了转,"要不我亲他一下?"

陈璇差点被呛住:"夏夏,原来你谈恋爱的时候这么直接?"

实在是很难想象从乖得要命的南夏口中听到这种话。

南夏大方笑了笑:"谈恋爱嘛——"她忽然八卦起来,"蘑菇,你初吻什么时候送出去的?"

她以前从来不问这些,都是陈璇问她。

陈璇说:"你这跟着苏甜学坏了。"

南夏轻轻戳了下她的胳膊,声音娇软:"说一说嘛。"

陈璇正要说话,南夏手机响了,是顾深打来的电话。陈璇眼珠一转,有了个主意:"夏夏,我们骗顾深一下,就说你醉了,怎么样?"

南夏犹豫道:"可是他知道我酒精过敏的。"

陈璇激动起来顾不得许多:"就说你喝不到两度的饮料不过敏,但是醉了,他不会怀疑的。看看他会有什么反应。"

南夏没得及仔细思考,陈璇已经把电话抢了过去。

顾深声音温柔:"在哪儿呢?"

陈璇从没听过顾深这么温柔的声音,竟然怔住了。

顾深:"怎么不说话?"

陈璇这才反应过来,说:"我正跟夏夏喝酒呢。"

顾深语调骤变:"你不知道她酒精过敏吗?"

陈璇:"放心,两度都不到,她以前喝过这种酒精饮料,没什么事儿。"

顾深这才放下心来,问:"你们在哪儿?"跟刚才的语气完全不像是同一个人。

"在十六楼,不过——"陈璇语气里带了点儿狡黠,"夏夏喝醉了,你想不想看看她喝醉的样子?超级可爱。

"但是呢,你出差了,看不到,哈哈哈,只有我才能看到。你要是求求我呢,我就给你拍个视频发过去……"

顾深笑了声,扔下两个字:"等着。"

不到半小时,他出现在了十六楼。

他穿着件半长的黑色外套,走路带风,衣摆后扬,浑身自带一股放荡不羁的气质,又是这间酒吧的常客,一进门就吸引了多数目光。

顾深撩起眼皮扫了眼,一眼看见南夏,径直走过去。

陈璇小声说:"夏夏,考验你演技的时候到了。"

南夏看见顾深提前回来,也起了玩心,不自觉想逗逗他,轻轻点了点头。

顾深直接坐在南夏旁边,外套还沾染着外头的寒意。

他看着她双颊微红的样子,问:"真醉了?"

南夏慢慢转头,声音轻飘飘的:"才没有。"

顾深觑了陈璇一眼。

陈璇很无辜:"我也没想到不到两度她也能喝醉呀。"

顾深懒得理她,直接搂住南夏的肩膀:"走吧?"

南夏迷茫地看着他。

顾深:"还认得我是谁吗?"

南夏重重地点头,头差点磕桌子上,幸好顾深及时用手托住了她的下巴。

"你是顾深——"

顾深气得牙痒痒。

他特意赶了日程提前回来讨东西,结果这人倒是给了他一个惊喜。

南夏浑然不觉,歪着头说:"不对,你不是顾深,他要明天才能回来呢……"

顾深被她气笑了:"这点你倒是记得清楚。"他拖着她起来,"走了。"

陈璇偷笑着付完账,跟在顾深身后出了酒吧。

顾深的劳斯莱斯就停在路边,他把南夏扶上后座。

南夏趁顾深不注意,还朝陈璇眨了眨眼,陈璇不由自主给她竖起大拇指。

顾深恰好回头,陈璇表情立刻恢复如常:"你可千万要照顾好我们夏夏,记得给她冲蜂蜜水。"

顾深吊儿郎当地说:"我呢,祝你以后工作永远加班。"

陈璇腹诽:这人怎么诅咒我?

"砰"的一声,车门被关上。

安静狭小的空间。

好久没见到顾深,南夏也很想念他。

反正在他眼里,自己是喝醉酒的状态,南夏不自觉地靠在了顾深怀里,大胆地伸出手臂环住他的腰。

他羊毛外套里穿了件灰色的西装,里头是件衬衫,料子极衬手。

南夏把一侧脸颊贴在他胸口,听着他强劲有力的心跳声,触碰着他的体温,闻着他身上淡淡的烟草味,满足地闭上了眼,乖得跟个小猫似的。

顾深呼吸慢了几分,都已经快想不起来上回这么抱着她是什么时候的事儿了。

她倒是没跟他生分,抱得还挺自然。

顾深顺手搂住她,低声问:"真醉了?这么黏人?"

南夏喝了点儿带酒精的饮料,胆子大了很多,也想看看她要真醉了,顾深会怎么做,干脆就没应声。

顾深低笑了声:"你个小醉鬼。"

他就这么一路抱着南夏到了繁悦。

顾深先扶她进门,一脚把门踢上,然后把她放沙发上,很快给她冲了杯蜂蜜水。

南夏接过来,小口小口地喝。

顾深把大衣脱了往旁边随便一扔。

南夏看不过去了:"你得挂起来。"

顾深"啧"了一声:"行,我不跟醉鬼计较。"

这么容易就骗到他了。大约是因为她从没喝醉过,也从没这么骗过他。

顾深把外套挂好,南夏把喝完的空水杯递给他,鼓着个小脸儿:"喏。"

顾深把水杯放茶几上,看着她:"还知不知道你欠我什么?"

南夏像是困了,微闭着眼,没应声,睫毛一颤一颤的。

顾深:"等你明儿起来我再跟你算账。"

他把她抱起来,往卧室里走去。

南夏这会儿睁开了眼,下意识地伸手勾住了顾深的脖子。

顾深脚步微顿,就这么站在原地看她。

想到之前顾深喝醉了酒的行为,南夏隐约起了点儿报复心,反正之前电话里也说好了的。

南夏歪着头:"你过来点儿,我有话跟你说。"

她声音还是飘的,喝醉了还挺可爱。

顾深也想看她能说出个什么花儿来,低头:"嗯?"

他双眼狭长,眼尾压着一点笑意,睫毛又长又密,唇线棱角分明,很好亲的样子。

南夏伸手拽住他的衣襟,把唇凑上去,吻住了他。

顾深脑海里仿佛有什么轰然炸开,睁开双眼,定定地看着她。

南夏像是浑然未察觉到他的目光,只是微闭着眼,呼吸也微微有些散乱。

她的唇又甜又软,缓慢地、温柔地落在他唇上。

淡淡的清甜酒香从唇间漫开,顾深身体僵住,任由她亲,微妙的电流从唇上瞬间蔓延至全身。

南夏长发垂落,在他右边半个臂膀上来回轻荡

亲了五六秒,南夏才稍稍挪开头,离开他的唇。

她直视着顾深,有点儿不解:这人怎么都没反应?

顾深对上她的目光,声音难耐:"知道自己在做什么吗?"

原来是怕她喝醉了什么都不知道。

但他自己上次还不是这样?

南夏双眼迷离地看着他,没什么反应。

顾深吊儿郎当地说:"行,喝醉了就占我便宜是吧?"

南夏没应声。

她身体很轻,根本没什么重量,顾深轻而易举将她抱回了房间,放在床上。

他坐在床边问:"南夏,你这算不算酒后乱性?"

南夏还仿佛很认真地思考了一下,回道:"不算,我上过生理课的。"

顾深笑了声,说:"你要不是酒精过敏,我能天天把你灌醉。"

他替她盖好被子,关灯出了房间。

南夏睁开眼,在黑暗中笑了。

她发现,喝醉酒调戏他还挺有意思。

她摸出手机,给陈璇发了条消息。

Summer:【亲到人了,但我明天不打算认账。】

蘑菇:【[牛 .jpg]】

Part 03

南夏浑身舒畅地醒来,听见客厅里电视机的声音。

顾深应该早醒了。

她调整好心态,像往常那样走了出去。

顾深正跷着二郎腿坐在沙发上看电视,看她出来,他下意识放下腿,扫她一眼:"酒醒了?"

他身上的深色睡衣扣子又是斜着扣的,衣襟都没对齐,看她的神色也是漫不经心的。

南夏假装什么都不知道:"我昨天喝醉了吗?"

顾深把手上的遥控器往茶几上一扔:"还记得你怎么回来的吗?"

南夏:"这不很明显,你带我回来的。"

顾深:"那我是不是得夸你聪明?"

南夏很认真:"那倒不用这么客气。"

两人像是回到了四年前那种相处的状态。

顾深嗤笑了声,起身往餐厅走:"去洗漱,吃早餐。"

南夏来到洗手间,看着镜子里刷牙的自己,偷笑出声,愉悦地洗漱完走出来。

她乌黑的长发流水般泻下,垂在腰间,没化妆的小脸纯得很。

顾深把订来的早餐打开,边吃边打量她,目光里带着审视。

南夏尽量表现得自然。

顾深剥了个鸡蛋递过去,南夏接了。

她这会儿才想起来:"你提前回来了?"

顾深学她的语气:"这不很明显?"

南夏"哦"了声,也没在意他不太好的语气。

顾深又观察她两秒,眉心微动,问:"南夏,你心情好像挺不错?"

南夏刚把鸡蛋吃完,点头说:"还行吧。"

顾深把刚喝了两口的粥不轻不重地往桌上一放:"可是呢,我就不太高兴了。"

南夏刻意甜甜地问:"为什么呀?"

顾深:"因为昨晚没睡好。"

南夏眨了眨眼:"为什么没睡好?"

顾深伸出手指轻轻点了点桌面,轻飘飘地说:"因为你昨晚喝醉了,占我便宜。"

空气骤然安静下来。

顾深直勾勾盯着南夏,像是在等她的反应。

原来是这事,南夏早准备好词儿应对了。

她慢条斯理地喝了口粥,很平静地看他一眼:"那你不是应该高兴吗?毕竟我是你的女神。"

顾深笑了:"你还真信是吧?"

"那我,也没理由不信。"南夏没什么表情,"你表妹当时说得挺诚恳的。"

顾深一愣。

南夏继续:"所以你是因为我占了你便宜,高兴得一晚上没睡着?"

她学他这个劲儿倒是学得很快。

顾深意味深长地看着她:"那倒不是。"

南夏擦了擦嘴:"那是为什么呀?"

顾深吊儿郎当地说:"因为你把我衣服脱了。"

南夏一惊。

顾深:"强行把我拉去床上,发疯似的吻我。"

南夏的脑袋反应不过来了。

顾深继续说:"还说会对我负责。"

南夏傻了。

要不是南夏昨晚没醉,凭借他这诚恳的表情,她还真会怀疑他说的是真的。

停顿几秒,南夏说:"这不可能吧?"

顾深往后一仰:"为什么不可能?"

"因为昨晚我……"南夏尽量自然地接上话,"虽然不太记得发生了什么,但是按照我的性格,应该做不出来你说的这种事儿。"

顾深好整以暇地看着她:"哪种事儿?"

南夏稍顿,尽量淡定地说:"就是脱你衣服和强行把你拉去床上这事儿。"

顾深扬眉:"所以你觉得你做得出来——强吻我这件事?"

南夏一时不知道该怎么回。

顾深"啧"了一声:"也是,毕竟你以前经常强吻我,可能是习惯成自然。"他轻轻摸了摸嘴唇,"咬得我嘴唇现在还有点儿痛呢。"

南夏彻底不想说话了。

她本来是想逗逗他,看看他被亲又不被承认后那种懊恼的感觉,谁知这人一点儿也没有,还把她亲他的事儿无限放大。

真的是脸皮厚,打不过。

她哪儿咬他了,明明亲他的时候温柔得不得了好不好?而且他嘴唇也没任何变化,肿都没肿。

南夏认输,默默地把桌上的餐盒收好。

顾深就那么闲闲地看着她:"哎。"

南夏一愣。

顾深:"你咬得我很疼,不说句对不起?"

南夏把餐盒扔垃圾袋里,做好垃圾分类,而后才很认真地回:"那你怎么证明是我咬的?"

顾深:"这屋里除了你还有别人?"

南夏:"那不一定,毕竟昨晚我喝醉了,什么都不知道。"

顾深愣了愣。

南夏一本正经地分析:"而且你屋里也买了很多女人的衣服,谁知道她们会不会在我喝醉了上门?"她抬头看他,"对了,要不你介绍我们认识一下,我还等着跟她们AA呢。"

顾深被她逗笑了,忍不住过去扯她的胳膊:"你过来,我带你认识一下。"

南夏温柔地笑着,没动。

顾深一下子把她扯到怀里。

他靠在餐桌上,看着眼前的人。

南夏双手撑在他胸前,也回望着他。

两人就这么安安静静地对视了会儿,几乎同时伸出手臂,抱住了对方,长久地、温暖地拥抱。

阳光从一侧照进来,打在身上暖暖的。

窗外是湛蓝的天空。

楼层高,偶尔有风声划过。

顾深极低地笑了声,慢慢地放开南夏,凝视着她的双眼。

他瞳仁漆黑,深处映着南夏的影子,眼底难得流露出认真的神色:"真不走了?"

南夏轻轻颔首。

明明是早已经知道的事,却忍不住确定再确定,顾深深吸了口气,状态彻底松弛下来:"那你欠我的,什么时候还我?"

他一放松就恢复如常,语气还有点儿欠揍。

南夏眨了眨眼睛:"那我不是已经还你了吗?"

顾深蹙眉:"什么时候?"

南夏一张脸纯真又无辜:"就昨晚,你不是说我强吻你了吗?"

两秒后,顾深自如地说:"哦,那是逗你的。"

南夏一蒙。

顾深:"你没强吻我,也没脱我衣服,更没把我拖床上。"他低头凑近她几分,"这些都是我做梦梦到的。"

他轻轻在她耳旁呵了口气:"所以,你打算什么时候,让我梦想成真?"

真的是个无赖。

南夏最喜欢顾深这无赖的样子,问他:"你想什么时候?"

顾深笑了声,狭长的双眼像是含着缠绵的情意:"我说了算?"

南夏低低"嗯"了声。

顾深手贴在她后腰上,肌肤相触处逐渐滚烫。

他俯首,像是要吻她。

南夏忽然想起一件事,轻轻推开他:"等下,我还有事儿要跟你说。"

顾深被打断,也没不开心,揽着她的腰:"什么事儿?"

应该就是出差那晚打电话要跟他说的那件事。

南夏抬眸:"我打算辞职了。"

顾深的心情瞬间冰冷:"你说什么?"

南夏不料他这么大反应,有点儿不解:"就是辞职啊。"

顾深沉声:"为什么?"

南夏奇怪地看着他:"你不是说你不谈办公室恋爱,是规矩吗?"

顾深这才反应过来。

那会儿为了让她留在倾城,随便说的,她居然当真了,还一本正经地为他考虑。

顾深抱着她的手臂松了松,含笑看她:"谁跟你说我要跟你谈恋爱了?"

南夏有点蒙。

他伸手轻轻点了下她的鼻尖:"辞职的事儿呢,等你追到我再说。"

他视线下移,落在她撑在他胸前的手上,欠揍地说:"快点儿放开我,别老占我便宜,我还没答应跟你在一起呢。"

南夏乖巧地放开他。

顾深却勾着她的腰不放,坏笑着问她:"你怎么还不走?"

南夏稍稍用力推他,推不动。

顾深笑她:"你怎么回事儿,黏我身上了?"

南夏踩了他脚一下。

顾深这才放开她,含笑走到了沙发旁坐下,一脸期待地等着她追。

南夏也不介意满足他这点儿心思,问他:"那你想让我怎么追?"

顾深习惯性跷起二郎腿,很快又放下:"随你发挥。"他意味深长地补了句,"什么尺度,我都能接受。"

南夏"哦"了声,坐到他旁边,看着他七扭八歪的睡衣,伸出手指勾了下他衣服上的第一颗扣子。

顾深喉结滚动了下。

南夏朝他妩媚地一笑,单手把他睡衣上第一颗扣子解开。

脖子那块儿露出来,顾深感觉有些凉意。

她手指纤长白皙,不过普通一个动作,却透着性感。

顾深微眯着眼瞧她。

南夏看着他,双眼清澈:"那就——你把衣服脱了吧。"

顾深呼吸顿住,又听见她愉悦的声音:"我从帮你洗衣服开始,怎么样?"

南夏眼里闪过一丝狡黠。

顾深这会儿看出来了,她逗他玩儿呢。

看她笑,他也懒懒地笑了声:"有劲没劲?"

南夏这会儿也不跟他开玩笑了,轻轻推他一下,正经地说:"你这套睡衣已经穿了好几天,真的要换了。"

男人对这种事情真的不太在意。

南夏进卧室从衣柜里找出另外一套白色睡衣递给他:"快去换。"

好久没被她这么管了,顾深还挺高兴。

他把睡衣接过来:"行。"

他看着她,没动。

他睡衣领口敞着,露出小麦色的肌肤和线条分明的锁骨。

客厅光线明亮,南夏几乎能看见他肌肤上交错的纹理。

他喉结滚动了下:"看什么呢?"

南夏吸了口气:"没。"

她起身打算走去卧室,刚走两步就被顾深的身躯挡住了,差点撞他怀里。

南夏知道,他故意的。

顾深勾唇,语气像个流氓:"跑什么呢?不是要替我脱?这就不敢了?"

他尾音上扬,说不出的性感。

南夏抬头。

他手上随意抱着那件白色睡衣，漫不经心地看着她，眉毛微扬，像是挑衅，也像是料定了她不敢，故意的行为。

光线从身后的窗户射进来，落在一侧灰色木质地板上，也正好落在南夏脚上。

她觉得脚背发热。

南夏故作淡定地拍拍他的肩膀："不是不敢，是我觉得——"

顾深嘴角勾着，似是在等她说出点儿什么花儿来。

南夏一本正经往下接："我这不还没追到你吗？我觉得我得尊重你，不能对你太过分。"

顾深一愣。

南夏："等我追到了再占你便宜……"

她倏地停住，脸颊瞬间滚烫。

天啊！

她在说什么！

顾深笑得全身发颤。

南夏留下句"我去帮你收拾衣柜"，跑进卧室。

卧室是步入式衣柜，看得出应该经常有人打理，很整齐也很干净，似乎没什么可收拾的。

但用了这个借口，总得稍微做点什么，不然毫无说服力。

南夏挑出几套衣服搭配好，挂在衣柜最外头。

顾深恰好换完睡衣，敲门进来。

她回头。

没怎么见过顾深穿白色，这么纯净的颜色在他身上浑然敛不住他那股痞劲儿，反而将这不羁的劲儿衬得越发明显。

南夏盯着他看了两秒。

顾深不要脸地说："看入迷了？"

南夏轻咳一声，赶紧说："这几套搭配好的，你到时候上班直接穿。"

顾深嘴角微勾，懒懒应了声。

南夏接过他手上换掉的睡衣，走出去直接扔进洗衣机。

顾深愉悦地跟在她身后，看了眼时间："饿不饿？想吃什么？"

收拾收拾一上午就过去了。

南夏启动洗衣机，走出来看他："别点外卖了，我做饭给你吃吧。咱们去趟超市？"

顾深问："会做饭了？"

南夏："在国外学了点儿简单的，应该能把你喂饱。"

顾深表情稍顿，点头，尽量用平静的语气说："好。"

要是平时他肯定得抱怨一句"我又得换衣服"，但现在他什么都不想说。

两人换了衣服开车去超市。

周末超市人还挺多，哪儿都要排队。

顾深推着车，跟在南夏旁边。

正好到了买肉的地方，南夏问他："煎羊排行吗？我记得你吃烧烤的时候挺爱吃羊肉的。"

顾深："行。"

他表情平静，但不知道为什么，南夏却总觉得他情绪不太高。

她给他做饭吃，他不是应该开心吗？

还是说，因为出差太累，所以他才兴致寥寥？

这么想着，接下来的时间，南夏就没怎么跟顾深主动说话，自己挑自己的。

顾深看她把肉、菜、鸡蛋、水果等都放进推车里，忽然很怀念这种感觉。

大学那会儿，他最喜欢跟南夏一块儿逛超市。

他后来还是在学校附近租了房子，虽然南夏不能留下过夜，但她经常在中午或者没课的时候会跟他过去待一会儿，或者跟他一起逛超市，帮他添置点儿东西。

薄荷味的牙膏、洗面奶、牙刷之类的东西，他都喜欢让她挑。

那时南夏不太会做饭，房子里的食材大部分时候只有泡面和鸡蛋，是怕他饿给他准备的；她也不吃零食，屋子里唯一的零食是薄荷糖，也是给他准备的。

她不喜欢烟味儿，所以他抽完烟必然要含颗糖才好去亲她。

尽管经常逛一圈超市买不了什么东西，但顾深就是喜欢。

每次跟她逛超市的时候总想着以后她就跟他生活在一块儿，一辈子都这么帮他挑东西。

想到这些，顾深心口的郁结也慢慢散了。

能再看见她，再陪着她逛超市，已经是不可思议的事，又何必计较以前她有没有跟别人做过这些。

逛到拖鞋区的时候，南夏挑了两双女士拖鞋，打算换着穿。

看她打算长住的模样，顾深笑着逗她："怎么还买两双？"

看他这会儿情绪像是恢复过来了，南夏自然得认真回："我穿一双，另外一双给别的女人们穿。"

这梗像是过不去了。

顾深笑得肩膀轻颤，略显轻浮地说："行，你一双，她们分一双。"

此时恰好一位五十多岁的国字脸大叔经过，听到对话，一脸惊悚地看着他们，都走出几步远，还一步三回头地看南夏。

顾深笑坏了。

南夏懊恼地看他："你还笑。"

顾深笑得更厉害了。

结账的时候，又碰见那位国字脸大叔，他正好在南夏前头，正在不停地感慨："世风日下啊，世风日下。"

南夏有点蒙。

倒是顾深毫无心理负担，拿起推车里的拖鞋，打趣道："要不算了，别管那些女人了，只给你买一双得了。"他还厚着脸皮跟那国字脸大叔对话，"大叔，你说是不是？"

大叔没理他。

反正已经这样了，南夏干脆陪着他闹："不行，那些女人不能穿我的拖鞋。"

顾深笑抽了。

到了付钱的时候，顾深自然地掏出手机准备刷卡，南夏抢着说："我来吧。"

顾深敛眉。

南夏意识到自己的毛病，乖巧地把手放了回去。

顾深勾唇，把手机放机器上扫码。

顾深在家就没怎么做过饭，缺的东西多，装了四袋子才结束。

等坐进车里，南夏还说："记得让别的女人把拖鞋的钱 AA 给我。"

顾深自如地转着方向盘，戏谑道："那不应该给我？钱是我付的。"

南夏转头看他："是我挑的。"

她语气轻快，像是活泼的口琴声。

顾深声音里不自觉带了点儿宠溺："行，你挑的，都给你。"

两人到了家，南夏把要用的食材拿出来，其余的东西都放进冰箱。

要做饭的时候，她才想起来忘买围裙了。

顾深便从衣柜里拿了件黑色卫衣出来："把这件穿上。"

南夏"嗯"了声，把外套脱了，将头发随意一扎。

她里面穿了件焦黄色的复古衬衫，衬得肌肤更白。

顾深把卫衣套她头上，帮她穿。

他没帮人穿过衣服，动作生涩，反而比南夏自己穿还慢。

他的卫衣又大又宽，南夏穿着像一件超短连衣裙，袖子也过长，做起饭来不方便。

南夏又把卫衣脱了。

顾深拿起外套往外走："我再出去给你买。"

"不……"

南夏"用"字还没说出口，他已经出门了。

小区门口就有超市，没一会儿顾深就回来了，他买了两件围裙，打开一件帮南夏穿上。

他站在她背后，呼吸落在她发间，不紧不慢地给她系围裙带子。

锅里的羊排滋滋冒着油光，伴随着抽油烟机的声音。

顾深说："好了。"

南夏抿了抿微干的唇，问："盘子在哪儿？"

不多久，她做好了法式羊排、土豆泥、蔬菜沙拉和西红柿鸡蛋汤。

顾深慢条斯理切了块羊排放嘴里。

南夏目不转睛地盯着他，看他咽下去，才问："好吃吗？"

顾深还挺挑剔："凑合。"

南夏把他面前的盘子拿走："那你别凑合了。"

顾深笑了:"有你这么追人的吗?到嘴边儿的东西还能给人端走?"

南夏倒是没生气,她很久没做菜了。

按照她的理解,只要她做的菜能吃,顾深一定得夸她,但既然他说凑合,那可能真的是不行。

南夏:"要不我给你点餐吧,我第一次给别人做,可能没做好。"

顾深挑了挑眉:"第一次给别人做?"

南夏颔首:"就给我爸做过一次。"

顾深把盘子拿回来,含笑说:"那我可得吃完。"

南夏:"别勉强呀,万一你吃完觉得太难吃不让我追你怎么办?"

顾深撩起眼皮看她:"放心,让你追。"

南夏又看了他几眼,才去吃自己盘子里的羊排。

——这不挺好吃吗?

他要求还挺高。

吃完了饭,南夏去厨房刷碗。

顾深就站在门外看。

她长发扎着垂在腰间,背影娴静而美好。

厨房是原木色的,跟她今天穿的焦黄色复古衬衫很配。

顾深看了一会儿,走到她背后。

南夏听见背后的脚步声,随口说:"说了你不用进来,我……"

顾深轻轻环住她的腰。

南夏身子微僵,剩下的话卡在了喉咙里,只剩水龙头的流水声在厨房里响,像清澈的溪流声。

顾深声音低沉,像敲打在厚重的树干上的声音:"洗你的。"

这么给他抱着洗完了碗,南夏关掉水龙头,打趣他:"我这还没开始追呢,你就忍不住自己送上门了?"

顾深低笑了声:"我不过是给你点儿甜头罢了,你就忍不住得意了?"

南夏回头看他。

她有一绺头发散下来,顾深抬手替她理了理:"看会儿电视?"

南夏说:"好。"

两人坐在沙发上,顾深随便挑了个时尚节目。

说是看电视,其实是在聊天儿。

顾深仔细问了问南夏这几年的情况,又问她毕业后为什么没及时找工作。

南夏说其实找了工作,只是工作经验跟南恺相关,他不让提。

顾深点头,又问:"之前问你还不确定,为什么会突然决定留下来?"

南夏照实把她跟苏甜的谈话说了,然后平静地说:"我觉得,我受不了你跟别人结婚。"

顾深双眸漆黑如墨,凝视着她。

南夏:"要是这次回来你已经有了女朋友,那也就算了,我也不会打扰你。"

顾深斩钉截铁地说:"我不会。"

他不会跟别人结婚,也不会有别的女朋友。

南夏心里一酸。

这话题太沉重,南夏不想当着他哭,突然想起来上次他没说完的话,问:"你上次说,我要是有了男朋友,你会怎么做?"

顾深心里明镜儿似的,偏要问她:"哪次?"

南夏:"就可可给我送衣服那次。"

顾深看着电视屏幕里的模特儿:"你不知道吗?"

他当时想说什么,她一清二楚。

"你就是有了男朋友,我也一定把你抢回来。"

南夏的确是知道,他想说这句话,但也知道他说的不过是气话。

他虽然表面放浪形骸,骨子里却是个很正经的人。

南夏说:"你不会的。"

顾深转头看她,她神色很认真地说:"我要是真有了男朋友,你肯定会离我远远的。"

顾深盯着她看了一会儿,忽地一笑,倾身靠过来。

"那你可说错了。"

"你该庆幸,你回来的时候是单身。"

顾深语气似是在开玩笑,却透着一股难以描述的危险,甚至此刻他整个人也是冰冷的。

南夏轻轻地攥住了他的手。

怕吓着她，顾深收敛了全身上下的气息，吊儿郎当道："逗你呢，吓着了？"

南夏知道他刚才的话不是开玩笑。

她见过他那个样子。

那会儿她还没跟他在一起，只是两个人互有好感，在别人眼里就是藏不住的暧昧。

之前缠着她的男生不知从哪儿听说她跟顾深在一起的消息，特意来图书馆门口堵她。

男生刚开始是言辞犀利地质问她："你不是不谈恋爱吗？"

南夏回他："没谈。"

她这句话好像触碰到男生脆弱的自尊心，质问直接变成了辱骂："你装什么纯，都不知道被顾深搞过几次了。"

南夏哪儿听过这种话，当时周围还围了几个人，她只觉得屈辱，还没来得及反驳，就听见一阵轰隆的发动机的声音。

一辆黑色重型机车停在图书馆楼前。

顾深穿了一身黑。

不羁的，放荡的，冷酷的。

他动作干净利落地下车，摘掉黑色头盔挂在把手上，也没看她，神色冰冷地径直朝那男生走过去。

那男生忍不住小幅度后退两步。

顾深一把拽住男生的衣领将他拎起来："找事儿是不是？"

眼看要打起来，周围几个女生发出此起彼伏的尖叫。

南夏没尖叫，捏紧了手里的包下意识喊了声："顾深——"

顾深这才回身看她一眼。

这会儿平倬也赶过来了，顾深平静地跟平倬说："把她带一边儿。"

他没说谁，平倬也知道他说的是南夏。

平倬走到南夏面前，挡住她的视线："走吧。"

南夏："可是——"

平倬："放心，他心里有数。"

南夏双手忍不住发颤，一直看着顾深，直到顾深冲她微一点头，她才放心似的跟着平倬离开。

平倬把她带去餐厅坐着,给她点了杯奶茶。

她跳舞,平常不喝这东西,但这会儿被吓到,也顾不上许多,接在手里喝了口。

等了会儿,顾深也到了。

南夏把奶茶放下,看着他。

他神色又回到了平常放荡不羁的模样,一身黑色皮衣更显痞气,看上去没什么伤,只是手指关节的地方略微发红。

平倬问:"教训完了?"

顾深"哼"了声,在旁边坐下,一条腿踩在另外一张圆凳上,看了南夏一眼:"谈不上教训,聊聊而已。他该庆幸,南夏还不是我女朋友。"

他说这话时语气随意,但南夏听出了惊心动魄的意味。

顾深看到她的神色,语气温和下来:"吓着了?"

第一次经历这事儿,难免害怕。

但南夏摇了摇头:"你没事吧?"

顾深理所应当道:"就聊了下天,能有什么事儿?"

南夏的目光落在他关节微红的手指上:"所以你们是用手聊天吗?"

顾深顿了一下,张嘴就来:"顺便切磋了一下篮球,打得手有点儿疼。"

南夏无语。

顾深补上句:"还有点儿渴。"

南夏默默把面前的奶茶推过去:"那你喝这个,我正好不爱喝甜的,我再去给你拿根吸管。"

"不用。"顾深把吸管抽出来,直接掀开盖儿往旁边一扔,把她剩的奶茶一口气全喝了。

后来那男生跟南夏当面道歉,顾深因为"跟同学友好切磋篮球技术"写了检讨,这事儿算是过去了。

从那之后,南夏身边再也没出现过敢纠缠她的男生。

当时可能因为紧张,南夏完全忽略了顾深说的那句"南夏还不是我女朋友",这会儿回忆起来才发现,那时他对她就有那意思了。

看南夏很久没说话,顾深轻轻回捏了下她的手腕:"真吓着了?"

南夏回到现实。

"没。"她看着他，想了想，问，"那你——会打我吗？"

她用很认真的语气开玩笑。

顾深："倒是不会打你，但另外一个——"

南夏接上："切磋一下篮球？"

顾深不自觉地笑了："我只会篮球吗？还有足球、乒乓球、羽毛球——哦，我铅球也不错。"

铅球……

南夏笑出声来，眨着眼看他："那我当啦啦队给你加油助威。"

摆明了她是站在他这边的。

因她这话，顾深心情好了很多。

谈过又怎么样，那些人在她心里分明毫无分量。

南夏稍顿，又补了句："但是你别再把手打疼了。"

顾深含笑看她："行，我下回记得戴手套。"

两人开着玩笑，这周末都腻在一起，也没做别的，就待在家里，顾深怕南夏累，把洗碗的活儿揽过去了。

周日晚上，南夏回了租的小屋，把顾深的西服洗好熨干，周一一早就带到公司，想着悄悄放进顾深办公室里，没想到刚进公司大门，就看见他的背影。

周围没什么人，这绝好的机会南夏自然不能放过，她追上他："顾总——"

男人回头，温柔地看着她，目光却是陌生的："嗯？"

南夏："不好意思，我认错人了。"

男人的背影跟顾深很像，眉眼却完全不同，他长着一双含情桃花眼，给人一种温柔多情的感觉，脸上五官只有薄唇跟顾深有几分相似。

南夏想起顾深有个同父异母的哥哥，猜出来这是顾洹。

顾洹温柔地笑了笑："没关系。"随即带着审视的目光上下打量她。

他进了电梯，问南夏："十二层？"

虽然是询问，语气却带着几分肯定。

南夏点头："对，谢谢。"

不知道为什么，虽然顾洹看着很温柔，但目光让她很不舒服。

顾洹帮她按了电梯，还随口跟她聊了几句，问了问她的工作。

南夏照实说自己是刚来的设计师助理。

顾洹又问："把我认成顾深了？"

南夏老实回道："是。"

他没再说什么。

出了电梯，南夏才松了口气。

她今天来得早，才七点半，公司里还没什么人。

南夏拎着衣服走到顾深办公室门口，听见他喊："进来。"

——他竟然来得这么早？

李可都还没来。

周围也没别人，南夏推门而入，把衣服递给他。

顾深接过来看了眼："西服？"

南夏"嗯"了声。

他又问："真是你亲手洗的？"

南夏重重点头："也是我亲手熨的。"

顾深站起来，开始嘚瑟："那我现在就得穿上。"

他直接脱了今天穿的西服，挂在一边儿，把南夏给的西服拿出来。

西服上还有淡淡的薄荷香，应该是她用的洗衣液的味道。

顾深把西服扔她怀里，不太满意地说："你这追人能不能用点儿心思，还不替我穿上？"

南夏瞅了眼窗外，没人。

行吧。

南夏把西装外套拿起来，走到顾深面前，伺候他穿。

他身量很高，南夏得稍稍踮起脚尖才能帮他穿好。

顾深心满意足地穿好衣服，回头伸手一勾，把她带进怀里。

南夏猝不及防，压根儿没得及反抗，就听见顾深吊儿郎当的语气："这还差不多。"

背后几乎同时响起个声音："顾总——"

李可把门推到一半，愣住，又立刻退了出去。

南夏触电般从顾深怀里弹开。

顾深低笑了声，又要伸手拉她："怕什么，她不会乱说话。"

南夏后退两步:"不行。"

顾深:"嗯?"

南夏生怕被人看见,看了眼窗外,露出职业微笑:"那我先出去了,顾总。"

她逃也似的跑出了他办公室。

顾深咬了咬牙。

回到座位上工作了半小时,南夏的脸都还是烫的。

她想了想措辞,给顾深发去条微信。

【以后在公司,我们要保持上下属关系,不能有任何逾越的行为。】

不然一定会很快被人发现的。

那顾深说过的话岂非是打自己的脸?

而且,要真这么腻歪,她都没法儿工作了,会满脑子想的都是他。

顾深可能在忙,快中午那会儿才给她回消息。

顾:【行,请你控制好你自己的行为。】

到底是谁控制住行为?

这人还是一如既往的不要脸。

南夏不乐意了:【刚才是谁没控制好自己的行为?】

顾深语气透着理所当然。

【当然是你。】

【你跑进我办公室,难道不是想让我抱你?】

去公司食堂吃午饭的时候,南夏前面的一个戴着方框眼镜的男同事饭卡里恰好没钱忘记充,南夏顺手把饭卡递过去:"用我的吧。"

男同事刚出学校的样子,行为举止还带着点儿学生气,看到南夏呆住两秒,然后才接过来道谢。

吃饭的时候,他们也就顺理成章坐在一块儿了。

他是市场部新来的策划郑远,卓任宇下面的人,因为市场部的人都在准备早春的发布会事宜,没空来食堂吃饭,他今天第一天上班还没什么事儿,所以就落单了。

郑远性格开朗,苏甜也外向,大家很快熟悉起来。

郑远拿出手机:"我加你个微信吧,南夏,回头把饭钱转你。"

南夏:"不用,也就二十块。"

郑远坚持要还。

南夏想着都是同事,加微信也没什么,就同意了。

苏甜发挥八卦本色,没几分钟就套出他单身,二十五岁,今年刚研究生毕业,是南城人。她喜欢做媒,嚷着要给郑远介绍对象。

郑远问:"苏甜姐,你是单身吗?"

苏甜点头:"对啊,不过你就不用给我介绍了,我喜欢年纪大一点儿的。"她敏锐地察觉到有什么不对,"等一下,你为什么不喊南夏喊姐?她跟我同龄。"

郑远是个耿直Boy,直接回道:"是吗?她看着比我小。"

苏甜愣了。

南夏轻咳了声。

苏甜:"怪不得你戴眼镜儿,你眼神果然有毛病。"

郑远这会儿才反应过来,忙解释:"不是,我不是那个意思。"

他连连道歉,直到苏甜摆手说没关系,他才换了话题:"那南夏你有男朋友了吗?"

说完后,他一脸期待地看着南夏,眼神里透着单纯和直白的爱慕。

南夏完全没看他,低头看盘子里的玉米,想了想自己跟顾深的关系,说:"应该……快了吧。"

其实现在这状态跟在一起差别也不是很大,亲也亲了,抱也抱了,周末也去他家里过夜了。

郑远微微低头,有些失望。

苏甜很是惊喜地说:"你快追到人了?那我得快点儿帮你把衣服做好。"

话音刚落,身后响起卓任宇的声音:"哟,什么人还得我们南大美女去追?"

南夏转头,这才发觉顾深和卓任宇不知什么时候走过来,正在找吃饭的位置。

顾深意味深长地看她一眼,好像在说:怎么把追我的事儿到处说?

南夏没敢跟他对视。

卓任宇说:"顾总,咱们要不就坐这儿?"

顾深不置可否，拿着餐盘在南夏旁边坐下来。

卓任宇在他对面坐下，刚坐定就忍不住问："来说说，你喜欢的男人什么样儿的。"

苏甜也跟着凑热闹："我也想知道。"

顾深漫不经心地看南夏一眼，那神态，像是等她夸他。

南夏想了想，很大方地说："我喜欢那种有点儿痞坏，有点儿野，做什么都漫不经心的男人。"

顾深挑眉：这都什么形容词儿？

卓任宇一下乐了，跟顾深开起了玩笑："顾总，这首先就把工作认真的你排除在外了。"

除了顾深和南夏，其他人都笑了。

卓任宇叹了声："果然男人不坏，女人不爱。"

他语重心长地教育南夏："我跟你说，这种男人一般都花心，谈恋爱也就算了，过日子不行的。"

郑远这时也附和："太对了，这种男人就是渣男，一定得远离。"

顾深脸色沉了下去。

一顿饭突然变成劝导南夏认清渣男的现场。

听卓任宇那语气，南夏简直已经快成失足少女了。

南夏悄悄去看顾深的表情，强忍笑意，假装很认真地聆听卓任宇传授经验。

最后是顾深听不下去了，他伸出指尖敲了敲桌子，制止道："行了啊，手伸那么长。"

卓任宇"哦"了声，没忍住又嘱咐南夏一遍："你可千万要远离渣男啊。"

南夏状似认真地点了下头："我想想。"

顾深有点蒙。

卓任宇觉得这事也逼不得，想起另一件事："那为什么要做衣服啊？"

说到这事，苏甜有点紧张地看了顾深一眼。

上次被他打击得太厉害，这回说起来都没什么底气。

"因为我正好要参加升设计师的考核，夏夏建议我从帮助朋友获得圆满爱情这个主题出发来设计服装。正好她要追一个男人，所以我就帮她设计了。"

顾深玩味地重复了一遍:"帮助朋友获得圆满爱情?"

苏甜:"对。"

南夏闷头吃饭,没敢跟顾深对视。

卓任宇说:"这主题听着怪新鲜的。"

郑远听见这话也像霜打的茄子,蔫了。

顾深笑了声:"是挺新鲜。"他视线在南夏脸上停留了一瞬,转向苏甜,"设计稿完成了?"

见他还愿意看自己的作品,苏甜很激动:"还差一件衣服的上色,等完成后我拿给您看。"

顾深"嗯"了声:"上回我话说得有点儿重,你别介意。"

这话等同道歉。

南夏掀起眼皮看他一眼,嘴角微微弯了弯。

苏甜鼻尖一酸:"不会,我知道您是对我负责。"

这会儿听见苏甜说"负责",顾深莫名觉得好笑,不动声色看了南夏一眼,温声说:"快吃吧,吃完还要工作。"

因为顾深跟她们坐一起吃饭,周围的同事不时往这边瞟几眼。

一顿饭吃完回到座位,南夏收到顾深的微信:【希望你能早日获得圆满的爱情。】

苏甜的设计初稿是周二画完的。

她画的时候就一直在询问南夏的意见,画好之后也第一个拿给南夏看。

这次整体的设计色彩和风格都很统一,想法也完整,可风格还稍显稚嫩,存在模仿痕迹。

苏甜一件件指给南夏:"你穿这套跟他约会,穿这套跟他骑摩托车,穿这套跟他出去逛街……"

一共七套衣服,主打黑红色。

南夏目光落在那件"逛街"主题的复古红色套裙上。

上衣是露肩无袖的,长度只堪堪遮住胃,下身是短裙,长度在膝盖上方三寸。

颜色炙热而浓烈，裙身上下缀着金色的流苏，仿佛绕成美妙的音符。

南夏夸她："这件设计感最强。"

看得出费了不少心思。

苏甜也说："不知道为什么对这件尤其有灵感，本来长裙应该花更多心思的。"

南夏笑了笑，毕竟是苏甜的独立作品，大方向不好再改，便指出苏甜几个细微的不妥当之处："改一下就能给顾总看了。"

苏甜说："好。"

她们的谈话像是被隔了两排的林曼曼听见，她突然喊了南夏的名字。

南夏很反感林曼曼这种动不动就在办公室大声喊她的行为，但是不得不走过去。

林曼曼掀起眼皮扫她一眼："让你准备的素材画了吗？"

南夏垂眸。

不是林曼曼让她准备的素材，而是她主动提出要为林曼曼准备素材，但当时林曼曼什么主题都没定，压根儿就不想用她的东西，这会儿怎么又突然想起来了？

林曼曼看南夏迟迟不说话，以为她没画，半是讥讽地说："帮同事看设计稿呢是件好事，但是要在完成自己工作的前提下……"

原来是她帮苏甜看设计稿这件事让林曼曼不顺眼了。

南夏不想把苏甜扯进来，直接打断林曼曼的话："我画了。"

林曼曼一噎。

南夏："我这就发给您。"

她几乎每天都会画有灵感的素材，反正林曼曼没指定，她随便拿几张转成图片用邮箱发给林曼曼。

林曼曼收到后说不行，又指定了蝴蝶元素让南夏画一百个素材，让她明天下班前交。

这简直是极大的工作量，周围人都能听出来是林曼曼刻意为难，不觉向南夏投去了同情的目光。

南夏只看了林曼曼一眼，答应了。

这天下班又只剩苏甜和南夏。

苏甜不好意思地跟南夏说:"对不起,夏夏,是我连累你了。"

南夏握着笔在 iPad 上边画边安慰她:"不会,她要的东西我有现成的,之前积累过。"

苏甜惊住了:"真的吗?你之前积累的够一百张吗?"

南夏温柔地笑了笑:"够一百个一百张。"

那不是一万张?!

天啊!

她平时都这么积累素材的吗?

那她也太刻苦了吧?

苏甜顿时觉得自己又菜又不努力,看南夏还在埋头画,忍不住问:"那夏夏你现在在画什么?"

她瞥了一眼,猜测道:"是画新一季的春夏系列吗?"

南夏轻轻点头。

苏甜欲言又止,最终还是出声提醒她:"但是夏夏,我们公司助理设计师是不能上交作品的,除非你的设计师愿意帮你上交。"

南夏手底下的笔停住。

她之前倒是没想过这个问题。

有些公司的确是这样,把助理规划到设计师手下,因为大部分助理还不能独立设计。即便助理偶尔冒出个不错的设计,除非设计师有意栽培,否则基本都会被设计师抢功。

南夏跟林曼曼这关系,想让她帮忙递作品是不可能的,她不把南夏的设计据为己有就是大发慈悲了。

但南夏也不能就这样放弃。

她想了想,说:"谢谢你,甜甜,我知道了,但我还是想争取一下。"

趁着下班时间,苏甜又去顾深办公室询问他的意见。

最近要准备早春系列服装发布会,顾深忙得很,苏甜等了一个小时他才抽出时间。

他拿到她的作品,一页页翻过去看,说:"这还像点儿话。"

他精准地抽出那幅"逛街"主题的衣服,凝神看了会儿,说:"要是你考核过了,这件打版试试。"

打版就是看一件衣服的实际样子,如果效果不错,很可能进入生产线。

苏甜激动坏了："谢谢。"

"别高兴太早。"顾深指着其他几幅设计稿，"其他样式配色都太常见了，都是去年流行的款。还有……"他稍顿，"你这衣服是帮南夏设计的？"

苏甜："对。"

顾深："帮她追男人？"

苏甜："对。"

顾深散漫道："那是不是得问问那男人喜欢什么风格？"

苏甜早问过了，她回答得一点儿都不慌："我问了，夏夏说那个男人喜欢小性感的那种。"

顾深嘴角勾了勾："得问具体点儿。"他把画稿递给苏甜，拿起办公桌上的手机，"突出个人特质。"

苏甜说："好。"然后拿着画稿很愉快地出门了。

南夏忽然收到顾深发来的一条消息：【我喜欢你的背。】

没头没尾的一句话，南夏一开始都没明白什么意思。

喜欢她背他？

南夏茫然地给他回了个问号。

还是说，喜欢她的背部。

南夏抿了抿唇，想到这种可能，她脸颊有点儿发烫。

他喜欢她的背部吗？

他不说的时候她还没觉得，但他这么一提，她好像想起来，除了腰，他好像是挺喜欢她的背的。

尤其是那会儿他们刚在一起的时候。

顾深最开始只牵南夏的手，怕她在学校里不自在，还都是私底下牵。

后来有一回顾深骑机车出去兜风，回来正好去图书馆接她。

南夏从图书馆出来就看见他在路边抽烟。

他就那么潇洒自如地站着，也能吸引一堆女人往那儿看。

这会儿大家都知道他有女朋友，都识趣地没往上凑。

南夏看着他在夕阳下的身影，忽然觉得挪不开眼，就站在台阶上看了他好一会儿。

顾深仿佛有所察觉地回头，看见她笑了声，把烟掐了走过去："出来了怎么不喊我?"

南夏:"还没来得及喊。"

他语气不太正经:"不是看我背影看入迷了?"

南夏抬眸:"那倒不是,是看这辆机车入迷了。"

顾深"啧"了一声:"嘴硬。"

平常他都会把机车停在一个地方,然后陪着南夏在校园里溜达,今天他却问:"想骑?"

南夏看他:"嗯。"

顾深早想带她了,边拨电话边跟她说:"你等会儿,我让于钱送个头盔过来。"

于钱很快跑来,暧昧地看着两人,喊她:"嫂子,要跟我哥去兜风啊?"

南夏点头,接过他手上的女士白色头盔看了眼:"这是谁的?"

于钱:"我哥买的。"

南夏"哦"了声,没再多问。

顾深把于钱打发走,看南夏神色闷闷的样子,凑过去问:"想什么呢?"

南夏看向他:"你这车……载过别的女人吗?"

顾深轻轻挑了下眉,乐了:"吃醋?"

南夏很平静:"没,我就问问。"

顾深吊儿郎当地说:"我要说载过一个呢?"

他一乐,南夏就已经知道了答案。

她拿着手上头盔掂了掂:"这头盔应该挺贵吧?"

顾深:"还行。"

她轻轻咬唇,玩味地看着他:"只载过一个,岂不是很亏?"

顾深用气音发出一声笑:"行,那我回头多载几个。"

明知他不会,南夏故意点头:"要我给你介绍吗?"

顾深忍不住用力揉了下她的脑袋。

他大部分时间都不大正经,因为这个,不少女生一边追他,一边说他花心。

他也不知道南夏对他的信任打哪儿来,好像他一个表情一个动作,她就能读懂他是真心还是假意,还能陪着他开玩笑。

南夏不太愿意:"给你介绍人你还不愿意,把我头发都弄乱了。"

顾深又惩罚似的用力揉了下她的脑袋,从怀里摸了副蓝牙耳机出来:"一戴上头盔就什么也听不见,等会儿用这个跟我说话。"

南夏"嗯"了声。

顾深替她把头盔戴好,长腿一迈,跨上机车。

南夏拎着包,伸手扶住顾深的手臂,准备坐在他身后,却忽地被顾深按住。

他扬扬头,耳机里传来磁性的声音:"坐前头。"

南夏轻轻颤了下,往前走了两步。

顾深两脚撑地,直接伸手把她抱了上来。

两人离得极近,他的胸膛几乎全贴在了她后背上。

她听见他低沉的声音:"我只要你。"

夕阳落在黑青色柏油马路上。

风声从耳边呼啸而过。

天边是层层被染成金色的云,跟不远处淡灰色的云搅在一起。

他们像是追着夕阳在空旷的公路上飞驰,放荡不羁,无拘无束,自由自在。

南夏仰着头,第一次体验这种感觉,就完全爱上了。

顾深压低身子,把下巴压在她肩上,问:"喜欢?"

明明是从耳机里出来的声音,却像是他在她耳边呢喃。

南夏点头:"喜欢。"

他载着她跑了二十多分钟,最后在一个人不多的公园停下。

天色渐渐暗了。

初秋的树叶黄了一半,风一吹,金色的树叶纷纷扬扬往下落,像是下了场金色的雨。

两人在公园里散步。

顾深装作不经意触碰到她的手,然后牵住她。

南夏没躲开,只是笑着说:"这儿风景好美。"

南城的秋天是最美的。

顾深随口应了声。

他脑海里没有任何美景,只有眼前这个长发乌黑、纯得要命的姑娘。

他牵着她的手，看着她的侧脸，忍不住想亲她，却又怕进度太快吓着她，最后也没什么动作。

天色渐渐暗了，两人走了会儿，找了张长椅坐下休息。

南夏看了顾深一眼："我好像有点儿冷。"

南城秋天昼夜温差很大，顾深闻言立刻把外套脱下来给她披上，他自己里头也只穿了单薄的衬衣。

南夏问："那你不冷吗？"

顾深："我皮糙肉厚的，没事儿。"

南夏"哦"了声。

两人坐着聊了会儿天，顾深问："你饿不饿？附近有家烤鱼挺好吃。"

南夏说："好。"

起身的时候，她没注意脚下台阶，一脚踩空，脚一软，差点儿摔倒。

顾深眼疾手快扶住她的胳膊。

南夏站定，一双眼定定地看着他。

顾深手还抓着她的胳膊。

南夏看了他一会儿，说："走吧。"

她刚转身，就被他一把拉进怀里。

顾深抱住南夏，手在她肩胛骨那块儿摩挲着，含笑说："我要是不抱你，你是不是今儿晚上回去得睡不着觉啊？"

她的那点儿小心思，他早看得透透的。

虽然隔着几层布料，但是南夏感觉肩胛骨那块儿像是过了电，他力道不轻不重恰到好处，足以让她沉沦。

她浅浅地呼吸着，声音尽量平静："睡得着。"

顾深："嗯？"

南夏大大方方地说："也就是会晚点儿睡。"

苏甜回来打断了南夏的回忆。

她直接问："夏夏，你能不能问一下你想追的那个男人，他喜欢的更具体的东西？因为顾总说小性感的话还是有点儿宽泛。"

南夏仿佛感觉后背肩胛骨那块儿忽然发烫。

她稍顿，如实回答："他说喜欢我的背。"

苏甜看着南夏，瞪大双眼："我懂了！要露背装。
"夏夏，你皮肤这么白，背肯定特别好看。"
苏甜愉快地跑去改设计稿了。
南夏抿了抿微干的唇，往顾深办公室的方向扫了一眼，听见苏甜说她刚出来，就又有人找顾深去开会。
那他今天应该挺忙的。

周末都跟顾深腻在一起，没来得及收拾家里，南夏下班就先回去了。
她随便用牛奶冲了杯燕麦，吃完就开始收拾屋子，两小时后才忙完，紧接着又去洗澡，一出来就看见顾深的微信。
顾：【走了？】
已经十点了。
Summer:【嗯。】
她打字解释：【我今天想回来收拾……】
字还没打完，顾深发来条语音。
她正要点，又一连进来几条语音。
他的声音像是透着不满。
"你这就走了？"
"我说你能不能认真点儿？"
"我就没见过追人追得像你这么敷衍的。"
"还是觉得我就是你囊中之物了，跟这儿糊弄我呢？"
南夏不太理解顾深为什么这么说。
Summer:【我挺认真的呀。】
南夏不确定自己哪儿没做好，点开他的话又听了遍，将重点放在"囊中之物"四个字上。
猜测顾深是觉得，她追他这事儿让他没什么成就感。
南夏想了想，认真回复。
【不是，我觉得你很难追呀。】
【我都不知道能不能追到你呢。】
【心里有点慌。】
在办公室刚合上电脑的顾深腹诽：哄三岁小孩儿呢。

卓任宇因为这次的早春发布会被顾深折腾得不轻,终于敲定My Lady线的分会场布置,他松了口气,看顾深嘴角扯了个跟平时不太一样的笑容,马上问:"顾总谈恋爱了吧?这么春风得意?"

顾深撩起眼皮看了卓任宇一眼,跷起二郎腿:"没,就是有个姑娘想追我,我还在考虑。"

卓任宇:"哟,有戏?"

顾深没回答,伸手在办公桌上敲了敲:"是不是觉得这个方案布置还能再改进点儿?"

卓任宇:"啊,我车来了,我先走了,顾总,再见。"

终于安静了。

手机里又来了条微信。

Summer:【那你觉得我哪儿糊弄了你,我改。[可怜.jpg]】

还会卖惨了。

顾深正要拨电话过去,想了下,还是发了条消息过去:【我忙完了。】然后把手机拿在手里轻轻地转。

收到微信的南夏顿时懂了顾深的意思,连忙打了语音过去。

以前都是她说"我洗完澡了",顾深紧接着就会给她打电话,现在她说要追他,两人地位算是互换了。

但南夏也没觉得不开心。

电话接通,南夏声音软软地问:"你忙完啦?"

她声音里带着刻意的讨好和小心翼翼,顾深一听就知道她故意的。

就算是故意的,他也很吃她这套。

他闲闲地"嗯"了声。

南夏:"那你觉得我哪儿糊弄你了呀?我真的追得很认真的。"

顾深提示她:"我那会儿是怎么追你的?"

南夏"啊"一声,没太领悟他的意思。

他那会儿也没怎么追她吧,就是突然开始跟着她上课,在她眼前来回晃。

顾深等了一会儿,看她还没领悟,大发善心指点她:"起码的行程报备是不是得做到?"

南夏恍然大悟。

原来是怪她今天下班的时候没跟他报备。

南夏想起来，大学那会儿，顾深有天忽然来教室上课，坐到了南夏身后，班里女生见到他兴奋得跟什么似的。

谁也没想到，他好像突然转了性，开始天天上课，连早上的选修课都按时去，凭借一己之力拉动了上选修课的人数。

他基本都坐在南夏周围，要么后面，要么侧面，大概一周后就直接坐到了她旁边。

大家也就都明白了他是什么意思，绯闻便渐渐传出来了。

有一天，顾深突然跟南夏说："晚上图书馆我不去了，约了车队拉练。"

南夏那会儿还不明白他为什么要跟自己说这些，应了句："好。"

之后就是频繁的微信。

【回宿舍了。】

【去车队了。】

【准备打篮球。】

【早。】

【睡了，好梦。】

…………

南夏慢慢也就猜出了顾深的意思。

陈璇那会儿还劝她："顾深这种人招惹不得，你得跟他说明白。"

但跟别人不一样的是，顾深从没直白地表露过他的意思。

南夏也为难："但是他也没说过要追我，我也不能跑过去说你别追我，万一不是呢？那不是自取其辱吗？"

陈璇点点头："也对。"

顾深就这样慢慢渗透到南夏的生活里，等她发现的时候，已经无法拒绝。

想到以前的事，南夏乖乖点头："那，今天是我不好，我之后都跟你报备。"

顾深勉为其难"嗯"了声："这还差不多。"

第二天早上，南夏起床，想起顾深昨晚的话，给他发了句：【早。】

他没回。

到公司后，南夏把蝴蝶元素的设计稿发给林曼曼，林曼曼转手又布置了一百个星星元素设计给她。

她没多说什么。

当天七点下班，她给顾深发了条微信：【我打算回家了。】

这次顾深很快回复了：【嗯。】

一连几天，她都这么给顾深报备行程，莫名觉得也挺……甜蜜的。

周四的时候，事业部通知所有人订票去浮城，全员备战早春服装发布会。

因为有渠道跟公司合作，票倒是很好订。

南夏和苏甜她们这些助理还要在周日提前过去，配合市场部搭建展台，同时为为期三天的浮城服装展站台。

设计师们和一众主管比她们晚走四天。

南夏订好票就立刻跟顾深报备了行程。

顾：【我知道。】

决策都是他制定的，他当然知道，但不妨碍南夏在他面前卖乖。

她隐约觉得，顾深好像挺喜欢她这样儿的。

南夏把这几天画的素材整理归档后，觉得时间差不多了，决定去找林曼曼谈一下画设计图的事儿。

林曼曼听到南夏的来意，讥讽道："还没学会走路，就已经想飞了。素材还画得一塌糊涂，竟然想着出设计稿？

"跟过打版吗？知道设计图和实际衣服之间差别多大吗？配色搭得准吗？我还是第一次看见一个进公司不到两个月毫无经验的新人助理敢跟我提画设计图。"

她声音尖得刺耳，引得周围人连连侧目。

南夏早料到她不会帮自己，询问不过是走过场，也没打算跟她争论。

南夏一抬头就看见顾深和林森从门外走进来，两人应该是刚在楼下抽完烟。

南夏闻到了淡淡的烟草味。

她垂眸，又在他面前丢脸了，心里顿时紧张起来，怕他真觉得她的设计这么差劲。

林曼曼工位离门口近，看刚才顾深和林森的神色，他们肯定都听见了林曼曼的话。

林曼曼看见顾深,像是就等着这一刻似的,理直气壮地站起来:"顾总,这次是因为设计的事,是正常沟通。"

她怕顾深再因为南夏找她麻烦。

顾深视线淡淡扫过南夏。

南夏半垂着头,跟上次不同,她这次仿佛有点儿局促。

顾深没再看她,目光落到林曼曼身上,没说什么,只轻轻点了下头。

看他没有替南夏说话的意思,林曼曼松了口气。

顾深迈步,示意林森去他办公室:"走吧,把你刚说的事儿说完。"

林森跟着他走了两步。

因他们二人进来,办公室这会儿格外安静,顾深的声音也就格外清晰。

他开玩笑似的:"林森,你这总监招人水平不行啊,招的助理手底下设计师都不认。"

林森一滞。

顾深拍了下他的肩膀,称赞道:"得亏你设计水平一骑绝尘,不然我得考虑换人了。"

林森一颗心"怦怦"直跳,听见这话才稍微松了口气,说:"南夏基础不错的,可能就是太着急了点儿,我这阵子顾不上,回头我盯一下。"

顾深漫不经心地说:"一个助理,你看着办。"

他说起了别的事儿,两人越走越远,转弯后关了门。

南夏这会儿才敢抬头。

职场上的顾深,真是杀人不见血。

她起初是怕顾深以为她设计水平不行,后来是怕他替她说话,看见他什么都没说直接走的时候松了口气,但莫名又觉得有点儿失落。

也没想到,他会用这种方法护了她一回。

林曼曼像是僵在了原地,嘴唇微微发抖。

顾深刚才虽然没有直接替南夏说话,却比直接替南夏说话还让她难受,一句话直白地暗示了他对林森选人不满。

林曼曼死死盯着南夏,怀疑南夏跟顾深真的有不正当关系,但又觉得顾深的原则这么多年都没被打破,不至于在南夏身上被打破。

南夏被她这么盯着,表情毫无变化,反而对上她的视线,坦然道:"谢谢您的指导,我以后会更踏实的。"

林曼曼哑口无言。

南夏在众人的目光下淡定地回到座位。

苏甜给她比了个赞。

也因为这事儿,林曼曼今天没给南夏布置画素材的任务,南夏一下班就可以走了。

南夏打开手机,想了想,给顾深发去条微信:【你今晚还加班吗?】

好几天都没私下相处了,南夏有点儿想他。

如果他不用加班的话,她就约他吃个饭。

顾深的消息很快进来:【我今天会晚点走,你先走。】

南夏稍微有些失落,但也没办法。

她回了句"那你记得按时吃饭",然后跟苏甜打了个招呼,拎起包准备走。

这时,郑远走了过来:"南夏,你要下班了吗?"

南夏点头:"是有什么事吗?"

郑远微笑着说:"我今天开了车,你是不是住西边儿?我顺路,正好送你一程。"

他的目的太过明显,南夏处理这种事也早已得心应手,她正准备拒绝,余光里突然看见顾深。

他和林森不知道什么时候从办公室出来,两人并肩,恰好往这个方向走,脚步声一前一后,踩在深蓝色的地毯上。

顾深撩起眼皮,目光极淡地朝这边瞥了眼。

设计师这块人都差不多走光了,周围很安静。

南夏不知道为什么突然有种干坏事儿被抓包的心虚。

看顾深的神色,仿佛不大高兴的样子。

苏甜本来在认真改图,一听见这话,忍不住显露八卦本色,开始起哄:"哟——我也住西边儿,你怎么不送送我?"

郑远有点儿不好意思地挠了挠头:"当然也可以,苏甜姐,你现在走吗?"

苏甜"哼"了声:"你明知道我要加班。"

顾深和林森这时走了过来,众人齐声喊:"顾总好。"

顾深轻轻点头,直接从他们身前掠过,经过郑远时,还状似不小心地撞了下他的胳膊。

郑远"哎哟"一声,也没敢说什么。

南夏瞟了眼顾深的背影,趁他还没离开办公室,跟郑远礼貌地说:"不用麻烦了,我坐地铁回去就行,这会儿路上挺堵的。"

郑远很坚持:"一点儿都不麻烦的,我正好也顺路。"

南夏:"不顺路,我上周末刚好搬家了,搬去东边儿了。"

苏甜惊讶的声音紧跟着:"夏夏,你搬家了?我记得你还没住多久吧?"

南夏面不改色:"嗯,因为房东要卖房子,所以临时搬家。"

苏甜:"那怎么没在附近找一个,搬东边儿去了?"

南夏温声道:"那边儿离我要追的男人比较近。"

郑远脸色一白。

南夏轻声说:"不好意思。"

郑远苦笑:"没关系。"

那头刚要迈出门的顾深听见这话,嘴角露出了个不易察觉的笑容,转头心情颇好地问林森:"吃什么?我请。"

林森一愣:刚还沉着脸,怎么突然就变了?

周五临下班前,因为周日就要直接飞浮城,南夏想着要不要今晚跟顾深回繁悦,周六下午再回去收拾行李,不然又要好久不能私底下相处。

她还没问,顾深先发来消息,让她先走。

南夏转头看了眼市场部那边儿,人几乎都在,看来今晚顾深又要跟他们开会到很晚。

南夏回了条消息问:【那明天你有时间吗?】

顾:【明天也要忙。】

三秒后。

顾:【不用等我,先睡。】

南夏轻叹了口气,嘱咐他记得吃饭,转头问苏甜走不走。

苏甜说:"家里最近装修太吵,发布会结束就是设计师考核,我得把画稿趁早改完。"

过了一会儿，她又问："夏夏，你不是搬家了吗？还叫我一起走？"

两人都住西边儿，有时候会一起拼车回去。

南夏一噎，很快找到理由："我是想喊你一起下楼的。"

南夏独自回了家，煎了鸡胸肉，吃了蔬菜沙拉，收拾完屋子，看到微信里有一条添加好友的信息。

她点开。

William Zhong.

南夏一滞。

犹豫片刻，她直接忽略了这条好友申请。

在 iPad 上画完了今天的素材，南夏换了身衣服，出去跑步，回来洗澡睡觉，但是怎么也睡不着。

这条好友申请就像个心结似的，提醒她南恺述控制着她的生活，提醒她曾经她也跟别人相过亲，吃过饭。

心中对顾深的内疚感，又浮了上来。

就这么失眠到夜里一点，南夏干脆又出去跑步，希望运动能帮助她的睡眠。

小区虽然旧，但安保措施还不错，四处都有监控。

南夏在小区里跑。

今夜无云，月色很好，银色的月光像冷霜一样铺在地面。

她刚跑了一圈，收到顾深的微信消息。

【好梦。】

应该是他到家要睡了的意思。

怕耽误他休息，南夏也没回复他，接着跑。

前方有车从小区门口进来，刺眼的灯光向她照来。

南夏抬胳膊挡住眼睛，等那车过去，余光里隐约看见车牌后头几个"8"，是之前那个奥迪车主。

那车很快开走。

南夏刚要接着跑，手机响了，顾深的电话。

平常她睡了他很少给她打电话，这会儿突然打过来别是有什么事情吧？

南夏赶紧接了。

顾深问她："还没睡？"

南夏："没，怎么了吗？"

顾深像是要追究她的责任："那怎么不回我微信？"

南夏一怔，差点儿把这事儿忘了。

她找了个理由："我在夜跑，没看见你的消息。"

顾深"嗯"了一声："你有夜跑的习惯？"

南夏："也不是，就是今天有点睡不着。"

顾深问她："为什么睡不着？"

南夏顿住。

顾深也不催她，就这么等着。

他的车就停在她身后不远处，这会儿灭了灯，只能透过路灯看见她的背影。

明天又要忙一天，根本没时间见她，后天一早她又要飞浮城。

本来以为她睡了，想着过来敲开门看她一眼就走，没想到她在跑步。

打算给她个惊喜，他一开始没直接喊她。

南夏停住脚步，轻轻喘着气。

顾深觉得她状态不太对，问："出什么事儿了吗？"

南夏没应声，在想该怎么跟他说她曾经相过亲这件事儿。

他要是知道了，会怎么想她？会不会难过？

但她又不想隐瞒顾深任何事情。

顾深问："是不是工作上……"

"不是的。"南夏回答得很快，像是生怕影响了他工作。

顾深"嗯"了一声，想起在医院时她说的话，试探地问："那是——家里的事？"

南夏没回答。

顾深很有耐心地等着。

南夏深吸了口气："我能不能等发布会结束之后，再跟你说这件事？"

她怕影响他。

她的目的太过明显，顾深反倒不安起来。

她觉得这件事会影响他的状态，不然不会现在不跟他说。

南夏蹲在了路灯旁的树下，双手抱着膝盖，有点儿为难。

顾深喉咙仿佛被堵住。

他问:"会影响我们的关系?"

南夏犹豫片刻,说:"我……不太确定。"

顾深一凛。

怕他误会,南夏紧接着说:"但是不会影响我追你这件事。"

顾深缓缓舒了口气。

"只是……"她声音低了下去,"可能会……影响你对我的看法。"

顾深放在方向盘上的手蓦地攥紧,脑海里全是她刚才那句"可能会……影响你对我的看法"。

指甲几乎嵌进肉里,他浑然未觉,几乎第一时间猜出了她要跟他说什么。

他半晌说不出话。

也许他沉默太久,南夏轻轻喊了声:"顾深。"

顾深微闭了双眼:"给我两分钟,我再打给你。"

南夏以为有工作找他:"好。"

她等了会儿顾深都没挂电话,想起来顾深之前答应她以后都绝不主动挂她电话的事,迟疑了一下,缓慢地挂掉了电话。

顾深把倒计时调到两分钟,向后一仰,把手机随手扔到旁边的副驾驶位上。

他睁着眼,看着路灯下已经站起来、在原地来回踱步、明显有些不安的南夏,又想起来她回国后见她的第一晚,陈璇说她交了三个男朋友的事。

什么事情会让她失眠、让她不确定会不会影响他们的关系?

又有什么事会影响他对她的看法?

她应该是想跟他坦白。

手机屏幕上的数字冷静地跳动着。

结束铃声响起的那一刻,顾深再度闭上双眼,睁开时已然恢复平静。

他拿起手机,给南夏拨回去:"刚有点儿工作上的事。"

南夏声音很轻:"没关系,你最近工作太累了,早点休息吧,这事儿我们改天再说。"

顾深:"不用改天。"

他不会让这种事情在她那儿过夜。

南夏顿住。

顾深声音无波无澜:"是不是要跟我说你在国外的一些事情?"

她说得那么明显吗?

他这就猜到了?

南夏手里攥着手机,声音发紧:"是。"

她在犹豫如果他让她今晚说的话,她到底要不要说。

顾深说:"早跟你说过了,你在国外的事儿不用跟我交代。"

南夏想起来,之前他送她回来的时候,的确这么说过。

但是他猜的到底是什么?对不对呢?

她大概觉得他猜到了,但又拿不准。

如果不把这事儿告诉他,她总觉得不安。

这么想着,她听见顾深斩钉截铁的声音:"无论是什么事,都不会改变我对你的看法。"

南夏眼睛一酸,眼泪没忍住落了下来。

她站在一棵很粗的槐树底下,慢慢地蹲了下去,不敢让他听出她哭了,她很轻地"嗯"了声。

大约沉默了五秒。

顾深轻笑了声,声音恢复成平日里那种吊儿郎当的模样:"就为这个睡不着?"

南夏很小声道:"也不全是,还有点儿别的。"

好在顾深没问她还有什么。

顾深:"行了,那赶紧给我回去睡,别在外头瞎晃了。"

南夏一怔,不由自主往周围看:"你怎么知道我在外头?"

她转身,看着身后那辆车。

顾深语调跟刚才没什么变化:"不是你自己刚才说的吗?在夜跑。"

南夏想起来她是说过,"哦"了声,但还是不自觉看了眼身后这辆车。

顾深想了想,觉得这会儿下车不太合适,她刚跟他说了那件事,得让她缓一缓:"到家告诉我。"

南夏说:"好。"然后挂了电话。

身后的车子这时也亮起车灯,缓缓发动,经过南夏身边。

透过车窗什么也看不见，应该是贴了防偷窥的玻璃膜。

南夏盯着这辆车，总觉得好像跟这奥迪车主很有缘似的。

她也很快上楼，给顾深发了信息：【到家，晚安。】

他很快回复：【好梦。】

南夏微笑起来，放下手机正要睡，他微信又进来了。

这回是条语音："你赶紧给我睡，睡不着就打给我，别一天净想一些乱七八糟有的没的，懂？"

隔着屏幕，她都能想象得到他放荡不羁的表情。

因为他这句斩钉截铁的话，南夏这晚上睡得很安稳。

第二天，醒来时已接近十点。

这要是南恺在，肯定得数落她。

她不慌不忙吃了早午餐，手机里又来一条加好友的消息。

William Zhong.

她再度干脆拒绝。

她想，她以后就是顾深的了。

意识到这想法，南夏倏地脸红了。

第五章
浮城，旧梦

Part 01

浮城是真的又湿又热。

服装展人又多，场内的空调完全没用。

南夏从早上开始出汗，一直到晚上八点汗都没停。

她本来还怕空调太冷特意带了件薄外套，完全没用。

郑远给她递过一瓶水："这次真是多亏你……"他看了眼苏甜，"们了"。又递给苏甜一瓶水。

他这话倒没客气。

南夏穿了件蓝色碎花裙，肌肤又白，清纯得要命，在这种场合简直就是女神般的存在。不少路人都往这边看，特意过来扫码询问相关服装，还有不少人拿着手机对着她拍。

公开场合，她也不好阻止。

她专业，公司普普通通的衣服给她随手一搭都好看得很，三天下来，营业额比公司另外一个中高端线 Fancy 的展台高了二十倍。

也难怪对面同事脸色很不好。

结束后把样衣打包运回酒店，下车走进酒店大门时，南夏腿都快断了，全身也酸痛得很,这几天说话多嗓子也有点哑,她还是第一次参加强度这么高的站台活动。

苏甜还有力气抱怨,她是完全不想开口说话。

刚走两步,听见身后传来一群人的脚步声。

"顾总。"

南夏回头,是顾深跟李可,还有几个高管到了。

这几天她忙得很,完全没空跟顾深多说话,只发了早晚安,他应该也忙,也只回了早晚安。

几天没见又没说话,南夏有点想他,不自觉多看了他两眼,但当着众人面,也不敢太放肆。

顾深似有所感,抬头往这边看时,恰好她将目光挪开。

苏甜挽住南夏的胳膊:"走了,夏夏,快回去洗澡睡了。"

南夏又回头看顾深一眼,这回他也在看她。

他不露痕迹地对她稍稍点了下头,嘴角勾了个弧度。

接下来就是为发布会忙碌。

My Lady 线是公司中低端线,早春服装发布会自然是第一个。

展台搭建、流程安排、模特彩排……对接部门过多,每个人都忙得要命。

南夏完全没时间跟顾深交流,只在偶尔遇见时互相点头,算是两人之间心照不宣的默契。

发布会在下午开始。

顾深跟在一位留着短胡须的长辈身边,在众人的陪同下走进来,在前排坐下。

南夏跟苏甜都在最后排,苏甜悄悄给南夏指了指:"这是老顾总。"

是顾深的父亲顾曾,被人称国内的女装一代国王。

他穿着西装,神情正经而严肃。

顾深在他旁边,也正经了几分,看着的确像一对父子。

只是不知道私下关系究竟如何。

顾深开场致辞,主题是"视野"。

展台是场美轮美奂的光影大戏,其他各处都只亮着微弱的白筒灯,只有暖色追光灯打在黑色磨砂T台上，像夕阳光线从外头落进来。

顾深站在台上，像是复古老电影里的画面。

他沉稳从容，像是将浑身那股痞劲儿压下去了九分，但漫不经心地又会溢出一分，让人忍不住去看他。

他声音带着点儿磁性，话语幽默，像是举手投足间就能轻易掌控全场。

天之骄子，不过如此。

旁边有个女生压低声音说："也不知道为什么，总觉得他比我们顾总有味道，更吸引人。"

南夏猜女生口中的"顾总"应该是顾洹。

顾深讲完话，临下台时远远地往南夏的方向看了一眼，像是视线越过众人，对上她的。

明明知道观众席一片漆黑，他不可能看到她，南夏还是没来由地内心一紧。

顾深下台，主持人宣布秀开始，模特儿们开始登场。

作为一个定价在两百到两千元的中低端线来说，这场发布会已是很成功。

结束后，苏甜意犹未尽，忍不住感慨："咱们顾总是真的厉害，你知道吗？我听说三年前 My Lady 线利润负两百，仓库积压的衣服根本卖不出去，老顾总本来打算直接把这条线砍掉的，后来生生被咱们顾总做活了。这发布会，比成衣线都不会差的。"

这还是南夏第一次听说这件事，但她觉得这事发生在顾深身上，理所当然。

他这人到哪里都是耀眼的，自然无论做什么事，也得耀眼。

听别人夸顾深，就像夸自己似的，南夏甜笑"嗯"了声，声音发哑。

苏甜："夏夏，我怎么觉得你嗓子更严重了？"

南夏："好像是。"

苏甜把手边的矿泉水递给她："你还是别说话了。"

发布会圆满结束。

但还有两场秀要办，除了 My Lady 线，另外两条线 Fancy 和 The One 的人都还在忙碌。

南夏跟苏甜一间房，两人简单用了晚餐回房，苏甜说顾洹现在肯定是最紧张的人，因为顾深这发布会的水平太高，虽说服装本身的质量可能会稍次一些。

南夏这才知道，另外两条线都归顾洹管。

这么看起来，顾洹似乎的确是顾曾的重点培养对象。

也不知道顾深心里会不会不舒服。

南夏给顾深发了条微信：【今天T台很有格调。】

顾深刚应付完媒体回到酒店，瞥见微信笑了声，回道：【你也不错，展台一战成名。】

他顺手给她拨去语音通话。

铃声突然响起，南夏毫无准备，紧张地看了眼旁边刷微博的苏甜，按掉微信。

还好，苏甜一心沉迷刷八卦，没看她。

顾深发了个问号过来。

Summer：【我跟苏甜一个房间，不太方便语音。】

顾深的声音太有辨识度，会很容易被认出来，她不敢冒险。

片刻后，顾深回她：【那你上来，我在2128。】

很久没见到他人，这提议让南夏很心动。

她犹豫片刻，最后还是理智占据上风：【但是万一被人看到怎么办？要不算了，等整个秀结束吧，反正就剩两天了。】

酒店里一大半都住的倾城的人，顾深那层应该也有很多高管，感觉会很容易碰到。

她怕顾深不高兴，又补了句：【等忙完后，我们可以好好玩。】

顾深发来条语音。

怎么明知苏甜在她旁边，他还发语音？

是什么话不能打字非得说出来？

南夏莫名脸红，戴上耳机，悄悄躲进卫生间，播放那条语音。

他语气意味深长，带着点儿痞坏："哦？怎么个好好玩法？"

南夏蒙了。

第二天Fancy的秀，My Lady线设计部的人都去看了。

衣服设计还可以，但整个主题显得过于繁华且没有重点。

结束后，顾曾的脸色不大好看。

苏甜说："果然比不上我们顾总的审美。"

又一天，是 The One 成衣的秀。

因为成衣是这几场发布会的重中之重，顾曾也参与了把控，所以呈现效果比 Fancy 要好很多，但依旧不及 My Lady 令人印象深刻。

压轴的一套红格子连衣西装出来时，苏甜大喊："这件也太美了吧！不愧是成衣，设计就是不一样。"

周围人也赞叹真好看。

衣服一出来南夏就看见了，她却蹙眉。

苏甜撞了她胳膊一下："不好看吗，夏夏？"

当然好看，这是她跟校友 Christopher Jones 一起设计的，还得了 LVMH Prize 的创新设计奖。

红白格子相间、尖锐的 V 字领口、单颗大纽扣。

她头一次见这么明目张胆的抄袭，几乎是一模一样，只是纽扣样式不同，裁剪没那么流畅。

成衣的发布会还请了在国际上小有名气的名模文雅，这套西装穿在她身上艳丽又简约，简直得到了完美的表达。

作为设计师，南夏生平最讨厌的事就是抄袭，没有之一。

但附近全是倾城的人，她也不可能就这么把这事儿说出来。

她声音很轻，嗓子还是哑的："好看。"

苏甜："啊，我忘了，夏夏，你别说话，我也不问你了。"

但她生性活泼，一场秀看下来总忍不住跟南夏说点什么，想起来南夏不能说话，又憋回去，很难受。

三场发布会结束后是自助晚宴。

高层、员工、模特儿和记者们都在，各自成一派。

文雅最大牌，自然也星光最足，她跟几个高层一一敬酒，最后坐到了顾深旁边。

有记者嗅到八卦，连连拍照。

美食当下，苏甜连八卦的兴趣都小了很多，拽着南夏四处吃东西。

郑远也跟着她俩，只是没怎么说话。

南夏从小跳舞养成习惯，胃口小，吃了两口就不怎么再动，惹得苏甜很羡慕。

她吃饱了终于开始八卦："我怎么觉得文雅对咱们顾总有意思。"

南夏往那边看了眼，没应声。

苏甜这会儿已经习惯了南夏说不出话的样子，也没等她，接着说："其实我觉得他俩挺配的，文雅那气场，我们顾总一点儿没输。可惜我们顾总有女朋友了。"

郑远点头。

周围也有人嗅到八卦气息，小声议论着，还有人拿手机偷偷拍照。

南夏说："就算没女朋友……"她嗓音沙哑，语气却很肯定，"顾总也不会喜欢她。"

苏甜和郑远异口同声："你怎么知道顾总不会？"

南夏一顿："顾总不是说喜欢小性感吗？"

苏甜："对，文雅是有点高冷的那种。"她忽然看向南夏，"那夏夏你也不是顾总的菜。"

南夏一愣：这话题怎么就转我身上了？

郑远问："为什么呀？"

苏甜："因为她太纯了呀。而且你不知道，从上次顾总给你披衣服开始，到现在还有人传你跟顾总的绯闻呢，下次我就用这个理由反驳他们。"

郑远很好奇："什么披衣服？"

苏甜："回头跟你说。"

南夏清了清嗓子，哑声道："不用这么麻烦了。"

苏甜："不行，你这么帮我，我得捍卫你的名誉。"

郑远："对，我也一起捍卫你的名誉。"

几人坐在角落里聊着，南夏忽然瞥见顾洹。

他身后跟着两个员工，是之前服装展会时坐她们对面展台的两个女同事。

众人自动让出一条道。

顾洹走到南夏身边。

苏甜怔住，下意识拽着南夏起身，郑远也站了起来。

其中一个女同事指着南夏说："顾总，就是她。"

顾洹一双桃花眼含笑看她，语气温柔："别紧张，我是听说有人超了我们二十倍订货，特意过来认识一下。"

郑远也很激动地说："对，夏夏真的很厉害。"

The One 的负责人。

完全抄袭的西装。

南夏本就对顾洹没什么好感，这会儿观感更差，但她表情如常，点头道："顾总谬赞。"声音又干又哑。

顾洹拿起旁边服务员托盘上的两杯酒，含笑将一杯递给南夏。

众目睽睽，南夏只好接过。

顾洹跟南夏轻轻碰了碰杯："你叫什么名字？"

南夏轻声回道："南方的南，夏天的夏。"

顾洹点头："好名字。正好，我有件事想拜托你。"

周围的目光忽地朝一个方向看过去。

顾深手里拿着杯酒，慢慢走过来，香槟色的液体在酒杯里轻晃。

他身旁跟着林森。

林森首先笑着开口："顾洹总怎么过来了？是我手底下人做错事了吗？"

顾洹含笑："恰恰相反，我想跟林总监借个人。"

林森一惊。

南夏可谓在展会一战成名，全公司都知道 My Lady 出了个特会推销的助理设计师。

顾洹挖墙脚也不是一两次。

林森虽然不齿他的行为，但高端线都在他手里，能去他那边工作待遇也能翻倍，所以手底下的人想走，林森也没法拦。

顾洹温声笑了笑，拍了拍林森的肩膀："放心，不抢你的人，就让她去 The One 的 VIP 客户会上帮帮忙。当然，价格不是问题。"

The One 是成衣，每次发布会后都会举办 VIP 客户会，邀请一些 VIP 用户去国外玩一圈，并趁机介绍服装，说白了也就是卖衣服。

顾洹也是颇有心机，想借这个客户会看看南夏的实力，说是借，只要效果不错，他肯定会把人抢过去。

林森看顾深。

顾洹也顺着他的目光看向顾深。

顾深笑了声，不慌不忙地看了眼南夏手里的酒杯，招手把服务员叫来，把手里的酒放进空托盘里。

南夏明白他的意思，顺势就把手里的酒放上去。

顾洹看着两人默契的动作，蹙眉。

顾深重新将视线落回顾洹的身上，慢条斯理地说："真不好意思，她不外借。"

话音落下，周遭静了一瞬。

林森觉得顾深说这话时语气不大对劲，仿佛有种占有欲似的。

顾洹笑了："原因呢？"

顾曾正巧有事要找顾洹，转头看见这边气氛剑拔弩张，生怕两个儿子当面吵起来，抬步往这边走："怎么了？"

他一过来，这个角落顿时成了全场焦点，气氛也骤然变得紧张压抑。

顾洹轻松道："没什么，只是想跟顾深借个员工去 VIP 客户会帮忙。"他指指南夏，"就是她。"

顾曾看了南夏一眼，眼里闪过一抹惊艳。

南夏脸色平静，没什么表情。

顾洹遗憾道："可惜他不肯借。"

成衣的利润要比中低端线服装高太多，只要对公司发展有利，顾曾都乐见其成。

顾曾蹙眉，看了眼顾深："这事儿回头再说，你们先过来合影。"

他们一走，苏甜腿都软了，小声说："我还是头一回一下子见这么多总。"

合完影，晚宴算是正式结束。

其他人全部退场，大部分员工也回了酒店房间，只剩一小撮人。

顾曾让人把南夏叫过去，直接开口："我跟林森说了，下周他不会给你安排工作，你去 The One 的 VIP 客户会帮个忙。"

他话音刚落，顾深就跟着说："你不用听他的。"

顾洹脸色微变。

顾深扯掉脖子上的领带，狭长的眼睛看着顾洹，语气嚣张："我的人，我说了算。"

这么光明正大地说她是他的人，虽然在场的人并不会误会，南夏还是心头一跳。

丝丝暧昧溢了出来。

但这暧昧只持续了一瞬间，因为现场的气氛实在过于剑拔弩张。

这边只剩这几个人和各自的助理，助理们都面不改色地低头，只当什么都没听见。

顾洹一笑："这恐怕不大合适，爸也是为公司的利润着想。"

在这令人窒息的气氛中，南夏忽然开口："顾总。"

虽说在场有三位顾总，但顾深知道她一定在喊他。

顾深："说。"

南夏："很抱歉，恐怕我没办法帮忙。"

白色灯光下，女人长着一张纯得要命的脸，叫人移不开目光。

她神色平静，从容不迫，在这种场合下说话一点也不紧张。

她虽然在说抱歉的话，表情上却丝毫没有任何歉意。

她笑容得体："我嗓子实在哑得厉害，医生说声带受损需要休息，恐怕没办法帮忙下周三的客户会。"

她声音的确又干又涩，没撒谎。

顾曾看顾深这架势，也没再说什么，点点头，让南夏走了。

顾深看了眼她的背影，没理会别人，也转身走了。

这几天都没听见她说话，不知道她嗓子已经成了这样。

郑远殷勤地送南夏和苏甜回房。

他住隔壁。

苏甜进房间后把门关上，从猫眼里看了他一眼，小声说："他还恋恋不舍呢。"

南夏只当没听见，进浴室洗完澡吹干头发，出来看见顾深的微信，只有两个字：【上来。】

五分钟前发的。

本来说好回南城再见面，但他这会儿叫她上去，微信内容还这样，肯定是听见她声音担心了。

Summer：【不用啦。】

想了想，她发了个"害羞"的表情包过去试图撒娇，又说：【我真

的没什么事,不用担心我,会好好喝热水的。】

五秒后。

【你是想让我下去?】

【给你十分钟。】

南夏这层住的都是助理,事情终于忙完,不少同事都开着门互相串。

他要是下来岂非立刻会曝光?

但是她完全不知道二十一楼的情况,贸然上去,万一撞见林森什么的,又要怎么解释?

纠结一会儿,十分钟已经到了。

南夏看时间来不及,紧张到不行,生怕顾深会下来,咬牙换了衣服,起身说:"我出去跑个步。"

虽然知道她有夜跑的习惯,但这几天都累成狗了她还能坚持,苏甜简直想流泪:"这就是学霸和学渣的区别吗?"

南夏心虚地对苏甜笑了笑,刚走到门口,听见敲门声。

她从猫眼里看到是李可,打开门。

李可微笑着说:"打扰你们了,我有件裙子拉链突然坏了,能不能麻烦你跟我上二十一楼一趟,帮我修一下?"

南夏一听二十一楼就知道她是顾深派来的,心头一跳。

这些打杂的活儿设计师助理都得会,的确是个好借口。

苏甜听见立刻起身说:"我帮你吧,李可姐,夏夏要去夜跑。"

南夏吓了一跳,立刻回道:"你休息吧,甜甜,就一个拉链而已,反正我正好要出去。"

李可没给苏甜回话机会,直接说:"那走吧。"说完就拉着南夏的手腕出来,把门关上。

电梯里没别人,南夏看着笑容亲切的李可,也有点不太好意思,但她没表现出来。

李可把她带到2128,敲门。

走廊上这会儿没人。

怕被同事发现,门一开南夏就冲了进去,撞进温暖熟悉的怀抱中。

随之而来一声调侃:"这么迫不及待地投怀送抱?"

南夏愣了愣。

李可很体贴地关上了房门。

南夏手撑在顾深胸前,隔着一层薄薄的衬衫衣料,能触摸到他肌肤的温度,也闻到了他身上淡淡的薄荷清香。

她仰头看他。

他狭长的双眼含着戏谑,表情也不大正经。

这么一见到他,南夏反而想得不行,看了他一眼,伸手抱住他的腰,人直接进了他怀里。

她头靠在他肩上,呼吸落在他颈侧。

顾深给她这么一看就全懂了。

她人几乎是毫不犹豫扑进他怀里,柔柔软软的,带着好闻的玫瑰淡香味儿。

顾深一颗心都软下来,顺势环住她的腰:"想我了?"

南夏乖乖点点头:"嗯。"

她平常说话声音清亮,这会儿嗓子沙哑,尾音像是闷哼出来的,话一出口有种别样的性感。

顾深被她勾得不行:"你这声儿还挺好听。"

南夏在他怀里抬眸:"你喜欢?"

顾深:"你说呢?"

南夏垂眸,没应声。

顾深知道她听懂了,捞着她往里走。

灰色皮质沙发前的黑色茶几上放着两盒药。

顾深打开其中一盒,拿出瓶喷雾:"李可说这个对嗓子管用。"

他伸手递给南夏,她没接。

他手里拿着喷雾,看她。

南夏双眼清亮得像一泓泉水,她看了他一会儿,慢慢地张开了嘴。

光线落在她脸上,照得她肌肤白皙,嘴唇红润。

那意思是,让他帮她。

顾深舔了下后槽牙,抬手轻轻捏住她的下巴:"你怎么这么能勾人?"

她嗓子很沙哑:"那你上钩吗?"

顾深咬牙:"再这么看我试试?"

南夏不敢惹他了。

顾深把手机开了手电筒，让她张大嘴往里照，嗓子眼儿全是红的。

他把喷雾举起来，倾身靠近她。

南夏轻轻地呼吸着，身子往后仰，靠在沙发抱枕上。

房间里静谧无声。

顾深喉结滚动了下，抬手摁了两下手里的喷雾剂，而后，轻轻挪开。

不过是很简单的动作，却仿佛电影里的慢动作被无限拉长。

好一会儿，南夏才后知后觉地感受到药落在嗓子眼儿里带来的丝丝凉意和苦味儿。

这药还真挺管用，一喷上就舒服很多，但也是真的苦。

南夏艰难地咽了下口水。

顾深接了杯温水递给她："你那天去展台说了多少话，嗓子能成这样儿？这么拼？"

南夏把水喝下去，也不知道为什么觉得余味更苦了，但嗓子润了很多。

她把水杯放下，歪头看他。

他不太正经地坐在沙发另外一头，仿佛是想把腿放另一条腿上，但只开了个头就刻意制止了。

两人中间隔了点儿距离。

他漫不经心地看着她。

南夏很认真："那不是为了给你多赚点儿钱嘛。"

顾深笑了，笑得差点弯了腰。

他这么一笑，南夏觉得有点儿窘："当然我知道你不缺这点钱……"

顾深起身挪到她旁边，把她捞进怀里，说："我还真缺，这月营业额不用愁了。"

她一个人能卖多少？哪儿比得上平台的流量？他明显故意往夸张里说。

顾深轻抚她乌黑长发，一下下的。

南夏乖顺地靠在他怀里，觉得他像是在摸只宠物，动作都是带着宠溺的。

两人谁也没说话，就这么安静地抱了会儿。

应该是顾深顾忌她嗓子不舒服，所以也没怎么跟她说话。

片刻后，南夏觉得这药挺管用，又自己拿起来往嘴里喷了两下，苦味儿很冲，她忍不住皱眉，微闭起了双眼。

顾深搂住她的腰，又靠近她两分："苦？"

他的脸几乎到了她眼前。

南夏全部感觉都集中在那苦味儿上，没发觉有什么不对，"嗯"了声，尾音哑得性感。

顾深毫不犹豫地吻上了她的唇。

这是他在清醒的状态下第一次亲她。

南夏只觉得全身骤然涌起酥酥麻麻的电流，过电一般，忍不住轻颤。

他动作轻柔，舌尖一点点往里探，缠住她的。

淡淡的薄荷味儿瞬间在齿间散开，还有一点残余的烟味儿。

应该是她上来之前，他特意含了薄荷糖。

南夏再次闭上双眼，手轻轻扯着他衬衣前襟。

顾深亲了她一会儿，终于放开她，在她耳边低声说："好像是挺苦。"

他气息都落在她耳边，温热的。

南夏轻轻咬唇，没说话，肩膀轻轻战栗着。

顾深腾出一只手压在她右肩上，声音里蕴着笑意："这么紧张？又不是没亲过。"

房间里亮着柔白的灯，安安静静的，只能听到呼吸声。

南夏几乎能清晰地看见顾深侧脸肌肤交错的纹理。

听见顾深这话，她有点拿不准是不是上次装醉亲他的事被发现了。

但她只当不知道，这会儿承认也太丢脸了。

南夏脸颊微红："那——也是好几年前的事了。"

顾深不太正经地笑了声："也对，是我让你久等了。"

他的手像是带了电从她肌肤上碾过去，从她右肩缓缓下移，一寸寸地挪到她肩胛骨那块儿，细细摩挲着。

南夏听见他说："早知道你回来那天就该按着你亲。"声音里带着压抑的欲望。

他手往前一按，让她整个人压在他胸前："是不是？"

南夏微微仰头，唇几乎贴上他下巴尖，低低"嗯"了声。

她这带了点儿哑的声音让顾深几乎忍不住，再次吻了下来。

这回他动作比上次肆意了许多，没等她反应，直接撬开她的牙关闯了进来，气息交融在一起。

南夏抬手勾住他的脖子，大胆地回应他。

以前她就这样，除了刚开始那几次，后头放开了跟团火似的，分明是一张纯得要命的脸。

她是外冷内热的，配他再合适不过。

顾深几乎是把她拎起来，让她坐他腿上。

两人彻底放开了亲，干柴烈火似的，时间仿佛在此刻慢了下来。

两人的唇舌都搅在一起，嘴里的苦味薄荷味烟味混杂在一起，成了说不清道不明的味道，暧昧得要命。

不知道过了多久，南夏被他亲得喘不过气，才不觉想推他。

可完全推不动他。

他的唇移到她脸颊一侧，一路下移亲到她脖子，气息落在她颈边，带着丝难言的痒意。

他亲着她，又把人转了半圈，让她背对着坐在他怀里，从身后拥住她。

他指尖从她颈侧慢慢划过，撩开她的头发，露出后颈。

南夏瞬间意识到顾深要做什么，屏住了呼吸。

下一秒，他的唇落在她颈后，带着温热的气息。

她整个背忍不住战栗了下。

顾深吻着她那块儿的肌肤，说："上次不是也亲了这儿？还这么敏感？"

南夏愣住："你上次没醉？"

也就是上次他是装醉亲她？

顾深笑了："我在你跟前什么时候醉过？"

他说这话时，呼吸还洒在她颈后的肌肤上。

南夏有点受不了似的喊他："顾深——"

这声叫得更好听，带着哑意和难耐。

顾深意识到南夏还生着病，最后在她颈侧轻咬了下，算是放过她。

南夏静静地喘息着，双手有些无力地垂在两侧，被他亲得有些脱力。

安静几秒，南夏说："我想喝水。"

顾深坏笑了声。

南夏抬手，轻轻一胳膊肘撞在他肩上。

顾深把她抱下来放沙发上,给她倒了杯水递过去。

南夏小口喝完。

顾深就那么含着丝痞笑站那儿看着她。

南夏喝完水,看了眼时间,半小时过去了。

居然亲了这么长时间。

她想了想,抬头问他:"你这么亲我,是不是就算被我追到了呀?"

顾深单手插兜,挑眉道:"你自己听听你说的像话吗?追人有你这么容易的吗?"

南夏:"那你的意思是,还没答应我,你就亲我了?"

顾深像个流氓:"这不一时没忍住嘛。"

南夏点头,认真说:"那卓总监和郑远他们没说错,你果然是个渣男。"

顾深笑起来,走了两步到她身前,吊儿郎当地问:"那你是不是得离渣男远点儿?"

南夏看着他:"我不,我就喜欢渣男。"

她的喜欢向来是直白大胆的。

除了最开始那会儿她觉得他总出现在她面前有些困扰,但她确认了心意后,她对他的感情就是热烈的,从没藏着掖着,就像现在这么直接地说喜欢他。

顾深勾唇,俯身捏住她的下巴尖:"那怎么办?渣男又想亲你了。"

南夏一双眼里亮着光:"我也是。"

顾深咬牙:"我要不是看你生着病……"

他手机适时响起来,刺耳的铃声打破暧昧的氛围。

顾深放开南夏,接起电话:"这都几点了你给我打电话?孤单寂寞冷啊你,平倬?"

平倬在那头"啧"了声:"耽误你办事儿了?"

顾深:"滚。有事儿说事儿。"

平倬声音里含着笑:"能不能借你家南夏半天?她眼光好,帮我挑一枚钻戒。"

顾深"哟"了一声:"你这进度挺快啊?"

平倬声音挺愉快:"还行,比你自然是快一点。"

顾深冷笑:"你还真是有脸说这话,大学四年加毕业四年,都八年了,我都分手过一次快复合了,前几天见你俩还跟仇人似的,好意思说进度快。"

平倬不服输:"我还是第一次听说分手也算进度的,没关系,我懒得跟你争,反正呢,结婚快才是正经。"

顾深:"行了,少废话了,赶紧买吧,人跟你耽误多少年了,买晚了小心人跑了。"

平倬笑了声:"南夏没在你那儿?"

顾深看了眼南夏:"没。"

南夏垂眸,没应声。

他以前也这样儿。

周围人都爱拿他们开玩笑,他不大喜欢,明里暗里都维护着她的名誉。

平倬:"那你这火气哪儿来的?人还没追着呢?"

顾深悠然道:"我呢,一看见你名字就来气,况且现在是她追我,懂吗?"

平倬"哦"了一声:"那南夏回来那天,是谁求着我让我去聚会现场打听消息的?那会儿你看见我名字就不生气了?"

顾深把电话挂了。

南夏愣住,抬眸看他,觉得一切在瞬间明朗。

那晚平倬来时给她带了牛奶,送她回去时帮她买了药,还有后来那个"好梦",是不是都是出自顾深的授意?

顾深明白她眼神里的意思,稍微点了下头。

南夏心头又酸又暖,还想再问,平倬给她打来电话。

南夏接起来,直接说:"我跟顾深在一起,我刚才都听见了,我们在浮城出差,明天上午到南城,下午我陪你去买钻戒。"

这回轮到平倬"哟"了声,他笑着说:"我猜你也在他那儿,不然他不能这么大火气。"

南夏挂了电话,顾深还不大高兴,他教育起南夏:"你怎么回事儿?没听见我说你不在?"

南夏看着他:"听见了。"

她声音平静,顾深看她神色就明白她是故意的了,轻笑了声。

南夏说:"我想让别人知道,我就是跟你在一起。"

原来聚会那天也是他让平偉送她,她又知道了他多出来的一份心意。
反正她这回是打定主意跟他在一起了,不管发生什么。
简直要命,连谎都不想撒的。
当年那么多人说他配不上南夏,她从没受过这些言论的影响,别人问她也大大方方地说他对她很好。
他那些兄弟们的调侃,她也照单全收。
有时候有些太过分的话,她也一笑而过,从不计较。
顾深含笑坐她旁边:"你这会儿倒是乖了。"
当初分手那么决绝,一句多余的话都懒得跟他解释。
南夏听懂他的意思,垂眸没敢看他。
顾深也没就着这茬儿往下说,换了话题:"你今天拒绝给 The One 的 VIP 客户帮忙,是不是有别的原因?"
南夏向来与人为善,顾深还怕她会过去帮忙,所以抢先开口帮她拒绝。
但她拒绝得很坚定,他怀疑这里头有别的原因,他怀疑跟当年学校论坛那个爆料他身份的黑帖有关系。
南夏是因为那个帖子,认为顾洹跟他有竞争、关系不和,才直接拒绝的吗?
事情关乎他的身份和母亲的名誉,他在想怎么跟她解释。
南夏点头,把发现那件红格子西装抄袭的事儿说了,但没说抄的是她的作品。
顾深蹙眉。
倾城是靠抄袭起家的公司,前期抄袭的黑历史简直一抓一大把,近几年因为顾深的加入严禁抄袭,所以 My Lady 线没再出过抄袭这种事,但顾洹手底下的两条线他就管不到了。
同时他也知道,依照南夏的性子,她最讨厌的事儿就是抄袭。
她阅历广,从小看各个品牌的秀长大的,几乎熟悉每个品牌每场秀的服装设计。
原来大学里设计图展示的时候,她一眼就能点出抄袭和借鉴过度的作品。
所以她说抄袭,就一定是。
顾深看着她:"这事儿你别管了,我去跟老头儿说。"

南夏乖巧点头。

顾深靠过去,把她抱进怀里:"那老头儿钻钱眼儿里了,就算真是抄袭,他也未必管。不过我跟你保证,我手底下一定不会出现抄袭这种事。"

意思是,他手底下一定不会出现她最讨厌的抄袭这种事。

他的潜台词,南夏听懂了。

南夏微笑着靠在他肩上:"我知道,我相信你。"

两人又抱了会儿,快十一点了。

南夏恋恋不舍地说:"我得走了,等回去再……见面。"

明后天是周末,不少同事趁这次出差的机会留下来玩两天,也因为这个原因,南夏跟顾深早商量好了明天一起回南城,还是同一班飞机,只是顾深是头等舱,她是经济舱。

顾深勾着她的腰:"明天一起走?"

这也太明目张胆了。

南夏:"还是不了,我自己打车走吧。"

顾深表情不太愿意,但也没多说什么,把桌上的喷雾和喉糖一起递给她:"薄荷味儿的。"

他看着她笑。

南夏伸手把药接过来,抬头看他,很认真地说:"那我下次见你的时候带着。"

顾深双手拨开她的长发,捧起她那张清纯的脸,说:"下次没这么容易放过你。"

他尾音上扬,意味深长,掌心的薄茧轻轻蹭着她柔软的脸颊,双手的温度传到她脸上。

南夏仰头看他,仿佛很认真地骂:"你这个渣男——"

顾深笑弯了腰,流氓似的:"那也没办法,谁让你看上我了呢?"

顾深看着她的唇:"我让李可送你下去?"

南夏:"不用。"

她透过猫眼往外看了眼,踮起脚尖跟他挥了下手,然后悄悄出门了。

每回看她做这种心虚的事,顾深都觉得她可爱到不行。

他现在一颗心都是甜的,感觉快被融化了。

他抬手意犹未尽地摸了摸嘴角,低笑了声。

南夏一回到房间，苏甜就忍不住问："夏夏，你跑步跑了这么久吗？连口红都跑没了？"

南夏下意识抿了下唇："可能因为我在李可姐房间里喝了水，对了，她正好有喉糖和咽喉喷雾，都给我了。"

苏甜打了个哈欠："原来是这样，那我先睡了，困死我了。"

南夏："你快睡吧，我也马上睡。"

进了浴室照镜子才想起来，她出门的时候压根儿没化妆没涂口红，都被顾深亲得迷糊了，而且嘴唇还稍微有点儿肿。

Part 02

第二天一早，苏甜也反应过来似的，起来问南夏："夏夏，我怎么记得你昨天出去跑步的时候才刚洗完澡，没涂口红？"

南夏尴尬地笑了声："是吗？我也忘了。"

苏甜："哎，咱们这两天都累晕了。"

南夏："太对了。"

苏甜像是恢复了理智和逻辑："不过昨天你为什么先洗澡后跑步啊？跑完步不是又一身汗吗？"

南夏一愣："就像你刚才说的，我累晕了。"

苏甜："哈哈哈。"

苏甜让南夏改签机票，跟她一起留下来玩两天。

南夏拒绝了，说有事儿，收拾了东西后直接叫车去机场，然后给顾深发了条微信：【我先出发啦，落地见。】

顾深应该是在 VIP 候机室，两人候机的时候也没碰到。

熟悉的同事都不是今天飞，其他同事只是眼熟不认识，南夏也没跟人搭话，就自己坐着拿着 iPad 随便画画线稿。

她长得美又冷，不太有人敢过来搭话，却不停地有目光往这边瞟，被她直接忽略。

远处突然传来一阵嘈杂声。

周围不知谁喊了句："那是不是 William Zhong？！"

南夏笔尖顿住，顺着众人的目光看去。

明亮干净的候机厅远处，男人穿着身黑色长大衣，步伐宽大而有力，一张鲜明的混血脸棱角分明，全身上下都透着股尊贵优雅的气质。

旁边的女生很激动："对对，就是他，那张脸绝对没错！"

她开始给旁边人科普。

William Zhong，中文名钟奕儒，中英混血，英国设计师，父亲在英国有爵位，母亲是中国人。

他出身本就高，人又帅，且非常有才华。

大学里就曾获得英国原创青年设计师大奖赛第一名，毕业后直接成了某国际品牌的设计师，三个月前辞职开创自己的品牌Captain W，被英国时尚界认为是最有前途的设计师。

钟奕儒前后跟着几个人，他像是众星捧月般被围在中间，不时跟周围的人点头说点儿什么。

这边有个胆子大的女生冲了上去，问可不可以要签名和合影。

他有些诧异能被认出来。

那女生解释说自己是设计师，很喜欢他的作品。

他礼貌点头，给她签了名，但拒绝了合影。

女生有点遗憾。

南夏全程埋着头，用头发挡住脸，怕被认出来。

另一边又一阵骚动，不少人站起来喊："顾总。"

南夏抬头。

顾深拎着行李箱，像是刚进来。

他个子也高，穿着身灰色长大衣，前襟漫不经心地敞着，散漫地迈步往这边走，浑身带着一股放荡不羁的气质，跟那头的钟奕儒形成了鲜明的对比。

当下已经有人在心中暗暗将两人做了个比较，不分伯仲。

有人问顾深怎么没去VIP休息室，顾深笑着说想了解下大家对这次秀的看法。

大家火热地聊了起来。

顾深看了南夏一眼。

她没看他，垂着头。

他不知道为什么，她今天仿佛格外紧张。

因为昨天那个吻，所以今天一反常态害羞了？

顾深嘴角微扬，没再看她，仔细听着旁边人的意见。

钟奕儒听见骚乱，往那边看了眼，一眼瞥见顾深，目光在他身上停留两秒。

这人身上的不羁气质太过独特，轻而易举就成了全场焦点。

顾深的视线也恰好看向钟奕儒扫过去。

钟奕儒一看就是那种大学里规规矩矩的好学生，倒是跟南夏表面看起来挺像。

找钟奕儒要签名的女生介绍说顾深是她们公司的总监。

钟奕儒微点了下头，看见一个熟悉的身影，眼神落在她身上。

顾深旁边也有人介绍了钟奕儒的头衔，问他要不要上去认识下，他没应。

钟奕儒一看就不是随意上去就能搭上线的，跟追南夏的时候一样，得慢慢来才能获得对方信任。

但他的眼神？

顾深顺着他的视线看向南夏的方向，眉心一跳。

没想到钟奕儒抬步走了过来，南夏余光看见他的身影，身体不自觉更僵硬。

钟奕儒没看别人，停在她身前，喊她："Nancy。"

世界瞬间安静了。

周围全部的目光都落在南夏身上。

南夏被迫起身，下意识看了顾深一眼，顾深眼神平静地看她。

她深吸一口气，轻声打招呼："William。"

钟奕儒顺着她目光往那边瞟了眼，看见顾深。

两人目光在半空中交会，对视两秒，互不相让。

钟奕儒转头，视线又重新落回她身上："躲我？"

他一口纯正流利的普通话说出来，让周围的人都吃了一惊。

南夏抿唇："不是。"

钟奕儒看了她一会儿："一起喝杯咖啡？"

南夏抬头："我快飞了，时间来不及。"

钟奕儒："看来你是想在这儿说。"

南夏余光看见顾深的表情，像是毫无情绪。

南夏说:"我只有十分钟。"

钟奕儒让开点距离,做了个请她先走的手势。

南夏起身往外走。

钟奕儒跟在她身后。

两人一前一后刚迈出去几步,周围就响起了此起彼伏的议论声。

"我的妈呀,南夏竟然能跟William Zhong扯上关系?牛。"

"听着怎么像William在追南夏,南夏不愿意啊?"

"这都不愿意?她眼光是得多高?是我早扑上去了好吗?"

不知谁嗅到了八卦的气息,想起了之前那个不太着边际的传闻,往顾深那儿看了一眼,他眼神是冷的。

南夏在一家Costa(咖世家)前停下,拿起手机给顾深发了条微信:【我等下跟你解释。】

两人没点咖啡,周围也没空座,就站在那儿说话。

钟奕儒问:"怎么不加我微信?"

南夏:"只是觉得没有必要。"

钟奕儒神色淡淡地看着她,说:"没想到你真的回中国了,你很大胆,也很固执。"

南夏:"过奖。"

钟奕儒:"我来中国几个设计院演讲,后天就要回英国,恐怕这次也没时间跟你聊太多,我只挑重点说。"

南夏点头。

钟奕儒说:"我们之间虽然是家里的安排,但我觉得我们很合适。我希望你能重新仔细考虑一下我们之间的事。过几个月我会再来中国,到时候等你答复。"

南夏:"不用考虑,原因我早就告诉过你了。"

钟奕儒视线落在她倔强的脸上,抬手想去触碰她的脸,被她躲开。

钟奕儒手停在半空,而后自如地放下:"那个男人的确出色,我可以包容你此刻的不理智,但你自己心里很明白,伯父是不可能同意你跟他的。何况你并不讨厌我,不是吗?"

他眼光果然到位,一眼就看出她跟顾深的关系。

南夏："不讨厌你和跟你结婚是两码事。"
旁边助理提醒钟奕儒登机。
他颔首，看着南夏："爱情跟结婚也是两码事。"
他让助理拿出一张卡，递给南夏："听说伯父断了你的卡。"
南夏摇头："他已经重新帮我开了。"
钟奕儒不知真假，但他还是收回卡："也好，你向来独立。"
他没再说什么，起身走了。

候机厅里传来机械女声提醒乘客登机。
南夏回到原来的位置，大家早开始排队了。
她拉着行李箱排在最后，一眼望去一条长龙，顾深站在最前头扫码。
进去前，他回头看了眼，在人群中一眼看到她，停留两秒，而后走了进去。
像是找到她，他就放心了。
还有几道视线频频回头看她。
手机微信响起。
苏甜前一分钟还在和南夏分享游乐场的信息，后一分钟就什么都忘了似的问她：【夏夏！！！听说你跟 William Zhong 有暧昧？！天啦！他不会是你想追的男神吧？】
Summer：【不是，你先好好玩，等你回来再告诉你。】
微信窗口点到跟顾深的对话框。
他的回复看不出情绪，只有一个字：【嗯。】
南夏有些忐忑，怀疑他生气了。
顾深几乎从没跟她生过气，除了她提分手那次。
以前大学的时候人人都知道顾深把她宠上了天，什么都顺着她，所以她只能判断他生气的时候不太理人。
上了飞机把登机箱放好，南夏趁着起飞前的时间给顾深发微信：【我跟他没什么的，下飞机我打车去繁悦，到时候我跟你仔细解释。】
她看了几遍，觉得措辞没什么问题，发了出去。
空姐走过来提醒乘客关机。
南夏关掉手机，打开 iPad，开始画线稿。

三个小时后抵达南城。

南夏下飞机后往外走,看到李可站在前面,像是等她。

手机开机,顾深的微信也恰好进来:【一起走。】

李可含笑看南夏,说:"夏夏,你是不是住西边?我老公来接我,刚好载你一程。"

南夏点头:"谢谢李可姐。"

她跟着李可一路往外走到一辆奔驰前。

李可让她坐后头。

一打开车门,果然看到顾深的脸。

他语气跟往常没什么变化,吊儿郎当的:"还不快上来?"

顾深懒懒地靠在车后座上,瞧着她。

南夏把行李放进后备厢,上车。

车窗开了条缝,有淡淡的烟草味儿。

南夏问:"你抽烟了?"

顾深"嗯"了声。

李可坐在前头副驾驶位上,开车的男人看着像顾深以前的司机。

车子刚走了一条街就停下,李可下车拿了行李就跟南夏挥手,后头一辆劳斯莱斯接上她。

怎么搞得跟间谍似的?

南夏看了眼司机,司机一心一意开车,目光压根儿没往后看。

车上安安静静的,窗外景物飞速倒退。

顾深漫不经心地看着南夏,也没开口,像是等她解释。

南夏伸手轻轻握住他的手。

顾深勾唇,捏住她的手把她揽在怀里:"前男朋友?"

"不是。"南夏枕在他宽大的肩上,"就是……"犹豫片刻,她如实吐露,"我爸爸给我介绍的相亲对象。"

顾深慢悠悠"嗯"了声。

她嗓子还没好利落,还带着点沙哑。

南夏:"就只是吃过几次饭,没跟他怎么着。"

她在他怀里仰头,干脆一口气全说了。

"就是我爸想让我跟他订婚，我没同意，就回国了。"

她声音平静，仿佛是在说一个极简单的决定，但不知道为什么，顾深听着却觉得后怕。

他搂着她肩膀的手紧了紧。

察觉到他手上动作，南夏抱着他腰的手臂也用力几分。

片刻后，顾深笑了声，语气又不正经起来："这要在古代，是不是算你来找我私奔？"

南夏想了想："应该是吧？"

顾深纠正她："明明就是。"

南夏仔细思考了一会儿，很认真地说："但是在古代的话我是不会找你私奔的。"

顾深不解。

南夏很计较名分："因为娶为妻，奔为妾，我不想给你当小老婆。"

她一直挺会逗他开心。

顾深笑起来："行，那要是在古代，我就勉为其难上门提个亲。"

南夏点头："嗯，到时候就全靠你了。"

两人笑着闹了会儿。

顾深俯首问她："去我那儿？"语气平添几分暧昧。

南夏心尖一颤，莫名想到他之前那句"下回就不会这么轻易放过你"，脸颊微微发烫。

她想了想，说几天没回租的房子，得过去收拾下，而且下午还要陪平倬去买钻戒。

顾深手指在她肩上轻轻点了几下，说："要不要搬过来跟我住？"

两人来来回回过于麻烦，倒不如直接住一起。

南夏抬头看他，有些意外。

他表情是认真的，不是在开玩笑。

南夏垂眸，轻轻地呼吸着。

看她半晌没回话，顾深怕她想多，不太正经地说："我呢，也就是给你追我提供个方便，你这么来回跑不也挺辛苦？"

南夏："那我是不是得谢谢你？"

顾深很快接上："不客气。"

他往后一仰，又说："还有，我呢，是个洁身自好的人，就算你搬过来，也别想占我的便宜。"

南夏抬眸，睫毛又长又密："那我要是搬过来的话，也就由不得你了。"她说这话时，伸手覆在他大衣衣襟的黑色扣子上。

顾深笑起来，在她耳边戏谑道："你放心，我一定——"他拖长语调，意味深长道，"保护好自己。"

南夏点点头："那行吧。"

顾深表情愉悦，眼里全是笑意，拿出电话："我找李可帮你一起搬。"

"不用。"南夏拦住他，"我自己收拾吧，我不太喜欢别人碰我的东西。"

她答应得这么快，顾深有点儿被兴奋冲昏了头，听她一提才想起来的确有这么回事儿。

顾深把手机往旁边一扔："那我过来帮你？"

南夏点头，算了下时间："我今天下午帮平倬买钻戒，明天一天估计收拾不完东西，后天又上班，下周末你来帮我搬家吧，在这之前我把东西都整理好。"

顾深不太满意她这速度："你才几件东西要收拾一礼拜？"

南夏："我买了很多东西啊，而且工作日搬家也太累了，搬完还得收拾，何况你那儿不是也得……"她稍微顿了下，有点儿不太好意思，"给我腾个地方。"

顾深想着也没几天，就由了她："行吧。"

平倬这会儿正好给她打来电话："跟哪儿呢？我去顾深那儿接你俩？"

顾深在旁边说："我得去老头儿那里吃饭，让她陪你去还不成？你买一破戒指哪儿来这么大架子？"

平倬怼顾深："你以为我真想喊你，你那破眼光，我也就看在夏夏面子上。也不知道你这追人怎么追的，人刚下飞机你连个饭都不陪人家吃，怪不得进度这么慢。"他看热闹不嫌事儿大，"没关系，夏夏，我陪你吃。"

南夏笑起来："好的，大概两小时后，你来我家小区门口接我就行。"

顾深伸手轻轻捏她的脸："气我是吧？"

南夏把电话挂了，笑着钻进他怀里。

南夏到家洗了个澡，稍微整理了下东西，平倬就到了。

她上车坐了副驾驶位。

平倬笑:"真不好意思,耽误你时间了。"

南夏:"没关系,你的终身大事比较重要。"

平倬轻笑了声,先找了个挺幽静的地方带南夏吃了顿饭,然后带她去了几家钻石定制的店。

南夏问他什么预算。

平倬扬眉说她看着挑,那就是没什么预算。

平倬也是富二代,父亲是某个著名食品行业的大佬,他自己也出类拔萃,学完设计直接开了公司,完全不缺钱。

两人去了前两个店都没什么收获。

到第三个店,南夏一眼看中一个八克拉毫无瑕疵的裸钻,在光线底下,这颗钻石闪着微弱淡粉色的光芒,很漂亮。

南夏说:"你要是没预算的话,按照华羽的风格,适合戴这种夸张的大钻石。我上次见她,觉得她手指细长骨感,戴这种椭圆的钻石最好看。"

导购直接笑开了花,夸南夏眼光好,说这颗可是镇店之宝,而且在阳光下有微弱粉色光芒的钻石在市场上尤其难得。

平倬把钻石拿在光线底下看了眼,不知想到什么,笑了下:"那就它吧。"

平倬定了切割工艺和戒指样式,又交了定金,导购说半个月后送上门。

买完钻戒回到车上,平倬心情很好地问:"送你去顾深那儿?他这饭也该吃完了。"

南夏问:"你等下有没有时间?"

平倬:"没什么事儿,怎么?"

南夏:"那能不能陪我去买个对戒?"

平倬一瞬间怀疑听错了:"你给顾深买?"

南夏点了下头:"他快过生日了嘛,而且我想让他高兴一下,毕竟……"她没往下说,但平倬明白她的意思。

大约就是那回分手,她觉得对不起顾深。

平倬笑起来:"他本来就够嚣张了,你再对他这么好,他得上天了。"

南夏很认真地说:"他不会的,而且我都没送过他像样的生日礼物。"

大学那会儿,她每刷一笔卡南恺都能看到账单明细,她也不敢送太明显的男士礼物给顾深。顾深知道她被管得严,她又一直跟他 AA,两人也都不是缺钱的人,干脆就提出别互送生日礼物了。

一直到大学快毕业那会儿,顾深有天突然跟她开玩笑说跟她之间也没个信物。

于钱当时还鬼鬼祟祟地问她无名指的尺寸,说跟人打了赌。

当时她就猜顾深可能动了要给她买戒指的心思。

这次回来,又碰到他生日,她就想把他当时的心愿给补上。

平倬自然愿意给她当参谋,还说顾深手指尺寸跟他差不多。

南夏说去卡地亚专柜。

她在国外的时候某次逛街早看好了,是卡地亚 JUSTE UN CLOU 钉子款戒指。

像一颗光滑的钉子绕了一圈在手上,创意大胆而现代,她一见到就觉得这款戒指特别适合顾深自由不羁的气质,只是当时没有立场去买。

而且她特意关注了价格,不算很贵,以她现在的能力,也算付得起。

平倬瞟了眼:"你眼光还是一如既往,这个倒是挺适合顾深。"

听见他这评价,南夏挺高兴。

"是吧,我也觉得超级适合他。"她微笑着说,"我陪他一起戴。"

她平常被夸惯了,大学里不管谁怎么夸她,她也只是微笑点头,但说这话时却露出了鲜见的活泼姿态。

平倬看着她,眉眼里全是笑意,替她和顾深高兴。

平倬替她试了尺寸,南夏付完钱,拿着小纸袋离开柜台。

她不知道在想什么,嘴角弯着,下手扶电梯时都没看清,差点一脚踩空摔下去。

平倬连忙伸手扯住她的胳膊,被她吓得心惊肉跳,说:"想什么呢?路都不看?"

南夏往后连退两步,捂住胸口:"谢谢啊。"

她刚一直在幻想顾深收到戒指后的表情和状态,不知道会开心成什么样,然后她再跟他正式告个白,应该就可以愉快地在一起了。

她想着想着就忘了脚下的路,幸好平倬拉住了她。

平倬看她的表情就猜到了她的想法,忍不住说:"我是没想到,你谈恋爱也会降智。你要在我手里出事儿,顾深得跟我拼命。"

平倬第一回教育她，说得也一点儿没错。

南夏恭恭敬敬听完，点头："那你救我一次，我让他以身相许。"

平倬笑了："我可看不上他。"

下电梯时，平倬老老实实站在南夏身后看着她，生怕她再摔了。

两人下到第二层时，南夏听见有人喊她。

她转头顺着声音望过去，认了一会儿想起来，是同学聚会那晚用马克笔毁掉她衬衫的那个女生。

平倬居然认识对方："文戈？"他往她身后看了眼，"一个人？"

文戈笑笑："对，我约了同事逛街，同事马上来。"

平倬点点头。

南夏跟她打了个招呼。

文戈目光在他们二人身上徘徊几次，又看了眼南夏手上的盒子，含笑说："你们买戒指啊？"

平倬微笑点头："对。"

文戈挥了下小手："那我不打扰你们了，我同事应该快到了。"

文戈离开后，南夏跟平倬走了几步路，回忆起文戈刚才的表情，突然想到一个不太对劲的事情。

"那个，平倬，她会不会误会啊？"

平倬蹙眉："误会什么？"

南夏指了指他："就是我们俩来买戒指……"

"不会，"平倬意识到她担心什么，回答得很干脆，"她知道我跟华羽的事儿。"

见他这么确定，南夏也就放下心，没再多说什么。

平倬发挥绅士本色，一路把她送到了楼下，才开车离开。

他一开走，南夏回头，恰好碰到上次帮她搬东西的保安从单元楼里出来。

两人也打了几次照面，南夏对他轻轻点头示意。

保安跟她打了个招呼，笑着问："男朋友送你回来啊？"

南夏："不是，普通朋友。"

保安没再说什么，面带微笑离开了。

这周末南夏就在家里打包分类东西。

她东西不算多，但也零零散散添了一些乱七八糟的，电器估计顾深那儿都用不上，她就问了下陈璇有没有需要的。

陈璇"哟呵"一声："这就要搬过去了呀？进度挺快哈？"

再否认也就没什么必要，南夏说："还行。"

她边说边把买的对戒装进李箱里。

陈璇把她刚买的烤箱要走了，问用不用帮她搬家，南夏说不用。

两人又聊了会儿八卦，陈璇说听到消息，华羽跟平倬分手了。

南夏："你打哪儿来的这些不靠谱的消息？我刚帮平倬买完钻戒，他都打算求婚了。"

陈璇："啊？那这八卦也传得太不靠谱了吧，我就是听说华羽跟平倬分手了，在相亲。"

南夏："你这都八百年前的消息了。"

陈璇打趣道："那你呢？跟顾深打算什么时候结婚？"

南夏长叹了口气，一提这事儿她就头疼，还不知道该怎么跟南恺那个老顽固说。

"走着看吧，但我爸挺固执的。"南夏想了想，"要不我想办法把户口本偷回来？反正我还是中国国籍，应该有户口本和身份证就能领证吧？"

陈璇："不是我小看你，偷户口本这事儿你干得出来？"

南夏："你别说，还真有点儿想偷。"

挂掉跟陈璇的电话，收拾东西直到傍晚，南夏给顾深发了条微信：【今天收拾了一天东西，你呢？】

她抬头看了眼窗外金色的云霞，拍了张照片发过去，又说：【晚霞很好看。】

几分钟后，顾深回消息进来，他也拍了张晚霞照片。

【我这边的更好看。】

【等你过来。】

他今天也让阿姨整理了一天的东西，把他的衣服全挪到次卧，空出主卧大衣柜，又把卫生打扫了一遍。

只等南夏来。

Part 03

天气越来越冷，南夏穿了件挺厚的羊绒大衣。

她一进公司就受到不少关注的目光，被她尽数忽略。

刚坐下，苏甜就忍不住八卦："你跟 William Zhong 怎么回事呀？听说是他在追你呀？"

南夏好心提醒她："你下午是不是升设计师考核？"

苏甜一颗熊熊燃烧的八卦之心被完全浇灭，但她仍不死心。

"那等我考核过了，你再给我讲。"她把画稿递到南夏面前，"再帮我看看，最后一版了。"

南夏又帮她修了几个小地方。

苏甜跟她道谢。

隔着两排座位，南夏听见林曼曼一声冷笑，她没理，目光看向大会议室的方向。

门开着，这周一早上没有会，顾深应该是在办公室。

南夏乖巧地发了条微信过去报备行程【我到公司了，准备开始工作。】

顾：【嗯，好好帮我赚钱。】

因为苏甜下午要考核，午饭都只吃了两口就匆匆离开，把南夏和郑远留在那儿。

郑远看着南夏，说："你一直这么自律吗？我看你每天都吃鸡胸肉沙拉之类的。"

南夏："差不多。"

郑远夸赞道："那你真挺厉害的。"

南夏："从小习惯了。"

南夏平静地吃饭，没有接他话往下聊的意思。

郑远的心思她看得明白，他还没放弃跟她拉近关系，所以她觉得没什么好聊的。

郑远吃了口米饭，没忍住问道："听说 William Zhong 在追你，是真的吗？他是你说的你在追的那个人吗？"

南夏："不是。"

郑远沉默了，不知道该怎么往下聊。

她连 William Zhong 都能拒绝，她喜欢的人又得多厉害。

看出他情绪低落，南夏也没出声安慰。

下午两点，苏甜进了会议室考核。

四点，她从会议室冲出来，抱住南夏："啊啊啊！太好了，夏夏，我通过了！我终于通过了！"

三年的时间，考核数次，中间的心酸只有她才知道，她一下子没忍住，声音里带了点儿哽咽。

周围同事也都在跟她说恭喜。

南夏轻轻拍着她的背，扯了张纸巾递给她。

苏甜从南夏怀里出来，看着南夏笑，甜得像颗糖："对了，顾总还说我那件红色露背长裙设计得好看，说要打个版出来看看能不能当春夏。"

她说这话时，顾深恰好从另外一头走过来，他双手插兜，迈着两条大长腿。

南夏脸颊瞬间发烫。

苏甜说："夏夏，到时候打版出来，你穿一定美爆了。"

南夏有点儿为难："要不还是让模特儿穿吧。"

苏甜："不行，一定要你穿，这是我为你设计的。"

顾深从南夏面前经过，眼尾带着笑意和暧昧。

南夏硬着头皮说："那到时候再说。"

这周开始，就正式进入了春夏服装线设计周。

这次设计的结果会直接决定林曼曼升主设的考核，所以林曼曼分外认真，没什么空当再搭理南夏，只让她自己随便画点儿花样，可能是觉得数量难不倒她，这回都没规定她画多少。

南夏早画好了一套图出来，一共十二件，想着什么时候拿给林森看一眼。

邮箱里突然跳出来一封通知邮件。

内容是为了最大限度激发员工的灵感和活力，这次的春夏设计服装，无论助理还是设计师还是总监，都可以参加设计，设计方案匿名接受全公司员工的投票，上线的服装最后会在投票高的作品中产生。

苏甜一看到邮件就对南夏说："夏夏，你大展拳脚的时候到了。"

她压低声音,"这回看谁还能拦着你。"

最后一句话她压低声音没人听见,但"大展拳脚"那句不少人听见了,大家都抬眼往这边看。

毕竟南夏能跟 William Zhong 扯上关系,而且还是圣马丁毕业的,水平说不定还真的不错。

南夏没注意到众人的目光,只看着邮件微笑。

想都不用想,这是顾深特意为她改的。

她怕破坏规则,一直没想去找顾深,顾深干脆自己出来行动了。

南夏跟苏甜点点头:"你也加油,这可是你升设计师后的第一个设计。"

苏甜郑重点头。

南夏平时就有习惯记录灵感和素材。

从进了倾城开始,她就把倾城 My Lady 线这几年的设计风格和市面上同等价位竞争对手的设计风格全部研究过后,画了一套设计出来。

反正时间充裕,她打算再画两三套图,到时候挑满意的上交。

这邮件一出来不到半个小时,林曼曼突然喊南夏帮忙画素材。

这次主题规定得很仔细,要绿色图案和搭配花边,数量也没之前那么夸张,只各自要了十个。

林曼曼说完后,问道:"助理本来就应该帮设计师做事,有什么问题吗?"

南夏垂睫。

这人就是要消耗她的时间,不想让她把时间花在设计上。

林曼曼要的图案和花边她平时练笔时都有,南夏也懒得跟林曼曼多说,直接答应了。

设计师这片儿又开始有人加班。

一眼望去,起码三分之一的人还在,随着春夏设计截止日期的到来,加班的人只会越来越多。

南夏没打算加班,给顾深发了条微信说要回去收拾东西,然后打车走了。

她在小区附近的餐厅吃了饭,回去时又恰好碰见之前帮她搬东西的那个保安。

南夏突然觉得有点奇怪，感觉这个保安好像跟她照面有点多。

因为早上出门她会碰到他，晚上回来也会碰到，有时候下楼扔垃圾都会碰到。

但保安的微笑很善意，可能是巧合吧。

南夏点头回礼，心里还是觉得奇怪。

她这感觉一直持续到周三晚上。

这天，林曼曼让她加班画一个指定的花样，说等着急用。

南夏无法，只好加班帮林曼曼画，半个小时画出来后，林曼曼还让她改了三四遍才放她走。

到小区时已经接近晚上十一点。

她一进小区，就感觉好像有个身影一直在她背后跟着，一声声脚步声应和着她的，不紧不慢。

小区路灯稀疏地分布着，明暗交替。

花花草草的影子落在脚下，形状狰狞，莫名令人害怕。

夜风吹着，周遭安静得过分，只能偶尔听见一声猫叫，越发瘆人。

南夏一颗心都快跳出来，尽量平静地往前走着，给顾深拨了个电话。

顾深正好开车到南夏小区附近。

他今天没去公司，在这边谈一个商务置换，跟南夏几天没私下见面，他正想着过来见她。

顾深接起电话，声音愉悦："到家了？"

南夏声音比平时要大许多，也紧张许多："你东西落我这儿了，你还没走远吧？正好过来取一趟吗？"

顾深意识到不对劲，马上问："你在哪儿？"

南夏说："我刚进小区才走了几步路，那我在家里等你，你把车开我楼下就行。"

顾深："你开着手机，别挂。"

南夏深吸一口气，察觉到身后人的步伐突然加快，她也下意识加快速度。

身后传来个声音："南夏，是我，小区保安。"

他竟然知道她名字？

南夏更害怕了，干脆往前跑着。

保安直接追了上来。

男人步伐大，几秒钟就追上南夏。

保安拽住她的胳膊，带着看似善意的微笑："你别跑啊，我就是想认识你一下。"

已经被追上，南夏只能勉力稳住心神，把手机握在手里："是你啊，吓我一跳。"

保安说："你最近回来都挺早的，就今天回来这么晚啊。"

南夏表情僵硬："嗯。"

她感觉握着手机的指尖都在发颤。

保安微笑说："走吧，我送你回去。"

南夏："不用。"

保安："怕什么？我又不是坏人。"

他一动不动地看着南夏，突然装作很自来熟地伸手扯住她的胳膊："咱们留个微信吧，认识一下。"

他力道很大，扯得南夏胳膊上那块儿肉生疼。

南夏微笑："好。"

她蓦地用力甩开保安，飞似的往前跑。

保安以为她答应了，不妨她突然动作，竟然被她甩开。

保安突然着急，发狠追她："你别跑——"

南夏转弯时没留意脚下，被一块石头绊了下，跟跄几步，直接摔倒在地，包和手机也从手里飞了出去。

她抬头看了眼，几乎已经到楼下了，不过几步路。

顾深就算接到电话往这边赶也不会这么快，那么她也许只有大喊救命。

保安跑到她面前："不是，咱们都这么熟了，你怕什么？"

他伸手似乎想去扶她，方向却是想往她胸口摸。

南夏伸手打掉他的手，忍不住喊："你别过来——救命啊——"

保安阴着脸笑了下："别怕，我扶你起来。"

小区里有监控，他大约不敢真把她怎么着，但却是摆明了想占她便宜。

南夏膝盖和手掌疼得厉害，坐在地上往后挪了挪。

保安再次向她伸手。

南夏咬牙，手从身后摸了块碎石，在他有动作的瞬间朝他扔去。

保安倏地变脸，直接伸手过来拎她："你可真不识好人心，每天送你回来的男人都不一样，你在装什么？"

他几乎是拖着南夏往前走了两步。

南夏高喊救命，楼上有几户人家听见动静打开了窗户。

远处突然亮起晃眼的车灯，一辆车蓦地停下。

车灯灭了，只能看见道人影，看不清脸。

但不知为什么，南夏有种预感，这人是顾深。

他像是带着无边的怒气，直接走过来将保安整个人拎起来，给了好几拳后，将人扔在地上踢。

南夏立刻爬起来找到手机报了警。

等她跟接线员说完地址和情况，保安已经被打得滚在地上，毫无还手之力。

南夏认出了顾深。

她喊他："顾深——"

顾深又用力踹了保安两脚，才停下动作走到南夏跟前，把她紧紧搂在怀里："吓着没？"

···第六章···
罗密欧，朱丽叶

Part 01

顾深声音嘶哑，尾音颤抖，抱着南夏的手臂结实而有力。

怀抱是温暖熟悉的，闻到他身上这股淡淡的烟味儿，南夏原本紧张的神经略微放松下来。

她指尖还在后怕地轻颤，声音却稳了下来："我没事。"

她把脸贴在他胸口上，回抱住他的腰。

顾深问："摔着哪儿没？我看看。"

说着，他想带她去前面的路灯下。

南夏："没事儿，不疼。"

顾深也没强行带她过去。

楼上听见喊叫声和打斗声，有不少户都开了窗户往下看，还有二三楼的开窗问怎么回事儿。

南夏被占便宜这事儿顾深不想到处宣扬，他也没回应，只在原地抱着她，盯着那保安，等着警察来。

附近的警察十几分钟就到了，直接把人全带回警局录口供。

到了警局里灯亮的地方，顾深才看见那保安的脸——是他之前拜托去帮南夏搬东西那个。

顾深刚压下去的火气腾地冒起来，他浑身阴郁，右手紧握成拳，一拳砸在路过的办公桌上。

警察提醒他："给我老实点儿，这儿是警局。"

顾深微闭了双眼，强行按捺住心里的怒意："抱歉。"

他这拳真恨不得砸自己身上，恨自己当初为什么没直接下车帮南夏，如果他亲自帮忙，保安未必会注意到南夏，也未必会发生今晚这种事儿。

一想到南夏当时喊"救命"时声音里的惊恐和害怕，他就一阵后怕。

万一今晚他不在附近，她会遭遇什么？

南夏有些不解地看向顾深。

他刚才揍过那保安一顿后分明已经冷静下来，还一直耐心安慰她，包括在警车上时声音都是温和的，怎么会忽然全身戾气？

南夏伸出手，轻轻握了下他的手。

她的手是冰凉的。

被这凉意一激，顾深又冷静下来，转头看她。

她目光清澈，透出几分担心和安慰。

顾深摇头，回握了下她的手："没事。"

那头警察没忍住，敲了敲桌子提醒："这儿是警局！"

之后就是分开做笔录，顾深和南夏都拒绝调解。

警察让南夏去验伤，了解完过程后又提醒她："保安坚持说他只是想帮忙。你身上的伤你也说是你自己摔的，他掐你的部分也很容易解释成扶你时稍微用了点儿力，故意伤人够不上，性骚扰证据也不足，所以结果可能未必能如愿。"

而且那保安还反咬一口，说是顾深小题大做，吃醋故意打他，要求赔偿。

天色是黑的，现场监控完全看不清，保安身上的确有伤，所以警察也得暂时把顾深扣下。

顾深安抚南夏："没事儿，明天我就回去了，你打个电话让平倬来一趟，先送你回我那儿。"他顿了下，想起来一件事儿，"我那儿锁没录你指纹，要不先送你去陈璇那儿？"

他这会儿才顾上认真看她，看见她牛仔裤膝盖上摔破一个洞，半个裤脚都是土，散着的头发也微微有些凌乱。

她一直都是干净得一尘不染，他还是头一次见她这么狼狈。

他不由得更生气。

南夏一脸担心地看着顾深。

顾深声音软下来，哄她："乖，先回去等我。"

南夏给平倬打了个电话，平倬说马上到。

南夏忽然想起来最近总能碰见这保安，就把这事儿跟警察说了，警察带她重新补了笔录，说明天一早就去调小区录像。

补完笔录出来，顾深和那保安都不见了，不知被带到哪儿去了。

她就坐那儿等平倬来。

大约一个小时，平倬带着华羽到了。

他几步来到南夏面前，温声问："你没事儿吧？"

南夏很担心："我没事儿，但顾深他被扣了。"

平倬拍了拍她的肩膀："放心，这事儿交给我。"他上下扫她一眼，"你先跟华羽回去洗个澡换身衣服，本来顾深想让我送你去陈璇那儿，但太晚了就别再折腾另一个人起来了，你跟华羽回去吧，你们上次不是见过？"

南夏听到平倬这话就安心了几分，又知道自己留下来也帮不上什么忙，点头说："好。"

她视线转向华羽，打了个招呼。

华羽一看就是匆忙出来的，里面穿了件蓝色裙子，外头随意裹了件白羽绒服，没化妆，头发也没打理，鬈发就那么散着，脸色苍白，唇上也没什么血色，性感的气质却丝毫不减，一眼就能看出是个大美人。

平倬把钥匙扔给华羽："先带她回你那儿。"

华羽接住钥匙，看了眼南夏，面无表情："走吧。"

两人到了平倬车里。

华羽看都没看南夏，直接发动车子，打开空调，连寒暄也没有。

密闭的空间里安静得有些诡异。

南夏觉得华羽的态度有点不对劲。

她看向华羽。

可能因为她目光太直白，华羽无法忽略，也转头看了她一眼。

南夏微笑着说："不好意思，这么晚打扰你了。"

华羽声音发冷:"场面话就不必多说了。"

南夏想了想,以前在学校里跟华羽没什么交集,应该不至于得罪她,但她态度里明显是有敌意的。

她又是平倬女朋友,的确也是麻烦了人家。

既然搞不懂,南夏这会儿也就懒得猜了。

已经是夜里三点。

经历了这漫长而惊心动魄的一夜,南夏实在没心思下功夫跟华羽搞好关系,她就也没说话。

又沉默片刻,华羽突然开口:"你不问为什么这么晚我会跟平倬在一起?"

南夏一头雾水:"你们不是本来就在一起吗?"

华羽突然踩了刹车,车子在空旷的马路上蓦地停住。

南夏不防,身体被惯性往前一带,手往车前一按,碰到刚才摔在地上的伤口,疼得更厉害,她没忍住"嗌"了声。

华羽问:"你知道我们在一起?平倬跟你说的?"

南夏甩了甩手,看向她:"对啊。"

华羽不敢置信地看着南夏:"那你同意?"

南夏更莫名了:"这跟我有什么关系?"

华羽没说话,眼神却直勾勾地看着南夏,似是在观察她的表情。

南夏这会儿反应过来:"你不会是觉得我跟平倬在一起吧?"

华羽没应声,但表情已经回答了南夏。

南夏一脸蒙,哭笑不得,真不知道平倬这婚求了没,居然还能搞出这种误会。

她解释了下跟平倬的关系,还说自己喜欢的人是顾深。

华羽似乎还是不敢相信的模样,又问了几个问题,南夏一一解答。

两人就在路边聊了十几分钟。

华羽终于接受了这事实,仿佛清醒过来,语气里全是歉意:"不好意思,我还是先带你回去洗澡换衣服,然后我们再慢慢聊。"

到了华羽那儿,南夏一进门就看见客厅里乱成一团,毛毯和衣服撒了一地。

南夏还没见识过这种场面,脸瞬间红透了。

华羽也有点尴尬,说了句"不好意思",两三下把东西收走,给南夏拿来干净的睡衣,把她带去浴室,让她先洗澡。

看见她手上的伤口,华羽还给她找了双橡胶手套。

南夏微微躬身道谢,洗澡的时候还在想平倬这么正常一人,恋爱怎么谈的,居然能让华羽一直以为自己是第三者,她也是真服了。

洗完澡吹干头发已经快四点了,南夏从浴室出来,看见华羽从厨房端了碗汤出来。

她说:"折腾一晚上,我怕你饿了,做了个紫菜蛋花汤给你,我们都喝点儿暖一暖。"

她这回态度就称得上是热络了,跟刚才简直截然相反。

南夏自然不会拂她好意:"谢谢,我正好饿了。"

华羽前后端了两碗汤放餐桌上,又去找来碘酒和棉签:"对了,你手上的伤要先处理一下。"

南夏不喜欢碘酒,染得手上一堆难看的颜色,于是问:"有酒精吗?"

华羽:"没,酒精多疼啊!我不爱用。"

南夏:"那算了,这个染手上太丑了。"

华羽很认真地教育她:"不行,你这伤口必须消毒。"然后起身把南夏扯到旁边沙发上,强行给她上药。

这教育人的劲儿倒是跟平倬挺像。

毕竟是好意,南夏也没强行拒绝,等华羽把药上完道了句谢。

两人面对面坐餐桌上开始喝汤。

南夏没忍住问:"所以你一直以为……平倬跟我在一起?"

华羽点了下头。

虽然猜到了这结果,但南夏还是有些诧异。

没想到华羽这种级别的女神,居然能甘心当平倬的"第三者"。

南夏语气似褒似贬:"这我得给平倬点个赞。"

华羽"扑哧"笑了声,后知后觉地问:"对了,你今晚没事儿吧?他本来说让我安慰你的,我都忘了。"

当然不是忘了,是一见到平倬亲昵地拍南夏的肩膀,她压根儿没想安慰。

南夏没拆穿她，问："那你来的时候不知道平倬是来帮顾深的吗？"
华羽懊恼地说："我听见你的名字压根儿就没问，以为他来帮你的。"
南夏点头："那我也给你点个赞吧，你俩——绝配。"
华羽："再说我不给你汤喝了。"
南夏笑起来："行吧，我闭嘴。"

华羽为人直接大胆，南夏也简单幽默，两人解开误会后没一会儿就混熟了，还约着回头一起跳舞。

两人在一张床上躺着，聊着天儿，谁也没睡着。

早晨六点，南夏跟林森请了天假，说了被跟踪的事儿，林森还安慰了她一番。

大约七点的时候，平倬来了电话，说顾深出来了，两人正开车往这边来，大约半小时就到，让华羽送南夏下来。

华羽和南夏都立刻起床去洗漱。

华羽把化妆品往南夏面前推："你想用哪个随便用。"

南夏没有用别人化妆品的习惯，说："没关系，我平常不太化妆的。"

不上班的时候，她真不化。

华羽把防晒递给她："那你涂点儿防晒吧。"

两人收拾完，华羽打开衣柜，让南夏随便挑她的衣服穿。

两人个子相近，尺码应该差不多。

华羽衣柜里的衣服大多是夸张性感款，穿上就很勾火的那种。

南夏勉强找了件露单肩的白色毛衣和蓝厚牛仔裤，又拿了件姜黄色外套。

华羽说："不行。"

她直接挑了件深V黄色连衣裙递给南夏，说："你胸挺大的呀，穿这个肯定好看。"

南夏平常也就在顾深面前放得开，华羽她是真有点儿招架不住，她只好把顾深抬出来当借口："就我们家那位，不太喜欢我穿太暴露的衣服。"

华羽意味深长地"哦"了声，声音里透着点儿甜："平倬刚好相反呢。"

平倬打来电话说车到了楼下。

两人换好衣服下楼。

顾深和平倬一左一右靠在车门旁边抽烟。

他们俩抽烟也完全不是一个风格。

顾深姿态懒懒地靠在那儿，右手食指和大拇指掐着烟，漫不经心地吸了口，一身痞劲儿。

平倬就很斯斯文文地站那儿，拿烟的动作十分优雅。

一夜没见，顾深下巴上长出了一圈黑色细密的胡楂，那张不羁的脸上也添了点儿沧桑。

南夏鼻尖一酸，跑过去扑进顾深怀里。

顾深抱住她，把手里的烟往地上一扔，用脚踩灭。

他声音里透着肆意："这不没事儿。"

华羽还站在原地，看着平倬。

平倬也没动作，就那么看着她。

两人像是谁也没打算迈出这步。

华羽目光又转到南夏身上，几秒后，她走到平倬面前，主动伸手抱住了他的腰。

平倬也把烟掐了，低笑一声："今儿这么乖？跟人学的？"

顾深抱了南夏会儿想松手，南夏不肯，蹭着他脸上的胡楂儿。

他低笑了声："行了，回去再抱。"

南夏"哦"了声，恋恋不舍地放手。

那头华羽也从平倬怀里出来了。

平倬把钥匙扔给顾深："就不留你们了，下次有机会再聚。"

南夏把钥匙拿过来："我来开车吧。"

初冬清晨起了白雾，朦胧一片，挡风玻璃也像是被雾气盖住，变得模糊。

南夏打开车灯和雨刷。

这车南夏没见过，也不知道是顾深的还是平倬的，她也没问。

怕顾深昨晚没睡好，南夏让他在车上先眯会儿。

顾深说不用，把后来的事儿跟她说了。

应该是保安前后说辞不一被找出漏洞，所以警察直接把顾深放了，平倬也托人连夜调了小区的录像来警局，就只等最后结果。

回到繁悦，南夏先让顾深去洗澡，她进厨房弄了两个简单的三明治，热了两杯牛奶。

顾深洗完澡换了睡衣出来,头发还有点儿湿漉漉的。

南夏看他:"怎么没擦干头发?"

顾深吊儿郎当地看她:"懒得费这劲,屋里不是有暖气。"

这倒是没错,南城的暖气向来给得足,南夏这会儿都觉得热。

"那先吃东西吧。"

顾深坐下来,两三口把三明治吃完,喝掉牛奶。

南夏还没吃完,问他:"你昨晚是不是没睡好?要不要先睡会儿?"

顾深双手抱肩:"不急。"

南夏也没催他,快速把早餐吃完,准备去收拾盘子。

顾深说:"等会儿再去。"

南夏就没动作了。

顾深起身拉她的手:"来给我看看你的伤。"

昨晚到现在都是匆忙混乱的,顾深都没来得及仔细看她。

南夏说:"就手上蹭破点儿皮。"

顾深把她拉到沙发上坐下,拿起她手仔细看了会儿。

她的手很小,手指又细,十分好看,掌心的纹理无序地交错着,生命线最底下那块儿被涂了药,一片难看的深棕色。

南夏说:"华羽给我上过药了。"

顾深"嗯"了一声,把她的手放下,弯腰去掀她右腿裤脚。

南夏下意识往后一躲,稍稍按住小腿。

顾深:"躲什么?"

"腿也没事儿,也就稍微肿了点儿。"南夏不知道他怎么看出来的。

顾深:"给我看看。"

她刚开车的时候踩刹车一直不太稳,肯定是腿受伤了。

南夏没说话。

顾深一点点挽起她的裤腿,白皙而匀称的小腿慢慢露出来。

他左手掌打开,托在她小腿肚子上,把裤腿一直褪到她膝盖处。

南夏觉得他掌心的热度好似传到了她小腿肌肤上,滚烫得厉害。

顾深呼吸也慢了几分,只觉得她小腿勾人。

他稳住心神,去看她的膝盖。

果然又红又肿,还好没破皮。

顾深说:"衣柜里有睡裙,去换上,我找个冰袋给你。"

穿着裤子冷敷不太舒服。

南夏老老实实进了主卧,打开衣柜。

一半是空的,另外一半是他给她添的衣服。

南夏找到件长袖睡裙换上。

顾深敲门,南夏让他进来。

顾深手上拿着冰袋,让她躺下,把睡裙掀到膝盖上两寸,把冰袋搁她右腿膝盖上。

"二十分钟就行,晚上再敷一次。"

南夏说:"好。"

顾深看她:"那我去睡会儿了。"

他目光深邃,眼里有些倦意,直直对上她一双明眸。

南夏的心仿佛漏跳一拍,想再跟他说点儿什么,又怕影响他睡觉,只微微点了点头。

顾深似是看透她的心思,笑了声,坐在床边抬手把她揽在怀里:"是不是想抱我?"

南夏两只手环在他腰上,在他耳边小声说:"刚才你明明说了要回来抱。"

他笑意更深,手指摩挲着她的黑发,低声道:"那你怎么不来抱?又没拦着你。"

南夏微微咬唇,听着他的心跳声,说:"我怕耽误你睡觉嘛。"声音软软的,带着点撒娇的意味。

顾深低头亲了亲她的头发,含笑说:"是挺耽误。"

窗外灰蒙蒙一片,是阴天。

屋里没开窗,暖气给得足,南夏背上都透了层细密的汗。

他的唇落在她头发上,还有绵密的气息。

南夏没敢再说话。

顾深就这么抱了她好一会儿,说:"这回我真去睡了,你也睡会儿,昨晚肯定没休息好。"

他猜也能猜到。

南夏说："好。"

顾深走出去，把门带上。

南夏听见他脚步声越来越远，然后传来次卧的关门声，之后就再也听不到什么了。

她之前惊魂未定，这会儿终于完全缓过来了。

一夜没睡，身体的确已经累到极点，但不知道为什么，她闭上眼却怎么也睡不着，精神还处在一种极度亢奋的状态中。

尝试了一会儿后，发现的确睡不着，南夏也没勉强自己。

她起来把冰袋重新放进冰箱，在客厅里安静地打开个软件看3D画展，看见苏甜给她发来的微信消息。

【夏夏，你记得公司发布会那件红格子西装吗？】

【那么好看竟然是抄袭来的！】

帖子是从某个八卦小组发散的，细数了倾城这些年的抄袭历史。

因为小组人不算多，目前新闻还没在各大平台大面积发散。

南夏点开帖子。

这人应该是对倾城十分了解，竟然还点出了My Lady线自从换总监后就杜绝了抄袭，但其他线还是恶行不改。

南夏手往下滑，把帖子看完，刚要放下手机，突然听见开门声。

顾深从次卧走出来。

南夏问："他们把你喊起来了吗？"

顾深往这边走："什么？"

南夏把手机递给他："我还以为，是公司的人喊你公关。"

顾深快速往下扫了眼，把手机扔一边儿："这事儿我才不管，他们自己闯的祸自己兜，怎么跟老头儿说他都不听。"

南夏点点头，也没理这事儿，问："那你怎么就起来了？"

"睡不着。"

顾深说这话时漫不经心地看着她。

南夏犹豫片刻："那——"

没等她说完，顾深打断她的话，很随意地说："反正也睡不着，不如帮你把东西搬过来？"

南夏稍怔。

顾深:"那破地方,我是不放心让你住了。"

停顿两秒,南夏点头说:"好。"

顾深起身催她:"去换衣服。"

他打电话给司机,让司机一起来帮忙。

过去的路上,于钱恰好给顾深打来电话:"我刚听平倬说这事儿,我姐怎么样了?没受伤吧?"

顾深说没,简单把事情讲了下,还说正要帮南夏去搬家。

于钱:"我正好没事儿,我也来,我也来。"

他热情得不行。

顾深随他去了,把地址发给他。

两人到南夏楼下时,于钱已经等了一会儿,看见他俩过来立刻跟他们打招呼:"顾深。姐,你没事儿就好,吓死我了。"

他乐呵呵地看了眼南夏挽在顾深胳膊上的手,说:"我是不是得叫回嫂子了?"

顾深笑了声,似是默认。

南夏纠正他:"还不行。"她很认真地说,"我们还没复合。"

于钱一愣。

顾深挑了下眉。

南夏又解释道:"我还没追上他呢。"

于钱"呸"了一声,骂顾深:"你可真不要脸。"

顾深双手一摊:"我这也是没办法,是她非要追我的。"

南夏点头,似是给他这话做证。

于钱才不信,又骂他:"太不要脸了。"

话虽然这么说,于钱也明白这是两人之间的小情趣,毕竟南夏人都要搬过去住了。

他就直接改了口,叫南夏"嫂子"。

房间里的东西早在前几天就打包整齐。

她东西不多,顾深、于钱,再加上司机,两趟就搬完了。

还剩陈璇要的厨具,于钱说他帮着送一趟。

把东西搬回繁悦已经下午四点了,路上来回就耽误两个多小时。

回来后有个阿姨在屋里等着帮南夏收拾东西，顾深说是他叫来帮忙的。

阿姨面目慈祥，很积极地去拿南夏脚边的箱子："我先帮您收拾这个？"

南夏制止道："别动——"

她声音过高，阿姨吓了一跳，立刻收手，生怕自己做错了事儿。

南夏立刻说："您别误会，我的东西都习惯自己收。"

这箱子里可放了她特意给顾深买的戒指。

阿姨有些局促不安，尴尬地笑笑，点头说："好。"

南夏能理解阿姨的心情，便主动给阿姨安排活儿："要不您帮我们做顿饭吧，东西我自己来收就可以了。"

她声音温柔好听，表情也和善，阿姨顿时松了口气，点头说："好。"

顾深笑着说："您别害怕，她很好相处的，没有恶意。"

阿姨说："不会。"连忙进了厨房。

厨房玻璃门被关上。

顾深扫了眼南夏脚边的箱子，觉得她刚才的反应过于大惊小怪，于是含笑问："箱子里装了什么好东西？这么宝贝？"

南夏心突突地跳，说："就是一些女生的东西。"

顾深信了，就没再追问："那我是不是也得回避？"

南夏点头："要的。"

顾深帮她把东西搬进主卧，留她一个人在里头慢慢收拾。

收拾到一半，顾深喊她吃饭。

阿姨做好饭就走了，只剩他们两人。

四菜一汤，很丰盛。

吃完饭后顾深主动去洗碗，南夏接着进去收拾东西。

两箱衣服，两箱杂物，一共四个箱子，她收拾了差不多四个小时。

顾深在客厅都等得有点儿不耐烦了，看了眼表，快晚上十点了，便敲门进来："还没收拾完？"

南夏恰好在藏那个戒指袋子，被他吓了一跳："你先出去——"

她表情里带着惊慌，像是他戳破了她什么秘密。

顾深怕她手里拿的是女生的私密东西，立刻尴尬地退了出去。

南夏松了口气，把戒指袋子藏在衣柜最里头的角落里，把空箱子推出去，放到另外一个不常用的客厅的储物柜里。

一切收拾好后，她才回到客厅里。

顾深倒了杯水给她。

南夏喝了几口，想起顾深刚才的不耐烦，忍不住说："我才刚搬进来，你怎么这么没耐心？"

他以前不这样。

有次他们约会，她因为南恺突然查她功课晚了两个多小时，当时他就等了她两个多小时，一句话都没多说，连她道歉时他还在哄她说没事儿。

今天怎么这么反常？

顾深等她喝完水，把她手上的空玻璃杯放茶几上，伸手轻轻握住她下巴尖儿，视线落在她脸上："不高兴了？"

南夏："哼。"

顾深知道她没真生气，还是放软了声音哄她："我这不等急了。"

南夏看着他，仍然不大乐意："你有什么可急的？"

顾深把她拉起来："过来。"

南夏不知道他要带她去哪儿，跟着他走到门口，看见他打开门。

南夏不解："去哪儿？"

顾深轻笑了声，把她拉出来，在指纹锁上设置了下，从背后用一条胳膊环住她的腰，另一只手握着她的食指，往指纹锁上按。

他的声音在她耳边响起，低沉而缱绻："迫不及待地，想让你顺利进这个家门。"

他一语双关，温热的气息落在她耳边，激起一阵痒意。

南夏没忍住轻颤了下，双颊发烫，任由他抓着她的指尖，把指纹录进去。

一切就绪后，顾深把门关上："试试。"

南夏把手指按上去，清脆的一声响，锁开了。

顾深这回双手都环着她腰，在她背后说："总算是把你等来了。"

南夏心头一酸，"嗯"了声，说："那我们回家吧。"

顾深喜欢她这用词，直接把她抱怀里："好。"

南夏勾住他的脖子，把头埋在他肩上。

顾深把南夏搁沙发上,随后在她身边坐下,笑了声:"你说说,这到底是我追你呢,还是你追我?脾气这么大。"

南夏不承认:"我哪有发脾气,顶多算是态度不好。"她还补充了句,"而且明明是你先态度不好的。"

顾深"啧"了一声:"还挺理直气壮。"

南夏给他戴高帽:"那是因为你讲道理嘛。"

她双眼跟小鹿似的看他,巴掌大小的脸清纯又无辜,语气里还带着撒娇。

顾深最吃她这套,嗤笑了声,伸手轻轻点了下她鼻尖。

两人算是正式同居。

虽然之前也在一个屋里相处过,但毕竟跟同居的差别还是有点儿大。

顾深问:"你有没有什么习惯不能忍的?先跟我打个招呼。"

他生怕她住得不舒服。

南夏似乎是在思考,没及时回答。

顾深提醒她:"比如不许我碰你东西、进你房间要先敲门之类的。"

南夏想了想:"没。"

她觉得他随时都能进来。

顾深手臂松松垮垮地搭在她肩上:"真没?那我刚才推门进去的时候,你紧张什么?"

停顿几秒,南夏说:"那就——你给我两周时间习惯,我习惯了,应该就好了。"

她看着顾深补充:"我没故意不让你进来。"

她声音软软的,眼神含羞带怯,像是被他欺负了似的。

顾深笑意更深:"行,给你两月都行。"

南夏连忙说:"不用那么久的。"

顾深看着她这副样子,喜欢得不行,把她捞进怀里,低声说:"你怎么这么乖?"

南夏没说话,就在他怀里抬眸看他,细长的眼睫毛微卷,好看得厉害。

顾深没忍住,就这么亲了下来。

他的唇略微有点凉意,软软地贴在她唇上。

南夏躺在他怀里,仰头回应他的吻。

两人呼吸交融在一起，清淡的薄荷香在唇间漫开。

他亲得很有耐心，含住她的唇珠，慢慢吸吮，舌尖一点点温柔地往里探。

她抬手缠住他的脖子，把他往下带。

他舌尖缠住了她的。

南夏被他亲得意乱情迷，脑海里莫名想起华羽家那个拆开掉落在地上的套，瞬间全身滚烫起来。

察觉到她的变化，顾深起身摸了摸的脸，说："怎么突然这么烫？别是发烧了。"

南夏小声说："没。"

顾深用额头碰了碰她的："额头是不烧。"他反应过来，语气里带了点儿戏谑，"那是被我亲的？"

南夏从他怀里挣扎着起来："我困了。"

顾深按住她的肩膀："好了，不逗你，再陪我一会儿？"

南夏勉强点头。

两人又聊了会儿别的，看顾深的确没再提刚才的事儿，南夏放下心来。

平倬突然打来了电话给南夏。

这么晚打过来，南夏一猜就跟华羽有关，她马上接起来。

平倬声音里全是躁意："夏夏，你跟华羽聊什么了？"

南夏问："出什么事了吗？"

平倬："她就是一直哭，还从没这样儿过。"

南夏了然，跟他说："你别担心，她应该是太高兴了。"

平倬："什么？"

南夏把事情简单跟他解释了，然后说："我觉得你平常是不是都不跟她沟通的啊？她为什么能觉得自己当了这么多年的……小三？"

平倬简直觉得不可思议。

南夏说："总之，你要好好对她才行，你想想在这种情况下，人还跟你这么长时间。"

平倬沉声："知道了。"

他很快挂断电话。

顾深听完全程，也没忍住挤对："平倬这恋爱谈得高端啊，整天装得跟个王者似的，原来就一青铜。"

南夏翻了个白眼。

Part 02

第二天上班的时候，为了避嫌，南夏和顾深是分开走的。

两人前后脚进了公司，在电梯里还打了个照面。

顾深就站在南夏身后。

电梯四面都是干净明亮的镜面，南夏能清楚地看到顾深的视线一直落在她脸上，带着慵懒的笑意。

她垂睫，电梯门一开她就先快步走了出去，到了工位，打开电脑，平复心情。

顾深双手插兜，慢悠悠地往这边走，视线落在她脸上，觉得她这表情跟当初半夜从别墅里偷跑出来跟他约会的表情一模一样。

他低笑了声，极低极低的一声，恰好经过南夏面前时发了出来，落到她耳朵里。

南夏没敢看他，打开邮箱，掩饰自己的不自在。

苏甜很关心地问："你没事吧，夏夏？太可怕了，我们都听林总监说了，你怎么不多休息几天？"

顾深人影已经没了。

南夏松了口气，说："没事儿，幸好我男神及时赶到救了我。"

苏甜心情瞬间从担心转到八卦："那你跟男神不是……"

南夏"嗯"了声，似是默认。

苏甜："太好了！我赶紧跟制版师联系打版细节，衣服你得赶快在男神面前穿起来。"

南夏本来想说不着急，但想了想下周日就是顾深生日，时间挺紧张的，就跟苏甜说："那麻烦你了，我中午请你吃饭吧。"

午饭的时候，南夏跟苏甜在附近找了家云南餐厅。

她们来得晚，人不算多，也挺安静。

苏甜说："你帮了我这么大忙，这顿必须我请你，别跟我抢。"

南夏微笑着看她："你就别跟我客气了，我还有事要请你帮忙呢。"

苏甜对八卦特敏感："是不是关于你男神的事？"

南夏点头:"下周日他要过生日了,我买了个礼物给他,在想要怎么送。"

苏甜给她出主意:"你可以搞个解谜游戏,就是弄很多线索,提示他礼物在哪里,让他找。"

南夏怕顾深没这耐心。

苏甜又一连提了几个主意:烛光晚宴、摆玫瑰什么的。

南夏都觉得不太合适,听着都像男生给女生表白准备的东西,最后,她点头说:"我再好好想想。"

苏甜又道:"我一定把那件露背裙打版在周五前弄出来,你到时候约会穿着去。"

回到办公室,林曼曼给南夏布置了新的任务,让她细化线稿。

这算是个挺吃水准的工作,林曼曼能让她做这个她还挺惊讶。

转头一想,她又觉得可能林曼曼纯粹想压榨她的工作时间,不想让她画设计图。

她没说什么,点头应了。

细化线稿南夏十二岁就开始做了,不过一小时就画好,但她没那么快,而是又画了会儿设计图,临下班时才把画稿从邮箱里发给林曼曼,然后问顾深:【你今天要加班吗?】

顾深回道:【不用,十分钟,你在B2等我。】

这就是让她坐他车一起走的意思。

B2开车的同事也挺多,南夏没那胆子,说自己已经打到车了,就先下楼跑了。

回去的路上,她翻着iPad里的设计稿,暂时看不出什么问题,决定先换换脑子,明天再看。

她就又琢磨起了顾深过生日这事儿,想了想,还是发了条微信给华羽。

两人那晚聊得挺好,华羽主动加了她微信。

她这么一问,华羽很激动地约她一起逛街吃晚饭详细聊。

南夏也没什么事,给顾深发微信说了声,直接让司机改了目的地。

两人约在一个商场。

华羽穿着黄色大长裙,披了个白色外套,站在一家蓝色广告牌的店前跟南夏挥手。

南夏一进来，华羽就看见她了。

那张初恋脸太过清纯，乌黑的长发垂至腰间，肌肤白皙透嫩，跟剥了壳儿的鸡蛋似的，美得让人挪不开眼，所以华羽才会这么多年把南夏当成竞争对手。

误会一破解，华羽立刻就想跟南夏修补关系。

南夏走过来，华羽主动挽住她的胳膊，问："你饿不饿？"

南夏："我一般不太吃晚饭的。"

华羽："正好，我也不吃。"她压低声音，神神秘秘地说，"那我先带你去买个东西。"

南夏觉得华羽追了平倬这么多年，应该经验丰富，很期待地跟着她走。

两人一个清纯优雅，一个性感风情，五官又都极为出色，路过之处吸引了不少人看过来。

两人也习以为常，直接把这些目光忽略。

华羽把南夏带进一家内衣店。

南夏顿住脚步。

华羽推她："别害羞呀，都是成年人。"

话倒是也没错。

反正来都来了，南夏尽量没想乱七八糟的事，跟在华羽身后到处看，也实在觉得大开眼界了。

华羽给她挑了两套性感内衣，几乎是完全透明的。

华羽暧昧地看她一眼："这个料子特别舒服。"

南夏顿时明白，华羽跟平倬早就领先好几个段位了。

她只好摇摇头，说："就是……我们还没到这种地步。"

华羽惊了："是你不许……吗？"

她尽量问得委婉。

顾深那么风流不羁一人，跟南夏在大学里缠了那么些年，这又复合住一起，居然还能忍着不碰南夏？

她只能想到这一个原因。

南夏脸红了："不是。"

华羽更惊了。

顾深那人一看就荷尔蒙爆棚，南夏没拦着他，他竟然还能不碰她？

南夏说:"他应该……怕吓着我。"

"这都多久了还怕吓着你?他还挺规矩。"华羽倒像是比他俩还急,"你们不是住一起了吗?"

南夏"嗯"了声:"现在暂时是分房间睡的。"

华羽竖起大拇指:"这回轮到我给你俩点赞。"

没想到被赞回来,南夏没忍住笑了:"就……顺其自然吧。"

她没排斥这种事儿,但顾深一直很克制,也尊重她,她也没觉得这事儿非得立刻马上,反正早晚总会有的。

华羽还是坚持把那两件内衣给南夏买了,说她早晚用得上,还说是为以前的误会跟她道歉。

南夏不想让华羽有心理负担,把礼物收了,说:"那我回头设计件衣服给你当回礼吧。"

她体贴人的心思华羽一下就明白了,怪不得这么多人喜欢她。

华羽笑着说:"那我可占大便宜了。"

临走时,华羽还是没忍住提醒南夏:"夏夏,你有没有想过,可能你这样子,就容易让人不太敢碰你。"

南夏狐疑地看着她。

华羽稍顿,说:"就是,你太纯了你知道吗?碰一下就觉得是在亵渎你。"

这话于钱也跟南夏说过。

华羽说:"我觉得,你如果不排斥他的话,你可能得传递个信息,让他知道,不然的话他可能……"

南夏抿唇,一脸清纯,细声说:"他应该知道,他有亲我的。"停顿几秒,她补了句,"你的意思我懂了,我会看着办的。"

华羽:"行,那我也就不多说了。"

南夏拎着袋子回到繁悦,用指纹按开门,刚一进去,就撞见顾深从浴室出来。

他上身光着,底下松松散散围了条浴巾,皮肤颜色是健康的小麦色,胸膛的肌肉线条清晰而分明,短发湿漉漉的,几颗水珠顺着发尖滚落到胸前,在重力的作用下在肌肤上划出一道水渍。

他对上她的视线，双眸漆黑，微抿了下唇。

短暂的一秒像是被拉得无限漫长，客厅里安静得落针可闻。

南夏还是第一次看到顾深在她面前裸露上半身。

从她这角度，可以清晰地捕捉到他略微僵硬的唇线。

南夏耳根发烫，很短暂地跟他对视了下，迅速挪开眼，留下句"我先去放东西"就溜进房间，关上门。

背靠在门口，南夏按着胸口"扑通扑通"跳得猛烈的心脏，好一会儿没缓过神。

虽然已经抱过他很多次，每次都能触摸到他胸前和腰间的肌肉，但完全没有这一眼看上去直观和触动大。

他肌肤还是匀称的小麦色，真是性感得要命。

脑海里刚才那个画面像是定格似的，挥之不去。

直到几分钟后，顾深过来敲她门。

他声音平静："出来洗澡了。"

南夏这才答应一声，想起手上的袋子，拿出来往衣柜抽屉里收。

刚看了那画面，这内衣拿在手里都觉得烫手。

南夏飞速把内衣放进抽屉，用冰凉的手背冰了下双颊，才打开门走了出去。

顾深这会儿已经穿回平时的长款睡衣，正在倒水，听到声音撩起眼皮看了她一会儿，似乎是在打量她的神色。

南夏手里抱着长款睡衣，指了下浴室："那我，先去洗澡。"

顾深"嗯"了声。

热水从头上浇下来，南夏伸手把温度调低了点儿。

既然已经同居，他这房子又是两室两厅，就这么一间浴室，将来这种情况大约也不可避免地会碰到。

她应该不用太紧张，早点习以为常吧，而且看他的表情，挺淡定的。

更何况，男生光着膀子，也是个挺正常的事儿。

南夏安慰了自己好一会儿，调整好心态，吹干头发后，为了避免尴尬，还是把胸衣先穿上，然后才穿了长款睡衣，慢吞吞地走出去。

客厅电视里播着电竞比赛，解说的声音激情澎湃。

顾深面无表情地瘫在沙发上，听到声音，目光转向她。

南夏穿了件淡蓝色的纯色长款睡衣，顺滑乌黑的长发散在一边儿，没化妆的脸显得更纯，脚上穿着拖鞋，露出嫩白的脚趾。

顾深挺直身躯，坐姿规矩几分，拍了拍旁边的空位："坐这儿。"

南夏慢慢挪过去坐下。

黑色茶几上已经给她倒好了一杯水。

顾深把电视机声音调得小了点儿，他似乎有什么想说的，但没立刻开口。

停顿几秒，他缓缓开口："我没想到你突然回来，刚才是我考虑不周，下次我会注意。"

他表情认真，边说边打量她的神色，似乎是生怕刚才他的举动吓着她。

这突如其来的道歉，让南夏想起了华羽说的话。

顾深一直没跟她进一步，该不会真是她的原因吧？

她给了他一种，他不能碰她的感觉？

应该不能吧？她亲他的时候也挺主动的呀。

顾深轻轻抿了下唇，似乎有点紧张地等她回应。

南夏决定按照华羽说的，给他释放点儿信号，让他不用这么小心翼翼。

南夏装作自然地拿起玻璃杯喝了口水："不会啊，这是你家，你可以自由一点的。"

顾深眉心微动。

南夏又补了句："就是，我也不希望我的到来，让你觉得反而不自在了。刚才也……没什么的。"

听到她这回答，顾深笑了声。

他吊儿郎当地说："行，懂了。"

他笑声里的戏谑过于明显，南夏没敢看他，把目光转向电视。

里头在播电竞联赛，她完全看不懂，于是问："能换个频道吗？"

顾深把遥控器递给她，把投屏退了。

南夏随便点了个动物纪录片。

顾深的视线还停留在她脸上，散漫道："这事儿说完了，说点儿别的。"

他手指在面前的茶几上敲了两下，一副找她算账的样子。

南夏："怎么了？"

顾深扫她一眼:"才过来住了几天,就开始抛下我在外头浪了?"

南夏一愣。

顾深的语气像个怨妇:"你是不是忘了你来这儿是干什么的了?还是你觉得……我已经唾手可得了?"

南夏赶紧说:"没,我觉得你好难追。"

顾深用"你哄小孩儿呢"的眼神看着她。

南夏解释:"我哪有在外面浪,只是跟华羽吃了顿饭,顺便买了点东西而已。而且我也是为了跟华羽请教一下,应该怎么追人。"

她模样挺乖。

顾深来了兴致:"哦,那你都学到什么了?"

南夏沉默了,刚才急着解释完全忘了这茬儿,现在该怎么说?

"也没什么。"她决定把锅全推给华羽,"就是送玫瑰什么的,都太土了,怪不得追平倬那么久没追上。"

顾深一听就知道南夏在撒谎,偏她一张脸正经得很,让他挑不出错。

也不知道她到底跟华羽密谋了什么。

不过他生日快到了,他隐约也猜到了她想给他个生日惊喜。

顾深就没往深追究这事儿,把她往怀里一拽。

她身躯又香又软,贴在他身上。

顾深闻着她发间的香气,说:"以后超过十点回来就给我打电话,我去接你,知道吗?"

经过上次她被骚扰的事儿,顾深算是有些后怕。

今晚要不是她一直在给他发微信,他都打算直接出门接她了。

南夏很顺从地点头:"好。"

顾深亲了亲她的额头:"去睡吧。"

他对她还是跟以前一样,没什么特别过分的动作。

南夏也回亲了他脸颊一下,轻声说:"晚安。"

这一周的工作都在忙碌中进行。

两周后就是上交春夏设计稿的时间,设计师组的人又进入了加班常态。

林曼曼几乎是固定每天让南夏帮她细化两三个线稿,幸好南夏画工扎实，动作又快，不然真没时间画自己的设计稿。

忙碌的一周终于过去。

周五，南夏先到家，进厨房做晚餐。

顾深不到十分钟也回来了，一进门就听到厨房的动静，他差点习惯性以为是阿姨，然后就看到南夏探出她那张清纯的瓜子脸。

"回来啦？"

她声音大部分都被抽油烟机的轰隆声挡住了，顾深隐约猜到是这句话。

他换了鞋，直接进了厨房："有什么要帮忙的？"

"那你帮我把菜端出去吧。"南夏关了抽油烟机，声音清亮。

她蒸了条鲈鱼，炒了个西蓝花，拌了个拍黄瓜，还有一个鸡蛋羹。

顾深一一把菜端出去，心里有点儿暖，觉得真住一起很多事情还是不一样。

以前完全没想过，下班回家后能见到她，还能吃到她做的饭菜。

两人在餐桌边坐下。

南夏还戴着围裙，额头上沁着一层细密的汗珠。

顾深起身过去帮她把围裙摘了，扯了张纸巾帮她擦汗。

南夏往椅背上一靠，仰头看他。

擦完汗，顾深把纸巾扔进垃圾桶，把围裙放回厨房，走过来从椅背后环住她。

"饭以后让阿姨来做就行了，真当我是来让你追我的？"

那不就是句玩笑话。

南夏看出他心疼她，握住他的双手："我想做饭给你吃嘛，而且我今天不累，这几个菜都很简单的，我才弄了不到四十分钟。"

顾深吻了吻她的额头："以后偶尔弄就行。"

南夏点头："好。"

吃饭时，南夏问顾深周日有没有安排。

周日是他生日。

顾深早等着这天，已经把所有安排都推了。

南夏看着他，双眼像一泓清水："那你能不能骑机车带我去兜个风？"

他好久没载过她了，她很怀念当时坐在他怀里，追赶夕阳被风吹的感觉。
顾深目光深邃:"行是行,但是你得穿厚点儿,这会儿天气有点冷。"
已经进入十二月,都立冬了。
南夏愉悦地点头。
顾深问她:"想去哪儿?"
南夏抬眼看他:"哪儿都行,反正天涯海角,我都跟着你。"
顾深勾唇笑了声:"你今儿怎么这么甜?"

周六把准备工作做好,周日一早吃完早餐,顾深就带着南夏出了门。
黑色机车停在地下车库,跟以前那辆标志完全不同。
南夏问:"你换车了啊?"
顾深"嗯"了声:"原来那辆早坏了。"
分手那天坏的。
雨太大直接把发动机毁了,电池也短路了。
那天他心情极差,只顾着在雨里骑车狂奔,什么也没管。
但这事儿没必要让南夏知道。
过了这么长时间,坏了也正常,只是南夏觉得有点儿遗憾,毕竟那是顾深的第一辆机车,还是她坐过的。
顾深先把头盔给南夏戴好,再自己坐上去,跟以前一样把她抱起来坐在前头。
他磁性的声音从耳机里传出来:"走了。"
南夏说:"好。"
出小区时顾深骑得很慢,一旦上了马路,机车就风驰电掣般跑了起来。
现在正是清晨,马路上车不算多,但也不少。
寒冷的风从耳边掠过,光线从东方亮起来。
他压低身子,前胸紧紧贴着她的后背,炙热的温度。
前头有辆黑色比亚迪,顾深轻而易举地超过,还比了个耶的手势。
南夏从后视镜里看见,忍不住微笑起来。
她知道这手势是比给她的。

大学里两人发生了一次交集后,南夏回送了顾深钥匙扣,那之后有阵子他们都没再有交集，只是各自能从周围人口中听到点儿对方的消息，偶尔能在校园里碰个面，也不打招呼。

直到那次南夏回家。

南恺照例派了方伯接她，她也在十点准时来到校门口，跟平常一样正准备上车，却忽然听见一阵口哨声。

南夏抬头看向马路对面，晦暗不明的夜色下闪着几个猩红的小点。

七八辆机车停在路边，阴影里围了几个男生嘻嘻笑骂着。

不知谁说了句："那应该是南夏，家里每天都来接的。"

声音传到马路这边，方伯警惕性很高，催她上车。

南夏坐上车，隔着车窗玻璃看着他们。

方伯问："小姐，学校里没人骚扰你吧？"

南夏让他放心，说没有。

方伯点点头，嘱咐她千万小心，然后发动了车子。

那群人开始在窗外倒退。

南夏盯着那群人看。

有个男生被围在中间，夜色把他的脸笼罩住了。

她看见他懒散随意地靠在身后那辆机车上，大拇指和食指中间有一点猩红，整个人都散发着痞劲儿，收都收不住的那种。

他仿佛察觉到她的目光，漫不经心地往这边扫了眼。

不知道为什么，南夏有种强烈的感觉，这人是顾深。

但她也只是那么隔着车窗看了一眼。

跟往常一样，她在车上随手画点儿线稿，却忽地听见车窗外响亮的喇叭声，像商量好了似的，一个接一个，一共响了十来声，像是挑衅，更像是调戏。

她往外看。

一辆辆机车呼啸而过，很快超过了方伯的车。

方伯没忍住："这群人也太疯了。"

南夏打心眼儿里羡慕他们，但她没敢说，只低低"嗯"了声。

又隔了几天，她回家时，直接在校门口看见了顾深。

一辆机车停在他身后，他像是很漫不经心地撩起眼皮，看了她一眼。

他完全没避讳她，就那么直白地看着她。

南夏下意识望了眼对面，还是有七八辆机车，不知道为什么，今天只有他一个人在这边。

她没敢多停留，径直上了车。

关门前，她听见对面有个女生喊他："顾深，还不过来，准备出发了。"这车队似乎改了路线。

因为上次他们很快超过南夏的车后就不见影儿了，但这回却跟他们并行了一半的路程，而且全程压着她的车跑，但又没甩开她的车，跟护航似的。

终于到了一处分岔路，机车一辆辆转弯，跟她走了相反的道路。

最后一辆机车经过时，仍旧给她比了个手势。

方伯一开始对这件事很紧张，后来他发现一个月都这样，也就逐渐放下心了，只不过稍微吐槽下这群人开车疯。

南夏却渐渐地感觉到了一点不太一样的东西，比如几乎每天她回家的时候，顾深都站在那儿毫不掩饰地看她，摆明了告诉她对她有兴趣。

南夏一直都是听南恺话的乖乖女，她没打算谈恋爱，也没打算理顾深。

大约又过了一阵子，顾深突然出现在课堂上。

教室里的女生简直都沸腾了。

顾深吊儿郎当地走进来，手里的书还是崭新的。

他目光扫了南夏一眼，像是随手选了个座位："坐那儿吧，靠窗户敞亮。"

他在南夏身后隔了三排的位置坐下。

平倬和于钱他们也跟着坐下。

陈璇戳了戳南夏："今儿什么风啊？能把这尊大佛吹来？"

南夏垂眸说不知道，但潜意识总觉得，顾深是为她来的。

他这人太过危险，也太过肆意，南夏没回头都觉得颈后发烫，仿佛有灼热的目光一直盯着她。

但这堂课并没发生什么，他也像是没打算对她怎么着，就只是来上了堂课。

以后接下来一周都是这样，他就坐在离她不太远的座位上，倒也没什么动作。

南夏也就慢慢怀疑可能是自作多情了，但又解释不通为什么自己总撞上顾深的目光。

班里的人也以为顾深转了性。而因为他开始按时上课，系里不少逃课的女生也开始来上课，还有不少外系女生蹭课，每节课的人也越来越多。

南夏每次来教室上课都很早，但她喜欢坐靠窗的中前排。

有天于钱先进来，直接坐到了她身后。

没一会儿顾深和平倬也进来了，于钱跟他们招手："这儿。"

顾深懒散地走进来，终于坐到了她身后。

陈璇又戳她胳膊。

南夏没应声。

这应该挺明显的了。

这回不止陈璇，其他人也看出来了顾深对南夏有意思，因为快一个月了，他总坐她附近。

南夏生怕顾深招惹她，连课都没上好。

一下课，陈璇就说："我觉得顾深应该是看上你了。"

南夏说："应该不是。"

但她心里也不太确定，只是觉得不安。

下次上课时，顾深又退了点儿距离，隔了两排跟她坐。

除此之外，他也没别的动作，南夏又感觉是自己误会了。

又过了几天，有次下课时往外走，后头有个女生不小心撞了南夏一下，把她手上的书撞掉了。

女生连连道歉，南夏说没关系，正要弯腰去捡，顾深懒懒地俯身，很随意地帮她把书捡起来。

他看她的眼神仿佛也是极为随意的。

他手指骨节分明，把书递给她。

南夏说了句"谢谢"，接过来。

两人交集慢慢多了起来。

他后来也就没再遮掩，直接坐她身后了。

论坛上出现两拨声音，一拨说是平倬在追南夏，一拨说是顾深在追南夏。

站平倬的说：【他俩互动多又甜，人也般配。】

站顾深的说：【你们什么时候见过他来上课？肯定是在追女生。】

两派各有各的理，把陈璇都搞蒙了。

有次上小班课，只有四五十人，下课后南夏一直没起身，顾深也没动。

等人走得差不多了，南夏让陈璇先帮忙去食堂占位置，陈璇知道她是要找机会跟顾深说清楚，便直接走了。

南夏直接回头，看着顾深："有没有空聊一下？"

于钱起哄吹了声口哨，直接被平倬拽走了。

教室里只剩下他们俩。

南夏很直接地问顾深："你是不是在追我？"

顾深撩起眼皮。

她这么直接大胆，倒是出乎他意料，但也觉得她更有意思。

他观察她的表情，漫不经心地转了下笔："没有啊。"

她这样完全没到摊牌的时候，他自然不会承认，摆明了是谎话。

南夏却没办法戳穿。

顾深笑了下："我就是想好好学习。"

南夏说："你一直坐在我附近。"

顾深装得跟完全不记得这回事儿似的："是吗？你不说我都没注意。"

南夏点点头："没有最好，因为我没打算在大学里谈恋爱，跟你说一声，请你不要白费力气了。"

顾深脸上看不出情绪，他只是稍微顿了下，然后用惯常吊儿郎当的语气说："知道了呢。既然你没打算谈恋爱，我呢，也懒得费这劲，所以我以后靠窗坐万一坐到你旁边，你就别怀疑我了呗？"

南夏没搞懂他这脑回路，但是她松了口气。

因为她已经把态度传达得挺明显，听他这话也像是不会在她身上再费劲，她点头说："好。"

这之后，南夏没太在意座位的事儿，顾深就光明正大直接霸占她身后的位置了。

但他也直白地说过不追她，所以南夏后来对他也没太大戒心。

因为挨得近，南夏跟平倬关系又还不错，偶尔也会跟顾深搭上句话。

有次讲一个图怎么画，顾深怎么也弄不明白，平倬解释了好多次无奈放弃，求助南夏："夏夏，帮个忙，我实在是无能为力了。"

南夏的画图功底是教授都称赞的，她也向来乐于助人，就答应了。

她讲了一遍，顾深散漫地说："懂了。"

南夏看着他："真懂了？"

顾深："嗯。"

南夏觉得他在装，就说："那你画一个看看。"

旁边的于钱和平倬都快笑抽了，头一回见顾深这么被人管。

顾深也没忍住笑了："行，我今儿回去画，明儿上课给你带过来。"

后来听于钱说，顾深一个从没动过笔的人，那天回去练到半夜，第二天才拿了张勉强能看的图过来，还让南夏指出来一堆毛病。

顾深转着笔，吊儿郎当地说："那你教我呗。"

就这么莫名其妙，南夏开始教顾深画画。

他基本功差到不行，唯独在看女装上眼光还不错，很多系列的服装他凭借本能就能挑出那个设计最出彩的。

他在女装上的确有天赋。

南夏开始教他后，他也上了点儿心，课老老实实上，线稿老老实实画，慢慢成绩也就追上来了。

有次南夏指着他的线稿跟他说："你这个地方稍微往这边处理会更平滑。"

顾深改了下："这样？"

南夏："不是，再收一点。"

顾深再次动笔，看她："这样？"

南夏本来坐他前头，这会儿没忍住起身坐到他旁边，在他的角度提笔画："这样，这里的腰线更容易突出。"

两人第一次离这么近。

她双手白皙，手腕细得不堪一握，身上淡淡的玫瑰味儿在四周散开，弄得顾深心旌荡漾。

南夏画完后问他："明白了吗？"

顾深气息放缓，很短促地停顿一瞬："没看清，你再画一次。"

南夏又画了一次，一抬头，正好对上顾深深邃的双眸。

他手随意地放在座椅背上，像是半环着她。

南夏一颗心仿佛漏跳一拍，还好这是自习，周围没人，她连忙放下笔坐回前头。

那之后，她还刻意跟顾深保持了一阵子距离。

但顾深待她跟平常没什么不同，有次还特意说："你呢，放心，我没打算在你身上费劲，就想让你帮我好好学习，我有这成绩不多亏你。"

他说得坦荡，南夏也就真误以为他是想好好学习，一直在帮他。

哪知道他这么有耐心，一点点等她这个猎物慢慢上钩。

两人就这么走近了，他每天都堂而皇之地出现在她周围，大多时候都带着平倬和于钱，偶尔就只是他一个人。

她上课他跟着，她去图书馆他也在旁边。

他几乎不怎么逃课了，偶尔打个篮球，赛个车。

有事儿不来上课或者不上自习的时候他会发微信跟她说，也会拍一些赛车现场的图发微信给她看。

周围缠着他的女生也少了，只不时能看见高韦茹跟着他们那群人混。

时间长了，南夏也感觉到了顾深对她不太正常的感情。

但她每次提起这个事儿，顾深就直接说对她没那意思，她也没办法强行说人家对她有意思。

事情就一直这么发展。

直到有一天，南夏和陈璇路过篮球场的时候看见高韦茹摔伤了腿，高韦茹抬手让顾深抱她去医务室。

南夏脚步停在了原地，心头涌上一股强烈的不舒服的感觉。

这是以前从没有过的。

顾深没什么怜香惜玉的心思，只看了高韦茹一眼："就蹭破一层皮也需要人抱？让于钱扶你去得了。"

他知道高韦茹对他的心思，但没打算给她任何机会，让她在身边也是因为她跟平倬、于钱他们都能玩到一块儿，没必要不让别人交朋友。

他说完这话抬起头，一眼就看见了站在篮球场外的南夏。

两人隔着很远，对视了片刻。

南夏直接离开了。

从那天起，她就觉得自己不太对劲儿了，脑海里总是涌现出顾深的身影，他的声音、他的嘴唇、他的双眼、他吊儿郎当的模样……

也是从那天起，南夏回家时经常能看见顾深。

他这回没带着车队了，只有他一个人，像是陪着她，也像是护送她回家。

南夏没再说让他别追她。

他也没再说没打算在她身上费劲这种话。

陪她，好像也变成了一件天经地义的事儿。

渐渐地，他就直接坐到了她旁边，成了她同桌。

大一结束的暑假，两人都没见面，但顾深还是不时会给她发消息，要么说自己干了什么，要么问她点儿问题。

大二上学期，他又这么跟了她两个月。

有天晚上吃完饭，南夏把顾深约到操场，特意又跟他提了她不会谈恋爱这个事儿。

她这语气比之前软了许多："就是你也知道我家里对我管得严，我爸不许我大学谈恋爱的，你——就别在我身上浪费时间了。"

顾深听出她声音里那点不舍。

是真难追。

他费了这么大心思，花了这么长时间，也就这会儿才感觉到她对他露出来那么一丁点儿的感情。

顾深猜测她说的大概率是真的，这些从她日常生活都能看得出来。

雷打不动的每晚家里派车来接，即便全班聚会也从来不许她跟同学一起玩到超过晚上十点。

但他就是喜欢上了，能怎么办？

顾深笑了声，没太在意："我也没说非跟你谈。"

南夏看向他。

他吊儿郎当地说："那就这么着呗，等你毕了业再说，反正你身边也不会有别人，我呢，也没打算找别人。"

"将就过呗，不就是个名分。"

他这话说得两人像偷情似的。

但南夏听着莫名觉得甜。

他那意思她听清楚了，不谈就不谈，但他人肯定在她身边。

南夏也的确被他吸引了，默认了他这想法。

这次谈话后，顾深行动上更是肆无忌惮，摆明就直接将她当女朋友对待了。

南夏也慢慢跟平倬和于钱他们混熟了。

有次跟他们一块儿吃饭,于钱还替顾深抱不平:"我说南大小姐,你这打算考验我哥到什么时候啊?要不愿意就直接给个准话儿,别吊着他。"

顾深伸手在桌子上敲了两下:"你少废话。"

那之后,于钱在南夏面前再没说过这事儿。

论坛里也有一些声音,说顾深追人追了大半年,压根儿都没追上。不过也正常,他一个放荡不羁的混子,大小姐怎么可能看得上。

也有少部分人坚持说是平倬在追南夏。

关于南夏自己的评论,她从没在意过。

但论坛上把顾深说得太过不堪,什么花心、玩弄女生、打架,一堆罪名往他身上扣,说他配不上南夏。

南夏不希望别人这么说他,所以她找了个时间约平倬去了趟操场,问:"顾深有没有受论坛那些评论的影响?"

平倬说:"顾深不是那么脆弱的人。你到底怎么想的?"

南夏没说话。

平倬说:"你很优秀,我也的确很欣赏你。但顾深是我最好的朋友,你要是对他没意思,不如给他一个痛快,好过慢刀的钝痛。"

南夏问:"他每天都不高兴吗?"

平倬:"在你面前当然不会,一回宿舍人就蔫儿了。"

南夏那会儿不知道平倬在诓她,以为他说的是真的。

平倬看她表情的确纠结,也没逼她太紧,把她送回了宿舍楼下。

顾深不知怎么知道了这事儿,当天他本来是要去骑行的,却在晚上九点的时候出现在了图书馆楼下,让南夏出来。

他一身黑衣,手上抱着个黑色头盔,有点儿紧张地看着她:"你别听平倬瞎说,我都挺好的。

"我也尊重你的想法,咱们就这么相处,我挺开心的。

"真的,只要能在你周围我就挺高兴。"

他好像生怕南夏给他直接来一刀,不停地在给她做心理建设,语气也逐渐变得卑微。

不知道为什么,南夏不想看见顾深这样儿。

他应该是那个在篮球场上意气风发、放荡不羁的样子，不该为了她这么妥协。

也许是一时冲动。

也许是她血液里藏着的孤勇。

又也许是，这么多年来都活在南恺的要求下，她第一次发自内心地想做一件事——想喜欢眼前这个人。

她抬眸看着他："可是我不太高兴。"

顾深眼里的光仿佛在那一刹那灭掉了，人也在那瞬间变得颓败。

他听见南夏清亮的声音："我想给你当女朋友，你要不要？"

像是难过到了极致突然喜从天降，顾深不敢置信地看着她："认真的？"

南夏垂眸，"嗯"了声，看他迟迟不回答，她有点儿恼了："不要就算了。"

顾深用气音发出声笑，往前靠近她一步："要。"

他坚定地说："我当然要。"

南夏后来在国外的时候常常在想，那是她人生唯一一次的叛逆。

只有顾深，让她有了那样的勇气。

但她还是把顾深弄丢了。

耳旁突然传来尖锐的鸣笛声，南夏的思绪被拉回。

她贪恋着顾深的环抱，越发觉得能再次在一起，是太过难能可贵的事。

她乖巧地钻到他怀里，任由风迎面刮过来，觉得安心又畅快。

好久没有体会过这种自由的感觉了。

附近有个湖，顾深就在湖边儿把车停下。

湖水没结冰，但周围的树和草都已经枯得差不多了。

因为太冷，附近也没什么人。

顾深把她从机车上抱下来："咱们走走？我怕开太远把你冻着。你要是喜欢，等开了春三四月我再带你去别的地儿。"

南夏点头。

两人摘了头盔挂在车把上，牵着手在湖边儿走，脚踩过地上的枯叶，发出清脆的响声。

南夏亲昵地抱着顾深的胳膊，把他带到前面长椅上坐下。

顾深拿出纸巾给她擦了擦座位,自己坐的那块儿则是完全没在意,直接就坐下了。

南夏直勾勾盯着顾深看。

顾深问她:"看什么呢?"

南夏说:"你今天是不是过生日?"

顾深扬眉:"你记错了,是昨天。"

南夏一惊,连忙拿出手机:"怎么可能,明明今天是12月8日?"

她说完话看见他眼里的坏笑,就知道他在逗她,没忍住伸手在他胸口轻轻捶了拳。

顾深顺势握住她的手。

南夏对上他的视线:"生日快乐。"

她表情认真,双眼灵动,长长的睫毛微微一挑,煞是好看。

顾深心头一动,"嗯"了声。

南夏有点儿紧张:"你把眼睛闭上。"

顾深笑起来,是他一贯的痞笑:"要亲我?"

南夏有点恼:"你先把眼睛闭上。"

顾深:"行。"

他微微闭起双眼。

他感觉到南夏缓缓起身,站在了他面前,她似乎蹲下了。

这动作,怎么不像是要亲他?

他耐心地等着。

大约过了十几秒,南夏握住了他的手,说:"可以了。"

顾深睁开双眼。

他觉得自己一辈子也忘不掉这个场景。

光线从南夏身后照过来,湖面上几道波光粼粼,还漂着干枯的树叶。所有的背景都仿佛虚化了。

有微冷的风拂过,吹得她乌黑长发扬了起来。

她半跪在他面前,仰头,看着他的表情认真而虔诚,手上拿着一对戒指。

顾深扶住她的手,喉咙仿佛被什么堵住了,说不出话。

半晌,他才紧紧握住她的手腕,哑声道:"先起来。"

南夏没动,仍然维持着那个姿势:"我还有话没说呢。"

顾深一抬手,用力把她抱起来横着放在自己腿上:"坐这儿说一样的。"

这场面,他再不明白她要说什么就是傻子了,但也不可能真就让她跪那儿说,他心疼得要命。

南夏低低"哦"了声。

本来她也几乎是鼓起了所有的勇气才在他面前半跪下,就是想对他好,让他开心,他这么一打断,她也的确没勇气再跪下了。

他手扣着她的腰,把她禁锢在怀里。

南夏把戒指往前一送,把这几天在脑海里反复说了好多次的话说了出来:"顾深,我想跟你说,我喜欢你,你当我男朋友可不可以?"

周围一片静谧。

冬天湖边冷,没人过来,只有微风吹动枯枝落叶的沙沙声。

南夏声音很细,声线还有点儿抖。

她说完这话去看顾深的表情。

顾深像是受到了极大的震撼,他唇微抿,视线跟她对上。

而后,他伸手摸了摸她的头,将她紧紧搂在怀里。

这应该是答应了吧?

而且看他这样子,应该挺开心。

南夏把头靠在他肩上,微笑起来。

今天他生日,她把那些方案全部考虑了一遍,最后还是决定让他带她出来兜风,然后在一个很自然的状态下跟他告白,真诚又不露痕迹。

这是她能想到的最好的礼物。

顾深抱了南夏一会儿,缓缓放开她,但还是让她坐他腿上,单手勾着她的腰,把她搂在怀里。

他瞳仁漆黑,看着她。

南夏慢慢地呼吸着,等他答复。

几秒后,顾深开口了:"不可以。"

南夏一怔,怀疑自己听错了。

顾深很干脆地说:"你没听错,我不答应。"

南夏脑海里"轰"地炸开,蒙了很久才意识到他拒绝了她。

她有点不太理解。

他刚才的震惊和开心明明是摆在脸上的,为什么会拒绝?

顾深伸手把戒指接了过来。

南夏也回过神来,静静地看着他,生怕他不喜欢。

顾深盯着戒指看了会儿,说:"还挺好看,给我戴上试试?"

他对她态度没什么太大变化,就只是拒绝了她的告白。

南夏不太乐意:"你都没答应我,试什么。"

人生的第一次告白,直接被拒绝了,她有点失落。

顾深笑了声:"没答应当你男朋友,又没说不收戒指。"

说完,他把手伸到她面前。

南夏没搞懂顾深在玩什么花样,但戒指本来就是买给他的,也不可能真不送。

她拿出那对戒指里大号的那个,慢慢地给他戴上。

正好合适。

戴好后,顾深把手背放在阳光底下看,铂金戒指闪着亮光:"还挺合适。"

他勾唇,看了眼盒子里另外一枚戒指:"这个是你的?"

南夏"嗯"了声。

顾深直接把戒指拿出来套在她的无名指上,而后举着她的手,跟他的放在一起。

一对很完美的对戒,仿佛互相呼应。

顾深声音里透着愉悦:"那天跟平偞一块儿买的?"

南夏点头,情绪不太高的样子。

顾深把戒指盒子放到座椅上,双手环住她的腰,在她耳边问:"我没答应你,不高兴了?"

南夏说:"也不是。"她想不明白,"你为什么不答应我呀?"

顾深随口说道:"哪这么容易?我等了你四年,你再怎么着不得等我四个月?"

这理由像是编的。

因为他一直都没跟她计较过这事儿,这会儿突然计较起来,怎么想都觉得奇怪。

但除了他说的这个理由,好像也没别的理由了。

但再等四个月,那岂非要等到过年后了?

顾深没再就这个话题往下说,问:"冷不冷?"

今天他过生日,南夏不想影响他心情,也没继续纠结这个话题,说:"有点儿冷。"

他骑着机车载她往回走。

两人在路上找了家餐厅吃午饭。

晚餐是南夏亲手下厨的。

她煎了牛排,做了土豆泥和蒸西蓝花,准备了红酒,还点了蜡烛。

她做这些时把顾深关进了次卧里不许他出来,等一切就绪后,她回房换了那件苏甜给她设计的红色长裙,还化了个跟平时不太一样的妆,把蜡烛点好,客厅窗帘拉上,灯关掉。

南夏给顾深打了个电话,让他出来。

顾深打开门。

南夏就站在他面前两三米远的地方。

客厅一片昏暗,只有烛火微黄的光芒跳动,映在她脸上。

她化了妆,眼尾的眼线被勾勒得长出几分,那双清纯的眼里染了一抹性感勾人。

口红也是他从没见过的复古红,配合身上酒红色的深V长裙,长裙一侧开了叉,露出一条性感匀称的长腿和酒红色高跟鞋。

顾深屏住呼吸。

他知道这长裙,是苏甜给她设计的。

她还没转身,但他已经完全可以想象背后的风景是如何吸引人。

清淡的玫瑰香味儿从蜡烛里传出来,更添暧昧。

她就那么看着他。

顾深看了眼她身后,嗓音有点儿沙哑:"这我得换身西服出来才能配你。"

他身上穿的还是家居服。

南夏想说不用,听见顾深说"等我",然后进房间了。

门被关上,南夏长长地出了一口气。

虽说是女为悦己者容,但她还是头一次这么摆明了讨他欢心。

看他刚才的表情,她应该是成功了吧?

她站在原地没动,等了一会儿,顾深重新走出来。

他这回换上了黑色西服,里头是件白色衬衫,像刻意收敛了身上那股肆意的痞劲儿。

他走到她旁边。

灯火将两人影子拉得很长。

顾深的影子碰到墙壁折了上去,跟她的交缠在一起。

他手规矩地搂住她的肩膀:"先吃饭?"

南夏"嗯"了声,感觉到他身上有点僵硬的西服料子扫过她后背上方,冰冰凉凉,又有点痒。

两人都是第一次面对这种场合,像是成人间的第一次约会。

南夏举起红酒杯:"生日快乐。"

顾深跟她碰了下杯,不忘嘱咐她:"你就别喝了,等会儿我替你喝。"

这红酒度数她受不住。

南夏说:"好。"

接下来两人都没再多说什么,只是安静地吃饭。

期间南夏三番四次打量顾深的神色,除了刚开始他表现出了惊讶,这期间他的表情都太平静了,平静到南夏怀疑他是不是不喜欢她现在这身打扮。

难道他就是喜欢她那种清纯的模样?

顾深慢条斯理地吃着牛排,撩起眼皮看她一眼,问:"在想什么?"

南夏回神,说:"没什么。"

顾深看到她无名指上的戒指,不着痕迹地笑了下。

等吃完饭,顾深主动把盘子收了。

厨房里传来水流声。

南夏没开灯,坐在沙发上看着香薰蜡烛的火光发呆,连顾深什么时候进来都没注意。

他停在她面前,挡住了远处的光线,眼前一切更加混沌。

南夏仰头。

他的五官是模糊的。

南夏犹豫片刻,还是开口了:"你是不是不喜欢我这样?"

顾深没回应她的话，伸手把她从沙发上拉起来。

南夏穿着高跟鞋，只比他低了半个头。

他把她往亮光里带了几步，说："转过去，我看看。"

他声音带着富有磁性的颗粒感。

南夏停顿片刻，松开他的手，缓缓地转过身去。

一片寂静，只能听见彼此缓慢的呼吸声。

顾深抬手，把她的长发撩起来放到胸前。

晦暗不明的光线里，她背后裸露的肌肤和性感的肩胛骨若隐若现。

后背一直开到臀部，衬得她曲线撩人。

南夏从没穿过这样的衣服，只觉得后背空旷，有丝丝凉意渗进来，没有任何安全感。

她只等了几秒，就迫不及待想转身："应该可以了……"

顾深按住她的右肩："别动。"

南夏顿住，手指微微蜷缩起来。

她察觉到顾深的手掌一路往下，在她右肩胛骨那块儿停住。

他以前碰过她这儿很多次，但从没赤裸裸地接触过她的肌肤。

南夏感觉到了他掌心的薄茧一点点地扫过她肩胛骨那层皮，蹭得她那块儿发痒。

她有点儿受不了似的喊她："顾深。"

声音很轻，像是被欺负了。

顾深终于放过她，把手放下来。

南夏松了口气，下一秒就被他拉得转了个身，恰好进了他怀里。

光影摇曳，他手扣在她后腰上，借着一点儿蜡烛的微光去看她的脸。

她双眼跟小鹿似的清澈，眼尾却性感勾人，又纯又欲。

她给他这么用力一拽站不太稳似的，下意识拽住了他西服前襟。

顾深俯身，在她耳边说："我喜欢死了。"

南夏一怔，脸红透了。

顾深把她整个人抱起来，按到沙发上，吻了上去。

他近乎蛮横地吻着她，捏着她的下巴，撬开她的齿关，像是攻城掠地一般。

南夏被他亲得喘不过气。

屋里温度骤然升高,他人又几乎压着她,南夏后背起了一层薄薄的汗。

顾深也觉得热,抬手把西服扯掉,往地上随手一扔。

这回只隔着一层衬衫。

南夏手放在他背后,觉得他衬衫似乎也被汗水浸湿了。

她身上起了一种奇妙的感觉,明明热得很,却又觉得腿是冷的。

过了好一会儿,她才意识到,这裙子是高开衩的,她整条大腿几乎都露在外头。

这想法让她心底莫名一颤,下意识想推顾深起来,却被他抱得更紧。

他一直安分的手也突然挪到了她颈后,来回游移,蹭着那一块儿肌肤。

他的吻从她唇上一路移到她侧脸,又咬上她耳垂。

南夏无力地揪着他的衬衫,微微仰起头,看见天花板上交缠在一起的黑色影子,暧昧得要命。

这是他跟她第一次贴这么近,以前都只是亲一会儿罢了。

她虽然有点害怕,但却一点都没排斥他,内心反而生出更多渴望。

她伸出手,环住了他的脖子。

烛火燃烧到了尽头,突兀地灭了。

四周陷入完全的黑暗中。

南夏躺得太过靠前,差点从沙发上滑下去。

顾深伸手想把她稍微挪个位置,指尖不经意间触碰到她的大腿。

南夏呼吸顿住。

她抿了下唇,在黑暗里看他。

顾深也蓦地停下了动作。

她看不见他的表情,只能感觉到他的心跳,一下下剧烈地砸着他的胸膛,仿佛要跳出来一般。

南夏把手放在他胸膛上,感受他心脏的跳动。

顾深深吸了口气,仿佛回过神似的起身,把她拉起来。

两人各自在沙发上坐好,调整着呼吸。

几秒后,顾深哑着嗓子说:"抱歉,我刚才……不是故意的。"

南夏觉得自己脸肯定红透了,烫得要命。

她轻轻摇头,什么都没说。

又过了片刻，顾深说："我去开灯。"

南夏低低地"嗯"了声。

灯光重新亮起，有些刺眼，南夏抬手去挡，片刻后才适应。

她放下手臂，看见顾深身上的衬衫不太平整，皱在一起。

他短发也有些乱，双眸漆黑，看着她。

南夏意识到自己此刻恐怕也跟他差不多。

她低头看了眼露在外面的腿，抬手用裙子遮住，起身说："我去洗澡。"

她从顾深面前走过时，顾深动了动唇，没拦她。

南夏进了浴室，看着镜子里的自己，脸上仿佛染了层胭脂，唇红得厉害，还有点儿被亲肿了，头发也是散乱的，衣冠不整。

她稍微整理了下，发现没拿睡衣进来，不得已又走出去。

顾深已经没在客厅了，应该是回次卧换衣服了。

她快速拿了睡衣洗完澡回到主卧。

没一会儿，她听见声音，顾深也去洗澡了。

她舒了口气，看了眼自己的腿，耳根发烫。

大约十几分钟后，顾深敲门。

南夏："进来。"

顾深推开门，问她："要睡了？"

南夏："嗯，有点儿累了，明天还要上班。"

她心脏都快跳出来了。

顾深看了会儿她的脸色，走到她床边，俯身贴住她的额头："谢谢你，今天的生日，我很喜欢。"

南夏发现他额头冰凉，吓了一跳，去碰他的手："你身上怎么这么凉？是冷吗？"

顾深："不是，我刚才……"他稍顿，缓缓抬头，看着她，"我刚才冲了个凉水澡。"

南夏："怎么大冬天冲……"

话说到一半儿，她反应过来，没往下说。

顾深用气音发出声笑，抬手摸了摸她下巴："晚安。"

"晚安。"

Part 03

第二天上班前,南夏特意把戒指摘了。

万一顾深戴了,她怕被发现。

两人还是分开到的公司。

这周五是截稿日期,设计部门的员工几乎全都在加班,晚上十点还灯火通明的。

警察那边的结果是周二出来的,打电话通知了南夏,那保安性骚扰成立,被罚拘役三个月。

原来的小区物业那边儿也开除了保安。

南夏跟警察道了谢,这事儿就算彻底过去,她把全部心思都放在了设计上。

她本来已经设计了两套不同主题的风格,但那天跟顾深出去飙车,突然又冒出了新的灵感,想在这周之前画出来。

时间紧张,林曼曼又一直扔活儿给她,她连苏甜的裙子都没空送去洗,只好跟苏甜说下周再还。

苏甜也忙着设计,自然说好。

一连加了三天班,每天都快到十二点。

顾深虽然跟南夏住一起,但是都没怎么见着她人,她回来太晚,洗完澡就睡了。

周三晚上,顾深已经回来两个小时了还没看见她人,忍不住给她打电话。

南夏看了眼周围的同事,跑进会议室接起来。

顾深劈头就说:"十一点了。"

南夏:"我知道,你别催,我这不是在替你卖命嘛。"

顾深:"你还挺有理?"

南夏听见他换鞋的声音。

"我去接你,二十分钟后下来。"他抱怨,"也不算算几天没跟我好好说话了?"

繁悦离公司挺近。

南夏本来想十二点再走,但他都这么说了,她自然得走了。

算了下手上的图,明后天再熬个夜,应该也就差不多了。

大约过了二十分钟，南夏下楼。

外头下起了小雨，冷飕飕的，被冷气一激，南夏忽然觉得胃疼。

路边的迈巴赫打着双闪，这应该是顾深的另一辆车。

她走过去，副驾驶位的门从里面被推开。

南夏上车。

顾深俯身过来替她系好安全带，看着她越发瘦弱的脸："早知道不给你开绿灯了。"

南夏胃疼得跟针扎似的，勉强扯出个笑容。

顾深看出她表情不对："怎么了？不舒服？"

南夏细声说："胃疼。"

她这也算老毛病了，有时候喝口凉水都会胃疼。

但她这半年都挺注意，没怎么犯，这几天忙起来忘了吃晚餐，疼得直接要她命了。

顾深把刚顺路买的奶茶递给她："喝一口。"

南夏接过来，杯身很暖和，但也只喝了一口。

顾深发动车子，扫她一眼："还减肥呢？瘦成什么样儿了自己心里没点儿数？喝完。"

南夏不是不爱喝奶茶，也不是不爱吃甜的，而是从小跳舞养成的习惯。

刚在一块儿时顾深也不知道，后来有一次两人出去逛小巷子，南夏忽然停在一个出名的奶茶店门口站了半天，被顾深看出点儿名堂。

他问："想喝？"

南夏犹豫片刻，点了下头："但我喝不完一杯。"

顾深懒懒地说："剩下的给我，男朋友是用来干什么的？"

从那会儿开始，南夏只要想喝奶茶，都会买一杯，她只喝一两口，剩下的都给了顾深。

还好顾深平时运动量大，倒也没怎么胖。

南夏抱着奶茶，想了下的确是这样的，这回干脆就趁机喝个痛快。

顾深把她带回家，从医药箱里翻出胃药。

牌子是南夏以前常吃的，应该是他特意为她准备的。

他倒了杯温水，把药递过去。

南夏鼻尖一酸，把药接过来喝下。

顾深拿出一板药片放进她手提包里："明天记得吃。"

南夏"嗯"了声。

顾深催她赶紧洗澡睡觉。

她躺下后，胃还是一阵阵绞痛，根本睡不着，没过多久，疼得更加厉害了。

她额头上出了一层汗，起身走去厨房，想倒杯盐水喝。

南夏动作已经尽量放轻，但她往水杯里放盐的时候，顾深还是起来了。

他应该是被她吵醒的，睡眼惺忪，眼皮上平常被压得很深的褶皱看起来浅了些，整个人看上去莫名有种萌感。

他问她："疼得睡不着？"

南夏拿起水杯喝了口："没，就一点点疼了，我就是渴了。"

顾深毫不犹豫揭穿她："渴了你放盐？"

南夏没再反驳。

顾深找出个保温杯，倒好热水放好盐，进了主卧，把保温杯放南夏床头，让她随时可以喝到。

南夏从不知道他这么会照顾人，微笑着看他。

顾深看着她苍白的脸色，问："疼得厉害？"

南夏也没忍着了，点点头。

顾深看了她一眼，手伸进被子里捂住她的胃部，低声说："睡吧，我在这儿陪你。"

被他捂住的地方泛起一阵暖流，隔着肌肤透进来。

不知道是药物、热水，抑或是他起了作用，南夏的不适被缓解了稍许。

她咬唇看他："要不你上来吧。"

顾深抬眸。

南夏小声说："明天还要上班，你也得睡觉。"

而且以前也不是没抱着睡过，虽然那些都是午睡。

顾深双眸深深看她，然后说："行。"

他起身躺上来，把床头的灯关了。

暗夜里，他伸手抱着她，全身气息萦绕在她身边，让人分外觉得安宁。

他右手也一直放在她胃上暖着，隔着层睡衣。

南夏就在这安宁的气息中睡着了。

第二天起来，顾深已经走了，没喊她。

南夏摸了摸旁边的床单，还残留着他的体温。

倾城规定前一天加班后，第二天可以晚到一会儿，南夏化完妆到公司，还有一半设计师没到，也不知道他们昨晚奋战到几点。

她打开设计稿，埋头接着画。

晚上的时候，李可又订了盒饭和天麻鸡汤犒劳设计部，走到南夏身边的时候，还特意叮嘱她早点儿喝。

南夏知道这是顾深的意思，点头应了，但她一画起设计图来就把这事儿完全抛到了脑后。

晚上八点的时候，顾深把李可叫进来："去看看她吃饭没。"

李可说："没。"

南夏画着图，iPad 上跳出条顾深的微信：【还不好好吃饭？胃没疼够？】

她这才想起来还有盒饭，但也早凉了。

她不想被打断，回了句"等会儿吃"，然后接着画图。

不到五秒，顾深直接从办公室里走了出来。

南夏听见他跟苏甜旁边的一个设计师说："忙归忙，饭得按时吃，不然小心胃出毛病。"

那设计师说："是，还没顾上。"

顾深摸了下饭盒："饭都凉了，得，我亲自帮你热一下。"

那设计师脸都笑开了花，不敢置信。

顾深往南夏这边扫了眼，看了眼苏甜："别羡慕了，也给你热。"

苏甜笑着说："顾总真体恤下属。"

旁边一堆人跟着夸。

顾深扫了眼南夏，她没看他。

顾深热了五六个盒饭，最后走到南夏这儿。

她正埋头改东西，又在关键时刻，虽然知道他过来，但她连头都没抬。

明天中午就要交稿，今晚算是最后一天，还有好几个地方她不满意，今晚说不定要通宵。

顾深也没打扰她，只默默把她桌上的盒饭和鸡汤拿进微波炉里热了放回来，伸手在她桌子隔板上敲了敲，看着众人："记得吃。"

他这话像是对所有人说的，也没人怀疑他跟南夏的关系。

顾深回办公室后，苏甜停笔休息，开始动筷子。

苏甜问南夏："夏夏，你还不吃啊？"

南夏没应声。

她认真画起图来就这样，谁也别想打扰。

这点跟南恺一模一样。

苏甜跟她坐得近，也算知道她这毛病，就没打扰她。

南夏把平板上的图放到电脑大屏幕上扫了眼，打算换个花样，刚提起笔，iPad屏幕上又跳出来顾深的微信。

【吃饭。】

南夏直接把微信退了。

被顾深这么一打扰，她有点儿忘了刚才脑海里的花样儿怎么画，停顿了好一会儿才又想起来。

没过多久，顾深又出来了。

他看着她桌上安稳的盒饭和鸡汤，回办公室给林森打了个电话。

不到一分钟，设计部一片欢呼。

但这欢呼声丝毫没影响到南夏，她像是心无旁骛，只专心笔下的服装。

苏甜推她："夏夏，不用这么着急了，刚才林总监说顾总觉得大家太辛苦，把截稿时间改到下周一中午十二点了，这样我们周末还有两天时间可以画。"

南夏"嗯"了声，说："嘘。"

苏甜看她不为所动，也就没继续打扰她。

这通知一出来，设计部瞬间走了一半人。

又过了半个小时，只剩下苏甜和南夏。

苏甜其实早撑不住了，眼皮都在打架，只是想陪南夏一会儿，她没忍住问："夏夏，你打算几点走啊？"

南夏说："你先走。"

顾深再次从办公室里出来。

他看着苏甜，微笑着说："还不走？"

苏甜："改完手上这张就走。"

顾深点头，走到南夏桌前，什么也没说，把她桌上的盒饭和鸡汤又拿去热了一遍。

苏甜看了眼，这才发现顾深右手无名指上不知道什么时候戴了戒指。

她激动地拍了下桌子，打算跟南夏分享这个惊人的八卦，但看南夏认真的样子，硬生生忍住，只给南夏发了条微信过去。

几分钟后，顾深把盒饭和鸡汤放南夏桌上。

苏甜累得要命："那我就不等你了，夏夏，我先回去了。"

南夏头也没抬，跟她说了声好。

临出门时，苏甜又看了南夏一眼。

她低着头，手上动作没停，模样认真又充满魅力。

苏甜忍不住感慨她这样的人是必定能成功的，延迟收稿的消息一出，谁还能在办公室待住？但是她丝毫没受影响。

办公室一片寂静，亮着大片灯光。

没了别人，顾深也就没了顾忌，直接走到南夏身边敲她的桌子："吃饭不听是不是？"

南夏像个毫无感情的工作机器："你别吵。"

顾深看着冷掉的饭盒，又起身去把鸡汤热了下，过来催她喝。

他一直往她跟前凑，弄得她都没办法专心工作了。

南夏放下手里的笔："顾总。"

顾深把鸡汤盒盖子打开，把勺子也拿出来，懒懒应了声："嗯？"

他眉梢一挑，都多久没这么喊他了，偶尔这么一听，觉得还挺有趣。

南夏画设计稿被打断，一肚子气，不知怎么想起了刚进公司时顾深说的那些话，直接冷声说："顾总，我希望你不要因为私人感情影响工作。"

她大约是有点恼，语气是冷的，但也留着点儿余地，没真跟他生气。

顾深吊儿郎当地笑了声，把手里的汤勺放饭盒盖子上，凑到她耳边："来说说，我跟你有什么私人感情？"

南夏垂眸，盯着他手上钉子铂金戒指看了眼，腹诽：真是不要脸，戒指都戴了还能问这种话。

仿佛知道她内心所想，顾深直接把手搭她肩上，流氓似的："你可以骂我不要脸，但是呢，我又没答应你，谈不上私人感情。"

他推了推她滑动的办公椅:"把汤先给我喝了,药给我吃了,不然呢……"他俯身在她耳边说,"我就在这儿烦死你。"

周围没人,南夏知道顾深肯定干得出来这事儿,只能先放下手里的图,不太情愿地喝着鸡汤。

顾深看她这样儿,无奈道:"不知道的以为我喂你毒药呢。"

南夏喝了一小半算是交差,然后让顾深走远点儿,别打扰她。

顾深这回总算是没打扰她了。

好一会儿,南夏终于停笔,总算是完成初稿。

她舒了口气,起身转了转脖子,喝了口热水,然后才低头看了眼时间,竟然已经一点了?!

她完全没注意。

办公室另一侧灯还亮着,顾深还没走?还在等她?

她连忙起身往那边走。

顾深果然没走,在办公室里看着电脑屏幕,看她进来,问:"画完了?"

南夏这会儿语气里带了点儿懊恼:"我该跟你说一声让你先走的,真不好意思,让你等这么久。"

顾深对她这说法不太满意:"跟我这么客气?"

整层楼应该都没别人了。

南夏走到他旁边抱住他的脖子撒娇:"你真好。"

顾深把电脑关掉,勾着她的腰站起来:"不叫我顾总了?也不觉得我烦了?"

南夏给他顺毛:"我哪有觉得你烦。"

顾深懒得在这儿跟她扯皮:"先回家。"

两人累了一天,回家后快速洗完澡就各自睡了。

第二天起来,顾深一大早去上班了,南夏看到工作群里林森通知说可以在家自由办公,就把剩下的细节在家里补齐了。

这一套图画下来,再加上林曼曼的催命线稿,南夏人都快虚脱了。

周六在家里躺尸一天,周日顾深说有事出门了。

两人周末没怎么交流。

周一交稿后就是一周的评选时间,设计部这边轻松了点,南夏没怎么加班，倒是顾深因为宣传问题跟市场部那边连加好几天班，两人这周几乎都没怎么沟通。

转眼到了周五平安夜。

毕竟是个节日，不少人下班就走了。

苏甜问南夏圣诞怎么安排。

南夏想了想："没特别安排。"

苏甜很八卦地说："不是追到男神了吗？没有激情一夜？"

南夏闷声道："没追到，他应该还在考察我。"

苏甜："你这男神还挺麻烦。"

南夏点点头。

苏甜继续八卦："顾总还没走呢，也不知道跟未婚妻怎么过平安夜。"

南夏疑惑道："未婚妻？"

苏甜："对啊，上回不是跟你说顾总戴戒指了吗？他之前从没戴过的，我觉得两人肯定订婚了。"

南夏心想：你想多了，我人还没追上。

因为好久没好好说话，南夏就想等顾深一起回去。

没想到顾深发微信让她先走，说出了点问题，他还不知道要到几点，还让她困了就先睡。

南夏只好先回去了，嘱咐顾深好好吃饭。

一直到十二点，他都没回来。

南夏窝在沙发上等他，等得有点困了，干脆直接躺下，盖了条毛毯闭眼打盹儿。

迷迷糊糊中，有人摸了摸她的脸。

南夏睡眼惺忪地看着面前的顾深，伸手去抱他的脖子。

顾深俯身给她抱了会儿。

她声音也还没醒："几点了？"

顾深："一点多了。"

南夏坐起来："都这么晚了，你饿不饿？我给你弄点儿吃的？"

顾深低声说："我在公司吃过了。"顿了下，他问，"你困不困？"

南夏："挺困的。你要不饿我就先去睡了。"

她打了个小哈欠，可爱死了，像是刚睡醒的小猫。

顾深轻轻捏了捏她的脸:"先别睡了,带你去个地方。"

南夏满脑子全是睡觉,思维也迟钝起来:"什么地方啊?明天再去吧。"

顾深看她慵懒的模样,有点无奈地抱住她:"真这么困?"

南夏伸手推他:"都几点了,我困不是很正常?"

顾深却很坚持,声音很轻地哄她:"明天周末,你可以补觉,这个只能今晚看。起来了,乖。"

他向来顺着她,很少这么勉强她。

南夏被他轻轻一推,清醒了一点,想到今天是平安夜,顾深可能给她准备了礼物。

要放烟花?

她缓过神,"那你等我一会儿,我得换个衣服,再化个妆。"

顾深拽住她的胳膊:"你要累了就不用化妆折腾了,不换衣服也行,套个羽绒服别冻着,那儿没别人。"

他这么一说,她猜他应该是要给她放烟花。

要是放烟花的话,应该会找个郊区空旷的地方,她不换衣服应该也没事儿。

南夏"嗯"了声,进主卧拿了件羽绒服套上。

冬夜很冷,天空一片漆黑,没有星星,也没有月亮。

车子在空旷的马路上开着。

南夏出来被冰冷的空气一激就清醒了,看着窗外路灯下的风景,不时跟顾深聊几句天儿。

过了会儿,南夏觉得眼前的道路有点熟悉,于是问道:"这不是……"

顾深看她一眼,"嗯"了声。

南夏抿了抿唇,没再说话。

原来他选了她家附近放烟花。

别墅区里安安静静的,几乎听不见动静。

黑色劳斯莱斯停在一栋别墅门前。

顾深先下车,从车头绕过去替南夏开门。

南夏说:"你早说要来这儿,我可以把家里钥匙带着。"

顾深挑眉:"你有钥匙啊?"

南夏:"后来我爸让方伯给我寄了,不过我一个人,就没回来住。"

顾深颔首,搂着她的腰把她往自己怀里带,语气不太正经:"难道不是因为要跟我住?"

南夏点了下头:"也是。"

顾深带着她往旁边的小花园走,这里被他调侃是罗密欧与朱丽叶密会的小花园。

几年没回来,花园里的树都长大很多,粗了一圈。

顾深把她带到之前他们俩老去坐的长椅上。

南夏抬头望着黑而高的天空,问他:"要带我看什么呀?"

顾深逗她:"这儿你几年没来了,不应该过来看看?"

那也不需要非得今晚来看吧?

南夏看向他,突然感觉有冰冰凉凉的东西从天空落了下来。

她仰头,惊喜地喊:"下雪了?"

片片雪花簌簌从头顶飘落下来,在远处的路灯微光映衬下,静谧又美好。

南夏:"怎么会突然下雪?前几天明明还……"

她顿住。

顾深握住她的双手,在她面前单膝跪地。

他大衣衣摆拖在地上,狭长的双眼凝视着他。

他这人即便跪着,也是肆意不羁的。

他拿出一个戒指盒,直接在她面前打开,一片雪花落在蓝钻戒指上。

顾深说:"你不是问我,为什么不答应你?"

他仰头虔诚地看着她:"这种事情,怎么能让女孩子先开口?而且是——两次都让女孩子先开口?"

雪静静地落在他肩上,转瞬就融化成了水珠。

他的话也像是融化在她心上。

"所以这一次……

"一定得我来开口。"

他把她的话,原原本本、清清楚楚地,如数奉还。

"南夏,我想跟你说,我喜欢你,当我女朋友好不好?"

… 第七章 …
亲人，爱人

Part 01

南夏一度真以为顾深要拖她四个月，也曾经想过他虽然表面上不介意，是不是实际还是介意的，所以才一直没答应她确立关系。

听见他这么说，像是巨大的失落后，惊喜忽然从天而降，她眼眶一酸，说："我不要。"

分明是撒娇的语气，顾深还是听得心头一紧。

他笑了声，看她："别闹。"

南夏也笑起来，俯身飞快地亲了他嘴角一下："我答应。"

顾深眉梢眼角全是笑意，把戒指拿出来："试试合不合适，还是四年前买的。"

南夏一怔。

顾深就这么单膝跪在地上，把戒指给她戴上。

"还挺合适。"

这么多年，她一点儿没变。

南夏把顾深拉起来，他在她旁边坐下。

她看着无名指上的蓝钻戒指，问："这是你当年买的吗？"

顾深说:"嗯。现在看着有点儿小了,我本来想要不要重新买一个给你,后来又想了想,还是觉得这个意义更大。不把它送给你,我始终觉得不太圆满。"

这是他头一回想给一个姑娘买戒指。

也是他给她买的第一个戒指。

他本来以为,也许这辈子都没机会送出去。

但幸好她回来了。

所以他选择在他们初吻的地点,送出当年想给她的第一个信物。

南夏鼻尖一酸,眼泪在眼眶里打转。

她抱住顾深,小声说:"总觉得我不配……"

当年要不是她放弃他,他也不需要等她这么久。

顾深吊儿郎当地说:"配不配的,我只想给你。"

他没安慰她,但是却清楚干脆地表明了他的态度——除了她,他谁都不要。

他这话比什么安慰都管用。

南夏仰头,也没再纠结以前的事儿,只是摸着戒指说:"我以后一定会好好对你的。"

顾深含笑应了声。

南夏侧头看他:"那我们就算确立关系了。"

顾深扬眉,对她这表述不大满意,纠正她:"什么叫就算?就是——"

南夏微笑起来,很乖巧地说:"好的,我听我男朋友的。"

她这就是故意卖乖哄他。

顾深就喜欢她这样。

他凑到她耳边:"等以后……"他稍顿,"再给你买更大的。"

他没说明白,但南夏明白他话里的意思。

她看着他,眼睛亮晶晶的,清纯得要命。

顾深抿了下唇,说:"带你重温一下当年发生的事儿?"

南夏一时没反应过来:"什么?"

顾深把手放在她后颈上,稍稍用力,让她仰头,吻了上去。

像是有片雪花落到了他们唇间,带来丝丝凉意,很快融化,跟当年的情景简直一模一样。

伴随着他的热吻,南夏也像是要融化在他怀中。

她脑海中一一闪过当年跟他在这儿约会的画面。

那次平安夜后,他每隔阵子都会在晚上溜出来看她。

南恺睡得晚,大部分时候她都不能出来,就隔着窗户看他一会儿,很少的时候她悄悄跑出来,跟他在小花园里待一会儿,真像是在偷情。

他那会儿的吻跟现在也不一样,大多是温柔耐心的,不像现在这样,带着点儿蛮横和难耐。

他亲了她好一会儿,缠得她透不过气才放开她。

他说:"你手这么凉,我们回去吧。"

他说话时声音低沉,还带着轻微的低喘声,很性感。

南夏的确觉得有点儿冷,"嗯"了声。

两人走出小花园。

路灯底下一片明亮,地上干巴巴的,完全没下雪的痕迹。

南夏反应过来:"刚才那雪……"

顾深点了下头,很庆幸地说:"设备在来的路上出了点儿问题,差点要等明天。"

原来他回来这么晚不是在忙工作,而是在给她惊喜。

南夏心疼地说:"那就明天啊,干吗非这么急。"

顾深说:"那不行。"他看着她,"今天可是我们初吻纪念日,我就想在今天再把你弄到手。"

他声音里透着嚣张和自信,摆明在说,她就是他的。

南夏只是怕他太累,接过他手里的车钥匙:"回去我开车吧。"

顾深对她的体贴照单全收:"行。"

到家后,南夏一手牵着顾深,一手去按门锁上的指纹。

"咔"一声,门开了。

顾深低眸去看她的手。

从确立关系到现在,除了开车那会儿,她就一直牵着他没松开过。

还挺黏人。

两人进了房间,南夏倒了两杯温水,把一杯递给顾深。

她喝水的时候才在光线下清晰地看见手上蓝钻戒指的全貌——心型的,像深秋干净而澄澈的蓝色天空,是微冷的色调,有质感却不夸张,很适合她。

南夏盯着看了会儿，弯了弯唇。

顾深喝完半杯水，看她这模样，爱怜地伸手捏了捏她下巴尖："以后有的是时间看，先去睡觉。"

南夏"嗯"了声，也把水杯放下，但她脚下却没动作，只是看着顾深。

顾深扬眉："嗯？"

南夏想了想，说："你要不要，一起睡？"

顾深双眸微暗。

她大方从容，没一点儿别的意思。

南夏看他好一阵子没说话，以为他不敢，又想起华羽之前跟她说的话，决定再往前推一步："就是反正我们也确立关系了。"

顾深懒懒地靠在沙发上，说："不用。"

她邀请得这么明显又被拒绝，她有点不太明白："为什么？之前我生病你不是都已经进来睡过了？"

顾深："那是因为你病了。"

南夏真的不懂："有什么区别吗？"

顾深快被她气笑了，他下意识地把一条腿横着跷起来，看了她一眼，又意识到什么似的放了下去。

他没忍住骂了句脏话。

南夏一愣。

顾深站起来，走到她面前，语气不太正经："真以为这会儿跟大学一样，抱着你午睡呢？"

南夏一怔。

看她还是有点儿蒙，顾深干脆直白地说："我会忍不住想要你。"

他在她面前一直都是收着的，连脏话都很少往外冒，更是从没说过这种话。

骤然听见他这么说，南夏愣住了，一时也不知道该怎么回。

顾深话说出口，看她神色又有点儿后悔，只好当作什么都没发生，说："行了，快去睡吧。"

南夏没动。

顾深也没敢动。

南夏反应了一会儿，抬眸看他："我没觉得跟大学时一样。"

她也不知道这话是怎么说出来的。

她一说完就垂下了眼，不敢看他。

听到这话，顾深喉结滚动了下，走到她面前。

南夏一动都不敢动，别眼不敢看他。

她羽绒服还没脱掉，半敞开着，露出里头的长款睡衣和白皙修长的脖子。

顾深勾住她的腰，把她带进怀里，另一只手搁在她颈后稍稍用力，强迫她抬头看着他："说真的？"

南夏不敢跟他长时间对视，很快偏过头，轻轻应了声。

顾深坏笑了声。

南夏听出他笑里的意思，没忍住打了他一下。

顾深把她整个人抱起来进了卧室，用脚把门踢上。

羽绒服被他脱掉散落在地上。

他起身抬手把灯关了，压上来很轻地吻着她，抬手去解她的睡衣扣子。

一颗、两颗……

她身体触碰到了他滚烫的肌肤。

他爱怜地吻上她的眉眼，哑声说："我去拿东西。"

南夏"嗯"了声。

他起身去了隔壁，她听见他开抽屉的动静。

门半开着，透进一束光。

南夏躺在床上，一颗心紧张得快要跳出来，她一动也没动，看着屋里的灰色天花板。

直到他再度进来，世界重新变得黑暗。

她伸手攀上他，触碰着他的背脊，整个人抖得厉害。

顾深停下动作，问她："怕？"

南夏声线也是颤的："没。"

顾深把手里的东西往床头一扔，在她身边躺下。

南夏缓缓地舒了口气，紧绷的神经放松下来。

顾深亲了她额头一下："不急，咱们慢慢来。"

南夏缩到他怀里，没应声。

跟想象的不一样,她还是有点怕的。

虽然已经不停地说服自己别怕,但身体的颤抖完全控制不住。

她微闭上眼,说:"谢谢。"

顾深笑了声,搂着她的胳膊紧了紧:"谢什么,早晚是我的。"

她乖巧地"嗯"了声。

Part 02

下周上班,南夏把顾深送的戒指戴在手上,宣告单身生活结束。

郑远路过时整个人都蔫了,也没再缠着她一起吃午饭。

苏甜替她高兴,看着她手上的戒指连连给她道喜。

"这是蓝钻吧,天啊,这么大颗,得多少钱?"苏甜羡慕地说,"你男神挺舍得给你花钱呀,不枉你这么追他。"

这颗钻戒3克拉。

南夏手指细,戴着的确挺显大。

但她跟顾深都不是太在意钱的人。

南夏微笑着说:"他送我什么我都开心,都是他的心意。"

设计作品都在投票期,设计师们又有了休闲的时间。

恰好有人送来最新一期《Beauty》杂志,南夏看了眼封面,蹙眉。

封面是国际名模文雅。

文雅跟倾城的成衣线 The One 达成合作,成了品牌代言人。

文雅是国外蓝血高奢秀台的常客,能请到她这个咖位的人来代言,倾城无疑是在金钱上下了很大功夫的。

问题是封面的服装是之前抄袭的那件红格子西装。

顾洹胆子也太大了。

这件西装之前就被人在网上撕过抄袭,全凭公关手段被按下去,他竟然还敢明目张胆地在杂志上推这件衣服?

唯一的解释就是,这件衣服卖得好,预定的人多。

没一会儿苏甜就带来最新消息,说这件衣服自从文雅走过T台后被订爆了,而且被抄袭的设计师太过小众,国内根本不认识,所以顾洹才会这么肆无忌惮。

南夏垂眸,没多说什么。

顾洹这么作死,这事儿早晚会被闹大。

顾深也这么认为。

他跟顾洹一直不对付,也没理这事儿,该干吗干吗。

第二天起来,倾城旗下品牌 The One 抄袭事件瞬间爆炸,在网上闹得沸沸扬扬。

微博上的标签都是 # 文雅代言抄袭服装 ## 倾城抄袭 # 等。

应该是文雅的对家也借机发难,把这事儿推上热搜。

倾城抄袭的黑历史又在各大平台发散出来,删都删不掉。

有人认出被抄袭作品的设计师,直接翻墙外网找到了原设计师的 INS,跟他说了这事儿,原设计师发公告说会联系国内的团队要求赔偿,并感谢大家提供线索。

出事儿的时候顾深正在开会,他只扫了眼新闻,说跟他们部门无关,就接着往下开会。

大约五分钟,顾曾的助理过来请他去一趟总裁办公室。

顾深眼都没抬,只扔了两个字:"没空。"

手机响了。

是顾曾的电话号码,顾深也没接,直接关机了。

十几分钟后,顾曾亲自下来了。

他没怎么来过十二层,所以他一进来众人都吓了一跳,知道这回是出了大事。

他面容冷峻严肃,虽然上了年纪,步伐却还很稳健,直接推开会议室的门,让所有人都出去。

顾深撩起眼皮:"您做什么?我这儿开会呢。"

顾曾把门关上,看着他:"这次的事……"

"我不管。"顾深跷起腿,吊儿郎当的,"这事儿我早跟您说过了,您自己乐意睁一只眼闭一只眼,这会儿出了事儿不找您那位好儿子来找我?什么道理?"

他态度轻浮,说的也的确是事实。

顾曾忍气吞声道:"这件衣服不到半个月订了几百件,上千万的利润……"

顾深再度打断他:"那您就用这上千万的利润公关呗,就是不知道够不够花的。"

顾曾怒喝一声："够了，公关的事不用你管。"

顾深有些意外。

他这边跟微博各大平台关系都很好，还以为顾曾是为这个找他，竟然不是。

顾曾说出来意："只需要你帮忙稳一下文雅那边，希望她暂时别发解约公告。"

文雅是国内名模之首，时尚地位不一样，她要是这会儿发了解约函，等同于直接扼杀了倾城的高端线之路，也等于毁掉半个倾城。

顾深觉得荒唐，不耐烦地扯了扯领带："您没事儿吧？我就跟人见过一面，你不让谈合作的顾洹去稳，让我去？"

顾曾吐了口气，神色复杂地看着顾深："是对方提出来的，说只要你跟她吃顿饭，解约这件事她可以暂缓。"

他对顾深态度复杂。

一方面，这个儿子的母亲是他深爱的人，他难免爱屋及乌；另外一方面，这个儿子太过不羁叛逆，做的事一直都在挑衅他的底线，他完全掌控不了。

他也知道顾深向来招女人喜欢，却没想到连文雅这样的名模也能一眼看中顾深。

顾深笑了："所以你是想——让我用私人关系公关？"

顾曾点头："没错，跟客户吃顿饭，道个歉，搞好关系。"

顾深冷眼看他："那下次呢？下次再闹出抄袭的事，您又打算让我做什么？"

顾曾脸一黑："下次的事下次再说，先把这次的事安抚到位。"

顾深没再看他："我没兴趣给顾洹收拾烂摊子，而且还是抄袭这种丝毫没有底线的烂摊子，要道歉也是他自己去。您出门右拐，不送。"

顾曾怒不可遏，拿起办公桌上的笔筒往顾深身上砸："他是你哥哥！"

顾深没躲，笔筒直直擦过他的脸颊，擦出道血痕。

他淡漠地看着顾曾。

顾曾被他的眼神看得一凛。

顾深冷声道："您要是再不出去，我就立刻给文雅打电话，让她发解约函。"

顾曾怒不可遏："你……"

顾深翅膀硬了，顾曾完全管不了，压又压不住，气得转身出了会议室。

外头人都听见里面的动静，看人出来假装什么都没看见，埋头工作。

助理立刻扶住顾曾。

顾曾走了两步，突然捂住胸口，手不停地颤抖，嘴唇也发紫，整个人差点儿倒下去："药——"

这是心脏病犯了。

助理连忙从他口袋掏出药喂进他嘴里，把他再次扶进会议室。

顾深抬头看了眼去而复返的顾曾："爸，您没事儿吧？"

顾曾抬手，慢慢顺着气，嘴唇颤抖着，没说话。

顾深转身打开会议室的门，恰好对上南夏关切的双眼。

她说："我担心董事长……"

他对她点了下头，声音温和："去倒杯温水过来。"

南夏立刻接了杯温水送进来。

顾曾唇色逐渐恢复了血色。

顾深把水接过来放在一边儿，跟南夏温声说："没事儿，你先出去等。"

南夏看着顾深脸颊上的伤口，点了下头。

顾曾又坐着休息了一会儿，喝了口水，说："最后帮他一次，就当爸爸求你。"

顾深垂眸没应声。

顾曾说："你再好好想想，这是文雅那边的电话。"

他起身离开，留下张名片。

会议室的白色灯管闪了几下，似乎是电压不稳。

顾深拿起那张名片，讥笑了声，看都没看，直接扔进了垃圾桶。

他起身走出去，沉着脸回了自己办公室。

这事儿很快就传遍了十二层。

因为两人争吵的声音很大，外头人都猜出了大概。

苏甜还问南夏："你说顾总会不会真去陪文雅吃饭啊？总裁都心脏病发作了，他应该会去吧？但是他女朋友会不会生气啊？"

南夏抬眸看着顾深离去的方向，想到他刚才的脸色，没说话。

大庭广众之下，南夏不方便进去帮他，只能发条微信提醒：【你的脸记得消毒。】

突然觉得，办公室恋爱也挺难。

发完微信，南夏盯着电脑屏幕里的新闻看了会儿，低头拿出手机，翻出通讯录里的名字——CJ。

李可突然小跑过来，气喘吁吁地停在南夏工位前。

她举着手里的创可贴和酒精："夏夏，帮我把这个送给顾总，我小孩突然发烧了，我得立刻回去。"

她眨了下眼。

南夏了然，立刻接过来，给了她一个感激的眼神："好的，那你回去的时候开车小心点。"

周围的人不觉往这边看了眼。

南夏没理会，有了这借口，她光明正大地起身去顾深办公室。

她一走，旁边同事就忍不住问苏甜："李可姐怎么让南夏去送啊？"一脸八卦的神色。

苏甜说："这有什么问题吗？李可姐从那个方向过来，夏夏工位离她最近呀。"

但是李可旁边明明有人，怎么不拜托呢？

那同事也没再多问。

南夏敲了两下门，听见顾深低沉的声音："进来。"

她推门而入。

顾深把领带扯掉了扔到旁边沙发上，脸上那道血痕半干了，给他增添了几分不羁的感觉，跟打完架的古惑仔似的。

像是没料到进来的人是南夏，他挑了下眉："你怎么敢进来的？"

南夏把李可的借口说了。

她靠过来，问他："你脸上的伤口疼不疼？"

顾深没当一回事儿："就破了层皮而已。"

南夏说："还是得消个毒。"

顾深抬眉，看她："你给我消？"

她这会儿的表情，就像干了坏事怕被人发现似的，跟半夜偷跑出来的表情一模一样。

顾深喜欢得不行,就想逗她。

南夏看了眼透明的门外,没人。

她"嗯"了声:"但我不能待太久。"

南夏取出棉签,靠近他,抬手轻轻把他脸上已经半干的血渍擦掉,伤口受到刺激,又沁出一点鲜红的血液,被她擦干净。

酒精刺激得应该有点疼,但顾深一声都没吭。

她一靠近,身上淡淡的玫瑰香气也散了过来,顾深没忍住,伸手圈住了她的腰。

南夏怕被人看见,立刻从他怀里弹了出来。

顾深含笑看她一眼。

南夏抬手去撕创可贴。

顾深说:"那玩意儿贴脸上太丑了,不用。"

南夏拿出创可贴在他脸上比了下,是挺滑稽的,伤口也不算很深,她也没勉强。

她把创可贴放下,还是没忍住问:"那你——要去跟文雅吃饭吗?"

顾深笑了下:"你都听见了?"

南夏点头:"断断续续的,猜到了一些。"

顾深从不在这种事儿上让她猜,直接说:"不去。"

其实他就是去也没什么,不过一顿饭而已。

只是对方对他存了心思,这顿饭吃起来会让南夏不太舒服。

南夏点点头,没再说什么:"那我出去了。"

顾深不正经地看着她:"不给我抱一会儿?"

他在办公室倒是肆无忌惮的,也不怕打自己脸吗?

南夏直接转身走了。

当天两人是分开回的家。

晚上顾深照旧抱着她睡。

那之后,他直接跟她睡在了一起,只是最多亲亲她,没再做什么过分的动作。

南夏在他怀里向来睡得快。

顾深起身，动作很轻，生怕吵醒她。

但南夏还迷迷糊糊的，没完全睡着，他动了下她就醒了。

顾深把门关好，瘫在客厅的沙发上。

主卧门开了。

南夏穿着睡衣，披散着头发走出来。

客厅里，瘫在沙发上的他双眸越发幽沉。

听见声音，顾深抬眼看见她，把烟掐了："吵到你了？"

南夏说："没，我本来也没睡着。"她走到他身边坐下，靠在他怀里，轻声问，"你是为了抄袭的事烦心吗？"

顾深顺势揽着她肩膀，应了声。

南夏试探地问："你是在想，要不要帮忙？还是……"她扯着他的衣角，"要去吃饭？"

顾深低笑了声："吃醋？"

南夏咬唇："没，我知道你有分寸的。"

顾深揉了下她的脑袋，缓缓吸了口气，说："也没什么，只是想起了我妈。"

这是她第一次听他提起他母亲。

他下巴轻轻蹭着南夏的脑袋，慢慢地说："我妈的事，你应该看了论坛的帖子。"

南夏点了下头："但我没相信。"

顾深语气低沉："差不多吧，她跟了我爸一辈子，没名没分的，临死前还嘱咐我，让我照顾好我爸。

"她就是葬送在爱情里了。

"但这是她的遗愿，我不想让她走都不开心。"

想起母亲临死前攥着他的手，要他答应好好照顾老头儿的模样，顾深微叹了口气，说："算了，我还是写个公关方案出来给老头儿。"

他像是在说服自己："反正是最后一次了。"

顿了顿，他又哄她："你先睡，我弄个东西。"

他说着，起身要去拿电脑。

这事儿的重点肯定是先联系原设计师道歉并提出赔偿，最好能和解；其次是控制各大平台不要再让倾城的黑料发散。

但设计师他完全不认识,他在国外也没什么人脉,只能让人发私信试一试。

至于平台,倒不是大问题。

南夏握住他的手腕:"我帮你吧。

"我认识那件西装的设计师。"

她顿了下,说:"其实那件西装是我跟他一起设计的。"

顾深眼里有光亮了下。

他一直以来都知道南夏的能力不容小觑,没想到这件西服竟然出自她手,听说还得了英国最有潜力的设计师奖。

他没忍住夸她:"我老婆原来这么厉害?"

"老婆"这个词他喊得简直不要太顺口,也不知道在心底默念了多少次。

南夏脸红:"还可以吧。"

她算了下时间,英国比北京晚八个小时,这会儿可以直接打电话。

她直接发了 Face time 过去。

顾深离她稍微远了点儿,确保自己没干扰镜头。

视频接通。

南夏笑着跟对方打招呼。

手机里的男人五官深邃,有一双迷人的蓝色眼睛。

他看到南夏,激动得整个表情都夸张了起来。

顾深顿了一下,打开手机,找到公关部刚才发来的邮件——Christopher Jones,圣马丁大学毕业,华伦天奴工作两年,之后自创了女装品牌 Lizzy。

他见过这个男人。

当时南夏挽着这个男人的手臂,从他背后经过。

顾深微闭了双眼,等南夏把电话打完。

两人像是好久没见了似的,聊了很多乱七八糟的事,南夏还亲昵地喊他"CJ"。

过了差不多半小时,还是南夏注意到顾深脸色不好,才把电话挂了。

南夏靠过来握住顾深的手:"你不舒服吗?脸色不太好。"

顾深淡声道:"没。"

南夏："没有就好，我跟 CJ 说了这件事是我的失误，说会给他赔偿，他同意发公告和解……"

顾深推开南夏的手，冷声道："不用，走法律程序吧，该赔偿的倾城都会赔。"

他一脸淡漠，双眼冷得没有一丝温度。

南夏轻声喊他："顾深。"

顾深双手插兜往主卧里走："睡吧。"

南夏跟着他走进去，在他抬手关灯前制止他，试探地问："你不开心吗？"

他唇抿成一条直线，看向她。

南夏猜测："是因为刚才电话打太久了？"

他依旧无言。

南夏伸手抱住他的腰。

往常她这么做的时候，他肯定是顺手搂住她，但这次他身体僵硬，毫无反应，明显是生气了。

他没怎么跟她生过气，更不会为小事跟她生气。

南夏一时不明白发生了什么，她只知道她要对他好。

她很耐心地哄他："你告诉我你为什么生气好不好？我刚才好像是跟他聊得时间长了一点，不过因为我们是校友，也好久没见了，所以才多聊了一会儿。"

顾深没打算生气，再怎么说也是过去的事，但他就是克制不住。

她这么轻声细语地哄他，他总算是按捺住了心里的火气，问："只是校友？"

南夏："对啊。"

顾深看她双眼干净澄澈，没有丝毫说谎的迹象。

南夏反应过来了："你怀疑我跟他啊？"她没忍住笑了，"你怀疑我跟别人也就算了，跟 CJ 是绝对不可能，他对女人没兴趣的。"

顾深愣了一下，神色缓和下来。

南夏在他胸膛上蹭了两下："吃醋啊？"

顾深一只手回抱住她，没回应这个问题，反而问了一个看似毫不相关的问题："南夏，partner 是什么意思？"

南夏说:"夫妻,情侣,搭档,工作伙伴都有可能,你怎么会突然问……"

她话说到一半,突然顿住,想起了两年多前在英国的一件事。

她抬眼看他,晶莹剔透的眼泪突然就落了下来。

"那个时候你在是不是?"

"那束玫瑰是你送的是不是?"

顾深用指腹擦掉南夏腮边的眼泪,低低"嗯"了声。

南夏像是控制不住似的,紧紧搂着他,眼泪大颗大颗往下落,顾深的衣服都被她打湿了。

他把她抱到床上,拿来纸巾替她擦眼泪:"别哭了。"

她虽然在哭,脸上却还是带着平常的笑容,问他:"那你——当时怎么没跟我说话?"

顾深心底微酸,哑声说:"我以为,你有别人了。"

南夏在国外的那几年里,顾深并非没找过她。

但她消息全无,陈璇又半分不肯透露,所以一开始他没有任何方向,他连她去了哪个国家都不知道。

想她的时候,顾深会去登录学校论坛翻看之前偷拍他们的帖子。

以前他很反感这些偷拍他和南夏的人,却没想到如今成了他怀念她的方式。

他把所有的偷拍照片都保存下来,还有当年底下的各种评论,说在哪儿碰见两人,他是如何配不上南夏。

那些当年的话,仿佛能让他回到当年的时间,好像他还跟她在一起。

南夏走的第二年,有天顾深照例登录大学论坛,搜索有没有漏掉没保存的帖子时,突然看见一个新帖,说南夏在英国的圣马丁读书,还配上了她 Facebook 的账号。

顾深立刻点了进去。

他英文差,当天一点点摸索着注册了账号,找到了她的账号。

她账号很简洁,几乎没什么内容分享。

能确定这人是她,也是因为别人照片里@了她,她回复了。

那晚,顾深几乎把圣马丁跟她相关的照片翻遍了,保存下来,立刻放下一切出国去找她。

那会儿他还很后悔，怕蹩脚的英文不足以应付国外的环境。

还好磕磕绊绊的，他终于找到了圣马丁，在校园里转了两天，碰见了南夏。

顾深刚要迎上去，看见南夏挽着一个男人的胳膊。

那天刚好是万圣节。

顾深像是呆住了，一时不敢上去，看他们即将走过来，下意识地转身坐到了旁边的长椅上，背对着他们。

顾深听见有人过来告白，问南夏是否能当他女朋友。

南夏身边的男人说了句："Sorry, she's my partner."

顾深翻开手机查了下这句话的意思，差点怀疑南夏已经结婚了。

顾深就这么跟了南夏几天，她每天都跟那个男人一起去图书馆，只是没像那天那么挽着他。

他以为她真的谈了恋爱。

他最后什么也没说，只是买了束白玫瑰放在她宿舍门前——他们当年约定，毕业后他一定送一束白玫瑰给她，然后跟她去见家长。

当年没来得及实现的诺言，他还是兑现了，只是她可能已经不需要。

南夏听得心里越发难受，哽咽道："那几天我总是怀疑我看见了你，原来是真的。"

那几天，她总是感觉有一双眼睛注视着她，周围也总能闻到淡淡的薄荷香气，偶尔转头似乎也能看见一抹熟悉的背影，但她完全不敢相信，只是怀疑她太想顾深，出现了幻觉。

直到那束白色玫瑰出现在宿舍门口，她怀疑顾深是不是真的来找她了，差点就没忍住给他发消息。后来舍友说那花好像是一个外国人送的，她才把编辑了一半的短信删掉了。

顾深的号码她一直记在心里，从来都没忘记过。

南夏又是感动又是生气，忍不住狠狠掐了顾深的胳膊一下："你笨死了，那个人是问我要不要跟他一起去万圣节舞会，CJ说我是他舞会的partner。"

顾深一愣。

南夏："原话是'Can I invite you to the Halloween prom with

me，你从哪儿听出来 girlfriend 这个单词的？"

南夏把手机翻出来，狠狠道："我下载十套四六级卷子，你要全部做完并完整背诵。"

顾深哭笑不得："你就放过我吧。"

当年他过四级的时候她可是费了大劲儿，天天抽查他英文单词和语句背诵，才让他勉强过了。

他实在讨厌英文，四级一过就彻底把书扔一边儿，一眼都不想看了。

南夏没再哭了，眼里却似乎还泛着水光。

顾深食指指腹扫过她眼角，替她擦干泪痕。

他把她搂在怀里："乖，不哭了，都是我不好。"

南夏："当然是你不好，你还怀疑我……"

她再次停顿，想起件事儿，直接问他："你不会是还以为我在国外谈过两个男朋友吧？"

顾深抱着她的手臂一紧："你什么意思？"

心底仿佛有个答案呼之欲出，但他仍不敢相信，除非听到她亲口说出来。

南夏终于明白了症结所在，立刻解释道："我在国外没谈过，那天蘑菇说的话是骗你的，她以为你谈了很多个，怕我说没谈过会没面子。"

顾深全身一颤，想起她回来那晚的事，喉咙发干："但是平倬也说……"

南夏稍微推开他一点。

"我当时不知道平倬是你叫来的，蘑菇刚说完我谈了两段恋爱，我也不能立刻拆台，所以就没跟平倬解释那么多。"

顾深已经信了她的话，只觉得心潮澎湃，但还有一件事想不明白。

他问："那之前有天晚上，你说你做过不好的事，可能会改变我对你的看法，是什么？"

南夏奇怪地看着他："那个我之前不是跟你说过了，就是我跟 William 相过亲，还一起吃过饭。"

顾深看着她，忽地笑了下。

他重新把她圈进怀里："我以为你……"他没说完这句话，只是在她耳边问，"那这么多年，你……"

南夏截断他的话，看着他："这么多年，就算是觉得没机会跟你在一起，我也还是只爱你。

"从来都没有过别人。"

南夏伸手触碰着他的脸，从下巴到脸颊，轻轻蹭过去。

她声音又轻又柔，像是带着对他的眷恋和爱意。

顾深把她拥在怀里。

虽然不在意她那些过往的事，但得知真相后，他心底的触动依旧无法言喻。

南夏靠在他肩上，松了口气，没想到这个误会居然这么久才解释清楚。

她之前都把这事儿忘了，要不是因为CJ，顾深估计也不会提。

南夏想了下顾深刚才的话，觉得有个地方不对劲："那你之前以为我说的不好的事是什么？"

顾深哑口无言。

这要怎么跟她说？

他有点儿尴尬："就是个误会。"

南夏看他的神色，想到他一直以为自己在国外谈了两场恋爱，又联想到那晚他说的话，突然反应过来："难道你以为我跟别人……"

顾深怕她生气，把她搂紧几分："是我想多了。"

他也没想到，她就是跟别人相了个亲而已，还把这事儿看得那么重要。

南夏微微愣住。

不知道为什么，此时此刻她突然想起了华羽，忽然觉得顾深把他自己放在了一个很低的位置。

那他是以怎样的心情说出那句"无论发生什么，都不会改变我对你的看法"，他又是用什么样的心情在安慰她"别瞎想一些有的没的"？

她伏在他肩头，心情复杂，莫名又有点儿想哭："那我要是真的跟别人……你也不介意吗？"

顾深声音沙哑："你说呢？"

好像是在说"又问什么废话"。

南夏双手缠住他的脖子，什么都没说。

关了灯，两人抱着躺下聊天。

说清楚了一些事，原本困倦的两人反而都精神了一些。

顾深轻抚她的长发，问她："我当时要是真的跟你说话，你会理我吗?"

南夏说:"其实当时我发给你的短信都编辑好了,只差一点就发出去了。"

顾深吻了吻她脸颊。

两人就这么慢慢聊着天儿,睡着了。

Part 03

第二天一早,CJ 在 INS 发了英文公告,解释说这事是误会。

各大平台的倾城黑料也及时被撤掉。

风波过去,文雅自然不会撤代言,这事儿就这么风平浪静地过去。

一周后,内部员工对设计作品的投票结果出来。

第一名是南夏的"夏日森森"系列;第二名是南夏的"蔚蓝之海"系列;第三名是林曼曼的"繁茂"系列;第四名是南夏的"平凡女孩"系列。

南夏一共投了三部作品,在投票中大获全胜。

这一结果简直震惊了倾城上下的所有人。

谁也没想到南夏能在这么短的时间里,高质量地完成三个系列的设计图。

在名单揭晓前,顾深看过所有的设计图,当时他只猜出了风格优雅性感的"蔚蓝之海"是出自她手,没想到森系的"夏日森森"和日常系的"平凡女孩"居然也是她的作品。

三个作品,完全不同的三种风格,让人惊叹。

南夏本来就凭借上次服装展小有名气,设计结果一出,更是名声大噪,一时间不少人都在打听这位设计师是谁。

连带着几个月前林曼曼给她泼咖啡、顾深英雄救美的事迹和她在机场被 William Zhong 围堵的事迹又被翻出来火了一圈。

苏甜常年八卦,又坐南夏旁边,自然不少人来跟她打探详细情况。

苏甜放下刚回复完信息的手机:"又一个打听八卦的,我都用人格担保你跟顾总绝对没任何关系,都说了顾总不喜欢清纯款,她们还是不信。"

她又问:"我能说你已经有男朋友的事儿吗?"

南夏神色复杂地看了苏甜一眼,点头。

苏甜干脆发了个朋友圈:【我们南设计师名花有主了哈,勿扰。】

手机里的消息终于安静了。

苏甜看着南夏设计的图哀叹:"这简直是我一辈子都无法达到的高度啊,还有,你哪儿来的时间啊?我半个月画一个系列十二张已经很要命了,你居然画了三十六张!!!"

南夏说:"有些是平时练笔的素材。"

难怪。

苏甜抱着iPad立志:"我决定了,从今以后,我每天都要画一幅线稿!"

她这次在三十个作品里排名第十,对她来讲已经是不错的名次,但仍然还有很大上升的空间。

南夏鼓励她加油。

话音刚落,转角处传来一阵脚步声。

南夏转头。

顾深和林森走过来,两人手里都拿着几沓画稿。

顾深停在苏甜工位前,伸手敲了敲办公桌隔板:"所有设计师来大会议室开会。"

苏甜嘴角上扬,这种会终于轮到她了。

周围的设计师们立刻都站起来,拿起手里的电脑往会议室走。

顾深转头,看着南夏的眼里全是笑意:"南夏也来。"

他无名指的戒指在灯光的照耀下,折射出一道耀眼的光芒。

他看她的眼神,摆明了就是夸她。

南夏接收到这个讯息,微笑着点了下头:"好。"

她跟在众人身后,最后走进会议室,跟苏甜一起坐在角落。

顾深没坐主位。

开会的时候他向来肆意,随意坐哪儿,哪儿就是中心。

可能是因为看到了满意的作品,他嘴角始终弯着个弧度。

林森比顾深还高兴,南夏可是他一手招揽进来的。

他首先开口,公布了设计师内投的作品名次。

除了让倾城员工投票,为了防止优秀的设计不被外行认可,这个活动还补充了设计师内投的环节。

结果一公布，在场就一片惊呼声，因为设计师内投的前三名被南夏直接包揽了。

第一名是"蔚蓝之海"系列，第二名是"夏日森森"系列，第三名是"平凡女孩"系列。

林森冲南夏招手："南夏，你坐过来。"

在众人的各色目光中，南夏落落大方地走到林森旁边。

顾深的气息扑面而来，她还是有一些小心动。

林森说："我已经跟顾总申请，南夏从现在起直接升职设计师，即刻生效。"

会议室里响起一阵热烈的掌声。

也有人不自觉地往林曼曼那儿瞟了眼，毕竟两人算是有过节。

林森说完，直接让南夏坐到了他旁边，俨然一副爱将的样子，木来坐他旁边的人都挪了个位置。

顾深看了南夏一眼，目光扫过众人，微笑着说："我希望像南设计师这样的人才可以多一点。"

南夏跟他只隔了一个林森。

顾深这么直白地夸她，让她有些心虚。

好在顾深没再多说夸她的话，直接定了六套打版的服装，分别是南夏的三套，林森、林曼曼，还有另外一个设计师各自一套。

他这意思就是直接把初稿定下了。

众人又是一惊。

谁都知道顾深向来吹毛求疵，以往初稿怎么也要开个五六次会才能定打版，这次居然就直接过了？

不过这次的作品质量的确比往常高出不少。

会议开完，林曼曼沉着脸出来，心情差到了极点。

这次春夏设计的结果直接关乎她能不能升到主设，没想到半路杀出个南夏，还是之前跟她有过节的，还直接升了设计师，到时打版时她连个助理都没有，还要亲自对接打版。

所有的一切简直都是在当众打她的脸。

苏甜可是高兴坏了，从会议室里出来就吵着要去庆祝。

南夏的手机里，顾深发来条微信：【晚上等我。】

这是让她等他一起走，应该是要给她庆祝。

南夏回复"好"，转头跟苏甜说："不好意思，约了我男神，咱们下次吧。"

苏甜很暧昧地看她："放心，我懂。"

设计稿已交，众人无心加班，很快就走了一大片。

等顾深忙完从办公室出来的时候，设计师这边就只剩下南夏，但远处还有几个市场部的人在加班。

顾深路过她工位时，低声说："B2停车场等你。"

南夏耳根发烫，点了下头。

等了几分钟，她才关掉电脑，拎着包走了出去。

她一路小心翼翼的，还好电梯里没人，直接到了B2层。

看见她从电梯里出来，顾深的车灯闪了几下，按了声喇叭。

南夏看了眼周围，确定没人，才赶紧小跑过去上了车。

顾深从里头帮她打开副驾驶位的门，笑着说："你这怎么跟做贼似的？"

南夏埋怨地看他一眼："你还说，为什么每次跟你在一起都跟偷情一样？"

顾深笑起来，凑近她："那不是得做点儿偷情的事儿？"

他话说到一半南夏就知道他要做什么，她生怕给人看见，连忙往一边躲。

她越躲顾深越忍不住逗她，他拉着她的手腕往怀里带："要往哪儿跑？"

不远处有车灯闪了下。

南夏紧张地说："有人。"

她推开顾深。

顾深半眯着眼，往车灯闪烁的方向扫去。

一辆红色的捷达。

应该是林曼曼的车。

南夏紧张得不行："会不会被看到啊？"

顾深淡声道："看到就看到了，怕什么。"

他这么镇定，倒让南夏有些惊讶。

"你自己之前说的啊,不谈办公室恋爱。你不担心别人说你打脸?"

顾深眼尾含着一丝笑意:"你是我大学认识的,不算。再说……"他语气轻飘飘的,"为了你,打自己脸又怎样?"

脸皮倒是一如既往的厚。

他既然这么说,南夏也没再像之前那么紧张,整个人放松了下来。

顾深发动车子,带她去了家西餐厅吃饭庆祝。

这天的一切都这么完美。

到家刚推开门,顾深就把南夏从身后抱住,把她按在墙上。

南夏头往后一撞,恰好磕在顾深手心里。

他一手圈着她的腰,火热的吻落在她颈边。

南夏被他亲得浑身泛起一阵痒意,整个后背不由自主地紧绷起来。

顾深咬着她的下唇,含混地说:"这么厉害,怎么奖励你?"

顾深的语气带着明晃晃的调情意味。

他双眸狭长,唇就停留在她下唇上,望着她的目光深邃。

南夏后背靠着冰冷的墙,这会儿寒气透过衣服传到肌肤上,激得她不太舒服。

但她却注视着他,一动也没动。

片刻后,她也没刻意离开他的唇,就那么贴着他的唇说:"什么奖励都能要吗?"

顾深看着她卷翘的长睫和那明亮的双眼:"嗯,什么都行。"

南夏眼里亮了光:"那我要跟你比赛车。"

顾深笑了,察觉到她背抵着墙不太舒服,把人直接带进怀里,手掌放在她背后。

"你胆子不小。"他低头看她,"我都还没问你,在国外怎么跑去学赛车了?"

南夏仰着头:"因为我喜欢。"

顾深勾唇。

南夏两条胳膊挂在他脖子上,亲昵地搂着他:"是你让我喜欢上赛车的。"

顾深扬眉。

他第一次带她玩赛车的时候,她坐副驾驶位,当时她就爱上了这种要命的刺激感。

这种感觉就像顾深。

离开他后,她人生回到了原定的轨道,却也变得平淡而毫无色彩。

所以在英国的时候,秦南风随口问她要不要开赛车,她立刻答应了。

只有在跑道上,她才能重新体会当初对顾深的感觉,才能觉得离顾深近了点儿,才能感觉到她的人生原来也是有颜色的。

她自然没跟顾深说这么多。

过去的事提起来难免伤感,她不想影响他的心情。

但很多情感,她不说顾深也猜得到。

他宠溺地看着她:"行。"

南夏说:"那等春夏设计的事情忙完我们就去俱乐部?也可以叫上平倬他们。"

顾深不太正经地看着她:"那,需要我让你吗?"

南夏拍了他胳膊一下:"当然不用!我不一定会输的,你不是见过我的水平了吗?"

"的确。"顾深漫不经心地说,"单比有什么意思,不如压个赌注?"

南夏:"什么?"

"你要是输了——"顾深稍顿,目光直白地看着她,"就把自己主动给我。"

南夏怔住。

他坦坦荡荡,仿佛在说一件极其平常的事。

主动。

给他。

南夏很快捕捉到他话里的重点,耳根发热。

但她向来是不甘心认输的,马上反问:"那你输了呢?"

顾深不太要脸地说:"那只能把我给你了。"

南夏感觉怎么这个车赛得有点亏?

她忽然想起一个事儿,看向他:"那你——"

顾深慢条斯理地"嗯"了一声。

南夏:"忍得到那个时候吗?"

两人开了会儿玩笑，南夏先去浴室洗澡了。

她洗完澡出来，顾深就去了浴室，几分钟后，他放在客厅里的手机响了。

南夏看到来电显示：周一彤。

顾深表妹。

她怕对方有事儿，拿着电话敲浴室门。

顾深正在刷牙，他打开门，嘴里含着牙刷看向她，嘴边还有层白色泡沫。

可爱死了。

南夏微笑起来，把电话举到他耳边。

顾深含混不清地说："你替我接。"

居然让她帮他接电话吗？

南夏喜欢这种亲昵的感觉，她没多想，直接把电话接起来。

顾深弯了弯唇。

南夏："喂，我是——"

周一彤尖叫起来，激动地喊："啊！女人！是女人的声音！"

南夏语调平静："我是南夏，不知道你还记不记得，我们在倾城楼下的咖啡店里见过面。顾深他现在在刷牙，不方便……"

"南夏！你是南夏姐？"

"对。"

"啊，天啊！你跟我哥住一起了？你们复合了？"

"是。"

"我是不是该改口喊你嫂子了？"

南夏脸红了："你想喊什么都……"

话没说完，就直接被打断。

"啊啊啊——妈妈！妈妈！哥哥脱单了！就他之前屋子里贴的那个女神他追上了！"

南夏还没来得及思考怎么跟周一彤说话，就被迫开始跟顾深的长辈对话。

对方声音和善亲切："你好啊，我是顾深的小姨。你是顾深的女朋友？叫什么名字啊？"

南夏:"您好,小姨。我叫南夏,南方的南,夏天的夏,是顾深的女朋友。"

对方急切又激动地问了好几个问题,南夏一一回答。

"我们刚刚复合没多久。"

"他人很好,对我也很好的。"

"您别担心,我会照顾好他的。"

....

顾深刷完牙出来,含笑看着南夏像儿媳妇似的被周沁询问的模样,从背后将她抱住。

南夏轻轻地拍了下顾深捣乱的手,一一回复对方的问题,耐心细致又落落大方。

周沁越听越满意,让南夏周末来家里吃饭。

顾深这会儿终于开口了:"小姨,您盘问完了没?哪儿这么快,回头再把人给我吓走了。"

周沁:"你胡说八道什么呢?谈了恋爱也不告诉小姨,你算算都多久没回家里吃饭了?"

顾深:"最近是真工作忙,南夏也一直跟我加班呢。您放心,再过阵子我一定带她回去。"

这就是婉拒了。

周沁又是着急又是欣慰。

着急见不到南夏,欣慰难得他对人这么上心,怕进度太快人家女孩子适应不了。

周沁向来疼顾深,就由他去了,只嘱咐了一些注意身体之类的话,便把手机还给周一彤。

周一彤这会儿反应过来:"哥,你这是在跟我炫耀呢,是不是?"

顾深毫不留情:"是啊,单身狗。"

周一彤大学那会儿谈恋爱,顾深正值单身期。

周沁天天给他介绍女生让他去相亲,周一彤跟着拱火,天天喊他单身狗,两人斗嘴乐此不疲,但顾深一次都没去相亲过。

他压根儿没那打算。

周沁后来也就放弃了。

要是平常，周一彤绝对骂回去，但她毕竟有求于人，这回只是轻轻哼了声，问："那个 LV 的包什么时候能到啊？我都等了两个月了。"

顾深看了眼南夏："下周，你要的颜色之前一直没货。"

其实是南夏那件复古外套要定制，花了点时间。

周一彤没察觉到不对，知道那颜色的确难买："那我到时候去找你拿，顺便你请我和我嫂子吃顿饭。"

顾深说："我觉得这包你嫂子背好像更合适。"

周一彤："我请！必须我请！"

顾深把电话挂了，又去看南夏。

南夏被他看得有点儿不好意思，推他："你快去洗澡。"

顾深笑着捏了她脸颊一下："你刚怎么那么乖？"

周一彤熬夜录完节目，随便吃了个早饭，一大早就跑去倾城拿心爱的包，在电梯里恰好遇见林曼曼。

林曼曼一直以为她是顾深的女朋友，为了讨好她，以前还帮她改过衣服。

林曼曼看着她："您好久没来了。"

周一彤回道："最近工作有点忙。"

林曼曼微笑颔首。

周一彤莫名觉得林曼曼看自己的眼神大有深意，表情也欲言又止的。

等两人下了电梯，没了其他人，周一彤直接问："怎么了？有话跟我说？"

林曼曼犹豫半晌，问："您跟顾总还好吗？"

周一彤不解："挺好的呀，怎么了？"

林曼曼："我一直很欣赏您，所以这件事为了您好，我必须得说出来。我们公司新来了一个设计师，您可能得注意点儿，我有次看见她在地下车库缠着顾总，最后上了顾总的车。"

周一彤顿住。

新来的设计师？

那应该不是南夏？南夏应该来了有阵子了吧？

顾深被女人缠她信，但能缠着上了他车的女人她还没见过。

那南夏知道吗？

她脑海中一片疑问，也拿不准那人是不是南夏，脸色也就不太好。

林曼曼看着她的神色，嘴角忍不住浮起一丝笑意。

她果然不知道呢。

都以为顾深专一，还在办公室里立了各种规矩，但最后还不是栽在女人手里？

男人，没有不偷腥的。

周一彤想了想，决定先摸一摸情况："是谁？"

林曼曼为难道："大家毕竟都是同事，如果我说出来的话，不太……"

周一彤懂她的意思："放心，绝对替你保密。如果不方便说，等会儿进去你指给我就好，剩下的事，我来解决。"

周一彤是主持人，说话节奏感强，自带气场。

林曼曼点头。

两人并肩进门。

林曼曼扫了一眼南夏，附在周一彤耳边小声说："就是那个穿白色连衣裙的。"

周一彤点头，抬步往那边走。

她好久没来办公室，但不妨碍大家都认识她。

一时间，大家均向她看过去。

大家看她眼神直勾勾地盯着南夏，神色不豫，办公室顿时寂静无声。

察觉到诡异的气氛，苏甜回头，一眼看见周一彤。

周一彤身材高挑，小麦色的皮肤健康性感，她朝着南夏走过去，眼神是冷的。

南夏还沉浸在跟进制版图里，对周遭的一切丝毫未曾发觉。

苏甜戳了南夏胳膊一下："夏夏。"

南夏没抬头："嗯？"

苏甜急道："夏夏，你回头，顾总女朋友来了。"

南夏被这声"女朋友"彻底打断思路，疑惑回头。

周一彤冰冷的脸色瞬间融化，激动地喊："嫂子，真的是你？"

现场的人都惊住了，包括林曼曼。

一时间，林曼曼怀疑难道南夏是顾洹的女朋友？她那晚看错了人？

不可能，她清清楚楚地看到那人绝对是顾深。

那岂非，是顾深跟他嫂子偷情？

林曼曼莫名脚软了下。

顾深恰好迈着长腿从一头出来，他旁边跟着卓任宇，两人应该是要一块儿下楼聊工作。

周一彤看见他，兴奋道："哥，你要去喝咖啡吗？"

众人都惊住了。

周一彤不是顾深女朋友吗？

怎么喊顾深为"哥"？

一时间众人也没搞明白，这声"哥"是亲昵的称呼，还是两人的确是兄妹。

但也没听说过顾深还有个妹妹。

南夏直接僵住了。

她转身站起来，勉强跟周一彤打了个招呼。

周一彤这一声"哥""嫂子"，直接把两人关系戳穿了。

也不知道别人会怎么想顾深，毕竟顾深一直号称不谈办公室恋情。

林曼曼比南夏的身体还僵硬，不敢置信地看着她的背影。

——南夏是顾深的女朋友？怎么可能？

顾深从办公室出来的时候，还没转过弯，就听见了周一彤大声喊的那句"嫂子"，他眉梢微挑，果然，一走过来就看见了周一彤兴奋的表情。

跟南夏紧张的表情形成鲜明对比。

南夏对上他的视线，一秒转开，不敢多看。

顾深对周一彤淡声说："走吧，跟我去楼下喝咖啡。"

他这是替南夏解围。

南夏稍微舒了口气，感激地看了顾深一眼，期待顾深赶紧把这尊大佛请走。

再待下去，还不知道周一彤又能说出什么惊心动魄的话。

经过南夏面前时，顾深又漫不经心地补了一句："不要打扰你嫂子给我卖命。"

南夏垂眸，彻底沉默了。

她决定就当什么也没听到，什么也没看到。

顾深这话里露了点儿藏不住的暧昧和炫耀，众人立刻就明白了两人的关系，看向南夏的眼神又是惊讶又是忌妒。

苏甜则是呆住了——这怎么可能呢？

卓任宇这会儿反应过来："顾总，你跟咱们大美女什么时候的事儿？你动作挺快啊！"

顾深表情平静，说话时嘴角却不自觉上扬："工作场合，不谈私事。"

他看了南夏一眼，没再说什么，直接把周一彤喊了出去。

周一彤临走时还冲南夏热情地说："那嫂子我先下去，一会儿中午我们一起吃饭呀。"

"好。"南夏硬着头皮回道。

这一层楼仿佛都安静了。

平时同事们交谈的声音像是全部消失，只剩下噼里啪啦敲击键盘的声音，还有众人的各色眼神。

南夏几乎可以想象，这件事一定很快就传遍倾城上下。

忍了一会儿，苏甜完全绷不住了，直接戳了戳南夏的胳膊，压低声音问："你跟顾总，真的啊？"

已经这样，也就没有什么隐瞒的必要。

南夏很轻地点了下头："不好意思，不是故意瞒着你的，只是不太方便。"

苏甜张大了嘴，却不敢发出声音。

片刻后，她缓过神："那你一直说要追的男神就是顾总？"

南夏再次点头。

"这么说，我给你做的那件衣服你是穿给顾总看的？"

南夏脸颊发烫："嗯。"

苏甜恍然大悟似的："怪不得，那天我设计衣服的时候顾总说什么要问喜欢男人的口味结合设计……原来他故意的！

"他也太狡猾了！

"居然利用我的设计给自己谋福利！"

南夏愣了愣。

"他还说喜欢小性感，不喜欢清纯的，他还说不谈办公室恋爱？

"男人，呵。"

南夏的脸红透了。

小声吐槽完顾深,苏甜又暧昧地看了眼南夏:"那——顾总喜欢你穿的裙子吗?"

南夏莫名想到那晚顾深宽大温热的掌心拂过她后背的场景,小声说道:"还行。"

苏甜笑起来,但很快又变得愁眉苦脸。

无数人发来微信问她当初那么信誓旦旦,如今打不打脸。

终于挨到中午。

南夏在各色目光的注视下平静地走出去。

她调整能力向来强,也向来落落大方,除了刚公开那会儿她不淡定了下,很快就调整好了心情。

周一彤在楼下的沙发上坐着等她。

看见她走过来,周一彤立刻小跑迎了上去,手里的包已经换上了那个全新 LV 的包。

周一彤是顾深的表妹,也算是他们复合的媒人。

南夏自然乐意她示好,顺势挽住她的胳膊:"你哥还要一会儿,包间已经定了,我们先走过去?就几步路。"

其实是南夏想避嫌,特意提前出来了。

周一彤性格大大咧咧的:"好啊。"

两人先到了餐厅点完菜,周一彤就忍不住开始八卦顾深和南夏的事儿。

南夏觉得她是顾深的亲人,也没刻意隐瞒,她问什么,南夏都答了。

顾深一进来,周一彤看见他就忍不住说:"好啊,怪不得你大学暑假时总是晚上偷偷溜出去,原来是跟嫂子约会去了。"

顾深扬眉,往南夏旁边一坐,自然地搂住她的肩膀:"别什么都跟她说,她跟个喇叭似的,回头到处广播。"

她总是这样,坦坦荡荡的。

大学那会儿于钱打听他们之间的事儿,她也什么都讲,完全不介意别人拿他们调侃。

不知道保护自己,却知道保护他。

那几年经常有人跟顾深说哪儿来的福气找了个这么乖又这么好的女朋友。

不管别人再怎么说他不好,她都能处处维护他。

周一彤不服:"我哪有,我最多跟我妈说说罢了,谁稀罕你。"

南夏微笑着说:"没关系的,又不是什么见不得人的事。"

周一彤点点头:"就是。"

这顿饭,周一彤想在南夏面前给顾深卖个好,声情并茂地讲述了顾深在国外时如何毫不留情地抛弃她和她妈妈,顾深在他卧室里如何把南夏的照片贴满整个墙壁,当年失恋后顾深是如何痛哭流涕……

她说到痛哭流涕的时候,顾深终于忍不住制止了她:"行了,知道你口才好,差不多得了。"

周一彤强调:"嫂子,都是真的。"

南夏看着她:"痛哭流涕也是真的?"

南夏虽然没见过顾深哭,但也觉得他就算哭肯定也是放荡不羁的,绝对不可能痛哭流涕。

周一彤不自觉没了底气:"好像是稍微夸张了一点儿。"

顾深给南夏夹了一筷子牛肉,说:"没夸张,她说的是她自己。"

周一彤一愣。

顾深语气淡淡的:"失恋的时候抱着我哭,我衬衫都被她哭花了。"

这顿饭吃完,周一彤打车离开。

南夏和顾深出了餐厅门。

冬日阳光很好,照在人身上暖烘烘的。

南夏顿住脚步。

顾深:"怎么?"

南夏看着他:"要不要分开回去?"

他们的事儿肯定很多人都知道了,这么张扬地回去感觉不太好。

顾深漫不经心地牵住她的手,说道:"大伙儿这不都知道了?还分开走什么?"

好像也有点儿道理。

南夏低头看着他握住自己的手,又抬头看了眼周围,这儿离公司就几分钟路程，经常有同事在附近吃饭，很容易就被碰到。

她想从他手里挣脱出来，却被他抓得很牢。

他含笑："躲什么？"

南夏："我怕给人看见不好。"

顾深："这会儿又没在公司。"

他说的也是。

南夏没再挣扎，任由顾深牵着自己往回走。

树上的叶子已经掉光，只剩下光秃秃的枝丫，脚底下干枯的叶子发出清脆的裂开声。

迎面走过来两个女人，像是公司里的人，直接对顾深喊："顾总好。"

顾深微点了下头。

南夏下意识想躲开，可手还紧紧被他攥着。

他像是毫不在意，又或者是故意的，接下来撞见几个人他都没松开她。

他散步似的，拉着她慢悠悠地往回走，还有兴致问她："要不要多走一会儿？"

南夏看着近在咫尺的倾城大楼："不了。"她再次想从他手里挣脱出来，"我要先回去工作了。"

顾深嘴角不自觉微微扬起，这回终于松开她："行。"

怕南夏不好意思，他没跟她一起上去。

他站在楼下那棵大洋槐树下，斜斜地靠在粗糙的树干上，看着她的背影。

南夏把修改好的制版图发给制版师，然后看了眼时间。

下午三点零三分。

她起身正准备去接杯水喝，桌上的座机突然响了。

顾曾的助理请她去一趟二十八层，说顾董事长要见她。

南夏深吸了口气。

没想到事情会传得这么快，更没想到顾曾竟然第一时间就要见她。

她去了趟洗手间稍微整理了下妆发，然后进了电梯。

南夏来到顾曾办公室的时候，顾曾正在看手里的文件。

偌大的办公室里只有他一个人，莫名显得有些冷清。

南夏走进去欠身:"顾董好。"

他穿着灰色羊毛衫,戴着老花镜,看见她进来,把文件随手往桌上一扔,摘掉眼镜打量她。

足足三分钟,他什么都没说,气氛安静得让人窒息。

南夏手微微蜷缩着,也什么都没说,只是微笑着看他。

之前都没发现,顾曾跟顾深有一双很相似的眼睛,只是显得更老练镇定。

时间一长,南夏的笑容难免也有些僵硬。

顾曾终于开口了:"原来是你。"

南夏不知道他指的是前阵子她在展台卖服装的事,还是他知道了她跟顾深大学时的事儿,一时也没回这话。

顾曾指了下她身后的椅子:"坐。"

南夏坐下。

顾曾低头扫了眼手里的文件:"你是南恺的女儿?"

南夏抬眸。

原来他一直在看她的资料。

这么短的时间,他就查到了她是南恺的女儿?

南夏:"是。"

顾曾看了她一会儿,说:"我看了你设计的作品,非常好。"

他虽然在夸她,语气却并没有夸赞的感觉。

南夏直至现在依旧不明白他的意图,只能回:"谢谢。"

顾曾:"以你这样的设计水平,怎么会甘心到倾城来当一个设计师助理?"他停顿片刻,问,"为了顾深?"

南夏内心一凛,照实说:"不是,我进来倾城的时候,不知道他也在。"

顾曾笑了下,仿佛不信,又像是不置可否。

南夏没再解释。

不知道为什么,她直觉顾曾不太喜欢她,如果有先入为主的偏见,那么她说得越多,反而错得越多。

顾曾接着问:"你父亲在国外,你为什么会选择回国?"

他狭长的双眼看着她,跟他的问题一样极具压迫感。

南夏开始紧张。

她回国的原因不太适合直接跟顾曾说,但她也不想撒谎。

刚才没喝水,这会儿嗓子也不太舒服,她尽量平静地说:"我跟我爸爸在一些事情上出现了分歧,而且国内成衣设计市场广阔,有很大的发展空间,所以我就想回来试一试。"

顾曾看了南夏一会儿,点点头,说:"别的事情我也不多问了,我叫你来,是想建议你跟顾深分手。"

仿佛平地一声惊雷炸在耳边,南夏绷直脊背,问他:"我能不能请问您,为什么?"

她完全没想到,她跟顾深在一起,双方家长竟然都不同意。

她眼里的错愕和慌乱绝非假装。

顾曾看着她:"我建议你回去问南恺。"

南夏僵住。

门外忽地传来助理阻拦的声音:"您不能进去……"

门被大力推开,顾深迈步而入。

助理无奈说了声:"抱歉。"

顾曾看了眼顾深。

他往日都是漫不经心的,像是把什么都不放在心上,这会儿神色却是正经的。

顾深看了眼南夏的背影,问:"工作时间,您喊她上来干什么?"

顾曾拿起桌上南夏的设计图:"她这几套图设计得不错。"

顾深:"这还用得着您说。"

顾曾:"这几套图放在低端线太可惜了,直接调去高端线吧。"

南夏原本沉浸在顾曾刚才的话里,还在想顾曾跟南恺是不是有什么不愉快的过往,听到这话,她回过神来。

调她的设计去高端线,岂非是把她的成果都直接送给顾洹?

顾曾也太偏心了。

没等顾深开口,南夏直接说:"不行。"

顾曾皱眉。

南夏说:"这几套设计是我按照 My Lady 以往的风格改的,跟高端线的以往风格根本不搭。"

而且,这是她跟顾深联手做的第一个设计系列,她不想拱手让人。

顾深闻言笑了声，转头看顾曾："您都听见了？"

他这话像是在说，她的意思就是我的意思。

这种时候，南夏的内心还被这点儿暧昧搅得生出几分波澜。

顾曾："顾深，我希望你为公司考虑，低端线的利润这么低，这么好的设计放上去简直浪费。"

南夏回神，说："顾董，您这话我不同意。"

她说这话时倒是斩钉截铁。

顾曾："哦？"

南夏："第一，低端线利润低跟用不用好的设计根本没有必然联系。如果设计好，能出爆款，放在低端线自然也丝毫不亏。

"第二，低端线设计的作品好，高端线就更应该提高自己的水准，而不是一味去低端线的设计里随意挑选资源，长此以往，高端线又凭什么立足呢？

"第三，每个品牌都有自己的核心定位，这是一个品牌的灵魂，My Lady 的灵魂跟 Fancy 不是同一个，强行融合只会让人觉得支离破碎。"

顾曾注视着她的目光带了几分赞赏和惋惜。

他说："南恺教出个好女儿。"

顾深没忍住问："你认识南夏的父亲？"

顾曾点头，却没再多说什么，也没再强行要把这儿套设计图投去中高端线，他仿佛有点疲乏，说："行了，你们出去吧。"

顾深握住南夏的手走出去。

顾曾喜欢安静，所以二十八层没什么人，只有阳光小花园、台球桌、跑步机和几个会议室。

顾深牵着南夏坐到小花园旁边的蓝色沙发上。

小花园像个玻璃房，光线充足明媚，绿色植物在温室里欣欣向荣地生长。

顾深问："他都跟你说什么了？"

他不知道顾曾什么态度，也不知道顾曾会不会唐突到南夏。

南夏看着顾深，只觉得阳光打在身上都是冷的。

顾深说："要是说些什么不好的话，你别理他，反正呢，他管不着我。"

南夏脑海里回荡着顾曾刚才那句"我建议你们分手",的确不算什么好话。

她点点头,想着什么时候问一问南恺究竟怎么回事。

顾深看她心不在焉的样子,把她往怀里一扯:"想什么呢?"

南夏想了想,还是把刚才顾曾的话跟他说了。

顾深神色冰冷,蓦地起身就要回去。

南夏拽住他,说:"你别着急,我还是先问问我爸爸。"

顾深攥住她的手,点头。

南夏拨出去个电话,南恺没接。

晚上南夏刚回到家,南恺亲自打了电话过来。

他语气凌厉,一开口就问:"你如今在倾城当设计师?"

南夏换完鞋,把手里的包挂在旁边的架子上,看了眼顾深,说:"是的,爸爸。"

顾深怕她说话不自在,主动先进了浴室洗澡。

南夏跑进主卧,还没来得及关门,就听到南恺咆哮:"你怎么能进倾城?我要不是这次碰见 CJ,都不知道你竟然能在倾城那种抄袭起家的公司工作!居然还有脸让 CJ 帮你发声明?你的底线呢?"

南夏很耐心地跟他解释"不是的,爸爸,我是在倾城的 My Lady 线,这条线是顾深三年前才接手做起来的,他手底下从来都没出过抄袭的事儿。"

南恺似乎愣了片刻,才说:"你在那个男人手底下工作?"他霍然明白过来,"他是顾曾的儿子?"

他的语气像是按捺着无边的怒意。

南夏熟悉他这语气,一时间居然不敢回答。

南恺冷声:"我在问你话。"

南夏说:"是。"

南恺冷笑一声:"难怪,那人生出来的能是什么好东西。"

南夏:"爸爸。"

南恺冷静片刻,说"本来这事儿我不想告诉你,但现在不说不行了。"

他忍痛道:"你妈妈之前出车祸,就是因为顾曾。"

南夏僵住:"你……说什么?"

那是南夏十岁时发生的事。

当时南恺在业内只能算小有名气,夏慕却已经是成名的大画家,两人琴瑟和鸣,感情很好。

那也正是倾城凭借抄袭一跃成为服装快销行业龙头老大的几年。

南恺设计的作品频频被抄袭。

当时国内相关版权法律还不完善,打官司费时费力费钱又不讨好,南恺懒得理这些抄袭者,夏慕却看不惯他的作品被抄袭,坚持替他打官司。

那会儿她正好在画画上出现了瓶颈,南恺认为她忙点儿别的换换思路也好,就同意了。

某次开庭前,夏慕忘记带南恺的手稿当证据,急急忙忙地回来取。

那时国内的道路也不像如今这么完善,郊区有个路口没有摄像头,有辆大卡车刹车失灵,直接闯红灯把她撞进了道路旁的绿化带,导致她当场身亡。

南恺克制不住地激动起来:"如果不是因为顾曾抄袭,她怎么可能会出事?你又怎么会那么小就失去妈妈?"

南夏听得浑身发冷,记忆里,夏慕模糊的面容又仿佛逐渐变得清晰。

那天,妈妈抱着她,哄她睡觉,放在她腰间的手很暖。

第二天放学回来,她就再也没见过母亲。

南恺也变得极度沉默和阴郁,晚上还会抱着她哭。

很久很久,两人才接受了这个事实。

南恺那阵子除了料理夏慕的后事,把所有的心思都放在抄袭的官司上,但最后还是因为证据不足输掉了。

后来,他成了国内设计师的第一人,做的第一件事就是在高端服装设计领域封杀倾城,所以直到他出国,倾城才终于得到机会涉足成衣领域。

南恺说:"本来我不想给你压力,也不打算再让这件事影响你,但是——"他斩钉截铁地说,"你绝对不能在那个男人手底下工作,也绝对不能再跟那个男人的儿子在一起。"

南夏恍惚了几秒。

这短短的几秒仿佛被无限拉长。

她很快就做了决定:"我设计的这个系列已经在打版了,等收完尾我就立刻辞职,离开倾城。"

南恺松了口气:"好。"

南夏握紧了手机,声音都在抖:"但是爸爸……我不想离开顾深。"

南恺顿住。

很长的时间里,他都没有出声。

南夏几乎能想象到他的情绪,哽咽道:"爸爸,这件事情顾深是无辜的,他真的是一个很好很好的人,他……"

一时之间,她几乎是倾尽所能,想把顾深所有的好都告诉南恺。

但在听到手机那头无尽的沉默后,她又忽然说不下去了。

她想说当年的事是因为道路没有监控,是大卡车司机的责任,倾城就算有责任,也只能怪顾曾,怪不到顾深头上。

但这样的话,对南恺来说也许太残忍了。

她最终停了下来,只是无力地喊了句:"爸爸。"

南恺沉默片刻后,终于很平静地开口了:"那我只能当从没有过你这个女儿。"

南夏眼泪像断了线的珠子:"爸爸。"

南恺没再说什么,把电话挂了。

南夏知道他这次是认真的。

他说这句话时的感觉,跟上次说那种气话的状态,完全不同。

她一颗心抽痛得厉害,伏在床上,看着手机忍不住小声哭出来。

温暖的手覆在她后背,她抬头。

顾深穿着浴袍,头发上还滴着水珠,半蹲在床边,唇抿成一条直线,看着她。

南夏不知道他什么时候进来的,也不知道他听到多少。

她勉强止住眼泪,对他笑了笑:"你都听见了?"

顾深:"嗯。"

南夏紧紧攥住他的胳膊。

顾深低头,吻掉她的眼泪。

南夏抬手,抱住顾深:"我不会离开你的。"

顾深微闭了双眼,伸手回抱住她。

不羁

小乔木 著

下

江苏凤凰文艺出版社
JIANGSU PHOENIX LITERATURE AND
ART PUBLISHING

第八章
同居，日常

Part 01

打版出来的服装一送来，南夏就被活动衣架包围了。

三套服装，三十六件衣服，每件都要检查后再反馈，确保达到她想要的设计效果。

林森调了苏甜和两个助理来帮她的忙，也还是不太够。

设计的时候她们都没参与，而且她们对面料的理解跟南夏完全不在一个级别，很多事情还是要她亲自上手。

南夏核对了三件衣服，发现不少问题。

制版师打的花样粗糙，面料普通，裁剪跟设计出入很大。

南夏轻轻吐了口气，把问题一一指出，然后一抬头，顾深恰好跟卓任宇走进来。

他们应该是去买咖啡了，顾深手里还拿着杯星巴克。

南夏只看了他一眼，继续埋头工作。

顾深走过来，路过她工位的时候，把手里的星巴克放到了她桌上。

他没刻意跟她沟通，也没看她，就像是这么随手一放。

苏甜看见，没忍住"哇"了声："夏夏，顾总好苏哦。"

自从知道他们俩的关系后，两人的一举一动都受到众人关注。

但南夏已经打定主意把这个系列设计做完就辞职，也就没必要再跟顾深这么保持距离，因为这可能是两人职场朝夕相处的最后时光。

今天早上起来,南夏就把手上的戒指换成了她买的对戒,跟顾深的凑成一对。

南夏知道他送的一定是牛奶。

她微笑着点头,很自然地拿起那杯牛奶喝了口:"继续吧。"

苏甜看见她手上的戒指:"夏夏,你换情侣戒戴啦?"

南夏:"反正你们都知道了。"

苏甜憨憨点头:"越看越觉得你跟顾总般配。"

南夏也没客气:"我也这么觉得。"

很快到了中午,南夏把核对完的资料整理好,顾深又走了过来。

南夏抬头。

顾深问:"去吃午饭?"

南夏:"好啊。"

南夏忽略了众人的目光,跟顾深并排走了出去。

两人进了电梯。

顾深:"想吃什么?"

南夏:"在食堂吃吧,时间比较紧张,衣服打版不太理想。"

顾深目光深深地看着她:"确定?"

南夏点了下头。

电梯里有其他同事在,但都没敢说话。

顾深平时也经常在食堂吃,只是没想到南夏会有这胆子。

他笑了声:"行。"

两人进了公司食堂排队打饭。

恍惚间,南夏有种回到大学的错觉,很久没这么跟顾深排队打饭吃了。

大学的时候,他们俩刚确定关系,刚开始在食堂吃午饭的时候都是她找座位坐,顾深去帮她打饭。

她的口味喜好,他也不知道是什么时候摸得一清二楚。

后来有次她听见别人议论:顾深对那个大小姐还挺好,仆人似的鞍前马后,不知道能新鲜几天。

别的女生听到这话大约只会把重点放在"新鲜几天"上头,吃个醋撒个娇,但南夏关注的重点是——仆人似的鞍前马后。

她不喜欢别人那么说顾深。

从那之后,她就坚持跟顾深一起排队打饭。

顾深一开始对她这变化不大理解,以为她心疼他,还搂着她的肩膀说:"打个饭能累着什么?一边儿等着去。"

南夏很固执："我就要跟你一起。"

顾深也就由她。

后来有次陈璇吐槽："夏夏，你干吗那么心疼顾深那个花花公子，让他给你打个饭怎么了？我要是能找到你这样的女朋友，别说天天给你打饭了，让我干什么都愿意。你可太心软了，别人说他句仆人你就心疼了？那我还天天骂他花花公子呢！"

南夏很认真地跟她说："所以你以后也不许骂他了。"

陈璇翻了个白眼。

南夏："他对我很好的，一点都不花心。"

顿了顿，她又说："而且没有谁对谁的好是应该的。"

顾深对她当时的话印象很深，觉得自己是走了什么运气，能找到这么好一个女朋友。

想起当年的事，南夏莫名怀念。

她伸手准备去拿餐盘，被顾深握住手腕。

南夏心一颤，抬眼看顾深。

即便两人公开了关系，他在这栋楼里也没跟她有什么亲密动作，此刻他突如其来的举动一定有什么原因。

周围的人像是在这瞬间突然停止了，全都停下来去看顾深的动作。

南夏甚至听见了手机拍照的声音，被他握住的那块手腕肌肤也生生发烫。

顾深扬了扬下巴，语气不太正经地说："去等着。"

"让我再给你打次饭。"

毕竟下次再有这种机会，还不知道是什么时候。

南夏抬眸看他，目光澄澈，半撒娇地说："就打一次呀？"

那张纯得要命的脸加上这语气，顾深简直忍不住想当场亲她。

但周围全是人，他只能生生克制住。

他咬牙笑了声："你说打几次就打几次，行不行？"

南夏没敢再惹他，在角落里找了个位置坐下，几分钟后，顾深就拿着两个餐盘过来了。

他给她打了一碗粗粮米饭、一份炒菠菜、一份小鸡炖蘑菇，还有一小杯酸奶。

这米饭对她来说热量稍微有点儿超标。

"最近工作挺忙的，你稍微多吃点儿没事儿。"顾深看她一眼，"太瘦了，我抱着硌得慌。"

南夏下意识看了眼周围。

顾深挑眉:"怕什么?刚不是胆子挺大?"

刚才不是话赶话,她刚好赶到那儿了好吧。

不过这是个角落,周围也没什么人,南夏也大胆起来:"觉得我硌那你就别抱。"

她语气是半开玩笑的。

顾深放下筷子,跷起二郎腿:"怎么给人当女朋友呢?男朋友说硌不得自己吃胖点儿?"

南夏也停了筷子:"怎么给人当男朋友呢?还敢怪女朋友硌?"

顾深没忍住,捏了把她的脸。

南夏稍微躲了下,没躲开,也就随他了:"快吃吧,别打扰我给我男朋友卖命。"

顾深笑了。

南夏一碗米饭只吃了一半就吃不完了,推给顾深。

顾深没接:"你吃这么少下午会饿。"

南夏:"但我真的吃不下了。"

见她愁眉苦脸的,顾深没办法,只能接过来:"那我一会儿让人炖个汤下午送来给你。"

终于不用为了让她喝个鸡汤给一整层设计师送鸡汤了,而且外面的鸡汤总不如让人在家里炖的好。

南夏也觉得自己该补补:"好啊。"

楼里暖气开得足,顾深只穿了件黑色衬衫还觉得热,他松了松领口的扣子。

吃完饭,两人往外走。

这会儿吃饭的人不少,人挤着人。

两人没法儿并排走,顾深护在南夏身后。

南夏出门的时候,迎面走过来一个人,差点撞上她。

她知道顾深在背后,下意识往后靠。

顾深伸手一捞,把她护在怀里,确定她没事,才放手。

南夏松了口气,这才察觉到跟她差点撞到的人是郑远。

郑远看了两人一眼,神色黯淡:"不好意思,夏夏,顾总。"

南夏:"没关系。"

顾深只看了郑远一眼,什么都没说。

两人并肩回到办公室,又收获了一拨目光。

南夏对此也见怪不怪了,没在意,直接坐回工位。

十几分钟后，苏甜回来，暧昧地看着她笑，小声说："顾总好宠你呀，还亲自给你打饭。"

才这么一会儿，苏甜就知道了，真不愧是八卦达人。

南夏低低"嗯"了声，接着处理手上的工作。

三十多件衣服她花了一个礼拜才核对完成，又发回去让制版师重做。

来回几次，半个月过去，这系列服装大部分都做到了她想要的样子，除了"平凡女孩"系列中的一件白衬衫。

白衬衫作为基础款，百搭简洁，每个女孩都会需要一件。

作为常穿的服装，又是春夏款，对面料的舒适性和透气性有很高的要求，制版师那边儿换了几次面料南夏都觉得不满意，最后她干脆亲自过去，挑选了个桑蚕丝的面料。

制版师说："我也知道这面料好，但这成本我们扛不住啊。这面料是给高端线准备的，做件衬衫成本价怎么也要两千往上了。"

My Lady 的衣服售价都在两千以下。

南夏点头，又问："那有没有蚕丝、棉麻混合的料子？也可以代替。"

制版师傅想了想，说："面料市场上肯定有，但公司库存里应该没有这样的货。"

南夏："那我去一趟吧。"

制版师傅知道她的身份："我去跑一趟就行。"

南夏说："没关系，我回国之后还没去过国内的面料市场，正好去长长见识。"

顾深知道了这事儿，说陪她一起去。

南夏说："不用。"

顾深吊儿郎当地说："也不是我小看你，去那地方得会讲价，你会吗？"

南夏当然不会，只好让顾深陪着她去。

她还是人生第一次来这种地方，以前是南恺过了一遍眼才让她挑，不好的早被他筛掉了。

面料市场数百个摊位，人多又热，南夏跑了一早上，感觉腿都断了，连四分之一都没逛到，也没找到她想要的面料。

临近中午，顾深先带她在附近随便吃了碗面，两人又接着挑。

下午五点多的时候，南夏终于在一个摊位上挑到想要的料子，12% 桑蚕丝，30% 的麻，48% 的棉，剩下是棉纶之类的，轻薄、吸汗、舒服、不易褶皱，最重要的是能够满足成本需求。

南夏捏着面料："就这个了。"

顾深说行，却没当场谈价格，拿了张摊位老板的名片，直接拍照发给李可,让她找合适的人来谈。

南夏这时候才觉得被他骗了:"你不是来帮我谈价格的吗?"

顾深丝毫没有被拆穿的尴尬,很坦荡地说:"这不拿了名片?"

南夏:"所以我是不会拿名片吗?"

顾深含笑搂住她的腰,开始胡说八道:"这不怕你不会,特意过来教你。"

南夏无语。

但她也知道顾深肯定是不放心她一个人来,所以才特意抽时间陪她,她抱着他胳膊,声音很轻地说:"那麻烦你啦。"

顾深垂眸看她:"说什么呢?"

他很不喜欢她跟他说这种见外的话。

南夏仰头看他,觉得还是有必要跟他解释一下。

她说:"你对我好我都知道,但是我不想把你对我的好当成是一件理所当然的事,就是……我这句话不是在跟你见外或者客气,只是想表达我对你的感激。"

她说完,一双眼眨了眨,看着他。

顾深这才笑了,勾着她的腰低头说:"真感激我?"

南夏重重地点了下头。

顾深不太正经地说:"那能换个方式表达你对我的感激吗?"

他眼神暧昧,把脸凑近,暗示得已经十分明显。

周围乱糟糟的,充斥着各种杂乱的声音。

从顾深靠近的那刻起,这些全都成了背景音。

南夏只能听见顾深的呼吸声,仿佛被放大了数十倍。

她踮起脚尖,轻轻地亲了顾深的嘴角一下。

顾深心满意足,含笑搂着她肩膀往回走。

回到家,南夏累到连澡都不太想洗。

这是南夏从未体验过的。

她不知道,其实每个设计师都要经历选面料这一步,有些设计师甚至会在这个场子里跑好几年。

南恺给她遮了一把伞,让她能够安安稳稳地成长。

想到南恺,南夏又觉得心里有点酸。

顾深推门进来:"热水给你放好了,去泡一会儿解解乏?"

南夏"嗯"了声,却没动作。

顾深看着她:"要不我抱你去?"

南夏很快起身:"我还是自己去。"

她泡了二十分钟，洗完澡吹干头发，回到卧室，没一会儿，顾深也洗好澡进来。

他坐到她旁边，伸手捏住她的小腿，轻轻揉了揉，问："是不是这儿肌肉酸痛？"

他手掌温热，捏在她小腿肚子上，力度刚刚好。

南夏侧头看他。

他还是那副吊儿郎当不太正经的样子，狭长的双眼里透着不羁和嚣张，行为却是极度认真的。

南夏点头："就是这儿。"

顾深很耐心，慢慢地替她缓解酸痛，边按摩边状似随意地问："下份工作打算去哪儿？"

南夏说："我也还没想好，你帮我参谋一下？"

即便没南恺说的那回事，就她跟顾深这层关系，离开倾城也是早晚的事。

顾深自然不会拦她，只想帮她做好规划。

他问："你在事业上有什么想法？"

南夏在事业上的目标很明确："我当然还是想成为独立设计师。"

本来有南恺支持，这件事很容易，但是现在她自然没那么多资源，她也不强求。

"不过现在条件还不成熟，我可能再选一个成衣定制的品牌去积累经验，然后再参加几个国内的设计师比赛长长见识。"她盘算着，"大概就是这样吧。"

顾深仔细听着，应了声，也没刻意发表什么意见。

顿了片刻，他像是忽然想起一个事儿："对了，衣柜里有件衣服，你试一下合不合身。"

南夏："嗯？"

顾深直接打开衣柜，取出来给她看。

南夏眼前一亮："这不是我最喜欢的那家品牌这季秋冬的高定吗？"

顾深点头："之前在国外看秀顺手订的。"

高定要根据个人的尺寸预定，又全是手工缝制，预定排队做好再拿回来怎么也要两个月的时间，怎么会是顺手？

而且他看秀的时候是10月底，那会儿她都还没进倾城。

也就是说，那个时候他就给她定了？

那时候，他们别说复合，话都没说几句。

原来，他一直想着她。

南夏问："那你哪儿来的我尺寸啊？"

顾深上下打量她一眼:"目测。
"来试试,看我测得准不准。"
其实是他目测之后,跟李可商量出来的尺寸。
南夏穿着拖鞋下床,刚要解浴袍,想起自己里面什么都没穿,不觉顿住。
顾深了然:"我先出去。"
他很快出去关上门,直到南夏喊他进来。
绿色的复古大衣将她整个人包裹起来,这颜色衬得她皮肤白得透亮,衣领很低,露出脖子前一大片,衣摆垂在膝盖上方两寸,纤长的小腿又白又直。
顾深喉结滚动了下。
南夏被他这目光看得也有点不太自然,说:"我是不是不该偷懒?要不我再去搭配一下里面的……"
"不用。"顾深打断她,缓步走进来,伸出双手,把她的长发从衣服里捞出来。
领口的缝隙露出她骨感的后背,顾深不敢多看,扶住她的肩膀又上下看了眼:"好像有点宽了,不过里头要是穿上衣服,应该正好。"
南夏看了看衣柜里的镜子:"挺合适的。"
顾深:"这么说我目测得挺准?"
南夏点头,脸发烫:"你再出去一下,我换衣服。"
顾深"嗯"了声,却没动作。
南夏推他:"快出去。"
顾深顺势抓住她的手腕,把她抱在怀里,低头吻住她的唇。
南夏没来得及反应,下一秒,他手覆在她锁骨上,一点点往下挪。
南夏一颗心简直要跳出来,却不知道该作何反应,只是不自觉地拽着他的衣领。
他像是还怕吓着她,动作很轻很缓。
南夏根本不知道怎么回事,就已经被他放到床上,灯也被关了。
从来没被人碰过的肌肤,开始轻轻发颤。
顾深在她耳边低声说:"比我想的还大。"
南夏没忍住踢了他一脚,被他躲开。
他伸手解开她的大衣扣子,拉着她的手往下:"帮帮我,嗯?"
南夏闭着眼,手也在轻轻发颤。
好一会儿,她手都酸了,他终于放过她,在她身旁躺下,长舒了口气。
南夏脸红透了,起身开灯洗了个手回来,让顾深去洗澡。
衣服也被他弄皱了,南夏把衣服挂好放进衣柜里,准备明天送去干洗。

顾深含笑说:"好。"然后直接起身。

他这回干脆什么也没穿了。

南夏闭上眼,钻进被子里睡了。

顾深很快回来,把灯关了,上来抱着她,很贴心地说:"快睡吧,你今天也累了。"

是谁让她这么累的?

天气阴沉沉的,还起了雾霾。

从倾城第十二层的玻璃窗内向外望去,整个南城都是模糊不清的。

然而这种雾霾的灰色,透过微蓝色的玻璃看去,生出一种奇妙的美感。

南夏拿出手机拍了张照片。

手机拍出来颜色有些失真,南夏立刻拿出 iPad,打开软件,直接用软件里的调色盘调颜色。

十几分钟后,颜色终于接近自然。

南夏收回 iPad,回到座位。

突然,有个快递员打来电话让她下楼收快递。

自从搬到顾深那儿后,南夏就很久没网购过,更不可能把网购地址填倾城。她迟疑了下,猜测可能是南恺送来的什么东西,准备下楼去收。

南夏刚起身,苏甜抱着一束纯白色百合跑了进来,含笑把花送到南夏怀里。

"我刚好下楼取快递,顺便帮你拿了。"

南夏一怔:"谢谢。"

苏甜星星眼:"今天什么日子啊?顾总居然在办公室送花给你?这也太甜了吧!你生日?"

周围的人不时往这儿瞟几眼。

林曼曼的脸色带着几分不屑。

南夏淡声道:"不是。"

她看着这束花,眼神淡漠地接过。

顾深不会送她百合,他们之间约定的花是玫瑰。

只有那个人会送她百合。

苏甜看南夏没有预料之中高兴的样子,猜到了什么,小声问:"难道不是顾总送的?"

南夏点了下头。

苏甜发出一声"哇哦":"顾总又有情敌了。"

花束里有张小卡片,卡片封面头像是个线条简约的女人头像,红唇长发,透着性感。

南夏没打开，直接拿着花往外走，准备扔进楼道的垃圾桶里。

她出门的时候，顾深恰好从外头进来，两人迎面撞上，百合的香气瞬间染上了他身上的味道。

顾深怕撞到她，下意识扶住她的胳膊，而后饶有兴致地低头扫了眼她手里的花，眉梢微挑："这花……好像不是我送的。"

他身后还跟着卓任宇。

南夏有点尴尬。

卓任宇很有眼色："我得回去开会了，都迟到两分钟了。"

说完，他几步溜走，把门口的空间留给他们。

他一走，顾深更肆无忌惮了。

顾深直接伸手扶在墙壁上，拦住南夏的去路，不太正经地看着她，仿佛是跟她要说法。

没想到会被他当面撞见，南夏有点心虚："William送的，我没收，要去扔掉的。"

顾深嘴角一勾，随手用食指和中指夹起花里的卡片："能看？"

南夏点头，她没什么不能给他看的，但她很快解释了下："我没看的。"

顾深笑了，干脆也不看了，直接把卡片扔进身后不远处的分类垃圾桶里。

南夏准备跟随他的脚步把花儿扔了，顾深却把花儿接了过来："扔什么？正好放我办公室，换个新鲜空气。"

南夏一愣："但这是William……"

顾深："我知道。"

他拿出手机，翻出李可的微信："给我买个花瓶儿，现在就要。"

说完，顾深抱着那束百合花进去了。

南夏只好也跟着进去了，简直不敢想象周围同事现在的目光，毕竟刚才是她抱着花走出来的。

果然，一回到座位，苏甜就惊讶地看着她："我刚才怎么看到顾总抱着那束花儿，他知道是别人送你的吗？"

南夏尽量淡定地说："嗯，他抢走的。"

苏甜："绝了。"

南夏打开手机看了眼，William的好友申请又孜孜不倦地来了。

她再次点了拒绝。

没想到百合花却一直没停。

每天一束，只是都进了顾深办公室，不知道的还以为是南夏在给顾深送花。

因为之后有人去顾深办公室，他含笑摆弄着花瓶里的新鲜百合，问："是不是很好看？味道也沁人心脾。"

那人自然夸了两句，出来后就把这八卦分享给众人。

大家后来听说是情敌给南夏送的花儿，都惊了，惊讶之余又觉得顾总实在牛，情敌要是知道了这事儿，肯定会气得吐血。

半个月后，服装打版终于结束，整个设计部门连续开了三天的会，终于敲定了春夏的所有系列服装，三套都用南夏的设计。

本来在设计图上，南夏的服装跟其他设计师差别已经很大，没想到打版出来后的实物对比更加明显，因为她的打版服装效果跟设计图几乎是一模一样的。

这真的是太难得了，百分之九十九的设计师都做不到。

她的裁剪、面料选取和搭配，简直把其他人的衣服都秒成了渣渣。

有些地方她的设计和裁剪就是能更好地突出身材，而且面料也最大程度地选择了性价比最高、最舒适的。

在场的设计师们都被震撼了，因为南夏的实力真的是太强了，设计理念先进，基本功扎实，风格又统一。

尤其让大家惊艳的是"平凡女孩"系列的服装，明明图纸上看上去只是很普通的日常穿搭，也都是大家平常经常穿的衬衫、T恤、长裙、牛仔裤之类，但每件穿上总能发现新颖的地方。

比如衬衫的面料舒服到让人不想脱，而牛仔裤穿上看着像瘦了十斤，长裙配色高级，穿上显得十分有气质。

而这一切，全部都是南夏一个人在极短的时间里做的。

苏甜忍不住感慨："都不知道我这辈子能不能有这个水平。"

她说完这句话后，会议室里一阵沉默，因为她说出了很多人的心声。

这也是唯一一次，顾深作为总监什么意见都没提，直接通过的三组设计。

林森喜笑颜开："既然大家都没意见，那就这么决定了。"

他这次的工作可太轻松了，终于不用熬夜改设计了。

林曼曼自然不高兴，因为她的打版被淘汰，就代表她升主设的考核失败。

但南夏的设计太过优秀，在事实面前，她也不能多说什么。

林森想给顾深卖个好，直接开口："顾总，南设计师这么优秀，绝对够资格成为我们公司的主设了吧？我想……"他看向南夏，含笑说，"不如就直接升南夏当主设，怎么样？"

苏甜惊喜地看着南夏，差点就跳起来。

会议室里静了几秒后，不知谁先带头，大家都开始鼓掌。

虽然南夏是顾深的女朋友，但没人怀疑她的实力，大家也输得心服口服。

顾深眉眼里蕴着笑意，看向南夏。

南夏也看着他。

等掌声结束，顾深说："不用。"

众人都愣住，以为自己听错了。

顾深居然拒绝了？怎么会？

顾深在众人疑惑的目光中慢慢地开口道："因为个人原因，南夏打算辞职了。"

会议室里响起此起彼伏的惊呼声，大家均向南夏望去。

林森惊住："什么？"

苏甜也惊讶地看着南夏。

南夏轻轻地点了点头。

众人对她最后的敌意也随着她要离开而彻底地消失，转头开始诚心地祝福她。

南夏一一道谢。

顾深伸出手指敲了敲桌面："行了，会议结束。"他转头对林森说，"交接的事情你安排一下。"

林森还想多挽留南夏一阵子："不是，要不等春夏发布会结束南夏再走也不迟。"

顾深拍了拍他的肩膀，一脸看穿他的样子："行了，别想了，早秋的设计没人帮你担着了。"

林森愣住了。

规定的离职时间是一个月后。

一个月后正好过年，过完年刚好可以找工作。

确定离职后，南夏就开始准备交接的文档。

林森让林曼曼跟她交接。

毕竟在她之前，林曼曼是公司最有潜力的设计师。

林曼曼这会儿自然不敢催南夏，还含笑请教了南夏很多关于作品设计的问题，南夏也一一解答。

林曼曼起先并非诚心，只是因为南夏设计的作品后续都归她存档维护和宣传，很多理念她需要非常清楚地了解。

她象征性地提了几个问题，打算拿到答案后应付宣传用，也没觉得南夏会认真回答她。

但没想到南夏不仅对每个问题的回答都很具体，而且还在设计思路上提点了她很多。

　　林曼曼的设计本来就遇到需要突破的瓶颈，周围也没人帮她，听了南夏的几次解释，忽然有了醍醐灌顶的作用，不觉又多问了几个问题。

　　南夏又一一耐心解释。

　　一直到下班时间，南夏口干舌燥地喝了口水，说："剩下的我们就明天再说吧。"

　　林曼曼这才反应过来时间，连忙说："好的。"

　　她顿了下，忽地喊道："南夏。"

　　南夏看向她。

　　林曼曼像是下定了很大决心似的，说："对不起，还有……谢谢你。"

　　她这次的道歉能看得出是真心实意的。

　　南夏点点头，算是接受了她的道歉："不客气。"

　　林曼曼高高在上惯了，从没跟人道歉过，虽然是真心感谢南夏对她的指导，但还是有点不好意思，转头走了。

　　苏甜等林曼曼出了办公室，才小声说："夏夏，你怎么那么好，她这人心术不正的，要是我才不跟她说那么多。"

　　南夏说："我不能决定别人怎么样，只能决定怎么做自己，况且这也是工作交接的一部分。"

　　苏甜很直接："难怪陈璇跟我说，你人好得有点过，单纯得有点可怜，让我一定多看顾你。"

　　南夏差点被水呛到。

　　苏甜关掉电脑准备下班，问："你还不走啊？"

　　南夏微微笑起来："我等顾深。"

　　苏甜意味深长地"哦"了声。

　　顾深从她背后过来，漫不经心地甩了甩手上的车钥匙，说："去哪儿？送你一程？"

　　苏甜说："我住西边，不顺路。"

　　顾深像是想起来了："对，你住西边儿。"

　　苏甜这会儿哪里还有不明白的。

　　她忍不住吐槽："以前我住哪儿顾总可是清清楚楚，还总要主动送我回家呢。现在南夏搬过去才多久，您连我住哪个方位都不记得了？"

　　合着她就是个工具人呗。

　　顾深没忍住笑了。

　　南夏说："你也算我们半个媒人，过阵子我们请你吃饭，怎么样？"

　　苏甜："那我要吃大餐。"

南夏看向顾深。

顾深含笑说:"行,我女朋友说了算。"

Part 02

因为南夏提了离职,两人分外珍惜最后的同事相处时光。

她和顾深也没刻意避开众人,一起进了电梯去停车场。

上车后,顾深俯身帮南夏系安全带。

他头发恰好擦过她下巴尖,弄得她有点儿痒。

南夏抬手压了压他的头发。

顾深不太满意她这动作:"干什么呢?怎么跟摸小狗儿似的?"

南夏本来已经停手,听见他这话又抬手摸了下。

顾深系好安全带,伸手在她腰间捏了把:"来劲是吧?"

南夏怕痒,立刻求饶:"错了错了,我错了。"

顾深停手。

见她双眼清澈,含着笑意,顾深笑了:"哪儿错了?"

她这会儿又大胆起来,仰起一张单纯的脸看着他:"我也不知道啊。这么说,我可能没错?"

顾深手放在她腰间稍稍用力:"知道了没?"

这简直是赤裸裸的威胁。

南夏:"你听我解释。"

顾深挑眉。

南夏:"我没像摸小狗儿似的摸你,我摸的是狼。"

顾深不解。

南夏一本正经道:"我觉得你应该是来自北方的一匹狼。"

顾深被她这形容弄笑了:"我是狼,那你是什么?母狼?"

察觉到他手上的动作,南夏弱弱地说:"我可能是……小绵羊?"

顾深笑抽了,伸手在她脸上轻轻捏了一把,算是放过她。

自从顾曾跟她谈完话之后,她很久没这么轻松的心情了。

顾深发动车子,转了下方向盘:"想吃什么?"

南夏:"天气这么冷,吃火锅吗?"

顾深:"行。"

她很少提出来吃这种大餐,顾深自然欣然答应,带她去了家挺出名的潮汕火锅店。

一进门就是一堆明星照片墙,看起来很多明星都会慕名前来。

要不是顾深跟老板认识,肯定是要等位的。

两人刚进大厅，就遇见钟奕儒和文雅。

钟奕儒又来国内了？

他怎么跟文雅在一起？

钟奕儒和文雅似乎也刚刚进来，脸色有些诧异，像是完全没料到会遇见顾深和南夏。

文雅看见顾深，目光先是一亮，看到南夏时，眼里的光又暗了下去。

不过，她仍旧很大方地打招呼："顾总。"

顾深："文小姐。"

顾深虽然是在跟她打招呼，目光却看着她身旁的钟奕儒。

钟奕儒对上顾深的视线，眼神淡漠，随后将目光转向南夏，视线往下移，定格在顾深牵着南夏的手上。

空气安静了一瞬。

南夏只看了钟奕儒一秒就挪开视线，往顾深的方向又靠了点儿。

文雅莫名感觉有股杀气靠近。

钟奕儒和顾深不对付吗？

一个在国外，一个在国内，怎么会跟仇人似的？

文雅微笑着问："William，你跟顾总认识啊？"

钟奕儒说："不认识。我认识他身旁的女士，她是我未婚妻。"

文雅惊住。

顾深漆黑如墨的眸子里泛着冷意，他刚要开口，被南夏抢先："William，请你不要胡说，我从来没答应过要跟你订婚。"

钟奕儒："伯父已经同意了。"

南夏一愣。

钟奕儒："这次我来，伯父特意嘱咐我把你带回去。"

南夏手控制不住地在发抖。

这件事南恺根本连跟她商量都没有。

她脑海中突然闪过刚才进门时前台放置的薄荷糖，忽然想起，在很小的时候，她本来很喜欢吃糖，但南恺强行要她戒掉；她怕疼也不喜欢跳舞，但南恺强行要她练习，她最开始感兴趣的明明是画画，最后却按照他的意思改成了设计。

她的人生一直都被他牢牢地掌控在手里，甚至现在她已经工作，他还想着她必须嫁给他喜欢的人。

南夏心里那股叛逆的感觉在此刻被放大，在这一瞬间，她觉得自己从没这么讨厌过南恺，也庆幸自己当初能做出回国这个决定。

南夏足足好几秒没说话，眼神也是冷的。

她向来大方得体，从没给过别人脸色，她这样子，顾深也是第一次见到。
意识到她被气得狠了，顾深牵住她的手稍稍用力握了下。
南夏回过神来。
他的手很温暖，像是把丝丝暖意都通过肌肤传给了她。
南夏抬头，他含笑看着她，轻轻摇了摇头，示意他全然不在意这事儿。
她回握住他的手，看了眼钟奕儒："不好意思，那只是南恺的一厢情愿，我有男朋友了。"
钟奕儒脸色平静。
顾深放荡不羁道："都听见了？我是她男朋友，她也没什么未婚夫这种玩意儿。"
钟奕儒眼神一暗。
文雅就喜欢顾深说话的这种调调，不觉多看了他几眼。
顾深拽着南夏的手腕往包厢里走，经过钟奕儒旁边时，又补了句："对了，你送的百合，我倒是挺喜欢的，但南夏喜欢玫瑰。"
"谢了兄弟。"
顾深留下这句话，也没再理两人。
钟奕儒全身一震，没想到自己送的百合竟然全到了别的男人手里，更没想到顾深会是这样肆意的姿态。
这人的话和态度，对他来说无疑是碾压级别的。
顿了片刻，察觉到文雅还在看他，钟奕儒恢复如常："抱歉，我们也进去吧。"

夜里寒风凛冽。
南城的冬天一刮起风简直要人命，感觉皮肤都被刮起了皲裂的细口。
还好晚上吃了火锅，不然真是无法抵御这种严寒。
两人到了家，南夏洗完澡，坐在沙发上依旧有点闷闷不乐。
她发了条信息给南恺，问到底是什么情况，南恺还没回。
顾深靠过来亲她脖子："别不开心了。"
他刻意哄她，想让她忘了这些乱七八糟的事儿，在她脖子边呵气。
南夏果然笑了，伸手去推他："痒——"
顾深把她圈在怀里。
南夏轻轻叹了口气，说："在想如果我爸爸这么固执的人，要是真的无论如何都不同意我们在一起，我该怎么说服他。"
顾深轻抚她长发："别想这些了，一切有我，嗯？"
他这话让人安心。

南夏点点头，枕着他宽大的肩膀，微闭起眼。
手机忽地响了，是个陌生号码。
南夏接起来，那头传来一个熟悉的声音："是我。"
两人有几秒沉默。
南夏从顾深怀里坐起来，看了他一眼："是William。"
顾深点点头，示意她接，起身准备往卧室走，给她空间，却被她拉住手腕。
南夏摇头，意思他不用回避。
顾深就心安理得地靠她旁边听。
钟奕儒却很敏感地听出了她在跟人说话。
他一凛，脑海里浮起一个不太好的念头："你跟他同居了？"
南夏稍顿，而后直白承认："对。"
钟奕儒顿住，深吸一口气。
南夏问："请问你有什么事吗？"
钟奕儒："有。伯父说你辞职了，我想问问你，要不要来我这里工作，我新开了一条成衣女装线，希望你能来当设计师。"
南夏有些意外："你在国内开了条成衣女装线？"
钟奕儒："对。"
难怪他会约文雅吃饭。
文雅跟倾城的合约只是一季的短约，他应该是想借文雅撬开成衣女装的市场。
南夏问："但你不是一直在做男装的吗？"
她见过钟奕儒的男装设计，品位不凡，设计独特，甚至有英国的王室成员点名要他做设计。
男装跟女装有很大差别，他怎么会突然转到女装设计上来？
钟奕儒："对，我还是会把精力放在男装上，女装只是品牌的一条支线，所以需要一个有能力的设计师来帮我把握整个女装的设计方向，我觉得你很合适。"
南夏说完全不心动，是不可能的。
钟奕儒大她六岁，在设计上的天分、能力，还有眼光，绝对是独到的。两人吃饭时候的几次交谈，他都能帮她理清不少设计思路。
更何况，国内成衣女装如今才刚刚起步，没有正经可供南夏这种水平的设计师历练的地方，如果能跟钟奕儒这种水平的人一起工作，业务能力一定会得到很快提升。
南夏没第一时间拒绝。

钟奕儒说:"放心,只是工作而已,我保证绝不用私事打扰你。如果你感兴趣的话,我们见面聊聊?"

南夏看了眼顾深:"我再考虑一下。"

钟奕儒:"可以,但是能不能把我微信加上?"

提到这事,南夏有点尴尬:"好。"

挂掉电话,南夏小心翼翼地观察着顾深的脸色。

顾深没什么太大表情,似乎在想什么,隔了片刻才察觉南夏在看他。

他没当回事儿:"想去就去。"

南夏问:"你不会介意吗?"

顾深:"工作是工作,私生活是私生活。不过有一点……"他看着她,"他要是再骚扰你,你得跟我说。"

南夏乖顺地点点头,然后通过了钟奕儒的微信好友请求,给他发消息说同意见面谈谈。

最后两人约在钟奕儒的工作室,这周六见。

顾深原本没在意这事,他对南夏有十足的信任。

但随着周六的临近,他心情却越来越烦躁,连李可进来问他要不要给南夏办个欢送晚宴他都没听见。

于是,李可又喊了遍:"顾总。"

顾深看着办公桌上已经枯掉的百合花,回过神来:"不用,她不喜欢这么兴师动众的。"

李可说:"好。"

顾深指了指百合花:"替我扔了。"

南夏跟林曼曼交接完最后的工作内容,一转头,恰好看到李可拿了百合花的瓶子出来。

瓶子里头的花已经半干了。

那天顾深跟钟奕儒说了那句话后,钟奕儒就没再送过百合过来,但南夏莫名觉得,顾深情绪不太高兴的样子。

她想了想,打开手机,找了家附近的花店,定了束百合。

半小时就到了。

这是她最后一天在倾城。

她没顾忌众人的目光,直接抱着那束硕大的百合,敲门进了顾深的办公室。

卓任宇和林森正巧都在顾深办公室里说发布会的事儿,看见她抱了这么大一束花进来,两人都愣住了。

南夏被百合挡住视线，从外头看以为办公室里没人，这会儿碰见两人也有些尴尬。

卓任宇老狐狸似的，立刻拉着林森往外走："脑子都不动了，放松一下，走走走！"

他几乎是推着林森出去的。

两人出去后，还贴心地把办公室的门关上了。

透明的玻璃门外，偶尔有几道八卦的视线往里看，却很快挪开。

南夏第一次做这事儿，手里捧着这么一大束花儿过来，突然卡了壳。

顾深往后一仰，语气不太好，看着她："什么意思？"

南夏："什么什么意思？"

顾深屈指在办公桌上敲了两下："这人没完了？怎么又送花儿过来了？"

南夏："不是，这是我……"她说得稍微有些艰难，"给你买的。"

顾深眉梢一扬："你买的？"

他语气瞬间变了，带着莫名的兴奋。

看他开心，南夏那点儿不自在也就被抛到脑后。

她点点头，把百合花束放下，拿起透明的花瓶："我先去接点儿水。"

顾深"嗯"了声。

南夏很快接了小半瓶水回来，把百合花包装拆开，一朵朵插进去，还去李可那儿借来剪刀稍微修剪了下。

完成后，整个办公室都充斥着百合淡淡的芬芳。

顾深含笑看她："怎么想起给我买花儿了？"

南夏说："我看你花瓶里的花儿枯了。"

顾深："那怎么买百合？"

南夏："我看你挺喜欢百合的呀。"

顾深笑了，对她伸出手："过来点儿。"

南夏看了眼窗外："不太好……"

"吧"字还没说出口，顾深抬手按了下按钮，办公室里的电动百叶窗帘降了下来。

南夏腹诽：这不是此地无银三百两吗？

顾深："能过来了？"

透明的窗户全被遮住了，只剩门口那儿还能看见几分东西。

南夏稍微往前挪了两步。

顾深牵住她的手："还真当我喜欢这破花儿？"

他这么一说，南夏就全明白了。

当初拿走她的百合，说喜欢不过是个借口。

南夏懊恼地说:"我还以为……那我下次送你玫瑰吧。"

顾深嘴角勾了勾:"不过呢,你送什么我都喜欢。"

看他心情变好,南夏也松了口气,看了眼窗外,说:"那我就先出去了。"

窗帘这么拉着,她真不敢多待,好在顾深没强行把她留下。

她刚一出去,卓任宇和林森就回来了。

卓任宇夸张地说:"顾总,你怎么突然拉起了窗帘?你要对我做什么?"

林森识趣地说:"那我就先不打扰二位了。"

卓任宇拉住林森:"不行,我一个人进去不太好。"

林森:"我们俩进去不是更不好?"

南夏飞快地逃走了。

因她这个送花的行为,顾深浮躁的心情彻底被安抚了。

当天晚上,南夏特意留下来等顾深一起回家。

这应该是两人最后一次从倾城一起下班回家,以后很难再有这样的机会。

顾深跟卓任宇开会晚了点儿,八点才开完。

一出来,他就看到南夏乖乖地在工位等他。

顾深走到她工位前的挡板处:"我还有几封邮件要处理,进来等我?"

周围没什么同事了,南夏点头说:"好。"然后跟着他进了办公室。

顾深坐在转椅上,专注地敲着键盘,盯着眼前的屏幕。

南夏很少能见到他这么认真工作的模样。

在她面前时,他向来都是放荡不羁的。

平时在倾城,南夏在工位上,顾深在办公室,也鲜能见到工作状态中的他。

他眉心微蹙着,狭长的双眼眼尾微微上挑,偶尔停顿片刻,又接着打字,修长的手指敲在键盘上,煞是好看。

南夏看得有点入迷,想起来刚进倾城第一次见到顾深工作时的状态和他那身规矩的西装,当时她心里颇有一种浪子回头的感觉。

她看得明目张胆,顾深像没发觉似的,一眼都没看她,只是专注地处理手上的邮件。

片刻后,卓任宇敲了敲办公室的门。

顾深头都没抬:"进来。"

卓任宇貌似很体贴地提醒他:"顾总,大家都走了,只剩下您了,您早点回去休息,记得走的时候关灯。"

顾深:"行。"

卓任宇又瞟了眼南夏,转身出去了。

南夏百无聊赖地去翻顾深书架上的书,被一本叫《原则》的书吸引住。她站着看了一会儿,突然被人从背后抱住。

南夏一惊,连忙去推他:"你干什么?"

顾深搂住她的腰,在她耳边轻声说:"怕什么,早没人了。"

南夏这才反应过来,紧绷的身体逐渐放松。

顾深:"看什么书呢?这么入迷。连我都不看了?"

原来他知道她刚才一直在看他。

南夏把手里书放回书架:"你忙完了,我们走吧?"

顾深勾着她的腰把她转过来:"急什么。"

他看着她,一个眼神她就懂了他的意思。

办公室的灯亮得像白天,窗外却是一片黑暗,什么都看不见,玻璃像是面镜子,映着两人的身影。

南夏问:"外面是不是能看见?"

顾深坏笑说:"能看见什么?"

南夏:"能看见我们……"

她想起来,是能看见。

每次下班时出了倾城大楼从外面看去,每层都能看见人影。

南夏有点儿慌了:"先放开……"

顾深没松开她,他手长,稍微往旁边一探就把灯关了。

办公室里陷入一片黑暗。

南夏原本的话也说不出来,她转头去看窗外。

窗外的景色也忽然清晰。

对面的霓虹灯牌,楼下流水般的汽车,远处星星点点的灯光,是很美的夜景。

顾深一只手勾着南夏的腰,一只手轻轻地捏住她的下巴尖,迫使她转头看向他。

他的表情晦暗不明。

顾深的声音带着点儿低沉的磁性:"还怕?"

南夏摇头:"没。"她问,"怎么还不回去?"

顾深低笑了声。

南夏咬唇。

顾深说:"你知道我最喜欢你什么吗?"

南夏一颗心"怦怦"直跳:"什么?"

顾深俯身,吻住她的耳垂。

南夏浑身过电似的,忍不住一颤。

他低声说:"最喜欢我一个眼神,你就明白我想做什么。"

他声音里带着笃定。

南夏没应声。

她刚被他抱住转过来对上他视线的那一眼,她就知道他想做什么了,所以才忍不住问他怎么还不走。

但这个场合,虽然没人,她也还是紧张。

顾深低笑了声,伸手把她抱起来,让她坐在办公桌上。

南夏扶着他的肩膀,没敢动。

黑暗中,感官像是被放大数十倍,变得极其敏锐。

顾深俯身低头吻住她的唇。

他嗓子有点沙哑地说道:"第一眼在倾城看到你,就想在我办公室这么亲你。"

南夏微微闭上眼,迎合上去,像是全身心都被他占据,唇舌间全是他的气息,混着薄荷清香。

他的吻技越来越娴熟,一点点地带着她深入,缠绕着她的舌尖,像是跟她嬉戏。

南夏双手慢慢上移,勾住他的脖子,又伸手插入他的发间。

他被她缠得不行,吻得越来越用力,往下一压,南夏后背碰到电脑屏幕,她不觉低哼了一声。

顾深松开她,抱着她往前挪了挪。

两人在黑暗中静静地呼吸着。

南夏忽然问他:"你是不是不开心?"

顾深:"嗯?"

南夏抱住他,没说话。

顾深明白她的意思,她怕他因为明天她要去见钟奕儒的事儿不开心。

顾深:"没。"

南夏仰头看他。

他这声"没"毫无情绪波动,南夏感觉他心里大约还是有点不舒服。

她说:"要不……你给我脖子上种个草莓吧?"

顾深差点儿怀疑自己听错:"什么?"

南夏:"是苏甜说的。我之前跟她说了这事儿,她说……种草莓代表一种占有……如果我带着你种的草莓去见William,他应该就会死心了。"

顾深笑了声:"这什么乱七八糟的?"

南夏没应声。

顾深想了想:"不过好像也不是全无道理。真让我种?"

南夏点头，把脖子拉得老长。

顾深等了一会儿，在她脖子上很轻很轻地吻了下，而后起身。

南夏一愣：这就结束了吗？

顾深说："我是无所谓，你带着个草莓印怎么见人？"

他们是情侣，做什么都无可厚非，但南夏这张脸太清纯，真要脖子上挂了个草莓印，一定会被人指点。

他不想让她遭遇任何不好的评价。

他这么一说，南夏就明白了他的意思。

南夏说："我没关系的。"

顾深伸手捧着她的脸："谁说没关系，我的女人不能受一点委屈。"

然后，他散漫道："不过呢，你给我种也能达到你想要的效果，反正他一看肯定知道这是你种的。"

他把脖子伸过来："来吧。"

南夏怔了好几秒，有点蒙："但是，要怎么种？"

顾深笑得暧昧："行，我先给你打个样儿。

"不过呢，在你身上，得种在别人看不见的地儿。"

南夏无语了。

顾深从南夏身上起来，南夏的脸烫得简直像烙铁似的。

办公室里关了灯，晦暗的光线几乎看不清任何东西。

顾深意犹未尽地说："这也不知道有没有成功，要不开灯看一眼？"

南夏踢他一脚，狠狠道："回去了。"

顾深坏笑了声："弄疼你了？我怎么觉得刚刚你挺舒服。"

南夏羞得不行："闭嘴，我要回家了。"

这要是在家里，她其实完全无所谓，但这是工作场合，她真的是全身都紧张得不行。

顾深按住她的双腿，把脖子伸过来："急什么，你还没给我种呢。"

南夏没忍住，用力咬了他一口。

顾深"嘶"了声："你怎么这么狠？"

说着，他抬手摸了下脖子。

南夏咬唇："我真的要回去了。"

顾深总算大发慈悲，放开她："行，那回去再种。"

南夏现在就是后悔，非常的后悔。

她到底为什么非要提种草莓这件事。

顾深现在是开心了，但她实在是太尴尬了。

回去的路上，南夏都转头看向窗外，不想跟他说话。

顾深看出她有点恼了,也没再招惹她,反正他今晚很是心满意足。

车子停到繁悦楼下。

顾深饶有兴致地通过后视镜看了眼脖子上的牙印儿,"啧"了声。

南夏也是这会儿才看见牙印儿,好像是有点深,她忍不住多看了两眼,想问他疼不疼。

她还没开口,顾深看她眼神就懂了。

他痞坏地笑了:"心疼我了?"

南夏嘴硬:"才没有。"

顾深:"没事儿,你再咬几个我也受得住。"

印迹一直到第二天早上都没消退,只是变得青紫。

顾深照镜子时看见,还挺高兴。

南夏从衣柜里找出条围巾递过去。

顾深:"干什么?"

南夏心虚道:"你要不要挡一下?"

顾深推开围巾,脸皮很厚地说:"我才不,我今晚就约平倬、于钱他们都出来看看,你平常都是怎么对我的。"

南夏一脸头疼。

下午,顾深亲自开车送她去钟奕儒的工作室。

玩笑归玩笑,顾深没真上去在钟奕儒面前露脸,就在楼下车里等她。

工作室叫虞美人,装修古典,走的是新式中国风的女装设计,地方不算大,却处处透着精致优雅。

一进门就有个假山加湿器,像古典庭院里的假山缩小版,烟雾缭绕的。前台还有一盆粉色睡莲,清水里漂着荷叶。

工作室里没别人,钟奕儒带着南夏逛了一圈,然后两人在会客室面对面坐下。

他绅士地倒了杯咖啡递过去:"特意给你煮的。"

南夏礼貌地说:"谢谢。"

她拿起咖啡,礼节性地抿了一小口后放下。

钟奕儒开门见山:"怎么样?是不是你喜欢的风格?"

曾经两人一起吃饭时,南夏说过想把中国传统文化元素融合进服装设计中做一个品牌,没想到他竟然当真了。

南夏垂眸,没应声。

钟奕儒十指交叉撑在桌面上:"我精力有限,女装部分经验也不足,只要你来,这就可以是你的个人品牌。"

南夏问："William，既然你精力有限，为什么又要开一条女装品牌线呢？"

钟奕儒："因为我想打造一个多元的品牌，旗下不止有男装，还有女装，而且女装利润向来高。"

他表情平静淡然，再假的话从他嘴里说出来都不像是假话，而像是正常叙述。

"而且……你来这里什么都是现成的，渠道、团队，都可用伯父和我手底下的资源。"

他侃侃而谈，给她描述了一个完美的设计师未来，就像南恺一直想为她打造的那样。

南夏早做好了决定，还是耐心等他说完，才摇头道："谢谢你，但我觉得这份工作可能不太适合我。"

这是南恺为她准备的下一个牢笼。

这根本不是钟奕儒的工作室，而是她的。

个人品牌、独立设计师、古典中国风格，这里所有的一切，都是南夏想要的。

所以她更加清晰地明白，她只要踏进来，就再也没有出去的机会。

来这儿的确可以实现独立设计师的梦想，但也意味着，她的事业和人生重新被南恺掌控在手里，也意味着只要南恺不同意她跟顾深在一起，随时可以掐断她的事业。

到时她又要像现在这样，重新开始。

她的人生只能自己做主，就算是最亲密的父亲，也不能掌控。

钟奕儒一滞，没料到南夏拒绝得如此干脆，他还以为自己说动了她。

他问："为什么？"

南夏起身："因为还有比这些更重要的事情等着我。"

她早晚会成为独立设计师的，自己一个人，只不过需要更辛苦一点，时间更长一点罢了。

"谢谢你 William，那我就先走了。"

南夏拎起包往外走，钟奕儒拉住她的手腕："Nancy。"

南夏从他手里挣脱出来："放开。"

钟奕儒没勉强她，问："那个男人真这么好，值得你为他放弃这么多？你的人生、你的事业，全都乱套了。"

南夏："你误会了，我不只是为了他，也为了我自己。"

钟奕儒看着她："你有没有想过，如果伯父永远都不同意你们在一起，你打算怎么办？"

南夏声音冷淡:"这就不劳你费心了。"

钟奕儒叫了她的中文名字:"南夏。"

南夏看着他。

他说:"我来的时候伯父说,他就算是死,也不会同意你跟那个男人在一起。"

南夏打了个冷战,脑海里浮现出南恺说这话时冰冷固执的样子。

她双手紧握成拳,把指甲嵌进肉里,说不出话。

钟奕儒又补了句:"还有,伯父说春节的时候让我带你回去。"

走出工作室大楼,一股冷风携着沙子扑面而来,灌进衣领里,枯叶被风卷起来,飘在空中。

南夏缩了下脖子,远远地看见顾深。

他懒懒地靠在车边,一脸放荡不羁的模样。

看见她出来,他朝她走来。

南夏鼻子一酸,小跑着扑进他怀里。

他的怀抱透着一股说不出的温暖,身上有一股熟悉的味道。

顾深心里有点儿没底:"这是怎么了?"

南夏小声说:"想你了。"

顾深笑了,伸手轻轻捏了捏她的脸:"才分开几分钟,这么黏人?"

南夏靠在他肩上,刚好看见他脖子上的咬痕,青紫色里透着点微红色,像是刮痧后的那种红,牙印还是很明显。

她这会儿才觉得咬得狠了,忍不住伸手去摸。

"还疼不疼?"

顾深:"心疼了?"

南夏没想跟他斗嘴,很轻地"嗯"了声。

上车后,南夏把拒绝钟奕儒的事儿跟顾深说了。

顾深觉得拒绝就拒绝了,没什么大不了:"那你怎么不开心?"

她从楼里一出来表情就不大对劲,顾深一眼就看出来了。

南夏怕顾深误会,想了想,还是把钟奕儒说南恺不会同意他们在一起的话告诉了顾深。

顾深蹙眉,但他很快恢复如常,一脸完全没把这事儿放心上的样子:"你也不能只听他说,还是要问问你爸。"

知道南恺只会说得更难听,南夏轻轻叹了口气。

顾深看她:"你移民了没有?"

南夏:"没,我还是中国国籍。"

顾深："户口本在你爸那儿？"

南夏点了下头。

顾深漫不经心地发动车子："行了，别为这事儿烦心了。"他抬手捏了下她的下巴，"有我在，你不用想那么多，就每天开开心心地跟我在一起就行了，知道吗？"

他神态和语气透着嚣张，却让南夏安心许多。

她最怕的就是他会受南恺态度的影响。

他不在意，她也就没那么不开心。

南夏乖顺地抬头："好。"

顾深半开玩笑地说："实在不行，到时候我去把你户口本偷出来。"

南夏："你偷？你进得去我家大门吗？"

顾深眼里蕴着笑意："你悄悄带我进去？"

他这么一说，气氛瞬间变得轻松。

南夏说："行，我到时候用个大行李箱把你运进去。"

顾深也含笑说："行，到时候把我藏你床底下。"

这话题就算揭过了。

南夏看顾深开车的方向不是去往家里，问："去哪儿啊？"

顾深说："喊了平倬和于钱他们出来聚。"

南夏："你真喊了？"

顾深点头。

南夏看着他脖子上的咬痕，半晌说不出话："那你……"

顾深坏笑："没事儿，我脸皮厚。

"你要是不好意思，就跟他们说不是你咬的。"

南夏没忍住推他一下："谁信啊。"

顾深状似认真地安慰她："你还是可以争取一下，反正我花花公子一个。"

南夏无语，片刻没说话。

顾深看她一眼："真害羞？"

南夏也不知道自己此刻是什么心情，她总觉得要是顾深给她种颗草莓让别人看到，她都没现在这么害羞。

南夏觉得无论怎么回答都会被他笑，干脆就没回答他这问题，说："那我把蘑菇也叫出来吧。还有苏甜，看看她有没有空，上次答应要请她吃饭，她跟蘑菇也认识的。"

顾深："行。"

等到了酒吧，顾深才从车后取了条红色格子围巾出来。
"行了，逗你呢。"
原来他早有准备。
这么浓烈的颜色，更是把他骨子里的痞劲儿衬得越发明显，也更加放荡不羁。
南夏忍不住盯着他多看了几眼，觉得他就应该是这样浓烈、放纵的。
当初他骑着机车闪电似的从她的车窗前经过时，她就格外羡慕他的人生。
那时候她还没想过，会跟这个人永远在一起。
顾深看她的表情："怎么，看入迷了？"
南夏顶着那张清纯的脸和无辜清澈的眼，拽了下他的衣角，"嗯"了一声。
顾深是真受不了她这样儿。
他心里痒痒的，没忍住把她扯进怀里，重重亲了她一口。
紧接着，传来一个熟悉又激动的声音："今儿什么日子！我竟然能碰到这种现场直播！"
于钱刚到酒吧门口看到这场景，人都傻了。
也不能怪他大惊小怪，以前顾深和南夏大学里谈了三年，顾深在南夏面前规矩得跟什么似的，尤其当着他们的面儿，无论他们怎么打趣，顾深都不肯当面亲南夏，最多也就拉个手，偶尔抱一下。
因为这，平倬还问过顾深跟南夏谈恋爱会不会无趣，怎么解决个人问题，直接被顾深骂了。
这么多年，终于逮着点儿他俩的亲密镜头了。
听见声音，顾深放开南夏，把她搂进怀里，撩了下眼皮："你声音再大点儿试试？"
于钱不自觉往后退了一步："打扰了，打扰了。"
南夏倒没觉得有什么，接个吻而已。
以前读大学时在校园里接吻的情侣多了去了。
南夏很大方地从顾深怀里出来，和于钱打了个招呼："你来啦。"
她脸颊还带着点粉红色。
于钱笑着喊："嫂子好。"
南夏这才发现于钱身后还跟了一个男人，又瘦又高，穿着灰色长大衣，一副清冷的模样，双手插兜，像是对什么都不太在意。
南夏觉得这人有点儿眼熟，却突然之间想不起来是谁。
顾深终于看见那个男人："哟，苏见一，今儿什么风把你吹来了？"

南夏一听见他的名字就想起来了，这人是顾深宿舍计算机系的。

因为他是外系的，为人也清冷，所以平时不太跟顾深他们一起行动，南夏对他也就不怎么熟悉。

苏见一学顾深说话的腔调："这不于钱非求我过来，我寻思给他个面子。"

于钱不乐意了："你要脸吗？是谁跟我说周末没事儿干一个人在家空虚寂寞冷的？我是看你可怜，知道吗？可怜！"

苏见一"啧"了一声："要说可怜，你好像是我们宿舍里唯一一个没谈过恋爱的……"

于钱："闭嘴！你闭嘴！"

苏见一这人平时冷冷清清的，怼起人来简直要命，而且他虽然是计算机系的，倒是很博学，几乎什么书都看过，于钱经常被他怼得哑口无言。

顾深："行了，两个小学生似的，未满十六，酒吧不让进。"

苏见一和于钱都一蒙。

南夏没忍住笑了。

顾深牵住南夏的手："甭理他们。"

说完，他拉着她进了十六楼。

这会儿天刚刚黑，才七点多。

他们一进酒吧就收获了所有人的目光。

顾深虽然很久没来过十六楼，但这儿的人都知道他。

不说他长得帅多金，就那种痞气往那儿一坐，就有不少姑娘往上扑，但没一个成功的。

看他头一回牵了个姑娘进来，大家都没忍住多看几眼。

这姑娘是真漂亮，纯得要命，长着是个男人都会喜欢的那种初恋脸。

一行人去了二楼半敞开的包厢。

顾深叫了酒水和小吃，给南夏叫了饮料。

南夏说："上次蘑菇介绍的那个酒还挺好喝的，叫什么来着……Fresh Air。"

顾深看向她。

南夏："怎么？那个酒精度数低，我没关系的。"

她明显没理解他的意思，完全忘了她上次喝醉了干了些什么。

觉得反正自己也不亏，也难得有这个机会，顾深挑了下眉："行。"

给她点了。

他甚至琢磨着问一下老板这酒怎么调，可以回去调给南夏喝。

大约十几分钟后，平倬搂着华羽的腰来了。

华羽长发大波浪，穿着V领长裙，外头套了件羽绒服。

屋里热，平倬很绅士地帮华羽把外套脱了挂旁边，又帮她挪了挪凳子。

跟顾深和南夏相比，他们俩尺度看着就大了不少。

平倬一坐下来就看见顾深脖子上的围巾："你不热？"

南夏转头去看顾深。

他已经把外套脱了，只剩里头一件黑色毛衣，配着红格子围巾，有种张扬的气质。

但屋里暖气的确给得足，顾深平时又总怕热。

顾深摇了摇手里的酒杯，吊儿郎当地说："你管得着吗？我围巾好看乐意戴，不行？"

于钱打趣："哟，我嫂子送的吧？看他那嘚瑟样儿。"

南夏微笑着，有点儿心虚，没敢说话。

平倬看了眼南夏，低笑了声。

不知道为什么，南夏总觉得平倬好像猜到了什么。

好在平倬没继续这话题，而是把菜单推到华羽面前，声音温和："有什么想吃的，加一点。"

华羽轻声细语地说："不用了。"

平倬扫了眼菜单："凯撒沙拉？"

华羽点头："好。"

两人关系跟上次比起来简直是有了质的飞跃，之前见面那种剑拔弩张的状态也像是全然消失了。

华羽以前像是带着刺，不时就要刺一下平倬，结果经常平倬比她刺得还狠。

于钱没忍住"啧"了几声："你俩这怎么回事儿？带刺的玫瑰被征服了？平倬功夫不错啊？"

于钱只跟南夏说话的时候才注意尺度，他跟平倬早混熟了，也知道华羽什么样儿，说起话来难免就带了点儿颜色。

平倬送他一个字儿："滚。"

于钱："真让我滚？我还没跟你讲我刚看见的限制级画面呢。"

华羽来了兴趣："什么限制级画面？"

问完，她暧昧地看了眼南夏。

在他们来之前，现场的情侣就只有顾深和南夏，猜也知道跟他们俩有关系。

顾深漫不经心地挑了下眉，扫了于钱一眼。

于钱顿时蔫儿了，什么都不敢说。

南夏含笑说:"你别听他胡说。"

平倬:"我还真不稀罕,顾深和南夏什么人我不知道?他俩最多接个吻,能干什么出格的事儿?"

他这猜得也太准了吧。

南夏微笑着看大家,目光坦然,却总还是有点不好意思。

听到这话,华羽被手里的酒呛了一下。

平倬发出声低笑,伸手去给她拍背:"小心点儿。"

于钱不解:"不是,你呛个什么劲儿,我嫂子都没呛。"

平倬说:"你别怕,公开场合,我也干不出什么出格的事儿。"

那意思,回家就不一定了。

众人惊呆了。

华羽脸红得跟什么似的。

南夏被平倬这话惊了一下,不自觉地去搂顾深的胳膊。

她之前到底是怎么觉得平倬绅士君子的?

顾深用酒杯轻轻敲了敲桌子:"行了啊。"

他还跟以前似的,怕尺度太大,提醒他们收敛点儿,也算是护着南夏。

于钱:"哥,你真是,多大点儿事儿?你看看我姐,那是出过国见过世面的人,会被这种小尺度吓到吗?"

南夏:"国外都说英文的,没中文的听起来尺度大。"

于钱哑口无言。

顾深垂眸扫南夏一眼。

南夏顿时收声,不敢再胡说八道了。

又过了会儿,陈璇和苏甜也到了,人算是全部到齐。

苏甜算是这里头的新人,南夏给大家介绍了她之后,就开始互相喝酒聊天。

苏见一坐在角落里,像是跟周围的人格格不入,清清冷冷的,慵懒中带着点儿漫不经心,偶尔附和一两句,大部分时候都没怎么说话。

苏甜恰好坐他对面,她性格向来活泼,看他一个人,就想上去搭话。

她举杯热络地说:"你叫苏见一是不是?我也姓苏,说不定我们几百年前是一家人呢!来,喝一杯。"

苏见一抬头看了她一眼:"你这搭讪搭得也太不走心了,再往前推,几百万年前我们还都是类人猿呢。"

苏甜腹诽:我不就说了句示好的话吗?这人怎么就怼上了?

于钱听见他俩这话,举杯跟苏甜碰了下,替她解围:"你甭理他。他这人就这样儿,说话能把人噎死,活该单身。"

苏甜也不是吃亏的人,她跟于钱碰了下杯,表示收到他的好意,紧接着就没忍住怼苏见一:"那你往前推几百亿年,我们还都是一个细胞呢。"

苏见一:"我会跟你这种搭话这么没水平的人一个细胞?"

苏甜点头:"也是,当初我那个细胞也不像能分化出你这么没情商的人。"

苏见一一愣。

于钱"噗"一声,差点把嘴里的鸡米花吐出来。

两人不知道什么时候从没情商扯到智商重要还是情商重要的话题上。

这可到了苏见一最擅长举例的环节,他一连举了诸葛亮、王阳明、杨慎等一堆人来论述智商的重要性。

苏见一还颇为嚣张地问:"杨慎你知道是谁吗?听过名字吗?"

苏甜的爸爸可是中文系的教授,她会不知道明代三大才子之一的杨慎?

她讥讽道:"我会不知道杨慎?"

两人开始在文化历史的长河中遨游。

他俩争论声越来越大,引得周围人连连瞩目。

顾深也忍不住啧啧称奇道:"苏见一今儿晚上比他上大学一年说的话都要多。"

于钱则是另一种反应:"我服了,这是在酒吧吗?我居然听见了'出师表'三个字?"

最后苏见一和苏甜嫌他们喝酒吵,去角落里接着PK了。

这边儿喝酒的人也没理他们,接着喝自己的。

南夏只在最开头喝了一杯酒,之后就在喝饮料。

这会儿气氛热烈,她就忍不住招来服务员又要了一杯。

顾深问她:"还能喝?"

南夏点头:"我觉得没事儿。"

她脸颊带着点儿殷红。

顾深含笑道:"今天没醉了?"

南夏不解:"什么?"

陈璇在斜对面给她使了个眼色。

南夏倏地想起来之前和陈璇联手骗顾深的事儿,一时也不太明白自己是不是该醉。

顾深反应过来,伸手把她捞进怀里:"行啊,合着上回骗我哪?"他压低声音,附在她耳边,"装醉占我便宜?"

南夏很少说谎话,既然被他看出来,她也就准备大方承认了。

她看着他,抬手扯了下他的围巾:"是又怎么样?"

顾深笑了声:"不怎么样,给你占。"

酒吧包厢里光线昏暗,他身上有淡淡的酒香。

于钱别开眼,没看他俩,转头跟平倬碰了个杯,然后说:"烟瘾犯了,我出去抽根烟。"

平倬起身:"我也去。"

华羽也起来:"那我陪你去?"

陈璇:"那我?也去?"

几个人忽然全出去了。

包厢那头儿只剩苏见一和苏甜,两人在认真地谈论历史人物,说话声像是背景音。

南夏就这么跟顾深抱了一会儿,才后知后觉地发现人不知道什么时候都走了。

她有点不好意思地从顾深怀里出来:"他们呢?"

顾深也没注意:"抽烟?去厕所?"

不外乎这点儿事,南夏点点头。

她问他:"你热不热?"

她刚抱他的时候都觉得他全身滚烫,手心似乎也出了汗。

南夏:"要不把围巾摘了吧?"

顾深:"没事儿。"

主要还是怕她不好意思。

南夏抬手把他的围巾摘了:"我没关系的,反正我们都住一起了。"

顾深也的确觉得热,看她这么坦然,也就没坚持,把围巾扔在一边儿。

没几分钟,于钱他们从外头回来了。

几个人纷纷坐下。

于钱刚要倒酒,一眼看见顾深脖子上的痕迹,惊了:"嫂子,你这么野的吗?"

众人顺着他目光,也看见了顾深脖子上的痕迹,顿时都激动了,开始此起彼伏地起哄。

南夏想起顾深白天的话,突然想皮一下,装作不解地问:"什么这么野?"

于钱指着顾深脖子上的痕迹:"这吻痕啊。"

南夏转头,仿佛才看见的样子,蓦地冷了脸:"这不是我亲的。"

顾深愣了愣。

酒桌上突然安静了。

楼下的女歌手哀伤地唱着失恋的情歌。

南夏看向顾深的眼神是冷的。

众人也没料到会是这种走向，看南夏逼真的神情，一时全都沉默了。

顾深挑了下眉，看向南夏。

他表情倒是没什么变化，一如既往的淡定。

片刻后，南夏先绷不住，没忍住笑了。

她一笑，众人才知道她在开玩笑，均松了口气。

陈璇说："夏夏，你怎么这么皮？吓死我了，我手里的酒差点儿就泼出去了。"

于钱也松了口气的样子："我就说，我哥不能干这事儿。"

南夏成功骗到众人很开心，冲顾深扬了扬下巴。

顾深勾唇，夸她："行了，知道你厉害。"

大家同时起哄："是挺厉害。"

华羽没忍住说："我以为顾深是那种猛的，没想到……"她笑得意味深长，"是我小看你了，夏夏。"

南夏没忍住，轻咳了声。

平倬说："放心，顾深是什么人，他能吃亏？"

顾深扬眉，笑得嚣张又放肆。

华羽没懂。

平倬低头说："今晚上让你懂一下。"

华羽脸红了。

服务员又给南夏送来杯酒。

几个人都熟悉到不行，谈天说地，时间过得飞快，没一会儿就十二点了。

临别时，顾深约众人下周末去赛车俱乐部，说是年前的最后一次赛车。

于钱问："要不要叫高韦茹？"

毕竟以前也都玩得挺好的，既然她对顾深也没了心思，应该也可以。

顾深无所谓，看了眼南夏。

南夏说："可以啊。"

这事儿就这么敲定。

大家准备回家。

于钱很激动地揎掇苏见一送苏甜回家，说他们俩在回去的路上仍旧可以讨论文史知识。

顾深喊了司机来接，其他人找了代驾。

几人在外头等车。

屋外的风是刺骨的，顾深把围巾绕在南夏脖子上，摸了摸她的脑袋："戴着暖和。"

华羽轻轻撞了下平倬:"你看人家。"
平倬低眉:"人家有围巾呢,我连围巾都没有。"
华羽"哼"了一声。
顾深的车先到,他和南夏跟众人道别后就上了车。

已经过了凌晨,困意和倦意一起袭来,但南夏的大脑皮层还活跃万分。
她靠在顾深怀里,用手缠着他的腰。
她喝了点儿酒就格外黏人,不停往他怀里钻。
顾深含笑说:"我可真得问问老板这酒怎么调了。"
南夏点头,撒娇道:"好。"
夜里路上没什么车,很快就到了家,两人先后洗了澡。
可能因为喝了酒,也可能因为很久没跟大家见过面,南夏躺在床上还在跟顾深说今晚的事。
她一会儿说苏甜跟苏见一说不定能成,一会儿又说于钱怎么还不谈女朋友,一会儿又操心平倬和华羽的婚事。
她边小声说,边往顾深怀里钻。
顾深被她搅得困意全无,伸手按住她的腰。
两人睡觉时都穿着轻薄的蚕丝睡衣,他手掌火热的温度透过衣衫落在南夏腰间。
南夏在黑暗里仰头去亲他的下巴。
这动作无疑是点火。
顾深舔了下后牙槽,欺身上来。
蚕丝睡裙肩带滑落,挤成一堆缠在腰里。

第二天早晨,南夏睡到十一点多才起来。
昨天被顾深折腾太久了,实在累得慌。
顾深倒是很早就起来了,在客厅看电视,这会儿进来看她醒了,走过来俯身把她抱住。
"还困?起来要直接吃午饭了。"
南夏迷迷糊糊道:"那怪谁呢?"
顾深笑了声:"怪我。"
他把她抱起来:"再睡晚上又要睡不着了。"
随着他的动作,南夏乌黑柔顺的长发像瀑布一样散在背后,遮住牛奶般丝滑的后背。
顾深心动地亲了亲她的肩膀:"起来去洗漱吃饭了。"

南夏点头，穿好衣服，把手机拿起来看了眼。

南恺给她发了两条微信——

【William 的意思就是我的意思。】

【你要么春节跟他一起回来，要么就不用回来了。】

南夏眼眶一红，不明白南恺为什么总能对她说出这么狠心的话。

一时间，南夏极度的叛逆心被激起，回复：【好，那我今年春节就不回去了。】

回复完，她把手机扔到了一边去洗漱。

顾深点完餐，南夏恰好洗漱完出来。

他一眼就看出她心情不好。

明明刚才还贴着他撒娇，现在整个人都低沉了下来。

顾深起身把她捞进怀里："怎么不开心？给我折腾恼了？"

"不是。"南夏声音闷闷的。

虽然给南恺回了信息说过年不回去，但她还是不太高兴。

她还是第一次跟南恺说这种话，大概也要真的第一次过春节不回家。

南夏轻声说："我过年不回去了。"

顾深摸了摸她的脑袋："正好，陪我过个年，我们还没一起过过农历年。"

南夏仰头看他："你不用回家过年的吗？"

顾深："不用，最多回去露一面得了。"

说话时，他轻轻抚摸着她的后背。

南夏没应声。

两人算是早午饭并在一起吃。

饭后两人坐在沙发上聊天。

顾深问："你以后什么打算？"

南夏说："过完年先找工作，再找机会慢慢说服爸爸。"

顾深有一下没一下地摸着她的头发，认真地听着。

片刻后，他忽然想起来一件事似的："等我下。"

他起身去了次卧，很快出来，手里拿了几张银行卡，递给南夏。

南夏不解地看着他。

顾深一张张指给她："这张是我在倾城的工资卡，这张是之前赛车拿到的奖金和大头存款，这张是我母亲留给我的，还有几张信用卡。你帮我管着。"

他把这些卡尽数推到她面前。

南夏稍稍愣住。

她本来以为顾深是给一张卡让她花，正要拒绝，没想到他来了这么一招。

他眉目之间仍旧是漫不经心的，透着不羁。

这些应该是他全部资金了，但他像是完全没当一回事儿，就这么直接交了出来。

南夏犹豫道："这……"

顾深想起什么似的，打断她，接着补充："还有这套房子，你家那个别墅区还有一套，南边儿还有两套，回头我都加上你的名字。至于车，大概有七八辆。"

他慢慢说着，像是要把他全数身家都交到南夏手上。

南夏没忍住打断他："顾深……"

顾深终于没再继续说下去，而是坐到了她旁边。

南夏说："你不用这样的，这些都是你的……"

顾深把她搂在怀里："是我的，也是你的。"他声音里透着点儿紧张，"我想跟你说，就算你真的永远都不回去，我也能给你一个家，给你很好的生活。"

他指尖在轻轻颤抖。

她跟他在一起付出的代价太大，他怕她不开心，怕她因为压力大或者血浓于水的亲情再度离开他，所以他把他的一切主动双手奉上。

南夏回抱着他，说："我都知道的。"

顾深"嗯"了声，声音很轻："那你别拒绝，好不好？"

南夏想起了苏甜跟她说的话。

如果顾深是她老公，她还会跟他分得那么清楚吗？

她停顿几秒没说话，弄得顾深有点紧张，他说："就算不全要也……"

南夏打断他："好。"

顾深顿住。

南夏俏皮地说："谁说我不全要的？我全都要。"她勾住他的脖子，"连你一起要。"

顾深松了口气，笑了："行，全都给你。"

两人抱了会儿。

南夏把自己的工资卡也拿了出来，说："我就只有这个。"

跟他相比，的确是贫穷了点儿。

顾深笑着说："以后你肯定会赚得比我多，我就等着以后你养我了。"

南夏认真地说："你要是少吃点儿的话，现在也可以养。"

顾深："行，我少吃点。"

南夏把这些卡都收起来放在一个小盒子里，盯着这些整整齐齐的卡片看了好一会儿，嘴角浮起满足的笑容。

他说得对，他们会有一个家的。

没了工作压力，日子好像一下子轻松起来。

南夏就当放了个大长假，在家收拾屋子、做菜，等顾深到家。

下午的时候，苏甜突然发来了微信。

【夏夏！】

【William Zhong 来找顾总了！】

【他们现在就在楼下谈话！】

她还配了一张偷拍的照片。

画面里是 William 的侧脸，还有顾深的背影，南夏一眼就能认出来。

William 怎么会去找顾深？

不知道他会跟顾深说什么，南夏有点紧张，在想要不要去一趟倾城。

这时，苏甜又发来一条消息：【顾总脸色很难看，是我从来没见过的那种难看。】

这条消息一过来，南夏再也按捺不住，换了衣服就开车去了倾城。

还好路上不算拥堵，二十多分钟她就到了。

她下车，一路气喘吁吁地跑进倾城大楼。

钟奕儒和顾深就在楼下会客厅相对而坐，周围不时有人经过，用八卦的眼神瞥他们一眼。

顾深神色淡漠，靠在沙发上，放荡不羁地把一条腿搭在另一条腿上。

钟奕儒则是儒雅地坐着，不知道在跟他说什么。

顾深看见南夏，目光亮了下，下意识把腿放下。

南夏走近了，听见钟奕儒的话："至于你的家世，我不提你也明白，私生子的名声跟着你，Nancy 也会受影响……"

南夏气冲冲打断他："够了，William！"

钟奕儒回头，看见她的瞬间有些吃惊，低头看见她手上的戒指，发现跟顾深的明显是一对儿，不觉脸色又沉了几分。

南夏挡在顾深面前，看着钟奕儒，目光冰冷："William，用别人的出身和长辈的私生活来攻击对方，这就是你的教养吗？"

她外表看起来虽然清冷，但脾气向来很好，钟奕儒从没见过她如此疾言厉色的模样，像是带了刺。

她冷笑着点点头，继续说："也对，除了这点，你也找不到任何可以攻击他的方面了。"

"你不用再白费心思了,我是不会跟你在一起的。不管他是什么家庭,也不管跟他在一起之后事业会有多难,我都跟定他了。"

她说得斩钉截铁。

即便是当着顾深的面儿,她都没这么说过。

顾深勾唇,看着她。

她眉头微拧,唇抿成一条直线,脸颊因为小跑和生气微微发红。

这么护着他的样子,像个女战士。

顾深低笑了声,牵住南夏的手,看向钟奕儒:"你都听见了?"

钟奕儒脸色苍白,看着南夏:"要是伯父一直不同意,你就这么一直跟着他?你们连婚都结不了!"

南夏盯着他:"与其跟不喜欢的人结婚,还不如不结。"

钟奕儒没想到南夏会这么固执,僵在原地片刻,转身走了。

直至他的背影消失,南夏才稍微松了口气。

她转头看着顾深:"他跟你说什么了?你有没有不开心?"

顾深:"没什么,一些有的没的,乱七八糟的事。"

如果不是南夏出现,他的心情一定会被影响。

钟奕儒的话不无道理。

因为要跟他在一起,南夏放弃了唾手可得的独立设计师机会,放弃了跟父亲的关系,事业亲情都为他牺牲掉了。

而且,如果南恺不同意,他们还真没办法领证。

钟奕儒说如果他真爱南夏,就该为她考虑,毕竟爱一个人不一定非要拥有。

顾深在听到南夏的那些牺牲时,有一瞬间的恍惚,也怕南夏有一天会后悔为他放弃了这些东西。

好在南夏来了,她目光里此刻还充满担忧:"你不要不开心……"

仿佛是不知道该怎么安慰顾深,她顿了顿,又说:"反正你在我心里,就是最好的。"

顾深眼里蕴着笑意:"知道了。今天有没有不舒服?"

她生理期第一天经常会肚子疼。

南夏摇摇头:"这次没有呢。"

"那就好。"顾深低头看了眼表,用指腹蹭她的脸,"先回去等我?我还得忙一阵子。"

南夏乖巧点头,又跟他说:"我在家等你,你别受他影响。"

顾深低头靠近她,语气亲昵:"再说我要忍不住亲你了。"

南夏推开他,小声说:"我走了。"

Part 03

这一周，两人心情都没受影响，反而感情更坚固了。

周末很快到了。

也到了南夏最期待的跟顾深赛车的环节。

还在路上，她就兴奋得不行。

顾深瞧她："就这么想跟我比？"

南夏点头。

在国外，她的生活除了设计就是赛车，练习那么久那么辛苦，无非也就是期望有一天能跟他一起在赛道上驰骋。

上次因为高韦茹，她都没来得及提这事儿。

顾深含笑看她："输了可别哭。"

南夏："我才不会。"

俱乐部在山脚下，这会儿尤其冷。

顾深特意给南夏带了羽绒服让她穿。

俱乐部今天很热闹，门口聚了一堆粉丝，举着牌子高喊"风神"。

南夏脚步顿住："风神？是秦南风？"

秦南风是职业赛车手，一年四冠直接封神，同时也是英国F4锦标赛最年轻的冠军。

顾深："应该是，但他不是应该在英国吗？"

南夏咬唇没说话。

两人好不容易越过粉丝挤进去。

平倬、华羽、高韦茹、于钱、陈璇早到了，在看台上聚在一起，看见他俩不停挥手。

因为秦南风的到来，俱乐部现在只对高级VIP成员开放，看台和赛道上空空如也，几乎没什么人和车。

高韦茹拿着手机，几乎是欢呼着招呼南夏过来："夏夏，秦南风哎！我给你看他刚刚跑的视频，转弯和漂移可太帅了！"

南夏礼貌性地接过手机看了眼："是挺帅的。"

于钱不服："你咋这么没见过世面的样子？这种漂移我哥大学时候没开出来过？"

高韦茹："你也说是了大学，他都几年没这么开过车了？"

大学的时候，顾深开车出了名的野，而且哪儿危险去哪儿，连九曲十八弯的悬崖野赛道都开过。当时有个漂移差点儿就冲下了悬崖，众人魂儿都差点吓没了，可他从车上下来还能吊儿郎当地坏笑。

但自从南夏出国后,他就再没那么开过车。

偶尔跟平倬和于钱他们出来,他也只是随便开两圈,毫无竞技之心。

南夏也觉得奇怪,转头问顾深:"你当初为什么没开赛车了?"

明明那么好的天分,那么多车队争着签,他怎么就放弃了赛车去倾城做了他曾经最不喜欢的工作?

顾深淡声:"没什么特别的原因,就不想开了。"

陈璇听到这话,忽然想起一个事儿:"不会是因为我跟你说的那句话吧?"

南夏不解。

顾深没应声。

他不说话,等同于默认。

南夏:"蘑菇,你又说了什么?"

陈璇有点儿心虚,但她还是觉得有必要跟南夏说一下这件事儿,毕竟这也是顾深做的一个牺牲。

她把南夏拉到一边,小声说:"就是之前你出国后,顾深来找我问你去了哪儿,我没说。"

"然后呢?"

"然后我还跟他说,你不喜欢他吊儿郎当的样子,也没个正经工作,天天就知道出去野玩车,典型的花花公子。"

南夏无奈地看了陈璇一眼。

陈璇举起双手:"我错了,夏夏。"

南夏倒没怪她的意思,抿唇看了眼在远处抽烟的顾深,走了过去。

平倬和于钱看见南夏过来,都识趣地走开了。

远处高韦茹和华羽还在兴奋地讨论手机里的视频。

微冷的风吹散了顾深的烟圈,他抬手准备把烟掐了。

南夏及时说:"没关系的,你抽吧。"

其实她很早就发现了,她不喜欢的事,顾深都会下意识避开。

她大学刚跟他熟悉那会儿说过不喜欢他跷着腿上课的样子,后来只要一看见她,他坐姿就规矩得要命。

她不喜欢闻烟味,他跟她同处一室的时候就没碰过烟,在室外也是看见她过来就立刻把烟掐灭。

脑海里闪过这些场景,南夏鼻子莫名有点儿发酸。

顾深还是把烟掐了,捧着她的脸:"陈璇跟你说了?"

南夏点头。

顾深说:"不全是因为她说的那句话,当时倾城也刚好出了点问题,老头儿又做了手术，我就顺手过去帮忙了。"

知道他说的话里有安慰自己的意思，南夏"嗯"了声。

顾深捏她的脸："都过去了，不许瞎想了，懂吗？"

南夏抱着他的胳膊："我最喜欢你开车时意气风发、放荡不羁的样子了。"

她刻意放软了语调，撒娇似的哄他，像是想补偿他。

顾深知道南夏故意这样说的，他也曾经怀疑过陈璇说的是不是真的，自己是不是真给人一种不靠谱、无法托付终身的感觉。

但他潜意识里始终觉得，南夏是信任他的。

他垂眸，含笑看她。

她一张脸纯得要命，双眼无辜得像小鹿一般，莫名勾人。

顾深把她往怀里拉，有点儿忍不住："给我亲一下。"

他俯身低头，还没碰到南夏的嘴唇，忽然有个人把他扯开。

那男人摘了白色头盔，露出一张干净的脸和轮廓分明的五官，说起话来却嚣张得不行："往哪儿亲？"

顾深全然没防备，直接被扯得后退几步。

南夏忙跑过去伸手扶住他。

她没忍住："秦南风，你干吗？"

顾深撩了下眼皮，下意识以为这也是追南夏的人。

他笑了声，态度比秦南风还嚣张："亲我女朋友，不行？"

秦南风看着他："当着我面儿亲我妹妹，不行。"

顾深怔了下。

南夏后知后觉地说："那个，没来得及跟你说，他是我表哥。"

顾深一愣。

南夏跟秦南风说："他是顾深，我男朋友。"

秦南风轻嗤一声："这就是那个让你离家出走的男人？"

南夏翻了个白眼。

两秒后，顾深说："表哥好。"

秦南风被这极其自来熟的"表哥"二字震了下。

他轻嗤一声："别瞎攀亲戚，谁是你表哥？"

顾深原来听南夏提起过，小时候表哥总带着她一起玩儿，跟她关系很不错，因这原因，他对秦南风也有点天然的好感。

他脸皮很厚地说："你是夏夏的表哥，自然也就是我的表哥。"

秦南风扫了他一眼。

南夏附和："对呀，哥，他说得没错。"

那头众人也看见了这边的动静,全凑了过来。

高韦茹很羡慕地惊呼:"夏夏,秦南风居然是你表哥,能让他跟我合个影签个名吗?我想要to签。"

南夏看了眼秦南风:"哥——"

秦南风很干脆:"不行。"

果然还是那么难搞,南夏撇了撇嘴,抓住他的胳膊晃了晃,说:"哥,你最好了——"

顾深也跟着喊:"表哥,你最好了——"

秦南风被他喊得瘆得慌,转头问南夏:"你男人什么毛病?"

南夏也没忍住笑意:"可能是看到你太开心了。"

秦南风冷哼一声:"行,我再让他开心开心。"他挑眉,"敢不敢比一圈?"

那意思,一会儿顾深怎么哭的都不知道。

他可是车神级别的人物,顾深都几年没碰车了,怎么跟他比?

南夏暗地里拽了拽顾深的衣袖,让他别比。

顾深跟完全没感觉到似的,漫不经心道:"有什么不敢?"

两人这话瞬间点燃了现场,大家全都起哄有眼福了,竟然能看见秦南风跟顾深比赛。

只有南夏格外紧张。

她伸手挠了挠顾深的手掌心:"你真跟他比啊?他很厉害的。"

顾深:"我知道,你赛车就是他教的吧?"

南夏:"对。"

顾深轻轻捏了她的下巴一下,安抚她:"没事儿,他手里有四个世界冠军,输了不亏,赢了血赚。"

南夏:"那……"

顾深:"这么难得跟世界冠军竞技,我得好好过把瘾。"

他眼里藏着兴奋,一脸跃跃欲试的模样。

他都这么说了,南夏自然不能再拦着他,于是跑到秦南风面前,小声说:"哥……"

秦南风截断了她的话:"放心,我是不会手下留情的。"

南夏有点不满意他这态度,也怕他是南恺派来给顾深难堪的。

"你好意思吗?你一个职业赛车选手,欺负一个业余的、几年没好好赛过车的人?"

秦南风"啧"了声:"需要我提醒你吗,你能不能嫁给他还难说呢,就这么胳膊肘往外拐?"他屈指敲了她的脑袋一下,"合着我不是你哥是吗?"

南夏有点心虚地说:"那我说的是事实啊。"

秦南风:"知道什么是比赛吗?认真比赛是对对手最大的尊重,懂吗?"

南夏:"我没不让你认真比赛,就是……"她稍顿了下,"你别用你的车跟他比。"

秦南风的车是他亲手改装的,专业不说,还深得他心,简直都快车人合一了。

南夏跟念经似的:"我这点要求不过分吧?你那车一开谁能跑过你?还是说你职业水平下降,离开你的车就不敢跟人比了?"

秦南风被她碎碎念得头疼,终于妥协:"我用俱乐部的车跟他比行了吧?以前我怎么不知道你话这么多?"

南夏这才露出满意的微笑:"谢谢哥。"

她回头看了眼顾深。

顾深在他们俩后面,她怎么费心为他争取的他全听见了,他不自觉地微笑起来。

秦南风和顾深换好衣服出来。

南夏马上跑到顾深旁边给他整理头盔,嘱咐道:"等会儿你注意安全,要是……"

她本来想说要是输了也没什么,又转念一想,觉得开赛前说这话不吉利,干脆就什么都没说。

顾深握着她的手背亲了下:"放心,就当娱乐。"

见他状态轻松自如,从容不迫,跟平时没什么差别,南夏放下心来,点了点头。

临近中午,正是光线最明亮的时候,黑色的赛道在阳光的照射下泛着一层淡淡的光。

两人各自进了车里。

顾深开的是自己的车。

他虽然有几年没认真玩了,但车却也是顶配。

秦南风挑了辆俱乐部里的蓝色车。

南夏在看台上望着赛道初始点,紧张得微微握紧了手。

她倒不是怕顾深输,只怕顾深输了之后,万一秦南风在南恺面前提起这事儿,可能会让南恺对顾深的印象又差几分。

南夏轻轻咬唇。

陈璇在旁边安慰她:"没事儿的,夏夏,你看顾深多么潇洒不羁,无论是世界冠军还是什么,他根本不放在眼里。"

南夏奇怪地看着陈璇:"你怎么了?"

她原来几乎从没说过顾深的好话,怎么今天突然转了性子?

陈璇也稍显尴尬:"我这不是,深感自己造孽过多,想弥补一下嘛。"

南夏没忍住笑了。

于钱调侃道:"是吧?终于发现当初的自己有多么愚蠢了?"

陈璇捶了他一下。

两人这么一唱一和下来,南夏心情放松很多。

随着声响,两辆车几乎是同时从出发点飞了出去。

一红一蓝。

顾深的红车占据了内道,蓝车则紧咬着不放,车速太快,轮胎扫过内圈绿化带,溅起一阵尘土。

内道又是两人争抢的绝佳位置,所以不到几十秒,车后已经是尘土飞扬,像是起了一阵雾。

平倬目不转睛地盯着:"要到弯道了。"

弯道是最难,也是最容易被超车的地方。

第一个弯道过去,蓝车占据了内道。

秦南风不愧是职业的。

他今天才第一次跑这个赛道,而且还没用自己的车,就能这么流畅丝滑过掉弯道,仿佛已经跑了无数次那么熟练,丝毫没有迟缓。

接着,他一连几个弯道都是这样。

但顾深也没落后很多,不过一个车位的距离。

红车一直在努力追,却始终差一点距离。

最后三连弯的地方到了,南夏觉得顾深大概率要输了,因为秦南风最擅长在这种连弯的地方压着对手过。

她已经在思考着等会儿怎么安慰顾深。

电光石火之间,两车转弯,两个快速完美漂移,溅起的大量尘土让众人第一时间几乎消失了视野。

半秒后,红车从雾气中率先冲了出来,蓝车紧随其后。

高韦茹惊呼:"顾深,顾深在前头,他要赢了!"

然而话音刚落,蓝车就追到离红车只差半个车身的距离。

于钱大喊:"妈呀,这可太刺激了。"

又过两秒,蓝车车头追到了红车的后视镜。

高韦茹紧紧拽着南夏:"不会被追上吧?"

南夏一颗心也紧绷着,完全没空说话,目光紧追着赛场。

终点近在眼前,只剩几十米了。

几秒后，红车蓝车几乎是一起踩过终点。

于钱没看清："谁赢了？"

平倬："不知道，等裁判吧。"

顾深和秦南风先后从车里出来。

几分钟后，裁判从放慢了几倍的镜头里宣布红车先冲过终点，只领先了 0.001 秒。

于钱高呼："牛！牛！牛！顾深居然赢了秦南风！"

南夏也开心地跳了起来，转头小跑过去迎接顾深。

顾深刚一上来，南夏就扑进了他怀里："太好啦，你赢了！"

顾深含笑搂住她的腰。

秦南风在后头冷着个脸："你们给我收敛点儿。"

顾深清了清嗓子，稍稍推开南夏："好的，表哥。"

秦南风愣了愣。

南夏略带怨念地看着顾深："怎么我哥说话比我还管用？"

顾深含笑，亲昵地点了她鼻尖一下。

南夏这才满意了。

她跑到秦南风面前："哥，你别这么小气嘛，你看你总是赢，输一次应该开心才对啊。"

秦南风冷笑一声："你可真会安慰人。"

南夏笑了笑，跑到旁边拿了两瓶水，先把一瓶给秦南风，再把另外一瓶递给顾深。

她悄悄问顾深："你怎么赢的呀？刚我都没看清。"

秦南风冷哼一声："你见南夏这么开过是不是？"

顾深老实点头："对。"

之前南夏跟高韦茹比赛时，过弯道的手法让顾深印象深刻。

他刚刚是已经落后，下意识觉得南夏是秦南风教出来的，秦南风肯定也会那么过，所以他直接反方向漂移，转弯时预判到秦南风车位，压了秦南风一头。

当然还有一个原因，秦南风是第一次跑这个赛道，对弯道没他熟悉，不然他肯定输。

顾深解释完，南夏笑着点头："原来还有我的功劳。"

顾深含笑看她："嗯，你是头等功。"

秦南风冷脸喝了口矿泉水。

南夏看他脸色不大好，小心翼翼地问："哥，你觉得顾深开得怎么样呀？"

秦南风扫她一眼："你还想让我夸他？"

刚输了比赛就让他夸顾深，好像的确有点儿难。

南夏笑了笑："不是啦，我是想跟你说，他人很好的，你们以后也许可以一起赛车。"

她极度想在秦南风面前给顾深刷点儿好感度。

秦南风不屑："我是没朋友吗？

"而且在你眼里，谁不是好人？从小到大天天拿个好人卡到处发。"

南夏吐了吐舌头。

顾深就站在旁边不远处，含笑说："表哥说得有道理。"

他一口一个"表哥"，从他嘴里喊出来总带着点儿别样的意味。

秦南风"嘶"了声："你能别这么硌硬我吗？叫我名字就行了。"

顾深"哦"了了声："南风？"

秦南风差点被水呛到："你还是叫回表哥吧。"

顾深低笑了声。

他俩关系处得好，南夏也挺开心。

南夏兴奋地看着顾深："你跟我哥比完了，是不是该跟我比了？"

秦南风反应过来："所以你在国外这几年练车这么拼，就是为了他？"

觉得女孩子赛车不过是娱乐，所以南夏提出要赛车的时候秦南风都没空搭理她，只给她找了个教练，结果她越练越认真，一开始的漂移学不会，就每天上百次地练习。

她平时还要工作，只有周末有时间，经常练到踩刹车和离合的右腿都发软。

不到半年，该会的基本功都会了。

秦南风看她那么认真，才上手教她一下技巧，让她能在业余比赛里拿冠军。

但她车技飞涨，却并没有参加比赛的意思。

后来偶然有一次两家一起过圣诞节，秦南风问："你干吗在赛车上这么用功？"

她说："也许有天能碰见一个赛车很厉害的同学，希望可以赢他。"

听到他们的话，顾深微怔，视线落在南夏身上。

南夏被戳穿，一时也有点不好意思，说："也不全是，我自己也挺喜欢赛车的呀。"

秦南风把喝了一半的矿泉水瓶放下："不过呢，你别高兴得太早，你赢不了他。"

南夏不服："你怎么知道？"她想了想，"有了，我用你的车跟他比，是不是有可能赢？"

秦南风的赛车向来不借人，也就只借她。

他闻言轻嗤一声："也不是我想打击你，百分之一的可能也是可能？"

南夏无言反击。

顾深目光柔和地看着南夏："表哥吓唬你呢。"

尽管秦南风这么说，但南夏还是打算很认真地跟顾深比一把。

她换好衣服出来，顾深照例帮她检查头盔和车子。

秦南风看不惯他俩这腻歪的样子："我的车还需要你检查？"

顾深含笑说："我主要想见识一下表哥的车。"

秦南风又轻嗤了声。

南夏原来开过这辆车，试了下还挺顺手。

两辆车同时飞奔了出去，但很快，顾深就领先了。

跟刚才的比赛相比，南夏跟顾深这场就成了带了点儿情趣的小打小闹，看台上的众人也没了刚才激动的心情，都知道顾深肯定会赢。

难得见到车神秦南风，众人都围着他问东问西。

秦南风是个高傲的性子，平时粉丝都不太搭理，这回也就是给南夏面子，跟他们搭了几句话。

于钱估摸着快比完了，回头看了眼："什么情况，怎么我嫂子领先了？"

秦南风半眯着眼："你喊她什么？"

于钱理直气壮："嫂子啊，我都这么喊她好多年了。"

秦南风："呵。"

于钱："哟，这么说起来，我是不是得喊您一声舅子哥？"

秦南风："什么玩意儿？"

他这么一说，周围人都开始凑热闹喊他"舅子哥"。

秦南风起身去看赛道，有些惊讶，竟然是南夏率先过了终点，而且领先了顾深足足三秒。

秦南风脸色一沉。

两人手牵着手上来，顾深还爱怜地揉了一把南夏的脑袋。

于钱打趣："哎哟哟，输给媳妇儿了呀，顾深？"

顾深输了还挺开心："都是我表哥教得好。"

南夏看着秦南风的脸色，都快笑抽了。

秦南风："输给她，怎么个意思？"

刚才那比赛他都没认真看，专业的人比一场就知道对方是什么水平，顾深比职业赛车手丝毫不差，南夏绝对不是顾深的对手。

想都不用想，肯定是顾深放水了。

顾深温声解释："主要是刚跟表哥比赛太耗神，这把就没发挥好。"

他也不算放水，只是没像刚才那样存着非得赢的心思。

南夏扯了扯秦南风的袖子："那我算是你徒弟，我赢了也给你长脸不是？"

秦南风："合着我一个年度四冠选手，比不过你俩中的任何一个呗？"

南夏小心翼翼道："那也不能……这么说。"

秦南风打小让她习惯了，也没跟她计较这事儿，又下场跑了几圈。

一下午时间，大家开得都很尽兴。

结束后，顾深问秦南风要不要一起吃个饭。

秦南风说有事儿去不了，却把南夏喊住了："过来，有话跟你说。"

见他表情严肃，南夏也不敢跟他开玩笑了，老老实实过去。

其他人都在远处等着。

两人找了座位坐下。

南夏小心翼翼地问："哥，你怎么会回国呀？"

秦南风一眼就看出了她的心思，淡淡地说："有个商业比赛。本来想比完赛再去抓你，结果你自己送上门了。"

南夏咬唇。

秦南风看着她："过两天跟我一块儿回去。"

他用的陈述句，完全没跟她商量的意思。

南夏执拗道："我不要。"

秦南风："你胆儿肥了是不是？我都说不动你了？"

南夏："你干吗非逼我回去？我的情况你又不是不知道，而且……"她可怜巴巴地看着他，"你也看见顾深了，他真的，对我特别好。"

她这说的倒是真话。

顾深对她好，就这么一会儿，秦南风也看出来了。

而且就刚才的交手，他也的确很欣赏顾深，奈何南恺死活不同意。

秦南风放软了语气："我是让你跟我回去，又没逼你跟他分手，而且……"他稍顿，"夏夏，姨夫心脏出了点问题，年后要动开胸手术。"

南夏浑身打了个冷战："你说什么？"

秦南风揉了揉她的脑袋："别怕，姨夫怕你担心没跟你说，病情目前都在掌握之中。"

阳光不知道是什么时候消失不见的，半空浮了一层青色的云，没多久就有冰冷的雨点下来，夹杂着雪花。

秦南风用手护着南夏的头顶："下雨夹雪了，你快回去吧，我跟你说的事儿你再好好想想。我腊月二十八回去。"

南夏抬头。

顾深迈着大长腿远远地走过来,手里举了把深黑色的伞。

细密的雨雪里,他身后是一片浓郁的灰色天空和层叠的远山。

全部都是冷寂的色调,只有他此刻的笑容是温暖的。

南夏走过去,扑进了他怀里。

秦南风"啧"了声:"她谈个恋爱可真够黏人,跟个树袋熊似的。行了,你俩赶紧从我眼前消失。"

顾深点头:"那我们有缘再见,表哥。"

秦南风像是忍无可忍:"滚。"

出了赛车俱乐部后,大家凑在一起吃了顿火锅,因为都开车出来,所以都没喝酒。

结束后从火锅店里出来,气温像是骤然降了好几度,雨雪夹杂着风灌进衣服里,南夏冻得打了个哆嗦。

大家挥手告别。

顾深抱着她,伸手撑开雨伞,按下车钥匙。

南夏说:"我来开吧。"

顾深:"怎么?"

南夏:"我想开。"

顾深早发现了她心情不好。

从跟秦南风谈完话到吃饭,她虽然脸上一直保持着得体的微笑,但她却一直是心不在焉的。

不知道秦南风究竟跟她谈了什么。

顾深看了她一会儿,把车钥匙递给她:"行。"

两人上了车。

南夏打开车里的暖气,发动车子,说:"顾深,我想兜风。"

顾深懒懒地往后一靠:"想去哪儿我都陪你。"

南夏什么都没再说,踩下油门。

冬夜里,又是雨雪天气,路上车都没几辆,窗外的高楼大厦疾驰而过。

南夏不知道要去哪儿,也不知道该往哪儿开,只是顺着一条大道往东走。

一路上,她一句话都没说。

她车开得飞快,一度到了一百八十迈。

顾深知道她是想发泄,也没跟她说话,就这么陪着她。

刮雨器在车前窗一下下掠过。

眼前的景色也从城市到了小路,路边全是农田。

夜色更暗了。

突然间，一条狗从旁边蹿了出来。

南夏立刻打方向盘，车子右拐，进了一片光秃秃的树林。

她踩下刹车。

车灯下，那条大黄色的狗只漏了条尾巴，一溜烟儿就不知道跑到哪儿去了。

顾深握住她的手："别怕，没撞到。"

车灯的光束里，霏霏雨雪，美如画卷。

南夏打开车门，冲了出去，在雨雪中张开了双臂。

她总觉得她对淋雨有一种执念。

小时候有一次她跟其他小朋友一起在别墅外玩，那会儿正是夏天，天降暴雨也就是一瞬间的事儿，几个小朋友瞬间被淋成落汤鸡，她觉得她从没那么开心过。

后来南恺把她带回去训斥了一顿，嘱咐她以后再不能淋雨，甚至禁止她跟那群小朋友们一块儿玩。

那之后，她就几乎没了同龄的玩伴，只有秦南风偶尔会过来带她玩一会儿。

所以，后来她看到《恋恋笔记本》里那幕大雨中接吻的场景，觉得自由又浪漫。

身后"砰"的一声车门响。

顾深从车里下来了。

他什么都没说，直接把大衣脱掉，罩在她的头顶。

南夏仰头："我想淋雨，顾深，就一次，能不能别拦着我？"

顾深看着她："行。"

他重新把大衣穿上，站在她身边。

光秃秃的树林里，风吹过，只有枝丫抖动的声音，周围一片静谧。

南夏抬头，任由冰凉的雨水夹杂着雪花打在她脸上。

她转头去看顾深，他就站在那儿，一动不动地陪着她。

她走到他面前。

顾深挑了下眉。

南夏勾住他的脖子，踮起脚尖，闭上双眼，吻住他的唇。

第九章
甜蜜，分离

Part 01

南夏的吻急切而热烈，毫无技巧，只是在顾深唇舌间用力地冲撞。
顾深滚烫的手掌覆在她颈后，把她往怀里带。
她肌肤薄，甚至能感受到他掌心的薄茧，慢慢地在她颈后蹭。
两人在雨里肆意放纵地拥吻。
片刻后，顾深嘴唇稍离，垂眸看她笑了声。
车灯照在一边，有微光掠过他的脸。
他双眼皮的褶皱被压得很深，狭长的双眼里带着丝坏笑，又带着一点儿暧昧。
四目相对。
心跳声像是被放大了数倍，不知道是他的，还是她的。
他伸手将她整个人抱了起来。
突然离开地面，南夏重心不稳，下意识扯住顾深大衣前襟的扣子，用力过大，一颗衣扣直接被她扯掉，滚落到潮湿的地面上。
车里的暖气没停，一上来，两人身上都有了些暖意。
顾深看南夏的发间都是湿气，伸手从前头抽出来两张纸巾，抬手想去给她擦。
南夏看着他，拂开他的手臂，又缠了上来。
空气里全是暧昧。

南夏背抵在车窗上,睁开眼看着顾深。

他也看着她,说:"等我在附近订个房间。"

顾深刚打开软件,手腕却被南夏抓住。

她看着他,没说话,顾深却明白了她的意思,分明是制止他的眼神。

顾深声音带了点儿哑意:"你确定?"

他没想过第一次会在这种地方,怕她觉得太过随意。

南夏明白他的意思,很轻地点了下头。

寒风顿时夹杂着雨雪打在车窗上,远处传来几声狗叫,在寂静的深夜里格外清晰。

结束后,南夏开口,嗓子都哑了:"我有点渴。"

顾深拿了瓶矿泉水给她:"车里只有这个,少喝一点,等会儿回去的路上给你买杯热牛奶。"

南夏点头,接过来,很小口地喝了几口。

她连衣服都没穿,只盖了件顾深的大衣,白皙骨感的肩膀从黑色大衣里露了出来。

车里一片旖旎。

衣服散乱地落在地上。

她头发也是乱的,发间有股湿意,不知道是汗水,还是刚才的雨水,清纯的脸颊上透着一股很嫩的粉红色。

南夏把剩下的大半瓶矿泉水递给顾深。

顾深打开,一口气喝完,把空瓶往前座副驾驶位一扔,俯身替她理了理头发,柔声问:"回去了?"

南夏轻轻点头。

夜里温度低。

雨夹雪不知道什么时候完全变成了大片纯白的雪花。

热气模糊了车前挡风玻璃,起了一层白雾。

顾深把车前挡风玻璃重新擦亮,发动了车子。

他从后视镜里扫了眼。

南夏像是累到全身无力,懒懒地躺在后座上,一动都没动,微闭着眼。

她身上还盖着他的大衣,两条白皙纤长的腿从大衣里露出来,半垂在空中。

顾深觉得口干,又灌了口凉水。

他开车又快又稳,没一会儿就进了城区。

路过一家二十四小时营业的 KFC,顾深下车给南夏买了杯牛奶。

南夏喝完觉得又困又累,很快迷糊过去,也不知道过了多久,她感觉到车子停下,却没熄火,暖气还开着。

顾深下车,打开后座车门,哄她:"穿好衣服,回家了。"

南夏这会儿恢复了点儿力气,把衣服穿好走出来,顾深这才去前头把车熄了火,搂着她的腰上楼。

到了家,顾深问:"要不要洗澡?"

她点点头:"要。"

身体又黏又腻,难受得厉害。

顾深让她先去。

她戴了浴帽,清理好很快出来,躺回床上。

顾深也很快洗完回来,伸手抱住她。

南夏枕着他的胳膊,伸手去抚摸他的眉眼。

他的眼睛狭长又性感,不羁又张扬。

顾深低声问她:"刚疼不疼?"

南夏很轻地"嗯"了声。

顾深吻了吻她的头发,哄她:"以后就会好很多。"

南夏抬眼看他。

顾深把灯关了:"睡吧。"

南夏钻进他怀里,察觉到了他的异样:"你这样,怎么睡?"

顾深哑声:"别闹。"

她才第一回,他怕她刚才被他折腾狠了。

她却像是毫无顾忌似的,贴着他的身体,说:"我想让你尽兴。"

说完,她主动攀了上来。

顾深双手插进了她发间。

她丝毫没有任何害羞,像是放纵,又像是带着丝诀别的意味。

顾深没忍住,又要了她一次。

结束后,他打开灯,看见她眼角微微有些发红。

顾深这才把她抱进怀里,问:"这是怎么了?嗯?"

他一直没问,想等她心情好一点儿再说。

南夏在他怀里蹭了两下。

顾深抬手捏住她的下巴尖,稍稍用力,迫使她对上他的目光。

他说:"告诉我,南夏。"

他果然看出不对劲了。

也是,她表现得这么明显。

南夏一双眼像是含了水光,声音也带了哭腔。

她把手放在他胸前，似乎想抓住什么，却什么也抓不住。

她说："我可能……要回去了。"

顾深猜到了这结果，不然刚才她不会那么近乎疯狂地把自己交给他。

他很耐心地问："出什么事儿了？你表哥跟你说什么了？"

南夏微闭上眼："他说，我爸爸年后要做开胸手术。"

其实秦南风刚跟她说这事儿的时候，她都不想相信，第一反应是南恺是不是又在骗她。

秦南风说："要我把病历摆你眼前吗？"他语重心长地说，"谈恋爱的事儿我不管你，但手术是大事儿，万一……"他稍顿，"你向来懂事儿，应该明白。"

顾深问了病情，把南夏搂进怀里："就为这个不开心？这么大的手术，你当然要回去，我能理解。"

南夏沉默几秒，很艰难地说："但是我不知道，我什么时候能回来。"

顾深放在她背后的手一滞。

南恺手术成功后，南夏肯定要照顾他一阵子。

他这病情绪也不能激动，很多事儿她不能像以前一样拧着来。

如果南恺坚持不让她回来，她有可能就再也回不来了。

她的意思顾深一想就明白了。

他脑海里闪过她今晚做的一切，刚才的温柔缠绵仿佛成了一把刀，一点点划开他的肌肤。

他几乎是笑了。

"所以你……在走之前把自己给我？什么意思？觉得这样就不欠我的了？"

他还抱着她，手臂却是冷的。

南夏放在他胸前的手轻轻颤抖着。

她刚才，的确是这么想的。

她没说话，在他看来又等同默认。

顾深沉声："说话，又要跟我分手？"

南夏在眼眶里打转的眼泪瞬间涌了出来。

她不管不顾地搂住他："没有，我没想分手，我……"

像是气管被堵住，她好一阵儿说不出话，平静片刻才紧紧抱着他，说："顾深，我爱你，我这辈子只会爱你一个人。"

她一哭，他就完全没了办法，何况她还说出这样一句话。

顾深心都碎了，伸手替她擦眼泪，亲吻着她的脸颊："我也爱你。乖，先不哭了好不好？"

南夏强忍着泪意,把想说的话说完:"但是秦南风说得对,我爸要是一直不答应,我可能就回不来,难道我要让你一直等着我吗?一年两年可以,如果七八年呢?你的人生都会被我耽误了。"

顾深沉下脸:"你还有什么要说的,说完。"

他的声音有点冷,南夏莫名害怕,但她还是把想好的话全说了。

"我想,我们先不分手,等我爸做完手术看看情况。要是……要是他还是不同意我们,你要不……"她停顿了下,眼泪落到嘴里。

是苦涩的。

她轻轻闭上眼:"你要是有遇见合适的喜欢的姑娘,你就跟她谈。"

她话说完,稍微离开他身子几分,不敢再跟他贴这么近。

顾深的声音像是毫无情绪:"然后呢?"

南夏停顿了好几秒。

时间仿佛被拉得很长。

不知过了多久,南夏说:"然后……如果合适的话,你们就结婚吧。"

顾深自嘲地笑了声:"那你呢?回去跟钟奕儒结婚?"

南夏摇头:"我不会结婚的。"她抬眸看他,"我要么嫁给你,要么这辈子都不结婚。"

顾深心里的怒意被她一句话轻飘飘浇灭了。

他深吸一口气,将她重新搂进怀里,问:"你舍得我跟别人结婚?"

南夏双手微微蜷缩着,将指甲嵌进手心,一张脸苍白得像是没了颜色。

顾深心疼得要命。

她曾经说过,她没办法想象他跟别人结婚,他不知道她刚才是怀着什么样的心情说出了那番话,而她决定在临走之前把自己交给他的时候又是怎样的打算。

南夏哽咽道:"我舍不得,但是……"

顾深伸出一根手指放在她唇间,制止她。

他说:"你知道什么是结婚吗?就是两个人永远在一起,无论生老病死。我每天会跟她睡在同一张床上,就像现在抱着你这样每晚抱着她……"

南夏听得难受:"你别说了。"

顾深近乎无情地继续说:"我会把刚才对你做的事全部对她做一遍。"他笑了声,"不止,我们有一辈子的时间,比今晚长多了,没对你做过的事我也会对她做。等时间长了,跟你的这一晚你觉得我能记多久?"

南夏的眼泪像断了线的珠子似的,落在他胸前。

她下意识想逃离他的怀抱,却被他牢牢禁锢住腰。

他说:"这就受不了了?她还会为我生儿育女,我们会有一个很美好的家庭，然后再过几年，我也许连你的样子都记不起来……"

南夏出声打断他："求求你，别再说了。"

顾深微闭了双眼。

她哭得厉害，快要喘不过气，缩在他怀里发抖。

他轻轻拍她的背，替她顺气。

南夏推开他，又被他扯了回来。

顾深力气大，她根本不是对手，几次下来力气全无。

她只好用力踢他、打他。

顾深不躲不闪地抱着她，任由她发泄。

南夏终于失去了全部的力气，瘫在他怀里，喃喃道："你为什么这么残忍？"

顾深的声音刻意柔和下来："是我残忍还是你残忍？这不是你的原话？我只是把你说的话展现在你面前而已。"

这差别也太大了吧。

南夏擦干眼泪，也知道他说的是事实，沉默不语。

顾深何尝舍得这么折磨她。

但她三番五次打退堂鼓，他得想办法把她心里这颗钉子彻彻底底地拔掉。

他吻着她的耳垂，低声说："但这些事，我只想跟你一个人做，知道吗？"

刚才那些残酷的话，好像因为这句话，瞬间变成了最温柔的话。

南夏把手放在他胸前。

他说："所以……别再跟我说这种话了。你应该说'顾深，你等着我，你只能有我，不可以有别人'。"他伸手轻轻弹了她的脑门一下，"懂了吗？"

听到他说这话，南夏的情绪才缓和下来，点点头。

他说："来，把刚才的话给我重复一遍。"

南夏仰头看他。

他漆黑的眸子里映着她的样子。

她抬手轻轻抚摸他的脸，慢慢地说："顾深，你等着我，你只能有我，不可以有别人。"

顾深露出柔和的笑容："这才乖。"他像是回应她，"我等你，不管多久我都等。"

两人商量好，南夏先回英国照顾南恺，剩余的事看情况再决定。

顾深伸出小指，跟她拉钩："再也不许提关于分手的任何事。"

南夏颔首，答应了。

见她满脸泪痕，顾深拧了条热毛巾给她擦了把脸，然后两人抱着说话。

顾深问:"所以当初跟我分手,也主要是因为你爸爸不同意我们,你怕耽误我?"

他已经把事情猜了个七八成。

Part 02

那会儿大学快毕业时,刚巧撞上《王者荣耀》高校赛。

顾深跟平倬、于钱,还有高韦茹他们组了个队,准备连续训练几天培养默契。

他刚在酒店把总统套房租好,南夏突然给他打来电话。

那阵子他忙,好几天没怎么顾上她。

他接起电话,声音里带着调笑:"是不是想我了?"

南夏很小声地"嗯"了下,像是带着点儿委屈。

顾深心里涌出几分歉意,但更多的还是开心:"这么想我呢?"

南夏问:"你在哪儿?忙吗?"

顾深:"不忙,在酒店,就之前跟你说的,打个业余比赛玩玩。"

虽然他说得漫不经心,但南夏却知道,但凡他要做的事,他一定会费尽心思做到最好。

她问:"我能去找你吗?"

顾深拧眉,看了眼时间,已经十一点了。

南夏有门禁,正常情况下绝不可能说出这种话。

见他迟疑几秒没答复,南夏说:"要是不方便就算了。"

顾深笑了:"你找我,什么时候都方便。"他什么都没多问,"我去接你。"

"不用。"她说,"你给我地址吧,我已经打车出来了。"

顾深立刻把地址发了过去。

不到半个小时,南夏就到了。

顾深在酒店楼下接她。

她下了车,只带了个很小的手包。

一看见他,她就扑进了他怀里,像是受了很大委屈。

顾深估摸着她是跟家里人闹矛盾了,顺势抱了她一会儿。

片刻后,顾深问:"带身份证了没?"

南夏说:"带了。"

顾深看她:"可能要在前台登记。"

南夏点点头。

顾深想了想:"算了,我去拿东西,咱们还是回我们那儿。"

南夏知道他的意思,他是怕她的名字跟他的登记在一起,对她影响不好。

南夏垂眸说:"没关系的,而且太晚了。"

顾深看了眼时间,的确已经很晚了,再回去还要折腾一个小时。

他没再说什么,带她去前台登记。

那是他们第一次单独过夜。

顾深带南夏进了房间,也像是有点儿不知道该怎么办,等了十几秒才想起给她拿来拖鞋和浴袍,问她要不要洗澡。

南夏看了眼透明的玻璃浴室。

顾深有点儿尴尬:"我在里面房间等,不出来。浴室里有帘子,你记得拉上。"

南夏也是头一次在外面过夜,不过她信得过顾深,还是洗了个澡,但没换酒店里的浴袍,穿上了自己来时穿的衣服。

顾深让她睡里面那间屋子。

两人本来是分开睡,但南夏好一阵子都翻来覆去睡不着。

她拿出手机,想了想,给顾深发了一条微信。

【我睡不着。】

几秒后。

顾深回:【我过去哄你睡?】

Summer:【好。】

以往中午他们回他那儿的时候,他也会抱着她哄她睡觉。

没多久,顾深就过来敲门。

南夏说:"门没锁。"

顾深拧开门锁,推门而入。

床头暖色的灯亮着,她一张素颜的脸此刻看着更清纯,乌黑的头发尽数散开,落在一侧。

顾深很喜欢她现在这样子,举手投足间透着随意和慵懒。

他很自然地躺到了她旁边,含笑轻轻捏了捏她的脸:"怎么不锁门?不怕我对你做什么坏事儿?"

南夏睁着一双明眸看他:"什么坏事儿?"

顾深吊儿郎当地问:"你说呢?"

南夏垂眸,没应声。

顾深低笑了声,伸手搂住她的腰:"怎么不说话了?"

南夏眨了下眼,微卷的黑色睫毛上扬,煞是好看。

她问:"我说什么你能不对我做坏事?"

顾深噙着丝坏笑:"你还挺聪明。"他把胳膊从她脖子底下伸过去,"过来,枕我肩上。"

南夏乖巧地靠了过来。

两人躺进一床被子里，对方稍微有点动作都能感觉到，所以谁都没敢乱动。

过了好一会儿，南夏问他："你胳膊不会酸吗？"

顾深吊儿郎当的："你枕一晚上试试？"

她就真枕着他胳膊睡了一晚上。

他最终也没对她做什么坏事儿，只是轻轻吻了吻她，比以往的吻还蜻蜓点水。

南夏睡得很安心，却不太舒服，很早就醒了。

她刚睁开眼，就看见顾深咧开嘴，表情稍微有些扭曲，却没发出任何声音。

南夏了然："你是不是手麻了？"

顾深还嘴硬："没。"

但他胳膊伸在原地，一动都不敢动，一脸手麻的表情。

南夏："我帮你吧。"

顾深："怎么帮？"

南夏坐起来，两手捏住他的胳膊，用力地甩。

顾深终于没忍住"咝"了声："别——"

一股难缠的麻意从臂间散开，带着难以言喻的痒意。

好一会儿，他终于缓过神来，看她。

"就是要这样，对自己狠一点，早狠早轻松。"南夏没忍住笑了，这大约是她从昨晚以来的第一个笑容。

看她情绪变好，顾深也挺开心，起身把她捞进怀里："你对自己狠不狠我不知道，对我是挺狠。"

南夏枕在他腿上，乌黑的长发在他腿间铺开。

顾深伸手轻轻替她梳着头发，问："饿不饿？我叫早餐。"

南夏说："好。"

顾深给前台拨电话的时候，南夏把手机开机，几十条信息瞬间涌了进来。

她还没来得及看，方伯的电话就进来了，说南恺昨晚突然心脏病发作，进了医院。

南夏瞬间僵住。

南恺无意间在学校教授口中知道了南夏跟顾深的事，着手调查了顾深一番，昨晚直接跟她摊牌，语气强硬地让她跟顾深分手，而且根本听不进去她任何解释的话。

南夏也是头一次生出了叛逆心，直接跟他说不。

南恺吼她:"你翅膀还没硬呢,就已经想飞了?那男人有什么好?纨绔子弟一个,整天在女人堆里打转,成绩倒数,还是个上不得台面的小三的儿子?"

南夏出声维护:"他根本不是那样的人!他没有花心,成绩也早就提上来了……"

南恺:"够了,我让你分手!"

南夏很失望地看了他一会儿,冷声说:"爸爸,你怎么这么不讲道理,我是不会分手的。"

南恺声音很淡:"不分手,你就不再是我的女儿。"

那是南夏第一次听南恺跟她说这样严重的话,当时眼泪就差点掉出来。

她回房间冷静了很久,还是没忍住,给顾深打了个电话。

南恺的心脏一直有点儿小毛病,但他一直说问题不大。

南夏也没在意过这回事,没想到她彻夜不归会让他心脏病发作。

她后悔不该就这么离家出走,立刻穿好衣服,跟顾深打了个招呼说家里有急事就离开了,早饭也没来得及吃。

顾深也就没来得及问她到底出了什么事儿,把她送到酒店门口,看着她焦急地上了出租车。

南夏刚走没多久,于钱和高韦茹正好到了。

于钱喊了句:"你们睡一起了?"

顾深语气严厉:"滚,少瞎说,你脑子里整天都装了些什么?"

于钱不好意思地挠了挠头:"那你俩在这种地方,不是……"

高韦茹倒是抿着唇,一直没说话。

三人一起进电梯上去,走到房间门口时,于钱又问:"真不用给你点儿时间清理下现场?"

顾深冷冷地扫了于钱一眼,于钱顿时不敢说话了。

进去后,于钱和高韦茹倒的确没发现有什么异样。

高韦茹挑衅道:"你这恋爱谈得倒是也挺有意思,大小姐不让你碰?"

"有你什么事儿?"顾深回怼一句。

【到家告诉我。】他给南夏发微信过去,那边迟迟没回复。

平倬带着另一个同学也到了,几个人开始战术讨论和训练,顾深也把手机扔到了一边,没再看。

他后来回想起来,那天南夏很晚的时候才给他回复到家的信息,但他的心思在之后的比赛上,全部忽略了。

南夏在抢救室外等了一个小时，才见到南恺。

他脸色苍白，一夜之间精神全无，像个纸片人。

看见她，他也只是微微动了动嘴唇，什么都没说。

好在医生说危险期过去，南恺没什么大碍，以后只要注意平复心情，好好休养就行。

听完这话后，南夏吓坏了，心里一阵后怕，不停地跟南恺道歉。

南恺只说让她跟顾深分手，而且他早安排好了要跟南夏一起出国，两人分手也是早晚的事。

南夏当时没立刻答应，只说给她点时间。

后来陈璇跟南夏聊天的时候说毕业简直是分手季，她数了几对全都分手了，有一对感情好的之前每天都腻在一起，大家都很看好他们，现在也因为男方要出国而分手。

南夏不太理解："出国就要分手吗？"

陈璇说："当然了，异国恋分手不是早晚的事儿？开什么玩笑。"

那天晚上，顾深抽空给南夏打了个电话，南夏说起了学校里那对情侣因为男方出国要分手的事儿。

她向来不八卦，顾深还以为是最近冷落了她，她在胡思乱想。

他语气带着调笑："放心，我又不出国。"

南夏问："你觉得，这正常吗？"

那头高韦茹喊顾深复盘。

顾深答应一声，又跟南夏说："什么正常吗？异国分手？"

南夏："嗯。"

顾深没察觉她的异样："这不很正常。"

南夏没说话了。

顾深说："好了，忙完这阵儿天天去看你，好不好？"

南夏很轻地"嗯"了声。

顾深把电话挂了。

顾深比赛拿了南城城市赛第一，比赛结束后大家又忙毕业的事，顾深还在给南夏看着戒指，想给她个惊喜，两人就没怎么沟通。

后来，论坛上突然出现关于顾深身世的黑料，他回顾家忙了几天。

至于那些他跟别人出入酒店的花边新闻，他根本就没在意。

他本来想在领毕业证那天把戒指送给南夏，没想到南夏居然没出现，来的是她的司机方伯。

顾深直接打电话给南夏，想问她什么情况，她没接。

再后来，她发了条短信突然说分手。

顾深一辈子都忘不掉那天。

他本来穿着学士服，拿着毕业证在开开心心地拍照，兜里还装着准备送给她的戒指，她却直接发了短信说分手。

当天晚上，顾深直接去了南夏家门外，让她出来。

她没出来，只是让他先回去。

他说："你不出来我不回去。"他冷笑，"怎么，我们这几年的感情，连个当面谈分手的机会都不值得？"

南夏顿了很久，终于开口，但声音很清冷："明天吧，明天下午你再过来，我跟你见面。"

顾深深吸一口气："好。"

他也是那个时候才发现，原来她的声音居然可以这么冷。

以前别人都跟他说南夏为人清冷，他从没这么觉得过，因为她对他总是坦白热络的，偶尔还带着顽皮和撒娇，但那一刻，他是真觉得她冷。

他在楼下望着二楼她卧室的窗户。

她面无表情地拉上窗帘，关掉了灯。

再然后，就是他冒雨骑着机车去找她，她很干脆地提了分手。

他当时一句挽留的话都说不出口，像是跟她置气一般，转身就走了，只觉得这么多年疼她白疼了。

之后浑浑噩噩过了半个月，顾深仿佛才回过神来，想去问南夏为什么。

可南夏一家人已经出国，他跟她彻底失去了联系。

她就这样突然间消失在了他的人生轨迹里。

直到后来她再度出现。

南夏研究生毕业后，工作两年一直没有谈恋爱的迹象，南恺开始着急，帮她牵线介绍。

她实在拗不过南恺，便跟钟奕儒出去吃了几顿饭。

但吃饭的时候，她脑海里想的全是顾深。

想他在哪儿，变成了什么样子，会不会也在跟女朋友约会吃饭。

他那么好的人，对女朋友一定会很好。

这样的念头一冒出来，就像野草似的在脑海里疯长，越来越深。

她知道自己不可能接受钟奕儒了。

她正要拒绝的时候，南恺让她订婚，给她列举了一堆钟奕儒的优点。

她直接拒绝。

南恺很不高兴，但南夏顾念他的身体，没敢跟他吵架。

后来有次偶然间在花园里，她听见南恺问方伯："你说夏夏是不是还想着那个男生?"

方伯说:"不能吧,都过去这么久了。"

南恺很忧心:"那她怎么不谈恋爱?那个男生对她影响这么大吗?"他像是自言自语,"的确挺大,要不是当初我假装心脏病发进了医院要挟她,她可能还不会跟那个男生分手。"

方伯说:"小姐很孝顺,她心里肯定是您最重要。"

南夏在他们身后突然开口,语气冰冷地说:"那是当然。"

矛盾一触即发,两人大吵一架。

南恺说南夏这么多年都很乖,只是因为顾深才开始变得忤逆他,他一定不会让她跟顾深在一起。

南夏没想到南恺会用这种方法让她分手,如今还想强行让她跟不喜欢的人结婚。

最后南恺放了狠话,南夏失眠了一晚,决定放弃一切,回国重新开始,寻找属于她自己的人生。

Part 03

窗外天色蒙蒙亮,已经是第二天的清晨。

晨曦顺着窗帘缝隙漏进来。

说到最后,南夏嗓子有点发干。

顾深拿了杯水给她。

所有的情况都弄清楚了,他心里也就有了数。

两人之间无非隔着一个南恺,也没别人。

等南夏喝完水,顾深吻了吻她的唇:"昨晚那么累,睡一会儿。"

南夏把喝了一半的水递到他嘴边,喂他喝。

顾深低头喝了口,把水杯放床头桌上。

南夏伸手去抱他:"一起睡吗?"

顾深笑了声:"当然,我也不是钢铁不坏之身。"

他抱着她躺下,似是喟叹:"真好。"

南夏的确又累又困,已经有了睡意,问他:"什么真好?"

他凑近她耳边,调笑说:"以后都不用再穿着衣服抱你睡了,是不是?"

南夏脸红了。

他说:"转过去,从后面抱着你睡,手感好。"

南夏没力气应付他,很快睡着了。

这一觉睡到下午五点才醒。

南夏昨晚还觉得没什么,睡醒了觉得全身酸痛,跟擀面杖碾过似的,完全不想动，也没力气。

一直等顾深订的餐到了，她还瘫在床上。

顾深过来吻了吻她的眉眼："吃饭了。"

南夏看着他："我没力气了。"

顾深戏谑地笑了声："你昨晚不是挺能耐？"

南夏咬唇。

顾深伸手把她整个人捞起来，从衣柜里拿了件吊带睡裙给她一套，抱着她去了外面餐桌边。

屋里暖气足，穿吊带睡裙倒是也不冷，但是她还没在顾深面前这么穿过，平时穿得都挺保守。

不过，这时候穿什么也没那么重要了吧。

两人坐下吃饭。

顾深点了参鸡汤，那意思让她好好补补。

南夏拿勺子喝了口。

顾深声音平静地问："打算什么时候回去？"

他像是在说一件平常到不能再平常的事儿。

两人对未来有了统一的意见，南夏突然觉得回去也不算是件那么难受的事儿，她也终于能正常跟他沟通："腊月二十八。"

顾深翻开手机看了眼："还有一个礼拜。"

南夏："嗯。"

顾深给她夹了块肉片："多吃点儿，好好补补。"

南夏勾唇，觉得他还挺体贴。

紧接着，他悠悠道："不然剩下这一个礼拜，你可怎么过。"

南夏差点儿被鸡汤呛到。

顾深闲闲地说："慢点儿喝，别急。"

南夏说："你怎么突然变得这么……"

顾深慢条斯理地喝着汤："嗯？"

南夏在脑海里寻找了半天词汇，终于找到个合适的："轻浮。"

他以前明明不这样儿，在她面前都正经得很，生怕唐突她。

顾深看着她莞尔一笑，表情里颇有种多年夙愿终于达成的感觉。

他扬眉："没办法，素太久了。"他眉宇间透着不羁，勾唇看她，带着丝戏谑，"而且——你昨晚不挺喜欢？"

南夏看着他，手拿着汤勺无意识地在汤里搅了搅。

不知为何，脑海里突然冒出一句话。

在思考这句话的具体意思前，这话已经从她嘴里冒了出来。

"又不是我让你素这么久的。"

话一出口,南夏才反应过来自己到底说了什么。

她蒙了。

顾深笑出声来。

他手撑在桌上,身子往前探,对上她的目光:"我这不是怕把你吓跑嘛?"

他甩了下头发,不太正经地问:"要是大学那会儿我真碰你,你给不给碰?"

南夏垂睫,而后抬头看他。

片刻后,她说:"我拒绝不了你的。"

她眼里透着认真。

如果大学那会儿他真想要,她肯定逃不开。

顾深笑了:"不逗你了,快吃。"

接下来的一周,除了顾深偶尔去上班,两人都腻在一起。

短暂的时光转瞬即逝。

离开的这天,秦南风开车在楼下等南夏。

南夏收拾了两个箱子。

顾深帮她检查:"护照、身份证、手机、钱包都带了?"

他这么一说,南夏想起件事儿。

她回去找到顾深当初给她的那一堆卡,拿了其中一张信用卡放进钱包,想了想,又把自己的信用卡递给顾深。

顾深扬眉。

南夏说:"我在英国买什么刷你的卡,你就刷我的,这样会有短信通知,我们彼此就都知道对方在哪里,在做什么了。"

这主意听着还挺好。

顾深把卡接过来:"行。"

两人下楼。

秦南风按了两声喇叭。

顾深帮南夏把行李放进后备厢。

本来他要去送她,但南夏不许,她怕自己会忍不住哭。

她跟顾深说:"你就当我出了个挺长的差,也许过阵子,我就能回来了。"

顾深揉了揉她的脑袋:"等你回来的时候,我去接你。"

南夏想转头上车,却发现根本迈不动脚步,也不自觉地想掉眼泪。

她仰头，泪凝于睫，看着他，一双眼纯得要命。
顾深被她看得心都软了，喊她名字："南夏。"
南夏："嗯？"
他伸手用力地捏住她的下巴，低头在她下唇蛮横地咬了一口。
疼痛瞬间袭来，南夏没忍住"咝"了声。
唇间传来血腥的味道，她却在这疼痛中莫名生出一种快感。
他沉声说："记着，你是我的。"

车子开出小区。
南夏好一会儿才回过神来，抬手去拿秦南风车里的纸巾擦嘴唇。
秦南风"啧"了声："你俩谈个恋爱可真够腻歪的。"
南夏问他："你还单着吗？"
秦南风："不然？"
南夏点点头，对他进行了无情的嘲讽："这就对了，像你这种单身狗是不会懂的。"
秦南风轻嗤一声："你嘚瑟什么，我谈恋爱的时候你还在上小学一年级。"
秦南风也就比南夏大几个月，但也不知道哪儿来的毛病，就爱以她长辈自居。
南夏听惯了，就想怼回去："那可不，我还记得小学一年级的时候，你被一个小女孩儿追得藏到我桌子底下的样子。"
秦南风："……闭嘴吧你。"
两人逗了会儿贫。
刚到机场，南夏收到顾深发来的微信：【想你了。】
看着这三个字，南夏心里觉得抽痛。
助理过来把行李都拿去托运，秦南风催南夏走。
她回头，看了眼南城澄澈而明亮的天空，回复顾深：【我也想你。】

顾深走回主卧，拉开衣柜，看着南夏留下来的几件整整齐齐的衣服，微闭了双眼。
房间突然变得空荡荡的，却还留有她生活的痕迹和气息。

除夕夜。
吃完团圆饭，顾深漫不经心地听顾曾数落顾洹工作上的事，随手划开手机。

他刚准备给南夏发消息过去,那头打来视频。

他勾唇,起身上楼回了房间,接起来。

南夏那头还是中午。

她刚吃完午饭,在房间里猫着给顾深打视频,不敢让南恺知道。

才几天不见,她看着瘦了些。

顾深问:"你是不是没好好吃饭?"

南夏:"我吃得挺认真的。"

顾深"嗯"了声:"那是想我想的?"

南夏看着他,半开玩笑地说:"那你怎么没瘦,是不是不想我?"

顾深随手扯开衬衫扣子。

看见他这动作,南夏问:"你要去洗澡了吗?"

"不是。"顾深说,"给你看看,我都哪儿瘦了。"

南夏:"你怎么这么流氓?"

顾深低笑了声。

那头南恺似乎喊了南夏一声。

南夏说:"我得出去下,陪我爸去医院复查。"

顾深轻声说:"去吧。"

南夏迟疑片刻,说:"春节快乐,宝贝。"

还是没有实现跟他一起过年的心愿。

顾深点头:"你也是。"

挂了视频,顾深走出房间,听见楼下吵架的声音。

"反正你也不止我一个儿子,你那个儿子那么优秀,你把倾城给他啊!反正当初你也抛弃了妻子,再抛弃个儿子有什么过意不去的?"

顾洹扔下这句话,拿着西装外套,"砰"的一声摔门而去。

他负责的高端线出现了服装质量问题,被 VIP 客户直接投诉到顾曾这儿了。

连带着之前的抄袭事件,顾曾狠狠数落了他一番。

顾洹从小被宠惯了,从没被顾曾这么数落过,哪儿受得了这种气。

顾曾看见顾深,忍不住道:"真是不像话,我才说了他几句?"

顾深"啧"了声:"你自己造的孽,怪谁呢?"

他说话一直这么阴阳怪气,顾曾被他堵得说不出话。

过了会儿,顾深忽然说:"我想跟你商量个事儿。"

顾曾没好气道:"什么?"

顾深:"倾城这担子,我打算卸了。"

顾曾一惊:"什么?"

当初要顾深进倾城也无非是把倾城死马当活马医，本来低端线连续亏钱，顾曾本打算直接砍掉，就顺手给了顾深个机会，没想到顾深能扭亏为盈，而且把低端线做出了品牌知名度。

顾曾一度还不放心顾深，一直默认顾洹在各个地方压着他。

如今他忽然要放手，顾曾还真不敢，因为一时也找不到能接手的人。

顾曾问："为什么？"

顾深："要不是因为我妈，当初我才懒得管你这堆烂摊子。我也有点儿自己的事儿，让顾洹去给你当牛做马吧。"

顾曾问："你自己有什么事儿？"

顾深笑了笑："打算把赛车捡起来。"

顾曾沉默片刻："你再让我想想。"

第十章
伦敦，浪漫

Part 01

半年后。

一大早，南夏就被秦南风的电话吵醒了。

她昨晚熬夜改个设计稿，刚睡了没两个小时就被吵起来。

她看了眼时间，早上十点。

她还没来得及发脾气，就听见秦南风很欠揍地说："快点儿来 Camden Market 接你哥我，我买了一堆东西拎不过来，顺便请你喝下午茶。"

南夏没好气道："下午茶？现在才十点。我缺你那杯茶吗？而且我昨晚熬夜了……"

秦南风的司机最近生病请假了，他有事儿没事儿都来烦她。

听见她说熬夜了，他毫不动容："早跟你说了别熬夜，耽误我买东西。

"快点儿来，别让你哥等太久，接完我再睡。"

他简直丝毫不讲道理。

南夏无法，换了衣服出门，跟南恺说要去接秦南风。

南恺正在看杂志，闻言"嗯"了声。

Camden Market 离家倒是不远，开车半个小时就到了。

南夏下车，看见秦南风站在超市门口，手里拎着好几个大袋子。

南夏走过去，劈头一句话："我说你能不能找个女朋友，别每天折腾我？"

秦南风含笑看着她:"我不。"

他故意的。

南夏自从回到伦敦之后,越来越不开心。

南恺手术虽然成功,但心脏的确是落下了毛病,她不敢跟他吵,但也不同意跟别人订婚,两人各退一步,就当没什么事儿似的相处着。

南恺大约看出了南夏不开心,嘱咐秦南风多陪陪她。

大约半个月前开始,秦南风就老祸祸她,美其名曰带她散心。

秦南风补了句:"而且找个女朋友我也不能欺负她呀,那你更惨,得伺候我们俩。"

南夏无语,伸手去接他手里的东西。

秦南风躲了下:"不用你提。"

他径自把东西拎进后备厢里,抢过南夏手里的钥匙:"我来开吧。"

南夏白他一眼:"少假惺惺的,你要是真心疼我熬夜,就不会非得让我来了。"

秦南风挑眉:"谁跟你说我心疼你熬夜了?我是怕你疲劳驾驶睡着,撞了自己不要紧,别撞到我。"

南夏翻了个白眼。

车子很快发动,南夏还是困,眯了一小会儿,醒来发现走的不是去秦南风家的路。

她问:"你要去哪儿?"

秦南风:"去个同事家,聚餐吃火锅。"

南夏腹诽:那怎么没让你同事来接你?

南夏在心里又把秦南风骂了好多句,然后突然发现件事儿:"这不是我家附近吗?"

秦南风"嗯"了声:"离你家不远。"

南夏:"什么叫不远?这不是一个区?"

秦南风讥讽她:"哟,认路了啊?"

南夏没好气地瞪他一眼。

南夏有点儿路痴,在伦敦生活了这么久,就认得家门前那一条路,去几个常去的地方还要开导航。

车子在一处别墅外停下。

两人下车。

秦南风把钥匙扔给南夏:"进来吃点儿?"

"不了。"南夏摆摆手,"我回去了。"

秦南风"哦"了声："那帮我把东西搬进去。"

南夏回头看他："你刚不是自己能搬？"

秦南风悠悠道："这不开了一路车，累了嘛。"

南夏瞪着他。

秦南风："乖，就帮我拎一个，两个也行。"

南夏无语，走过去。

秦南风毫无负担地把那个最大的袋子递给她。

南夏两只手拎着袋子，边走边在心里吐槽：沉死了，回去就把秦南风拉黑。

门开了，秦南风径直进去，也没等她，还把门关上，一点都不体贴。

南夏无法，只好自己敲门。

门再度被打开。

南夏费劲地拎起袋子："这是……"

她抬眸，顿住，手里的袋子摔落住地。

顾深含笑看她："怎么，不认识了？"

他穿着黑色的衬衫，身上那股痞劲儿像是被放大了数倍，笑容也是漫不经心的。

南夏眼眶一红，抬手搂住了他的脖子，钻进他怀里。

"你来了……"

半年了，终于见到朝思暮想的人，顾深也有些动容。

她头发长了许多，这么抱着，后腰的头发都能蹭到他小臂上，带起一阵酥酥麻麻的电流。

他把她用力按在怀里，用下巴蹭了蹭她的头发。

屋内传出一阵脚步声。

秦南风走出来，扫了两人一眼，面无表情地说："走了。"

南夏这才明白秦南风今天怎么这么缠人。

她从顾深怀里出来，有点不好意思地看着秦南风。

顾深手还搂着南夏的腰，含笑说："谢谢表哥帮忙。"

秦南风："滚。"

顾深："表哥留下来吃完火锅再走吧！"

秦南风的声音渐渐消失在风里："看着你们俩腻歪，我吃不下。"

他的车就停在屋外，很快开走消失不见。

顾深牵住南夏的手："进去吧？"

南夏点头。

顾深弯腰把塑料袋拎起来，带着她进门。

"你什么时候……"

南夏剩余的话被堵进嘴里。

顾深吻住她的唇,用力把她抱起来,将她的背按在墙壁上。

虽然是夏天,骤然靠墙还是有点儿凉,南夏轻轻颤了下。

她今天穿了连衣裙,这么被他抱着,裙摆自然而然地被推了上去。

她耳根莫名发烫,被他亲得呼吸都乱了。

好一会儿,她才从纠缠的间隙里逃出来,问了句:"不是要吃火锅吗?"

顾深眉眼里涌动着浓烈的情意,低笑了声:"先开个荤。"

他蛮横地咬着南夏的唇,抱着她一路往卧室走。

她被他亲得喘不过气了。

他的气息浓烈而醉人,熟悉的烟草味儿混着清冷的薄荷香侵略过来,让她无法自拔。

想他想得厉害,半年的思念在这瞬间爆发。

结束后,南夏瘫软在沙发上,顾深却跟没事儿人似的,煮好火锅抱她过去吃。

他把羊肉送到她嘴边。

南夏张嘴,吃了。

顾深低笑了声:"这就不行了?多补补。"

南夏没应声,主要是他来了她开心,而且她也没力气跟他斗嘴了。

顾深的手机突然响了声。

他放下筷子,划开屏幕。

是秦南风的微信。

【她昨儿熬了夜,你收着点儿。】

顾深看着南夏:"你昨晚熬夜了?"

南夏本来没想说,怕他担心,但猜测是秦南风跟他说了,便也没否认,点了点头。

顾深皱眉:"怎么不跟我说?"

他表情里带了心疼,绕着桌子走到了她身边。

南夏仰头看他,乖巧地说:"我也想你了呀。"

她声音绵软,带着点儿撒娇的鼻音。

顾深揉了揉她的脑袋:"下回跟我说。"

她问:"那我跟你说,你就不碰我了吗?"

顾深笑了声,稍顿:"最多……手下留情。"

南夏轻轻"哼"了声,换了话题:"你休假过来的吗?能待几天?怎么没去酒店?"

她估摸着顾深是因为觉得住酒店不方便，所以在附近租了房子，离她能近点儿。

顾深用手指缠绕着南夏的长发，一下下绕在指尖，说："我进了秦南风的车队，暂时不走了。"

老这么放她一个人在这边，他也不安心。

之前南恺住院时，两人打过电话。

南夏那两天应该是又忙又累，还夹杂着恐惧和不安，等知道南恺手术正常的消息后，她人立刻就感冒了，说话时还带着严重的鼻音。

顾深想跟她多说会儿话安慰她，却又觉得让她跟他说话都成了负担。他没谈过异地恋，那会儿才觉得太过无力。

明明她最需要他的时候，他却什么都不能替她做，只能说一些看似关心的废话。

但她很乖，一直安慰他别担心。

他不敢多让她说话，为了让她好好休息，那几天都不太敢打扰她。

那次之后，顾深就下定了决心要到她身边。

他联系了秦南风，问了车队招人的标准，也找了老师恶补英语，在这期间还把倾城的事情也安排妥当，终于来了伦敦。

南夏不觉全身一震，回头看他："你……"

她眼里有泪光闪过。

她刚跟顾深熟悉的时候就知道他最烦英语，也不太喜欢吃西餐这种东西，大多数时候都是迁就她才去西餐厅。

但是现在，他为了她，竟然决定要留在英国。

这一段关系里，他真是付出太多了。

她看着他，想说感谢的话，却又觉得说这些话太过见外。她顿了片刻，在他怀里很轻地蹭了下："你不怕在这儿住不惯吗？"

"怕死了。"他坏笑着说，"所以你得常过来陪我。"

他是开玩笑又散漫的语气，南夏却认真点头："我会的。"她抱着他的胳膊，"真好，又能看见你赛车时意气风发的样子了。"

顾深拿过手机看了眼："你能待到几点？"

南夏想了想："十点半吧。"

她现在是没门禁了，但回去晚了南恺还是会担心，会问她去哪儿了。

"还早。"顾深把她按在怀里，"你补个觉，起来我做晚餐给你吃。"

在他怀里安心又亲昵，南夏已经觉得有点儿困了，问："还没夸你呢，都会做饭了？"

顾深声音很轻："学了一点儿。"

她问:"你不困吗?"

他肯定是飞了十个小时,一下飞机就琢磨着来找她了。

顾深:"没事儿,飞机上睡了。"

南夏很快在他怀里安心地睡去。

怕她睡太久影响晚上的睡眠,两个小时后,顾深准时把她叫醒。

南夏起来洗了把脸,看了眼时间,下午六点多。

顾深在厨房里弄东西。

南夏看着他。

他微弯着腰,背影还是透着一股不羁,却莫名有了一种成熟稳重感。

她想起刚认识的他和现在的他。

已经八年了,他还在她身边,真好。

她走到他背后,伸手抱住他。

顾深嘴角不自觉上扬,没说什么,任由她抱着。

大约过了几秒,也可能是几分钟,顾深记不清了,突然听见她说:"好想嫁给你呀。"

他手上动作微顿。

锅里的鸡胸肉滋滋作响,冒出一阵香气。

南夏被这声音提醒,发现顾深没穿围裙,肯定是懒得穿。

她放开他,从旁边抽屉里翻出围裙,走到他跟前:"要穿上这个,不然衣服上都是油点子。"

顾深不太在意地说:"衣服不得有点儿生活的痕迹嘛。"

虽然这么说,他还是把头低下,让南夏给自己穿上围裙。

南夏给他系围裙带子,系好后,又伸手抱住他,就是感觉好像越来越喜欢他了。

又过了几分钟,顾深把火关了。

南夏说:"我去拿盘子。"

她刚放开顾深,就被他一手拽回怀里。

他低头,狭长的双眼露出一个笑容,略带散漫地问:"刚说了什么?再说一遍。"

南夏抬眸。

他笑的时候就这样,带着股痞劲儿,迷人得厉害,下颚线条也越发清晰。

她对上他的视线,很大方地又把刚才的话软软地说了遍:"好想嫁给你呀。"

顾深"啧"了一声:"给你做顿饭就想嫁了?得亏是落我手里了,不然指不定被人怎么骗呢。"

她乖顺地点头，抱住他的腰："幸亏是你。"

两人吃了饭，腻在一起，时间过得飞快。

十点刚出头，方伯已经打来电话问南夏什么时候回家。

挂掉电话后，南夏微微叹了口气。

顾深捏了捏她的脸："没事儿，以后有的是时间。"

南夏恋恋不舍地看着他。

他不来还好，一过来，对他的思念简直就收不住了，贪恋他怀里的温度。

她靠在他怀里，搂住他的腰："想抱着你睡。"

顾深轻抚她的头发，等了会儿，说："走吧，送你回去。"

南夏是开车出来的，车还得开回去。

两人开车绕着附近的街道又转了两圈，南夏才终于回了家。

她一进客厅，就刚好撞上南恺，嘴角的笑容都没来得及收住。

南恺愣了下，感觉很久都没见过南夏这么发自内心的笑容了。

南夏以为南恺会在二楼书房，没想到一进门就撞上他，有点儿心虚，但还是尽量保持平静的语气："爸，你没看书啊？"

南恺"嗯"了声："今天跟南风玩得挺开心？"

南夏胡乱点头："挺好的。"

南恺："哦？他带你去哪儿了？"

南夏差点儿怀疑南恺是不是看出了什么。

但见他神色自然，像是顺口一问，南夏便说："就去他同事家里吃了顿火锅，人多，挺热闹的。"

南恺点点头，没再说什么，催她去休息。

七月中旬的时候，秦南风不小心出了车祸，腿骨折了。

他爸妈忙生意忙得要命，没人看顾他，干脆让他到南恺这儿养伤。

秦南风住进来以后，屋子里就多了很多生机，南恺的心情也变得轻松了许多。

这天，两人在沙发上坐着聊天。

秦南风削了个苹果递给南恺。

南恺接了，问："夏夏呢？"

家里阿姨说："小姐出去散步了。"

南恺觉得不大对劲："她最近怎么总爱出去散步？"

秦南风悠悠道："大概是我太难伺候了。"

南恺知道他开玩笑，笑了声："要说难伺候，也是我难伺候。"

秦南风："也对。"

南恺愣了愣。

聊天之际，南夏回来了。

她神情带笑，步履轻松，甜甜地跟两人打了个招呼，很快上楼了。

南恺扫了眼手表，晚上十点半。

他问："有没有觉得夏夏最近心情变好了？"

秦南风咬了一大口苹果："是吗？可能是因为我的到来点亮了她无趣的人生？"

南恺没理他了，却开始留意起南夏。

她几乎每天都会出去散步，偶尔老老实实待在家里。

南恺摸准了她散步回家的时间，借口要早睡，在楼上隔着窗户往外看。

观察了几天，见她都是一个人回来的，南恺便按下了心里的怀疑。

又过了几天，南恺刚好在杂物间里找布料，隔着窗户看见了南夏的身影，她旁边跟着个男人，很宠溺地摸了摸她脑袋，搂着她的腰。

杂物间的窗户对着别墅后门，南恺几乎从不来这儿。

他咬牙，怪不得他盯了几天都没发现什么。

他站在原地盯着眼前的画面。

南夏微仰着头，笑得温柔又开心，那笑容灿烂到几乎能把夜空点亮。

南恺深吸了口气，走了出去，在客厅等她回来。

十点半，南夏果然准时回来了。

南恺看着她，想问什么，但看着她愉悦的神色却什么都问不出来。

第二天晚上，南恺跟秦南风在客厅聊天的时候，问："你是不是知道什么？"

秦南风把削好的苹果放在南恺手里，故意打马虎眼："什么？"

南恺把苹果放一边："糊弄我是吧？那个男人来伦敦了？"

秦南风立刻笑了："哪能呢？这有我什么事儿？要说糊弄也是南夏糊弄您不是。"说完，他接着削苹果，一脸无所谓的模样。

南恺沉声问："你见过那男人？"

秦南风："见过。"

南恺深吸了口气："人怎么样？"

秦南风："不太熟。"

南恺说："那就把你知道的都说出来。"

秦南风知道南恺的性格，他要上赶着说顾深的好话南恺可能反而不信，非得等南恺亲口过来问，而且他还不能说得太慢。

秦南风想了想："真不太熟啊。不过长得倒是挺不错，也就比我差一点吧，不然也不能把南夏迷得七荤八素的，家都不着。

"对了，他车技也不错，之前我回国的时候和他一起赛过一次车，你闺女坑了我一把，耍诈让他赢了。"

他语气似褒似贬，南恺一时也摸不透他的目的。

秦南风的赛车水平南恺知道，就算南夏耍诈，那男人能赢他肯定也不简单。

秦南风接着说："哦，对了，他一个月前还签了我的车队。"

南恺一愣。

秦南风："好像是打算长期留这儿了。"

南恺："你不早说？"

秦南风："又不是我签的他，俱乐部经理签的，他进来用个英文名儿谁知道他是谁？我出了车祸才知道他是你闺女的男朋友。这可倒好，把我车队头牌的教练也抢走了。"

秦南风看南恺神色还行，接着补刀："再说了，我提早跟您说有什么用？你也说不动南夏不是？您是不知道，您闺女把人黏得一刻都离不开，就跟小时候黏我似的。"

南恺觉得头大："她就这么喜欢那男的？"

秦南风"啧"了一声："您看她这两天都春风得意成什么样儿了？以前人没过来她什么样儿您又不是不知道。"

南恺叹了口气，上楼打电话找人去查顾深的详细资料。

秦南风发了个微信给南夏：【你露馅儿了。】

Part 02

南夏穿着吊带睡衣，刚洗完澡回到卧室拿起手机，顾深就把她从身后抱住。

他含笑打趣她："有没有发现……你体力似乎变好了？"

南夏看见微信内容，一怔，完全没听清顾深在说什么。

顾深吻她的脖子："怎么不说话？"

南夏被他的气息弄得一痒，说："我爸应该知道了。"

也不知道是怎么知道的。

她最近出来得这么频繁，南恺是猜到了？

或者她跟顾深总在附近遛弯儿，被他看到了？

顾深动作停下，起身瞟了眼南夏手机里的短信，又去看她，目光里透着担心。

南夏说："没事儿的，他最多也就骂我两句，我不还嘴就是了。"

顾深摸了摸她的头发，什么都没说。

南夏开始换衣服："我今天可能得早点回去。"

两人周末都腻在一块儿，就是没机会过夜，一到时间她就得走。

顾深无奈地笑了声："还真成罗密欧和朱丽叶了？"

南夏换完衣服，说："你今天就别送我了。"

顾深牵住她的手："不要紧，送你到路口。"

想着只要不在家附近应该都没事儿，南夏便点了点头。

两人在路口分别。

南夏咬唇看他："以后出来可能就没这么方便了。"

顾深笑了笑，捏着她的下巴亲了口："没事儿，实在不行，哥爬窗去跟你幽会。"

他语气放荡不羁，透着股肆意的痞劲儿，天不怕地不怕似的。

这也是他第一次在她面前自称"哥"。

南夏莫名一苏，伸出手指挠了下他的手心，踮起脚尖在他耳边软软地说："那我等你呀，哥哥。"

言罢，她还伸手轻轻扯了扯他衬衫的衣领。

顾深被她那声"哥哥"叫得全身都酥了，忍不住伸手把她往怀里一拉："还敢勾我是不是？"

说完，他舔了下后槽牙。

南夏知道顾深吓唬她，微笑着仰起头，又喊了声："哥哥。"

声音又纯又甜。

顾深不由得愣了愣。

南夏调皮地从他怀里逃出来，跟他挥了下小手，小跑着逃了。

顾深站在原地，扯了下衬衫领子，看着她的背影。

南夏雀跃的心情在看到家门的瞬间消失。

她深吸一口气，推开门，南恺果然在客厅里等她，还有秦南风。

一看见她进来，秦南风立刻拄着拐杖逃上了楼，客厅里就只剩下了她和南恺。

南恺看了她一会儿，视线有十足的压迫力。

还是南夏先出声："爸爸。"

南恺："坐。"

南夏有些拘谨地在他旁边的沙发上坐下。

南恺问："那个男人来英国了？"

南夏点头。

南恺："他打算待多久？"

南夏:"他找到了工作,说是暂时不会走。"
南恺:"你最近晚上出去,就是在陪他?"
隐瞒也没了意义,南夏坦白点头。
南恺淡声:"那我要是一直不同意你们,你打算怎么办?"
南夏垂眸,等了片刻,说:"其实大学的时候他追我,我就跟他说我大学不会谈恋爱,让他放弃,但是他说名分无所谓,就这么相处着。"
南恺轻嗤了声,语气里带着不屑。
南夏说:"现在也是一样。爸爸,你要是不同意,我们尊重您,我们就这么着……不结婚也行。"
南恺忍住生气:"你就认准他了?"
南夏轻轻地"嗯"了声,却无比坚定。
她抬头看着南恺:"爸爸,他人真的很好,人品没问题,而且我之前在英国的时候,他在国内都没谈恋爱,等了我四年。"
南恺:"这种鬼话你也信?"
南夏:"是真的,爸爸。而且他根本不喜欢国外的东西,吃饭什么都不习惯,他是为了我才放下国内的一切来英国的。"她说着,声音有几分抽噎,"他人真的……很好很好的。"
南恺沉默片刻:"行了,你上去吧。"
两人难得这么心平气和地谈话,但南夏要再往下说,估计他又要发脾气了。
南夏起身,上楼前嘱咐了南恺一句:"爸,您也早点儿睡吧,小心身体。"
南恺应了声。

当天晚上,南恺要的顾深的第一手资料被人发送到了他邮箱里。
他翻开仔细阅读了每一项,紧拧着的眉头也逐渐松开。
顾深倒跟他印象里的纨绔子弟不太一样,除了家世,别的地方的确没什么可挑剔的,事业上也算是个有能力的人,感情上也没乱来。
南夏出国这几年,顾深的感情世界的确是一片空白。
几十页的资料,南恺翻来覆去看了三遍,生怕漏掉什么内容。看完个人资料后,南恺又看到两人大学时被拍的各种照片,据说现在南大论坛上他俩的帖还不时会被顶起来,惹得众人羡慕不已。
他一张张翻过去,大部分照片都是模糊的,看不清脸,但那人护着南夏的动作却十分明显。
下雨替她打伞,冷了替她加衣服,看到最后——顾深还替她打过架,是因为有人缠着南夏说了很难听的话。

南恺冷笑:"打得好。"

天边泛出一丝鱼肚白,困意也涌上心头,南恺愣了几秒,叹了口气,心里终究是出现了丝松动。

他起身回卧室躺下了。

也许是因为被发现,南夏行动收敛了些,从几乎每天都要出去散步,变成了两三天一次。

南恺也没法制止。

她这么大的人了,总不能还跟小时候一样强行管她。

父女俩就这样默默地达成了平衡。

F1英国大奖赛临近,顾深训练场次多了点儿,南夏晚上在家里的时间也就长了些。

秦南风对此很不满:"得,我腿受个伤,经理把他当宝了,我发短信经理都敢不回。呵呵。"

他因为受伤,直接缺席了这一赛季。

南夏看着他刚拆了石膏的腿:"那大赛期间经理是很忙呀,你别给人添乱了。"

然后,她削了个苹果给他:"喏。"

秦南风冷笑一声:"重色轻兄。"

他把苹果接过来,咬了口:"知道是谁指点了他才让他顺利进车队的吗?好好报答我,知道吗?"

南夏小声说:"他凭实力肯定也能进的。"

秦南风:"起码晚三个月。"

南夏跟他撒娇:"表哥最好了。"

秦南风:"你可闭嘴吧,别学他那么喊我,听着怪恶心的。"

南夏笑抽。

秦南风虽然不满,但决赛当天,他还是守在电视机前盯直播。

"他要拿不了前三,可就太丢我的人了。"

南夏也坐下跟着他一起看。

她虽然赛车上下了不少功夫,但是没怎么看过正经比赛,这还是头一回这么看。

顾深开的是辆白色的车,起步第六。

比赛共计二十四圈,起步其实也没那么重要。

南夏相信顾深的实力,看得比较放松。

没一会儿,南恺也下来了,坐在旁边单人沙发上看。

南夏乖巧地给他也削了个苹果。

秦南风说:"第三了。"

他像是在解说,南夏却知道他是在给顾深拉好感,向他投去感激的一眼。

南恺冷淡道:"我看过比赛。"

那意思是秦南风不用解说。

秦南风:"南夏不懂。"

南夏轻咳了声:"是不太懂。"

比赛场地在伦敦眼附近,背景里偌大的摩天轮偶尔会闪过,南夏想着等顾深比完赛就跟他去玩。

秦南风忽然一声惊呼:"要第一了。"

南夏回神,果然看到电视屏幕上顾深的名次已经到了第一位。

此时,比赛已经超过十五圈。

秦南风笑了声:"可以啊,居然超了汉密尔顿。"

他笑声未落,忽然有辆换了轮胎的粉车进站,刚巧在顾深车后,径直用轮胎撞向顾深的车尾。

秦南风瞬间沉下脸:"真脏。"

这是车队之间的比赛,所以有些队员会牺牲自身成全队友,给车队抢第一的机会。

一般人最多也就蹭一下轮胎,这人竟然直接撞向顾深的车尾。

顾深的车瞬间冒出浓烈的白烟,不到三秒,车尾起了火,转瞬成了一片火海,冒出滚滚黑烟。

解说发出一声尖叫。

南夏手一抖,吃了一半的苹果摔落在地。

电视里很快出现了慢镜头回放,解说这才看清楚什么情况,惊叫着用英语大喊:"车断了?"

南夏整个人都在发抖。

现场很快切换到救援人员的镜头。

顾深穿着赛车服,从火海里被人扶出来。

他手上还着火,很快被救援人员手里的灭火器扑灭。

不到几秒,现场的大火也被扑灭。

刚才炙热的火焰瞬间化成一堆白色泡沫落在地上,仿佛刚才的一切都没发生过似的,只剩下一分为二的赛车残骸。

之后是顾深被抬上救护车的画面。

秦南风咬牙道:"我要告到他这辈子出不来。"

南夏直接拿起车钥匙,冲了出去。

她开车的时候手都在抖,开出去一段距离才想起没来得及问医院地址,立刻给秦南风去电话让他帮忙问。

几分钟后,秦南风告诉了她地址。

南夏稳了稳心神,朝医院开去。

没事的,刚才顾深是自己走出来的,肯定不会有生命危险。

她几乎是冲进医院的。

一堆记者在医院门口追着采访。

俱乐部经理Sam出来接受采访,说人没有大碍,只是轻度烧伤,医生正在处理。

南夏松了口气,就在外头等着。

大约过了十几分钟,秦南风也来了。

他刚卸掉石膏,还拄着拐杖,坐到她旁边安抚她:"放心,肯定没大事儿,F1防火服能承受800度火焰四十多秒。"

南夏点点头,但还是担心。

又过了好一会儿,顾深从手术室里被推出来,两只手上都缠着厚厚的白纱布。

看见南夏,他挑了挑眉,表情还跟以前似的放荡不羁,像是丝毫没把这个当一回事儿。

南夏跑到了他病床边。

两人视线对上,彼此凝视着对方,但什么都没说,因为周围全是人。

医生问谁是家属,秦南风和俱乐部经理一起过去沟通了。

进了病房,嘈杂的环境才突然安静了些。

护士说顾深的喉咙也受了刺激,哑得厉害,让他暂时不要多说话,多小口喝水。

还好,顾深除了手上被轻度烧伤,其他地方都没什么问题。

南夏点头。

护士给顾深挂好点滴就走了。

这家医院刚好是南恺做心脏病手术的医院,南夏挺熟悉,跟顾深说:"我去买点水和平时要用的东西,你等我一会儿。"

顾深微微张了张嘴。

南夏立刻说:"你别说话了。"

她跑了出去,觉得胸口堵得慌,既内疚又自责,觉得要不是她,顾深也不会来英国,也就不会出这样的事故,眼泪无声地往下落。

怕顾深一个人待着孤单,她也没敢耽误,只哭了一小会儿,买了点儿水和日常用的东西很快回到病房。

在门口就听见秦南风欠揍的声音:"你这大难不死必有后福啊,这么大车祸,人居然一点儿事没有?"
　　顾深撩了下眼皮,没说话。
　　南夏知道秦南风是安慰顾深,也没多说,只把手里的矿泉水打开,走到顾深面前问他:"你喝水吗?"
　　顾深很轻地点了下头。
　　南夏动作很小心,慢慢地喂他。
　　顾深喉咙刺痛得厉害,每咽下去一口水都难受得蹙眉。
　　南夏看他的微表情,没忍住咬唇,眼泪又快出来了。
　　秦南风站在她斜对面,把她的神态全看在眼里。
　　他说:"我要是你高兴都来不及呢,才这么点儿小伤哭什么?"
　　南夏抬手擦了下眼泪,让他闭嘴,又装作没什么事儿似的,继续喂顾深喝水。
　　顾深又喝了两小口,对她轻轻摇了摇头,那意思是不喝了。
　　南夏把水拿走。
　　顾深开了口,声音嘶哑得只能发出气音:"没事儿。"
　　他即便是这么说话,那语气也透着一股痞劲儿。
　　这不羁像是刻在他骨子里了。
　　南夏又快哭了,哽咽着说:"你别说话了,我才是真的没事儿。困不困?要不要睡一会儿?"
　　顾深点点头,药物里有止痛安眠的成分,困意涌上来,他很快睡着了。
　　国内有视频直播,南夏手机已经响得快爆炸了,直接被打得没了电。等顾深睡着她才充上电重新开机,她给平偍回了个电话,告诉他没事儿,顺便让他给国内的朋友们转达一声。
　　刚挂了电话,一个陌生号码打了进来,是国内的。
　　南夏接起来。
　　那头沉声说:"我是顾深的爸爸。"
　　南夏立刻恭敬地把顾深的情况都说了。
　　"他现在睡着了,但是喉咙也受了点伤,等他好一点,我再让他给您通电话。"
　　顾曾虽然家大业大,但他算是一夜暴富,事业都在国内,本人也没出过国,护照都没有,一时间也来不了英国。
　　他还是不放心:"我能不能看他一眼?"
　　南夏说:"行。"
　　然后,她加了顾曾的微信,给他打过去视频。

病房里光线昏沉。

顾深的脸毫发无伤,安安静静地躺在床上,显得跟平日的吊儿郎当模样全然不同。

以前顾曾最烦他说话不着调的模样,如今看他这样,倒巴不得他还跟往常一样。

顾曾看了一会儿,拜托南夏好好照顾他。

南夏说:"伯父您放心,我一定会的。"

顾曾没再说什么,把电话挂了。

顾深醒来的时候到了饭点儿,秦南风让家里送来了饭菜。

南夏扶顾深起来,一口口喂他。

可能是喉咙不舒服,他吃得很慢,没吃几口便轻轻摇头。

南夏轻声问:"那多喝一点鸡汤好不好?"

顾深点了下头。

南夏把汤勺送到他嘴边。

顾深看她。

她平时散开的头发此时已经拢了起来,松松散散的。

窗外吹进了一阵风,几绺头发丝在她耳边飘了起来,衬得她整个人柔和了许多,倒是有了几分贤妻的模样。

从来没想过有一天她会这么照顾他,一口一口地喂他吃饭。

不过真被她这么照顾了,他又觉得如此地理所当然。

顾深嘴角勾了勾,一点点把汤都喝下。

窗外很快下起了雨。

伦敦就这样,雨来得快去得也快。

喂顾深吃完东西,南夏自己也吃了点儿,然后把饭盒收起来。

秦南风说:"我请的护工马上到了。"

南夏说:"不用,我能照顾。"

秦南风蹙眉:"他一大老爷们儿,你怎么照顾?忙了一天,等会儿回去洗个澡睡觉,明儿再来。"

南夏撇嘴:"不要。他只是伤了手,我有什么不能照顾的?反正我今晚要在这儿陪床。"

她看了眼顾深,看出他目光里透着担心。

南夏把秦南风拽出病房,小声说:"顾深刚受伤,又是人生地不熟的,一个人在这儿孤零零的,我不放心。"

秦南风"啧"了一声:"他是个男人,受这么点儿破伤有什么大不了的?"

南夏咬唇："反正我不走，而且……反正我爸也都知道了。"

顿了片刻，她又说："哥，他是为我才来的英国呢。"

秦南风无奈，知道她执拗起来谁也劝不动，只好作罢。

南夏给南恺发了条微信说要在医院陪床，也没敢给他打电话，怕被骂。

反正她人在这儿，只要安全，南恺应该不会管她。

秦南风最终还是把护工退了，又过了会儿，他也回去了。

病房里就剩下了顾深和南夏两人。

南夏起身把窗户关了，坐在顾深床边。

她怕不小心碰到他手上的伤口，也不敢离得很近，连抱都不敢抱他。

又怕他喉咙痛，也不敢跟他说话。

两人就这么安静地坐着，不时对望一眼。

顾深眼里溢出丝笑容，缱绻得要命。

到了晚上，南夏进浴室洗了个澡，也没换衣服，吹干头发走出来，问顾深喝不喝水。

顾深摇了摇头，只是看着她。

南夏总觉得他好像有话要跟她说，于是问："你饿了吗？"

顾深摇头。

"那你是手疼吗？"

顾深摇头。

"那你……"

顾深终于低声开口了："夏夏，我想去厕所。"

输了几袋液下去，估计有消炎药，他嗓子舒服了一些，却也还是带着丝沙哑。

南夏顿了片刻才想起来他住院这大半天都还没去过厕所，她又喂他喝了一堆水和鸡汤……

她立刻帮他掀开被子，扶着他的手臂和腰让他坐起来，又蹲下去替他找拖鞋。她动作挺着急，头发散开来，垂落在地。

顾深想替她拢一拢，一抬手才发现很不方便，只好放弃了。

南夏替他把拖鞋穿好，站起来看他："我扶你。"

顾深用气音说："我腿没事儿，站得起来。"

南夏点点头，还是下意识扶着他的胳膊，把他扶进浴室，开了灯。

顾深看她："夏夏，帮帮我？"

他垂眸扫了眼裤子。

他声音很沙哑，说话时还刻意靠近她几分，把呼吸都落在了她头发丝上，跟调情似的。

南夏红着脸:"你都这样了还不老实,不疼吗?"
顾深用气音发出声极低的笑:"疼。"
药物的作用逐渐消退,烧伤的疼痛简直无法用语言形容。
他挑了下眉,俯首轻声说:"所以需要多巴胺止痛。"
南夏腹诽:调情就能产生多巴胺了吗?
她有点儿犹豫地伸出手。
两人该有的都有了,这还是她第一回给他脱衣服。
虽然不是在那种时候,但南夏还是觉得莫名有点儿羞。
而且在这狭小而逼仄的空间里,她还刚洗完澡,空气中仿佛还残余着水汽和她的气息。
南夏把手搁在他腰上,好半天没动作。
顾深等了一会儿,说:"夏夏,你再这样,我要忍不住了。"

南夏把洗手间的门关好坐在沙发上,脸颊发烫,脑海里浮现出刚才的画面。
她还是没忍住问了句:"你怎么还能这样?"
顾深带着痞气说:"我只是手受了伤,生理上一切正常。"
没一会儿,顾深敲了敲门。
南夏打开门,低头闭着眼帮他穿衣服。
顾深用胳膊虚虚地环住她:"辛苦我们夏夏了。"
南夏喜欢他亲昵的用词,柔声说:"我应该的嘛。"
她扶着顾深走出去。
顾深说:"我在沙发上坐会儿,躺一天了。"
南夏说:"好。"
她不许他多说话,打开电视陪他看。
到了十点,她又把顾深扶回床上躺着。
顾深看着她的眼睛,知道她肯定在他不知道的地方又哭了。
他轻声安抚她,语气不太正经:"别再哭了,有这力气不如过来亲我一会儿,帮我分泌点儿多巴胺。"
南夏倒是很听话地坐了过来。
"你别再说话了。"
"没事儿。"顾深低笑,"已经没那么难受了,你也不许自责了,嗯?要怪也得怪那辆车,怎么能怪到你身上?"
南夏知道他看出来了,很乖地点头:"我没想了。"
她想起秦南风刚发来的微信,说,"俱乐部那边说了肯定会提告那个人,我哥会盯着的。"

顾深点点头:"表哥真好。"

南夏想起秦南风被顾深叫表哥的表情,没忍住笑了。

顾深半眯着眼,看她一会儿,笑了。

他终究是什么也没说。

顾深输了两天液就能正常说话了,声音又恢复了平时的活力,只是手还不太方便。

他跟顾曾打电话,又把顾曾气个半死。

顾曾最后忍不住说:"我不想看见你的脸,让南夏跟我说话。"

顾深有点蒙。

南夏这几天都在病房里贴身照顾顾深,听到这话,她立刻把镜头转了过来。

她在长辈面前向来乖巧得很,又长着一张清纯无害的脸,说话礼貌又温柔。

顾曾嘱咐她半天,才把视频挂了。

顾深逗她:"怎么觉得我爸比喜欢我还喜欢你呢?"

南夏认真地点头:"可能你是捡来的?"

顾深"啧"了一声:"挤对我是吧?"

病房里无聊,南夏有时候会故意跟他贫几句,逗他开心。

他知道她的意图,照单全收。

一周后,顾深出院了,医生嘱咐他在家里好好养着,下周来换药即可。

南夏跟着他回到了租的别墅里。

刚回去没多久,她接到了南恺的电话,让她晚上回家,是通知的语气。

南夏知道南恺的耐心已经达到了极限,她立刻答应。

晚上帮顾深洗了头发擦完脸,把他扶到床上躺好,南夏说:"那我先回去了,明天一早再来看你。"

顾深用胳膊肘蹭了蹭她的脸:"别跟你爸顶嘴。"

南夏:"我知道的。"

顾深把双臂打开,含笑说:"那亲我一下再走?"

南夏走过来,俯身吻住他的唇,停留了几秒,而后离开。

回到家里,南夏有些意外,南恺并没有发脾气。

他只是看了她一眼:"去洗澡,乱糟糟的像什么样子?"

这几天忙着照顾顾深,她都没好好收拾自己。

等南夏洗完澡吹干头发,南恺也没理她,径自回房睡了。

应该也是被她这几天没回家的行为气得不轻。

第二天早上起来,南夏特意亲手给南恺做了早餐,算是赔罪。

秦南风还在睡觉,他向来起得晚,不怎么吃早饭。

南恺坐在餐桌上,微蹙的眉头才放松几分,看南夏手里拎着个饭盒又要出去,"啪"的一声放下筷子:"回来。"

南夏顿住脚步,回头。

南恺克制住心里的怒火:"你不吃?"

南夏说:"我没事儿的,爸爸,我先给他送饭。"

南恺沉声:"多等半个小时饿不死他,吃完再去。"

南夏听得出南恺马上就要发飙,只好乖乖在他对面坐下,开始吃早餐。

南恺出声教育她:"照顾别人前先把自己照顾好,一天到晚让人不省心。"

他虽然是训斥的语气,终究是缓和了几分。

南夏很乖巧地说:"好。"

接下来南恺没再说什么,一顿饭安静地吃完。

等南夏起身要出门的时候,南恺才终于又开口了。

"夏夏。"

他稍顿,似是有些无奈地叹了口气。

"等人好了,带他来家里一趟。"

南夏倏地愣住,不敢置信地看着南恺,好一会儿才反应过来,几乎是喜极而泣:"好的,爸爸。"

他这话等同于终于默认了她跟顾深之间的关系。

南夏开心得要命,但不知道为什么,心头又有一股酸涩的感觉。

她回头小跑着扑进南恺怀里:"谢谢你,爸爸。"

南恺也有些动容,只记得上回抱她的时候她好像还是个小姑娘,一转眼就长大了。

他爱怜地拍了拍她的肩膀,低声说:"去吧。"

窗外阳光甚好。

顾深穿着宽松的睡衣躺在床上,半眯着眼。

听见楼下的动静时,他腹腹用力,用手稍稍撑着床起身,往外走。

手上虽然还是疼,却也恢复了些力气。

南夏拎着一个保温桶走进来,脸上散发着由衷的笑意。

她平时也总带着微笑，但没有一次像今天这样，由内而外透着喜悦。
顾深含笑往她身边靠："今儿这么高兴？"
看她走了两步，他才发现她走路不太顺畅，两条腿一轻一重。
他蹙眉："脚崴了？"
南夏转过来看他，点头："嗯，上台阶时不小心踩空了，还好保温桶没摔到。"
言外之意就是她摔着了。
她脸上还挂着笑，美滋滋的。
顾深上下打量她一眼，她穿的小裙子，身上也没明显的伤痕，问："摔哪儿了？"
南夏说："就脚崴了，然后手上蹭破点儿皮。"
顾深手不方便，靠近她看了眼，说："自己去拿酒精清理一下。"
南夏把早餐给他摆餐桌上，开心地说："你先吃饭，我自己清理就行。"
顾深没动早饭，跟着她一起过去，看着她清理完，才没忍住说："你摔傻了？崴了脚还这么高兴？"
他双手还缠着厚重的绷带，像熊掌似的，有些滑稽可爱。
窗外突然打了雷，天空在一瞬间昏暗下来。
风从窗户吹了进来，将半掩的深灰色窗帘吹起一片。
但不过须臾，光线瞬间又明亮起来，一米阳光从云层的缝隙里穿透而来，映得南夏的脸都亮了。
她眼里含着泪，突然扑过来，伸手抱住顾深的肩膀。
顾深双臂环住她，手停在半空，用下巴蹭她的额头："这是怎么了？还没见你这样过。"
南夏说："我爸……让我带你去家里吃饭。"
顾深一怔，呼吸也深了几分。片刻后，他也长长地舒了口气，低头吻了吻南夏的额头："太好了。"
南夏陪顾深吃完早餐去刷碗。
顾深在厨房里陪她，顺便跟她说话。
"你跟伯父说什么了吗？他怎么突然同意了？"
南夏："可能觉得你受伤了吧，就……挺不容易的。"
顾深"嗯"了声："是挺不容易的，辛苦我们夏夏了。"
顾深觉得，大约是南恺看南夏这么执着，又这么辛苦照顾自己，实在是拗不过，只好同意了。
等南夏收拾完，两人又靠在沙发里，都觉得有点像做梦。

顾深缓过神来，转头看向南夏："那我是不是，离能娶你不远了？"

南夏避开他的手，靠在他肩膀上，点点头。

这时，手机里进来短信。

陈璇发来的。

【夏夏，倾城为抄袭的事给你爸道歉了哎！】

【天啊，真是活久见！你爸请的律师牛啊！】

Summer：【在哪儿？】

蘑菇：【倾城官博啊。】

南夏立刻去微博里搜。

倾城官方微博置顶了一条道歉声明，言辞诚恳地对前些年抄袭南恺服装的事进行了道歉，最关键的是把之前抄袭过的服装全都一件件列了出来，同时还列出来每件的赔偿金额，加起来赔偿金额都超过一亿了。

南夏惊了，拿着手机给顾深看。

顾深蹙眉。

这么多年不是都压根儿不想提抄袭这回事儿吗？怎么突然就转性了，而且还愿意出这么大一笔钱？

顾深若有所思。

又过了会儿，南恺工作室转发了道歉微博，同意和解。

顾深这会儿才明白过来，南恺和顾曾肯定是提前聊过，且达成了一致。

他给顾曾打了个电话问情况，顾曾跟他稍微解释了下。

顾曾觉得顾深这么大老远去追女朋友，还差点儿把命丢了，终究还是心疼。

看到火海的画面那一刻，他简直害怕到了极点，生怕听到半点儿不好的消息，后来也一阵后怕，过后就觉得这么多年欠顾深太多，也不知道怎么弥补，干脆就主动给南恺打了个电话道歉，还找了圈内大佬当牵线人。

南恺认真研究了顾深的资料也有所松动，尤其看到那天顾深出事后南夏不管不顾地冲出去，后来又没日没夜地照顾顾深，他的心早软了。顾曾递个台阶，他只稍微端了个架子，立马就下来了，也没心思计较赔偿金的事儿。

两人就这么达成一致。

听完后，顾深停顿两秒，还是说了句："谢谢。"

顾曾"啧"了声，感觉是第一次从顾深口中听到这两个字儿，没忍住感慨："一个字儿五千万，可真贵啊。"

挂掉电话，顾深和南夏谁都没说话，抱在一起。

感觉努力了很久的梦终于要实现了，有种不真实的感觉。

南夏用鼻尖轻轻蹭着顾深下巴,把头埋进他怀里。
顾深抱着她:"喜欢这座房子吗?我买下来好不好?"
南夏点头:"好。"

Part 03

两个月后,顾深的伤终于好利落了。
烧伤最是难缠,好在程度不深,自然恢复就行,不需要做植皮。
医院里,南夏看着他手上浅色略带狰狞的伤痕,心里莫名有点儿难受。
明明原本那么好看的一双手。
她心思在他面前就是透明的。
顾深捧起她的脸:"该不会被我丑哭了吧?"
都这会儿了还逗她。
南夏抿了下唇,抬起他的手背,落下一个温柔的吻。
顾深手背一痒,心也跟着漏跳一拍。
南夏看着他:"医生说好好涂药,有机会恢复到几乎跟原来一样的呢。"
顾深笑了:"男人有点儿疤怕什么?"他垂眸,"不过呢,你要喜欢,我就努力。"
南夏点点头:"喜欢。"
不喜欢他留疤。
顾深捏了下她的脸,说:"行。"
两人拿着药回了家。
自从南恺默认两人之间的关系后,南夏就干脆光明正大地整天腻在顾深这儿了,只是还不敢过夜。
吃完午饭,两人抱着睡觉。
南夏迷迷糊糊中,感觉软绵的吻从颈侧传来,带着酥酥麻麻的电流。
南夏被他吵醒,很轻地"嗯"了声。
顾深伸手把她揽在怀里,隔着她的头发轻抚她绸缎似的后背:"周末去你家?"
南夏还困着,小声说:"唔,好啊。"
顾深笑了笑,将她搂在怀里。

周日早上十点,顾深带着礼物上门了。
南夏本来想去给他开门,但被南恺看了一眼,只好又老老实实地坐着没动。

等他人进来,南夏才跟在南恺身后走过去迎他。

南恺浑身上下透着不过分的规矩,平整的衬衫穿得一丝不苟,又透着点儿优雅。

他的视线落在顾深脸上不过两秒,便点头道:"来了。"

语气也没有想象的强硬。

顾深在心里稍微松了口气,把东西递过去:"伯父好,一点见面礼。"

南恺说:"以后不用这么客气。"

他让人收了礼物,让顾深来客厅坐。

见面出乎意料的顺利,南恺没有任何发难,谈话也很随意,只问了顾深伤口恢复得好不好,在这边习不习惯这种简单的问题。

顾深吃完午饭又坐了会儿,南恺就把空间留给他和南夏,然后上楼午睡了。

顾深觉得有些意外:"我还以为起码会被盘问几句。"

南夏也没想到会这么顺利,说:"我也以为。"

顾深问:"表哥走了?"

南夏点头,说秦南风伤也好了,上个礼拜回家了。

顾深一直待到吃完晚饭才起身告辞。

南夏也起身想送他,又下意识看了南恺一眼,没敢动。

南恺发话:"去替我送送人,我就不出去了。以后有空常来。"

顾深说:"一定。"

南夏这才走到顾深旁边,送他出去,等出了门才敢牵住他的手。

两人牵着手走了一段路,相视一笑。

南夏说:"我爸让你常来呢。"

顾深"嗯"了声,含笑看她:"我一定照做。"

南恺站在书房的窗户前,看见两人的背影,什么也没说。

方伯把顾深送来的礼物盒子递到他眼前:"是块羊脂白玉呢,也算是费功夫了。"

南恺低头扫了眼,羊脂玉泛着白润而温和的光泽。

他说:"的确不错。"

接下来两个月的时间里,顾深每周都会来南家两三次,他跟南恺也越来越熟悉,相处起来也逐渐自然。

8月底的一个晚上,顾深来家里吃完饭坐着聊天儿。

南夏收到条微信,忍不住跟他分享:"平倬跟华羽10月底要结婚了,在南城,还问我有没有空当伴娘。"

顾深扬扬眉,看她:"也问我要不要去当伴郎了。"

南夏好久没见他们那群人了,还真有点儿想念,她仰头问:"要不然回去一趟?"

顾深含笑说:"行。"

南恺突然插了句话:"是你们俩的朋友?"

顾深说:"是大学同学。"

南恺点点头,问:"那你们俩,有什么打算?"

南夏一颗心"怦怦"直跳,看了顾深一眼。

顾深怕南恺不愿意,还想过阵子再提这事儿,如今听到南恺这么问,自然立刻说:"您要是同意的话,我们是希望在今年年底……"他顿了下,觉得年底可能有点儿着急,补了句,"或者明年年初。"

南恺似乎没什么意见,又问:"打算在哪儿办?"

顾深说:"就在英国吧,离您近,我打算在附近买个房子放在南夏名下,婚后我们俩就住您附近。"

他诚意摆得十足。

南恺又问:"那你是打算长期待在英国了?你爸呢?"

顾深:"我哥还在国内,而且我们也会定期回去看他。"

南恺点点头,没再说什么了。

这事儿就算这么确定了,双方家长要了八字去合,然后就开始挑日子准备婚礼。

对于顾深要留在英国这事儿,顾曾虽然不大满意,但也没敢多说什么。

婚礼最初定在明年的1月6日,因为南夏想自己做婚纱,又推到了2月6日,那天正好是正月初六。

商量完婚期,南夏送顾深出门,两人在长街散步。

静谧的夜里流淌着微微湿润的空气,顾深跟她十指交缠。

南夏觉得不可思议,去年这时候她都还没回国,怎么也想不到不到一年的时间,他们竟然把婚期都定下了。

这么想着,忽然觉得左手手指一凉。

她垂眸。

顾深漫不经心地把一颗硕大的心形蓝钻戒指戴在了她左手无名指上。

戒指闪着幽蓝的微光,像之前送她那款戒指的扩大版,感觉有十克拉的样子。

顾深含笑,吊儿郎当地看着她:"藏了这么久,总算是能送了。"

回家躺在床上,南夏看着顾深送的戒指好一会儿,才微笑着仔细收起来。

这么大的戒指平时不方便戴,她还是就戴着那对情侣戒好了。

洗完澡,她拿出手机,看见顾深在几个人的小群里@平倬。

【我和南夏10月初回去趟,顺便给你们当伴娘伴郎。】

平倬很嘚瑟地回道:【不愿意就算了,毕竟你输得太惨,在我面前也不是很能抬得起头。】

南夏回了个问号。

她没懂平倬什么意思,还是于钱出来给她解释了下,说这两人曾经互相觉得对方处理感情问题菜,打赌到底谁先结婚。

原来如此。

南夏刚在想要不要说她跟顾深要结婚的事儿,就看见顾深已经把消息公开了。

【明年2月6日,欢迎来伦敦喝喜酒。】

于钱连发了好几个惊叹号。

此生无余钱:【哥,你跟我嫂子也要结婚了?】

此生无余钱:【哥,你终于要转正了!】

顾:【转正?】

顾:【你这说得你嫂子像个渣女似的。】

南夏无语。

此生无余钱:【哥,你又欺负我嫂子。我意思是你在岳父面前终于转正了好吗!】

顾:【嗯,我欺负我老婆,关你什么事儿?】

可能是太开心了,顾深没忍住在群里秀了把恩爱。

于钱还替南夏愤愤不平:【嫂子,你就这么让我哥欺负,太可怜了。】

南夏回:【不会呀,我还挺喜欢的。】

平倬这会儿也回了消息:【那又怎么样,只能说——还算你输得不太难看罢了。】

最近一下子两件喜事儿,大家都挺开心,南夏就由他们两个男人怼,单独@了华羽。

【你尺寸告诉我一下呀,婚纱可能来不及做了,我给你做件礼服吧。】

之前华羽送了她礼物,她一直都没回送呢,不过设计却早就出来了。

她把图片发过去:【这个样子,喜欢吗?】

是一件暗红色的深V镂空开衩礼服,上身像是只有两块布从脖颈交叉缠过去,遮住重点部分,腰和背全是镂空的,下身也是高开衩,完全符合华羽一贯的性感气质。

华羽:【好喜欢,夏夏你设计得也太好看了吧!】

华羽：【平倬，不要欺负夏夏老公哦。】
顾：【听老婆的话。】
南夏笑抽了。

第十一章
恋恋笔记本

Part 01

10月初，顾深和南夏回国。

顾深把行李放回繁悦后，先陪顾曾吃了顿饭，第二天就带南夏去了他小姨家。

顾深的生母周怡在世的时候因为常年生病，小姨周沁就一直很照顾顾深，把他当亲儿子。

周怡去世后，周沁心疼顾深，对他更是加倍地好。

她之前听说顾深赛车出了事故，几个晚上没睡好觉，跟他视完频才缓过来。

顾深拎着大包小包，带着南夏进门。

周沁身上还挂着围裙，数落道："你这孩子，每回都这样，到自己家还总带些乱七八糟的东西。"

她丈夫早前也因病去世了，家里只有她和周一彤。

顾深瞅了眼南夏："她这不第一次来，非要带，我还懒得拎呢。"他招呼她，"还不跟小姨问好。"

南夏略显无奈地含笑看他一眼，转头说："小姨好，只是一点心意而已。反正顾深拎着，沉的是他。"

周沁之前只是在视频里见过南夏，当时就觉得她漂亮得很，没想到真人比镜头里还好看百倍。

她温温柔柔的,脸上始终挂着笑容,得体又大方。

两人这么随随便便一个眼神,周沁就看出他俩感情好得很。

周沁笑开了花,替顾深高兴,说:"好,只要没累着你就行,快先进来。"

周沁招呼周一彤去倒水后又说:"饭菜很快就好,稍微等一下啊。"

周一彤很甜地喊了声"嫂子",倒了两杯水过去。

南夏抿了一口,跟着周沁进了厨房:"我来搭把手吧。"

周沁把她用力往外推:"不用,你坐着等就行。"

顾深没正形地往沙发上一靠,散漫道:"没事儿,您让她帮您吧,要不她不自在。"

周沁没忍住训他:"怎么说话呢?你给我进来帮忙!"她又柔声跟南夏说,"你快去坐,让彤彤给你切水果吃。"

南夏笑了笑,温声说:"没事儿的。"

顾深笑了声,无奈起身走了过来,按住南夏的肩膀把她往外推:"行了,我来帮你当苦力。"

说完,他还趁人不注意在她脸上轻轻捏了下。

长辈就在旁边,南夏脸一红。

周一彤看见了,小声打趣道:"哥,你怎么就知道占我嫂子便宜?"

顾深扬眉:"你这种单身狗是不会懂的。"

周一彤服了,这会儿还有空挤对她。

她拉着南夏去客厅坐着聊天。

聊了一会儿,周一彤忽然想起个事儿,说:"你不知道,当初你们分手的时候,我哥简直像是着魔了,把学校论坛里关于你俩的照片全都打印了出来,贴满了整个房间。我头一次见的时候都快惊呆了,我都不知道,原来他还是个情圣呢。"

南夏刚剥了个小橘子,还没来得及吃,拿着橘子的手就这么停在半空几秒。

她微笑着说:"嗯,你上次说过了。"

她总觉得周一彤言辞里透着夸张。

她相信顾深会很想她,但顾深哪儿有那么浮夸,想着应该是周一彤又想给顾深卖个好,她也没戳穿,只轻轻点了点头。

周一彤说:"真的,不信我带你去他房间看。"

她过来拉南夏。

南夏放下手里的小橘子,跟她去了顾深的房间。

推开木色的门,狭小的房间四面墙壁被打印出来的照片贴得密密麻麻,连天花板上都是。

南夏怔住，转头看向离她最近的一张照片。

是两人在雨中打着伞相携而行，只有背影，毫无构图和美感可言，甚至连镜头都是虚的。

那条路南夏跟顾深一起走了无数遍，是从图书馆去食堂的路。

他背影也是不羁的，风衣外套被风吹起来，飘在他身后。

他半个肩膀都淋着雨，伞也大面积向她倾斜。

就好像分手那天，明明她在屋檐下，他还要把伞偏向她。

南夏鼻尖一酸，又去看下一张。

教室里，依然只有两人的背影，顾深没什么正形地坐在她旁边，胳膊放在她身后的椅背上。

以前大学的时候，他经常是这种姿态，被南夏看了几眼会下意识去注意，但骨子里的习惯总是不自觉地会带出来。

他的手尤其喜欢这么放，像是跟别人宣告她是他的，却又从来没真触碰到她。

一开始南夏觉得不太习惯，后来觉得也没什么，就由他去了。

但这张照片里，他的手虚虚地悬在她肩上大约一寸的位置，微微蜷缩着，像是不敢触碰，怕惊扰了她。

南夏一张张看过去。

这些全部都是当年学校里偷拍他们的照片。

顾深本来就是风云人物，再加上一个南夏，八卦他们的人简直不计其数。

不少人都会偷拍他们甜蜜的日常放到论坛，美其名曰养眼，又或者凭借几张图猜测他们的感情是不是出了问题，有无可乘之机。

对论坛里的评论，南夏和顾深当年的态度都是一样的——不予理会。

没想到，她离开后，他会登录论坛，一张张去寻找论坛上遗留的属于他们俩的痕迹。

南夏这么看着，眼前浮现出顾深在这间小屋里，对着这些过去的照片怀念她的样子。

——他会有多难过呢？

明明她都已经放弃了，离开了，他还在一遍遍对着旧照片寻找着回忆，不肯放手。

她离开的几年里，他到底是怎么过来的？

南夏把情绪完全代入到了顾深当时的心情中，难受得肺腑里一阵酸痛。

她没忍住，抱着膝盖蹲了下去，把脸埋进怀里。

周一彤本来很高兴，但看见她这样一下子就慌了。

"嫂子，你怎么了呀？"

顾深恰好推门而入："吃饭了……"他蹙眉，"这是怎么了？"

周一彤心虚道："我也不知道，我本来想带嫂子进来看看你房间，她一下就……"

顾深让她先出去。

周一彤赶紧溜了。

顾深扫了眼四周的墙壁，大约也明白了南夏为什么哭。

顾深轻轻叹了一口气，弯腰扶住南夏的肩膀，低声哄她："乖，不哭了，嗯？"

南夏没出声，只是抬起头，一双泪眼望着他。

顾深把她抱起来，让她在床上坐下。

"那丫头片子鬼得很，骗你呢。这照片都是她贴的，你看看这乱糟糟的模样，我能是这品位？"

南夏早猜到照片不会是他贴的，但也不妨碍他登录论坛，收集这一张张过往别人眼中的他们俩；不妨碍他来来回回地无数次翻看这些照片。

她抱住他的肩膀。

顾深稍顿，轻轻拍她的背。

南夏哽咽道："当年都是我不好，我应该把事情跟你说清楚的。"

顾深揉了揉她的脑袋："几百年前的事儿了？人都要嫁我了，还说这些。"

南夏点点头，眼泪又没忍住往下滚："对，我要嫁你了，我以后都会对你很好很好的。"

顾深伸手替她擦干眼泪："你一直都对我很好，要说……"

南夏抬眸看他："要说什么？"

顾深坏笑着说："要说唯一还能努点儿力的地方，可能在床上。"

本来以为他要说她做得不好的地方，她还很认真地在听，结果这人这么不正经。

南夏有点儿恼地瞪了他一眼。

顾深笑得漫不经心，扯过几张面巾纸，替她擦了擦脸："出去吃饭了，嗯？都等着呢。"

南夏点头，去了趟洗手间补了个妆才又出来。

还好周沁体贴，什么都没问，只说南夏太瘦，让她多吃点。

南夏说："好。"

顾深给她夹了一小块红烧肉："我小姨的手艺一绝，尝尝。"

他知道南夏平时不吃这些，所以只夹了一小块肥瘦相间的。

南夏配着米饭吃了口，又软又香，点头说："好吃。"

顾深又给她夹了块红烧牛肉:"那你努力多吃点儿。"
"努力"两个字被他刻意加重。
南夏脸红了。

Part 02

吃完午饭又坐了会儿,两人回了繁悦。

这时,微信群里蹦出条消息,平倬说结婚前想回学校一趟,问他们去不去。

于钱秒回:【我去!】

平倬很无情:【没问你。】

于钱直接发了个表情包骂回去。

南夏眼睛一亮,有点儿想回去。

大学那会儿最遗憾的就是没陪顾深一起在路边吃过烧烤。

以前打电话的时候,他都说在外面喝酒吃烧烤,他应该很喜欢吧?

他喜欢的事儿,她都没陪他做过。

顾深一看她就知道:"想去?"

南夏点头:"可以吗?"

顾深勾着她的肩膀:"有什么不可以?正好去回味一下青春。"

两人换好衣服下楼。

天色已晚,正好是吃路边摊烧烤的时候。

顾深牵着南夏去了远处的另一个车库。

他说:"去学校开太张扬的车不合适,这边有台普通的。"

南夏还没来过他这边的车库,便跟着他走进去。

他按了下钥匙,角落里一台车灯闪了闪。

南夏看过去,是辆崭新的黑色奥迪,眼熟得厉害,车牌被另外一辆法拉利挡住了。

她脑海里有个不可思议的想法,往前走了几步,看到车牌尾号是两个"8"。

南夏在一瞬间想起很多事:

她去年刚回来在雨后搬快递的时候,那辆车不紧不慢地替她打着光,一直等她把沉重的快递拖走才离开。

她某个晚上遇见这辆奥迪车,第二天早上起来地上积了一堆的烟头。

她某次夜跑,这辆奥迪车就在她面前晃过。

…………

她曾经无数次地遇见过这辆车。

原来那个人是他。

她顿住，站在原地，看着顾深。

他也在看她，狭长的双眼褶皱被压得很深，眼尾压着一点不羁的笑意。

顾深像是知道她认出来了这辆车，眉目间透着坦荡："想起来了？"

南夏走到他旁边，从背后抱住他。

他的腹肌也很结实。

她问："你到底还做了什么我不知道的事？"

顾深握住她放在他腰上的双手，漫不经心道："也被你发现得差不多了。"

怕她又陷入上午那种难受的情绪中，顾深逗她："还不跟我上车？想在这儿努力？"

又是这招。

南夏有点无语。

怎么每次都这样，分散她的注意力。

没听见她说话，顾深悠悠道："也不是不行……"

南夏马上放开他，径直打开车门，坐到了副驾驶位上。

南大附近有点儿堵车，大约一个小时他们二人才到。

其他人都还没来。

顾深看了眼表，才晚上八点。

他说："我们进学校里转转？"

南夏点头说："好。"

南大校园很大，还有个湖。

不过湖边儿情侣多得厉害，两人都不爱往那边儿去，还跟以前一样，在图书馆附近遛弯儿。

所有的一切都很熟悉，又都不太一样了。

图书馆被翻新，新贴的白色瓷砖没了旧日的气息，沿途的树仿佛也粗了几圈，柳枝在微风里轻轻摇摆，偶尔飘落几片树叶。

顾深搂着南夏的腰，沿途吸引了不少人的目光。

因为要来学校，两人今天都穿得很休闲。

顾深还像个迈入社会的人，但南夏这张纯得要命的脸，加上今天穿的白色连衣裙，你说她是个大一新生也有人信。

两人走着就到了以前常去的奶茶店。

顾深问她："想不想喝？"

南夏点点头。

既然来了，自然得喝一杯。

顾深："跟这儿等着。"

南夏"嗯"了声。

还跟以前一样，他跑到前头去排队买奶茶，她在原地站着等。

这家奶茶店很火，排队的人多。

顾深个儿高，在人群中也是鹤立鸡群的，再加上那身独特的痞劲儿，一眼就能被看到。

南夏就站着等，目不转睛地看着他，觉得他连背影都这么好看。

他不时也回头看她一眼。

过了几秒钟，南夏收到条微信。

顾：【别勾我。】

南夏只好稍稍别开眼。

这时，突然有个清秀的男生朝她走了过来。

他一只手拎着杯奶茶，另一只手拿着手机，跟她很有礼貌地打招呼："学妹你好。"

南夏本来想说她不是学妹，但想了下反正是陌生人，也没解释那么多。

她点点头："你好，请问有什么事吗？"

男生拿起手机："不好意思，我手机欠费断网了，你能帮我充个话费，然后我再微信把钱转给你吗？"

他怕她误会："别担心，我不是骗子，我是工商18级3班的，叫王珲。你要不放心的话，我手机也可以放你手里，等你帮我充好话费，我转钱给你后你再还我。"

南夏倒没觉得他是来骗钱的，下意识觉得他是冲她人来的。

毕竟这种场面，她以前见得也多了。

但又怕对方万一是真着急，都是校友，也不好真不帮忙，她想了下，说："那我开个热点给你吧，你自己充钱就好。"

男生停顿三秒，说："好。"

她开了个热点，密码设置了最简单的六个零。

男生很快充好话费，跟她说："谢谢你啊，学妹，你是哪个系的呀？"

南夏说："不客气，我都毕业了。"

男生明显一愣："你骗我的吧，学妹，你才多大，怎么可能都毕业了？"

南夏刻意把手上的戒指亮了亮："是真的，马上要结婚了。"

男生一脸不可思议，还是觉得她可能在撒谎，把手上的奶茶递过去："那这个就当谢谢你。"

南夏摇头："不用，我先生在帮我排队了。"

男生见她一张脸真诚得完全不像是撒谎，但怎么也无法相信她已经毕业快要结婚这个事实。

不过想着她肯定有男朋友了，也没再坚持，就走了。

南夏往人群里瞟了眼。

本来在队尾的顾深已经排到了队前头，应该快了。

南夏低头扫了眼群里的消息，平倬和华羽也到了，说东门烧烤摊上这会儿学生多，他们也在学校里转转，一会儿再集合。

南夏回复：【好。】

她刚抬头，又一个高高瘦瘦的男生走了过来。

他说："学妹你好，我出门忘记带手机了，你要买奶茶吗？能顺便帮我买一杯吗？我之后双倍奉还。"

南夏这回就直接拒绝了："不好意思，我不买，我男朋友在帮我买，你找别人吧。"

男生有点儿遗憾地看她一眼，走了。

他刚走没多久，又有个男生走了过来。

这回没等他开口，南夏直接说："不好意思，我有男朋友了。"

她觉得顾深这奶茶再不买回来，她都没法在这儿站了。

她话音刚落，顾深就从她身后冒了出来，眼里带着笑意，勾住她的腰，点头跟那男生说："就是我。"

那男生眼神一黯，没想到她男朋友也这么帅，虽然不甘，但也只好走了。

等他走开几步，顾深才低头，冲她耳边儿吐了口气，吊儿郎当地说："还那么有礼貌？"

想起两人第一次交集，南夏没忍住笑了。

顾深只买了一杯奶茶，拿出来递给她。

南夏喝了一口："好甜呀。"

还是她常喝的香草味儿。

她喝了一口就很满足了，把奶茶递给顾深："剩下的给你了。"

她今天还吃了红烧肉，超标超得有点儿厉害。

一切仿佛跟当年没什么区别，唯一的不同是，顾深如今只拿了一根吸管，接过她喝过的奶茶就喝了口。

他一边喝奶茶，一边搂着她的肩膀往前走，问她："再去操场看看？"

南夏点头。

刚走了两步，听见身后传来几声低低议论。

"那女生那么漂亮，怎么找了个年纪那么大的男朋友呀？"

顾深愣了愣。

南夏没忍住笑了。

看顾深明显嘴角下沉,南夏给他顺毛:"没事的,哥哥。"她眼睛泛着亮光,"虽然你已经……"她稍顿,"年老色衰"四个字还是没敢说出来,"我就喜欢上了点年纪的男人。"

顾深眉梢微挑,低头看她。

南夏伸手钩了钩他的小指,带着几分刻意的暧昧。

顾深笑了声,揽着她肩膀的手紧了紧:"老实点儿。"

两人刚要走,又听见身后传来女生的声音。

"虽然年纪看着比她大几岁,但是也挺帅的呀。"

"对呀,男生看着放荡不羁的样子,迷死我了。"

顾深扬眉,语气嚣张到不行:"听见没?就算我上了年纪,也是个不折不扣的万人迷。"

南夏朝他翻了个白眼。

夜色笼罩下的南大更显厚重。

毕竟是百年学府,论历史底蕴是国内头一份儿。

接近晚上十点,快到宿舍门禁时间,烧烤摊上的学生终于少了。

几个人也终于各自散完步,聚在了一起。

除了平倬和华羽,于钱把高韦茹也叫来了,说是他们都成双成对的,他一个人太孤单。

大家围着桌子吃烤串儿喝啤酒。

于钱好久没见顾深和南夏,兴奋得不行。

他扯着顾深的手在灯下看了眼,竖了个大拇指:"还真没什么事儿啊,牛!你是不是有菩萨保佑?"

光线昏暗,顾深的手背看起来一切如常。

顾深把手抽回:"早跟你说了没事儿。"

他拿起啤酒跟大家碰了个杯。

南夏不能喝啤酒,也不能喝凉的,顾深让店家给她煮了个姜丝可乐。

她第一次在这种露天的地方吃饭,感觉格外畅快,很是雀跃。

服务员拿来壶姜丝可乐,南夏刚要伸手去接,顾深很自然地接过,拿出个茶杯替她倒了杯。

平倬"啧"了声:"好久没见他这么殷勤了。"

顾深原来跟他们一块儿吃饭的时候就跟个大爷似的,别说倒水了,连张纸都懒得递,整个人就吊儿郎当坐那儿等人伺候。

后来南夏跟他们一起吃饭时,顾深把她宠得跟什么似的,照顾得无微不至,把一桌人都看呆了。

这场景众人也是许久没见到了。

平倬笑着说:"你们还记不记得夏夏去年刚回来,同学聚会那天,他那副不理人的样子?"

于钱说:"当然记得,我还跟你打赌他能几天不理我嫂子,结果……啧。"

平倬点头:"当晚就忍不住了,用我的手机给人发微信。"

顾深扬扬眉,随他们调侃,也没在意。

南夏想起来那条熟悉的微信,侧头看顾深:"真的是你发的呀?"

顾深:"那么不明显?"

南夏小声道:"不是,就是觉得不敢相信。"

顾深把茶壶放下。

高韦茹把手边的茶杯往前一推:"我也要。"示意顾深给她倒一杯姜丝可乐。

顾深把茶壶往她的方向一推:"自己倒。"

高韦茹蒙了。

于钱笑抽:"我来,我来,你哪能使唤动他。"

他说着,给高韦茹倒了杯,又问华羽要不要。

平倬接过来:"她的我给倒。"

于钱无语:"你俩差不多得了啊,秀个恩爱没完了。"

华羽也笑了:"就是,我就要于钱给我倒。"

于钱笑裂了:"好嘞。"

平倬在华羽额头上揉了下:"反了你了。"

南夏低声笑了下,看了看周围的环境,问:"以前大学时候你们就常在这儿吃吧?"

于钱:"对呀,姐,那会儿你没空,我哥天天空虚寂寞冷,只好跟着我混。"

顾深轻嗤一声,懒得理他,把手边的羊肉递给南夏:"天气有点凉了,快点儿吃,这个不长肉。"

南夏点头。

于钱又说:"你不知道当初你跟我哥刚分手那会儿,他连着喝了一个多月的酒,人都快挂……"

顾深冷淡扫他一眼。

于钱生生把这句话圆了回来:"人都快挂……在酒瓶上下不来了。"

于钱原本想说的应该是他人都快挂了。

南夏微怔,转头去看顾深。

顾深伸手拍了拍她的肩膀，凑到她耳边低声哄："你要是真心疼我，就好好补偿我，别想一些有的没的，好不好？"

他手下滑，按在了她腰上。

南夏微微脸红："知道了。"

怎么总是用这招？

那头高韦茹看见他的动作，没忍住骂了句："流氓。"

顾深痞笑："你管得着吗？"

华羽端着杯啤酒，凑过来问："那平俸呢？"

于钱喝了几杯酒，已经有点儿上头，话都没过脑子，下意识说："他？他可一点儿不寂寞，看着跟个人似的，实则就是个禽兽。有阵子他半个月都没回宿舍，一问就说跟女人在床……"

于钱瞬间反应过来，硬生生把话转了过来："在床上斗地主，他那阵子就沉迷于斗地主了。"

所有人愣了愣，气氛尴尬了好一阵儿。

于钱："呸，我这张破嘴！我自罚三杯！"

他连灌自己三杯后，开始道歉："华大美人，那事儿都过去好久了，你就别介意了呗。"

华羽："为什么要介意？他那会儿应该是在跟我斗地主。"

于钱蒙了。

高韦茹惊了："你俩那会儿就有情况？"

华羽不在意地"嗯"了声。

于钱给她竖了个大拇指："牛！全校没一人知道，保密工作也做得太好了吧？"

后来就男女分开了各自聊感兴趣的话题。

南夏跟华羽说："裙子已经做好了，明天寄给你。"

华羽早迫不及待了："我可太期待了。"

高韦茹"啧"了声："你俩关系还挺好。"

华羽："忌妒吧？那也只能怪你大学时候眼瞎，得罪了夏夏。"

南夏微笑着说："也算不上得罪，我们能复合也多亏了她。"她转头向高韦茹看去，"你结婚的时候，我也给你做条裙子吧。"

高韦茹："好的。"她看向顾深，"听见没，你也就值条裙子。"

顾深含笑把南夏往怀里拉："她说我值多少，我就值多少。反正呢，我人已经是她的了。"

"哎哟——"

现场一阵起哄声。

高韦茹："喊——"

喝了几圈下来，气氛就逐渐变嗨。

于钱又吵着玩真心话大冒险，还瞎起哄。

他戳了戳高韦茹的胳膊："等会儿要转到我哥，你就问下他到底对你有没有一丝丝心动过。"

高韦茹："我有病？非要去自取其辱？"

于钱喝得两颊微红："一丝丝，就一丝丝……"

高韦茹骂他："滚。"

于钱碰了钉子，也没在意。

华羽还没玩过这个游戏，兴致很高，抱着平倬的胳膊撒娇说想玩。

顾深看南夏，南夏说可以。

以前他们去餐厅的时候也玩过，只是没那么尽兴。

于钱一听大家都同意，又激动了："那哥，你这回不能再护着嫂子了吧，都要结婚了，还不许我们问两句？"

他这瘾从大学憋到现在几年了，着实不太容易。

难得大家开心，顾深也放开了，说："行，她愿意答就答，不愿意答我替她喝酒。"

几个人说着就开始了。

瓶口先转到平倬。

这是几个人头一回跟华羽玩真心话大冒险，大家就让华羽问。

华羽看着平倬："真心话还是大冒险？"

平倬："真心话。"

华羽很直接："毕业以后没联系那半年，你有别的女人吗？"

于钱倒抽了口冷气。

众人目光都落在平倬身上。

平倬坦然道："没。"

众人都松了口气。

华羽像是有些意外，也像是觉得在情理之中，点点头。

瓶口又转到华羽。

华羽也选了真心话。

平倬问："你呢？跟别人睡过吗？"

众人呆住了。

高韦茹小声问："他俩什么情况？"

于钱："我哪知道。"

华羽看了平倬一眼："睡过。"

众人惊呆了。

平倬表情淡然,几乎没任何变化。

不到两秒,华羽又补上句:"才怪——"

众人又松了口气。

于钱:"我服了,华大美人你可真够作的。"

看平倬这淡定的模样,应该是早被华羽这套折腾得不轻,都习惯了。

华羽吐吐舌头:"开个玩笑嘛。"

平倬把她搂怀里,轻轻敲了她额头一下。

接下来大家又乱问了一通,有的没的,到了凌晨两点才散伙儿。

其他人都是叫代驾走的。

顾深不知道喝了多少,浑身上下透着一股清淡的酒味儿,从背后抱着南夏不松手。

也是借着酒劲儿黏她。

南夏由他黏着,说:"车钥匙给我,我来开车吧。"

顾深捏着她腰上的肌肤:"不急,先跟我去个地方。"

南城秋天的夜里微冷,又透着股清爽。

顾深拥着她肩膀往旁边的小区走。

南夏看着熟悉的道路:"这是……"她反应过来,"你要带我去原来租的房子吗?"

顾深低"嗯"了声。

南夏有些惊讶:"你还租着吗?租了这么多年?"

顾深说:"我买下来了。"

南大周围都是学区房,又旧又贵,一般人完全没必要在这儿买房子。

南夏脚步顿住。

顾深很低地笑了声,走到她背后,推着她往前走。

狭窄的道路里,两人的影子在灯下纠缠到了一起。

他胸膛的体温传到她后背,暖暖的。

他低声说:"想着哪天或许你会回来,能再带你看一眼。"

褪了色的暗红色房门被推开,白色灯光亮了。

不到七十平方米的房间里,一切都简单如初。

房间应该是有人收拾过,干净整洁。

家具都是旧的,有些褪了色,有些掉了漆,只有厨房里的冰箱是新的,连贴膜都还在。

眼前的场景逐渐变得模糊,又逐渐清晰。

那应该是盛夏六月底,蝉叫得厉害,风也是热的。

两人在食堂吃完午饭,往图书馆走,南夏平时都会在图书馆里稍微睡会儿。

顾深打着把黑色的遮阳伞,她挽着顾深的手臂。

天气太热,他胳膊上出了层汗。

顾深问:"总趴图书馆睡不会不舒服?"

南夏:"没事的。"

没办法呀,他们相处的时间实在是太少太少了。

她要学习,晚上十点又要按时出校门,中午再不跟他待一起,都感觉没有两人的独处时间了。

顾深不太自在地说:"要不带你去外面睡?"

南夏下意识以为是酒店,不由得顿了下。

看她的表情,顾深怕她误会,立刻说:"就只是午睡,我看你每天睡图书馆不舒服。"

的确是不太舒服,冷气给得太足,吹得人难受。

但……

南夏也没不相信他,只说:"午睡而已,去开房间太麻烦了,还是算了。"

顾深说:"也不是,我在外头租了房子。"

南夏一愣。

顾深问:"要不要去躺一会儿?出了南门走十分钟就到了。"

南夏都没纠结,直接点头:"好呀。"

顾深看她的确没排斥的意思,带着她出了南门。

盛夏的太阳太毒,两人加快脚步进了小区。

顾深说:"附近都是老房子,可能条件没那么好,就是觉得近,你过来午睡会比较方便。"

南夏点头,说:"没关系的。"

巷子里也是窄的。

老旧的电梯上升时发出细微的声响。

南夏吓了一跳,顾深扶住她安慰:"别怕,就是看着吓人,其实挺安全的。"

南夏点头,抱着他的胳膊,跟他进了房间。

第二天醒来,中午的阳光透过窗帘洒进来。

顾深坏笑着问她:"昨晚睡得好吗?"

南夏没应声。
她不想说话。
顾深意犹未尽地摸着她的肩胛骨:"要不在这儿住两天?"
南夏随口应了声。
他喜欢,她就陪他住。
两人像是为了弥补当年的遗憾,在这儿住了好几天才回到繁悦。

Part 03
南夏对那天早上记得很清楚。
华羽把穿着她设计的礼服的视频发了过来,说喜欢死了。
南夏刚好试完华羽寄来的伴娘裙子。
粉色的露斜肩长裙,裙摆还很蓬松。
她让顾深拍了视频,发过去,又问:"这衣服会不会太容易抢你风头,我换件吧?"
华羽很快回复过来:"没事儿,你一定得穿这个才配得上我,我婚纱的衣摆有十米呢!"
既然这样,南夏也就没再乱担心什么,回了句:"好。"
这件事敲定后,南夏转头问顾深:"你的伴郎服试好了吗?"
顾深:"穿套黑色西装去就行,我们男人没那么麻烦。"
南夏"哦"了声。
顾深看着她,心想:穿个伴娘服就这么好看,真到结婚那天,她会是什么样儿?
他手不自觉去触碰她露在外头的香肩。
南夏被他碰得一痒:"你别乱来,别弄坏衣服。"
顾深低笑了声,拿出手机看了眼,忽然说:"今天去领证吧。"
真是迫不及待想把她娶回来。
南夏:"啊?"
顾深跟她十指交缠:"把证领了就是夫妻了,我也不算落后平倬太多。"
南夏低头。
顾深替她理了理腮边有点儿散乱的头发:"嗯?看了万年历,今天刚好是个好日子。"
南夏胡乱地点头:"我去拿户口本。"
他们回国前婚纱照就拍好了,也跟南恺说了要领证,南恺当时就把户口本找出来给她了。
两人换了衣服就去民政局,像是临时起意。

一路上，南夏忍不住不时去看顾深几眼，每次看他的时候，他也恰好侧头看她。

这么重复了好几回，南夏有点儿娇羞了，把头扭了过去，看向窗户外。

顾深极低地笑了声。

民政局人不多，两人都没怎么排队。

他们领了两张简单的表格填好交过去，不到五分钟，红色的本子就到了他们手上。

原来成为法律意义上的夫妻，是一件这么简单的事情呀。

南夏看着手上的结婚证，还有点儿不太真实的感觉。

直到被顾深带着出了民政局大楼，被耀眼的光线晃到眼睛，南夏才意识到他们已经出来了。

微风拂过，有片半黄的树叶飘落到脚边。

耳旁传来顾深漫不经心的声音："顾太太——"

尾音被他刻意拖得很长，性感又撩人。

南夏抬眸，回他："顾先生。"

街道上是川流不息的车辆。

顾深笑了声，搂着她的细腰往车边走："带你去个地方。"

又去一个地方？

南夏下意识问："去哪儿？"

顾深挑了下眉，不太正经地说："度个小蜜月，这不刚领了证？"

车子一路向东，开出了南城。

郊区的秋景真美，沿途都是金黄色的落叶，在明亮阳光的照耀下熠熠生辉。

顾深侧头看了南夏一眼，说："要是困了就睡会儿。"

她本来不困，但被太阳晒得不自觉就睡过去了。

两个半小时后，车子在郊区的一个庄园停了下来。

顾深轻轻捏了捏她的下巴，把她弄醒。

南夏睁开眼："到了吗？"

顾深"嗯"了声，绕过车头，替她打开车门。

下了车，迎面扑来一阵风。

远处有个水潭，水上漂着一片掉落的枫叶，水面被阳光一照，闪着星星点点的光芒，像是星河一般。

水潭旁边还有条小船。

南夏："这是哪儿啊？"

顾深:"是我找人设计的庄园,你刚去英国的时候就动工了,前阵子刚完工。"

市区内没这么大的地方,动工起来也不方便,所以他就在郊区找了片儿地。

他牵住她的手:"过来看。"

清澈的溪流隐藏在树木之下,从青石上缓缓流过,风吹得树叶沙沙作响。

顾深说:"附近就是潮白河,水是从河里引过来的。"

顺着小溪往里走,走到了水潭旁边。

眼前是一座木桥,连接岸边跟水里,岸边不远处是一座纯白色的美式别墅,从屋顶到每一块瓷砖,都是纯色的白。

南夏看着面前熟悉的场景,微微一怔。

她走到木桥上,想起来这是《恋恋笔记本》里她最喜欢的那个场景。

下雨天木桥接吻。

当年顾深陪南夏看了几遍这部电影,后来他都没忍住说:"不就一电影,真那么喜欢?"

她怎么也想不到,当初明明很嫌弃的他,居然亲自帮她打造了这么梦幻的场景。

顾深走上桥,脚步一声声落在木板上。

他低头吻了吻她的额头,问:"要划船吗?"

南夏鼻子一酸,点头:"要啊,当然要。"

船被绑在桥头,顾深先跳下去,然后把她扶下来。

船底里有少量的水,顾深把救生衣给她穿上,又自己穿好,然后从船尾拿来个船桨递给她,含笑问:"会划吗?"

南夏:"不会。"她看着他,"反正有你。"

顾深笑了:"坐好。"

水潭不深,但是水有点儿凉。

秋天太阳落得快,没一会儿温度就降下来,冷得不行。

两个人就划了一小会儿,南夏冷得发抖,顾深热得冒汗。

顾深笑了:"还挺累的,早知道搞成自动的,管它什么情趣不情趣。"

南夏也笑了:"还是自己划有意思。"

顾深怕冻着她,把船停在桥边绑好,扶她上去。

这么玩了会儿,两人身上都沾了水,就进别墅去洗澡。

别墅地板也是木质的,墙边有壁炉,不过是用电的。

远远看过去,扑腾的火苗还发出"噼里啪啦"烧柴的声音,南夏差点以为是真的。

顾深搂着她的腰:"等会儿再看,先去洗个热水澡。"

进浴室前,南夏看见客厅里摆着一张木质的椅子,脸不觉一红。

两人洗好澡出来,屋子里暖气已经开了一会儿,温度逐渐升高,南夏只穿了件浴袍出来也不觉得冷。

她看了眼窗户,把窗帘拉上了。

顾深洗完澡,也穿着白色浴袍,坐她旁边抱着她,手指插进她发间,一下下替她梳着头发。

他的指尖贴着她头皮,舒服又温柔。

南夏靠在他怀里,很轻地去吻他脖子。

她低声说:"房子很漂亮。"

顾深起身,抬手把她抱起来,放在那张木椅上。

窗外忽地闪了一道电光,几秒后,轰隆隆的雷声从远处天边传来。

顾深俯身,细密的吻落在她小腿上。

南夏微闭了双眼,听着窗外的雨声。

她说:"下雨了。"

顾深低低"嗯"了声,把她抱起来往外走。

忽然离开地面,南夏不觉一瑟,手紧紧抱着他脖子不敢松开。

顾深低声说:"别怕。"

他知道她想要什么。

他抱着她走到木桥上时,天色已经全黑了,远处的光线底下下落的雨像丝线似的细密。

顾深把她抱得很高,仰头去吻她。

一切都像她长久以来期盼的那样。

他们在大雨里肆意地拥吻。

放纵的,不羁的。

南夏把双手插进顾深的发间,想起那年刚见到他的时候,他也是一脸不羁的模样,很随意地灌了个篮,把场上的女生惹得尖叫连连。

当时他头发上全是汗水,也都是青春的气息。

那么多女生围在旁边看,他不知为什么,目光越过众人,看向了路过篮球场外的她。

就那么看了一眼,纠缠了她八年的时光。

雨水和泪水混在一起。

南夏放开他的唇,哑声说:"谢谢你,顾深,我很感激你。"

顾深抬眼,看她。

她说:"如果不是你这么坚持,可能我们今天都不会在一起。"

当年退缩的人是她,回来后不敢面对的人也是她,最后要出国的还是她。
谢谢他,等了她四年的时光,在她回国后一直暗中照顾她。
在她去了英国后放弃一切不远万里追随而来。
谢谢他,从来都没有想过放弃她。
冰凉的雨水里夹杂着滚烫的眼泪。
顾深伸手替她擦去,吻了吻她的额头:"是我要谢你才对。
"谢谢你,一直这么爱我。"
在这么漫长的岁月里,我们只爱彼此,是一件多么难得的事情。

爱情没有那么多借口,如果最终没能在一起,只能说明爱得不够。
——《恋恋笔记本》

（正文完）

··· 番外一 ···
绅士 平倬 VS 华羽

Part 01

崭新的黑色别克车停在小区楼下。

苏承志打开车里的灯，瞥了眼副驾驶位上艳光四射的女人。

她真是美得惊心动魄，堪称尤物。

波浪大长鬈发，复古红唇，露肩的红裙，在这黑夜里格外迷人，甚至带了点儿危险的意味。

他舔了下微干的嘴角，想了想今天这一天的约会，除了那个插曲，应该还都不错。

华羽靠在车窗上，漫不经心的，车停了片刻她才意识到已经到她家楼下有一会儿了。

她懒懒道："谢谢，还有，不好意思。"

苏承志微顿："什么不好意思？"

华羽看都没看他，神色有些恍惚："说你是我男朋友的事儿。"

苏承志笑了笑："没关系。"

他又问："前男友？"

语气是确定的。

那男人眼神侵略性强，他甚至可以只凭那一句话断定，他们肯定关系不一般。

"不是。"华羽很坦白，"玩玩而已，普通朋友。"

她的坦白倒让苏承志有些意外。

苏承志扬扬眉:"你类似的普通朋友很多?"

华羽笑了声:"不少。"她没打算跟他继续聊下去,打开车门,"我先回去了。"

她没去看苏承志的表情。

任何男人都不会喜欢听到这话。

车外很冷,下着细密的小雨。

华羽被冷气激出一层鸡皮疙瘩,抱住双肩,踩着高跟鞋进了电梯。

电梯里有淡淡的烟味儿。

她低头看了眼表,晚上十一点十一分。

到十七楼,华羽按了指纹锁,刚一进门打开灯,就被人大力捞过去,包在手上摇摇欲坠。

男人力气大,捏得她腰间那块儿的肉很疼。

是熟悉的气息。

淡淡的烟草味,混着淡淡的麝香气息,那是他惯用的香水。

华羽回头,看见平倬冷淡的、毫无情绪的眉眼。

当初就是这双眼,让她沉溺其中,无法自拔。

华羽咬牙喊他:"平倬——我男朋友就在楼下。"

"男朋友?"平倬玩味地笑了声。

华羽迎上他的目光:"不行吗?"

平倬慢慢靠近她,手撑住墙壁,将她半环住。

华羽退无可退,脊背紧绷,紧贴墙壁:"你干吗?"

平倬抬手,指尖一寸寸抚过她脸颊。

肌肤像触电一般,华羽深呼吸片刻,手中包"砰"的一声掉落。

平倬手落在她耳边,捋了捋她微微卷曲的头发,声音沉而温柔:"来,再说一遍,谁是你男朋友?"

华羽咬唇,没应声。

平倬伸手将她整个人横抱在怀里,看着她:"怎么不说话了?"

华羽偏头不去看他,就这样被他抱进卧室。

结束后,平倬扫了眼地上的凌乱,起身拿了个空玻璃杯给她接了一杯水。

华羽转过脸,没应声。

平倬把水杯放床头柜上,找来扫帚,把地上收拾了。

他把簸箕拿出去的时候,华羽偷偷地把床头柜上水杯里的水喝完了。

平倬进来瞄了眼空杯,问:"还要吗?"

华羽臊得慌，说："不用。"

平倬俯身过来抱她。

华羽轻声道："别……"

平倬低笑了声："抱你去洗澡。"

华羽有些窘迫，却意外地感觉到他声音里带着点儿平和的暖意。

像是那个人回来了，他整个人也有了温度。

以前他都是直接走人，今天还有兴致抱她洗澡。

只是不知道，他对那人又怎么交代。

那人一脸单纯，要真知道他这样，还会跟他吗？

她紧紧抿着唇，身体有点发抖。

察觉到华羽在颤抖，平倬问："冷？"

华羽点头。

平倬："有没有不舒服？"

华羽脸一热，想起之前的事，摇摇头："没。"

平倬伸手摸了下她的额头，确定她没发烧，便没再说什么，把她放进浴室。

"自己能行？"

华羽低低"嗯"了声。

看她这会儿终于乖了，平倬勾唇，用指腹蹭了她脸一下，出去了。

华羽花了半个小时洗完澡吹干头发回房，平倬看了她一眼，进了浴室，然后传来隐约的水声。

男人洗得快，十分钟就出来了，走进卧室。

华羽看着他。

平倬把灯关了，走到床边。

华羽僵住了。

平倬语气自如地说："太晚了，今晚我睡这儿。"

像是在说一件极为平常的事儿。

但三年来，他从没留宿过。

如果是以前，她肯定会高兴得睡不着，但现在，他这个行为就像是在给她最后的甜头，更像是一种告别仪式。

华羽突然害怕，害怕明天一早醒来，他直接开口跟她说断了。

眼泪在眼眶里打转。

许是她半晌没开口，平倬又大发慈悲似的征求她的意见："可以吗？"

华羽轻轻点了下头，又想起来他看不见，于是她"嗯"了声。

平倬得到答复，躺了上来。

华羽平常一个人住，床上只有一床被子。

她一颗心提起来，察觉到平倬掀起被子，进来了。

他整个动作没有碰到她分毫，两人中间像被无形的墙隔开。

华羽眼泪落下来，用手捂嘴，侧躺着，身体控制不住地颤抖。

平倬很快发现了她的异常，他转身，伸手从背后抱住了她，像是事后一个极度温柔的拥抱，纯粹得不沾染任何欲望。

这对她来说太过难得。

华羽闭上眼，希望时间就停留在这刻，希望天永远都不要亮。

他声音也难得温和："哭什么？"

像是哄她。

华羽慢慢缓过来，止住哭声。

平倬从背后拥住她，轻笑："抱着你睡？"

可能是最后一次了，所以他才会这么温柔。

华羽问："是不是今晚，我做什么都行？"

平倬低笑了声："行。"

她翻身，在黑暗里看着他："我不想睡。"

她身体本来就软，一转身靠过来碰到平倬的肌肤，他人都酥了。

他咬牙，把她捞进怀里："真不想睡了？"

反正是最后一次了，她想任性一把，像是在赌气。

平倬用气音发出声笑："行。"

这晚他们折腾到凌晨三点，最后都有点脱力。

平倬说："早晚被你折腾死。"

哪有早晚呢？

再没以后了。

不知道他对那位是不是也这样。

尽管凌晨三点才睡，但天一亮平倬就醒了。

怕吵醒华羽，他动作轻柔地下床，穿好衣服。

华羽几乎一夜没睡，他一动她就醒了，还在想他会不会直接走。

平倬果然直接打开门，像是准备走了。

他出卧室的瞬间，华羽突然喊了声他的名字："平倬——"

他回头看她一眼。

华羽嘴唇动了动，想问他下次什么时候来，或者还有没有下次，但什么都问不出口。

她向来拧得很，这会儿表情看着有些柔弱，又平添几分动人。

平倬笑了下，回头走过来，指尖在她脸颊上很轻地蹭了下，说："走了。"

普普通通一个动作。

不知道为什么，华羽觉得格外温柔。

触碰到她肌肤的指尖是微凉的，却又带起一阵电流。

她回味了好一阵儿，一直到闹钟响了，她才意识到平倬走了不知道多久了。

房间里又只剩下她一个人，空空荡荡的。

跟她想的不一样，他什么都没说。

华羽想，他对她应该还是有点儿不舍的。

所以，他最后没忍心说那句绝情的话，也没忍心跟她断。

一夜没睡，华羽却一点儿也不困。

她坐起来，脑海里全是之前文戈跟她说的那些话——

"你是没见当时那场面有多精彩，平倬一进来，顾深直接拎起衣服走人。"

"兄弟反目成仇啊，场面简直火爆。"

"平倬根本谁也没看，眼睛都长南夏身上了，眼神温柔得跟水似的，还递给她一杯热牛奶。"

"我就恰好坐平倬旁边，听见他跟南夏说'我本来也就是为了见你'。那语气温柔得，我都没见过。"

华羽心想：你当然没见过，但我是见过的。

那时他们还在上大学。

华羽去操场跑步，刚好看见平倬和南夏在旁边看台上聊天。

男人眉眼柔和到了极致。

明明不该过去，华羽却控制不住自己的脚步，假装累了去休息，往那边走。

她听见平倬说："夏夏，你很优秀，我很欣赏你……"

华羽只听见这一句话就逃走了。

难怪他不喜欢她，原来他喜欢清纯款。

他对谁都绅士温柔，对南夏则是格外温柔，仿佛把禽兽的一面全给了她。

她一度怀疑，如果不是她这么死缠烂打，心甘情愿陪着他，他可能看都不会看她一眼。

华羽记得文戈说的那天晚上，天空下了点儿小雨。

南城今年的天气有点儿奇怪，往年都是干燥的，今年雨水却特别多。

本来那晚华羽是想让平倬过来的，他说要加班，不来。

南夏回国要去同学聚会的消息早在各个群里传开了，华羽怕平倬是撒谎要去聚会，还想让文戈帮她留意。

她后来想了想，说算了，把消息撤回来。

文戈还是帮她留意了。

一开始文戈说平倬没来，也不打算来，华羽还松了口气，以为这么多年过去，平倬对南夏早没了那意思。

结果没几个小时，情况完全变了。

本来按照华羽的性格，她不会给平倬打那通电话。

她知道他想要什么样的女人。

她一直小心翼翼地维持着他们之间的关系，努力地懂事儿，从不过问他任何私事。

但那天她发了烧，人一生病就变得脆弱，她没忍住，给他打了个电话。

他没接，只回了条冷冰冰的微信。

【在忙。】

在忙什么呢?

华羽并不是容易乱想的人，但摊上平倬，她没办法不乱想。

文戈跟她说："平倬送南夏回的家，顾深脸沉得跟什么似的，还装得完全不在意。不过南夏好像还真挺好的，我玩游戏时不小心把她衣服毁了，她还在劝我，那语气温柔得跟什么似的。

"我要是个男人也得迷上她。

"小羽，你放弃吧。"

她大学里最好的朋友，跟那个女人不过见了一面，就被俘虏了。

聚会那天之后，华羽没再主动联系过平倬。

平倬也没问她有什么事儿。

能有什么事儿他一清二楚。

他们俩之间，就那么些直白的事儿。

平倬向来不怎么主动联系她。

那人回来，他更不会主动联系她。

她以为他会就这样消失在她生命里。

大约过了一周，平倬给她打了个电话："晚上有空没？"

没想到他还愿意打电话过来，华羽指尖微颤，说："有。"

他挂了电话。

他跟她从不废话。

当晚他直接来了她家，按锁开门。

她录入过他的指纹。

她恰好洗完澡刚从浴室出来，回头看他。

他把门踢上，一手接着电话。

华羽走过去，她刚好想试探下他："平倬？"

他转头，给她比了个"嘘"的手势。

手机那头儿声音像是在笑："女朋友？"

他没回这句话，只问："南夏也来？"

就这么当着她的面儿问。

华羽转身进了卧室，隐约听见他笑着说："行，我请假都去。"

他挂了电话，神色平静地进了卧室："什么事儿？"

华羽一颗心都是冷的，说："我家里……打算给我介绍个相亲对象。"

平倬拿着手机笑了声："是嘛。"

像是毫不关心。

华羽看他："我要去吗？"

平倬嘴角露出个讥讽的笑容："当然得去。"

他说完，摔门而出。

华羽全身无力，回想着他刚才说的话，那意思大约是真让她去。

他们之间，应该也要结束了。

她最终答应父母去见苏承志，只是为了对平倬早点死心。

苏承志看她的第一眼，她就知道这男人看上她了。

他玩车，带她去了赛车场。

她兴致寥寥，不置可否，却没想到能在休息台遇见平倬。

他们隔了几排空位，平倬没看见她。

他脸上挂着温柔的笑，给那人递了瓶水。

华羽从没见过他这么温柔的样子。

隔得远又有引擎声，她听得不太清楚，大约知道那人问他这几年是不是交了女朋友之类的话，因为他答，不是女朋友，只是那种关系。

他坦白又认真地看着那个人，仿佛试图得到对方的谅解。

那人说了什么华羽完全没听清，只觉得"那种关系"这四个字像是嘲讽。

跟他在一起三年，也无非得到这么个评价。

后来高韦茹看见华羽，跟她打招呼。

华羽不想过去，但她又实在忍不住，起身挽着苏承志过去，鬼使神差地说苏承志是她男朋友，说完还特意去看平倬的反应。

平倬几乎没有任何反应，只是玩味地看着她说了一句"不止听说过"。

她知道他要说什么。

南夏也真是单纯得厉害，这么明显的话一点儿没听懂，一脸单纯，还主动要跟她握手。

她看了南夏几秒,觉得文戈说得一点儿也没错,这样的人也难怪平倬喜欢。

可笑的是,平倬明明喜欢南夏,又忍不住看向华羽。

这大约就是男人吧,不过如此。

顾深不也一样,绯闻一堆,跟高韦茹还扯不清。

也是奇了,今天居然能碰见这堆关系混乱的人一块儿出来玩,她也是长了见识。

但她没什么兴致再待下去,不想看着他对别的女生献殷勤。

她直接走了。

后来跟苏承志吃了晚饭,她心情不大好,苏承志开车带她在城市里兜了几圈风,把她送到楼底下。

她实在没心情再应付他,直接说了"抱歉"。

上楼,她没想到平倬会在。

他的行为,像是夹杂着怒意,不像吃醋,更像是不甘心,完全没把苏承志放在眼里。

是啊,他不需要把苏承志放在眼里。

他看一眼她就知道,她眼里心里全是他,再也装不下任何其他人。

想着这些乱七八糟的事儿,华羽终于睡着了。

醒来已经到了傍晚。

她穿着吊带睡裙拉开窗帘,夕阳的余晖从窗外照进来,莫名有股沧桑感。

手机里苏承志发来微信。

【要不要出来吃饭?】

她浑身都疼,没理这条微信。

她嗓子也干,好像是发烧了。

她体质一般,每年换季的时候总得烧个两三次。

她也没当一回事儿,喝完水打算点餐时,文戈给她发来了微信:【你几点出发呀?】

华羽想起来,她原本约了文戈晚上一起逛商场,顺便吃饭。

但现在她是没力气也没心思了,便发了条语音过去:"今儿不去了,我有点儿发烧。"

文戈说:"你又发烧啦?那你好好休息。"她顿了下,问,"有人照顾你吗?"

华羽:"连个鬼都没有。"

文戈愣了愣。

刚躺下眯了一会儿，华羽想起来忘记点餐了。

她没什么胃口，但生病了又一定得吃饭，不然好得慢，只好又爬起来拿手机点餐。

苏承志的微信又进来了：【我在你家楼下了。】

这人还真行。

昨天她都已经那么说了，今天微信也没回，他还能坚持追她。

要平时她也许还会下楼应付一趟，但现在是真的不舒服。

她打字回绝：【不好意思，发烧了。】

回完消息，她脑袋就昏昏沉沉的，连餐也忘了点，又躺下睡了。

没到二十分钟，电话响了。

华羽抬手接起来，嗓子有些沙哑："喂？"

苏承志："你住几楼？我给你买了点儿感冒发烧的药，给你送上去？"

原来这男人没走，去买药了。

华羽清醒几分，脑海里想的是，一个就跟她约过一次会的男人都能给她买感冒药，她需要平焯的时候，他在哪儿呢？

她这么想着，心一软，又知道家里的确没感冒药了，就说："那好，我住1701。"

电话里男人声音很温和："马上就到。"

苏承志此刻正坐在车里，挂掉电话后，他按捺不住内心的激动，拿着一袋药立刻下车快步走进楼里，没注意路差点儿撞上前头的男人。

"不好意思，麻烦让让。"他抬头，发现男人有些面熟。

男人很绅士地侧了侧身，看他一眼，目光似是在他脸上停留了两秒。

苏承志觉得男人的眼神有点奇怪，但没想太多，进电梯按下17楼。男人也不慌不忙地走了进来，却没按电梯楼层。

——他也是17楼的？

电梯上行的过程中，男人给人一种说不出的压迫感。

电梯门打开的一瞬间，苏承志忽地想起来——这不是那天在赛车场跟华羽说话暧昧的那个男人？

平焯面无表情地走出电梯，苏承志则尴尬地跟在他身后。

两人一起在1701门牌号前停住。

空气陷入诡异的安静。

苏承志先撑不住，勉强一笑，问："是你按门铃还是我按？"

平焯淡声道："我觉得你要按。"

来不及思考对方话里的含义，苏承志几乎是硬着头皮道："行。"

他刚要抬手按门铃。平倬伸手摁在锁上,门开了。

苏承志一怔。

平倬侧头看他,眼神里明显是宣告主权的意味。

苏承志这才明白他刚才那句话是什么意思——自己要按门铃,而他不需要。

都到这份儿上了,苏承志再不懂就是傻子了。

华羽换了件露肩的裙子。

这在她衣柜里算是很保守的衣服了。

没几分钟,忽然听到"咔"的一声,像是客厅门开了的声音。

华羽顿了一下,脑海中闪过不太好的预感,连忙往外走。

她一天没吃什么东西,连脚步都是虚浮的。

客厅里拉着窗帘,光线昏暗,华羽正要开灯,"啪"的一声灯光亮了,她看见了门口站着的平倬和苏承志。

平倬一脸淡定,倒是苏承志表情尴尬,看了华羽一眼,很识趣地把手里的药递出去:"既然华小姐有朋友照顾,我就不进去了。"

华羽没想到平倬会突然过来,他一般不会这么连续跟她见面,有时候忙起来,她一个月才能见他一次。

她一时也不知道该说什么,愣了几秒。反而是平倬伸手把那袋药接了过来,他看都没看苏承志一眼,声音毫无温度:"不送。"然后"砰"的一声,甩上房门。

平倬冷着脸走进来,华羽这时才看见他左手上拎了一份她最爱吃的海鲜粥。

她一时感动又委屈,眼里不自觉涌出泪意。

平倬把海鲜粥和药往茶几上一放,打开药袋,问:"吃哪个?"

他明显生气了,表情和语气都像在克制着什么。

华羽内心却浮起一丝窃喜——他这是吃醋了?

她嗓子有些发干,随便指了一个:"这个吧。"她悄悄看了一眼平倬,又说,"没想到他买了这么多种啊。"常见的感冒发烧药都买了。

平倬扫了她一眼。

她不知道为什么心虚,下意识地说了句:"就是——还挺细心的哈。"

平倬正准备去给她倒水,听到这话冷笑一声,直接把杯子往她面前一推:"自己去倒。"

华羽一愣。

——真吃醋了呀?

她老实地倒水吃完药。平倬面无表情地把粥打开，推到她面前。

她挽起大波浪长发，拿起勺子在粥里搅了搅，咬唇看平倬："你怎么会突然来？"

那是不是说明，他还是关心她的？

平倬站在她对面，双手插袋，居高临下地看着她，语带讥讽："耽误你的好事了？"

华羽像是被人迎头浇了盆冷水。

——他明明都知道，却一定要这样刺她，难道在他心里，她就是这样随便的人吗？

平倬清晰地看见她眼神变了。

华羽将勺子扔进粥碗里，站起来挑衅似的看着他，唇边泛出丝冷笑："知道你还来？"

平倬沉了脸。

华羽声音沙哑，却面带微笑："下次来呢，麻烦提前打个招呼，不然我男朋友都要被你吓跑了。"

她说话句句带刺。

平倬问了句："男朋友？"

华羽："对啊。"

平倬点点头："我真是闲的才没事找事过来。"

闻言，华羽眼泪差点掉下来。

她极力忍住，咬牙道："真是不好意思，耽误您的时间了。"

平倬最受不了她这样阴阳怪气。

他干脆地转身，"砰"的一声，门被用力关上。

华羽的泪像断了线的珠子似的往下掉，蹲下来抱着膝盖哭出声。

客厅的钟表秒针一下下跳动着，机械声在空旷的房间格外清晰。

华羽哭了好一会儿，觉得自己怎么喜欢上这么一个人渣。

她起身准备回房间睡觉，忽然看见茶几上的海鲜粥，眼泪差点又落了下来。

平倬虽然对她不认真，但偶尔行为里透出来的小温柔，让她根本招架不住。

比如他也不过给她买了份粥而已，她居然就能想哭，真是太没出息、太卑微了。

她擦干眼泪，拿起手机，才看见文戈发来的消息。

【我去找以前的同学玩儿，在她公司附近碰见平倬，跟他说你病了，他好像要去看你。】

华羽回:【已经走了。】

反正在他心里,她也只不过是那种很随便的女人而已。

平倬站在楼下抽烟,抽太急不小心被呛了口。

这是第三根了。

他真没被一个女人这么折腾过,是真的能作。

大学那会儿就能作,毕业之后两人重逢,他还觉得她收敛不少,结果前阵子不知道又发什么疯,问他家里人给她介绍相亲,她要不要去。

他也被气到了,直接撂话让她去。

她还真就敢去,还让他在赛车俱乐部撞见了。

他早看见她跟那男人了,就当没看见,故意跟南夏说他跟她只是那种关系,想刺她。

果然,她只会更狠地刺回来,一点儿没变。

这女人简直跟罂粟似的,有毒又让人上瘾。

他自问在别人身上没做过的事儿,全在她身上做了,简直就是让他失去理智。

他骂了句脏话,碾灭手上的烟,又重新上楼。

华羽刚躺下没一会儿,就听见了开门声,熟悉的脚步声紧接着传来。

她勉力爬起来。

平倬抬手推开卧室门,平淡地扫了她一眼,手上拎着刚才放在外头茶几上的粥。

没想到他会突然回来,华羽怔了下,眼眶一酸,但还是倔强地说:"你闲的?又回来干什么?我可是有男朋友的人……"

平倬手上用了几分力气,捏住她的下巴,迫使她仰头。

华羽愣住了。

平倬放了狠话:"再说'男朋友'三个字,我立刻走。"

知道这事儿马上要触碰到他的底线,华羽别过头,最终什么都没说。

她还是不想让他走。

平倬放开她的下巴,抬手把粥从袋子里拿出来:"都病成这样儿了还这么能作?"

他把粥和勺子放在她床头柜上:"先把粥喝了,然后去医院。"

华羽的确有点儿饿了,却没什么胃口,勉强喝了两口就喝不下了,只想睡觉。

她说:"不用去医院,换季发烧很正常,我吃过药了。"

平偼过来，抬手摸了下她的额头。

他什么都没说，起身去客厅找出医药箱里的水银体温计递给她："超过38℃就去医院。"

华羽接过体温计，看他一眼。

平偼："赶紧量。"

她心里的火因为他这一系列对她关心的行为降了下来，人也不像刚才似的那么带着刺。

她把体温计放进胳肢窝。

十五分钟后，刻度表显示38.1℃。

平偼："去医院。"

华羽："真的不用。"

声音还哑着。

平偼忽然想起什么似的，看着她："除了发烧，你还有哪儿不舒服？"

华羽一下子没懂他意思："什么？"

平偼突然温和下来，坐到她旁边："是不是……"他稍顿，"我昨天太过分了？"

华羽低下头："不是。"

平偼没信，去衣柜里给她拿大衣："去医院。"

华羽："真的没。"

平偼不容置疑："起来。"

也不怪平偼担心她，毕竟这事儿也算是有前科。

那是两人第一次的时候。

Part 02

那会儿华羽已经追了平偼一年的时间，他对她仍旧看都不看一眼。她向来心高气傲，没想到在他手上一而再再而三地挫败。

他甚至连她过生日的邀请都忽略不见。

那晚华羽在学校附近的KTV包厢开生日会，请了很多同学，目的也无非是想请平偼过来。

一直到晚上十点，他都没出现。

华羽知道他是不会来了。

那会儿是夏天，她穿了身复古红裙，在人群中借着酒劲儿放肆地跳舞，像是宣泄。

然后她听见有女生说，在旁边的餐厅看见平偼跟宿舍的人聚会。

这话直接攻破了她最后一道防线。

明明就在隔壁,她还过生日,为什么他就是不肯来看她一眼?

为什么他对别的对他表白的女生就和颜悦色,对她就避之不及?

她也不是没见过他拒绝别的女生。

不久前在图书馆外,有个女生给他递情书,他绅士地接过,跟那女生温和地说:"谢谢你的欣赏,我觉得你是个很好的女生,不过我们不太适合,可以当朋友。"

女生被拒绝自然是失望的,但他居然没避讳,直接顺路跟她同行,算是把她送回宿舍楼下。

华羽嫌四人宿舍太乱,住外头自己的房子,剩下的事她都是听舍友文戈说的。

文戈说那女生回宿舍后一直在洗漱间感慨平倬好温柔呀,被他拒绝了居然也生出一种幸福感,而且他还送她回来。

华羽是真的不明白,为什么她追了他这么久,连句话都没有?

哪怕说句当朋友,也算。

她有点儿受不了,借口吹风醒酒去隔壁堵平倬,觉得今天她无论如何也得问明白。

她脚步踉跄地走出去,一眼就看见平倬。

他在KTV门口的树下抽烟,确切地说,应该是在隔壁饭店门口的树下抽烟。

这些都不重要。

她向他走了过去。

平倬穿着平整的白衬衫,缓缓吐了口烟圈。

这人抽烟的姿势都是绅士优雅的,赏心悦目,让她想拍张照。

他看见她似乎是有些意外,撩了下眼皮:"你喝了多少?"

华羽脚下一软,差点摔倒。

平倬扶住她。

华羽顺势抓住他的手腕:"平倬,你能告诉我,你到底喜欢什么样的女生吗?是南夏那样的吗?我把我自己变成那样儿,行吗?"

平倬笑了声:"还挺卖力。"

华羽没听清:"什么?"

平倬拂开她的手,淡声问:"你舍友呢?一会儿你怎么回去?"

华羽像没听见他的问题,一个劲儿缠着他问到底喜欢什么样的女生。

像是被她缠得烦了,平倬随口说了句:"我啊——喜欢陪我睡的女生。"

他眸子里漫出点儿不达眼底的笑意,戏谑的、漫不经心的。

华羽怀疑是自己喝醉听错了。

她也不知道哪里来的胆子，又或者只是单纯地醉了，她回道："好啊，我陪你。"

平倬像是没料到她这回答，愣了片刻。

但他很快恢复如常，眼里全是淡漠："你喝醉了。"

声音仿佛也毫无情绪。

华羽缠上他的胳膊："我没醉，我是说真的。"

她身上带着撩人的香气，混着淡淡的酒味儿。

昏黄的路灯照得她一双媚眼如丝，红唇性感得要命。

平倬眼神暗了暗："等你酒醒了再说。"

文戈从KTV里出来，喊华羽进去。

华羽脑袋都是混沌的，也不想进去，只是抱着平倬的胳膊。

文戈一怔。

平倬温声道："你们还不走？不早了，宿舍门还有半个小时就关了。"

文戈说："打算走了，但是得结账……"

她看了眼华羽，醉成这样可怎么结账，但她钱又不够。

平倬让她把华羽扶好，温声说："你照顾她一下，我来结。"

结了账，平倬也没等那堆乱七八糟的人，问文戈："她是不是住外面？你知道她具体地址吗？"

文戈说："知道，今晚说好陪她睡。"

平倬点头，叫了出租车，准备亲自把她们送回去。

文戈："不用了，时间来不及，你一会儿怎么回宿舍啊？我们俩可以的。"

平倬："没事儿，我去顾深租的房子住。太晚了，你们两个女生我不放心。"

文戈偷偷看了平倬一眼。

他眉眼柔和，绅士优雅，难怪华羽会喜欢他。

出租车到了，平倬打开后座车门，把华羽塞进去。

华羽却拽着他胳膊不松手。

她醉得神志不清，平倬没法跟她计较，只好也跟着她坐进后座。

车刚开没多久，华羽就昏沉地靠在平倬肩上，把头埋进他怀里，像是睡着了。

她大波浪鬈发蓬松，扫得平倬脖子起了一阵痒意。

他动了动胳膊，想调整个舒服点儿的姿势，却被她死死抱住。

她像是怕他跑了。

平倬只好由她抱着，把头往后仰了仰。

终于到了楼下，华羽仍旧抱着平倬的胳膊不肯松手。

平倬面无表情，情绪冷淡。

文戈被他这脸色吓了一跳，怕华羽惹他不高兴，立刻去扶她："来，咱们回家了。"

平倬听见文戈说话，神色稍缓："我送她上去吧。"

他被迫跟着她们上了楼。

他几乎是把华羽扔在了沙发上，然后温声跟文戈说："那我就先走了，晚安。"

太晚了，文戈也不方便留他坐，只是抬眼时忽然看见他白色衬衫右肩上的红唇印，还不止一个。

她视线落在那两个红唇印上，觉得有些尴尬，试图出声提醒。

在她出声前，平倬也仿佛意识到什么，视线往下扫了眼。

这下也不用提醒了。

文戈："要不然你在这儿的洗手间洗一下衣服吧？"

平倬："为什么要我洗？"

文戈一愣。

平倬扫了眼在沙发上瘫成泥的罪魁祸首："等她醒了，通知她给我洗。"

通知……

不知道为什么，他这话说得自带一股气势。

文戈："好的。"

第二天，华羽在头痛欲裂中醒来。

她摸出手机看了眼，已经上午十一点了。

脑子仍旧是混沌的，但她隐约记得，她昨晚好像遇见平倬了，但后来发生了什么，以及她怎么回家的，她都完全不记得了。

她起身走了出去。

今天是周六，文戈已经在厨房熬好了粥，看她出来盛了碗让她喝。

华羽含笑说："我们文文怎么这么贤惠，我要是个男人铁定娶你。"

文戈"喊"了声："少说这种没用的话。"

华羽喝了两口粥，问："昨天我是不是遇见平倬了？"

文戈点头。

华羽："有发生什么事吗？"

她完全记不得了。

文戈："有。"

"什么？"华羽有些紧张，自己不会在生日会当众表白了吧？

文戈："你把口红印他衬衫上了。"

华羽一愣。

文戈:"还印了俩。

"他说等你醒了,让我通知你给他洗衬衫。"

华羽愣愣地问:"怎么印的?"

总不会是强吻上去的吧?

她对自己能不能做出这种事心存疑虑,因为有次做梦,她就梦见自己把平倬按在墙上强吻。

那时她才意识到,原来她对平倬的心思已经到了那种地步。

文戈把经过跟她讲了,然后小声说:"我觉得,他有可能也喜欢你的。"

华羽斩钉截铁:"不可能。"

要是喜欢,不会生日会邀请了他,他连个面儿都不露。

文戈:"但他坚持送你回来……"

华羽:"他谁不送?"

也是,平倬就是这种绅士做派。

文戈:"但他还帮你结了账。"

华羽:"什么?"

她立刻给平倬打了电话过去。

那头很快接起来。

华羽:"抱歉,昨晚给你添麻烦了。"

平倬声音平淡:"没事。"

华羽:"昨天费用一共是多少啊?我转你吧。"

平倬:"行。"

他报了个数字。

华羽:"那衬衫……我帮你洗吧?"

平倬:"不用,我已洗过了。"

华羽"哦"了声,觉得他语气有点冷淡。

话题明显已经有些聊不下去了,但不知道为什么,她还是没忍住问了句:"平倬,你是不是有那么一点喜欢我的?不然……"她稍顿,"不然怎么会帮我付账?"

送她回来可以说是礼貌,但帮她结账这事儿却说不通。

平倬回答得很干脆:"没。

"快到门禁时间了,一堆人等着回宿舍,我就顺手结了。而且你也不是会赖账的人。"

华羽心底的一丝希望瞬间破灭,无尽的失望涌上来,追这个人就像是坠落到无边无际的深渊,没有尽头。

她已经追了一年，他口吻没有半分松动。

华羽问："那你能不能告诉我，你到底喜欢什么样的女生？"

平倬笑了声，声音里像是带着戏谑："昨晚我不是说过了？"

有吗？

华羽完全没印象："我断片儿了。"

平倬"哦"了声。

不知道为什么，华羽从他这声"哦"里听出了果然如此的意思。

没等她再问，平倬开口了："我喜欢肯陪我睡的女生。"

这话像是一道雷劈在华羽头上。

她僵住了。

绅士温和的平倬怎么可能说出这种放荡不羁的话？

平倬："挂了。"

他很干脆地挂断了电话。

华羽站在原地许久，才终于反应过来——他在用这样的方式拒绝她。

这种话他肯定也是跟顾深学的，说不定还是顾深教的。

她不明白，平倬一个温文尔雅的大好青年，怎么会跟顾深这种痞子整天混在一起。

本来她早该死心，但不知道为什么，她就是不肯服输。从小到大，她想要得到什么，就一定努力得到。

平倬是她第一个这么喜欢的人，就算是真答应他，她也不亏，何况他肯定不会的。

她咬牙发了条微信过去：【我陪你。】

刚发过去没多久，她就后悔了。

平倬会不会觉得她是个很随便的人？

第一次做这样的事，又很久没得到回复，华羽内心忐忑，坐立不安，甚至怀疑平倬会不会直接拉黑她。

大约半个小时后，他回复了。

【君悦酒店，今晚八点，1104。】

他直接给了个酒店的地址和房间号。

华羽咬牙回复：【行。】

谁怕谁。

酒店离学校挺远的，打车要四十分钟。

不过这却给华羽添了几分安全感，起码选的这个地方不会碰到熟人。

华羽坐在出租车后座，打开手机地图。

绿色的行车路线距离终点越来越近,她内心逐渐生出波澜。

她心里大约明白,平倬其实是在吓唬她,不会真碰她。

但毕竟还没跟他单独在密闭的空间独处过,更何况是酒店这种暧昧的地方。

出租车在酒店楼下停住。

华羽下车,看着酒店大门深吸了口气,拨了拨波浪般的栗色鬈发,抬步走进去。

她先去前台登记。

客服跟她要身份证。

她从钱包里把身份证拿出来,递过去。

忽然意识到,她的名字要跟平倬的登记在同一间房下。

她咬唇,接过客服还回来的身份证,上楼。

空旷的酒店走廊铺着红色地毯,灯光昏暗,高跟鞋踩在地毯上是闷闷的声音。

看见1104的门牌,华羽从包里拿出化妆镜看了眼妆容,又稍稍抬手整理了下头发,按了门铃。

"叮咚"两声,门开了。

平倬只穿了件浴袍,站在门后,露出脖子那片儿白皙的肌肤和性感锁骨。

他是真的白,甚至比她还白几分。

没料到他会穿成这样出来,华羽脸色一红,握紧手上的包。

平倬上下扫了她一眼。

鹅黄色的露肩短裙,衬得她肌肤更加白皙,两条大长腿线条性感,丰腴得刚刚好。

平倬:"你还真敢来?"

华羽:"你都敢请,我为什么不敢来?"

她径自走了进去。

平倬把房门关上。

这是个套房,屋里大理石茶几上摆着一瓶红酒和一个空酒杯,像是压根儿没想到她会来。

猜测得到证实,华羽放松下来,坐到沙发上,说:"一个人喝多没意思,我陪你?"

平倬扬眉。

他眉眼分明是柔和的,却莫名给人一种冷淡的感觉。

下一秒,平倬忽然握住她的手腕。

华羽抬眼看他,毫不畏惧。

平偄俯身，刻意暧昧道："喝什么酒，不是来陪我的？"
华羽："喝点酒不是更有意思？"
平偄咬牙："真当我不敢碰你？"
他半个身子笼罩在她头顶，存在感极强，捏她手腕的手也平添了几分力气，捏得她腕骨发麻。
华羽挑衅似的迎上他的目光："你碰。"
平偄把她往沙发上一推，刻意按住她的肩膀。
华羽看他。
他也在看她。
他有一双淡漠的眼，漆黑的眸子里像是毫无情绪。
平偄："真不躲？"
华羽："为什么要躲？"
她知道他在吓唬她，一颗心还是"怦怦"直跳。
平偄凑到她耳边："那我可亲了。"
微凉的气息落在她耳边，周遭传来他身上淡淡的麝香味儿。
华羽没动。
平偄嘴唇靠近她侧脸肌肤几分，落在她侧脸的气息也变得温热。
"真亲了。"
华羽全身轻轻一颤，转头看他，下巴堪堪擦过他的嘴角。
平偄没料到她这动作，瞬间僵住，后背绷得僵直。
她望着他，睫毛长而卷翘，一双眼十分认真。
两人就这么对视几秒。
就在平偄打算推开她时，她忽地抬手勾住他的脖子，吻上他的唇。
她想，豁出去了，她想亲他，想得要命。
平偄脑海中轰的一声，像是什么被炸开。
他哑声说："这是你自找的。"

第二天早晨，华羽差点儿下不了床。
平偄则没什么反应，慢条斯理地穿好了衣服。
他扫了床上的她一眼："送你回学校还是回家？我今天早上有课。"
华羽也有课，但她觉得不太舒服，小声说："我先回家，下午再去上课。"
平偄点头，没再说什么。
回去的路上，华羽问："我们现在……算什么关系？"
平偄看她一眼，淡漠道："不就玩玩而已。"
华羽怀疑听错了："什么？"

平倬轻佻地笑了声:"难不成还是男女朋友?"

华羽僵住,完全没料到他会说出这种话。

平倬把华羽送到楼下。

华羽一句话都没说,毫不犹豫地离开,心想就当昨晚是被狗咬了。

平倬看着她上楼后,开车回了学校。

本来想上课,但晚了半个小时,他就没去,直接回了宿舍。

于钱也没去上课。

于钱一看见他就问:"你昨晚野到哪儿去了?微信都不回?"

他没理。

于钱一眼看见他的脖子,惊了:"这是不是吻痕?"

平倬皱眉,转身去照镜子,这么点儿痕迹根本不明显,于钱这都能看出来?

于钱:"你不会出去胡来了吧?"

平倬:"我有必要?"

于钱后知后觉:"也是。"

平倬没多解释吻痕的事儿,也没遮盖,下午直接去上专业课了。

上课时,他照例跟顾深和于钱他们一起坐在南夏附近。

陈璇回头找他借笔的时候,突然看见他脖子上的痕迹,课间的时候问他:"哇塞,你脖子上这是吻痕吗?"

她声音清亮,惹得附近不少人都看了过来,尤其是不少暗恋平倬的女生,脸色都变了。

平倬脸上仍挂着平静温柔的笑容,像完全没听见似的。

于钱向来喜欢起哄,立刻就激动了。

"谁说不是呢?你别看平倬平常装得跟个人似的,其实私下……啧啧。"

陈璇紧跟着"啧"了一声。

南夏轻轻碰了碰陈璇的胳膊:"蘑菇,别乱说呀,平倬不会的。"

于钱:"还是我嫂子纯洁无瑕。"

顾深不太正经地笑了声:"那是。"

南夏看了顾深一眼。

顾深立刻正经起来,看着于钱:"再瞎说滚出去。"

于钱不说话了。

平倬等他们都说完,才懒懒应了声:"是啊,吻痕。"他伸手指向于钱,"他昨晚梦游亲的,可能是早就对我图谋不轨吧。"

闻言,周围的女生都用异样的眼神看着于钱。

于钱:"你要脸吗?我会亲你?我就是亲我哥也不会亲你。"

顾深"啧"了一声，去跟南夏解释："你放心，是他一厢情愿的。"
他吊儿郎当道，"我就是死，也绝不会让他碰到我一根汗毛。"
于钱翻了个白眼。
下了第一节专业课，平倬在楼梯间碰见了文戈。
她平日都跟华羽形影不离，今天却跟另外一个女生一起上课。
他跟文戈打了个招呼，装作漫不经心地问："华羽呢？"
文戈回道："她发烧请病假了。"
平倬想了下昨晚，怀疑华羽被空调吹感冒了。

平倬直接去了华羽家。
他敲了几分钟门，她才把门打开。
她一张脸苍白得毫无血色。
一看见他，她连句话都没，直接去关门。
平倬伸手按在门上。
女生力气本来就比不上男生，再加上华羽生了病，更不可能力气大过他。
华羽用力去推，门纹丝不动。
她抬眼去看平倬。
他掀起眼皮扫了她一眼，像是毫无情绪。
微妙的气氛在空气中流淌。
对视几秒后，华羽手上终于没再用力。
平倬也撤掉手上力气，问："你发烧了？"
华羽冷声："与你无关。"
声音是嘶哑的。
平倬挑眉："在生气？"
华羽微微动了动唇，什么都没说，蓦地用力去关门，再度遇上阻力。
平倬视线落在她身上，手上稍稍用力，门被一寸寸推开。
华羽毫无胜算，最后只得放弃。
平倬径直走进来。
屋里拉着窗帘，光线晦暗不明。
窗户应该也没开，空调冷气把屋里吹得又冷又闷。
平倬走到窗边，伸手打开窗户，新鲜闷热的空气渗了进来。
平倬回头看她："去换衣服，带你去医院。"
华羽脸一红："我不去，请你立刻出去。"
平倬："你病好了我就走。"
华羽冷笑："我们不过是玩玩而已，我生病不需要你假慈悲……"她是真烧得没什么力气了，坐到沙发上，虚弱道，"我没劲儿跟你吵，你赶紧走。"

平倬蹙眉，走过来摸了摸她的额头。

滚烫的。

华羽想躲，但他手一触碰到她额头的肌肤就带来一股舒适的凉意，她就没动。

平倬沉声："换衣服去医院，或者……就这样我抱你去。"

华羽起身往卧室里走："我不去。"

平倬追上她，一把从背后把她横抱在怀里："那就这样走。"

她穿了件淡粉色的吊带睡裙，薄薄的一层，她肌肤又烫得厉害，平倬一颗心都忍不住轻轻颤抖起来。

华羽用力挣扎："我不去医院……"

平倬按住她的腰："安分点儿。"

华羽双眼含泪："我真的不去，平倬你放我下来。"

平倬："这么大个人，还怕医院？"

华羽垂眸，没回答。

平倬把她放下来，语气温柔了几分："去医院才好得快。"

华羽没理他，很别扭地往卧室里走。

平倬终于看出点儿不对劲，扯住她的手腕。

犹豫片刻，平倬问："你是不是因为昨晚的事……不舒服？"

华羽咬唇，晶莹剔透的眼泪往下掉。

平倬放轻声："带你去外资私立医院，隐私很安全的。你戴上帽子和口罩，不会有人知道，嗯？"

华羽有些动摇。

平倬用指腹擦掉她腮边的泪珠："别怕，有我在。"

华羽的确难受得厉害，这么忍着也不是个办法。

她点头，换了衣服，戴好帽子墨镜口罩，把自己包裹得严严实实，跟平倬去了医院。

先是量了体温，然后女医生带她去检查。

出来后，女医生直接把平倬劈头一顿骂，说他下手太重。

平倬尴尬地问："严重吗？"

女医生："问题不大，但下次你真得手下留情，人小姑娘才第一次不能这么折腾。"

平倬微微有些诧异。

医生："还有，抽血化验显示是病毒性感冒，输个液再走吧。"

平倬点头。

私立医院空的病房多,华羽直接在病房输的液。

平倬下楼去附近买了两碗粥回来。

华羽脸红得要命,不敢看他。

平倬把粥递给她:"喝点儿。"

华羽看了眼:"皮蛋瘦肉的吗?我不想吃。"

平倬指着另一碗:"那要香菇牛肉的?"

华羽:"不要。"

她撒娇似的,又带着点儿作劲儿。

平倬:"那喜欢什么口味?"

华羽看着他:"想喝现熬的海鲜粥。"

平倬:"你可真难伺候。"

他拿起手机在外卖软件里扫了一圈,最近的海鲜粥距离医院十五公里,送来要一个小时。

他给店家打过去电话,加了钱让对方优先送,对方承诺半个小时一定送到。

华羽嘴角不觉微微上扬。

挂掉电话,平倬拉了个凳子过来,坐她旁边。

两人谁都没说话。

沉默了好一会儿,平倬扫了眼输液袋,又看向她白皙的胳膊,问:"输液会不会走得太快?有没有不舒服?"

华羽本来想说没有,话到嘴边却变成:"好像是。"

平倬倾身,微白的光线落在他侧脸上,衬得他脸部线条柔和许多。

他抬手,动作优雅地拨了拨悬在空中的流速调节器。

白色液体更加缓慢地往下滴落,像是下雨天的镜头慢动作。

华羽:"会不会太慢了?这样要很久才能输完。"

平倬:"怕什么,反正有我送你。"

华羽点头,看他一眼,没再说什么,却因他这句话,心情好了许多。

半个小时后,海鲜粥送来,还是滚烫的,华羽满足地喝了大半碗。

她这会儿烧也退了下来,吃完东西也有了几分力气,精神状态好了许多。

平倬等她喝完,把饭盒收好,看着她:"抱歉,昨晚是我下手重了。"

华羽臊得不行,把被子往上拉,盖住脸。

平倬掀开被子,认真道:"别闷着,对病不好。"

华羽别过脸不敢看他。

平倬:"昨晚我不知道你是第一次,如果知道……"

他停顿了下，心里有个荒唐的念头闪过。

就算知道，他也未必能控制住。

所以他刚才想说的那句"如果知道我不会下手这么重"也就没说出口。

华羽脸色微变。

她想问他，在他心里，她是不是就是那种随便的女人，但不知道为何问不出口。

平倬看着她的表情，仿佛猜到几分，又适时补了句："主要是你……技术太好了，实在不像。"

华羽耳根一热。

那就是说他不是觉得她随便，他只是觉得她技术好，所以才不像。

也不知道他这算不算夸奖。

平倬起身："我去扔垃圾。"

他修长的手指勾着垃圾袋子，站起来出了门。

华羽看着他挺拔的背影，想起了第一次见到他的时候。

那会儿是新生联谊晚会。

华羽跳了个肚皮舞。

因为是秋天，夜里有点凉，她下台后就往隔壁楼里的舞蹈室一路小跑过去换衣服。

她节目在中间，舞蹈室里这会儿空空荡荡的，只有她一个人。

她换完衣服正准备出去，昏暗的楼道里，声控灯蓦地亮起，而后是少年温柔如水又带了几分缱绻的声音："这么想我？这可才刚开学。"

她好奇地往前看了眼。

少年背对着她站在楼道里，右手拿着手机，左手插兜，背影高大挺拔。

虽然看不清脸，华羽却觉得他气质仪态出色到顶尖。

她莫名对他那张脸也起了好奇。

少年柔声哄着电话那头的人："你乖一点，下个月我就飞过去看你，嗯？"

那头不知道说了句什么，少年又跟她嘱咐了几句多喝热水之类的话，挂了手机。

他突然转头，华羽躲闪不及，有种怕被人发现的心虚感，立刻把舞蹈室的门关上，还把手里的衣服袋子往上拎了拎，示意自己是来换衣服，不是故意偷听。

少年像是完全没在意她是不是偷听，也没看她，慢慢地从远处走过来。

他的脸在视野里也越发清晰，果然也是顶尖，干净得要命，华羽从没见过肌肤这么白的男人。

他穿着纯白的衬衫,像是从武侠小说里走出来的翩翩白衣公子,温文尔雅,鼻梁高挺,五官立体。

她几乎是一眼看中了他的外貌。

华羽在心里感慨:可惜,有女朋友了。

她没敢多看,也对有女朋友的男人没兴趣,转身往前走。

两人一个方向,都要出楼道。

安静的走廊里,脚步声一前一后响起。

过了几秒,不知道是谁的节奏变了,两人脚步声开始重叠在一起,不分先后。

这么响了几步,华羽莫名觉得暧昧,正在想要不要小跑出去,少年先加快了步伐。

走到门口时,少年已经超过了她。

华羽松了口气。

不知道为什么,她觉得走在他前头,莫名有股压力。

她正要等他先出门,没想到他打开门,伸手示意她先走。

还挺绅士。

华羽:"谢谢。"

他这时才看向她,温声说:"不客气。"

华羽从他身前经过,闻到了他身上独特的麝香气息,带着点儿侵略性,实在不像他本人身上流露出来的气质。

后来她从周围人口中知道了他的名字——平倬。

他跟顾深并称本系两大校草,两人一个绅士一个不羁。

论坛上经常能看到两人被偷拍的照片——

要么打篮球,要么骑机车,要么赛车,本来只看外表两人已经迷倒大半女生,再加上这些刺激运动,两人在学校里简直像明星。

华羽对八卦不感兴趣,只偶尔听一嘴罢了。

追她的人也不少,但她没觉得有合适的,总觉得没人的脸能比得上平倬的。

再次见到平倬,是大一下学期刚开学的一个周末。

她在准备肚皮舞考级,一个人去了舞蹈室练舞。

刚练完舞打开门,她就听到个冷淡的声音:"你要说什么,说吧。"

这架势,像是要分手。

华羽的手放在门把上,出去也不是,不出去也不是。

她正在想怎么做,犹豫了几秒,有个女生开始抽抽噎噎地说话:"我真的知道错了,我真的只爱你,平倬……"

华羽被这名字吓了一跳。

她说怎么感觉这声音有点儿耳熟,原来是之前听过。

门开了条细缝,华羽一动不敢动,生怕发出一丝声音,被人发现偷听。

她用手扶住门把手。

两人离她只有不到两米的距离,说话声音清晰得要命。

平倬冷笑:"爱我?所以跑到了别人床上?"

华羽惊了。

那女生抽噎道:"我真的不是故意的,实在是你离我太远了。我生病了也没人照顾,下雨了没人帮我打伞,他一直都在我身边照顾我……

"我觉得很内疚,那天我喝多了,他来接我就……我真的不是故意的,我只爱你……要不然也不会跑来找你。我在楼下等了你一天……你就原谅我吧,我求求你了,我们在一起这么久了,平倬……"

平倬打断她,声音里透着不耐烦:"你就是要说这个?我听完了,你可以走了。"

"平倬……"

平倬:"别恶心我了,滚。"

华羽从没想过,温柔得要命的人分起手来居然能说出来这种话。

女生哭得更大声:"平倬……"

平倬的手机忽然响了,他接起来,声音冷淡:"舞蹈楼,你随便问个学生就知道怎么走。"

女生愣了下。

平倬挂掉电话:"十分钟后,他在门口接你。"

女生:"你——居然给他打了电话?"

平倬讥讽道:"人昨晚连夜过来的,你想清楚你是不是跟他走,又或者你把刚才跟我说的话再跟他说一遍,但是这样你两个人都得不到。"

女生像是抱住了他,平倬毫不留情推开她。

沉默和尴尬持续了好几分钟。

平倬说:"是你自己出去,还是要我送你出去?"

女生咬唇,哭着走了出去。

楼道里再度安静下来。

华羽一动都不敢动,手都僵硬了,心想这人怎么还不走。

她一抬头,撞上他一双淡漠到极点的眼。

他眸子里毫无情绪:"听得开心吗?"

不知道他是什么时候发现的。

华羽连忙道歉："我不是故意的，我本来已经要走了，但是突然……"

他冰冷的眼神盯着她。

华羽想起刚才那个女生好像也是这么说的，就突然说不下去了。

不知道为什么，她内心忽然生出一抹悸动。

这么好看干净的人，不应该被这样伤害。

她垂眸，老老实实道歉："对不起。"

平倬什么都没说，转身走了。

论坛上当天下午就起了个高楼，爆料平倬跟女朋友分手了。

大部分人是说平倬甩了女生，那女生昨天晚上就到了，等到宿舍熄灯平倬都没下来。她今天早上又来了，平倬下午才下楼，一看这架势就是平倬甩了人。

只是不知道两人为什么分手，可能异地太难了。

有人说是平倬花心，有人说是女生出轨，看见个男人把那女生领出校门了等等。

但不管怎么说，大半女生都在欢呼平倬单身了。

第二天，有个匿名爆料说：【我刚听见于钱在水房吼平倬分手不到一天，告白短信和微信已经接了快五十个了。】

果然抢手。

华羽默默关掉论坛，脑海里闪过那双眼睛。

不过，他现在必然没什么心情交新女朋友吧？

她没猜错，一两个月过去，没听说他对哪个女生有兴趣。

还有女生专门在论坛开了个"表白被平倬拒绝后他说的那些温暖的话"的帖，说就算被他拒绝也不亏。

底下不少女生附和，都把自己被拒绝后平倬说的话写了上来。楼层快两百层，居然几乎没有重复的。

这拒绝，很走心了。

一时间，女生们倒也不怕被他拒绝，觉得有被拒绝一次的温暖也很满足，都争先恐后地去表白。

甚至有次文戈都开玩笑说要不要去表白玩玩。

表白潮流持续了一个多月，终于逐渐退散。

这天，华羽晚上刚练完舞，从舞蹈室出来。

昏黄的声控灯亮起，她一眼认出楼道尽头的背影是平倬。

虽然只见过两次，但她很肯定，因为那人身上的气质太过独一无二。

一楼的窗户开着，他背靠着墙，手上拿着根烟，缓缓吐了口烟圈，姿态优雅又孤独。

几秒后，仿佛意识到她的注视，他抬眉淡淡往这边扫了眼，视线很快又离开。

华羽发现他好像挺喜欢来这个地儿。

南大没有舞蹈系，舞蹈音乐楼里除了上课和舞蹈队的人，平时没什么人过来，的确清静，而且窗外就是片草坪，视野也很不错。

猜测到平倬这习惯后，华羽就把练舞的时间从周末挪到了平时的晚上。

果然，她每周几乎都能有一晚遇见平倬。

他大部分时候都晚上十点左右过来，靠窗站着抽几根烟，看见她时很淡地扫一眼，仅此而已。

华羽不知道他什么时候会离开，不过她为了证明自己只是在练舞，每天都十点半就离开了，宿舍门禁是十一点，她猜他最多待到十点四十左右。

渐渐地，华羽对跳舞有了格外的期待。

看到他时会开心，看不到时会失落。

她觉得这像是两人之间隐藏的秘密。

距离在某天被打破。

那天下午，华羽去学校的超市里买东西。

她平时大多住外面，很少来学校的小超市，但那天生理期突然提前，也没跟周围女生借到卫生巾，只好急急忙忙往超市里跑。

她跑得太急，没注意有人恰好往门外走，直接撞进了一个坚实的怀抱里。

独特的麝香气息扑面而来，夹杂着盖不住的烟草味儿。

她抬眼。

男人眉目柔和，伸手扶住她的胳膊。

他的手沉稳而有力，莫名能给人一种安全感。

是平倬。

华羽脸颊发烫。

他身量高，她的口红差点印在他衬衫上。

于钱："最近都升级到这么直接……"他顿住，"这不是我女神吗？"

华羽没想到会在这种时候撞见平倬，真是太尴尬了。

华羽留下句"不好意思"，跑进超市。

手上突然一空，平倬停顿两秒，才把手收回。

他淡淡道："怎么谁都是你女神？"

于钱："你管谁是我女神？你忌妒我？"

平倬没理他，脑子里全是刚才她撞进他怀里时的触感。

她身子真软。

于钱反应过来:"你该不会是看上华大美人了吧?"

平俾迈步往前走。

于钱追上去:"啧,你品位不错呀,这华大美人也一直没男朋友呢,你要是真看上了可得赶紧下手,多少人排着队呢。她上回那肚皮舞跳得可太性感了……"

平俾扫他一眼。

于钱顿时乐了:"上回让你投票,你还嘴硬不给人家投票呢。男人,呵。"

平俾愣了愣。

华羽当晚自然没去练舞,生理期第一天总是不那么舒服。

但第二天晚上,她就忍不住去了。

不知道为什么,她有种莫名的预感,平俾今晚也会去。

大约九点,她到了舞蹈房。

楼道里空荡荡的,尽头没人。

华羽进去换了衣服,但也没心思跳舞,只不过拉拉筋,等着那人过来。

她没开音乐,只隔了一道门,楼道里的脚步声格外清晰。

华羽看了眼手机,九点。

他今天来得比平时早。

既然已经等到了他,样子自然还得做,华羽打开音乐。

她跳了二十分钟就没什么力气了,坐在旁边休息,不时从窗户里往外看一眼他的身影。

他像是毫无察觉。

华羽休息一会儿跳一会儿,这么熬到十点半,她准时走出了舞蹈房。

门"咔嚓"一声被关上。

华羽往楼道尽头看了眼。

昏黄的灯光底下,平俾刚好掐灭了烟,也向她看过来。

两人视线在空中交会。

两秒后,华羽转开目光不敢再看,往外走。

现在正是四月,夜里还有点凉意。

华羽稍微瑟缩了下。

身后响起了脚步声。

他今天居然跟她一起出来?

华羽莫名紧张,脚步却未停。

不知道为什么,两人脚步声又缠在了一起,整整齐齐。

华羽想起第一次见到他时也是这样的场景,暧昧得很。

不太一样的是,他现在是单身,也没跟之前一样,刻意打乱两人的脚步节奏。

但不知道为什么,快到门口时,他还是能追上来。

可能是他步伐迈得大。

两人缓缓擦肩而过。

平倬不紧不慢地打开玻璃门,看华羽一眼,示意她先走。

华羽:"谢谢。"

她手里拿着衣服袋子,从他身前走过,蹭到了他的衣服一角,发出布料摩擦的声音。

不知道为什么,她觉得他身上的烟味儿好闻得厉害。

这栋楼算比较偏僻的,平时没什么人来,路上就只有他们俩。

路灯底下两道平行的影子,一前一后。

华羽垂眸,很快就要出这条街了,要不要跟他说句话?

这么想着,她忽地看见地上多了条黑影。

平倬不知道什么时候来到她身边,手里拿着件黑色风衣,递给她。

华羽一愣。

平倬:"你是不是冷?"

他一双漆黑的眸子里泛着暖意。

没想到他会主动搭讪,华羽当然要接:"是挺冷的,谢谢。"

平倬极为自然地接过她手上的衣服袋子:"把衣服穿上。"

华羽点头,穿上他的风衣外套,温热的气息瞬间将她包围。

那是他留在衣服上的体温。

华羽的心像是小鹿乱撞。

她个子挺高,黑色风衣穿上也到了小腿,显得她娇小又莫名性感,还挺适合。

平倬嘴角勾了勾:"你住校外?我送你到前面路口?"

一如既往地绅士。

华羽又软又乖:"我跳舞的时候都住宿舍的。"

平倬点头:"那走吧。"

这会儿已经挺晚的了,路上没几个人。

华羽:"衣服我到时候怎么还给你呀?"

平倬把手机拿出来:"加个微信?"

华羽:"好。"

两人一路上都没怎么说话,但不知道为什么,华羽觉得一路回来的气氛格外好。

平倬把她送到楼下，看着她上楼才离开。

华羽住的那栋楼是学校的二人间，学生可以交钱申请，按照先后顺序往里住，所以楼里没那么杂乱，也很安静。

没人看到平倬送她回来。

华羽跟文戈一间房。

她一回来就准备洗澡。

文戈说："小羽，你裤子红了。"

华羽回头看了眼，没看清，脱掉裤子才发现后面染了一片，应该是跳舞的时候没注意。

那平倬给她衣服……

华羽脸红透了，简直想找个地缝钻进去。

文戈这会儿才发现她床头挂了件男人的风衣，尖叫起来："这谁的？你交男朋友了？"

华羽说没有，想了想，还是把这事儿跟文戈说了。

文戈："那平倬真的好绅士啊，怪不得是个女人都夸他。"

只是因为绅士才给她风衣吗？

华羽总觉得，他每隔几天都在那儿，就像是也想见到她。

洗完澡，热水冲刷掉一天的疲惫，华羽躺被子里给平倬发了条微信。

【谢谢你今天的外套。】

平倬很快回过来。

【没冻到就好。】

压根儿没提她生理期这回事儿，他是真的好体贴好绅士呀。

华羽倏地想起来，今天他们都没互相介绍。

她知道他是谁，难道他也知道自己吗？

不一定吧？

华羽自问在学校里没那么大名气，她也就在新生晚会上火了一把，其他时候都挺低调的。

华羽：【那个，自我介绍一下，我叫华羽，是工商系的。】

几秒后。

平倬：【知道。】

因为他这句话，华羽兴奋到凌晨三点都没睡着。

他居然知道她！

啊啊啊！！！

那他这么常来找她，愿意借衣服给她，是不是说明对她其实是有好感的？

第二天起来，华羽跟平倬约好下午六点还他外套。

她想着到时候再借机请他吃个饭。

早上上完小班课，华羽跟文戈在教室里自习。

她不喜欢跟人挤，大部分时候都十二点半才去吃饭。

因为昨晚的事，两人的话题转到平倬身上，聊着聊着，就聊到了平倬会不会喜欢华羽。

文戈："如果看论坛，感觉平倬送过学校一半的女生回宿舍，发生在别人身上肯定就只是绅士。"

华羽被这数据吓到："这也太夸张了吧，有些人肯定是凑热闹乱写的，怎么可能那么多？他也不是每天都送女生回宿舍，被拍到的也没几个。"

文戈："肯定大部分都是在瞎嗨的呀，但是我觉得，小羽，你这么美又性感，除非平倬不是个男人，否则他一定对你有想法的。"

华羽："哪有这么夸张。"

但她心里也这么觉得，倒不是说她有多美，而是平倬后来去舞蹈音乐楼比之前频繁很多。

这件事当然不好直接跟文戈说，华羽歪着头问："那要不要打个赌？"

文戈："什么赌？"

华羽声音里透着愉悦："赌平倬会不会成为我男朋友？"

文戈来了兴致："好呀，赌注是什么？"

"要是我赢了，你就送我我偶像年底的演唱会 VIP 门票；要是我输了你就……"华羽俏皮地眨了眨眼，"你随便提吧，反正我不会输的。"

文戈："那你要是输了，我就提一个你能做到的要求。"

华羽："成交！"

华羽低头笑，声音里透着丝甜："你说那么多女生追平倬都没追到，他要是成了我男朋友，是不是说明我也挺厉害的？"

文戈："那当然，我们小羽最厉害。"

华羽点头："那就说定了。"

文戈："好。"

华羽也不知道自己当时哪里来的信心，只知道后来一败涂地，没有男朋友，也输了赌注。

那天下午，华羽按照约定的时间去还衣服，平倬甚至都没出现，只让于钱帮他取了趟。

她提出请他吃饭，他也是很冷淡地回复"不用"。

华羽心里燃烧起来的火焰瞬间被浇灭。

但她不肯死心，她觉得也许他是有什么事情。

她仔细回忆了之后每次在舞蹈教室外的楼道跟平倬对视时他的眼神，还是觉得他不可能对她毫无感觉。

她向来大胆，干脆就直接发微信表白说喜欢他。

出乎意料，平倬对她连个拒绝都没有，直接忽略了她这条微信，半个字都没回复。

她也不知道哪儿来的勇气和执着，就是觉得要追到他。

她不知道该怎么追人，但觉得不应该对他造成太大困扰，所以就只是偶尔给平倬发条关心的微信，跟文戈一起去看他打场篮球之类的。

打篮球中场休息的时候，平倬偶尔在人群里看见她，很快就移开了视线。

他那双眼睛虽然是在笑，华羽却莫名觉得冷。

后来她几乎是已经完全确定他不喜欢她，甚至听见了他对南夏的告白。

但是不知道为什么，她就是不肯死心。

Part 03

两人在房间僵持几秒。

见华羽半天没动作，平倬又喊了声："起来。"

声音冷冷的，没有丝毫温度。

华羽不知道为什么，莫名委屈，生了病人本来就容易脆弱，他还这么凶她。

华羽紧紧抿唇，大颗晶莹剔透的眼泪往下落。

她很少哭，平时都倔得要命。

平倬立刻就心软了："怎么总这么怕去医院？"

他扯了张纸巾，替她擦眼泪。

眼泪落到他手上，还带着温热。

平倬哄她："好，不去医院，我拿个冰毛巾帮你敷一下，嗯？"

华羽接过他手上的纸巾，没应声，点了点头。

平倬很快就回来了，手上拿着叠好的毛巾，让她躺好。

华羽躺下。

冰冰凉凉的毛巾敷在额间，很舒服。

平倬坐在床上，替她盖好被子："你睡一会儿，两个小时后要是烧再不退，就一定得跟我去医院了，好不好？"

他温柔起来是真温柔，像是十里春风。

华羽很喜欢他现在的样子，透着宠溺和亲昵。

她低低"嗯"了声。

平倬伸手摸了摸她的脸颊:"睡吧。"

平倬身上传来熟悉的味道和安心的感觉,华羽闭上眼,很快睡着了。

她这一觉睡得很安稳,醒来时天色已经有些亮了。

她一转头就看见平倬的脸,干净利落的下颌,秀挺的鼻子。

他就睡在她旁边,衣服都没脱,随便盖了条毯子。

怕吵醒他,华羽小心翼翼地摸到床头柜上的手机看了眼,才六点。

烧应该已经退了,全身都是发烧过后的肌肉酸痛感,华羽口干舌燥,起身想喝水,发现床头放着一个保温杯。

这个杯子是某家的网红产品,她看见营销随手买的,从没用过。

华羽伸手拿过来打开,里面果然是热水。

她喝了几口,觉得嗓子滋润了很多。

平倬要是真关心起人来,这些细节真是要命。

华羽把保温杯放回去,重新躺好,打算再眯一会儿。

平倬突然出声:"醒了?"

华羽点头:"抱歉,吵醒你了吗?"

平倬:"没事儿。"他伸手摸了摸华羽额头,"还烧吗?"

华羽:"应该不烧了。"

平倬蹙眉,觉得用手摸着仿佛还是有些烫。

他稍稍起身,用额头去贴她的。

额头上肌肤传来温热的触感,他的眼睛就悬在她眼睛上,卷而翘的睫毛像蝴蝶翅膀似的轻轻颤动。

鼻尖也贴着她的鼻尖,只有唇间稍微隔着点距离,但也能察觉到他温热的呼吸。

华羽的手稍稍用力,捏住被子,抿唇:"是……不烧了吧?"

平倬目光本来是游离的,闻言看向她。

他眼神柔和,漆黑如墨的眸子里映着她的样子。

华羽心跳得厉害。

平倬嘴角勾了勾,唇又刻意往下挪了一分,几乎就要贴住她的。

他从胸腔里发出声极低的笑:"是不烧了,又能给我欺负了。"

华羽脸红了。

暧昧在空气中涌动。

华羽不敢再跟他对视,伸手去推他的胸膛,小声说:"你干吗呀?"

声音甜软,像是撒娇。

平倬一只手撑着身体,腾出一只手替她理了理散乱的头发,手指从她侧脸划过,像是带了细微的电流。

他声音里带着几分笑意:"欺负你呀,给不给欺负?"

华羽看着他,明明知道他是在逗她,她还是点了下头。

平倬轻轻捏了捏她的脸:"生病了这么乖?"

华羽垂下眼帘。

她病刚好,平倬当然不可能真欺负她,也没跟她计较的意思。

他问:"还想睡吗?"

华羽看他精神不大好的样子,觉得他昨晚肯定没睡好,于是说:"想睡。"

平倬:"给我抱着?"

华羽很乖地缩进他怀里。

他怀抱温暖又好闻。

两人又睡了会儿,九点的时候平倬再次醒来,华羽也跟着醒了,睡眼惺忪地看着他。

瞧见她巴掌大小的脸和性感的唇,平倬没忍住在她脸上摸了把:"去给你弄早餐。"

华羽:"你会?"

平倬扬眉。

华羽:"你不用上班吗?"

平倬自己家开的设计公司,他还挺忙的,经常周六周日都加班。

平倬一笑:"那不得对你负责?"

负责……

华羽想起来,大学那次,他也是这么说的。

那时她要连着输三天液。

平倬每天陪她去医院输液,再把她送回家,照顾了她三天,课都没上。

其实第二天的时候她就没什么事儿了,但平倬说她脸色不好,坚持留下来。

他就睡客厅的沙发。

华羽觉得,他好像也没她想的那么渣。

白天没什么事儿,两人也不太熟,说起话来总觉得像陌生人。

平倬干脆买了副牌,跟她在床上玩斗地主。

华羽的爸妈都爱玩麻将和扑克,过年总带着她玩儿,所以两个人手里有什么牌她一猜就猜出来了。

平倬连输三局,惨不忍睹。

平倬边收牌边看着她笑:"是我小看你了,那我认真了。"

华羽:"一般输了的人都这么说。"

平倬:"行,你赢了,让你嚣张一会儿。"他伸手把洗好的牌在床上一把抹开，"来吧。"
　　华羽半靠在床上，看他坐在床边回头摸牌实在别扭，就说："要不你也躺上来吧。"
　　已经玩了一会儿，两人熟悉起来，气氛也变得轻松。
　　平倬没客气，直接躺了上来。
　　华羽："要不要玩个筹码之类的？不然好像没什么意思。"
　　平倬扬眉："你想玩什么筹码？"
　　华羽："谁要是输了，对方能随便问你问题，你必须回答。"
　　平倬："行。"
　　第一局，平倬输了。
　　他牌太差，拿到牌就知道要输。
　　愿赌服输，平倬很放松："你问吧。"
　　华羽抿了抿唇，还是问："你跟之前的女朋友，谈了多久呀？"
　　她太好奇了，想知道他以前的所有。
　　平倬想了下："没多久，高三毕业后在一起的，不到十个月。"
　　第二局，平倬又输了。
　　华羽："那你们……"
　　她停顿片刻，话到嘴边变成："是怎么分手的？"
　　平倬看着她："你不都知道了？"
　　好像是。
　　华羽只好说："但是知道得不全。"
　　平倬大概讲了下，跟她那天听到的故事没什么差别，就是女生没忍住寂寞跟别人跑了。
　　华羽又问："那你为什么还让那个男人来接她呀？"
　　明明是那个女生对不起他，干吗还要成全她？
　　平倬笑了声："你不觉得——她迟早会甩了那男人吗？"
　　华羽一愣：所以这是，报复回去？
　　平倬："再来。"
　　他终于赢了一局。
　　华羽不知道他会问什么，还有点紧张。
　　平倬："那晚，疼得厉害吗？"
　　他本来根本不用问这个，但医生说她受了伤，他又拿不太准了。
　　华羽垂眸："就……只有一下挺疼的。"
　　平倬把牌推到一边儿，往她身前靠了靠："其他都挺好？"
　　他明明是一本正经的表情，问出来的话简直羞耻。

华羽："你个流氓。"

平倬轻轻一笑，手撑着脑袋躺在她旁边："要不算了，想问什么直接问，还打什么牌？"

华羽刚要问，平倬手机突然响了。

他稍微挪了下身子，接起来。

他这么一动，胳膊肘恰好压到了华羽的头发。

头皮的痛感瞬间传来，华羽没忍住大声说："头发，你压到我头发了。"

平倬起身。

手机里传来于钱激动的声音："一个女人说你压到她的头发了？！"

平倬声调懒懒的："所以？"

于钱："牛啊，你比我哥还能耐，这两天没回来就是出去泡妞了？这几点，大白天的还在床上？不是人！你太不是人了！"

华羽也意识到她刚才出声的事儿，瞬间脸红。

平倬倒是很淡定，声音还带着点儿慵懒："只是在床上斗地主而已。"

于钱沉默几秒，又骂："你是不是觉得我是傻子？明天专业课老师要带实物过来教裁剪，点名哈，你爱来不来。"

手机被挂断，屋子里又安静了几秒。

华羽有点儿尴尬："我已经好了，你明天就回去上课吧。"

平倬："裁剪我早学过了，没事儿。"

华羽抬头看他，问："你为什么对我这么好呀？"

平倬理所当然道："负责啊，把你弄成这样不照顾，那我不就真成了……"他缓缓吐出两个字，"禽兽？"

华羽看了他一会儿，突然问："你喜欢我吗？"

平倬像是听到了什么好笑的事，反问："那你喜欢我吗？"

他表情像是带了讥讽。

华羽被他语气刺痛，说："我当然喜欢，要不然怎么会……"

她慢慢低下头，没把后面的话说出口。

平倬坐回床边，抬手捏住她的下巴，强迫她抬头，问："真喜欢我？"

他的双眸是冷淡的。

华羽一双眼里闪着真诚的光，点头："真的。"

很难想象，这样一张美丽动人的脸会骗人。

平倬："看过《倚天屠龙记》吗？"

华羽一愣："什么？"

她当然看过，但不知道他要说什么。

平倬笑了："果然是越漂亮的女人，越会骗人。"

华羽:"我没骗你。"

平倬已经不想再听:"换衣服,该去医院了。"

他们最终再也没聊过这个问题。

华羽猜测,也许是因为他被前任伤到,所以暂时不敢信她。

华羽病好以后,平倬就回学校了。

但她后来又缠了他很久,他还是没怎么理她,也再没来过舞蹈楼。

两人偶尔在校园里碰到,就像是陌生人。

这件事仿佛不过真的是一场露水情缘。

分明就是个渣到极点的行径,华羽也不知道自己为什么还惦记他。

再后来,就是论坛上各种关于平倬、顾深和南夏三角恋的消息,说南夏这种清纯脸,就是每个男人心目中的完美初恋,还说顾深和平倬为了南夏在图书馆前打了一架,最后平倬把南夏带走了。

华羽刷着论坛,心口堵得慌。

有时候,她会站在楼道尽头平倬经常站的地方,看着外面的风景,想象他当时站在这儿的心情。

时间到了年底,华羽也只能愿赌服输,让文戈随便提要求。

文戈知道她这阵子一直都不开心,就想给她介绍个男朋友转移注意力。

"有个特别好的男生,人真的特别好,特别喜欢你,暗恋你一年多了,你去跟他约一次会吧?"

华羽:"我真没心情,能不能换个别的?"

文戈:"不行,新欢才是忘掉旧爱的最好办法。"

华羽实在拗不过文戈,也知道文戈是好意,最终还是答应去了。

两人约在学校附近一个小餐厅吃烤鱼。

男生叫杨奕,跟她们同届同系的,上课的时候应该见过,华羽对他有印象。

他个子很高,看起来像是运动系少年,阳光开朗,人也很细心,吃饭的时候倒水很勤。

吃完饭,两人在校园里随便溜达。

杨奕眼里闪着愉悦的光:"文戈应该跟你说了,我真的很喜欢你,从第一次在舞台上见到你就喜欢,你不知道你有多耀眼。"

他断断续续说了很多,大约都是他在哪儿遇见她,她如何让他心动之类的话,最后,又很体贴地说:"但是你也不用有压力,我知道你一直没找男朋友,要求肯定很高,所以我们可以慢慢来,先相处看看。"

华羽思绪是游离的,她几乎没怎么认真听他说话,但她知道她对他没感觉。
　　她直接说:"很抱歉,我有喜欢的人了。"
　　杨奕眼里的光灭了下,很快说:"没关系,那我们可以当朋友吗?"
　　华羽知道他没死心,但也不好再说更直白的话,于是点点头。
　　她住校外,杨奕把她送到南门口。
　　快到的时候,恰好遇见平倬那帮人。
　　华羽隐约听见于钱说:"那不是我女神华大美人吗?这是挑这么久终于有男朋友了?"
　　她脚步稍微停顿了下,目光不由自主向平倬看去。
　　平倬讥诮地勾了下唇,很随意地扫了她一眼,很快移开目光。
　　两人擦肩而过。
　　华羽好一会儿没缓过神,又走了几步,没忍住回头看了眼。
　　平倬的背影还是跟初见时一样,出色到顶尖。
　　耳边忽然传来杨奕的话:"你是不是喜欢平倬?"
　　华羽一愣:"你怎么知道?"
　　杨奕:"你刚目光一直在他身上。"
　　这么明显吗?
　　华羽:"抱歉,我……"
　　杨奕:"没关系,你有喜欢人的自由。"
　　华羽:"谢谢你,那我就先走了。"
　　她独自开车回了公寓。
　　杨奕果然没放弃她的意思,后来还不时会给她发微信,内容都不会太过分。
　　出于礼貌,华羽也回复了几次。

　　再次见到平倬,是学校的篮球比赛。
　　工商系对服装设计系。
　　知道平倬会出现,又是自己系里的比赛,再加上不少男生发微信希望她能出席当啦啦队长,华羽就去了。
　　啦啦队的位置在第一排。
　　蓝白色的运动套装短裙,露着腰和大长腿,华羽简直一枝独秀。
　　不少男生的目光都往这边瞟。
　　于钱球技不行,这回只能当替补。
　　他坐在第一排指着对面,跟平倬说:"我女神那腰绝了,居然有马甲线,你看见没?"

平倬视线扫过去。

一排年轻漂亮的小姑娘露着腰，就华羽最有力量美，毫无一丝赘肉。

他想起手停在她腰上的滋味，莫名滚动了下喉结。

有个穿着篮球服的男生走到华羽旁边说了句什么，华羽抬手把水递给他。

两人姿态亲昵。

于钱先看不过去了："那男生不是上次咱们撞见的那个吗？真好了？我女神这么一朵玫瑰，怎么能插在牛粪上？"

平倬没应声，淡漠地收回目光。

杨奕也在系里的篮球队，他篮球打得不错，对自己很有信心。

他仰头喝了几口水，把矿泉水瓶递给华羽："方便帮我拿一下吗？谢谢。"

华羽点头，目光看向对面。平倬一眼都没往这边看，像是对她漠不关心。

杨奕低头看她："你今天真美。"

华羽："谢谢。"

旁边小姑娘打趣："只有今天美吗？你怎么说话的？"

杨奕低笑了声："是，每天都美。"

华羽对他没什么兴趣，干脆走到后排，跟文戈坐到了一块儿。

篮球赛很快开始。

顾深和平倬都上场，场面一度炸裂，给服装院加油的人数不胜数。

工商系完全打不过，不仅气势上打不过，实际上场后也打不过。

上半场结束后，比分是惨不忍睹的22：59。

中场休息，双方啦啦队上场。

本来能跟华羽一争高下的也就一个南夏，但不知道为什么，她今天没来。

所以华羽带领的啦啦队一出场，全场男生都沸腾了。

口哨声欢呼声不绝于耳，直到下半场比赛重新开始才消散。

杨奕看了华羽很久，发现她对自己毫无兴趣，目光不时去寻找对面那个平倬，再加上大比分落后，他突然发狠，身体向平倬撞去。

平倬反应灵敏，直接闪避开，把球传给顾深。

一个扣篮，又是2分。

接下来场面激烈得厉害，工商系那群人不知发了什么疯，一个个都往平倬身上撞，裁判吹了几次口哨，给了三个黄牌一个红牌。

比赛最后毫无悬念地结束。

于钱上来递了两瓶水给平倬和顾深，说："那人有毛病？怎么一直撞平倬？你没事儿吧？"

平倬淡声，扯了下嘴角："没事儿。"

人群陆陆续续地往外走。

工商系虽然输了，但女生们都觉得输得理所当然，也没很难过。

华羽自然是看见了工商系男生针对平倬的场景，但她是工商系的，周围男生又解释说平倬和顾深太有默契，非得拆掉一个才有可能赢，也没想太多。

她看了平倬几眼，觉得他应该没什么大事儿，本来想发一条恭喜的微信，犹豫后又觉得没必要，便跟文戈结伴往外走。

吃完晚饭，华羽正要回去，突然收到杨奕的微信。

【晚上八点室内篮球场，我跟平倬约了个人篮球比赛，你来看吗？】

华羽不解：【你怎么约他？】

还没等到回复，华羽又说：【我去。】

这么私人的事，华羽没找文戈，自己去了学校的室内篮球场。

她到的时候，平倬和杨奕都已经到了。

偌大的室内篮球场里只有他们三个人。

昏黄的灯开着。

华羽换下了啦啦队服，穿着件白色大衣外套，里头是件黑色长裙。

杨奕先跟她打招呼："你来了。"

华羽点头，看了平倬一眼，视线又转回到杨奕身上："你为什么约他？"

杨奕："觉得他身手还不错。"

平倬面无表情，看见华羽也没什么反应，像是不认识她。

他漫不经心地拍着手里的篮球，有一下没一下地砸在地面，空荡的场馆里响起回声。

杨奕："那开始吧，先到 20 分算赢。"

平倬淡声："行。"

杨奕之所以约平倬，是因为知道平倬受了伤。

今天在场上，他和队友不止撞了平倬一次，平倬现在腿上胳膊上瘀青应该不会少，状态自然下滑。

若是平时，他没把握能赢下平倬，但今天他一定可以。

果然不到十分钟，他就赢了。

平倬才只得了 2 分。

杨奕嚣张地扬扬眉："我赢了。"

他看向华羽，露出炫耀的表情，脸上简直明晃晃刻着一行字：我比你看上的男人强。

华羽有点无语，更觉得今天这事儿像个幼稚的闹剧。

虽然不知道为什么,但她清楚地感觉到平倬根本就没认真跟杨奕玩,心不在焉的,像是在逗他,跟比赛场上根本不是一个人。

华羽无意去追问原因,只是期待这场闹剧赶快结束,点头:"恭喜你。"

她正准备离开时,看到杨奕不知天高地厚地跟平倬又说了一遍:"我赢了你。"

平倬眉毛一扬,笑了:"所以?"

杨奕一愣。

平倬突然把手里的篮球往外一扔,迈步向华羽走过去,捏住她的下巴,不由分说吻了上来,带着极强的侵略性。

他撬开她的齿关,扫荡进去,仿佛攻城掠地一般。

华羽全然没料到他这动作,脑海里轰的一声,仿佛烟花炸开。

她没躲,还伸手轻轻拽住他胸前宽大的篮球服,唇舌跟他的缠在一起。

短短数秒的时间,仿佛被拉长到十几分钟。

平倬含住她的唇珠,轻轻一舔,放开她。

他没再看旁边目瞪口呆的男生,只问了华羽一句:"跟我走吗?"

华羽也没看杨奕,轻轻点了下头。

平倬搂住她的腰,拿起旁边的大衣,扬长而去。

华羽一颗心像是要跳出来,她就这么被带出了篮球馆。

外头天都黑了,刮着冬天透骨的冷风。

第二天清晨,华羽醒来,看见平倬慢条斯理地穿着白色衬衫,衬衫上没有一丝褶皱。

她也不太明白,自己怎么又稀里糊涂地跟他来了酒店。

他对她简直有无法抗拒的吸引力。

平倬开口,声音冷淡:"要我送你回去吗?"

华羽别过脸,心里憋着一股劲儿:"不用。"

平倬:"有不舒服给我打电话。"

华羽低下了头。

平倬:"客房登记在我名下,你想住到什么时候都行,我有点儿事儿,先走了。"

他毫无留恋地离开。

华羽双手抱头,觉得荒唐到了极点。

他才说了几个字,她就跟他走了?

简直是中了邪。

华羽洗了个澡,打车回到家。

当天晚上，平倬给她打来电话："有没有不舒服？"

华羽的脸臊得慌："没。"

平倬"嗯"了声，也没再说别的。

后来杨奕很识相地没再找过华羽，她跟平倬就这么纠缠在了一起，大部分时候是他主动找她。

她偶尔也主动找过他，他也没拒绝过。

两人就这么一直持续到大学毕业。

毕业前那晚，是两人大学期间最后一次睡在一起。

华羽像是藤蔓般缠在平倬身上，跟他做最后的告白。

结束后，他什么也没说，她也是，两人就这么告别了。

后来华羽听说南夏出了国，平倬和顾深深夜在酒吧一起买醉。

再次遇见，是纯属偶然。

文戈说新开了个酒吧，叫十六楼，安静文艺，适合姐妹聊天小酌，要带她过去。

去了几次后，华羽也喜欢上了这地方，有时候文戈没时间，她就自己过来喝几杯。

直到有一天，在角落里的华羽看见了吧台上熟悉的身影。

绅士斯文，举手投足透着优雅。

不过半个小时，过去加他微信的女人已经有七八个。

他眸子里透着淡漠，像是漫不经心，也没在意，直接都加了。

后来有个女人很大胆，直接假装摔倒，跌进了他怀里。

他的嘴角似乎扯了个笑容，也没推开那个女人，低头不知说了句什么，那女人害羞似的红着脸跑开了。

他一如既往地受欢迎。

这就是真实的他吗？

算了算时间，应该有半年没见了。

也许这半年，他每天都有不同的女人。

华羽喝了酒，抬步走了过去。

平倬目不转睛地盯着她。

女人越发性感成熟，吊带深V红色连衣裙，高开衩的裙子底下是大长腿，波浪鬈发被拨到一侧，露出另外一侧白皙而略显丰腴的肩膀。

她要了杯酒，在平倬旁边径直坐下，笑得妩媚："好久不见。"

平倬跟她淡淡碰了下杯。

华羽调笑道："刚才那么多女人自荐枕席，打算选哪个陪你过夜？"

平倬半眯了双眼。
华羽伸手在他衬衫衣襟前由上到下划过："又或者……我怎么样？"
平倬捏住她的手腕，付了钱，直接拽着她往外走。
两人就这么又恢复了联系。
华羽没问过他有没有别的女人，平倬也没问过她有没有别的男人。
又或许，他知道她没有。
他知道她爱他，却又不肯信。

Part 04

厨房里传来一阵声响。
华羽喝了几口水，下床走出去。
光线从厨房的窗户射进来，衬得平倬整个人柔和又温暖。
他穿着白衬衫，戴着一个完全不相衬的白色条纹围裙——那是偶尔来她家里做饭和打扫卫生的阿姨常用的。
他背对着她，肩宽腰窄，隐约能看见衬衫底下有力的肌肉线条。
华羽轻轻抿唇。
从没想过有天能看见他进厨房的模样，温柔又让人觉得安心。
明明是这么好的男人，为什么偏偏对她这么渣？
平倬似乎察觉到了什么，回头看她一眼，说了句话，声音被淹没在抽油烟机的风声里。
华羽看他口型，猜到了，跑去浴室洗漱。
她洗漱完出来，饭桌上已经摆好了两份早餐。
三明治、牛奶和西蓝花。
平倬："病了要多吃有营养的东西。"
华羽点头，拿起三明治咬了口。
滚烫的，又酥又软，带着一点淡淡的奶香。
顶尖的男人。
外貌顶尖，身体顶尖，厨艺顶尖。
平倬看她的表情，有些意外："不好吃？"
华羽："不是，很好吃。"
只是一个简单的三明治罢了，为什么会觉得这么好吃？
饭吃到一半儿，平倬电话响了，他接起来听了会儿："我下午回去，你们先谈。"
听上去应该是工作上的事儿。
华羽闷头喝了口牛奶。

吃完早饭，平倬把碗收拾了，又问她还有没有哪里不舒服。

华羽没回答，问他："你要走了吗？"

平倬起身去拿挂在门口衣架上的外套，说："公司有点事儿，你要是……"

见华羽垂下眼帘，不太高兴的样子，平倬顿住了。

华羽抬起头，睫毛上有点儿湿润，小声说："我还是不太舒服。"

要搁平常，她说不出来这种话，但如今的确身体还没什么力气，加上她觉得跟平倬处于断裂的边缘，不知道什么时候她可能就再见不到他，她声音不自觉地放软。

平倬扯了下衬衫衣领，微笑说："你生个病怎么这么黏人？"

虽然看起来是责怪的话，但声音里莫名带了点儿宠溺。

华羽没说话。

平倬把外套往沙发上一扔，走到她身边，俯身用胳膊松散地圈住她："行，照顾你，不过你电脑借我用下，我过来没带电脑。"

华羽点头："好。"

她从卧室找来电脑递给他。

两人坐在沙发上。

平倬把电脑打开："密码？"

等了几秒，华羽才开始慢吞吞报密码："pzsgdzn！"

她报得实在太慢了，平倬看出点儿端倪，把密码输进来后又想了遍，扬眉："你密码是——平倬是个大渣男？"

没想到他居然能瞬间解码。

华羽立刻尴尬道："不是。"

她哪能承认。

平倬侧头看她，淡淡地问："那什么意思？"

她脸色依旧苍白，只是比昨天略微气色好了点，一脸心虚地看着他。

平倬含笑问："来说说，我哪儿渣了？"

这还要说？

好多事情一摆在台面上就没意思了，说开后哪儿还能像现在这么相处。

华羽绝对不认："真的不是你说的那个意思。"

平倬向来不太关注她的事儿，今天不知道怎么来了兴致，开始刨根问底。

他懒懒道："那什么意思？"

华羽在脑海里浮现出无数字母的排列组合，平倬就那么闲闲看着她，似乎想知道她能翻出什么花样儿来。

五分钟后，华羽双手一拍："是——拍着手跟党走。"

平侔被她逗笑了:"那还有个 n 是什么?"

华羽一本正经地说:"呢——是拍着手跟党走呢。"

平侔笑到肩膀抽搐,也没跟她一般见识,开始回邮件。

华羽开着电视,手上拿着手机,坐了会儿就觉得累,不停调整姿势。

平侔:"不用陪我,累了就回里面睡。"

华羽:"不累。"

平侔看了她一眼,伸手把笔记本抬起来:"腿放上来?"

那意思,让她把腿搭他腿上躺下。

华羽很快把腿搭了上去。

平侔这才重新把电脑放她小腿上回邮件。

白皙骨感的脚腕在一旁晃眼得厉害,平侔喉结滚动了下,收回思绪,开始跟公司的人开会。

会议开了很久,中间华羽又把腿拿下来,坐他旁边。

快中午的时候,平侔把手机解开密码扔给她,让她想吃什么自己点。

这是她第一次碰到他的手机。

他注意力都集中在会议里,一眼都没往旁边看。

华羽点好餐后,心跳得飞快,突然想看一眼他手机里微信,但想了想,还是作罢,把手机还给他。

平侔顺手付了钱。

等餐到了,会议还没结束,平侔示意华羽先吃。

华羽点的饺子,也不知道为什么,突然很想吃。

饺子容易凉,华羽把餐盒里的饺子倒进碗里,拿来筷子跑到平侔旁边。

平侔轻声说:"我等会儿,你先吃。"

华羽想了想,夹起一个饺子,喂到他嘴边。

平侔稍顿。

耳机里同事还在汇报工作,眼前是张明媚动人的脸。

平侔张了嘴,把饺子吃进去。

华羽还挺高兴,自己也吃了一个,又来喂平侔。

平侔沉声:"行了,休息一个半小时,大家先去吃饭,下午两点半再继续。"

他挂了电话,"啪"一声合上电脑,放到一边儿,看着她:"先吃饭,行了?"

华羽含笑点头。

吃完饭,平侔又接着去开会。

华羽有点累了,回房间睡觉。

她睡得迷迷糊糊，不知道什么时候平倬进来了，躺到了她旁边。

她伸手摸到他的胳膊，往他怀里钻。

平倬低笑了声。

很久没见过她这样了，尤其是毕业后，她每回见他都像是带着刺，倔强又骄傲。

两人在床上契合得厉害，他喜欢的她都喜欢，他偶尔骂句脏话她也能应，但下了床就跟不认识人似的，像是把他当情人。

他也不知道怎么回事儿，就一头扎进去，还越来越认真了，想着这么长长久久地下去也挺好，结果前阵子她突然说要去相亲。

他当时也是气狠了，想不通他在她这儿到底算什么？

但她一生病，真的乖，跟平时简直不是同一个人。

平倬想起大学她生病那回，也是莫名柔软黏人，他没忍住，爱怜地揉了揉她的脑袋。

华羽醒了，抬头看他。

平倬："再睡晚上要失眠了。"

华羽点头，枕在他肩膀上，也没打算继续睡。

平倬指腹在她唇上轻轻蹭了蹭，问："为什么突然去相亲？"

他这会儿冷静下来，仔细琢磨了下这件事。

那男人各项条件相对于普通人来说虽然还算不错，但在华羽这儿就很一般了。

凭她，想要什么样的男人没有？

他声音温和，没有任何追究的意思，像是很平常地跟她聊天。

华羽往他怀里蹭了蹭。

他伸手抱住她的肩膀，力道紧了几分。

华羽心头一酸。

她太喜欢他们之间现在这种氛围了，温馨得简直像一对恋人。

她跟他鲜有这么温存的时候。

华羽很乖顺地回答了他的问题："就是之前我爸妈催婚，觉得我年纪也不小了。"

平倬"嗯"了声，指尖不知什么时候随意地缠绕着她的鬓发，问："然后？"

华羽："然后我觉得，我也该谈一个正经的恋爱……"

她手放在他胸前，无意识地去抓他的衬衫衣襟，没敢再往下说。

平倬蹙眉，想起刚才她那个电脑密码，又想到她这用词——正经的恋爱。

他疑惑道："我能问个问题吗？"

华羽:"嗯。"
平偼:"你觉得……我到底哪儿渣了?"
华羽把头埋在他怀里,不想说话。
平偼低头,想把她从怀里扯出来:"我很认真地问。"
华羽死活不出来。
她不说,平偼只好自己提:"是我对你太冷淡了?"
华羽怕这事儿她真说出来两人这关系就直接破灭,她胡乱地点头:"嗯。"
平偼思索片刻,没再说什么,伸手摸了摸她的锁骨,问:"你想结婚了?"
这话听上去,简直就像是经典分手前奏——
你想结婚了?可惜,那就没法再玩儿了。
华羽手蜷缩起来,垂睫:"早晚要结婚的。"
平偼笑了声:"说的也是。"
他揉了她脑袋一下,起身:"晚上想吃什么?我出去买点菜,给你煮个海鲜粥?"
华羽有些诧异:"可以吗?"
平偼:"有什么不可以?"他很轻地吻了吻她的额头,"你等我一会儿。"
温热的触感落在肌肤上。
门被关上,屋子里空荡荡的。
华羽开心得几乎快跳了起来。
她甚至在想,可能她误会了,平偼也是喜欢她的。
起码今天看起来,是越来越喜欢她了。
平偼很快买回来虾和螃蟹,煮了海鲜粥,又做了两个小菜。
现煮的海鲜粥香气扑鼻,华羽喝了两碗。
平偼含笑看她:"你也不算很难养。"
华羽略微害羞地点了下头,打算起身去刷碗,被平偼按下了。
"我来。"
厨房里传来水声。
华羽在沙发上坐着看电视。
很快,平偼就洗好碗进来了
冬天的天色很快就暗了,平偼顺手把客厅窗帘拉上,走过来坐她身边。
他小臂肌肉线条干净利落,还挂着几颗水珠,衬衫衣袖平整地卷起到胳膊肘处。
他很自然地揽住她的肩膀。
华羽呼吸慢了几分。
两人就这么看了会儿电视。

平倬忽地转头看她。

华羽跟他对视。

电视里响起夸张的广告声。

她红唇娇艳，看得平倬心头一荡。

可是她病刚好，他没敢造次，只亲了她一会儿，就缓缓放开了她。

他伸手撩开她的头发，捧着她一张小脸："那我走了，嗯？再留下来……"

他真怕忍不住。

他话没说完，华羽却完全明白了他的意思，瞬间就变了脸色。

平倬："怎么了？不舒服？"

华羽："那你……会找别人吗？"

平倬像是觉得荒唐："什么？"

华羽声音听着有点儿委屈："就是……你今晚会去找别人吗？"

她还是把范围缩到了今晚。

平倬皱眉。

华羽别开脸。

平倬抬手把她的脸扭回来："为什么这么问？"

华羽不知道该怎么说，咬唇。

平倬把大拇指放在她唇上，轻声道："别咬。"他很有耐心地又问了一遍，"为什么这么问？"

华羽没说话。

平倬："为什么觉得我会去找别人？"

华羽："你本来就……"

她顿住。

平倬淡声问："本来就什么？"

华羽停顿了会儿，说："本来就女人多。"

平倬一愣。

既然已经说出口，华羽就干脆接着说了，但没敢提"南夏"这个名字。

在她的认知里，平倬喜欢南夏喜欢得不得了，她不敢提，也不敢跟南夏比。

但别的女人，就不一定了。

她觉得，她在平倬心里还是有那么一点地位的。

她说："你还记不记得毕业后，我们在十六楼酒吧第一次见面的场景？"

平倬笑起来，眉眼分外柔和："跟我翻旧账啊？"

华羽："是你让我说的。"

平倬:"行,你翻,让我听听。"

华羽现在想起来还是有点儿生气:"当时好几个女人都去找你加了联系方式。"

平倬不置可否。

那晚的事情他记忆尤新。

毕业后南夏出了国,顾深在十六楼颓废了好一阵子,他都一直陪着。

后来有一天,顾深突然就决定接手倾城的一些事业,也就不再喝酒。

但平倬已经养成了去十六楼的习惯,觉得那儿安安静静又熟悉,不时去小酌几杯。

每天都有女人上来加他微信。

大学里挡过那么多女人,他拒绝人的手法自然也娴熟得厉害,自然也没有过什么女人。

那晚,他刚一进来坐到吧台,还没点酒,就听到身后几个男人议论:"那边来了个妞儿,真的正。"

连调酒师也笑着跟他说:"真的顶级中的顶级,我也没见过这么美的。"

这就是极高的赞扬了。

平倬脑海里莫名浮现出华羽的身影。

他顿了下,去翻手机,在文戈的微信朋友圈里了解到了华羽的近况。

两人手里拿着棉花糖,拍了张甜甜的照片。

毕业那晚后,他就再没找过华羽,却也没能忘掉她。

华羽不知道是朋友圈没发照片还是把他屏蔽了,他看不见她任何动态。

调酒师看平倬心不在焉,以为他不信,把酒推到他面前:"真的,不信你看一眼,就看一眼。"调酒师低头瞟见平倬手机里的照片,"哟,别说,跟这位还真有点儿像。"

平倬抬眸:"跟谁?"

调酒师指着照片里的华羽:"她呀。"

平倬一怔,下意识回头。

暗处角落里,女人性感妩媚,独自在角落里喝酒,一颦一笑都那么勾人。

他看了几秒,收回视线,喝了口酒。

有个女人走了过来,朝他抛了个媚眼:"加个微信吗?"

也许是为了引起那人的注意,也许是什么别的原因,他划开手机屏幕,加了。

这个成功后,接下来四五个女人都过来加他微信。

他一一通过,然后随手就删了。

最后一个女生胆子大,借着点儿醉意直接往平倬怀里倒。

平倬估摸着华羽要跟他提这桩事儿。

果然下一秒，就听见她愤愤道："还有人投怀送抱，直接进了你怀里。"

平倬挑了下眉。

说起这个，华羽就生气："你还没推开她，要不是我过去，你肯定……"

华羽顿住。

平倬微微笑起来："怎么不接着说了？要不是你过去，然后呢？"

他低头，气息落在她耳边，温热的。

华羽咬牙："我不说了！说不出口！"

平倬低笑了声，搂住她的腰。

华羽脾气上来，去推他："放开我，渣男！"

平倬死死搂着她，低笑："就为这个，我就是大渣男了？"

华羽没说话。

他手摸着她腰上紧致的肌肉线条，在她耳边呵气："那我还不是跟你走了，嗯？这都不满意？"

他刻意压低声音，尾音带着点儿沙哑，性感撩人。

华羽："那是因为我出现了，你当然应该……"

她又顿住。

平倬把她整个人抱在怀里圈住，声音里带着调笑："你出现了，我为什么就得跟你走？"

他前胸贴着她后背，滚烫的温度传来，华羽脸上也烫得厉害，说不出话。

平倬低笑了声，吻住她的耳垂。

他声音很轻，因为离得近，她听得十分清楚。

他说："我的确是没推开她，因为我跟她说——"

华羽回头去看他。

他眉眼认真，含着笑意："我跟她说，我也不是什么人都要的。"

"我也不是什么人都要的。"

这句话在华羽脑海里反复回荡了好几次。

平倬轻轻吻着她的耳垂，低声问："明白吗？"

华羽不太相信，稍稍推开他的胳膊。

他的唇离开她耳垂。

华羽："我才不信，你抱她那个动作，分明就是老手。"

平倬挑眉，仔细回忆了下当时的情况："我哪有抱她？我动都没动她。"

华羽想起来好像是这么回事儿，但还是说："那你没推开她这行为，分明就是个老手。"

平倬温声笑了笑："吃醋啊？"

华羽:"我才没。"
平倬:"怎么就老手了？她倒我怀里我都没反应过来，老手怎么着也得顺手去抱她一把。"
这是什么逻辑？
华羽咬牙:"你的意思，你没抱她很遗憾？"
平倬轻轻笑起来，格外温柔，把她圈在怀里:"我一点儿都不遗憾。"
他伸手插进她发间，在她额头边亲吻，压低声音:"那晚唯一的遗憾是——没多听一会儿你婉转动听的声音。"
华羽骂他:"流氓。"
平倬笑了:"你不就喜欢我这样？"
他手掌抚过她腰间，一寸寸摩挲。
华羽轻轻颤抖着，没说话。
平倬:"你翻我的旧账，我是不是也得跟你算一算账？"
华羽:"我怎么了？"
平倬声音明显淡了几分:"跟人出去玩得开心吗？"
华羽心虚，小声说:"你让我去的。"
平倬快被她气死了:"我让你去你就去？我……"
华羽咬唇，一张小脸苍白又倔强。
平倬想起她病还没好全，生生把剩下的话咽了回去。
他微闭了眼，平息怒火。
几秒后，他睁开双眼，语气已经恢复平静:"别吃醋了，今晚我留下来。"
他爱怜地吻了吻她的头发，起身去了浴室。
华羽腰间还泛着丝酥麻感，等这点儿感觉慢慢退散，想着平倬全身怒意又没发火和说要留下来的模样，又甜甜地笑起来。
平倬很快洗完了，只围了条浴巾出来，光着上半身，皮肤又白，肌肉线条又清晰，身材极品。
突然见他赤裸上身的模样，华羽一怔，不觉红了脸。
平倬:"你是不是得给我准备件睡衣什么的？我在你这儿就这待遇？"
华羽想说"那我连你家都没去过呢，我什么待遇"。
她动了动唇，话一出口变成:"好。"
她也觉得自己不争气。
平倬躺上床，从背后把她抱住:"睡吧，还有……"
华羽:"嗯？"
平倬:"别再去相亲了。"
华羽没忍住问:"为什么呀？"

平倬冷声："因为我不让。"
这话是在说刚才她那句"你让我去的"。
言外之意，他让她去她就去，他不让她去她就不能去。
华羽不大愿意了："凭什么我要听你——哎——"
腰间一痛，他拧了她一把。
"再作试试？"
华羽低低"哦"了声，觉得这么被管，还挺甜的。

第二天，华羽是被温柔的吻弄醒的。
平倬的唇覆在她唇上，柔软又带着点儿湿润，动作很轻，温热的指腹在她锁骨上轻轻扫过，像是有着无限的爱怜。
她还有丝困意，眼睛睁不开，却伸手勾住了他的脖子去回应。
平倬从胸腔里发出声极低的笑，轻声说："我得走了，早餐给你点了，一会儿起来吃，有不舒服给我打电话，嗯？"
华羽无意识地"嗯"了声。
门"砰"的一声，华羽倏地清醒过来，才想起来平倬是说要走。
她鞋子都没来得及穿就冲了出去，打开门。
电梯已经关上了。
华羽光着脚在原地站了会儿，忽然觉得冷，才想起来回房间。
他就这么走了。
从没跟他这么亲昵过，就像是真的情侣。
这种亲昵感突然散去，她内心极度舍不得。
她摸了摸嘴角，想起早上那个温柔到极致的吻。
原来他可以这么温柔呀。
大约过了半个小时，早餐送来了，是滚烫的海鲜粥。
华羽眼眶一酸，跟人道谢后，拿出海鲜粥拍了张照片给平倬发过去。
【谢谢你，很好吃。】
谢谢你，对我这么温柔。
你能不能永远都对我这么温柔？
平倬很快回复过来：【好好照顾自己。】
华羽眼泪差点掉下来。
很快，平倬又发了句：【别总生病，我会担心。】
差点以为，他让她好好照顾自己，是要跟她告别了。
还好他又补了这么一句，让她悬着的心放了下来。

病好后，想起已经很久没回家了，华羽回去了趟。

一进门，方静柔就问她相亲相得怎么样，小伙子模样周正，还是硕士，家庭条件也不错，让她别太挑。

华羽直接说了："不怎么样，不打算见了，他手脚不规矩。"

方静柔没忍住骂旁边的华剑："你同事介绍的什么乱七八糟的人？"

华剑："我哪知道？是你非让人介绍的，我都说了让你别瞎忙活，让女儿自己慢慢挑。"

方静柔："还慢慢挑？她过了今年都二十七岁了，再挑下去都成老姑娘了。"

华剑："女儿有我这张脸，二十七岁怎么了？就是三十七她也能随便挑男人。"

方静柔："我呸，你要脸吗？女儿遗传的明明是我的脸。"

…………

一家人吵闹了一通，方静柔又说给华羽介绍："这回这个真的特别好，我见过本人，模样斯文绅士，特别有礼貌，绝对是个好孩子，是你刘阿姨大学同学的儿子。刘阿姨你知道吗？她的眼光绝对错不了。"

华羽想起平倬说的话，就直接拒绝了。

"要不算了吧，上次的事儿我还有点心有余悸，我暂时不想相亲了。"

华剑也说："你别瞎操心了，介绍的什么歪瓜裂枣。"

方静柔只好放弃。

在家里吃了顿饭，到了月末，华羽又跟华剑一起去了趟公司。

华剑开了家很小的广告公司，华羽一毕业就进来帮他管钱。

因为有另外的会计，华羽不过每个月月底过来审计一下，平常都没什么事儿。

平倬应该是也忙工作，两人联系还停留在三天前他问她好利索没有。

她回了个"嗯"，想着他这周末应该要过来了，不觉脸红。

果然，平倬周五下班时给她打来电话："有空没？"

华羽："嗯。"

平倬："等我二十分钟。"

华羽挂掉手机，打开衣柜，挑挑拣拣半天，终于选好一条暗红色的绸缎睡衣穿上，又把香薰灯打开，拉好窗帘躺在床上，看着手机上的时间，默默地等着。

他一向很准时。

二十分钟一到，门锁"咔嚓"一声。

平倬从外头走进来:"怎么没开……"

他顿住。

卧室里弥漫着淡淡的香薰气味。

华羽手撑着脖子侧躺在床上,黑色卷发垂在脑后,灰色薄被很随意地盖着,露出一小截白皙的肩膀,肩膀上一根极细的暗红色吊带十分显眼。

平倬眯起眼。

华羽心跳如鼓,见等了好一会儿平倬都没什么动静,缓缓抬起头看他。

她有点儿迷茫地问:"你不喜欢吗?"

平倬算是知道她之前为什么说她想谈个"正经"恋爱了。

两人平常见面除了上床没别的,导致他每次过来,她都觉得他只是想跟她上个床而已。

他声音沙哑:"起来,把衣服换了。"

华羽一颗心冷下去。

平倬:"带你去看电影,去不去?"

华羽瞬间起身,惊喜道:"什么?"

平倬嘴角勾了勾:"看电影。"

华羽立刻说:"去,当然要去。"

他还没带她看过电影呢。

她瞪他:"那你怎么不早说?"

平倬:"早说怎么能看见你……"

他刻意拉长语调,意味深长。

华羽脸都羞红了:"闭嘴。"

华羽很快换好了衣服,跟他下楼。

她穿了件白色的长裙和淡粉色大衣,妆也比平时淡了许多,整个人看着粉粉嫩嫩的。

平倬没怎么见过她这么打扮,不觉多看了几眼。

华羽还沉浸在喜悦里,完全没发觉他的异常,拎起手包打开车门坐进去。

她跟平倬吃饭的次数一只手都数得过来,更别说看电影。

平倬还站在车外,没动。

华羽没忍住打开窗户冲他招手:"你怎么还不进来?"

平倬这才反应过来,开门上车。

华羽一双眼亮晶晶的,含着笑意看他,觉得他上车的动作都这么优雅。

平倬突然觉得自己真的像是个渣男。

她居然能高兴成这样。

毕业后在一起也有三年半时间了,他连个电影都没带她看过,更别提其他情侣间常常做的事。

也不是他不想带她去,只是两人大学里开始得就有点不太正经。

后来在那种情况下重逢,他虽然心里越来越认真,但始终没跟她交流过关于未来的任何事,怕太沉重的话题被摆到台面上,反而影响两人之间轻松的关系。

平倬心底的愧疚浮上来,轻轻摸了摸她巴掌大小的脸:"饿不饿?想先吃饭还是先看电影?"

华羽:"先看电影然后再吃夜宵可以吗?"

她太想去跟他看电影了,根本一点都不饿,像个情窦初开的少女,眼里闪着光。

她现在这样子就是要他的命平倬都会答应。

他温声:"好。"

车子开去附近的商场。

天色已晚,风有些凉意。

从停车场里下来的时候,华羽被冷风一激,没忍住颤了下。

平倬走到她身后,抱住她的肩膀,说:"下次晚上出来穿羽绒服。"

还有下次吗?

华羽不愿意想以后的事,点了下头,抱住他的胳膊。

两人到了五楼,平倬先带她去机器前取了票,让她在门口等着,然后去买爆米花和水。

华羽站在不远处看着他在人群里排队。

偶尔,他会跟她对视一眼,眉目温和。

是真的温柔如水。

很快,平倬手里抱着个小份爆米花和两瓶水走过来,把一瓶水递给华羽,腾出一只手牵着她往里走。

进门时,平倬把两张电影票递过去,伸手指了下华羽:"我们俩。"

检票员撕掉票根,把票还给他,让他们进去。

华羽因为平倬刚才那个小动作和"我们俩"这三个字,内心生出几分波澜,抬眸看他。

他没发现,只是牵着她往里走,提醒她小心脚下台阶。

两人坐在最后一排的情侣座。

电影院里很热。

平倬把外套脱掉搭在椅背上,又自然地接过华羽的外套帮她搭好,替她把矿泉水瓶打开,然后把爆米花推到她面前,低声说:"少吃一点。"

声音温柔又富有磁性。

华羽看向他。

今晚平倬好不一样啊。

以前他只是表面看起来温柔，面对她时总是淡漠的，但今晚，他是真的真的对她很温柔，很绅士。

她似乎明白了当年大学论坛里那帮女生为什么被他拒绝后还对他那么念念不忘。

平倬终于发觉华羽在看他。

他眉眼一弯："看我看这么入迷？"

华羽否认："才没有。"

灯光蓦然变暗，屏幕亮起，是个挺难看的国外动作大片儿，毫无逻辑可言。

华羽看了一小会儿就没了兴趣，侧头去看平倬。

屏幕里的光打在他脸上，让他的轮廓分外柔和。

像是察觉到她的目光，平倬缓缓转头。

两人就这么安静地对视了一会儿。

平倬把两人靠椅中间的扶手往后一推，伸手把华羽揽过来。

华羽就这么乖顺地靠在他肩膀上。

平倬另外一只手把爆米花送到她面前："吃不吃？"

华羽摇了摇头。

平倬吃了几口，拿了一粒喂到她嘴边。

华羽脸一热，停顿两秒后，吃掉了。

他似乎觉得喂她是件挺有趣的事儿，又拿起一粒爆米花送过去。

华羽又吃掉了。

她就这么被投喂了十几粒后，才摇头说："不吃了。"

平倬"嗯"了声，把爆米花放一边儿，垂头看她。

屏幕里突然发出声巨响，周遭一片"哇"声，像是什么东西爆炸了，余光里有一片火光。

华羽完全没看屏幕，沉溺在平倬温柔的双眼里，手也无意识地蜷缩起来。

怎么感觉他好像要亲她？

两秒后，平倬低头，捧着她的脸，轻轻吻了上去。

温软的唇，轻柔又小心翼翼，像片羽毛落在她唇上。

他向来侵略性极强，还从没这么吻过她。

华羽手一软，去攀他的脖子。

气息缠在了一起，他唇齿间都是刚才爆米花的香味儿。

平倬这回像是极为有耐心似的,又用舌尖去触碰她的下唇。

很奇怪,明明两人接吻了那么多次,华羽却觉得以前的所有都没这个吻让人心旌荡漾。

酥酥麻麻的感觉。

纯粹得很,小心翼翼又不沾染任何欲望。

片刻后,平倬终于放开她的唇,看着她。

华羽觉得耳朵尖都是滚烫的。

她轻轻推了他一下:"还看不看电影呀?"

平倬一笑,压低声音:"看,你认真点儿看,不许惹我。"

两人认真把接下来的电影看完了。

结束后,平倬牵着华羽往外走。

华羽小声抱怨:"你挑的什么破电影,太烂了。"

平倬把这锅接了:"行,我挑的烂,下次你自己挑。"

华羽内心一荡,还有下次呀?

她没再说什么,视线落在前头卖棉花糖的柜台。

"我想吃这个。"

云朵似的棉花糖,有蓝白色和粉白色。

平倬脸上挂着宠溺的笑:"行。"他走过去对着柜台里的人,"来个粉色。"

粉色跟华羽这身衣服还挺搭。

华羽很快雀跃地举着个粉白色的大朵棉花糖,问:"你吃吗?"

"不吃。"平倬牵着她往外走,"饿不饿?想吃什么夜宵?"

华羽笑盈盈地看他,递去几丝棉花糖:"吃一口嘛。"

她又甜又软,跟平时简直是两个人。

平倬无奈笑了声,张开嘴。

华羽:"甜不甜?"

平倬:"没你甜。"

华羽垂头,嘴角微微扬起。

他怎么还会说这种话呀?

平倬用手掌包裹住她的小手,说:"去喝个汤好不好?暖和点儿。"

华羽:"好呀。"

平倬带她去了家私房菜馆,点了个鸽子汤和几道广式的菜。

华羽手里的棉花糖还没吃完,看他点完菜说:"鸽鸽这么可爱,为什么要吃鸽鸽?你太残忍了。"

平倬看着她柔声笑："什么可爱？"
华羽抬眸："鸽鸽啊。"
平倬双眸一暗："再叫一声。"
华羽把棉花糖扔他脸上。
平倬笑着接了："还挺好听。"
两人吃完饭快十一点了。
平倬牵着华羽的手到了停车场，绕过车头替她打开副驾驶位的门："上来吧。"
华羽顿了下，看他："这好像是你第一次替我开车门。"
平倬挑眉："不是好像，就是。"
华羽"哦"了声："那你以前为什么不替我开？"
平倬扫她一眼："不想开。"
华羽腹诽：那今天怎么就又愿意了？
平倬："觉得你欠收拾。"
华羽撇了撇嘴唇，慢慢走过去，上车。
到了家，平倬捏着她的腰："去把刚才的衣服换上。"
这会儿华羽忽然害羞起来："要不下次？"
平倬："不行。"
平倬把她推进卧室，双眸一深："要我帮你穿？"
华羽："那也行。"
平倬会意地点点头。

周六醒来，华羽望着平倬那张顶尖的脸，没忍住弯了弯唇。
昨晚发生的一切好梦幻啊，真是太像情侣了。
她会不会之前其实误会了平倬？
也许他没别人。
又或者，他真的打算跟她在一起了？
平倬突然睁开眼。
华羽吓了一跳，全身一抖。
平倬笑出声，将她搂在怀里。
华羽："你干吗吓唬我？"
平倬："谁让你偷看我的。"
他声音带着慵懒和惬意，手插进她发间一下下梳着。
华羽觉得头皮被他弄得很舒服。
平倬叹了口气："还得去上班。"

华羽一怔:"又要加班吗?"

平偉:"嗯,上季度收个尾,又要忙春夏设计周了。"

华羽:"那吃完早饭再走吗?"

平偉含笑看她:"你给我做?"

华羽:"我哪儿会。"

平偉用力揉了下她的脑袋:"那你给哥哥点一份也行。"

想到昨晚被他摁住叫"哥哥",华羽脸红了。

这人真的是很流氓。

平偉又抱了她会儿,起身打算去洗澡,华羽把衣柜里的男士睡衣拿出来递给他。

平偉勾唇接过来:"我这待遇算是上升了?"

华羽:"什么呀,那你以前又不常来。"

平偉用指腹蹭了蹭她的脸:"以后常来。"

他去洗澡了,华羽却被他这句话弄得开心得差点跳起来。

这一切太过美好,以至于平偉吃完早餐打算离开的时候,华羽心底升起了浓烈的不舍感。

她送他到门口,咬唇看他。

平偉:"这是你第一次送我出门吧?"

以前都是他走他的,她眼睛都不眨一下。

华羽哪记得,想了下才说:"好像是。"

平偉低笑了声:"舍不得我走了?"

华羽抿唇,飞快在他嘴角亲了下,脸颊都羞红了:"你路上小心点。"

本来想问下次他什么时候来,但又觉得太赤裸裸了。

平偉一颗心都快化了,原本觉得她是个带刺的玫瑰,现在却甜得跟糖似的。

他含笑把她搂进怀里:"有空我就来,你乖一点,嗯?"

华羽点点头。

很快又到了周末。

平偉说周六要加班,周日过来找华羽。

周六没什么事,华羽就约了文戈去逛街。

两人好久没一起逛了,见面之后都很兴奋,聊了聊最近发生的事儿。

文戈问华羽跟平偉怎么样了。

华羽完全是一副被爱情冲昏了头的小女人模样:"我觉得他好像开始对我认真了哎,他上周五带我去看电影了。"

文戈恨铁不成钢地说:"我说你能不能有出息点儿,只是看了场电影而已。"

华羽"哦"了声,还是很高兴:"那他没带我去看过嘛。"

文戈:"不是,你是不是对自己有什么误解?"

华羽不解:"啊?"

文戈把她推到一个镜子前:"就你这张祸国妖姬的脸,是个男人都能被你玩弄于鼓掌之中了好吗?怎么偏偏生了个恋爱脑,在平倬那棵树上吊死了?他带你看个电影能把你高兴成这样?你是没看过电影吗?"

文戈劈头盖脸一顿骂。

华羽整个人都冒着粉红泡泡:"不止看电影呀,还吃棉花糖了呢。"

文戈放弃了。

这人也是轴得厉害,不然也不会跟那人纠缠这么多年。

华羽心情不错,买了很多东西订到家,还给平倬买了好几件衬衫和几套休闲装。

一直逛到快晚上,两人挽着胳膊刚从一家首饰店里出来。

文戈脚步突然一顿。

华羽戳了戳她的胳膊:"你怎么啦?"然后顺着文戈的目光方向望去,浑身一冷。

珠宝柜台旁,白色灯光下,平倬看着南夏,眉梢眼角全是柔和的笑意。

他抬手,看了眼手上的戒指,而后很满意地点头跟南夏说了句什么,南夏也点了点头。

很快,导购把一个袋子递了过去,两人一起离开。

下楼上扶梯的时候,南夏不小心差点摔倒,平倬牢牢攥住她的手腕,眼里全是担心。

他不知道跟她说了什么,表情先是严肃,很快又柔和起来,让她先上扶梯,他站在她身后,护着她。

华羽的指甲紧紧嵌进手心,脑海里一片空白,几乎站不住。

平倬忽然往这边看了眼。

华羽拉着文戈往后一闪,借着墙壁躲了过去。

她的脸色几乎可以用惨白来形容。

文戈握住她的手:"小羽……"

华羽嘴唇动了动,什么话都说不出来,脑海里只有一个念头不停闪过——他们在买戒指,要结婚了。

难怪,平倬会说他今天没空,原来是要陪别人。

文戈跺脚:"我去问平倬到底什么意思!"

"别——"华羽死死拽住文戈,"别去。"

她脑海里一片混乱,行为全凭本能。

文戈:"行,我不跟他提你,我去帮你弄清楚他是不是真买了戒指,这总行了吧?"

华羽缓缓放开文戈。

她靠着冰凉的墙壁,一点点蹲了下去,将头埋在膝盖里。

不知过了多久,上方响起文戈的声音:"小羽,他们……是买了戒指。"

华羽闭上眼,没让眼泪滑落出来。

片刻后,她起身,面无表情:"知道了。"

"放心,我会跟他断了的。"

房间的窗帘拉着,一片昏暗。

华羽躺在床上,任由松散的睡衣肩带滑落下来。

手机里是平倬刚发来的微信,问她要不要去游乐场玩。

她闭上双眼,没忍住抬手给了自己一巴掌。

她回忆了一晚上跟平倬这些年来的点点滴滴。

有些模糊的记忆又逐渐变得清晰,像钝刀在割她的心脏。

她是怎么说服自己一次又一次去陪他,又是如何卑微地把自己放低到尘埃里,只是为了能占据一点他心里的位置。

那如今呢?

她要说服自己去当他的情人吗?

她真是疯了。

早该散了,如果不是她一味强求,他们哪有这么多露水情缘。

很快电话又响了,是平倬打来的。

她深吸一口气,接起来。

平倬声音柔和,带着笑意:"还没起?"

他是应该开心,终于要跟那人定下来了,整个人都是春风得意的。

华羽"嗯"了声。

平倬:"想不想去游乐场玩?或者其他地方……"

华羽打断他:"不了,我有点累。"

听出她声音发哑,平倬问:"又生病了吗?"

华羽:"没。"

平倬:"我二十分钟后到。"

华羽把电话挂了,起身去浴室看着镜子里的自己,还是化了个妆。

想临走前给他留一个美丽的印象。

平倬开门而入的时候，华羽穿着个红色吊带睡衣，跷着腿坐在沙发上。她化了妆，大红唇美艳性感。

平倬觉得她状态不大对，蹙眉："怎么一大早就心情不好？"

华羽瞥他一眼，笑了声："关你什么事？"

见她突然又恢复成原来那副带刺的模样，平倬一头雾水："你怎么了？"

华羽挑眉，看着他，笑得薄情："平倬，我们断了吧。"

平倬的神色在一刹那变得冰冷。

几秒后，他问："理由？"

华羽讥讽地笑了声。

平倬站在原地，又问了遍："理由。"

华羽站起来："我腻了。"

平倬的手蓦地攥成拳状。

华羽含笑看他："这理由行吗？"

平倬淡声道："行极了。"

他转身，头也不回地走了。

门被重重地关上，而后，世界安静下来。

华羽的眼泪这才落下来，心脏抽痛得厉害。

她喃喃地说："都过去了，小羽，一切都会好的。你以后会找个比他好一万倍的男人，一定会比他幸福一万倍。"

她不停地安慰自己，眼泪跟止不住似的，哭了很久很久，才终于逐渐缓过来，心底的伤痛却越发深。

她拿起微信，发了条朋友圈。

【单身，求交往。】

没几分钟，华羽微信消息直接爆了。

她一条也没回，直接出门去了酒吧。

她什么都不想做，现在只想把自己灌醉，什么都不用想。

高韦茹给她打来电话，问她跟平倬怎么回事儿。

她只说了一句："分了。"

高韦茹："你俩可真行，什么时候好的？"

华羽没说话。

高韦茹沉默几秒，大约听出来她情绪不对，问："要不要出来聚聚？"

华羽："行啊，十六楼，正好陪我喝酒。"

来的却不止高韦茹，还有于钱。

华羽跟于钱算不上熟，只点头打了个招呼。

三个人不咸不淡地喝着酒。

华羽太美艳，坐这儿没多久就有不少人过来套近乎，都被于钱和高韦茹联合骂走了。

往上扑的人终于少了，高韦茹说："我就说，你跟平倬大学里就不太对劲。"

于钱一沾酒就嗨，一嗨嘴上就没什么把门儿的，什么都往外说。

听见这话，他顺口接："哪儿是不对劲，平倬那对华大美人，绝了。"

高韦茹："怎么说？"

于钱："我就没见过他对哪个女生那么冷淡过。他那人就表面装得跟个人似的，哪个小姑娘过来勾搭他都跟个绅士似的拒绝，然后再把人温柔地送回去。唯独对我女神华大美人，啧，理都不理。"

他喝了酒，脸色通红，继续说："我大学里都几次看不下去了，让他对人小姑娘温柔点儿，他还让我滚。"

华羽拿着面前的酒杯晃了晃，嘴角浮起个讥讽的笑容。

是挺特别。

高韦茹也愣了："平倬什么破眼光？"

于钱有点晕，想起什么似的说："不过这事儿说起来，也不能全怪平倬。"

他看了眼华羽，叹了声："被偏爱的都有恃无恐。"

高韦茹看了眼华羽，忍不住伸手砸了于钱的脑袋一下："你能说清楚吗？"

于钱断断续续道："我原来喝醉了玩真心话大冒险的时候听平倬说过一嘴，好像是华大美人反正也就是跟别人打赌跟他玩玩而已，不是真心的，所以他也没必要给好脸色。"

说完，他打了个酒嗝。

高韦茹看了眼华羽，有点不大相信。

她要真想玩跟谁不能玩，而且追她的男人数不胜数，她也没随随便便就答应了。

于钱喝得有点高，起身去厕所了。

高韦茹碰了碰华羽的胳膊："怎么回事儿啊？"

华羽抬眸："啊？"

高韦茹："于钱说的是真的？"

华羽笑了下："大约是吧。"

她回忆了一下，仿佛有那么件事，但具体的细节她都记不太清了。

反正也不重要了，无论真相如何，平倬对她从一开始就不是认真的。

她端起杯烈酒，仰头灌进去："今晚不醉不归啊。"

她天生酒量不错，喝了很多，想彻底醉过去，奈何头脑一直是清醒的，只是有些晕。

于钱和高韦茹把她送回家。

于钱吐了几次，这会儿已经清醒了。

他把高韦茹送回去后，在楼下抽了根烟，给平倬去了个电话。

平倬声音冷漠："什么事儿？"

于钱："我刚跟我女神一起喝酒了。"

平倬一顿，已经知道他说的是谁。

平倬："挂了。"

于钱："不是，你跟华大美人到底是怎么回事啊？你把人甩了？"

平倬："她跟你说的？"

于钱："那倒不是，不过她喝了好多酒，很不开心的样子。"

平倬一顿："她人呢？"

于钱："我给送回去了。"

平倬："知道了，谢谢。"

于钱乐了："我送我女神，你谢什么？"

平倬："滚远点儿。"

于钱笑着把电话挂了。

平倬看着电脑里的设计稿，翻出手机，看了眼华羽朋友圈那句"单身求交往"，没忍住骂了句："真能作。"

相亲的事儿刚过去，这次不知道又怎么了。

她提分手那天完全出乎他意料，他当时想把她掐死的心都有了，觉得当时那个状态根本没法谈，他干脆走了。

平倬看了眼密密麻麻的行程，决定让华羽冷静几天再去找她谈。

周五晚上他加班刚开完会，却意外接到了十六楼老板的电话。

他们都很熟了。

老板直接说华羽一个人在喝酒，旁边有男人想把她带走，他让保安暂时拦住了。

老板停顿了下，说："但我看她那样儿，怕她真想跟人走，到时候我们也没法儿拦。她是不是失恋了脑子不太清楚？"

平倬淡声："给我半个小时。"

华羽连着几天都泡在十六楼里。

除了第一天有高韦茹和于钱陪着，其他时间她都一个人来的。

这儿气氛安静，挺适合一个人待着，只是没想到今天会碰见苏承志。

苏承志看她一个人，像是失恋的样子，觉得兴许有机会，就想陪着她喝。

看到男人脸上一闪而过不怀好意的表情，华羽不敢喝了。

她之前喝完了酒一点儿都睡不着，今晚干脆要了最浓烈的几种混着喝，现在头晕得厉害，只勉强打起精神应付。

苏承志微笑着说："要不我送你回去吧？"

华羽："不用。"

她勉强维持着镇定，起身打算走，却脚步踉跄。

苏承志伸手扶住她："你一个人这样怎么回去？还是我送你。"

华羽甩开他的手。

这时，突然有保安过来："华小姐，有人骚扰你吗？"

华羽抬眸往远处扫了眼，酒吧老板也走了过来："有麻烦？"

华羽摇头："没事。"

酒吧老板跟平俸认识，知道平俸带华羽一起来喝过酒。

不知道为什么，华羽不想说实话，甚至在想，她要是当着他们的面儿跟苏承志走了，平俸知道后会是什么表情。

是不是脸上还会挂着温柔的笑？

华羽含笑，抬头盯着老板说："他是我朋友。"

老板一噎。

她既然这么说，他自然不好管人家的私事，立刻带着保安走了。

华羽自然也不可能真让苏承志送她回去。

她要了点儿吃的和无酒精饮料，打算醒醒神。

那几杯酒大约太烈了，后劲儿起来，不知不觉她就趴在了桌子上。

迷迷糊糊中，察觉有人扶着她往外走，她大约知道是苏承志，想推开他，却不受任何控制。

老板叫着保安再次走了过来说着什么，似乎是不让苏承志带人走。

双方好像起了争执，苏承志叫着什么"他的人"之类的。

华羽勉强想站稳说话，却什么都说不出来。

熟悉的气息突然闯进鼻腔。

是好闻的麝香。

她被巨大的力量捞进一个坚实的怀抱里。

她很喜欢很喜欢的怀抱。

下一秒，"砰"的一声，酒瓶碎裂，酒水溅了一地，她看见了血。

华羽没忍住，突然反胃。

手边递过来一个垃圾桶，她也来不及仔细看，蹲着把酒都吐了出来。

她逐渐清醒，眼前的画面也变得清晰。

平倬手里拿着个青色的破碎酒瓶，脚踩在苏承志脸上。平倬左脸上有一道微小的口子正往外冒着血珠。

华羽突然叫出声来，因为她发现平倬衬衫上也有血迹。

她慌了神："平倬。"

平倬一眼都没看她，浑身泛着骇人的戾气。

"谁给你的胆子敢碰我的人？上次暗示得不够是不是？"

他手里拿着破酒瓶。

老板立刻喊保安，又死死拽着他："平倬，你冷静点儿，要闹出人命不好收场。"

平倬甩开老板，几个保安又冲过来拦他，又被他甩开。

华羽大喊："平倬——"

平倬脚步一顿。

华羽冲过去从背后紧紧抱住他的腰："不要，平倬，不要——"

华羽像是吓坏了，这一声完全是吼出来的，嗓子都破了音，抱着他腰的手颤抖得厉害。

两秒后，平倬把手里的酒瓶扔地上。

清脆的一声。

周围人都松了口气。

平倬按住华羽的手，一根根掰开她的手指，一语不发。

不知道谁报的警，警察很快到了。

现场一片混乱。

苏承志被送去医院，平倬和华羽被警察带走。

夜风刺骨。

出门被这么一吹，华羽彻底清醒了，才意识到平倬刚才为她伤了人。

他从来都是绅士温柔的，她从没见过他这么骇人的模样，甚至此刻他跟她一起坐在警车上，他身上的戾气都未曾退散。

而这些都是为了她。

他衬衫上还溅着血迹。

华羽彻底慌乱了，这会儿才想起来问他："你有没有受伤？刚才我好像看见你的脸……"

她伸手去拉他的手，被他冷冷拂开。

华羽眼眶一酸，道歉的话想都没想就脱口而出："对不起，你先告诉我你有没有受伤好不好？"

平倬没说话，甚至一眼都没看她。

华羽小心翼翼地去拉他的衣角，被他忽略。

平倬一脸冷峻，下颌紧绷，眉眼淡漠，敞开的大衣衣领似乎也沾了几点喷溅的血迹，跟衬衫上的血迹形成连续的图案。

华羽仔细看了他很久，确定他身上的血都是别人的，除了脸上那道细小的伤口，应该没别的伤痕。

她松了口气，伸手去握平倬的手，被他拂开，再去拉，再被甩开。

华羽慢慢地垂下头，没敢再去拉他。

到了警局，做完笔录，警察说要拘留平倬，让华羽先回去。

华羽怎么可能先走，就在外头等着。

没一会儿，于钱到了，帮着处理这件事。

华羽就跟在他身后。

于钱劝她："你听我的，先回去，这不是大事儿，人我肯定给你安安全全弄出来，行不行？"

华羽摇头说："不，我一定要在这儿等着。"

于钱叹了口气，也没什么办法。

酒吧有监控，华羽指控苏承志试图侵犯她，平倬钱赔得痛快，两边儿没费什么劲儿达成和解。

尽管如此，平倬从派出所出来的时候也已经是第二天中午十二点了。

他脸上的小伤口的血迹已经干了，大衣和衬衫上的血迹也干成了褐色，淡漠的眉眼上染着倦意，胡楂也长出了一小圈。

华羽眼睛一酸，跑着扑进他怀里。

平倬："放开。"

华羽："不放。"

平倬伸手，冷着脸，一语不发，将她推开。

他是真的很用力，华羽差点被他推到地上。

她咬着唇，眼里全是水光。

于钱说："平倬，你何必呢？大度点儿，人家是小姑娘，你就让着……"

平倬冷冷瞥他一眼。

于钱不敢往下说了，只好打哈哈："来来，先上车，我送你们，先回家休息，别的事儿以后再谈。"

平倬上了车，"砰"的一声，把华羽关在门外。

华羽知道这事儿是她不对，也知道平倬正在气头上，自己打开门坐了进来。

平倬："下去！"

他声音又冷又大，吓得华羽浑身一抖。

于钱看着后视镜里的两人,华羽简直可怜巴巴,像是被欺负了似的,缩着身子,也不敢出声。

怎么说也是自己的女神,于钱忍不住求情:"别呀,平倬,人怎么说昨儿在这儿等了你一夜,你现在让她下车?她怎么回去?"

平倬没应声,也没再让华羽下车。

于钱把车里的水递给华羽:"华大美人,你先喝两口,嘴唇都干了。"

华羽接过来说了声"谢谢",把矿泉水瓶拧开,递到平倬嘴边:"你喝一点吧。"

被他再度拂开。

于钱在心里叹了口气。

于钱先把华羽送到楼下,安慰她:"你先休息一阵子,等你们都冷静下来再谈。"

华羽不想冷静,只想待在平倬身边。

但她看平倬那张骇人的脸,也不敢说这话,只讷讷道:"那你脸上的伤口记得涂药。"

平倬没应。

华羽鼻尖一酸,下了车。

平倬真的完全没有要理她的意思,他以前从没这样过。

回到家,华羽冲了个澡,脑海里回想着昨天夜里平倬说"还敢碰我的人"时的表情,突然哭了。

她突然意识到,平倬是喜欢她的。

她可以确定了。

否则昨夜他不会那么失去理智。

她不知道该哭还是该笑。

他喜欢她,也喜欢别人。

他要跟别人结婚,却也能为了她差点儿疯狂。

心脏被撕裂开的地方像是灌了点儿蜜进去,华羽哭了好久,做了一个最大胆的决定。

一周后,平倬还是没有任何要理华羽的迹象,微信短信电话全部石沉大海。

华羽只好跟于钱要了平倬家里地址,去找平倬,想着如果平倬不在家的话,她就在这儿等他回来。

她深吸一口气,敲门。

平倬打开门,一看见是她就立刻去关门。

华羽用力推门："平倬，我有话跟你说，你听我把话说完。"
平倬看了她一眼，终于开口："我跟你无话可说。"
华羽："平……"
他毫不留情地关上门，把她隔绝在门外。
华羽眼眶一红。
她执着起来是真执着，十头牛也拉不回来，她就在门外等。
站着、蹲着、坐着。
楼道里有点凉，她被冻得瑟瑟发抖也没离开，从早晨一直等到晚上七点。
期间平倬出来取餐，她就在旁边手足无措地看着他，也不敢再说话。
晚上七点半的时候，平倬终于开门了。
华羽靠墙抱膝蹲着，仰头看他，眼里全是水光，似乎还带着点儿委屈。
平倬瞥她一眼，转身走进去，给她留了门。
华羽一喜，连忙站起来。
腿麻了，她"哒"了声，手扶着墙壁等了会儿，慢慢走进去，把门关上。
平倬坐在灰色沙发上，抻长了胳膊和腿。
一周未见，他脸颊上的伤口已经结了棕色的痂，显得他人有点野性。
他淡声道："说吧。"
华羽有无数句话想跟平倬说，却突然什么都说不出来。
她眼眶一红，泪珠滚了下来。
平倬："不说就出去。"
华羽咬牙，把手里的包扔地上，扑进平倬怀里，用力地吻他。
平倬掐着她的肩膀，推开她。
华羽又去吻他，再度被用力推开。
华羽咬唇，声音里带上了哭腔："我错了，平倬，我再也不这样了。"
她再度扑进他怀里，死死抱住他："我再也不离开你了，你原谅我好不好？我……"
她哭得气息不稳。
平倬想推开她，却发现被她抱得很紧，便用力去掰她的手。
华羽哭着摇头："不要，别不要我。"
平倬手上动作顿住。
华羽仰头看他，一张小脸哭得楚楚可怜："我……"
她似乎不知道要说什么，只是死死抱住他，等了片刻，突然低下头："是我不好，我补偿你好不好？"
平倬头皮发麻，脑海里轰的一声。
他伸手放在她脑后，本想推开，最终却只是微闭上了眼。

平倬明白，他根本拒绝不了华羽。

结束后，华羽抬起头，脸上还挂着晶莹剔透的泪珠，像被欺负了似的。

平倬抬手捏住她的下巴："下不为例。"

华羽破涕为笑，点点头："不会了，我再也不会提分开了。除非……你不要我。"

平倬放开她："去洗把脸，然后过来吃饭。"

华羽脸一红，连忙跑了。

她出来时，平倬拿了双崭新的女士拖鞋递给她。

粉色的。

不知道是给谁准备的。

华羽不想再去想这些，只想跟他在一起。

她穿好鞋在饭桌前坐下，发现平倬点了两份晚餐，一份是她最爱的海鲜粥，还有四个菜。

看起来是早就想放她进来了。

她看他一眼。

平倬有点无奈，轻轻叹了口气，没再跟她置气。

他温声问道："一天没吃东西？"

虽然是问句，用的却是肯定的语气。

华羽刚才满脑子都是他，也没觉得饿，这会儿放松下来倒感觉饿了。

她点点头："你知道啊？那你是……故意不放我进来的吗？"

提起这事儿平倬就忍不住想生气，他生生克制住："吃完饭再说。"

华羽"哦"了声。

吃完饭，两人坐沙发上开始聊这次的事儿。

平倬："之前为什么说要跟我断了？"

华羽垂头："我还以为……你不喜欢我。"

平倬气笑了："不喜欢你？"

华羽："我错了。"

平倬这辈子都没被一个女人这么折腾过。

在酒吧里接到老板电话时，他是真怕华羽喝醉了被人带走，后果简直不堪设想。

赶过去看见她人倒在苏承志怀里被人往外带，他当时理智全无，抄起瓶酒就朝苏承志砸去。

他算是明白了顾深当初为南夏打架的心情。

平倬："以后不许你单独去酒吧。"

华羽乖顺地点头，抽了抽鼻子，也不知道是今天哭狠了，还是在外头冻着了。
　　平倬气没全消,看她这样儿又心疼,进主卧找了条毯子盖她身上。
　　华羽站了一天,这会儿又累又困,乖巧地抱着平倬的胳膊,靠在他肩上。
　　平倬把她随手搂进怀里,随便翻了部动物纪录片开着听声。
　　他怀抱很暖和,华羽很快迷糊了。
　　过了会儿,平倬捏了捏她的脸:"困了?"
　　他扫了眼时间,才九点多。
　　华羽颔首,起身,毯子从她身上滑落。
　　她打了个哈欠,揉了揉眼睛,看着他,小声说:"那我们就算和好了?"
　　平倬:"嗯。"
　　华羽嘴角弯了弯:"那我就先回去了。"
　　她有点困了。
　　显而易见,平倬绝不会留她在这儿过夜。
　　她拎起手包,走到平倬面前亲了他一下,准备出去。
　　平倬按住她的细腰,指尖在她肌肤上抚过,滚烫的。
　　华羽脸一热:"刚不是明明……"
　　平倬眉梢一扬:"我这儿地方太小,睡不下你?"
　　华羽一怔,怀疑自己听错了。
　　"你要让我……在你家过夜吗?"
　　平倬扬眉:"不然呢?"
　　华羽突然有点儿想哭。
　　跟他这么多年,他第一次让她在他家过夜。
　　她强忍住泪意,点头。
　　这是他第三次见她哭。
　　除了两次生病,这回她应该是哭得最凶的一次了。
　　平倬轻叹了口气,她觉得自己不喜欢她,难免自己也有做得不好的地方。
　　他伸手揉了揉她的脑袋,进卧室找出件女士的粉色吊带睡衣递给她:"去洗澡。"
　　华羽淡定接过:"好。"
　　平倬把刚扯掉的标签扔进垃圾桶里,想了想,走过去敲了敲浴室门:"我出去一趟,几分钟就回来。"
　　里头传来一声"好"。
　　平倬的房子比她家大多了,浴室就大了几倍,浴缸也大得能容纳两个人。
　　华羽看了浴缸几秒,把水温调好,进了淋浴间,热气很快模糊了镜面。
　　洗完后,她出来看了眼旁边的置物架,上面有一套未拆封的女性护肤品。

她没敢用，吹干头发走了出去。

平倬早回来了，手里掐了支烟，正在客厅看电视。

华羽小声说："那我……去睡了。"

平倬把电视机关了，揽住她的腰往里走："一起。"

华羽的心一跳。

主卧很宽敞，灰色的床单和窗帘。

平倬关了灯，抱着她躺下："睡吧。"

华羽"哦"了声，往他怀里缩。

她站了一天，这会儿小腿酸痛得厉害，没忍住伸手按了按。

平倬："怎么了？"

华羽可怜兮兮地说："小腿疼，因为被罚站了一天。"

"罚站"两个字被她说出来，带着点儿委屈和撒娇。

平倬起身重新开了灯。

华羽看向他。

平倬坐在床边，把被子掀开，将她的一双小腿拿出来放自己腿上，轻轻揉了揉。

他在给她按摩。

华羽眉眼弯弯："很舒服。"

平倬低笑了声。

他就这么帮她按了好一会儿。

他按摩的功夫也很厉害，不轻不重，困倦很快袭来，华羽在不知不觉中睡着了。

她睡得早，醒来得也早，第二天不到六点就醒了。

她一摸旁边，已经没人了。

她喊了声："平倬？"

平倬在浴室，听到声音走了过来："醒了？"

他穿着熨帖的蓝色西服。

华羽"嗯"了一声："你要出去吗？"

平倬理了理袖口："对，有点儿工作要忙。"

华羽垂眸。

周日哎，是真有工作还是要去见别人？

她很快调整好心态，起身："那我先回……"

平倬打断她："你有事儿吗？"

华羽一时没明白他这话的意思，如实说："我没什么事儿。"

平倬:"嗯,你要没什么事,就在这儿待着,等我下班回来。"
华羽愣了下:"可以吗?"
平倬:"有什么不可以?"
华羽:"但是……你确定?我是说,你这里平时没人来吗?"
平倬看她:"谁会来?"
华羽:"没、没谁。"
平倬看了眼时间:"我得走了。"他扔了串车钥匙给她,"我开另外一辆,你想出去逛街或者干吗开我这辆,就在楼下车库。"
华羽:"好。"
平倬拿起手机:"早餐想吃什么?粥还是豆腐脑?"
华羽:"我自己点吧。"
平倬:"也行。"
他收起手机,又想了下,说:"过来,把你指纹录进来。"
他语调平淡如常,但录指纹这行为就意味着她随时能来。
华羽有点诧异。
平倬边走边喊她:"还不来?"
华羽穿着拖鞋跑过去。
平倬握住她的手把指纹录进去,唇边浮起个笑容:"好了。"
华羽很乖巧地说:"那我要是过来的话,会提前跟你打招呼的。"
她肩膀削瘦,锁骨性感,粉色的吊带裙在她身上衬得她柔软可爱许多,跟上次看电影时似的,甜得很。
平倬"嗯"了声,伸手勾了下她的肩带,暧昧地说:"等我回来。"
华羽脸微红。
想到今晚下班回来就能见到她,平倬心里莫名生出点期待,还没去上班就已经想下班了。
他摸了摸她的脸,转身走了。

房间顿时安静下来。
华羽这会儿才有心思欣赏平倬的家。
极简的装修风格,灰白色调,干净又明亮,就像他的人。
华羽进了卧室把窗帘拉开,明媚的光线照了进来。
她把床铺收拾好,没忍住笑了,格外开心。
她就这么在他家待着,下午四点的时候发了条微信过去。
【你几点下班呀?】
平倬:【六点吧。怎么,要给我做饭?】

平倬难得给她回这么多字的微信。

她本来挺高兴，但……她不会啊。

他好像很期待她给他做饭似的。

她连燃气灶都没碰过，怕把他房子弄炸了。

她想了会儿，小心翼翼回过去：【等我学会了做饭就给你做，今天先给你点餐行不行呀？】

平倬：【给你自己点就好了。】

华羽摸着手机，有点不安：【你不吃吗？你要在外面吃完再回来吗？】

平倬：【我要吃饱，也不一定非得吃饭。】

华羽愣了愣。

平倬：【但是呢，你得喂饱自己。】

华羽耳根发热，仿佛能想象出他在她耳边说这话时的暧昧语调。

华羽就这么在平倬这儿腻到周三。

她白天帮他收拾屋子，偶尔出去逛逛，晚上就陪着他。

两人从来没这么亲密过，感情升温得厉害。

华羽收拾完床铺，瞥见了半开的床头柜抽屉，还能看见里头让人脸红心跳的打开的盒子，应该是昨晚平倬拿的时候没关好。

她抿唇，过去想把抽屉关好，却意外地看见了个黑色的心形盒子，像是……戒指盒子。

华羽咬唇，指尖发抖。

理智劝说她不要去看，但她还是没忍住把盒子打开。

是很大一颗淡粉色的椭圆粉钻，在光线的照射下熠熠生辉，美到极致。

一看就是拿来求婚的。

她微闭上眼，把盒子重新放回去，情绪有点不太稳，想给平倬发条微信说有事儿先走了，又生生按捺住。

她没什么胃口，便换了衣服，开着平倬的车漫无目的地出了门。

本来想逛街舒缓下心情，可逛了不到十分钟又没了心思。

她停在一家男装门店前，想起自己之前给平倬买了很多套衣服，干脆就回去取一趟。

回到自己公寓，她稍微收拾了下房间，把给平倬买的几套衣服整理好，脚步却像顿住似的，不太想回去。

但早上他出门时，跟她约好了要等他回来。

他们刚和好没多久，她也找不到理由放他鸽子，怕他万一再生气。

她烦躁地来回踱步，不知道该做什么。

手机突然响了。

平倬："去哪儿了？"

他声音很淡，听不出情绪。

华羽下意识看了眼手机，才四点。

他怎么知道她不在家？

他提前回来了？

华羽怕他生气，立刻说："我回来了趟。之前给你买了几件衣服，我想拿过去给你试试。你今天提前下班了吗？"

平倬"嗯"了声，语气温和下来："拿过来干什么？"

华羽："啊？"

平倬低笑了声："你衣服买了不是让我在你那儿穿的吗？

"我过去穿给你看。"

华羽被他话里藏的小暧昧弄得心神一荡，轻轻"嗯"了声。

半个多小时后，平倬到了。

华羽过去抱住他，声音里有点委屈："你今天下班这么早啊？"

"嗯，今天没什么事，本来想陪你去看个电影或者兜兜风。"平倬揉了揉她的脑袋，"给我买了什么？"

华羽献宝似的把衣服一件件往外拿。

几套西服，几件衬衫，几件睡衣。

她说："尺寸应该是对的，你各自试一件就好了。"

平倬看了眼，拿起件黑色衬衫："想看我穿黑色？"

华羽点头。

平倬笑了声，把衬衫放下："晚上回来再试，想去看电影吗？"

华羽没什么心情看电影，听到他暧昧的话也只是勉强一笑："要不，我们去后海走走吧，或者随便去哪儿走走也行。"

平倬："行，把羽绒服穿上。"

反正目的是带她约会。

两人在后海吃了点儿东西，然后就在附近溜达。

附近酒吧很多，晚上了也算热闹。

后海上已经结了冰，不少人在溜冰嬉戏。

华羽穿了件蓝色裙子，外头套了件白色羽绒服，大波浪鬈发在风里微扬，风情万种，妩媚动人。

平倬穿了件黑色羊绒大衣，把她搂在怀里。

两人外形过于出众，简直是一道行走的风景线，惹来周围的人纷纷注目。

两人在水边石栏前停下。

华羽扫了眼不远处的人，歪头看向平倬："她们都在看你，你很招女人喜欢。"

从大学那会儿就是。

她就一直追着他跑,仰视他。

平俾低眉:"分明是在看你。"

华羽怔了下。

平俾揽住她的腰,俯身在她耳边低声说:"我是男人,我了解他们的眼神有多忌妒。"

华羽抬眸看他:"你喜欢他们忌妒你吗?"

平俾柔声笑:"喜欢。"

他手往上,挪到她后颈:"我想让他们更忌妒。"

微冷的风从脸颊旁边拂过,他的唇也是微凉的,但一靠近她就变成了温热的,跟她的纠缠在一起。

华羽轻轻闭上眼。

他很快放开她,低声说:"目的达到了。"

华羽笑了下,靠在他怀里。

平俾按住她乱飞的头发,问:"有心事?"

华羽稍顿:"为什么这么问?"

平俾:"你情绪不太高的样子。"

跟上次约会出来看电影时的兴奋劲儿相比,简直是两个人。

"还是说……"平俾开起了玩笑,"已经跟我约会约腻了?"

华羽:"怎么会?"

看见他脸上促狭的笑,她才意识到他在逗她。

她心情好了点儿,含笑说:"约会才几次,要腻也是睡腻了。"

平俾淡眸扫她一眼。

华羽:"我开玩笑的。"

平俾没跟她计较,很快又笑起来:"行,今晚换个花样儿。"

华羽脸红了。

一对情侣刚好从他们面前走过,听见这话看了他俩一眼,连忙快步跑开了。

走了几步,那男生还回过头给平俾竖了个大拇指。

两人就这么边散步边聊天。

平俾攥着华羽的手放自己兜里,问她想不想滑冰。

但今天应该是排不上队了,只能改天再来。

华羽说:"不敢,怕摔。"

她们跳舞的摔一次受伤后,容易很久什么都做不了。

平倬:"我抱着你就不会。"

华羽说:"好。"

她在他怀里抬头,黑色的睫毛卷翘,根根分明。

她状似漫不经心地问:"你……打算什么时候结婚?"

平倬从胸腔里发出声很轻的笑。

"结婚是两个人的事儿,我一个人说了怎么算?"他看她一眼,"你想什么时候结?"

华羽垂眸:"我不知道。"

平倬以为她害羞了,戒指也不在身上,就没再提这回事儿。

两人溜达到夜里十一点,回了华羽的公寓。

华羽洗完澡吹干头发走出来。

平倬换了她给他买的黑色丝质睡衣,抻长了腿坐在沙发上,盖着毛毯。

他以前都是穿白色的,黑色穿在他身上显得他整个人越发瘦削有力,也更性感。

华羽不自觉撩了下头发。

平倬把毛毯往地上一扔,伸手:"过来。"

华羽走过去,被他大手一捞,整个人进了他怀里。

他的手放在她腰线上,慢慢地摩挲。

华羽把头靠他肩上,没敢抬头。

手机突然响了。

华羽用脚勾了勾平倬的小腿:"你不接吗?"

平倬声音有些沙哑:"别管。"

铃声刚停,很快又响了起来。

平倬无奈,回头看了眼亮起的屏幕:南夏。

若非有事,她绝不会在这时候打来电话。

他蹙眉,放开华羽,起身接起来:"夏夏,怎么了?"

华羽一滞。

那头不知说了什么,平倬声音放得很低很温柔:"别怕,我马上过来,你在原地等我好不好?"

他就这么当着华羽的面儿说出了这种话。

平倬对华羽道:"我得出去趟。"

华羽跷着腿坐在沙发上,状似无所谓地"嗯"了声。

这事儿搁谁身上都会不高兴。

平倬走过来,摸了摸她下巴尖:"回来补偿你,嗯?"

华羽脸色一白:"没事。"

平倬换了衣服，拿了车钥匙正要出门，看见她还保持着原来的姿势坐在沙发上。

平倬想了下，说："你一起去吧，去换衣服。"

华羽一愣："啊？"

平倬："快点儿。"

华羽："我去干什么？"

平倬："南夏你知道吧？"

华羽点头："当然知道。"

平倬："她出了点儿事，今天被小区保安骚扰了，你们都是女生，你跟我过去安慰安慰她。"

华羽惊了，不敢置信地看着平倬。

"我合适？"

"有什么不合适？"

她被他推进卧室，换了衣服。

一路上，她都在想，这人到底什么脑回路？

就算他相信她不会乱说，难道南夏就不会怀疑吗？

很快到了警局，平倬下了车往里走。

华羽跟着他进去，然后看见了南夏。

南夏的一张脸清纯得要命，偏偏身材又火辣。

这种反差到极致的女人的确应该受到男人的喜欢。

她腿上似乎受了伤，即便有些狼狈，仍旧是优雅的。

这份优雅跟平倬莫名般配。

平倬不知低头跟她说了句什么，抬手亲昵地拍了拍她的肩膀。

华羽别开脸，忌妒得要命。

那双刚在她身上四处点火的手，现在到了别人身上。

他对南夏是不是也……

她不敢再想下去，忽然听见平倬喊她。

她看过去。

南夏声音很软地跟她打了个招呼，她点点头。

平倬把钥匙扔过来："先带她回你那儿。"

华羽下意识接住钥匙，只好说："走吧。"

华羽不知道该用什么心情面对南夏。

羞耻，忌妒，抑或是其他？

她只好视而不见。

但南夏仿佛对她很感兴趣的模样，一直看着她。

她回看过去。

南夏很客气地说了句场面话,她没怎么接。

可能觉得她态度过于冷淡,后来南夏也没怎么说话。

一路上,气氛沉默得诡异。

她终于没忍住,开口问:"你不问为什么这么晚我会跟平倬在一起?"

她脑海里甚至都帮平倬编好了借口。

结果南夏有点蒙地问:"你们不是本来就在一起吗?"

她蓦地踩下刹车,脑海里无数疑问闪过。

"你知道我们在一起?平倬跟你说的?"

南夏:"对啊。"

华羽:"那你同意?"

"这跟我有什么关系?"南夏反应了一会儿,似是突然明白了什么,"你不会觉得我跟平倬在一起吧?"

华羽盯着她,一脸不敢置信。

南夏几乎是哭笑不得:"你弄错啦,我是跟顾深在一起的。今天碰到人骚扰我,顾深替我打了那个人,被扣住了,顾深让我请平倬帮忙来的。"

华羽"哦"了声,扶在方向盘上的手轻轻颤抖。

她平静了一会儿,又问:"所以这次你回国,你和平倬没复合啊?"

南夏更莫名了:"复合?我们从来没在一起过啊。"

华羽看着她:"大学你们不是在一起过吗?学校论坛有你们在一起的帖子。"

南夏很耐心地解释:"那个是大家脑补的。我跟顾深刚在一起的时候,因为很多人都在议论我们,我们都有点烦,平常出去的时候总拉着平倬或者于钱一起。其实我跟于钱出去的次数还更多点儿呢,好奇怪,怎么没人传我跟于钱的绯闻呀?"

华羽笑了:"顾深在,他哪儿敢。"

南夏很软地说:"顾深平常不欺负人的。"

这么快就替她心上人说话了。

华羽挺喜欢她这点,又问:"那平倬是大学里追你没追上吧?"

南夏:"他没追过我呀。"

华羽不信:"怎么会,我都见过他跟你表白。"

南夏:"怎么可能,他从来没跟我表过白。"

华羽的认知都快被颠覆了。

"我亲耳听到的,在学校操场,大一还是大二那会儿,他坐你旁边跟你说'他很欣赏你,你很优秀'之类的话。"

南夏回忆了下:"那后半句应该是'要是你没打算跟顾深在一起,就别招惹他'。"

华羽沉默。

这也太乌龙了。

她激动又兴奋,心脏都差点儿从嗓子眼儿里蹦出来。

她稳住心神,把车开了回去。

帮南夏处理好伤口后,两人躺床上随便聊天儿。

第二天早上七点多,平倬打来电话。

华羽接起来,从来都没这么想念过他。

他的声音听起来格外柔和:"我接顾深出来了,正往家里走,大约半个小时到楼下。你们收拾一下,你把南夏送下来。"

华羽"嗯"了声。

平倬顿了下,说:"你乖一点。"

华羽鼻子一酸:"我知道,我挺乖的。"

平倬轻笑了声,才挂了电话。

两人收拾好下楼时,看到平倬和顾深都站在车前抽烟。

华羽看了顾深一眼,视线落在平倬身上。

他眉眼染着倦意,却斯文优雅地站在那儿,手上掐着支烟,目光对上她的,一动也没动。

这个男人,原来一直都爱她。

只是他们开始得过于随意,他从来都没亲口对她说过。

她忽然觉得,这么多年的坚持是值得的。

余光里,南夏冲进了顾深怀里。

几秒后,华羽再也忍不住,走到平倬面前,伸手抱住他的腰。

他大衣是冷的,她却一点儿都不想放开。

平倬还怕她因为昨晚某些事突然中止作一下,没想到会这么乖。

他缓缓把烟掐了,回抱住她,压低声音:"今儿这么乖,跟人学的?"

华羽没应声。

平倬把钥匙扔给顾深,打发他和南夏开车走了。

微冷的风吹起华羽的鬓发,平倬抬手替她理了理,含笑问:"还没回答我,今儿怎么这么乖?"

华羽在他怀里小声说:"我想你了。"

平倬一震。

她从没跟他说过这种话,总是倔得不行,喜欢跟他对着来,也就生病和最近乖了点儿。

平倬爱怜地吻了她额头一下:"这才多久没见。"虽然这么说,但是他心里开心得要命,搂着她往外走,"去门口吃个早餐?"

华羽抱着他的胳膊说:"好。"

两人一夜没睡,都累极了。

吃完早餐回来,平倬洗了个澡出来,换上那身黑色的睡衣,扣子都没好好扣,敞着脖子。

他扫了眼地毯,忽然想起件事儿,看着沙发上的华羽:"你带夏夏回来的时候,尴尬了没有?"

他眼里闪着坏笑。

华羽一听就明白什么意思,但她哪儿会承认:"我尴尬什么,都是成年人了。"

平倬低笑了声,走过去,把她拉到怀里,问:"你俩昨天都聊什么了?没聊聊带颜色的话题?"

华羽推他:"我们才没那么无聊。"

平倬抱着她往卧室走:"再一起睡会儿,你昨晚也没睡好吧?"

华羽"嗯"了声,乖顺地跟他躺上了床。

平倬很快睡着了,能听见他均匀的呼吸声。

华羽却仍旧沉浸在刚得知的真相里,怎么也睡不着。

很久后,她干脆睁开眼,偏头去看他。

他睡着时也是极为好看的,沉静、斯文、规矩,嘴角仿佛还含着丝笑意。

她慢慢地起身,靠坐在床上,想了很多。

想第一眼见到他时的那个场景。

想他大学那会儿在舞蹈楼的楼道尽头抽烟,等她。

他后来一直否认喜欢她,时间久了,她也就信了。

现在回想起来,他那个时候肯定就是来跟她偶遇的,不然她不会那么频繁地遇见他。

只是后来,他听见了她跟文戈开的那个玩笑,以为她就是跟他玩玩而已,所以他就真的跟她玩玩。

毕业后再度见面,都挺正常的。

他没再说过"喜欢陪他睡的女人"这种过分的话,不近不远地跟她保持着关系。

她其实也没见过他身旁有别的女人。

只是那天相遇,她先入为主地觉得,他应该跟不少女人有过关系,再加上他技巧过于娴熟。

她问过他重逢那天的事,还说他是个老手,被他否认了。

她当时半信半疑,但现在……其实是有点相信的。

那戒指就是买给她的?

华羽被这念头一惊,又忽地想起来,他其实问过她是不是想结婚。

还有那天在后海,他含着笑意说结婚不是一个人的事,又问她想什么时候结婚,其实已经暗示得非常明显了,可惜她当时压根儿就没往那个方向想。

光线透过窗帘渗进来,由暗变得稍微明亮,又逐渐暗了下去。

华羽终于慢慢觉得困倦,也睡着了。

她醒来时,天色已经全黑了,卧室里也是暗的。

平倬没在身边,厨房里响起抽油烟机的声音。

应该是平倬在给她弄吃的。

华羽看了眼时间,已经晚上十点多了。

她起身走出去。

厨房里亮着微黄的灯光,汤锅里冒着热气。

听见动静,平倬回头看了华羽一眼,把抽油烟机关了。

他含笑:"你怎么这么会醒,正好弄完了。"他扬了扬下巴,"去洗手。"

华羽洗完手坐过来。

平倬炖了个鸽子汤,又炒了羊肉和茼蒿,睡衣袖子也被他挽得整整齐齐,一丝不苟。

居家好男人。

平倬把汤盛好推到华羽面前:"上次看你挺喜欢。"

华羽拿起勺子喝了口,鼻尖忽然一酸,眼泪忽然就有点控制不住了。

他一直记得她喜欢什么,他是个很好的人,而且,他一直对她都是认真的。

平倬温声问:"怎么了?"

他不问还好,一问华羽就更控制不住了。

她说不明白是委屈还是高兴,抑或是多年的愿望终于得以实现,眼泪跟断了线的珠子似的往下落,没忍住哭出声来。

平倬起身过来抱住她:"这是怎么了?我哪儿做得不好吗?"

"不是——"

你很好。

只是我不知道你一直都对我这么好。

华羽情绪上来,有点儿收不住,什么都说不出来,只是哭。

平倬抽了张纸巾替她擦眼泪。

华羽抽噎道:"对不起,我冷静一下,很快就好。"

她拂开他的手,跑进卧室,把自己锁起来,抱膝坐在床上,开始肆意地哭。

平倬有点无措地站在门外。

等了一会儿,他点了支烟,坐在沙发等着。

第三支烟燃尽,她还没出来。

平倬起身敲门:"小羽。"

手机收到条微信。

华羽:【你先吃好不好,我还要一会儿。】

隔着门,他听见了她抽泣的声音。

除了生病和那次他从警局回来求他复合,她还从没这么哭过。

平倬坐在沙发上,想起今天早晨她突然很软很乖地跑进他怀里,觉得有点儿不对劲。

这哭也不像是难过,更像带着委屈。

平倬又等了会儿,拿起手机给南夏打了个电话。

南夏说,华羽一直以为自己当了这么多年的情人和小三。

华羽感觉自己哭了很久,嗓子都快哑了,人也有点脱力,但她就是控制不住。

手机这时收到平倬打来的电话。

她不想被他听见哭,摁掉了。

他执着地又打来。

再摁掉。

再打来。

她扫了眼时间,这才发现自己都哭了快一个小时了。

她接起电话,说不出话。

平倬柔和低沉的声音从话筒那头传出来:"小羽,就算是要哭,也让我抱着你,好不好?"

她一下子又没忍住,擦掉眼泪,起身把卧室门打开。

平倬把她揽进怀里。

浓烈的烟草味儿混着麝香味扑面而来,她伏在他肩头,眼泪吧嗒吧嗒地往他肩上掉。

平倬都快心疼死了,把她抱起来放沙发上,拿来热毛巾替她擦脸。

华羽终于慢慢地止住了哭声,接过热毛巾擦了把脸。

平倬看着她红肿的双眼,什么都没说,又倒了杯水给她。

华羽嗓子不舒服,也口渴了,拿起来缓缓喝了几口。

他什么都没说,就这么陪着她安静地坐在沙发上,一下下拍着她的肩膀,似是镇痛。

又等了好一会儿,华羽彻底平静下来。

她垂眸:"抱歉,我一时没控制住。"

声音还有点哑。

平倬揉了揉她的脑袋:"你一天没吃东西了,我热一下饭菜,少吃一点好不好?"

华羽点点头。

两人安安静静把饭吃完。

平倬把厨房收拾完后,出来坐到她旁边,看了她一会儿,说:"我听夏夏说了。"

华羽不太自在地"哦"了声,这会儿又觉得自己有点儿蠢,这么简单的事情到现在才弄明白,白白糟心了这么长时间。

平倬:"我们好好聊聊?"

华羽点头。

这么多年,他们就没好好聊过天儿。

平倬:"你一直以为我跟夏夏在一起?"

华羽颔首。

平倬抽了支烟出来:"具体说说。"

袅袅青烟在他面前散开,模糊了他的脸。

华羽把之前她认为的情况讲了下。

平倬弹了弹手上的烟灰:"我在你眼里就这么渣?"

华羽双手不安地捏着睡衣上的装饰:"我……"

平倬把烟碾灭在烟灰缸里,握住她的双手:"我都这么渣了,你还愿意跟我?怎么想的?"

华羽:"所以我之前提了分手……"

她把事情都说了。

她看见平倬跟南夏买戒指,以为两人要结婚,所以才想跟他断了。

"但是后来你又为了我打伤人,我觉得你是喜欢我的,所以我……"

把他求回来了。

平倬微闭了眼,觉得自己真是个渣男。

一直以来,她都是以怎样的心情跟他在一起的?

他抬手狠狠给了自己脸上一拳。

华羽按住他的手:"别——"

平倬看着她:"那天是我帮她跟顾深挑戒指。"

华羽:"我知道,她都跟我解释明白了。"

平倬看她:"我没喜欢过别人。"

华羽:"没有吗?"

平倬:"没。"

华羽犹豫片刻,还是问:"那毕业后你跟我在一起这几年,一直都没别人?"

"没。"平倬很认真地补了句,"大学跟你在一起后,也没别人。"

华羽其实猜到了,但还是想跟他证实一下。

平倬知道她为什么这么问,很耐心地解释:"那晚在十六楼,我是看见你之后,才让那个女人撞进我怀里的,平时我不这样。"

华羽微怔:"什么意思?"

平倬有点儿尴尬,但他此时此刻一定得说实话了。

"为了引起你的注意。我早看见角落里的你了,小羽,我在酒吧从来没加过任何女人的微信,除了那天。"

他捧着她的脸:"我爱你,我一直以为你知道的。舞蹈室的楼道,我去了一次又一次,就只为了遇见你。"

这么多年,终于从他口中听到了"我爱你"这句话。

华羽眼眶又红了。

她说:"我也以为你是喜欢我的,但是后来……"

平倬快后悔死了:"是我不好,大学时我没好好对你。"

那时候他刚经历前女友出轨,调整心情后开始注意到华羽,又慢慢喜欢上。

有天晚上,他直接追了出去,给她递衣服,已经打算出手追了,没想到后来会听见她跟别人拿他打赌。

已经痊愈的疤痕被再度揭开,他对她直接冷下来。

没想到她一直执拗地追着他。

他那会儿讨厌极了自己,明明知道她不是真心,可只要她出现在他面前,他就忍不住去看她。

那晚她的生日会,他也是准备进去的,没想到她先出来了。

后来他干脆放了狠话,甚至是略带侮辱的话,说他喜欢陪他睡的女人。

他觉得这话一出,她应该不会再缠着他了。

没想到她竟然送上门。

他本来没打算碰她,但她一靠上来,他就完全控制不住自己了。

日思夜想的人就在眼前,他怎么忍得住。

但他知道她没认真,所以在她问两人关系的时候,他自私地不想让她以为他这么好得手,只说两人是情人。

没想到她是第一次。

他当时还想,就为一个赌约,能把自己搭上?

她应该对他是有好感的。

但后来,她没怎么找过他。

他也忍着没找她,直到某次在校门口遇见她跟别的男人约会。

当晚,他在操场跑了十圈才压下心里的怒火。

后来,他刚好跟那男生系里有比赛,他只看了她一眼,就能感觉到她对他还有好感。

比赛结束后,男生挑衅,他根本没放眼里,只觉得想她想得厉害,他干脆当着男生的面儿把她带走了。

她没怎么挣扎就跟他出去了。

两人就这么偶尔保持着关系,直到毕业前,她说最后睡一次。

他拿不准她到底对他什么想法,毕业后生生忍着联系她的冲动,只在别人的朋友圈里窥探她的生活。

直到再度重逢。

两人关系开始得不太正常,所以他一直也没很认真地跟她聊过这件事,觉得就这么在一起,时间久了,她自然都会明白。

后来南夏回来,华羽突然说要去相亲。

他怒意再也克制不住,直接走了。

两人又开始了互相伤害。

华羽认真听完平倬的话,解释说:"那时候我以为你要跟南夏在一起了,所以想试探你的想法。"

想知道他对两人未来到底怎么打算的,没想到他又误会了。

误会叠加,他们彼此又从来没认真聊过彼此的关系,所以才会导致乌龙出现。

平倬早想明白了。

他看了华羽一会儿,突然牵住她的手腕:"去换衣服,跟我去个地方。"

华羽:"现在吗?"

平倬点头。

华羽穿了件裙子,套了件羽绒服。

已经是凌晨一点,南城的街道冷清空旷。

很快到了平倬家里。

平倬让华羽坐在沙发上,自己进了主卧。

华羽心里有个预感。

不到三秒。

他走出来，手里捧着戒指送到她面前。

他看着她，漆黑如墨的双眸里全是认真。

"小羽，我们结婚吧。"

Part 05

微白的光线落在平倬干净的面容上，喉结线条清晰而分明。

他似乎有点紧张，薄唇微抿，一开始是半蹲着，后来直接单膝跪下了。

华羽虽然猜测到这枚戒指是买给她的，但他就这么单膝下跪捧到她面前，还是让她内心一震。

她低头看了眼切割完美的粉钻，几秒后，视线上移，回到他脸上。

他看着她，就这么从容安静地跪着，等她回应。

要嫁给他吗？

答案是肯定的。

没有什么比心心念念了这么久的人跪在面前求婚更让人心动的事。

但是……

华羽动了动嘴唇，不太满意："就这？"

"你要求婚呀，就只这么简单地说一句话吗？"

平倬宠溺地笑了，柔声问："还想听我说什么？"

华羽有点别扭地说："还要我教你呀？就以后的保证之类的，什么都没有吗？"

平倬一顿。

华羽耍起了小性子："谈恋爱的时候都是我追着你跑，而且你都不问我愿不愿意嫁给你，直接说我们结婚是什么意思？谁说一定会嫁你了？"

平倬低笑了声："行。"

他喉结滚动了下，看着她："华羽小姐，有没有这个荣幸请你嫁给我？我会好好爱你、宠你、珍惜你、照顾你，把你当成我的另外一半生命。"

华羽脸颊微红，别过头小声道："我不要。"

她腮边的鬓发跟着她的动作轻轻一荡，漾得平倬内心一痒。

他眉眼全是笑意，手轻轻放在她膝盖上，仰头看她："真不要啊？"

华羽不大愿意地轻轻拍了他手背一下。

平倬握住她的右手，维持着单膝跪地的姿势，慢慢地把钻戒戴在她无名指上，而后，俯首在她手背轻轻吻了吻。

华羽垂眸："都说我不要，你强买强卖啊？"

平倬知道她早答应了，这会儿就是跟他撒娇。

他笑了："怎么是强买强卖了？我这明明是送一赔一。"

送个戒指，赔上他自己。

华羽一下就懂了。

她轻"哼"了声，就算是答应了。

她在灯光下抬手，看了手上的戒指一会儿，嘴角扬了起来："怎么会想买粉钻给我啊？"

平倬："记得我们第一次看电影那天吗？"

华羽又不满意了："什么第一次，我们就看过一次电影。"

平倬握住她的手，大拇指一下下蹭着她白皙的手背："是我不好，以后你什么时候想去我都陪你。"

华羽"哦"了声。

平倬认真道："我拜托夏夏帮我选的，但是我也一眼就看中了这个。

"那天觉得你穿得粉粉嫩嫩的，吃着粉色的棉花糖，很开心。

"我希望你能永远都像那天那么开心。"

华羽眼眶一红。

又听见他用温柔到极点的声音说："而且，你穿粉色也很好看，甜甜的。"

华羽又看了眼戒指，像是勉为其难："那好吧。"

其实这个钻戒只有在光底下才会闪出极淡的粉色，华丽夸张，倒是很配她平常的那些性感长裙。

平倬从胸腔里溢出很低的一声笑："所以你打算……什么时候让我起来？"

华羽看着他，半开玩笑似的："我怎么觉得你跪着挺好看的。"

她没说假话，这男人怎么看都极品，肩宽腰窄，脊背挺得很直，弯曲的长腿也好看极了。

就算这么跪着气质也是顶尖的。

她说："要不你再多跪一会儿？"

平倬看她："故意折腾我是吧？"

华羽点头："嗯。"她伸脚用脚尖蹭他跪着的膝盖，"那你给我折腾吗？"

平倬抬手握住她骨感的脚腕："给。"

他眼底涌出一抹笑意，把她往前稍微拽了点儿。

华羽在沙发上坐着，生生给他拽得差点掉地毯上。

他放开她的脚腕，双臂把她捞起来，又把她慢慢地放在旁边地毯上。

他说:"我下半辈子都给你折腾。"

结束后,平倬抱华羽去浴室泡澡。
她全身都腻得不行,又累得厉害,乖巧地躺在浴缸里头,抱着他的腰。
平倬挤了一点儿沐浴露抹在她身上,语气透着嚣张:"还腻不腻?嗯?"
她无力地看了他一眼。
平倬没忍住又笑了声:"出息。"
华羽打了他胸膛一下。
泡了会儿热水,她浑身舒服多了。
平倬用浴巾把她裹起来,指着旁边架子上的护肤品:"随便买的,不知道合不合用。"
他当时觉得要是真结婚,可以先同居一阵子,所以去商场买了她可能用到的东西。
买护肤品的时候他听了半天介绍,最后干脆选了最贵的一套回来。
华羽"嗯"了声,好心情地把护肤品包装一件件撕开。
上次来的时候,她连这些东西都不敢动呢,这回过来地位直线上升了。
平倬把浴缸收拾了下,下身围了个浴巾,从背后抱住她。
两人头发都还湿着,从镜子里看去格外欲。
他问:"好用吗?"
华羽:"还行。"她把脸涂完,问,"这些东西,你是什么时候买的呀?"
其实就是想问他,是什么时候开始准备打算让她住进来。
平倬拿起吹风机,慢条斯理地给她吹头发。
好闻的香气飘到鼻尖底下,他喜欢得不行。
华羽头微微后仰,觉得他给她吹得好舒服。
平倬大约是第一次给人吹头发,动作不太熟练,吹得有点儿慢。
华羽打了个哈欠:"困了哎。"
平倬"嗯"了一声:"马上。"他颇为随意地开口,"年前见个家长?"
华羽一怔,抬头。
镜子里他眉目柔和,修长的手指轻轻按在她头发一侧,缓缓给她吹着头发。
热风在头皮某处停留的时间长了些。
烫。
华羽勾唇,原来他也不是表面上看起来那么镇定嘛。
她这才满意了,点头:"好呀。"
细声细语被淹没在吹风机的声音里。

平倬关掉吹风机。

瞬间寂静。

平倬:"再说一遍。"

华羽摇了摇吹干的软发,回头看他,眼睛亮亮的:"好啊。"

平倬一笑,把吹风机收起来,搂着她往回走。

华羽边走边说:"不过我还没跟家里人说我有男朋友的事,我妈前两天还张罗要给我相亲呢。"

平倬伸手轻轻掐她的腰:"还气我是不是?"

华羽笑起来:"哪有。"

平倬挑眉想到什么,说:"还有件事儿。"

华羽:"嗯?"

平倬:"朋友圈删了。"

华羽一怔:"什么朋友圈?"

平倬看她。

华羽蓦地想起来,之前闹分手的时候,她好像挂了一个"单身,求交往"的朋友圈。

他双眸淡淡地看着她。

华羽看了眼手上的大钻戒,"哦"了声。

她这行为把平倬逗笑了。

他伸手抵住她下巴尖儿:"要没这钻戒,你还得考虑考虑是不是?"

华羽:"你以为呢,我行情很好的。"

平倬在她脑袋上揉了一把:"知道了,华大美人,追到你算我运气好行不行?"

华羽很高冷地"哼"了声:"你明白就好。"

平倬觉得她可爱死了,忍不住眼里的笑意。

华羽拿起手机,看了眼被赞了几百个的朋友圈状态,很乖地删掉了。

两人就这么过上了没羞没臊的同居生活。

平倬工作似乎真的挺忙,华羽在他这儿他周日也经常加班。

这种设计公司完全跟着客户需求走,忙起来简直没时间概念。

平倬很享受这种同居时光,因为一回来就能见到她。

某天他刚下班回来,外套还没脱,就听见华羽神神秘秘地说:"你知道吗?我今天跟南夏出去逛街了。"

他跟顾深挺投缘,难得他们女朋友也投缘。

他含笑:"逛个街而已,搞这么神秘,搞得我还以为你跟顾深逛街去了。"

华羽不服："我跟顾深去逛街还会告诉你吗？"

平倬眉毛微蹙，伸手在她脸上捏了下，稍微用了点儿力。

华羽"哎呀"一声。

他算是摸透了她的性子。

以前喜欢跟他行为上对着来，现在喜欢跟他口头上对着来，反正不作一下就不痛快。

平倬淡声，语气透着不屑："人顾深会跟你逛街？"

华羽："为什么不能？你都能跟南……"

她下巴被扣住，呜呜两声，话都说不出来了。

她睁大眼睛，看他。

几秒后，平倬稍稍松开手："治不了你是吧？"

华羽不太高兴地坐回沙发上了。

平倬脱掉衣服换了鞋，走到她旁边，温声："刚要说什么？你跟南夏出去逛街，然后呢？"

华羽扭头："我不说了。"

平倬哄她："生气了？"

华羽："哼。"

平倬："我刚也没用力不是。"

他把她扯进怀里，气息落在她发间："来，跟我说说今天有什么好玩的事儿。"

华羽一到他怀里就不自觉软下来，听见他这么问，注意力也直接转移。

她很兴奋地扯了扯平倬胸前的衬衫扣子，说："你知道吗，顾深现在都还没跟南夏那什么。"

平倬有些意外，扯了下唇，含笑逗她："那什么是什么？"

华羽："你明明知道。"

平倬睁着眼睛说瞎话："你又没说清楚，我怎么知道？"

华羽："你什么不知道？！"

平倬这会儿没再装不懂了，笑了声，说："顾深还挺能忍。"

华羽拿食指指尖戳他右肩："哪里像你，简直就是个禽兽。我大学那会儿就被你……被你……"

她气得说不出话。

"被我什么？"平倬看她表情，恍然大悟似的"哦"一声，"你是想说你进医院那事？"

华羽这回是真无语了。

没想到这人真的是毫无下限。

平焊很是愉悦地笑了声,把她圈进怀里,老老实实认错:"那次是我不对。"

他虽然是认错,但语气一点儿没听出来他错了的感觉,反而带着种暗暗的炫耀。

华羽用力踢他。

她那点儿力气,挠痒痒似的,平焊躲都没躲,心甘情愿笑着受了。

他说:"跟顾深比什么,他那种龟速,等我们有小孩儿了他都未必结得了婚。"

华羽咬唇:"谁要跟你有小孩儿了?"

平焊勾唇,对她这态度已经见怪不怪。

"而且……"

他稍顿了下,看她性感的锁骨一眼。

华羽有种不太好的预感浮上心头。

果然,他很意味深长地说:"大学那会儿我要真没碰你,你得多遗憾。"

偏他一张脸还正经得不行,居然说出这种无耻的话。

华羽:"为什么是我遗憾?明明是你遗憾。"

平焊大大方方的:"我更遗憾。"

他还想说什么,被华羽捂住嘴。

他声音发闷:"嗯?"

华羽:"闭嘴。"

不想再跟他探讨这些乱七八糟的问题。

之后平焊跟顾深他们聚会或者出去玩,也就光明正大地带着华羽。

两人等于是官宣了。

周围人都知道两人在一起了。

这消息还传回南大论坛,帖子成了最热帖,还是文戈截图给华羽看的。

华羽平常不太上论坛,也没在意,又约了文戈逛街,顺便把她跟平焊这事儿给文戈讲了。

文戈停顿三秒,看着她:"你是不是脑子不太正常?"

华羽:"又怎么了?"

文戈:"为什么这种破误会这么多年你都没搞明白?"

华羽很不服地说:"你自己脑子很好吗?很多话不都是你跟我说的?!"

文戈:"你说得也对,我也觉得我脑子不太好使。"

华羽:"哼。"

文戈："所以我们是好朋友。"

华羽翻了个白眼。

两人逛到商场，华羽说要给平倬买条围巾。

"之前我们跟顾深南夏他们吃饭，顾深戴了南夏送的围巾出来炫耀，平倬觉得自己很可怜。"

文戈帮她挑："为什么可怜？"

华羽声音有点儿甜："因为我没给他买围巾。"

文戈被秀了一脸。

不过文戈能理解华羽现在这种十分想秀的心情，毕竟这么多年，她终于"转正"了，虽然作为一个正室，她一直觉得自己是小三。

于是文戈忍了。

华羽想起来给平倬买的黑色外套，决定买个骚气点儿的红色男士围巾给他戴。

然后，她又买了条棕色围巾，打算带回家给方静柔，顺便说一下她有男朋友这事儿，然后再学学怎么做菜。

买好围巾，她发微信给平倬。

【我准备回家啦，你今晚自己好好吃饭哦。】

她这"家"，指的是父母家。

虽然昨天华羽就跟自己说了这事儿，但是一想到今晚一个人在家，平倬还是觉得有点酸，甚至想早点把她娶进门。

他叹了口气，回：【好。】

华羽：【你这个态度，是不是对我有意见？】

平倬：【老婆回娘家，我哪儿敢？】

轻飘飘的"老婆"两个字，让华羽脸颊发烫。

华羽打车回了家。

她自己的车还在自己公寓楼下，也不敢开平倬的车过来，怕被父母发现。

方静柔炖了羊肉汤给她，说是让她冬天好好补补身体，别总感冒。

吃完饭，华羽把围巾推到方静柔面前让她试试。

接到孝顺女儿的礼物，方静柔眉开眼笑，扯出来试了试，又看见华羽手上的另外一个袋子："怎么还有一个？"

还没跟她说平倬的事儿，华羽有点儿心虚："这是要送朋友的生日礼物。"

方静柔向来不跟华羽客气："我看看。"

华羽："……哦。"

方静柔拿起来，一脸欢喜："这个红色好看哎，我喜欢。"

"但这是男……"

方静柔打断她："这条给妈吧，你把那条送朋友行吗？"

沉默几秒，华羽说："好。"

再买就是了。

方静柔满意地把围巾围脖子上："过年正好戴，又大又暖和。"

不大才怪，这是男式的。

华羽默默把另外一条围巾收起来。

方静柔心愿满足，又开始给华羽介绍相亲的人。

她把手机拿华羽眼前："就上次你刘阿姨给介绍的小伙子，人模样特别周正，十分不错。"

华剑推了推鼻梁上的眼镜："你怎么又开始了？"

华羽说："妈，其实我……"

她瞥见手机里的照片，怔住了。

照片里男人一袭白色西服，绅士优雅，眉目柔和，笑容温柔得如同二月里的春风拂面。

好几秒后，她才接受了平倬的照片出现在她妈妈手机里这件事。

方静柔看她表情瞬间懂了："怎么样？妈是不是没骗你？是不是看一眼照片就喜欢上了？"

华羽顿了几秒，很小声地"哦"了下。

在方静柔看来，就是女儿看中人了，还害羞了。

她喜上眉梢："我这就给你刘阿姨打电话啊。"

华剑往这边儿看了眼，问："真看上了？"

华羽娇羞状："就觉得长得还可以。"

华剑没说什么了。

华羽拿着手机，悄悄溜进卧室，给平倬打电话。

他很快接起来。

华羽手指缠绕着一缕鬓发，小声问："你在干吗呀？"

平倬声音里都是笑意："在加班。"

时间已经挺晚了。

华羽："你还没回家呀？"

平倬："你又没在家，我回去那么早干什么？"

他现在倒是说起话来直白得很，生怕再出现以前那种误会。

华羽觉得挺甜的，嘴角微微扬起，说："我有个事儿要跟你说。"

平倬"嗯"了一声，手上似乎还敲着电脑键盘，噼里啪啦地响。

华羽:"我今天不是回家了吗,然后我妈又让我去相亲……"
敲击键盘的声响断了。
平倬顿了下,等她继续往下说。
华羽:"我有点儿想去哎,那个男人挺帅的。"
平倬半眯了眼,蹙眉,看着电脑屏幕里的设计图,起身点了支烟。
金属质地的打火机开合的声音传来。
平倬淡淡地说:"再说一遍。"
华羽:"真挺帅的。"
平倬"啧"了一声,不知道她又在作什么。
他吐了口烟圈。
华羽笑起来,声音甜丝丝的:"你们家最近有没有让你去相亲呀?"
平倬想了下:"好像有,我没理,怎么?"
华羽:"那你留意下?"她声音里带着点撒娇的意味,"有个女人也挺好看呢。"
平倬笑了声,明白过来:"有你?"
华羽很低地"嗯"了一声:"我觉得咱们俩就这样相亲结婚也挺好的,反正双方家长都介绍的嘛,省去了很多需要交代的。而且,我妈一直给我张罗呢,要是我能跟她介绍的人成了,她肯定高兴。"
平倬没什么意见:"行,听你的。"
听你的。
华羽内心一荡:"以后都听我的呀?"
他放低声音哄她:"嗯,以后都听你的。"
他哄起人来也真是要命,温柔得能把人溺死,听得耳朵都要怀孕了。
华羽听见方静柔喊她,说了句"先挂啦"就跑了出去。
平倬低笑了声,往家里打了个电话,问介绍相亲的事儿。
平母一听也没敢问他为什么突然想相亲,只怕他反悔,立刻把照片给他发过去,还说了一堆好话。
"你方阿姨介绍的呀,小姑娘人特别漂亮,没谈过恋爱,大大方方的,我看着很好。"
平倬低头扫了眼照片。
华羽这张照片倒跟她平常风格不太一样,穿了条挺保守的白色连衣裙,看着还有点儿清纯。
平倬低笑一声:"行,那我约约看。"
两人就这么被推了微信,只是省去了加好友的步骤。
平倬问她第一句话:【什么时候回来?】

华羽躺在床上,用纤细的手指敲字:【你能敬业点儿吗?我现在刚跟你认识。】

平倬发来条语音:"那说说,你叫什么名儿?"

华羽"扑哧"一声,笑了。

两人聊了好半天后,平倬打来微信语音。

两人和好后每天都住一起了,这还是第一次分开,都有点儿不太习惯。

"想听听你的声音。"平倬低声说,"没你在身边,我都睡不着了。"

华羽也有点儿失眠,但她嘴上不想认输,说:"以前不是两周才见一次吗?有时候一个月才见一次。"

平倬:"那不一样。"

华羽:"有什么不一样?"

平倬:"知道什么叫曾经沧海难为水吗?"

华羽一时没反应过来:"什么?"

平倬很不要脸地说:"就是连续睡了你这么多天后,不能忍受睡不到你的日子了。"

华羽:"流氓!我们才第一天认识!第一天!"

平倬轻笑起来,柔声问:"明晚回来,好不好?"

他这语气……也太软了。

华羽没忍住,很小声地答应了。

第二天起来,华羽缠着方静柔教她做菜。

她在家里一直挺受宠,什么都没动手做过,连燃气灶都不会开。

她之前也不爱做菜,总觉得沾一手油难受,方静柔还挺诧异她怎么突然要做菜。

华羽不紧不慢地说:"这不是要相亲了嘛,万一相中了,为以后结婚做准备。"

方静柔教她做了两道简单的——西红柿炒蛋和拍黄瓜。

华羽琢磨了下就学会了,还挺高兴:"也没那么难呀。"

午饭就是她炒的菜,加上方静柔做的炒腊肉和炖排骨。

华剑直夸华羽做菜好吃。

她尝了尝,觉得也挺好吃,感觉自己做菜还挺有天分的。

方静柔问她:"昨天跟人加了微信聊得怎么样?"

华羽含混道:"还行。"

方静柔很激动:"约见面了吗?"

华羽点头:"约了今晚吃饭。"

方静柔："行，那你穿漂亮点儿。"她看了眼华羽身上的衣服，"要不你穿得像个女人点儿，就……稍微性感点儿，比如露个肩膀什么的。"

华羽差点被西红柿噎住："第一次，不用穿那么夸张吧？"

她平常穿得极度性感，但每次回到家都很注意，穿得很乖，主要是怕父母接受不了。

这会儿从方静柔嘴里听到这种话，她也是很惊讶了。

下午，平倬提前下班来小区门口接华羽。

华羽拎着昨天给方静柔买的围巾上车。

平倬替她系好安全带，看了眼她拎的纸盒："是什么？"

华羽："围巾。"

平倬转着方向盘笑了声："给我买的？"

华羽有点儿郁闷："给你买的围巾，被我妈看上了，这条本来是给我妈买的。"

平倬笑得肩膀发颤："没事儿，送我丈母娘我愿意。想吃什么？"

华羽虽然学会了两道菜，但也还没信心立刻就做，打算回去看着菜谱多尝试几个再说。

她说："随便吧，别太腻就行。"

平倬："带你去吃私房云南菜，还不错。"

两人就这么在双方家长的"牵线"下，认真谈起了恋爱。

临近过年的某天晚上，平倬打电话说要晚点儿回来，去陪顾深喝几杯，因为南夏家里出了事儿回英国了。

当晚他回来时带了点醉意，站都站得不太稳。

华羽把他扶进卧室，给他吃了维生素，喂了点儿水。

平倬其实脑子是清醒的，看她不太熟练地照顾他，内心生出无尽的温柔和满足。

他伸手一拉，把她拽进怀里，凑近她脸颊亲了口。

华羽伏在他胸口，问："你要去洗澡吗？"

平倬闭着眼等了会儿："要啊。"

华羽："那我扶你过去。"

平倬"嗯"了声，说："等一会儿，让我缓缓。"他摸着她蓬松的鬓发，"后天去趟你家好不好？"

他也该去拜访了，不然不知还会生出什么事。

别跟顾深似的，折腾这么久最后还不一定能把人娶回来。

华羽很乖地应了声。

年前挺忙乱的,但一听平倬要上门,方静柔还是高兴得合不拢嘴。
她一大早就起来进厨房准备饭菜,华剑也跟着打下手。
大约十点多,平倬拎着礼物跟华羽一起来了。
方静柔和华剑一起从厨房迎了出去。
方静柔戴着厨房手套去开门,笑盈盈的:"快进来坐。"
她抬头看一眼平倬,格外满意,真人比照片还要帅上一些。
平倬还攥着华羽的手,也没放开,含笑礼貌地问好:"叔叔阿姨好。"
华剑扫了眼两人牵着的手,点了点头:"冷不冷?先进来。"
华羽被父母这么一看,有点儿不好意思,想松开,却被平倬握得更紧。
这两天寒潮来了,南城温度骤降到零下,格外冷。
平倬牵着华羽走进来:"是有点儿冷,不过我们都穿得很厚。"
两人坐沙发上。
方静柔吩咐华羽给人倒茶。
华羽小声说了句:"我还要伺候他呀。"
方静柔瞪她一眼。
平倬站起来,含笑温声说:"没关系,我来吧。"他把羽绒服外套脱了,递给华羽,"去给我挂好?"
华羽瞪他一眼,腹诽:还不是一样要伺候你。
平倬笑容温柔:"我得给你泡茶。"
华羽这才拿起他的衣服,去了门口。
方静柔看着两人互动的模样,高兴得不行。
她说:"你来了是客人,哪有让你泡茶的道理,我来我来。"
平倬看见茶几上的一套功夫茶具,说:"没关系,正好给我个机会让您跟叔叔尝尝我泡茶的手艺。"
华羽都还不知道平倬会这个。
他气质本就卓绝,修长的手指拎着茶壶,动作优雅,简直令人赏心悦目。
他很快泡好一壶,倒了两小杯分别递给华剑和方静柔,然后又倒了一小杯给华羽:"尝尝?"
他双眸漆黑如墨,蕴着笑意,青色琉璃茶杯里倒映着他的脸。
华羽接过来,碰到他的指尖。
他漫不经心地在她手指上蹭了下,很快离开。
华羽脸微微红起来。
方静柔和华剑喝完茶,都夸不错。

方静柔起身:"你们聊,我去厨房,饭很快就好了。"
平倬:"我帮您吧。"
方静柔对他的印象已然越来越好,笑着说:"不用,让小羽来就行。"
她给华羽使了个眼色。
华羽乐得平倬表现,不太愿意地说:"他替我还不行吗?"
方静柔:"你这孩子……真是把你惯坏了。"
平倬宠溺地一笑:"她没说错,我替她干活儿也一样。"
他跟着方静柔进了厨房。
华羽嘴角扬起,观察着华剑的表情,试探性地小声问:"爸,您觉得他怎么样啊?"
华剑喝了口茶:"看着比你懂事。"
华羽撇了撇嘴。
这顿饭自然是吃得很开心。
说是平倬打下手,其实后面几个菜都是他亲手做的。
方静柔对他满意得不得了,但饭桌上也没忘夸自家闺女。
"我们小羽打小就特别乖,特别懂事儿,从来不让人操心,你是他谈的第一个男朋友。她有什么做得不对的地方,你多包容。"
平倬:"小羽一直挺乖的,您放心,我一定好好疼她。"
方静柔连连点头:"我们家姑娘啊,也不是我跟你自夸,她人漂亮又单纯,大学里都没谈过恋爱,在上个月认识你之前,连男人的手都没牵过。"
华羽差点被一口土豆噎住,咳了起来。
方静柔:"这孩子,小心点儿。"
平倬含笑看华羽一眼,缓缓给她拍了拍背,柔声说道:"是很单纯,认识了快一个月,才刚愿意让我牵手。您放心,我肯定好好——护着她。"
最后几个字被他拉长语调,显得意味深长。
华羽在桌子底下踢了平倬一脚。
平倬恍若未觉,给她盛了碗汤,温声说:"多喝点儿补补,天气冷。"

吃完饭,方静柔说什么也不让平倬再干活儿,自己进了厨房洗碗。
平倬陪华剑喝茶聊天儿,消磨了一下午,又在这儿吃了晚饭。
晚饭后,平倬对华羽说:"不让我参观一下你的闺房?"
方静柔:"对,带平倬去看看。"
华羽心想这人肯定没安什么好心,但还是咬唇"哦"了声,带他进去了,刻意没关门。
她眨着一双大眼睛看他:"就这儿,参观吧。"

平倬"嗯"了一声,看了眼四周,走到角落的小书架旁边,手里拿了个东西:"这是什么?"

他肩膀宽,东西完全被挡住。

华羽凑过去:"什么呀?"

平倬手扣在她脑后,吻了上去。

这人也太大胆了!

屋外电视机的声音响亮,放的是个战争片,还有炮火的声音。

华羽想推开他,却不敢挣扎得太厉害,生怕被父母发现。

她躲得越厉害,他反而越来劲似的。

平倬放肆地把舌头探进来,在她齿间游移,弄得她喘不过气。

他刚说要进来的时候,看她的眼神就很不对劲儿,华羽千防万防,还是给他得手了。

她没再挣扎,乖顺下来,祈祷他尽快结束这个吻。

好一会儿,平倬终于放开她,眉眼染着得逞的笑意:"是不是也还没男人亲过你?"

这是接方静柔刚才的话。

华羽不想理他,从桌上拿起一面小镜子,看了眼自己,满脸通红,嘴唇也是红的。

她狠狠踩了他一脚,又平复了会儿,才把他带出去。

方静柔对平倬很是满意,临走前还特意把华羽拽到卧室叮嘱半天,说一定要抓牢人之类的。

平倬见女方家长这关就算是过了。

然后两人就商量着,正月里去趟平倬家。

华羽打电话问方静柔要带什么东西。

方静柔列了一堆,说有些家里有,正好明儿给她送一趟。

她打这通电话时,平倬就躺在她旁边,手还不太规矩地在她身上点火。

华羽强忍着,挂掉电话就狠狠捏了他一下。

"你什么都不管就会捣乱,今天出去买礼物也不给我意见!我腿都跑断了也没买到合适的。"

平倬从喉咙里发出声轻笑:"怕什么,你带什么他们都喜欢。"

华羽:"那万一不喜欢呢?你是不是没想娶我啊?想看我出糗是不是?"

平倬不得已开始出力,听起来也完全不走心的样子:"那个围巾我看就挺好的,我妈挺喜欢棕色。"

华羽:"你还是闭嘴吧。"

小姑娘一副如临大敌的模样,看着可爱得厉害。

平倬翻身去亲她:"紧张什么,你可是我妈亲自推给我的,何况……我要娶的人他们不会反对。"

算是给她定心丸。

华羽这才稍微松了口气,但还是担心:"那万一他们见到我之后反对呢?"

平倬摸了摸她的脸颊:"我要娶的人,谁反对都没用。"

华羽终于勉强满意了。

她想起了另外一件事儿:"你明天几点去公司啊?我妈要过来一趟给我送东西。"

因为要给平母挑礼物,还要挑去见平倬父母时穿的衣服,两人今天就回了华羽的小公寓。

平倬:"阿姨几点来?"

华羽:"我跟她说要睡懒觉,大约九点左右吧。"

平倬捏了她的脸一把:"放心,我七点就走了。"

他伸手抚上她大腿,被她按住。

平倬挑眉:"真不让碰?"

华羽撒娇:"真的累了,今天走了一天哎。"

平倬无奈,刮了下她的鼻尖,把灯关了:"那睡吧。"

华羽睡了个好觉。

不过欠的债,终归要还的。

第二天早上她还没睡醒,温热的唇就已经覆了上来,伴随着他手上滚烫的温度。

华羽"嘤"了声,下意识勾住他脖子撒娇:"还困着呢。"

平倬声音是哑的:"很快就不困了。"

她很快就被他挑起来,开始配合他。

结束后,她看了眼手机,还不到七点。

这时,门铃突然响了。

华羽吓了一跳:"我妈不会这么早来了吧?"

平倬低笑一声:"不是,我叫了早餐。"

华羽想起来,这公寓录了方静柔的指纹,她要来肯定直接进来了,不由得松了口气。

平倬穿好睡衣,起身出了卧室。

华羽听见"咔嚓"一声,门被打开。

意识到不对劲,她骤然起身,跑了出去。

门外,方静柔刚打开门,看着穿着睡衣的二人前后出来,不禁愣住了。

华羽直接僵住了。

顿了几秒，华羽把责任全推给平倬。

"是他逼我的，妈妈。

"我还是你心目中那个纯洁无瑕的少女，妈妈。"

方静柔和平倬还没有回过神来。

世界仿佛都安静了。

方静柔站在门口，手里拎着大包小包，目光落在华羽身上。

她丰腴白皙的肩膀裸露在外，脸颊透着曼妙的红润，或是因为被撞破了害臊，抑或者是刚才情事的余韵。

平倬倒是穿着整齐的丝质黑色睡衣，表情平静。

好几秒都没人说话。

片刻后，平倬主动把责任揽到身上，温声说："是我的错，阿姨，我……没忍住，抱歉，您别怪小羽。"

方静柔这才缓过神，把手里的东西放下，一句话也没说，很识趣地直接转身走了，仿佛什么都没看到一般。

门被"砰"的一声关上。

两秒安静后，平倬轻笑了下："阿姨情商真高。"

华羽尴尬到了极点，把怒火全发到平倬身上："都怪你——"

"怪我怪我。"平倬接了她丢来的小拳头。

华羽把头埋进他怀里："怎么办呀，我要没脸见人了。"

平倬哄她："不会，我们早点儿结婚，好不好？"

华羽都快羞死了，好一会儿才缓过来。

门铃声再次响了，这回是送早餐的骑手。

华羽生无可恋地陪平倬吃完早餐，把他送出门。

平倬摸了摸她的头："放心，嗯？"

华羽无力地点点头——事情已经发生，也只能这样安慰自己了。

没一会儿，方静柔发来微信，告诉她去平倬家里都带哪些东西，嘱咐她到时候别失礼之类的，完全没提今天早上这事儿。

这让华羽瞬间觉得轻松了很多。

很快就到了去平倬家的那天。

华羽一晚上都睡得不太安稳，半梦半醒，还不到六点就爬起来，开始在衣柜选衣服。

平倬家的衣柜大，她抱来的衣服占了大半个衣柜。

平倬听见动静，睁开眼："起这么早？"

华羽头都没回:"要挑衣服。"
平悼:"之前不是挑好了?"
华羽:"我觉得那件颜色太艳了,我要挑件别的。"
平悼知道她紧张,干脆起身帮她挑。
他这回认真了,一件件扫过去,目光落在一件白色长裙上,说:"这件吧,我妈喜欢白色。"
是件白色针织连衣裙,小V领,外头再套一件姜黄色大衣,显得很优雅。
平悼声音温和,挑的衣服也不功不过,很保险的样子。
华羽莫名有股安心的感觉,直接选了这件。
两人拎着大包小包去了平悼家的别墅。
平父平母都在门口迎接他们。
平父儒雅温和,一见到华羽就温声说:"冷不冷,快进来。"
平母气质高贵,却并不冷淡,开心地说:"真人这么漂亮啊,可比照片漂亮多了,我儿子怎么这么有福气。"
平父笑起来:"对,儿子比我有福气。"
平母瞪他一眼。
好恩爱呀。
华羽甜笑:"叔叔阿姨好。"
她算是明白为什么平悼生得这么好了,这基因,不好才怪。
她挽着平悼的手臂进了别墅。
平悼:"你们叫她小羽就行。"
几个人在沙发上聊了会儿就去吃饭。
来之前,方静柔还嘱咐华羽机灵点儿,多帮忙打下手什么的,结果平母直接找了阿姨做的饭,压根儿不用她插手,真的是太棒了。
吃完饭,平父问要不要打麻将。
华羽有点震惊,又忽然想起来方静柔平时就喜欢跟刘阿姨一起打麻将,估计她们都是麻将搭子所以才能认识。
她反应过来:"好啊。"
四个人坐在麻将桌上。
平母坐在华羽对面,含笑说:"平悼带你回来可太好了,平时过年时我们打麻将总是三缺一。"
平悼稍稍扯开领口,开始按键转骰子:"怪我,没早点儿领人回来。"
平父语气里带了点儿责备:"不然怪谁?"
麻将桌里有码子,几个人平分了一下就开始玩。
华羽从小耳濡目染,牌技很好,方静柔都不是她的对手。

她刻意讨好平父平母,不停喂牌,却从不点炮,最后点炮的都是平倬。
几圈下来,平倬手上码子已经快输光了。

平父最多,平母其次,华羽也赢了几个。

平倬不大满意地说:"合着你们三个人合起伙儿来欺负我一个是吧?"

平母:"技不如人,怎么能说是欺负?"

华羽笑盈盈地点头,看着他。

平倬侧头看向华羽:"码子借我一半儿?"

华羽咬唇,还有点舍不得:"干吗找我,我也没赢几个,你找伯母啊。"

平母很无情:"我不借。"

平父:"我的码子只借给我老婆。"

一桌人都在看华羽。

感觉就好像是,都在等着她借给平倬码子。

华羽脸不自觉开始发烫,不得已拿出一半码子,不太情愿地递给平倬:"喏。"

平倬笑了,没忍住摸了下她的脸。

还是当着他父母的面儿。

华羽脸顿时更红了,瞪了他一眼。

很快,平倬又输光了。

平母"啧"了声,转头跟华羽说:"小羽啊,回头你得好好教教他,这水平也太差了,都在我们家平均水平之下。"

我们家……

华羽脸又微微红了,很轻地"嗯"了声。

吃完晚饭,两人离开时,平父平母还让华羽常来。

看得出来,他们是挺喜欢她的。

两人出门后,平父平母对望一眼,都笑了。

平父:"看来就是这个了,你什么时候见过咱们儿子这么配合给你点炮?这小子,演得跟真的似的。"

平母点点头:"我看这姑娘也挺好的。"

平倬和华羽回到家,洗完澡坐在沙发上聊天。

平倬仿佛后知后觉似的,跟她算起了账,问:"今天你为什么只给我爸妈喂牌?不给我喂牌?"

华羽手拿着遥控器,闻言目光转向他。

"你看出来啦?"

说完,她轻轻吐了下舌头,有点儿小俏皮。

平倬:"猜的,我爸妈一般赢不了这么多。"

华羽很小声地撒娇:"那第一次见面,我要讨好他们嘛。"

她往他怀里拱,跟只猫儿似的。

平倬很自然地揽住她,用低沉而富有磁性的声音说:"卖我讨好他们?"他语调刻意拉长,带着点儿追究的意味。

他的手也伸到了她腰间,不轻不重地捏了把。

"那不是……"华羽很快想到个理由,开始反问,"你爱我吗?"

她就这么突然换了话题。

平倬垂眸,看着她一双干干净净的眸子里闪过一抹促狭。

他眯了眯眼,想看看她要玩什么把戏。

平倬:"爱。"

华羽:"那你的钱是不是就是我的钱?"

平倬微微蹙眉,还没意识到她的点,不轻不重地"嗯"了声。

华羽笑起来:"那就对了,你的钱不就是我的钱?你的码子不就是我的码子?表面上看起来是你输掉了码子,但其实……"她手捂在胸口,佯装很痛苦的样子,"痛在我心。"

平倬静静看她表演。

华羽演了会儿,看平倬没什么表情的样子,也没了兴致,又开始在他怀里蹭着撒娇:"真的呀。"

平倬:"那你的钱呢,是不是我的?"

华羽警惕心上来,莫名觉得平倬这话里似乎藏了点儿坑等着她往下跳。

她顿了下,有点儿谨慎地点了下头:"是。"

平倬:"那我的就是你的?你的就是我的?"

华羽不安的感觉越发浓烈,但在他目光注视下,她还是谨慎地点了下头。

平倬"哦"了声,突然抬手打了她大腿一巴掌。

华羽一惊。

平倬:"表面上看起来是你挨了一巴掌,但其实——你的大腿就是我的大腿。"

华羽蒙了。

平倬很不要脸地笑了:"打在你身,痛在我心。"

华羽咬牙:"平、倬。"

她起身身拿起茶几上的书,开始往他身上砸。

平倬笑着喊救命:"你谋杀亲夫啊——"

转眼到了三月,两家父母在一起吃了顿饭,平倬提了句打算结婚,双方父母都支持得很，立刻就各自要了八字，回去算日子。

婚期定在了十月底。

速度真的很快，转眼之间就要结婚了。

接着就是一堆事情赶着要忙，买婚房装修订酒店拍婚纱照。

平父觉得平倬现在的房子作为婚房太小了，将来孩子没地方住，做主又买了套两室两厅的房子，装修设计全按照他们俩的喜好来。

华羽对房子装修成什么样儿没特别的想法，而且她觉得平倬搞设计的，审美比她强，就全让平倬拿主意了。

时间挺紧迫，装修完起码还要再等三个月才能入住。

两人周末去装修城看一些瓷砖、地板和窗户样式，还有些软装之类的。

从一家窗帘店里出来的时候，平倬没注意，刚好撞到一个女人身上。

他下意识抬手扶了那女人一把，等她抬头才认出来，立刻松开了手。

那女人显然早认出他了，目光有些慌乱，跟他打了个招呼："平倬，好久不见。"

平倬点了下头。

女人看了眼华羽，咬唇，笑容很勉强："你女朋友啊？"

平倬淡声："嗯。我们还有事，就先走了。"

他扯着华羽去了别家。

华羽觉得那女人态度有点奇怪，回头看了眼，突然想起来——这不是平倬大学时来找过他的前女友吗？

平倬脸上没什么表情，但是华羽却突然莫名有点儿不开心了。

回忆起刚才的场景，平倬还伸手扶了她，又急着走，什么意思呀？而且都没跟自己解释一下这个情况。

华羽越想越气，最后干脆就不说话了。

平倬一门心思在挑装修的东西，也没注意到她神情不对劲，等挑完东西回到车上，他问："想吃什么？"

华羽："随便。"

她语气生硬，情绪明显不对劲。

平倬俯身帮她系好安全带，含笑问："这是怎么了？"

他抬手去捏她的脸，被她躲开。

华羽本来是个很直接的性子，以前是刻意委屈自己，才什么都不愿意问。

两人确立关系后还特意谈过一次话，说以后有什么都直接说，再避免之前的误会。

华羽："刚才那个女人是你前女友，你为什么不跟我说？"

平倬一愣，显然没料到她会因这事儿发脾气。

他耐心解释:"我这不在忙着挑装修的东西嘛。我怕今天挑不完明天还要再来,耽误时间。而且你不是大学时候也见过她,有什么好专门提的?"

华羽有点委屈:"为什么没有?你刚才摸她手了。"

平倬一愣。

华羽气呼呼的:"你倒是对前女友很温柔嘛,看人家摔倒了还要去扶人家。"

平倬:"我哪儿是看她摔倒去扶她?明明是她撞我身上了。"

华羽这会儿正在气头上,声音也不由得大了几分:"那有什么差别?反正你碰到她了,你碰她了!

"你还刻意躲着她!"

平倬今天跑了一天,口干舌燥的,这会儿人又累得厉害,且他不觉得这是件大事儿,有点儿生气:"你作什么?"

这句话无异于火上浇油,华羽心里的火腾地完全爆发。

"我作?"她倔强地看着他,"我现在发个帖子去网上问一问,男朋友看见前女友不仅没避讳还伸手扶她一把,十个人里十个都会劝我分手你信不信?"

平倬有点儿无奈:"我没……"

她火气不知打哪儿来的,跟个小机关枪似的,直接打断他的话,越说越离谱:"我知道了,初恋是男人的白月光是不是?她是你第一个女人所以你忘不掉是不是?"

平倬变了脸色:"你在胡说什么?"

华羽又打断他的话,边点头边说:"好啊,嫌我作,那你去找她复合啊!"

见她抬手要开车门,平倬眼疾手快地把车门锁住。

华羽拿高跟鞋用力去踢车门:"开门!"

踢了几次踢不开,她直接喊他名字:"平倬,你给我开门!"

平倬冷眼看她:"你试试,能不能下去。"

他声音冷到了极点,全身上下也带了层骇人的冷意。

华羽却一点儿没有害怕的意思,倔强地看着他,不服输。

平倬跟她对视了好一会儿,淡声道:"你先冷静一下。"

他完全没明白这事儿是怎么发展到现在这样的。

华羽也知道自己不冷静,她也不知道为什么,刚才就是忌妒得厉害。

她别过脸,沉默了一会儿。

两人就这么在车里等了十分钟。

平倬回忆了下刚才发生的事儿,压下心里的疲劳和火气,耐着性子问她:"就为我扶了她一下这事儿生气?"

华羽不解地看他:"这是小事儿?行啊,我也找个男人抱一下行不行?"

平倬:"我又不是故意扶她,她撞上来的时候我都没认出她,扶她纯粹是本能。"

华羽愣住:没认出她?

是这样吗?

刚才那个场景又在脑子里慢动作过了遍,好像的确是有些像。

但她不想相信。

华羽很别扭地说:"怎么可能?"

她虽然嘴上说着不信,语气却比刚才好了很多。

明显已经信了一半儿。

平倬:"为什么不可能?"

"她不是你初恋吗?你怎么可能会忘?"她不太自在地揪着衣服。

平倬大约知道她在别扭什么了,有点无奈,低声说:"早不记得了,都多少年了,而且我怎么可能对一个劈腿的人还有感觉?"

这倒是有点道理。

是个男人都忍不了这件事吧。

而且他完全没认出前任这件事,还是让她挺开心的。

华羽表情稍缓和了些。

平倬:"以后生气归生气,不准提分手。"

刚才她说的让他找别人的话,等同于提分手了。

华羽这时有点儿理亏了,但她不太愿意服软,没回答他的话,很别扭地说:"那你也碰到她的手了!你碰到她了!"

对于他跟前女友肌肤接触这件事儿,她就是很介意。

平倬把手搁在她椅背上,靠近她,语气带着点儿无奈和宠溺:"好,是我不对,但这真的是意外,我不是故意的。原谅我好不好?"

过去的事突然也一股脑儿在此刻涌上心头,华羽越发不爽了:"不好,之前在酒吧你还抱了别的女人。"

平倬身体几乎靠着她肩膀,气息也落在她耳边,声音里不自觉带了点儿宠溺:"怎么着?想结婚前跟我清个旧账?不都跟你解释过了?"

华羽嘟嘴:"反正我就是不开心。"

平倬哄她:"那你要怎么样才能开心?"

华羽看他。

他双眸温和,映着她的身影。

车窗外天色已经彻底暗了,不时有人影走过。

华羽看着车窗玻璃上的倒影,说:"我也要抱别的男人一下。"

平倬知道她在开玩笑,说:"别闹。"

华羽突然觉得这个主意棒极了。

她本来只是为了气他随口一提,但这会儿看他的表情,突然想知道她要是来真的,他会是什么反应。

就想踩在他的底线上蹦迪。

她看着他,说:"我认真的,不然我没办法消气。"

平倬身子往回收了收,似乎在观察华羽说的究竟是真是假。

华羽:"虽然你是意外触碰到她,但我就是心里不舒服,而且你之前的确也抱过其他女人。我要是不抱别的男人一下,我咽不下这口气。"

平倬脸色慢慢变冷,车里的温度也仿佛降到冰点。

片刻后,平倬发动车子,带华羽去了家火锅店。

一顿饭吃了一个小时,华羽硬是一句话都没跟他说,只闷头吃东西。

平倬生平第一次被冷落,有点儿受不了。

他心里躁得慌,拿起手边的柠檬水喝了口。

知道她故意在作,但也没什么办法。

他心底大约也明白这事儿不过是个引子,他委屈了她那么久,她总得找个时机发泄出来,只要不算太过分,他都能让着她。

他把玻璃水杯往桌上轻轻一磕,发出清脆的声响。

平倬淡声道:"是不是随便抱个男人,这事儿就彻底翻篇儿了?"

华羽愣了下,有点不太敢相信,这话是从他嘴里说出来的。

平倬屈指在桌上敲了敲,追问:"是不是?"

华羽下意识点头:"嗯。"

平倬:"行。"

他起身买完单,拉着她进了车里。

一路沉默,车子很快停在了一栋居民楼下。

华羽:"这是?"

平倬打了个电话:"在楼下,你下来趟,救急。"

华羽一头雾水,不知道平倬是让谁下来。

等了五分钟,于钱穿着厚厚的羽绒服睡衣下来了。

平倬径直下车,绕过车头把华羽从副驾驶位上拉到于钱旁边。

于钱羽绒服里头还穿着卡通海绵宝宝的厚睡衣,睡眼惺忪的模样,一看见华羽,顿时用双手捂脸。

"你怎么不说我女神也在,早知道我换身衣服再下来!"他乐呵呵的,"什么急事儿啊?居然能找到我。"

"少废话。"平倬从兜里掏了支烟出来,随手点燃,语气淡漠,"你让她抱一下。"

于钱差点怀疑自己听错了:"什么?"

华羽也默默垂眸,不太好意思,毕竟于钱算是熟人。

平倬又把刚才的话重复了一遍:"让她抱你一下。"

于钱的眼睛骨碌一转,察觉到两人之间不正常的氛围,琢磨着两人可能吵架了。

这样就更不可能让抱了。

他笑了声:"华大美人,怎么回事儿啊,又跟平倬吵架了?"

华羽不好意思地看着他笑了下,没回应。

于钱推了平倬一下:"这就是你小子不对了,吵架就吵架,干吗非得让人抱我……"

平倬:"闭嘴,到底帮不帮忙?"

于钱看着平倬,双手不自觉护在胸前:"不是,真让我抱?"

平倬:"嗯。"

于钱又看向华羽,比他俩还着急:"华大美人,你也不介意?"

华羽硬着头皮:"我为什么介意?你长得也很帅,抱你我也不亏。"

于钱:"我虽然帅,但是也不能随便让你抱吧?男孩子在外面要保护好自……"

平倬冷声打断他:"帮不帮吧?"

于钱愣了愣,看出平倬那眼神仿佛就在说"不帮就绝交"。

这都是什么事儿?

这对情侣吵架为什么是他遭殃?

于钱咬牙,愣是一个字儿都没说出来。

平倬一支烟抽完,扔到地上,用脚碾灭,看向华羽,冷冷地问:"你抱不抱?"

华羽维持着最后的倔强:"抱。"

平倬点点头:"快点儿。"

华羽挪了几步,走到于钱面前。

于钱人都傻了,僵在原地,动都不敢动。

华羽缓慢地抬起手,伸向于钱的腰,一边还侧头去看平倬的表情。

平倬就那么看着她,看戏似的,一点儿也没有阻拦的意思。

就在华羽的手即将触碰到于钱的腰时,于钱立刻往后退了一步,华羽也及时收回胳膊。

两人几乎是同时做的动作,均松了口气。

于钱:"我这是造了什么孽?"

华羽看出来了，平焯是真没打算拦她。
她也不可能真去抱于钱，便跟于钱道了个歉，然后转身回了车上。
平焯冰冷的神色像是瞬间融化了，嘴角勾了勾，看向于钱，说："谢了。"
于钱跟他混了这么久，早明白过来了。
他指着平焯："你真是太阴险了，你知道我肯定不会抱她。"
平焯扬眉："要不怎么做兄弟。"
于钱："滚！"
平焯："婚礼那天来给我当迎宾？"
于钱："迎宾？你做梦！"
平焯坐回车里，从后视镜里看了眼华羽："真不抱了？机会过了可就没了。"
华羽："你到底回不回去？"
平焯笑了声，发动车子。

回到平焯那儿，门都没进，华羽直接被平焯拎了起来。
她吓了一跳，惊呼："平焯。"
平焯没应声，用指纹开了门，"砰"的一声把门关上，把她拎回卧室。他神色冷淡，脱掉大衣，一颗颗去解西装上的衣扣。
华羽有点儿被他吓着了，轻轻喊了声："平焯……"
平焯把西装往地上一扔，扯着她的脚脖子把她拉到身前，扯掉她的外套，熟练地去扯她裙子。
他最近都挺温柔的，好久没这样过。
华羽下意识有点儿慌。
平焯俯身在她耳边说："看我怎么收拾你。"
华羽快要溺死了。
她浑身都是软的，也全然没了力气。
结束后，平焯大拇指指腹在她唇上蹭了下，问："还跟不跟别的男人抱了？"
平焯应该是有点儿生气的。
华羽作完了，心里舒服很多，这会儿也软了下来，很小声地说："你知道我不会抱的，我就是……"
平焯接上了她的话："想发泄？"
华羽："嗯，就是觉得不爽。"
平焯抬手轻轻捏住她的下巴："现在爽了吗？"
一语双关。

华羽臊得脸红，钻进他怀里，没回答这个问题。

她问："那我要是真的抱，你真的让我抱啊？"

说着，她伸手在他胸前画圈。

平倬当然不可能让她抱别的男人，嘴上却很大方："你要真觉得非得抱个男人你心里才能咽下这口气，抱一下也没什么。"

华羽"哦"了一声，又没忍住问："那我……要是也劈腿呢？"

平倬微眯了双眼。

也不知道为什么，今天撞见平倬前女友能让她生出这么多心思，华羽就是不自觉地想拿自己跟他前女友比。

华羽："你会原谅我吗？"

平倬几乎是在一秒内作答："会。"

华羽惊了："真的吗？"

平倬手指缠了圈她柔韧的鬈发，漫不经心地"嗯"了声。

华羽看他："我说的劈腿是属于很严重的那种，就是……"她怕他理解错误，很直白地说，"跟别人睡了的那种劈腿。"

"我知道。"平倬状态很放松，"我原谅。"

华羽不解："为什么呀？你……"

他对她居然这么大度吗？

平倬笑了声，斩钉截铁地说："因为我知道，你不会。"

这就没意思了。

华羽有种装渣女没成功，反而被一眼看穿的挫败感。

她不太服气地问："凭什么我就不会呀？"

平倬亲了亲她的耳垂，压低声音："你想睡别人之前早睡了，需要等到现在？"

之前她以为他有别人的时候，眼里都没别的男人，这会儿更不可能有。

华羽轻"哼"了声："你怎么知道我没睡别人？"

这还用问？

平倬略过这话题，摸了摸她的脑袋："气消了？"

华羽："算是吧。"

反正这么一顿折腾，她心里畅快了不少。

平倬把她捞进怀里，柔声说："不用跟别人比，我心里是谁你还不清楚？我跟谁缠过这么些年？"

他不喜欢的女生，他一点儿机会都不会给。

他应该是感觉到了她真实不快的原因，所以才这么安慰她。

华羽之前没吃初恋的醋，这个小插曲倒让她吃起醋来了，她这会儿想想也觉得有点儿好笑。

　　平倬刻意哄她，说了很多好听的情话，她内心的最后一点不快也一扫而空。

　　她撒娇起来："谁让你当初先跟她谈的，反正都怪你。"

　　平倬低笑："行，都怪我当初年少不懂事。"

　　这插曲就这么过去，算是两人中间的一个小情趣。

　　时间过得很快，转眼到了十月。

　　南夏跟顾深特意从英国回来给他们当伴郎伴娘，几个人约了回趟南大，追忆往昔岁月。

　　平倬开车跟华羽到了南大。

　　烧烤摊上学生很多，排不到号，他们干脆进学校四处转转。

　　两人手牵着手在学校里溜达。

　　夜风有些凉，华羽一瑟，手整个被平倬攥在掌中。

　　树叶被风吹得沙沙响。

　　华羽心里一暖，想起来大学那会儿，两人都没机会这么走。

　　她半撒娇半抱怨道："这是你第一次在学校牵我的手哎。"

　　平倬看着她，眉目认真："你再想想。"

　　因他这态度，华羽想了好一会儿，很确定地说："就是第一次。大学那会儿我跟你才见过几面，我都记着呢。"

　　平倬笑了："几次？"

　　华羽给他数："平时路上偶遇没说话不算，约会次数一共十七次。"

　　平倬扬眉："记这么清楚？"

　　平倬轻笑起来，握住她的手往前走："真不记得了？你生日喝醉酒那次，我牵了你一路。"

　　华羽想起来了，说："那不算。"

　　平倬："为什么不算？难道没牵着？"

　　华羽："那又不是正经牵手。"

　　她人都快挂他身上了，只是手不得已被他拽着而已。

　　平倬声音很好听："怎么不是？你以为我不愿意你能占到我便宜？"

　　华羽看他一眼。

　　平倬："我故意的。"

　　华羽想起来了，那会儿他要是真不想牵他生日会，大可不必那时候出现在那个饭店里。

　　而且平倬这人，对他不喜欢的女人向来不给什么机会。他表面上看起来温温柔柔的,实际上是把温柔刀,割得对方血淋淋的,还要让对方说他好。

见他眉眼带着笑意,华羽"哦"了声:"就是说,你那会儿就喜欢我了,就是装得跟个狗似的?"

平偟轻轻敲了她脑袋一下:"怎么说话呢?"

两人溜达着就到了以前的舞蹈楼。

楼身有了岁月的痕迹,原本明灰色的外表褪成暗灰色,墙上到处都是斑驳的痕迹,还有几块墙皮脱落了。

平偟带她走进去。

楼道里也旧了许多,地板却很整洁。

晚上这儿没什么学生,两人并排往楼道尽头走去,脚步声一前一后,随即又融和在一起。

平偟像是刻意放慢了脚步等她。

久远的记忆瞬间被激活。

当年他们也这么走过。

一声声脚步,暧昧得不行。

他们到了楼道尽头的窗边。

两人背靠着墙站在一起聊天。

华羽想起了过往,想起了平偟再也没来过舞蹈楼那会儿,自己难受得厉害。

她一点一滴说给平偟听。

平偟稍稍顿了下,抬手去摸她的头发。

她那会儿是真的喜欢他,喜欢到丧失理智,他却只当成了一个打赌的内容。

华羽笑了笑:"都过去啦,现在我们不是在一起了嘛。"

心底那口气发泄出来之后,她对过去的事情是彻底不在意了。

平偟手往下移,摸了下她的耳垂:"是过去了,人都要嫁我了。"

华羽甜甜地"嗯"了声。

平偟:"会加倍对你好的。"

华羽眼睛亮晶晶的:"现在已经很好啦。"

华羽也转头去看他。

视线相交。

两秒后,华羽走到他面前,一条胳膊勾住他的脖子,靠近他。

平偟没动,就这么看她。

华羽踮起脚尖,唇停在他唇边。

平偟低笑了声,搂着她的腰把她往怀里按。

"怎么这么会勾人?"

他低头就要去亲她。

楼道远处的灯霍然亮起,伴随着洪亮的声音:"你们在这儿干什么呢?出去出去!锁门了!"

华羽闪电般从平倬怀里弹出来。

平倬扯了下嘴角,很淡定地牵着她往外走。

是学校的扫楼大爷,原来大学那会儿他也经常扫楼。

离得近了,才发现大爷原本全黑的头发已经半白了,人却还是精神抖擞的,有点儿微胖。

看见两人,他微微愣了下,大约没想到会不是学生。

华羽先打了个招呼:"大爷好,我们是之前南大的学生,毕业了回校园看看。"

大爷恍然大悟。

估计这两个人以前常来这儿约会,现在回来追忆过往了。

他点点头,语气好了很多:"我还以为你们是学生呢。"

华羽:"怎么现在舞蹈楼要锁了?以前我记得是不锁的。"

大爷稍微解释了下:"前阵子几个练舞的学生和老师手机丢了,所以开始锁了。"

华羽:"原来如此,那我们走了,大爷。"

大爷:"行,常回来,玩得开心。"

两人牵着手小跑出来。

路灯亮了,影子被拉长。

平倬笑起来:"你刚怎么那么紧张?都多大了,还怕扫楼大爷啊?"

华羽打他。

两人又溜达到了室内篮球场馆。

里头有几个学生在打篮球。

平倬指着看台那块儿,说:"我现在都还记得,当时你穿着啦啦队队服站这儿看我那眼神。"

华羽:"什么眼神?"

平倬:"你说呢?"

这人怎么总是这么流氓?

华羽开起了玩笑:"我就记得你是怎么输给别人的了。"

平倬眉毛挑了挑。

"我怎么不记得?"

华羽:"真不记得吗?"

平倬仿佛思考了下,"啧"了一声:"想起来了,那会儿你跟你那个追求者眉来眼去,把我气着了。"他还挺有理,"所以我才输了。"

简直胡说八道。

华羽:"你明明是故意输的。"

平倬笑了:"你知道啊。"

华羽伸出食指在他胸前不停地戳:"你太不要脸了。你就是摆明了跟人说,就算你输了,哪怕只进了一个球,我还是会跟你走。"

"你侮辱了人家,还到我面前卖惨。"

"无耻!"

平倬攥住她的手,看着她:"你对我也太有信心了,我当时怎么能百分百确定你会跟我走。"

他大约只是确定她对他有那么点儿感情而已。

华羽疑惑地问:"你不确定吗?"

平倬轻轻摇头。

华羽:"那你怎么敢……亲我的?"

说话声音到了最后逐渐变小。

平倬语气难得嚣张:"想收拾你,就去了。"

华羽愣了愣。

他挺得意:"谁知道你真跟我走了。"

华羽:"我当时是不是应该给你一拳?"

南大校园很大,溜达这么久,走了都没一半儿。

华羽穿了高跟鞋来,有点儿受不了,但是离校门口还有点儿距离。

她想了想:"我累了,能不能骑个共享单车呀?"

平倬低头看了眼:"你穿裙子怎么骑?"

华羽:"可以的,就是麻烦点儿。"

平倬宠溺地看了她一眼,在她面前弯下腰:"上来。"

华羽:"你要背我吗?"

平倬回头:"不然?"

华羽嘴角扬起,稍微整理了下裙子,趴到他脊背上。

他的背坚实有力,又有说不出的厚重感。

周围不少目光都看过来,还夹杂着议论声。

"那个男生好帅啊,啊啊啊!笑容好温柔!"

"那女的,身材绝了。"

"不是学生了啊,太可惜了……"

平倬起身,背着华羽往前走。

华羽手搂住他的脖子,细声问:"我重不重呀?"
她自然一点儿都不重,但莫名还是有些担心。
平倬逗她:"沉死了。"
华羽瞪了他一眼。
平倬:"不过呢,多沉我都心甘情愿背你。"
这人现在怎么这么会说甜言蜜语啊?
华羽心情很好地说:"那我今晚要多吃点,沉死你。"
平倬:"行。"
夜色笼罩着古朴的南大,脚下偶尔发出声踩到树叶的清脆声响。
华羽把手机拿出来看微信群:"于钱他们都到了呢。"
平倬"嗯"了一声,就这么背着她一路出了校门,到了烧烤店门口。
于钱和高韦茹先到了,两人坐在露天的桌子上。
远远地看见华羽和平倬,于钱"哟"了声,打趣:"这恩爱秀我一脸啊,行不行啊?没吵架了?要不我背?"
华羽不好意思地笑了笑,跟他开玩笑:"好呀。"
平倬也笑了声:"滚。"
南夏和顾深也出来了,几个人聊天喝酒胡侃,畅快无比。
华羽和平倬两人都喝了酒,结束后平倬找了代驾。

华羽第二天醒来,头还有点儿轻微的疼痛。
平倬正好做完早餐进来喊她:"醒了?来吃饭。"
华羽穿着睡衣爬起来。
平倬一抬手把窗帘拉开。
阳光格外明媚,光线扫进来能看到空气中的尘埃颗粒。
她一转头就看到平倬温柔到极致的面容。
平倬:"等吃完早餐我们去趟新房看看布置。我的意思是装修完后晾的时间有点短,在那边结完婚,我们跟这儿再住几个月,然后再搬过去,你觉得呢?"
华羽很喜欢平倬这么问她。
所有操心的事他早拿好了主意,却也喜欢再问她的意见。
比如装修的时候,他会筛选掉那些不靠谱的,然后拿来几个搭配问她喜欢哪个,按照她的喜好来选。
华羽很乖地咬了口面包:"好呀。"
她嘴角沾了点儿面包屑,可爱得厉害。
平倬抬手替她擦干净,看着她娇俏的模样,心软得都快化了。

他含笑问："什么时候给我生个女儿？"

怎么就跑到这话题上了？

华羽咬唇，没应声，有点儿害羞地低下头。

平倬自顾道："还是晚两年吧。"

像是一个人，演完了一整出戏。

吃完早餐，华羽主动去洗盘子。

平倬就站在厨房门口陪她。

华羽声音清脆："南夏给我设计的那条裙子好漂亮啊！"

平倬"嗯"了一声："回头穿给我看。"

华羽："婚礼那天你会不会紧张呀？对了，说起来你才是输给顾深了吧，人家都合法了，我们还没合法呢。"

方静柔比较迷信，领证的日期都算好了，非说是十二月吉利。

没必要在这种事情上让老人不开心，两人就同意了。

平倬笑了起来："嘘，你可千万得替我保密，不然他又得嚣张了。"

暖光映在他脸上，他的笑容温和又宠溺。

华羽含笑回头看他："那你得好好贿赂我才行。"

她双眼弯弯，白色的水花被溅起几滴打到她脸上。

大约是有点凉，她"呀"了一声，很快又笑了。

平倬走到她身后，伸手环住她的腰。

"行。"他声音温和到了极致，"贿赂你一辈子。"

··· 番外二 ···
婚礼派对

Part 01 单身之夜

南夏是被顾深在客厅的说话声吵醒的。

他刻意压低了声音，尾音低沉又带着点儿哑意，但那一声嚣张又不羁的笑还是透过房门漏了进来。

很轻的一声，南夏却敏锐地听见了。

顾深挂了电话进门，看她正穿睡衣，轻笑了声："吵醒你了？"

南夏把睡衣带子系好："不是，我本来就醒了。"

顾深抬手，不怀好意地扯开她的睡衣带子。

南夏纵容地看了他一眼，重新系好。

又被扯开。

南夏干脆不系了，仰头，一脸随便他的表情。

顾深坏笑了声，在她领口锁骨摸了把，帮她把睡衣带子系好，吊儿郎当地说："平倬他们想在婚前一周弄个单身之夜的派对，问我们要不要顺便一起。"

南夏没什么意见："好啊。"

顾深："行，那我让他找地方。"

这两对单身之夜的邀请函往同学群里一丢，瞬间激起无数水花，不少人抢着要来。

很快，报名的人超过两百个了。

平倬在群里阴阳怪气的：【两位美女人气挺高。】
华羽：【也可能是两位帅哥人气高。】
不知道为什么，每次华羽在群里不服气怼平倬的时候，南夏都觉得很好玩。
南夏含笑回了句：【可能只是平倬人气高。】
顾深"啧"了一声，勾住南夏的肩膀："逗别的男人就那么开心？"
南夏纠正他："哪儿是逗，我这是挤对。挤对不过你，还挤对不过你兄弟吗？"
顾深勾唇："也对，我帮你。"
他翻出手机，立刻跟着回了条：【可能只是平倬人气高。】
几秒后。
此生无余钱：【可能只是平倬人气高。】
蘑菇：【可能只是平倬人气高。】
又过了几秒后。
平倬：【……】
华羽：【的确，他向来受女生欢迎。】

举办单身之夜派对的地点在郊外一座三层大别墅。
晚上八点左右，顾深带着南夏到了。
院子里映着微蓝的灯光，东边是演奏舞台，西边摆了一长排自助餐，中间有个小泳池。
附近正好有温泉，泳池的水是从温泉引过来的，温暖舒适。
不少人都已经到了，围成几圈喝酒聊天，格外热闹。
两人携手一进门，就响起了几声口哨声。
顾深虽然穿了蓝色西服，里头却随意套了件白T恤，一副吊儿郎当的模样。
偏偏他身边跟的南夏一袭白色斜肩长裙，纯而优雅。
明明两人在一起气质是矛盾的，两张脸却又莫名般配。
不少人举起手机，拍了几张照片。
顾深看见了，也没在意。
于钱远远地看见他们，飞奔而来："哥，嫂子，你们终于到了。我真是受够平倬那副嚣张劲儿了。"
顾深挑眉："怎么了？"
于钱扯着他的胳膊："那边在猜骰子喝酒，他一杯还没喝呢。"
于钱这么一拽他，南夏又走得慢，他就离南夏稍微远了点。

他不太满意地说:"慢点儿。"

于钱没注意:"啊?"

顾深俯身,伸手替南夏拎起长裙衣摆,像是很随意,但他就算这么替人提裙摆也透着一股肆意和嚣张。

他看她一眼:"走吧?"

于钱暧昧地笑了:"好男人啊。我算是知道什么叫拜倒在石榴裙下了。"

南夏有点儿臊得慌:"你别乱用词。"

裙摆被拎起来,露出半截白皙纤长的小腿和骨感性感的脚腕。

房间一层也有不少人,有围着玩狼人杀的,有玩 PS4 的,有玩麻将的。靠窗的一张方桌前凑了一群人,桌上摆着几排满杯的啤酒。

平倬穿了身白色西服,斯文正经。

华羽一袭酒红长裙,依偎在他怀里。

看见顾深和南夏过来,华羽热情地打招呼:"夏夏,来,这边儿!"

南夏微笑着跟她打招呼。

平倬对面满脸通红的男生自动让开座位:"顾深,你来你来,我不行了……"

顾深也没跟他客气,点了下头,直接坐下。

他打量平倬一眼,语气带着点儿挑衅:"听说你今儿还没开张?"

平倬不以为意:"羡慕?"

顾深抬手把桌上的骰盅拿在手里随手一扬,看了眼南夏,伸出一条腿,用下巴尖指了下。

那意思,让她直接坐他腿上。

南夏大大方方直接坐过去。

当着众人的面。

平卓笑起来:"啧,领了证就是不一样了。"

要搁以前,顾深最多搂个肩膀。

顾深勾唇,挺得意:"那可不。"

他把南夏捞进怀里,双手环在她胸前,把骰盅放她手里,气息落在她耳边,痒痒的。

这人还是这么不着调。

南夏回头看他,小声说:"我不会呀。"

顾深从鼻腔里溢出声笑:"教你。"

"但是……"

顾深低声:"别怕,输了算我的。"

他心情很好的样子。

南夏对玩这些无所谓,他既然高兴就陪他,便乖巧地点头。

顾深打开骰盅,给她介绍规则。

他平常总是吊儿郎当的模样,如今介绍起规则来倒是认真得很。

每人五个骰子,猜的点数是两人骰子之和,随便猜,任何一方觉得对方喊的点数不可能就可以直接喊开,输的人喝酒。

本来这是个多人游戏,但几圈下来,生生被平倬玩成了1对1竞技游戏。

众人轮流上场,他愣是一杯都没喝。

南夏听明白规则,点点头,拿起骰盅用力摇了摇。

她动作认真用力又生涩,不像是要跟人玩游戏,倒像是要讲题,可爱到不行。

顾深漫不经心笑了声。

把骰盅放到桌面时,南夏看着对面的平倬。

平倬潇洒自如地坐着,含笑说:"我是没老婆吗?"

周围瞬间响起一阵起哄声。

平倬目光转向华羽:"你来?"

华羽直爽地说:"好呀。"

她顺势坐到了平倬怀里。

平倬把手放在华羽的腰间:"规则明白吗?要是不会的话,我教……"

华羽:"我才不用你教。"

平倬脸上挂着温柔而宠溺的笑容:"行,我看你表演。"

华羽上大学那会儿,玩这游戏还没输过。

她朝南夏眨了眨眼睛:"不好意思啦。"

第一局,南夏毫不意外地输了。

顾深什么都没说,拿起杯啤酒一饮而尽。

周围的人越聚越多,都是来看两位美女玩游戏的。

第二局、第三局……

连续十局下来,南夏都输了。

顾深连着喝了十杯酒,脸色都没变。

南夏没玩过这游戏,完全不知道技巧,连续输了这么多次觉得抱歉,把骰盅递给顾深:"要不还是你来吧?"

顾深含笑把下巴抵她脑袋上:"没事儿,我喜欢你替我。"

他的嗓音莫名有点儿沙哑。

小暧昧让南夏内心一动,她也就没什么压力,随便喊,然后就是单方面被吊打。

于钱突然喊起来:"哥,你喝多少杯了?"

华羽稍微算了下:"二十杯有了吧。"

南夏:"二十二杯。"

于钱莫名兴奋:"让他喝让他喝,我还没见过他喝醉什么样儿呢,也不知道到底多少酒量。"

南夏:"我也没见过。"

她只见过他怎么装醉的。

顾深眉梢一扬。

南夏开起了玩笑:"我会努力的。"

她接下来更是毫无求胜心,简直是随便喊点数,顾深又接连喝了数杯。

现场的气氛反而越来越火热,都在看顾深到底喝多少能醉。

南夏连摇骰子都开始敷衍。

顾深按住她的手腕,轻轻一晃,把骰盅压在桌上。

华羽:"三十。"

顾深开口了:"四十五。"

华羽咬牙:"五十。"

顾深:"开。"

四十九点。

顾深摇了五个六,太不是人了。

接下来平倬又接连喝了十杯。

他酒量不如顾深,直接把华羽手里的骰盅接了过来,开始跟顾深PK,较量从两个女人身上转到两个男人身上。

两人互有胜负,关键是,顾深还没醉。

于钱看得手痒痒:"停了,停了,就你们两个大男人玩有什么意思,一起来一起来。"

桌上一下子坐了八个人,其中有三个是大学同学。

每人五个骰子,加起来最高两百四十点,最低四十点。

第一圈,到了南夏这儿。

她下家是顾深,她觉得顾深今晚已经喝了不少,应该也算尽兴了,刻意报了个挺低的数,一百点。

顾深明白她的意思,也没拱火,故意报了个一百零一点。

然后是于钱,于钱的下家是平倬。

于钱一点儿也没客气:"一百八十点。"

停顿几秒,没人开。

平倬下家是华羽。

平倬看她一眼:"两百点。"

他就是故意的,故意拱火。
场上人都知道他的心思,没人喊开。
华羽没敢往上多加:"两百零一点。"
平偳脸上挂着温柔到极点的笑容:"开。"
华羽输了。
又一圈,平偳又在华羽这儿喊了开。
连续几圈,华羽有点儿受不了了:"你欺负我。"
她一绺乱发飞到腮边,平偳含笑抬手替她理了理。
于钱:"哟嚯!"
华羽连着喝了七八杯,两颊已经成了胭脂色。
平偳把手里的骰盅在桌上放好:"行了,今儿喝酒就到这儿,老婆有意见了。"
众人打趣:"哎哟喂,有老婆了,真是了不起啊。"
华羽头有点儿晕,直接靠他怀里。
平偳带她去院子里醒酒。
他觉得华羽醉点儿更黏人,故意灌了她几杯,她果然就跟个树袋熊似的贴他身上了。
两人走到泳池旁边站着。
台上有DJ放着动感的音乐。
华羽手贴在他胸口:"你开我!"
平偳:"嗯。"
华羽:"还开了我好几次!"
平偳扶着她的腰:"技不如人,愿赌服输。"
华羽不愿意了:"你看看人家顾深,对南夏多温柔,他就一次都没开过南夏!"
平偳笑了:"我怎么觉得你给我欺负得挺开心的?"
华羽咬唇。
夜风还是有点儿凉,被风吹了会儿,她酒意稍微散了点儿,乖顺地抱着平偳的腰。
她低声说:"是挺高兴。"
难得这么乖。
平偳抬手揉了揉她的脑袋。
她说:"现在更高兴了。"
平偳正要问为什么,突然被她用力一推。
他毫无防备,眼看就要跌进游泳池里,顺手拽住她。

两人一起跌进温热的泳池里。

瞬间满场尖叫。

夜深了,大家又都喝了点儿酒,有人开了个头,瞬间七八个人都被推下了水。

泳池不深,也就一米五的样子。

平倬护着华羽到了角落,含笑看她:"的确是更高兴了。"

华羽把水往他脸上泼。

平倬揽着她腰把她捞回来,按在角落里。

他身上衣服全湿了,西装里的白色衬衫成了半透明色,隐约能看到胸肌轮廓。

他盯着她,眼神炙热。

华羽有点儿怕:"这是公开场合……"

她头发也湿漉漉的,脸上挂着水珠,唇更加性感。

平倬俯身直接吻了下去。

她听见他说:"怕什么,都知道我们要结婚了。"

楼下的气氛因为这个吻直接炸了。

顾深和南夏站在二楼露台。

两人本来是想找个人少的地方待会儿,吹风醒酒,看到这场景,不觉下意识看了眼对方。

南夏莫名脸红。

顾深拽住她的手腕,声音里有难得的克制:"过来。"

南夏的裙子还有点磕磕绊绊,她直接弯腰把裙摆打了个结挽到膝盖边。

顾深推开一扇门,把门锁上。

屋子里是黑的,没开灯。

顾深直接把南夏压在墙上,吻了上去。

刚吻了没几秒,突然听到"咣当"一声,南夏吓了一跳。

顾深:"谁?"

他马上开了灯。

这应该是间卧室。

于钱无奈道:"先来后到啊,哥。"

南夏呆住了。

顾深笑着骂了声,门都不锁,直接带着南夏出去了。

两人这回去了一楼吃东西。

平倬和华羽衣服都湿了,进去换了身衣服吹干头发才出来。

华羽抱怨起来:"不是单身之夜吗?我干吗要跟你腻在一起?"

她甩开平倬，跑到顾深旁边把南夏带走了。

顾深和平倬对望一眼，同时捏了支烟出来。

华羽跟南夏在一层沙发上坐着聊天儿，顺便交流结婚前的感想。

这么随便一聊就到了凌晨一点。

南夏眼皮有点儿撑不住，给顾深发了条微信说想走。

华羽也困了，说一起走。

南夏刚站起来，就有个戴着方框眼镜的男生走了过来。

他貌似鼓足了勇气，对着她说："南夏，你好，我叫宁涛，我有话想跟你说，能耽误你一分钟吗？"

男生带着点儿局促不安，脸也有点红。

南夏对这男生有印象，大学时是一个系的。

这架势怎么看着像是想跟她告白？

不应该吧？今天来的人应该都知道她跟顾深在一起了。

顾深收到微信，恰好跟平倬一块儿往里走。

宁涛浑然未觉，大着胆子说："我知道你快要结婚了，我就是……"他声音突然高了几度，"我就是喜欢你很久很久了，我也知道我没机会，我也没别的想法，今天是你的单身之夜，我能抱你一下吗？"

顾深沉了脸色。

热闹的气氛骤然安静。

华羽看见平倬，立刻跑到了他身边，牵住他的手，颇有点儿被这架势吓着的意思。

宁涛察觉到气氛不对劲，一回头就看见顾深，有点儿心虚，但还是没放弃，继续问道："可以吗？我没别的意思，就想跟青春告个别。"

南夏抬眼看了眼顾深。

顾深直接转身出去了，只留下一句话："门口等你。"

南夏看着他走出去的背影，微笑着看了眼面前的男生，很真诚地说："我记得你，宁涛，隔壁班的，你毕业时候的设计很前卫。"

宁涛没想到她记得，顿时激动起来。

南夏温声说："握个手可以吗？因为我们已经领证了，真的是不太方便。"

宁涛虽然有些遗憾，但是也完全理解。

他点头："可以的，谢谢。"

南夏主动伸出手跟他握了下："也谢谢你。"

平倬带着华羽率先走出了别墅，看了眼抽烟的顾深，说："放心，没抱，就握了个手。"

顾深扫他一眼:"我需要你汇报?"

平偉轻嗤了声。

南夏这时也走了出来,乖顺地牵住了顾深的手。

顾深有点浮躁的心情瞬间被安抚。

南夏扬扬眉:"我突然想起来,去年我刚见到你那会儿,也有个女生说要结婚了,想跟你抱一下。"

完全没料到南夏会在这时候翻旧账。

南夏:"那女生叫什么来着……"

华羽:"林鹿,叫林鹿。"

平偉看她一眼,觉得好笑:"这你都知道?"

华羽:"文戈跟我说的呀,那天你不是也去了?"

平偉一笑,抬手蹭了下她的脸。

南夏说:"你跟人抱了。"

顾深的表情都快裂开了。

平偉好久没见到顾深这么被人管,都快笑抽了。

他做证:"是抱了,我也听说了,群里还有照片,于钱肯定保存了。"

平偉作势拿出手机:"我跟他要。"

南夏含笑说:"不用找于钱,他忙着呢,我亲眼看到了,不需要照片。"

平偉:"哈哈哈。"

顾深:"行了啊,是觉得自己没旧账?"

华羽来了兴致:"什么旧账?我要听。"

平偉:"你听他瞎扯。"

顾深:"于钱应该也知道。"

平偉搂着华羽的腰:"走了。"

等到了车上,华羽还在用"老实交代"的目光看着平偉。

平偉笑了:"真没什么。"

华羽不太信:"是吗?"

平偉:"就是一个女生说既然不能在一起,能不能亲一下。"

华羽:"你亲了?"

平偉:"当然没。"他看着她,目光撩人,"前一天刚跟你从酒店出来,眼里哪儿还有别人?"

华羽有点儿害羞:"你这人现在怎么一套一套的?"

平偉低笑:"你不是喜欢?"

车子发动。

两人在车上跟顾深和南夏挥手。

等车开远了,南夏才扯了下顾深的袖子:"你干吗呀,又没怪你,好好地说平倬做什么?"

"看他太嚣张了,给他添点儿堵。"顾深吊儿郎当的,"而且你怪得着我吗?那会儿我单身。"

然后,他跟她十指交缠:"现在能一样吗?"

南夏弯唇。

的确不一样。

以后再也不是单身,也再也不会有这样的单身之夜。

他们的人生,就这样携手迈进下个阶段。

顾深含笑看她:"走吧,顾太太,以后我可得把你看紧点儿。"

Part 02 华羽婚礼

奢华的酒店房间里开着昏黄的灯,一抬头,全是五彩斑斓的心形气球,现场布置得很是浪漫。

南夏围着浴巾走到卧室时,华羽还在对着手机屏幕发呆。

南夏问:"你怎么还没睡?都一点了,四点就得起床呢。"

华羽:"我实在是睡不着,心都要跳出来了,紧张得要命。万一明天流程错了怎么办?"

南夏用毛巾包裹住湿漉漉的头发,躺到华羽旁边,声音温柔,带着令人安心的舒适:"不会的,咱们今天不是都对过三遍了吗?而且我记得很清楚,一定会提醒你的。"

她轻轻拍了拍华羽手背。

华羽焦虑的心情被她安抚下来:"夏夏,你说话好温柔呀,顾深真有福气。"

南夏嘴角微扬:"平倬才是真的有福气。"

华羽看了眼手机屏幕,不太满意:"我就没什么福气了,跟他说我睡不着他都不理我。"

南夏:"婚礼他一手操办的,这会儿他肯定在忙。"

华羽怎么会不明白这个道理,但她就是想他,想跟他说话。

她稍稍叹了口气。

南夏轻轻刮了下她的鼻尖:"快睡,不然明天有黑眼圈。"

华羽倏地坐起来:"幸好你提醒我,我得赶紧敷个面膜。"

南夏腹诽:是让你睡觉,不是让你敷面膜啊。

华羽蓦地跳下床,去箱子里翻出来一大堆护肤品,找了两张急救面膜出来，把其中一张扔给南夏："夏夏，你也敷一个，我的伴娘也要美丽。"

两人边敷面膜边躺在床上聊天。

南夏："其实大学那会儿我们就都有感觉，平倬对你很不一样。他对别的女生都绅士礼貌，唯独提起你的时候表情冷淡不屑，我当时还差点以为你们有过节，直到现在才明白，他就是早对你有想法了。"

华羽点头附和："他是真的能装，也是真的狗。"

听到这形容，南夏强忍住笑，伸手抚平面膜。

华羽突然想起什么，暧昧地问："对了，我送你那个内衣，你用过了吗？"

南夏很轻地"嗯"了声。

华羽："顾深是不是喜欢死了？"

南夏："不知道。"

华羽："啊？"

南夏脸红了："我只觉得我快死了。"

华羽："野啊，宝贝。"

敷完面膜，华羽终于收到平倬的微信。

【睡着了吗？刚在忙。】

华羽秒回：【没。】

电话铃声顿时响起。

华羽摘掉面膜，起身接起来。

平倬柔和的声音从话筒里传出来："还睡不着？陪你聊会儿？"

华羽："好呀。"

方静柔非说婚前新郎新娘见面不吉利，没让他们今天见面，彩排都是分开的。

不跟他说几句话，华羽心里都没什么底。

华羽："你刚才忙什么去了呀？"

平倬："主要是招呼人，来了很多朋友，要不是于钱拦着，他们还不肯散。"

华羽"哦"了声，不太开心地说："那你快去睡吧。"

平倬："嗯，我去洗个澡就睡，你要是睡不着就眯一会儿，等着老公去接你，好不好？"

他刻意放软声音哄她的时候最温柔。

华羽最吃他这套，轻声说："那行吧。"

平倬低笑了声："夏夏在吗？"

华羽戒备心很强："干吗？"

平倬："我明天接人的时候让她放个水呗。"

华羽："不要，你能不能有点儿诚意，凭借自己的本事把我娶回去？"
平倬宠溺道："行。"
挂掉电话，华羽才发现南夏早跑去客厅了，也在打电话。

客厅里。
顾深带着点儿痞气的笑声从听筒里传出来："想我想得睡不着？"
这人总爱这么逗她，还有越来越明显的趋势。
南夏都快招架不住了。
她说："不是，是离开你，终于可以睡个好觉。"
顾深了然，坏笑一声："那怎么还没睡？"
南夏睁着眼睛说瞎话："睡了，被你电话吵起来了。"
顾深长长地"哦"了一声："跟别人睡得开心吗？"
她是伴娘，妆跟新娘一起化，华羽一个人又紧张得不行，让她陪，她就答应了。
顾深虽然不大乐意，但也没办法，何况平倬还在旁边求了个情。
南夏笑着点头："超级开心。"
顾深"啧"了声："我猜也是。"
他跟她贫了几句，说起明天的事，逗她："明天我们几个要撞门，你给放个水？"
南夏没有任何网开一面的意思："你们红包给够了，大家自然就会让你们进来了呀。"
顾深："就怕你们收了红包还不放人。"
南夏："那不会，我们有信誉。"
顾深笑了声："明天我打头阵，真不给放水？"
南夏很坚决："我觉得以你的实力，并不需要。"
顾深："你个小没良心的。行了，去睡吧。"

南夏回到卧室里时，华羽已经躺下了。
南夏迈着猫步把灯关了，躺床上却也失眠了，在想自己结婚前夜是不是也会失眠。
两人都没睡着，四点闹钟一响，准时起来。
化妆师四点半到，两人先做基础的护肤。
没几分钟，门铃响了，酒店服务员推了早餐进来："是新郎吩咐送过来的。"
简单的早餐，牛奶、煎蛋、面包、香肠。

南夏:"平焯真细心。你早上一定得多吃点儿,不然会饿。"
华羽眉眼弯弯,点头。
华羽吃了两个蛋,两片面包,实在吃不下了才放弃。
南夏大早上起来没什么胃口,只吃了个煎蛋。
吃完早餐,化妆师也到了,原本空旷的房间陆续进来人。
七点的时候,房间里已经挤满了女方的亲友。
文戈和高韦茹都到了,商量着往哪儿藏鞋子。
华羽安静地坐在床上,手里拿着捧花,还是有些紧张。
摄影师也进来了,开始拍摄现场的场景。
八点左右,楼道外就响起了起哄的口哨声和脚步声——男方来接亲了。
华羽微微咬唇,期待地看了眼门外。
文戈笑她:"还早呢,我这就去堵他们。"说完就拉着高韦茹一块儿跑过去了。
南夏没凑热闹,在华羽旁边坐下跟她说话,不停安抚她。
门外热闹的声音传进来。
"红包拿来!不够!不够!"
"兄弟们冲啊!"
"姐妹们,别让他们进来!"
…………
气氛很嗨。
华羽化完妆开始就在这儿坐着,等这么久,腿都麻了。
听见声音,她稍微活动了下腿,眼巴巴地看着门外。
"怎么还不放他进来呀?"
南夏笑了:"这就急了呀?"
周围的人全笑了。
外头传来"砰"的一声,像是门被剧烈地关上了。
高韦茹跑过来,额头上都是汗:"顾深太猛了,我们搬了沙发堵过去都差点被撞开。不行,夏夏,你得跟着来。"
南夏还没回过神就被强行拉了过去。
大家一看见她,立刻让她站最前头堵门。
高韦茹:"我就不信顾深看见你还能那么往死里撞。"
原来大家是存这个心思。
沙发堵门其实对里头的人也不太方便,加上有了南夏,大家就干脆把沙发挪开了。
南夏整个人贴在门后,手放在门把上,跟大家挤在一起。

她很喜欢这种热闹感。
门外传来于钱的声音:"开门喽,我们接新娘子送红包。"
南夏第一次参加这种环节,觉得兴奋又奇妙。
她眼睛眨巴两下,回头问高韦茹:"要开吗?"
高韦茹大声问:"红包呢?"
于钱:"有的是!"
高韦茹:"咱们开一条小缝,你去接红包。"
南夏紧张地点点头。
门被很慢地开了一点。
里外有两股力量互相较劲。
顾深一手按着门,一手拿着红包往里塞。
门缝里的白光泄出来,还有南夏的半张清纯的小脸。
她穿着粉色的礼服,妆容也是粉色的,一双眼睛含着笑意,又带着点儿小鹿般的好奇和无辜,正在透过门缝打量顾深。
顾深小声骂了句:"他们还真会挑人。"
他声音吊儿郎当的,却透出点儿无奈。
一晚上没见他,南夏还觉得有点儿想他。
尤其他这会儿穿着黑色西装,左胸上戴着"伴郎"字样,跟她右胸上的"伴娘"是一对儿。
他狭长的双眼染着笑意,眼皮上那道褶皱似乎都变浅了。
于钱咬牙:"可不是吗?这种馊主意只有高韦茹能想出来。别说我哥,我都下不去手。"
南夏长睫微微一挑,双眼亮晶晶的:"和平交易,你们给够红包,我们放你们进去。"
顾深扬了扬手上的红包:"真放?"
南夏点头:"真放。"
顾深的脸忽然凑近,几乎要碰到她的唇。
他的气息扑面而来,极淡的薄荷香混着烟味。
南夏内心一跳。
顾深扬眉,语气透着痞劲儿:"骗我怎么着?"
南夏看他:"我才不会骗你。"
顾深咬牙:"行。"
他把手里的红包递过去。
高韦茹给南夏使了个眼色,南夏飞快抢过红包,里面的人眼疾手快地关上了房门。

因为里头第一个就是南夏，顾深没敢用力推门。
隔着门传来南夏甜甜的声音："红包不够呀。"
平倬轻笑了一声，看着顾深："你行不行啊，自己老婆都搞不定？"
于钱也笑了："搞不定我嫂子不要紧，别耽误平倬娶媳妇儿啊。"
平倬："就是。"
顾深："行了啊。"
又这么来了两回，男方亲友团的红包已经被搜刮殆尽。
高韦茹说："建个群，在群里发。"
那不就更进不去了。
平倬身上有提前准备的现金，现场包了十几个，门才又开了条缝。
还是南夏半张脸露在外头。
别说顾深，平倬和于钱都舍不得对她下狠手。
顾深把红包捏在手里递给她："给你，小骗子。"
南夏不常做这种事，有些心虚地吐了吐舌头，接过红包，手腕被顾深握住。
顾深紧紧握着她的手腕，含笑看了眼旁边的平倬和于钱："兄弟们，给我推！"
南夏的手腕被攥住，里头的人也不敢贸然关门。
男生有劲儿，瞬间一哄而上，门被撞开，顿时又是一阵起哄声。
顾深把南夏往怀里一拉，护着她到了一边。
南夏脸红了："你干吗呀，快放我下来。"
顾深："我就不，小骗子。"
一群人冲进卧室，里头传来热闹的声音。
南夏："不去看吗？"
顾深："你这裙子，我怕挤到你。"
他等人都进去才把她放下来，含笑轻轻捏了捏她的脸颊。
"长本事了，连我都骗？"
虽然听着是责怪的话语，却莫名带着骄傲和宠溺。
南夏也觉得自豪，很开心地点了点头。
顾深："饿不饿？早上吃东西了没？"
南夏："吃了煎蛋。"
顾深："就吃了煎蛋？"
南夏："起太早了，吃不下。"
顾深"嗯"了声，说："饿了跟我说。"
南夏："没事儿的，典礼十一点就结束了。"

顾深替她理了稍散的头发，看她一直眼巴巴地看着里头，问："想看？"

南夏点点头："嗯。"

顾深替她把裙摆提起来："那小心点儿。"

平倬穿着熨帖的白色西装，迈着两条大长腿走进卧室，直接在半空对上华羽的目光。

渴望的，炙热的。

华羽坐在大床上，头发被盘了起来，手上拿着白色的玫瑰花束，美艳大方，金色的婚纱衣摆宛如鲜花绽放。

华羽只看了平倬一眼，就低下头去。

平倬觉得她今天格外柔软，让人想在她头上摸一把。

他忍住了，目光却一直看着她。

是真的美。

然后就是经典的找鞋子环节。

不能借助外力，平倬自己找。

平倬直接跪在床上，伸手往华羽裙子里摸。

周围一阵起哄声。

华羽脸红了，小声问他："你干吗？"

平倬面不改色："找鞋子啊，都不得往新娘裙子里藏一只？"

说这话时，他的指尖从她大腿上一点点划过。

这人！

华羽瞪他一眼。

平倬只逗逗她，很快转移了方向，从她裙子后面找到了一只高跟鞋，挂在指尖上拎出来。

掌声瞬间爆发。

另外一只鞋却有阵子没找到。

平倬把床垫底下都翻了，还是毫无踪迹。

其实没花多长时间，连五分钟都不到。

华羽却有点着急。

她看着他，轻轻抿唇，垂眸往下看了眼。

平倬扬眉，又跪到了床上。

他双眸漆黑，眼里含着温柔到极点的笑意："该不会……你裙子里藏了两只？"

他看着斯斯文文的，每个动作都很绅士，偏偏华羽从他微扬的语调里听出一丝调戏的意味。

平倬手又伸过去，这回在她右前方大腿边摸到了另外一只鞋子。

大功告成。

平倬帮华羽穿好鞋，将她整个人抱起来。

耳旁全是喧嚣。

华羽被平倬抱在臂弯里，眼里全是他。

他轻声问："累不累？腿麻不麻？"

华羽："有点麻，但是不累。"

不知道为什么，她突然有点想哭。

平倬低头："今晚我给你按摩，嗯？"

华羽轻轻颔首。

新郎新娘上了一辆车，伴郎伴娘紧随其后。

因为办婚礼的酒店不远，就隔了三条街，婚车特意多绕了两圈。

婚礼仪式很简约，半个小时就结束了。

之后就是漫长的合影环节。

因为今天来的同学特别多，除了跟新郎新娘合照，伴郎伴娘也有不少抢着合照的。

南夏没这么长时间穿过高跟鞋，合照完腿都软了。

顾深从兜里掏出块喜糖递到她嘴边："给你补充点儿糖分。"

南夏张嘴。

顾深把奶糖喂进去，把她带到底下一桌："你先休息会儿，我得去招呼人。"

南夏点头："好。"

饭菜陆续上来了。

顾深、于钱，还有高韦茹在几个同学桌上打招呼敬酒，顾深不时往这边看一眼。

南夏微笑着，注视着顾深。

身后那桌阿姨的包突然掉了，南夏察觉到，弯腰替她捡起来。

阿姨笑盈盈看着南夏："你是伴娘吧？也太漂亮了。有男朋友了没？阿姨有个儿子特别好……"

南夏很礼貌地回道："谢谢阿姨，我有男朋友了，马上要结婚了。"

阿姨一脸遗憾："也是，这么漂亮肯定抢的人不少。"

没一会儿，顾深、于钱、高韦茹都回来了。

顾深直接坐在南夏旁边，手靠在她椅背上，半环着她。

于钱累得够呛，抓起桌上的饮料先大口喝了一阵儿，说："我的妈，华羽都什么亲戚，一堆大妈问我哥是不是单身，吓死我了。"

高韦茹："人家问顾深又不是问你,你激动个什么?"

南夏开起了玩笑："我们于钱还是单身吗?"

于钱尴尬地咳了两声,没敢回应。

高韦茹嗅到了八卦的味道："有情况?"

"有个鬼。"于钱心虚地拿起筷子,"饿死我了,开吃开吃。"

吃饭的同时还有节目表演。

一个节目结束后,司仪出来说话了："今天的伴郎也很帅是不是?已经有七八个人跟我打听伴郎是不是单身了。"

底下一阵笑声。

司仪："伴娘也很美是不是?打听伴娘的人更多。"

底下笑声更热烈了,还夹杂着几声"是"。

司仪："都甭打听了,伴娘和伴郎是一对儿,马上也要结婚了,让我们祝福他们好不好?"

笑声伴随着惊讶声传来,紧接着是掌声。

南夏握住顾深的手站起来,朝大家鞠了个躬,表示感谢。

坐下后,南夏问顾深："是你让司仪特意强调的吗?"

顾深扯开领口扣子,散漫道："不是。"

南夏："难道是平倬?他哪顾得上啊。"

于钱愤愤的："你听我哥跟你扯,嫂子,你就是太善良了,总是被我哥骗。"

顾深面不改色："应该是司仪看我们太般配,自己忍不住想祝福一下。"

南夏没好气地看他一眼。

高韦茹："不要脸。"

于钱："太不要脸了。"

这时,平倬和华羽再度携手出来了。

华羽换了礼服,是南夏设计的那件,背后是完全镂空的,露出白皙而线条流畅的蝴蝶骨,臀线也很明显,还有细腰,高开衩的裙摆露着大长腿。

风情万种,堪称尤物。

于钱看得眼睛都直了："妈呀。"

平倬牵着华羽坐在看台下的座椅上,盯着她,目不转睛。

从刚才见到她开始,他就用这种眼神看着她。

华羽太懂了："要不我还是把披风披一下。"

本来是怕酒店会冷才准备的,但是现在恐怕不管怎么样也得披上了。

平倬看着她的肩膀："是得披。"

华羽让文戈把装披风的袋子拿过来。

平倬拎起来，把她的肩膀整个裹住。

他没再说什么，但眼神里明显全是克制。

两人牵着手一桌桌敬完酒。

双方父母体谅婚礼当天两位新人可能会累，敬酒都直接是用白水代替的。

婚礼在下午一点半左右正式结束。

顾深和南夏跟平倬打了个招呼就离开了。

回去的路上，南夏雀跃不已。

"他们的婚礼好热闹啊，尤其是迎新娘的时候，但是怎么没有闹洞房？"

顾深开着车，低笑一声："你想要？回头我们婚礼加上这环节？"

南夏："我说平倬，你干吗扯我们？"

顾深含笑看她："这不马上轮到我们了嘛。"

顾深一只手握着方向盘，腾出另一只手牵住她："你是跑不掉了。"

南夏轻轻甩开他的手，脸红："双手扶方向盘，你要被扣分了。"

顾深嘴角噙着丝笑："行，老婆说了算。"

下午五点，华羽和平倬回到平倬的公寓。

纵然是她这种平时穿高跟鞋能小跑的选手，也架不住这么站了一天。

而且因为忙着招呼众人，两人一口饭都没吃。

平倬从鞋柜里拿出拖鞋，蹲在她脚边，替她换上。

双脚终于解放，华羽舒了口气，然后换了日常的衣服。

平倬看着她，眼里似是有无限柔情，最后只说了句："饿了吧，我弄点东西给你吃。"

华羽："我来吧。"

平倬诧异道："你会弄？"

华羽抿唇："之前跟我妈学了下。我妈说婚礼这天我们肯定没空吃饭，让我晚上回来给你煮碗面，说是第一天当人家太太，要……"

"贤惠"两个字她怎么都没说出口。

她总觉得，这两个字跟她完全不沾边。

平倬温柔地笑了："我丈母娘怎么这么好？"

华羽推了他一把，往厨房里走去，却被他拉住手腕。

他声音温柔如水："没关系，我来煮。今天不是累了？以后你再给我煮也是一样。"他扬扬下巴，"去休息。"

华羽差点儿就被他说动了，因为她是真的累。

但她想了想，终究还是摇了摇头，坚定道："我要亲手煮。"

毕竟结婚就这么一次。

结婚当天煮面给他，意义是完全不同的。

平倬看了她一会儿，说："行。"

他又逗她："那我帮你开燃气灶？"

华羽踢他："我早会了。"

平倬也没坐着，就站厨房门口看她。

她很快煮好了两碗杂酱面。

杂酱是方静柔提前做好的，分成小袋子冻在冰箱里，也算简单。

华羽看着他，问："好吃吗？"

平倬回道："特别好吃。"

吃完面，两人在沙发上坐了会儿。

夜幕降临。

华羽开始在手机里列蜜月旅行需要的清单物品。

他们最后选了去夏威夷度蜜月。

她靠在平倬怀里，性感的手指在手机上不停敲着：防晒霜、护肤品、护照、身份证、感冒药……

手机屏幕突然被平倬的手掌挡住。

她仰头看他。

平倬："去把刚才的礼服换上。"

华羽慢吞吞地说："应该还在车子后备厢里，我没拿……"

平倬打断她："我拎上来了，在门口鞋柜上。"

华羽："但是我在列……"

平倬把她的手机扔到一边："明天再列。"

他目光赤裸裸的。

华羽还在挣扎，开始撒娇："今天好累啊。"

平倬捏着她的下巴："除了换衣服，其他不用你动。"

话都说到这份儿上了，她也再找不到其他借口。

但她真的完全都不想动。

平倬忽然靠近她。

华羽能看见他根根分明的黑色睫毛。

他明明长着一张绅士斯文的脸，说出来的话却是放荡不羁的："小羽，今天可是洞房花烛夜，你以为，你逃得掉？"

华羽没办法，去卧室把礼服换上了。

窗帘被拉上，暖黄的灯光打在华羽身上，衬得她更为动人。

华羽轻轻咬唇,看着平偄。

平偄伸出食指放在她脸颊上,从脸颊一路滑落到脖子、锁骨,再往下……

华羽闭起了双眼。

然后,她人也被他抱了起来,放进卧室的大床上。

他的声音被情欲灼得很沙哑:"以后永远都是我的了。"

Part 03 南夏婚礼

深夜十一点。

风吹得窗帘鼓起来,灌进来的风带着点微暖的湿意。

婚礼因为婚纱的原因推迟了一个月。

本来南夏是想穿自己设计的婚纱,但后来婚纱太好看,挂在店里当镇店之宝时被人买了。

南恺知道这件事后,提出由他来设计婚纱。

南夏没拒绝。

南恺精益求精,要求缝纫工人手织,婚礼也因此往后顺延了一个月。

不过三月更暖和一些,天气也更好。

南夏刚做完一套护肤,原本平静的心情也逐渐开始变得紧张。

她终于能理解当时华羽结婚前忐忑的心情了。

她拿出手机,微信里跟顾深的聊天内容还停留在早上她说的"记得吃饭"。

华羽、平偄、于钱、陈璇、周一彤、高韦茹,还有两人国内的亲属们全到了,因为很多人不熟悉英国,都是顾深和秦南风带人招呼。

一想就挺累的。

她不想给顾深添乱,这一天都没联系他。

不过都这会儿了,南夏正准备打个语音过去,手机立刻就响了。

还挺心有灵犀。

南夏弯唇,接起来:"你忙完了呀?"

她声音软软的,听得顾深心一软。

顾深"嗯"了一声,语气带着点儿抱怨:"你个小没良心的,一天都没问我一句。"

南夏很乖:"我怕影响你嘛。"

顾深:"是挺影响的,一天没收到你微信,差点儿怀疑你不想嫁了。"

南夏被他逗笑了,问:"你累不累呀?现在回到酒店了吗?"

结婚地点定在一个庄园,亲友到时候从酒店坐车过去。

南恺坚持让南夏婚前最后一晚在家住,明天早晨五点再从家里出发。

跟平倬和华羽的婚礼不太一样的是,他们的婚礼是中午十二点才开始,所以时间相对充裕。

顾深不怀好意地逗她:"要是累你能给我按个摩?"

南夏细声说:"可以啊。"

顾深低笑了声:"那行,我上去了。"

南夏一愣:"什么上来了?你到楼下了吗?"她伸手掀开窗帘,"你怎么这个时间还过来了?不累吗?"

顾深:"这不想见你,见你能解乏。"

南夏咬唇。

他们两边倒是都没有婚前不能见面的习俗,只是南恺之前提了一句:"顾深应该挺累,就不用特意过来了。"

当时顾深说:"行。"

但他现在都来了,自然没有不让他上来的道理。

南夏开始往楼下跑:"你等下,我给你开门。"

顾深:"不急,你别摔着。"

别墅门和院子门依次被打开。

昏暗的光里,南夏穿着吊带睡衣直接扑进顾深怀里。

她也很想他。

而且这种想,跟平常的想念很不一样,好像带着点儿马上就要属于他的兴奋。

顾深把她搂在怀里,拿下巴去蹭她的脸颊。

有轻微胡楂刺过的感觉,还有点舒服,南夏在他怀里起身,抬头看他。

他漫不经心的,衬衫扣子肆意地扯开两颗,眼里含着丝笑。

南夏摸了摸他的胡楂:"明天起来记得剃胡子。"

顾深:"知道,不会给你丢脸的。"

南夏:"你长了小胡子也很帅,不丢脸。"

顾深低笑了声。

南夏拉着他往里走。

南恺已经睡了,楼下没人,两人脚步很轻地上了楼,进了南夏的房间。

顾深扫了眼,笑着说:"这好像是我第一次在晚上进你闺房。"

南夏关上门,点头。

虽然之前已经得到了南恺的同意,但顾深完全不敢在南恺面前放肆,来的时候都规规矩矩的,只有南夏去他那儿时两人才能亲热片刻。

顾深在她床上坐下,伸手:"过来给我抱。"

南夏乖巧地走过来坐他腿上:"你最多待二十分钟,不能睡太晚。"

虽然这里离酒店挺近的,但明天他也要早起。
"好。"顾深揉了揉她的头发,"紧不紧张?"
南夏:"本来不紧张,就是刚才洗完澡,忽然开始紧张了。"
顾深摸了摸她的耳垂,亲了她额头一下,说:"我也挺紧张的。"
他平常都是放荡不羁挺嚣张的样子,这会儿跑过来很认真地说自己紧张,莫名有点儿萌。
南夏拍了拍他的脑袋,说:"别紧张,我会好好嫁给你的。"
顾深笑了声,把头埋在她颈中。
南夏抬手,轻轻给他揉着脖子和肩膀。
她这点儿力气,跟挠痒痒似的。
顾深含笑说:"你再这么按下去,我人都酥了。"
南夏没敢继续了。
顾深一笑,把她整个人捞进怀里。
两人抱了会儿,顾深才开车走了。

第二天,南夏和南恺是最先到城堡的。
新娘子化妆比较费时间。
南夏换上婚纱,化妆到一半的时候,周一彤进来了。
她还没换伴娘服,一进来就喊:"嫂子,你今天真的太美了,绝了,简直是仙女,我哥也不知道是修了几辈子的福气。"
南夏微笑着说:"你哥也很帅呀,我也很有福气的。"
周一彤发现了,她不管什么时候稍微吐槽下顾深,南夏都能维护回去。
能找到这样一个老婆,她也替顾深高兴。
化妆师给两人分别化妆,两人随口聊天。
南夏:"这两天你给我们帮忙,都没怎么逛街吧?等婚礼结束在这边多玩几天,我带你购物。"
周一彤星星眼:"好呀。我给你们帮忙也是应该的,嫂子别客气。对了,伴郎是谁呀?我认识吗?"
南夏:"是我表哥,你应该不认识。"
周一彤点点头,一脸期待:"你这么漂亮,表哥也一定很帅。"
南夏:"凑合吧,看习惯了。"
周一彤:"哈哈,对,他们都说顾深帅,我天天看也不觉得他帅。"
南夏很护短:"那不一样,顾深是很帅。"
周一彤腹诽:绝了。

光线很好,气温适宜,风吹在人脸上也舒服。

平倬和华羽一行人到了庄园里,四处聊天拍照。

平倬很是意难平,问于钱:"他们这婚礼没有接新娘环节吗?"

于钱为了给他们婚礼帮忙,半个月前就来了英国。

于钱回道:"没有啊。"

华羽:"那有闹洞房环节吗?"

于钱:"更没有了。"

高韦茹:"那有什么?"

于钱两手一摊:"有牧师宣读结婚誓言。"

陈璇干巴巴地说:"那也挺好的,正好见识下正经的西式婚礼。"

于钱:"也不算太正经,没花童。"

高韦茹:"那就是也没红包了?"

于钱很遗憾:"没。"

高韦茹看着他,开始发火:"那你提前半个月来干吗了都?建议都不提?"

于钱示意他们靠近,压低声音:"你们是没见过南夏她爸,太可怕了,我在他面前大气都不敢喘一下,还提意见?"

平倬:"那顾深呢?"

于钱:"我哥,哎哟,在老丈人面前乖得跟我嫂子似的,更不可能提任何意见了。"

众人愣了愣。

于钱眼珠子一转:"不过呢,大家放心,结束后有派对,听说我嫂子还要跳舞,到时候大家尽情玩就是了。"

高韦茹打了他一下:"你不早说!"

庄园古朴,空气清新,景色也优美,大家聚在一起聊了会儿天后又各自散开。

华羽吸取了上次结婚的教训,这回出门特意穿了平底鞋,丝毫不觉得累。

喷泉水柱在空中洒出水汽,一道彩虹横亘在水面。

华羽挽着平倬,激动地走过去:"运气好棒,竟然能碰到彩虹,我要拍照片。"

平倬无奈,随她过去。

她拿出手机拍了张,发在微博里:【转发这个有好运哦。】

平倬垂眸扫了眼:"你是不是发早了?"

华羽不解:"为什么?"

平倬:"里头还有锦鲤。"

华羽低头:"真的哎,今天撞大运了吗?英国的庄园怎么会有锦鲤这种东西?"

平悼心说:可能就是为你这种迷信的中国游客准备的。

但平悼自然不可能说出口。

华羽拿出手机拍了好几张照片,腰也越来越弯:"老公,你看这只,好肥好大哦,拍到后肯定运气特别……啊……"

她尖叫一声,手机掉进了水池里。

华羽下意识弯腰想去捡,没注意,差点整个人栽进去,幸好平悼眼疾手快,一把把她扯回来。

华羽摸着"怦怦"直跳的胸口:"唔,我手机……"

平悼心有余悸,确定她没事后,沉声说:"不知道小心一点?刚差点就摔下去了!"

华羽本来就心有余悸,被他这么一吼,眼泪不自觉开始往下掉。

平悼:"不许哭。"

华羽甩开他的手,倔强地转头去看喷泉水池,没说话,泪眼汪汪的。

平悼心一软,伸手把她拉进怀里,语气也软了下来:"刚才吓死我了,以后小心点儿。"

华羽身体僵硬,没抱他,眼里的泪水慢慢回去了。

平悼放开她,捧起她的脸:"一个手机而已,值得你这么冒险吗?"

华羽知道他是对的,但就是对刚才他那个态度很不满,说:"你干吗这么凶?我又不是故意的,而且……这不是你在我旁边,我才没什么防备嘛,我自己一个人又不会这样。"

她越说越委屈:"你这么凶我,是不是对我不满意了,想换个老婆?"

她这作劲儿一出来,平悼忍不住笑了。

"那我干吗拉你上来,应该推你下去。"

华羽没忍住推了他一把:"渣男。"

平悼走过来,重新把她抱进怀里:"行了,刚才是我不好,我太着急了,原谅我,好吗?"

华羽结婚后都很好哄,平悼稍微服个软,她就给台阶。

华羽:"那你给我重新买个手机,我就勉为其难原谅你。"

平悼:"行。"

他抬手揉了揉她的脑袋。

身后的喷泉溅出一串水珠到了她头发上,亮晶晶的。

平悼低头,缠上了她的唇。

华羽"嘤"了声:"大家都看……唔……"

他没留恋,一会儿后,就缓缓放开了她。
"走吧,去见识一下牧师宣读誓言。"

庄园里的基督教堂肃穆而庄严。
顾深站在门口,看着远方。
一辆古典的汽车缓缓停在门口,车门打开,南夏从车上迈步走下来。
她穿着纯白的婚纱,典雅大方,头发盘起,头上盖着一层薄雾般的白纱,一直垂到腰间,葱白般的香肩微露,不失性感。
像个仙女。
顾深深深吸了口气,目不转睛地盯着南夏。
这是他第一次看见南夏穿这件婚纱。
她为了给他惊喜,之前从未在他面前穿过。
南恺的设计还是老辣,裁剪完全贴合她的身材,完美突出玲珑的曲线。
婚纱样式看起来简约,花纹却都是手工一针针绣的,非常有质感。
南夏缓缓抬头,手上拿着鲜花花束,也在看顾深。
顾深虽然穿着黑色西装,但周身那股放荡不羁的气息却完全敛不住,只是跟以前相比,多了几分沉稳。
他目光是灸热的,落在她身上就没动过。
南夏有点受不住,小声说:"是不是要进去?"
顾深点头,牵着她的手往里走,宛如一对璧人。
教堂里的亲友都开始鼓掌。
于钱大喊:"我嫂子是仙女!"
"Mr. Gu, Do you want this woman to become your wife to marry her? love her, take care of her, respect her……(顾先生,你想让这位女士成为你的妻子吗?爱她,照顾她,尊重她……)"
于钱坐在底下拿着手机拍照片,听到牧师说到这儿实在受不了,他低声问:"我哥英语那么差,听得懂吗?"
平倬:"不需要懂,说'I do'就可以了。"
于钱:"也是。"
整个结婚典礼才半个小时就结束了。
长辈们倒不觉得有什么,年轻人都觉得意犹未尽,准备参加今晚的派对。
一出教堂,忽然有股风刮过。
于钱:"英国这破天气别是要下雨,大家都赶紧上车。"
众人都开始往停车的地方走。
走到一半,暴雨倾盆而下。

门外的草坪本来搭建了自助餐台,瞬间全被浇湿了,风大得几乎要将人吹散。

"啊——"

不远处传来尖叫声。

顾深把南夏紧紧搂在怀里,带着她往前走。

瓢泼般的大雨把南夏的婚纱都浇透了,婚纱瞬间沉了许多,她走得十分费力,但她却突然开心,心情仿佛在这一刻得到了释放。

她停住脚步。

察觉到她的动作,顾深也跟着她停下来。

她仰头,脸上全是雨水。

"顾深。"

顾深抬手替她抹了把脸上的雨水,笑了:"想接吻?"

南夏眼睛亮亮的:"嗯。"

果然她想什么他都知道。

顾深抬起手,扣在她脑后,说了一个字:"行。"

于钱正在招呼人,回头看了眼:"妈呀!"

他这么一喊,周围人全回头去看。

隔着雨帘,一对新人正在忘情地拥吻,如胶似漆。

雨大得连他们的身影都有些模糊,却莫名让人觉得心潮澎湃。

于钱吹了个响亮的口哨,传到雨声里,也逐渐消散了。

平倬回头看了眼,握紧了华羽的手,带着她上了车。

大家先后回到酒店。

因为晚上举办派对的地点是酒店,顾深和南夏也一起来了,两人先后换了衣服,洗了个热水澡,吹干头发。

外头的天已经重新放晴了。

南夏抱着顾深:"好开心呀,老天对我真好,特意下了场雨给我呢。"

顾深低头,伸手抬起她的下巴:"让我看看,嘴唇都肿了。"

南夏有点不好意思:"我去敷个唇膜。"

顾深笑了声:"给我也敷一个,我应该也肿了。"

的确是肿了。

她也挺用力的。

南夏不好意思地点头:"好的。"

下午七点,大家都聚在了酒店地下的酒吧里。

顾深包了场,进来的都是自己人。

没了长辈,大家都玩得放松不少。

台上还有乐队唱歌。

南夏穿了件白色的吊带连衣裙,露出美背和大长腿,在台上跳了个爵士舞。

底下人都疯了,从没见过她这么性感的模样。

于钱甩着胳膊,开了瓶香槟往台上喷。

平倬他们一起把顾深推了上去。

顾深含着笑,无奈登台。

他不会跳舞,不太规则地随意扭动着身体,跟着节奏配合南夏。

于钱在底下喊:"脱!把我哥的外套脱了!嫂子。"

周一彤也跟着兴奋挥手:"脱!脱!脱!"

南夏含笑,暧昧地看了顾深一眼,一抬手,把他的西装外套扯掉了。

黑色的衬衣下,男人肩宽腰窄,性感撩人。

"啊啊啊——"

台下人快疯了。

周一彤紧紧拽着旁边男生的衬衫,高喊:"接着脱!接着脱!要看肌肉!"

于钱和平倬跟着她起哄瞎喊。

南夏歪着头看顾深,不怀好意地笑。

他们婚后的派对,她当然不想扫兴。

顾深也含笑看着她:"真让我脱?吃亏的可是你。"

南夏眨眨眼:"我不怕。"

她说着,把顾深衬衫的扣子扯开,露出胸前一大片肌肤。

底下气氛更激烈了,让人上头。

周一彤大声问旁边看着跟她同样上头的于钱:"你要不要也脱了?"

她跟于钱混了两天,觉得对方挺好相处的,也热情,所以她也没什么顾忌地问出了口。

果然,于钱很大方:"好啊!"

得到同意,周一彤瞬间放飞自我,尖叫一声,闭眼用力扯开身旁男人的衬衫。

她听见于钱略带兴奋地问:"你给我脱吗?"

周一彤:"我已经帮你脱啦!"

然后,她睁开眼,看到于钱整齐的上衣,愣住了。

身后传来一个冷淡的声音:"你脱的是我的。"

周一彤回头。

男人目光深邃，薄唇微抿，低掩的眉睫轻轻一挑，嘴唇扯出个玩味的笑。

他五官轮廓分明，带着点混血的线条，尤其是鼻子，高耸得十分有味道。

他胸前的衬衫已经完全被她扯开，露出有力的肌肉线条。

也太帅了。

最重要的是，他也太白了，简直白到发光，是周一彤一辈子都梦想的白。

周一彤顿住，突然脸红了。

她转头看了眼仍在欢呼的人群，又回过头看了眼男人："那刚才我一直拽的……"

男人点头："也是我。"

他的声音也好听，清冷又带着点磁性。

灯光昏暗，人们都挤在一起。

周一彤只看见了旁边的于钱，完全没注意到她和于钱稍微靠后的空隙还有人。

她连忙道歉："太不好意思了，我、我认错人了……"

男人挑了下眉，看着她的手："能放开了吗？"

周一彤立刻缩回手。

她用余光瞟了他一眼，产生了想要搭讪的意图："那个，你好，我是顾深的表妹，请问你是？"

于钱喝了口酒，正好听到她的话，说："这是嫂子的表哥秦南风啊，咱们舅子哥。"

秦南风淡淡看了于钱一眼，把衬衫扣子系上了。

周一彤很惊喜："原来你就是嫂子的表哥？真是意外……"

居然能这么帅。

啊啊啊……

简直比顾深帅了一万倍。

南夏居然能用"凑合"两个字形容他，真是太双标了。

周一彤想拉近距离，伸出手，做自我介绍："你好，我是顾深的表妹，我叫周一彤。"她还夸了句，"你好白啊，比我嫂子还白，是天生的吗？"

秦南风伸手弹了弹衬衫的衣襟，意味深长地"哦"了声："顾深的表妹？难怪……"

顿了顿，他吐出三个字："这么黑。"

周一彤蒙了。

秦南风云淡风轻地瞟了她一眼："你应该是天生的，不像美黑。"

周一彤平时都伶牙俐齿，但一来对方长相的确深得她心，二来对方是南夏的哥哥，也算是长辈，她怼得太厉害又怕不合适，一时愣在那里没说话。

秦南风也没在意她是不是回答，似乎还轻嗤了声，直接转身走了。

周一彤快被气死了，刚才因为外表对他产生的好感顿时全无，甚至还跟于钱吐槽："我嫂子那么好的人，怎么会有个这么高傲的表哥？"

于钱的心思早回台上了，没注意她，还跳着大吼："脱脱脱！"

周一彤翻了个白眼。

台上，顾深衬衫的扣子已经全开了，他敞着胸膛，一把把南夏拽进怀里。

"亲一个！亲一个！亲一个！"

斑斓的灯光落在南夏脸上，衬得她妩媚又动人。

顾深低头，深深地吻了下去。

等他们绵长的吻结束后，大家凑在一桌喝酒。

秦南风只喝了两杯，就觉得被吵得头疼，便直接起身："你们玩，先走了。"

南夏一怔，看着他，有点舍不得："再玩一会儿嘛。"

妈妈去世后，她亲人很少，南恺又严肃，也就秦南风这么一个哥哥。

他突然想提前走，南夏不太开心。

秦南风看了她一眼，很高冷地说："这么多人陪你还不够？"

南夏跺脚："哥——"

也不知道为什么，她跟秦南风说不出太肉麻的话。

秦南风笑了声："行了，都嫁人了，别跟小孩儿似的。"他弹了下她额头，"你知道的，要不是为了你，我来都不来。"

更别提在这种嘈杂的环境里待了将近三个小时。

他说的是事实，南夏也知道他不喜欢人多的地方，只好点了点头，说："那我送送你吧。"

顾深搂着她，跟她一起出去了。

上车前，南夏抱了秦南风一下，眼睛有些发酸。

她这行为一出来，秦南风就了解她的情绪了。

其实南夏结婚，他心里也有那么点不舒服，总觉得属于自己的小妹妹从此以后到了别人那里，怕她不习惯，又怕她被欺负，更多的又是舍不得。

他抱了她一会儿："行了，跟顾深好好过，嗯？"

南夏点点头："那你也……早点结婚。"

秦南风冷笑一声："呵，结婚了，你配数落我了？"

南夏笑着轻轻捶了他一下。

南夏和顾深回去时，周一彤已经喝得有点儿醉了。

南夏刚坐下就听见她骂道："秦南风，就是一个没有礼貌的垃圾！"

南夏愣了愣，问："她这是怎么了？"

陈璇压低声音："好像被你哥看不起了。"

南夏："为什么？"

陈璇："她不小心扯开了你哥的衬衫扣子，被你哥骂了。"

南夏怎么觉得听着这么想笑。

她喝了口饮料："我哥那张嘴可太毒了。"

周一彤来来回回像车辘轳似的就这么一句话，顾深听着头疼。

他把人捞起来："她喝不少了，我先送她上去。"

送完人，顾深又下来了。

于钱看见他就喊："哎，我哥下来了。"

顾深坐到南夏旁边："怎么了？"

南夏有点脸红。

于钱："我们几个在打赌呢，赌你和平倬谁先生小孩儿。"

顾深扯了个玩味的笑容："好啊。"他胳膊松松垮垮地搭在南夏的肩上，"赌什么？"

于钱很直白："钱啊！"

"除了钱，再加上一个，可以往他脸上画一个王八。"于钱恶作剧地看了眼顾深和平倬两人，刻意拱火，"怎么样？敢不敢玩？"

顾深无所谓："行啊。"

平倬："可以。"

"那……"于钱扫了二人一眼，"我压平倬。"他看了眼华羽，"说不定人这会儿都有了呢。"

华羽愣住了。

陈璇："那这两人结婚早，是不是不公平？应该从结婚那天的时间算起。"

于钱立刻变卦："那我压我哥。"

陈璇姨母笑："我也压夏夏。"

这简直是能力的体现。

很奇怪，顾深含笑说："我压平倬。"

众人不解。

于钱："不是吧，哥，你对自己的能力这么……"

话音未落，就听见平倬说："我压顾深。"

于钱的目光在两人脸上游移："你俩怎么了？吃错药了？互相承认对方是最强的了？"

顾深和平倬对看一眼，脸上的表情都意味深长。

于钱觉得两人怪怪的,但也看不出哪儿怪。

凌晨一点,南夏有点儿困了,眼皮都在打架,说要先走。

于钱笑得暧昧:"走吧,不能耽误你们洞房啊。"

顾深:"滚。"

说完,他搂着南夏走了。

华羽也打了个哈欠,靠在平倬怀里:"我也困了,老公。"

她声音又娇又软,平倬听得心头一荡,按在她腰间的手不觉轻轻蹭了蹭。

他低头:"我们也走?"

华羽点了点头。

于钱:"别呀,咱们再喝会儿。"

华羽嘟着嘴,不满:"你也别打扰我们洞房。"

于钱无语。

牛。

平倬快笑死了,捏了下华羽的鼻尖,没忍住骂了句:"别乱说,是耽误,不是打扰。"

南夏本来是真的睁不开眼了,进了房间洗完澡出来却又变得清醒。

淡淡的玫瑰香味扑鼻而来,令人放松又舒缓。

她看到卧室的香薰蜡烛,应该是顾深刚才趁她洗澡时点的。

南夏嘴角微扬,躺在柔软的床铺里。

过了会儿,顾深洗完澡吹干头发出来了。

卧室的灯已经被关了,只剩下蜡烛的灯芯缓缓燃烧着。

顾深缓缓躺上来,被南夏伸手抱住了。

他眉一扬,回身搂住她:"不是困了?还没睡?"

她的手在他胸前不安分地蹭着:"洗完澡又有点儿睡不着了。"

顾深"嗯"了声,抓住她乱动的小手,拍了拍她的脊背:"闭上眼,一会儿就睡着了,乖。"

南夏抿唇,又往他怀里蹭了蹭。

他还是没什么反应。

南夏干脆整个人贴了过来。

她这么明显,顾深哪儿还不明白。

他声音里藏着克制:"不累?"

南夏:"有点儿累,但今天不是……"

"洞房花烛"四个字,她没说出来。

顾深低笑了声:"我这不是怕累着你嘛,以后我们的时间还长着呢。"

南夏体力的确要差一点。

之前顾深刚来英国那会儿缠了她半天,她后来好几天才缓过来。

南夏的脸发烫:"不是说,要比赛……"

顾深笑了:"平倬想坑我呢,他想得美。"

南夏:"什么意思?"

顾深:"有了孩子哪儿还这么方便,他是想给我下个套,然后自己自在地过二人世界。这点儿伎俩,我会看不出来?"

南夏有点无语了:"你们两个大男人,钩心斗角原来这么严重吗?"

顾深笑了声,大拇指按在她下唇上:"不过呢,你要是想要,就不用了。"

南夏:"也不是一定要,只是我想着结婚了是不是顺其自然,而且……"

顾深:"行,有了就要。"

南夏点点头,钻进他怀里。

第二天醒来,天色已经大亮了。

顾深叫了早餐把南夏喂饱,说:"今儿你别去逛街了,就说要回去趟,我让表哥带他们去逛。"

南夏点点头,的确也感觉累惨了,爬不起来。

她打开手机翻了下之后的行程:"后天回趟我家,然后就去度蜜月?"

顾深:"嗯。"

两人之前商量着去哪儿度蜜月,她还问了华羽。

华羽说去的夏威夷海边,还建议南夏也去个海边,说蜜月嘛,培养夫妻感情最重要。

但南夏对海边没太大兴趣,这会儿又是三月份,两人最终决定还是去瑞士。

顾深说:"泡温泉一样培养夫妻感情,还能给你调养身体。"

瑞士之行结束后,再去趟冰岛看极光。

南夏检查完行程后,就把手机扔到一边,又靠在顾深怀里。

想到昨晚的事,她埋怨地说:"你不是说来日方长吗,昨晚干吗那么折腾我?"

顾深低笑了声:"嗯,的确是来日方长。"

南夏狠狠踢他一脚。

顾深的手插在她发间,慢慢替她梳着头皮,她舒服得跟小猫似的缩在他怀里。

顾深:"你昨晚那么勾我,我哪儿忍得住?不在自己身上找点儿原因?"

南夏不大愿意地说："那我以后不这样了。"
　　顾深："别啊。"他双眸漆黑如墨，染着一点漫不经心的笑意，"偶尔为之，也是夫妻情趣。"

... 番外三 ...
顾太太，新婚快乐

Part 01 回门

南夏是在婚后第三天回门的。

婚后两人都住在顾深买的别墅里。

嫁人后第一次带着顾深回家，她还是有点紧张。

顾深的心境则全然不同。

他以前来都透着小心翼翼，这回像是终于光明正大，举止之间透着点儿暗戳戳的嚣张。

他从下车开始就甩着车钥匙愉悦地搂着南夏往前走，要不是没翅膀估计都要飞了。

进门前，南夏拽了拽他的衣袖："你收敛点儿。"

顾深把车钥匙扔她包里："行吧。"

结婚前他忙得厉害，加上婚礼当天淋了雨，之后又陪朋友们逛街，他嗓子有点哑了，说起话来格外性感。

顾深整理了下西装，敲门。

南恺早在二楼窗前看见他们了，让阿姨给开了门，他则在客厅里等。

顾深把手里拎的东西递给阿姨。

南夏跟南恺打招呼："爸。"

南恺点点头："过来了。"

顾深虽然嗓子沙哑，但声音比往日里大了几分："爸——"

南恺看他一眼:"你嗓子怎么了?"
顾深:"就是有点儿上火。"
南恺蹙眉,让阿姨给他泡杯金银花茶过来。
顾深有些意外,但很快调整好表情,嘴角含笑:"谢谢爸关心。"
他一口一个"爸",喊得比南夏还起劲。
南恺心里也挺受用,顺势跟南夏说:"你也要好好照顾顾深,他不舒服早点给他泡茶喝。"
南夏腹诽:所以这两人是合起伙来开始欺负我了是吧?
顾深眼含笑意:"听见没,爸让你好好照顾我。"
南夏无奈地看着他笑:"知道啦。"她接过阿姨递过来的茶杯,"喏,给你喝。"
顾深:"乖。"
这次回门,是顺便回来住两天,然后两人就准备去瑞士度蜜月。
晚上两人就睡在南夏的卧室里。
南夏无聊翻着手机微信,终于收到群里于钱的消息。
【我们落地啦,放心吧,嫂子。】
南夏刚回复了让他们好好休息,顾深就推开门进来了。
他刚洗完澡,头发都还湿漉漉的。
可能顾忌这是南恺家,他还是很规矩地把睡衣完整地穿上了——跟平时在家可太不一样了。
他一进来就扬了扬眉,一脸兴奋地看着南夏。
南夏起身:"怎么没把头发吹干?你嗓子不是痛吗?小心感冒。"
顾深吊儿郎当地"啊"了了声:"有你的贴心照顾,我才不会感冒。"
南夏无语,把他拽去浴室,拿起吹风机:"低头。"
顾深笑了声,顺从地低下头。
南夏缓缓给他吹头发。
男生头发短,几分钟就吹好了。
南夏羡慕得不行,关掉吹风机,说:"我也好想剪短发,太方便了。"
顾深:"嗯?"
他抱着她看了眼:"想剪就剪。"
南夏:"可我怕剪了短发会变丑。"
顾深伸手在她脑袋上比画了下:"你剃光头都不会丑。"
南夏微笑起来:"嘴巴这么甜。"
两人回到卧室。
顾深躺在床上,戴着耳机在很认真地听 BBC 新闻。

南夏则坐在旁边桌前画图。

他们大多数时候都这样,自己做自己的事儿,互相不打扰。

过了一会儿,南夏听见顾深发出一声愉悦的笑。

她转头去看他。

他戴着蓝牙耳机,抬头望着天花板,一看就没在好好学习。

南夏问他:"你笑什么呢?"

顾深把耳机摘了,跟她目光对视:"嗯?"

南夏把手里的笔放下,跑到床上,抱住他,撒娇似的问:"装什么呢,你肯定没好好学习。"

顾深也没否认:"真没听清。"

南夏又问了遍:"你傻乐什么呢?"

顾深低眉:"刚洗完澡进你房间的时候,碰见爸了。"

南夏不解。

这有什么可乐的?

顾深:"想到以前来你家,晚上都不敢进你房间,只能凄凄惨惨地走人。

"但今天,我当着他的面儿大大方方地走进来了。

"明天早上,我还能当着他的面儿从你房间走出去。"

顿了顿,顾深抬手圈住南夏的脖子:"名正言顺的感觉真好。"

他心情极好,狭长的双眼里蕴着笑意。

南夏仰头看顾深:"你不怕我爸啦?"

南恺平日太严肃了,再加上他之前对顾深的偏见,顾深内心深处对他还是有点怵。

不过这次回来,南恺就温和多了,还很关心顾深。

顾深附在她耳边:"还是挺怕的。"

南夏:"为什么?"

顾深痞里痞气地说:"你不知道,他刚看我的时候,一脸要把我吃了的表情。

"但是呢,又拿我没办法。"

南夏笑了:"哪有你说的这么夸张,不过……"

她稍顿,亲了顾深脸颊一下,放低声音:"之前是委屈你啦,老公。"

她声音软绵绵的,刻意带着哄他的感觉。

顾深捏了捏她的脸:"夫妻之间,不用这么客气。"

Part 02 蜜月

顾深和南夏从戴高乐机场出来,打算一路自驾去瑞士,顺便看一看沿途的风景。

顾深来英国也有大半年了,但他英语用起来还是费劲,所以一切都是南夏从 App 上搞定的。

顾深坐进车里,笑着说:"倒是没想到,有天能在欧洲自驾游。"

他打小就不喜欢西式的任何东西,食物、风俗、语言等,在高中周围同学都想出国的时候,他就决定在国内发展,也从来没有任何出国的想法。

所有一切都被南夏打破。

但他内心此刻没有丝毫的不愿意,只觉得满足。

身边有她这个翻译,倒是去哪儿都不用愁。

南夏也很高兴,打开地图导航指挥他:"走啦。"

天气也很好,春光明媚,蔚蓝的空中飘着大片白云,是度蜜月的好时候。

两人起得很早,顾深看她:"要是困就睡一会儿。"

南夏点头,也觉得困,但是大脑处于极度兴奋状态,完全睡不着。

她说:"我睡了你怎么办,我还得给你指路呢。到了科尔马要去加油站买高速卡。"

顾深含笑:"也是,你得谨记爸的嘱咐,好好照顾我。"

到了科尔马,顾深在南夏的指引下,把车子停在一个加油站的便利店门前。

南夏拿着手机和钱包进去,顾深跟在她身后。

便利店里是个头发半白的阿姨。

南夏:"Hi, I would like……"

阿姨直接打断她:"No English."

这里是法语区,很多人不太说英语,尤其是上了点年纪的老人。

"OK."南夏点头,试图用最简单的词汇进行交流,"Em……Switzerland."

她边比画方向边说。

阿姨摇头:"No English."

南夏轻咳了声,往后看了眼顾深,没想到刚来就在一个这么简单的问题上遭遇了滑铁卢。

顾深倒没笑她的意思,直接把手机拿出来,对着话筒说了句中文:"我们要去瑞士,想买一张高速卡。"

几秒后,翻译软件机械声念了句南夏完全听不懂的法语。

南夏惊了。

阿姨恍然大悟,叽里咕噜说了一堆。

顾深举着手机,两人连比画带用软件,终于搞定了。

顾深颔首："Thank you." 然后，他牵着南夏的手腕往外走。
南夏还有点蒙："你确定说明白了吗？"
顾深："嗯，她说到了瑞士才能买。"
南夏："哦。"
她看了眼他的手机："现在翻译软件都这么智能了吗？"
她很久没用过了，没想到技术竟然如此突飞猛进。
顾深趁机跟她讲条件："可不是，要不从今儿起我把英语课停了？这软件就绝对够用……哎——"
他含笑看着她："怎么结婚之后你越来越暴力了，总踢我做什么？"
南夏幸灾乐祸："怎么，你后悔啦？那也来不及了。"
顾深很不要脸地说："不后悔，你白天怎么欺负我，晚上我就怎么欺负回去。"
南夏瞪了他一眼。

当天傍晚，两人到了采尔马特小镇。
南夏预定了山顶的小屋，有人帮他们停车和接送。
夜里天气凉，尤其是山顶。
顾深从后备厢拿出冲锋衣给南夏裹住，两人坐缆车上去。
此时天色几乎已经全黑了，只能看见山脚下小镇的木屋暖黄色的灯火离他们越来越远。
缆车在空中微微晃动，南夏握住顾深的手不觉抓紧。
顾深："怕？"
南夏摇头："不怕，就是有点紧张。"
那不一个意思？
顾深扬眉，把她紧紧搂进怀里，隔着窗户给她指山顶的灯光，试图分散她的注意力："我们应该是要住那儿，很快就到了。"
南夏点点头，靠在顾深怀里。
以前南恺从不让她坐这种危险的东西，这是她第一次坐高空缆车，却只紧张了不到一分钟就习惯了，接着就开始觉得开心和刺激。
山脚下一盏盏灯光错落，离得越来越远。
周围一片静谧，整个世界像是只剩下了他们两个人。
南夏仰头看着顾深。
微光里，他侧脸线条利落，五官分明，眼尾上挑，嘴角噙着丝不羁的笑意。
察觉到她的目光，他毫不避让地直接跟她对视，一贯的吊儿郎当。

南夏嘴唇贴着他脖子上方，低声说："我下辈子也要跟你在一起。"

顾深心头微动："就只有下辈子？"

南夏两条手臂搂住他的腰："还有下下辈子，下下下辈子……"

"反正我要永远都跟你在一起。"

顾深把她按进怀里："那就这么说定了，不许反悔。"

南夏点点头。

两人抱了会儿，南夏看到顾深的冲锋衣拉链没拉好，抬手替他拉上去。

"小心感冒呀。"

她细声细语，跟只小猫似的，格外萌。

顾深没忍住在她头上揉了把。

终于到了雪屋，山顶是真的冷，脚下还有积雪。

南夏在顾深怀里瑟瑟发抖："感觉还是应该穿羽绒服。"

顾深："要滑雪运动，穿这个方便。"

进了酒店后，两人先去餐饮区吃饭。

菜单也不是英语的，而是几排奇怪的单词。

南夏再度僵住。

然后，她没忍住问："你用的什么翻译软件，给我也下一个。"

顾深觉得好笑，但还是答应了："行，等晚上回去。"

他拿出翻译软件，拍照后直接翻译了菜单，两人点了汉堡和薯条。

黑面包实在太硬了，两人啃了半天才吃完。

因为累了一天，两人很快就睡着了。

第二天一大早起来，两人去山顶滑雪。

为了轻装上阵，两人来的时候没带滑雪设备，在滑雪场租了穿好，带着相机和无人机上去了。

刚进去，就听见有人用英语说突然下暴雪了，滑不了。

南夏站在山顶的小屋里，透过落地窗往外看。

天地之间都是白色的。

一片暴风雪。

门外传来呼啸的风声。

大老远怀着期待过来，南夏自然有点不甘心，转头看顾深："真不能滑啊？"

顾深抬眸扫了眼："不能，风太大了。"

南夏闷闷不乐。

顾深："带你出去看一眼？"

南夏:"好。"
大部分游客都进来了,还有零星的几个人站在门外感受风雪。
顾深牵着她往外走。
狂风呼啸而来,像是带了刀子似的在脸上割,一张嘴就有冷风往里灌,话音也淹没在风里。
顾深把南夏搂在怀里,替她挡住风,抱着她往回走。
两人跑回小屋。
南夏瑟瑟发抖:"这也太冷了。"
比南城最冷的时候还要冷。
南夏问了工作人员什么时候可以滑雪,工作人员说要等风彻底停了才可以。
不少人还在原地等,顾深和南夏决定干脆回去休息,做个SPA,等风停了再上来。
中午的时候,大风终于停了,天气也放晴,雪却还没停。
雪花一团一团的,像棉花,世界一片纯净无瑕,宛如置身在下雪的水晶球里。
南夏双手摊开走进雪地里,抬头看着簌簌下落的雪团:"好美啊。"
顾深举起相机,把她拍进了场景里。
南夏跳着喊他:"你也来嘛。"
她拜托旁边的一个游客帮他们拍照。
拍完后,顾深又拿起无人机拍了会儿,才收回无人机跟南夏开始滑雪。
南夏完全是新手,看见初级赛道的坡度却莫名觉得刺激。
她兴奋地问:"我等会儿能直接滑下去吗?"
顾深看她一眼:"我看你能。"
南夏:"真的吗?"
顾深:"真的。"
但南夏怎么觉得,他好像不怀好意。
顾深没再说什么,带着她进场,把滑雪装备给她解释了遍,帮她穿戴好,开始耐心教她。
南夏用的新手常用的双滑板,顾深为了教她,也选了双滑板。
顾深:"像这样慢慢把双脚打开成八字……"
南夏按照他说的刚走了没多远,就摔到地上。
雪落在她发间,她仰头,脸上全是笑,跟个洋娃娃似的。
顾深把她捞起来,替她拍了拍头上的雪花:"再来。"
下一次,顾深扶着她一起滚到了雪里。

真是太好玩了!

南夏看着顾深,突然从地上攥了团雪往他脸上砸,正好砸到他颧骨上。

南夏大笑。

顾深无奈:"合着你是来打雪仗的?"

他边说话,手底下边暗自动作,却立刻被南夏看穿。

她挣扎着要站起来:"别砸我,别……"

她脚底踩着滑板,怎么也站不起来。

还是顾深先站起来,过来拉她。

南夏怕被报复,就这么往后缩:"别——"

顾深把手里的雪球扔了,摘掉手套:"行了,不逗你。你以为我跟你似的,斤斤计较?"

南夏这才松了口气,没再往后躲了,对他却仍有怀疑之心。

她说:"你那只手呢?"

顾深把背后的手也伸出来,摘掉手套,摊开。

空空如也。

南夏这才放心了,把手递给他。

顾深把她拽起来。

南夏刚站稳,顾深就把她扣进怀里,冰凉的手钻进她脖子里。

"砸我是不是?嗯?"

冰凉的手一触碰到锁骨那层薄薄的肌肤,南夏就被寒意冷得直叫唤:"哎呀,别,你怎么这么小气——"

顾深箍住她,手往她领口里伸:"错了没?"

南夏感觉肌肤都起了一层鸡皮疙瘩,不得已求饶:"我错了,老公,我错了。"

顾深还没放过她的意思:"知道错了?"

南夏:"知道了。"

顾深把手搁在她锁骨那块儿的肌肤上,还要冰她。

南夏"嘤"了声:"真的知道错了。"

顾深这才放手。

被他这么折腾一会儿,南夏都没力气了,心也跳得飞快,喃喃道:"怎么刚结婚你就欺负我?"

顾深笑起来:"谁欺负谁啊?你讲不讲理?"

南夏"哼"了声:"就是你欺负我。"

一个多小时后,南夏学会了基础的技巧,能滑出一段距离后,就开始慢慢往下滑。

节奏基本上是滑五米摔一跤。

南夏摔得屁股都痛了。

这哪儿是滑下去，分明就是摔下去。

顾深也一直陪着她，都没怎么滑。

南夏："我自己待一会儿，你去滑吧，没关系的。"

顾深往下看了眼："没事儿，还剩三分之一就能摔到底了。陪你滑完，我再滑。"

似乎就是为了要给她证明，她是真的可以滑到底。

南夏扭了扭身子，开始撒娇："屁股好痛。"

顾深抬眸。

南夏："真的痛。"

顾深不怀好意地问："哦，这是让我今晚给你按摩一下的意思？"

南夏脸红了，责怪地看他一眼。

顾深含笑蹲下去："行，我们走下去。"

他帮她把滑雪板摘了。

两人走下去，又坐车上来。这次他们去了高级赛道。

南夏催顾深去滑雪。

顾深嘱咐她："就在附近，别乱跑。"

南夏："放心吧。"

顾深抬手揉了下她的脑袋，转身下去了。

他滑的单板，动作流畅，几乎是一气呵成，飞驰而下。

周围响起一阵呼声。

南夏举着手机，从镜头里看见他的身影一点点变小，然后消失不见。

她没忍住小声说："唔，他怎么这么帅呀。"

两人玩到下午四点才回酒店。

因为耗费了一下午体力，两人都很饿了。

但瑞士……真就没什么好吃的。

两人各自点了份牛排，还有一堆小食，吃完后回房间，还觉得不是很舒服。

之前顾深都找了阿姨帮忙做饭，阿姨请假的时候就自己做或者南夏做。

南夏还好，毕竟之前在英国上过学，早被这种饭菜"荼毒"惯了，给她一份沙拉她就能活得很好。

顾深就很不习惯了，而且按照他的运动量来说，他吃得不算多。

回到房间后没一会儿，顾深就觉得有点饿。

他今天一天累得够呛，这会儿也犯了懒，看着在旁边不远处坚持画图的南夏，喊了句："老婆。"

南夏手一顿，回头。

顾深瘫在沙发上，没个正形，可怜巴巴地看她："我饿了，想吃泡面。"

为了以防万一，他们来的时候是带了泡面的，但他这会儿摆明了不想动，就想使唤她。

南夏逗他："我也饿了呢。"

顾深扬眉，就她那饭量哪里会饿，知道她故意的。

他作势抬了抬腿，含笑："行，我去给你弄。"身体却丝毫没有要动的意思。

南夏看他一眼，无奈地笑了。

她起身去行李箱里翻泡面，找来热水替他泡好，把泡面桶放到他面前的茶几上。

她刚要转身，就被顾深一拽手腕拉了回去，人也直接坐他腿上。

他箍着她的腰，压着尾音，性感极了："急什么？蜜月还这么拼？"

南夏被他落在耳边的气息激得一痒，小声说："要画的，不然断掉之后会没手感。"

顾深"哦"了声，用下巴蹭了蹭她："那等会儿再画，我先给你按个摩。"

南夏无语。

一会儿后，南夏借口泡面会坨才被他放开。

画完后，南夏开始看手机里今天拍的照片和视频，目光被其中一张吸引住。

照片里，顾深跟她一起用胳膊比了个爱心，棉花似的雪花落在他们身上，宛如童话幻境。

顾深眉眼弯弯，搂着她，眼神里极为难得地出现了几分柔和，那股放荡不羁的气质也像是被融化了。

南夏平常不爱发朋友圈，连结婚时都没发，但她此时却特别想把这张照片发出去，想让别人看到顾深温柔的样子，想告诉别人他不是传闻中那样。

她侧头望了眼。

顾深还维持着那个坐姿在沙发上，随意刷着手机。

南夏抱着手机跑过去。

顾深余光看见她，顺手抬起胳膊，等抱住人才去看她："怎么？"

南夏看了眼他搁在茶几上的腿："你这是结了婚装都懒得装了？"

顾深没脸没皮地说："我这不吸引你的注意力，不然你哪能搭理我。"

他看了眼时间,"足足半个多小时,你才过来。"

他把腿放下来,捏了下她的耳朵:"你反省一下,为什么冷落我。"

南夏直接换了话题,把手机举到他面前。

"我想发这张照片去朋友圈,可以吗?"

顾深扫了眼,嘴角泛起丝笑意:"准了。"

两人都是低调的人,这还是她第一回有秀恩爱的想法。

南夏点点头,开始低头发朋友圈。

顾深看着她细长的手指敲出"笔芯"两个字。

等她发完,顾深才说:"这种事儿以后不用申请,我都准了。"

南夏微笑:"好。"

第二天起来,朋友圈多了一堆留言。

此生无余钱:【秀我一脸!!!】

华羽:【顾深好帅,啊啊啊!】

平倬:【夏夏好美,啊啊啊!】

南夏愣了愣:这夫妻俩……

再继续往下看。

蘑菇:【美死了,下次拍摄我们杂志也要去瑞士。】

周一彤:【嫂子好美,我哥他是真的不配。】

秦南风:【呵。】

这个"呵",就很灵性了。

不过秦南风的德行南夏知道,也没打算跟他计较,结果看了底下一条,她没忍住乐了。

秦南风回复周一彤:【是不配,你比你哥有自知之明。】

周一彤回复秦南风:【就你也配说我哥?】

…………

两人在南夏的评论区骂起来了。

但南夏乐的是,秦南风竟然能跟人吵起来。

她把这事儿当笑话跟顾深说了。

顾深扫了眼,拿出自己的手机敲字。

几秒后,南夏看到朋友圈提示有了新回复。

她点开。

顾深回复周一彤:【表哥配,表哥最好了。】

秦南风回复顾深:【你闭嘴。】

两人在这个村子玩了两天,启程上路,去洛伊克巴德泡温泉。

沿着导航走，远处突然开始变得云雾缭绕。

可能是海拔高的原因，往上走路边还有未消融的冰雪。

两人到了酒店，把行李放好，在村庄里牵着手溜达，惬意、舒适又安静。

南夏忽然觉得，在这种小镇养老也不错。

走了两个多小时，两人回到酒店，吃完饭，顾深开始往房间自带的私人汤池里放水。

他们住的是个独门的小院，汤池是露天的，在院子里，周围还有灯光蜡烛，很是浪漫，如果夜里天气好，还能看见星星。

南夏跑过来，把汤池周围的灯按开，昏黄的暖色调在汤池旁铺了一层。

南夏犹豫着问："要点蜡烛吗？"

汤池旁边有个铜色的烛台，上面有全新的香薰蜡烛。

顾深扬眉："随你。"

南夏想了想，说："那等天色全黑了再点。"

那会儿应该更有气氛。

顾深笑着说："行。"

水放好之后，两人换了泳衣进去了。

男生的泳衣简单，就一条短裤。

女生的样子就多了。

来的时候南夏就纠结带哪套，最后还是选了套保守的，想着万一要去公共游泳池玩什么的也可以穿。

但看样子，顾深压根儿没带她去公共泳池的打算。

她裹着浴巾跑出来，顾深已经先进去了。

他双手靠在旁边，舒服地闭上了双眼，听见声音，才稍微挪了两步，伸手扶她："小心点儿。"

他站起来，水珠顺着他的肌肤往下滑。

南夏抿唇，被他抱进温泉里。

唔，实在是太舒服了。

之前滑雪时摔痛的肌肉在此刻得到舒缓。

她闭着眼，靠在一边儿泡了会儿，顾深过来："给你捏捏腿？"

南夏："好啊。"

顾深开始给她慢慢地揉着小腿。

他动作力度恰好，南夏舒服得跟小猫似的哼唧了两声。

大约二十分钟后，两人从汤池出来休息。

天色也全黑了，南夏兴致勃勃地去点蜡烛。

烛火燃起，在微风里轻轻晃动。

顾深把灯关了，仰头望天，一片漆黑，没有星星，风景却依旧惬意。

顾深回房间，拿了两杯红酒出来，把其中一杯递给南夏。

南夏摇摇头。

顾深："不是红酒，你是爱喝的 Fresh Air。"

南夏惊了："这里有卖？"

顾深："我跟老板学会了，几天前调了带来的。"

南夏接过酒杯靠近了看，果然，颜色跟红酒是完全不同的，粉粉的，像果汁。

她以为他只带了红酒呢。

她瞬间就懂了："你不怀好意。"

顾深完全没反驳的意思："蜜月嘛，我一个人喝有什么意思。"

他举杯跟她碰了下。

两人休息了会儿，又进了温泉，一边泡温泉，一边喝着小酒。

一杯酒喝完，南夏头就开始有点晕了。

顾深来到她背后，低声说："我给你捏捏肩。"

温泉泡得人微微发汗。

顾深的手贴着她肩胛骨，一点一点慢慢往上捻，落在她肩上，慢慢地揉。

他力度拿捏得刚好。

酸痛和舒适感一起涌上心头，南夏闭着眼，头往后靠，指挥他："往左一点，再往左，唔，就是这儿。"

她皮肤本来就白，如今泡在泉水里更显得跟牛奶似的，还泛着点清透，甚至能看见脖子底下蜿蜒的血管，湿漉漉的头发也贴到了他胸前。

顾深喉结滚动了下。

漆黑而高的夜空，暖色的蜡烛晃动，两人的影子在一侧被拉得老长，缠在一起。

Part 03 日常

1. 蜜月后

度完蜜月后，南夏整个人都累得厉害。

白天要应付行程，晚上要应付某人旺盛的需求，这半个月连设计图都画得乱七八糟。

她最后把责任全推给了顾深，还试图把他赶去客房睡。

顾深举手做发誓状："真不碰你了。"

南夏直直看着他："你在我这儿信任已经破产了。"

顾深无奈:"不就那天多要了一回……"

南夏:"你还敢说!那晚我设计图都没画!"

她气嘟嘟的,可爱得不行。

顾深低笑了声:"乖,真的说话算数,刚结婚就分房睡像什么话。"他这回争取好好表现,"那这样,你去书房画图,我给你切水果,好不好?"

他轻声补充:"老婆,给我一个补救的机会?"

南夏没应声,还在思考。

顾深很快回:"谢谢老婆。"

他重重地在她脸上亲了口,跑去厨房给她切橙子。

南夏"哼"了声,进了书房,拿出 iPad 开始补前两天落的设计图,顺便把之前的灵感都整理了一下。

顾深这回倒是说话算数,除了送水果牛奶,没再打扰过她。

南夏画了一个多小时,起来走动一下,翻开手机看见华羽给她发来的微信。

【夏夏,你有时间吗?我想跟你说个事儿。】

是半个小时前发的。

南夏直接拨了微信语音过去。

华羽很快接起来:"不好意思呀,夏夏,打扰你蜜月啦。"

她暧昧地笑。

南夏:"我们已经回来了,昨天回来的。"

华羽恍然大悟:"那你一定很累,我长话短说。"

南夏给华羽设计的那件礼服,样子被平俾一个做独立女装品牌的客户看到,想买下设计,给的费用也还可以。

那件衣服本来就是南夏送华羽的,送的时候连带设计都一起送了,南夏自然没什么意见:"我没问题的,你不介意就好。"

华羽挺兴奋:"我本来有点介意的,但这家真的在国内挺出名的,叫 Rare,算高端成衣了。那边答应给这件做下一季的主推,而且打算结合这件做一系列的成衣,开发布会的时候还想请你一起去,给你做推广,还有几个杂志推。平俾感觉质量都挺高的,对你在国内的事业会有很大帮助。"

南夏听过这牌子,去年高端成衣女装时尚类排名第六,很多明星穿过他们家的礼服,而且 Rare 定位是性感,跟倾城的高端线优雅的定位完全不同,也不会产生太大冲突。

她琢磨了下,这事百利无一害,就先答应了。

"不过为了以防万一,我还是要问下顾深。"

华羽点头:"好啊,那我以后就是你在国内的经纪人了。你有想卖的设计尽管丢给我。"

南夏:"那真是拜托你啦。"

华羽清脆地笑了声:"那你好好休息呀,最近多炖点儿汤喝,养身体。"

南夏脸红了。

2. 谁最牛

自从打过谁先有小孩的赌约后,于钱时不时地就会在群里询问南夏和华羽是不是有好消息了。

每次得到"没有"的答复后,他都暗戳戳地嘲讽一轮顾深和平偵行不行。

乐此不疲。

情况直到有一天被彻底打破。

那天晚上,南夏刚关了灯躺在床上,就看到于钱在群里发消息。

【我!要!结!婚!了!】

还挺快。

距离南夏和顾深结婚也就三个月的时间。

南夏第一时间回:【恭喜呀。】

顾深躺在旁边看她:"聊什么呢?"

南夏:"于钱要结婚了哎。"

顾深笑了声:"哟,还挺快,别是把人肚子搞大了吧?"

南夏看他一眼:"别乱说。"

顾深:"行。"

他打开床头灯,摸出手机,在南夏的回复底下打了个:【+1。】

真是懒到极致了。

华羽:【什么时间办婚礼呀?】

于钱甩了张婚礼的电子邀请函进群里。

顾深没忍住,立刻说:"什么玩意儿?"

南夏问了声:"怎么了呀?"

她打开邀请函,正在填写自己的名字和手机号码。

顾深凑过去看了眼,一脸无语。

南夏没懂顾深这表情是什么意思,然后就看见他拿起手机正要发语音,一脸要骂于钱的样子,但还没听到他骂,就看到他又放弃了。

群里,平偵发了条长达四十几秒的语音。

顾深慢悠悠点开。

"于钱,你有毛病?你跟我们什么关系?你在群里发这种东西,还填手机号码和名字,你是不认识我们是吗?还有,这邀请函真的土到发出去我都替你丢人，这是三线影楼风吗？对得起南大的设计品位吗？"

顾深眉头逐渐舒展开，听完后在群里再次回了个：【+1。】

南夏愣了愣。

于钱也回语音了："至于吗？我不就顺手一发，你们都不用填，统计其他人用的。"

他虽然被劈头一顿骂，但心情居然丝毫不受影响，语气听着还挺得意。

南夏闻言就停下了手中填表的行为。

顾深看她一眼："别呀，再填一会儿。"

南夏回看他。

顾深直接笑得倒进了她怀里。

他笑得不怀好意，边笑边夸："我老婆怎么这么乖，啧。"

南夏没应声，等他笑完了从她怀里起身，南夏才一脸认真地说："好呀，那你帮我填。"

她把手机递给他。

顾深："真要填？"

南夏："要填，你不是夸我认真吗？

"该填电话号码了，你知道我电话号码是多少吗？"

顾深扯了下唇，抬手把手机接过来输入一行数字："早背过了。"

他填完后把手机递回给南夏。

南夏低头扫了眼："错了一位。"

顾深斩钉截铁地回道："不可能。"

南夏抿了抿唇，没说话了，嘴角却微微扬起。

顾深："偷着乐吧你就。"

于钱又发出来条语音。

这回南夏终于知道他为什么心情好了。

"还有啊，我跟你们说，我要有孩子了！哈哈哈！"

"原来群里最牛的男人就是我！"

"我最牛！"

"顾深和平倬在我面前都是弟弟！"

因为怕婚礼上新娘子显怀，婚礼就定在下个月。

顾深和南夏也特意回了趟国。

于钱真的是满脸春风得意，一脸满足。

几个月后。

于钱在群里发了个快崩溃了的表情包。

Summer：【怎么啦？】
于钱发来语音，惨兮兮的："嫂子，你要是还没怀孕就先等等，伺候小孩子实在太麻烦了，我几天没睡一个囫囵觉了。"
Summer：【[摸摸头.jpg]】
Summer：【小孩子是这样的，你还要好好照顾孩子妈妈哦，注意她的身体和心理健康。】
南夏发过去一堆收藏的产后注意事项。
此生无余钱：【谢谢嫂子。】
几分钟后，顾深转发了几条语音。
是于钱的声音。
"还有啊，我跟你们说，我要有孩子了！哈哈哈！"
"原来群里最牛的就是我！"
"我最牛！"
于钱不说话了。

3. 两个儿子
平倬抓着华羽的手腕："小心楼梯，上去再发。"
华羽撒娇："不嘛，老公你扶好我。"
她这毛病也不是一两天了。
后来，平倬有天在回家路上看见她，还特意把车速放慢观察了她好一阵子，发现她的确是一个人的时候走路过马路等红灯都很规矩，只有他在旁边的时候才肆无忌惮，也就随她去了，所以后来他也没刻意拦着她。
华羽在群里把今天拍的小孩子视频发完，才心满意足地感叹："小孩子真的好可爱啊。"
电梯里只有他们两个人，她声音很大。
平倬看她一眼："想生？"
华羽："有点想。"
平倬低笑了声，一进门就把她按到了门后。
他平日里素来不太规矩，结婚之后更甚，家里到处都有两人的痕迹，但把华羽按在门上却是很久之前的事了，这会儿算是一时兴起。
华羽主动地迎了上去。
不管隔了多久，两人还是一点即燃，都太喜欢彼此的身体了。
华羽的声音断断续续的："你想要男孩儿……唔，还是女孩儿……"
平倬声音性感，吻着她的唇："女孩儿就挺好，长得像你更好。"
两人没做措施后不到半年，华羽怀孕了。

她怀孕的时候妊娠反应强烈，差不多有三个月都经常是吃了就吐，人也憔悴很多。

平倬心疼得不行："怎么这么能折腾人。"

但他也替代不了，只能尽量做华羽喜欢的东西吃，好好照顾她。

方静柔迷信得很，说反应这么大肯定是个儿子。

平倬本就心疼华羽，一听说可能不是女孩儿，心里烦躁更深，本来每天很轻柔地跟肚子里的小孩儿说话的环节，他突然语气变得严肃："不准再折腾你妈妈了，听到没？"

华羽这会儿就已经开始护短："你干吗呀，他这么小哪能听懂？"

好在妊娠反应终于过去，华羽又给平倬养了回来。

华羽生产那天，平倬紧张得要命，因为华羽跳舞，体重一直控制得很好，医生建议顺产。还好一切都很顺利，医生出来说是个男孩儿。

平倬长吁一口气，觉得男女也无所谓，只要华羽平安就行。

华羽刚生完小孩儿，也没什么力气，看了孩子一眼就睡过去了。

几个家长都跑过去看小孩儿，平倬则守在华羽旁边，吻了吻她的额头，低声说："老婆辛苦了。"

华羽仿佛有感觉似的，很轻地"嗯"了声。

为了让华羽好好休息，平倬直接预订了月子中心给她调养。

虽然生孩子是很辛苦，但恢复的时候没有任何糟心的事情，华羽便也没觉得生孩子有多可怕。

一个月后，华羽回到家，平倬又请了住家保姆。

这天晚上，平倬刚加班回来，一进卧室就看见华羽给他比了个"嘘"的手势。

平倬压低声音，看了眼婴儿车里的小孩儿："睡着了？"

华羽点点头。

自从生产后，华羽把大部分注意力都放在了小孩儿身上，反而有点儿忽略了平倬，最近两人都没怎么好好说话。

这会儿的小孩儿最多也就睡一个小时。

平倬换了身睡衣，躺到床上，把华羽抱进怀里。

感觉好久没这么好好抱过他了，华羽闻着他身上好闻的味道，在他怀里蹭了蹭。

他今天回来得晚，阿姨都回房间睡了。

华羽问："今天你累不累呀？"

平倬："没觉得累。"

华羽"嗯"了一声，抬头亲了他下巴尖一下。

平倬喉结滚动了下，把她揉在怀里："乖。"

孩子长得特别快，很快就到了一岁。
华羽又怀孕了。
她最近一个月没刻意避孕，但也没想到会这么顺利。
她这次的反应跟上次怀孕时简直天差地别，几乎跟没怀孕的时候一样，该吃吃该喝喝。方静柔说这胎肯定是个女孩儿，还特意请算命师傅算了下，算的也是女孩儿。
所以这胎还没生出来，平倬已经喜欢得不得了，天天抱着华羽的肚子跟孩子喊小公主，十足的女儿奴。
华羽对他很无语，也没搭理他，拿着手机给南夏发婴儿需要用的清单。
年初的时候，南恺心脏出了点问题，英国那边的医院居然无法解决，还是联系了南城阜外医院的专家才给出了治疗方案。
南夏为了南恺的健康考虑，再加上顾深一直在国外生活得不是那么习惯，两人干脆就回国了。
华羽发完清单，问平倬："你说夏夏会生个男孩儿还是女孩儿呀？"
平倬漫不经心："男孩儿吧，生出来治一治顾深。"
他俩真是最佳损友。
华羽笑出声来。
然而华羽这胎却让所有人都出乎意料了，又是个男孩儿。
平倬本来也不信那些封建迷信，更不可能因为这事儿不开心。
华羽有了上次的经验，这回不到半个小时就出了产房，人也没上次那么虚弱，都能正常说话。
她听见医生报了男孩儿，还不太放心地看了眼平倬："你会不会不高兴啊？"
平倬揉了揉她的脑袋，"想什么呢，那可是我儿子。"
华羽这才满意了，看了小家伙一眼，才安心睡着了。
小儿子上户口的时候，平倬特意让他跟了华羽的姓，还让华羽给他起了名字，叫华臻，大儿子则是跟平倬的姓，叫平初。
两个孩子年龄相差不大，又都是男孩儿，平初长到四岁两人就常常开始吵架。
这天，华羽刚起床就听见两人又在楼下吵，保姆都完全哄不好，看她起床立刻跟她求助。
华羽小跑下楼："怎么啦？跟妈妈说说。"
原来是为了几颗草莓。

昨天家里买了草莓,华羽怕两个儿子吃多了闹肚子,跟他们商量好第二天再吃,两个儿子都很乖顺地答应了。

结果早上一起来,冰箱里原本的一盒草莓只剩下一颗,两人互相指责是对方偷吃了,但也都没看见。

华羽先问哥哥:"初初告诉妈妈,你吃了没?"

初初嘴唇抿得很紧:"妈妈,我没有。"

大儿子性子跟平倬很像,平时规规矩矩的,一般不说谎话。

华羽又把视线转向小儿子。

小儿子急匆匆撇清关系:"妈妈,我也没有偷吃,真的,肯定是哥哥偷吃的。"

华羽看着他:"臻臻。"

小儿子说得有理有据:"妈妈,我比哥哥起得晚,要是我偷吃,他肯定能看见的。"

华羽也有些为难。

小儿子平时就鬼得要命,不时还撒个小谎,但这回看着眼神也挺诚挚。

平倬这会儿慢悠悠下来了。

他看见两个男孩儿就头疼,走过来问:"怎么了?"

一听说原因,平倬愣了下。

他昨晚加班回来口渴,打开冰箱看到草莓顺手就洗了吃了,也没惊动其他人,一盒草莓也就十来个。

但当着两个孩子的面,他哪能承认。

华羽看他的神情,哪儿还有不知道的,顿时就没忍住开口:"不会是你……"

平倬清了清嗓子,打断她,一手一个把两个儿子搂在怀里:"都别争了,是你们妈妈昨晚嘴馋,偷吃掉了。"

华羽愣了愣。

平倬:"不就盒草莓,爸爸出去给你们买。"

他一边说,还一边给华羽使了个眼色。

两个儿子看着华羽,可怜兮兮的。

华羽不想在儿子们面前跟平倬推锅,无奈承认了错误,安抚了两个儿子一阵儿后,让保姆带他们去堆积木,然后开始收拾平倬。

"你要不要脸?"

平倬理直气壮:"儿子们喜欢你嘛,他们不会跟你计较的。"

华羽无语。

4. 小公主
顾：【是个小公主，五斤二两，腿随我，特别长。】
此生无余钱：【我嫂子牛，你咋还这么不要脸呢？那明明是我嫂子腿长。】
平倬：【羡慕死我了，不过我很快也会有女儿了！啊哈哈哈！】
…………
顾深发了红包，群里着实热闹了一阵儿。
南夏睡醒了，剖腹产的伤口疼得厉害，嘴唇也干得厉害。
顾深一见她醒了就扔下手机，从旁边拿了块儿纱布，倒了点儿纯净水，替她擦了擦嘴唇。
南夏看着他，微微笑了一下。
顾深摸了摸她的脸颊，心疼得要命："再睡一会儿，有我在。"
南夏点点头，毫无负担地又闭上了眼。
她这会儿的确难受，又不能喝水，不如老老实实睡觉恢复体力。
请了月嫂和保姆，顾深又尽心尽力地照顾孩子，月子里她休养得不错。
小孩子眼睛长得像她，鼻子和嘴唇却像极了顾深，从小就能看出是个美人胚子，两人给女孩儿起名叫顾斯人。
顾深对女儿宠溺得厉害，南夏倒成了严母。
因为都有了小孩儿，顾斯人三岁的时候，顾深跟南夏就开始带着她去平倬家玩耍。
顾斯人在家里跟小霸王似的，每次出门却乖巧得不行，缩在顾深怀抱里，不吵不闹。
她一进门就按南夏说的给平倬和华羽打招呼："叔叔好，阿姨好，哥哥好，弟弟好。"
说话软萌萌的。
平倬都羡慕死了。
华羽也夸："哎哟，怎么这么乖。"又给两个儿子说，"快跟叔叔阿姨问好。"
老大抿唇，挺正经的样子："叔叔阿姨好。"
老二不知从哪儿学的，还鞠了个躬，店小二似的："两位里边儿请，上茶——"
顾深都快笑抽了。
平倬一脸头疼。
几人进去坐下。
顾斯人粉雕玉琢的，像个洋娃娃，平倬看着就喜欢得不行："我们斯斯真好看,给叔叔抱一下好不好?"

顾深看着女儿:"给他抱吗?"

她点点头,主动伸出小手。

斯斯虽然小,但是挺有脾气,经常不高兴时连爷爷都不让抱,可不知道为什么,这会儿却在平倬面前卖乖。

顾深"哟"了声,把人递过去。

平倬把她抱进怀里,心都软了:"哎呀,可太乖了,给我当干女儿好不好?"

华羽也凑过来摸了摸她的头,"行不行?干妈带你去买漂亮的衣服。"

斯斯都不懂干女儿的意思,立刻就点了点头,伸手要华羽抱:"阿姨好漂亮呀。"

华羽笑着立刻把她抱过来了:"从小嘴巴就这么甜。"

斯斯还怕南夏吃醋似的,又回头看她一眼:"妈妈最漂亮。"

在场的人全笑了。

南夏没忍住:"这丫头鬼灵精似的。"

大人们说话,小孩儿很容易觉得无聊,华羽让保姆带他们三个去旁边房间玩。

小孩子很快熟悉起来,玩到了一起。

华羽感慨:"还是女孩儿乖,我们家两个男孩儿整天都快闹腾死了。"

南夏:"乖什么啊,整天在家里折腾,房顶都快拆了,也就是在外面装得乖。"

没了孩子的吵闹,四个人难得有了清闲时光,开始聊天,又说起了大学时候的事情。

华羽:"等回头再把于钱他们叫上,这么多孩子,得热闹死了。"

顾深还是那么损:"别呀,人于钱家也是个女孩儿,平倬要忌妒死了。他那时一直在群里吹嘘他会有女儿,还找人算过。"

平倬看华羽一眼:"别提了。"

华羽解释:"是我妈去算的。后来平倬还说那人完全不准,让他退钱。"

南夏好奇起来:"后来退了吗?"

华羽:"后来人家说是我妈听错了,说的是第三胎是女儿。"

南夏:"这是骗子吧。"

华羽憋住笑,说:"不是,后来我妈想起来,是她听错了。还跟我抱怨,她明明问的是这胎,那人说了半天下一胎。"

顾深笑得不行。

几个人又聊了会儿天,顾深和南夏准备回去。

几人来到小孩子玩耍的房间，推开门，看到三个小孩儿围成一圈在堆积木。

也是奇了怪，两个男孩平时在一起待不了几分钟就要吵架，斯斯来了却都乖得不行。

老大不说话，默默把积木递给斯斯让她往上堆。

斯斯接过来，嘴巴很甜："谢谢大哥哥。"

老二一看着急了："用我这块，我这块长得好看。"

斯斯也接过来："谢谢弟弟。"

气氛很是温馨。

华羽给南夏使了个眼色："你女儿可以啊。"

南夏看着也觉得莫名好笑："别乱说了。"

她招招手："斯斯，我们走了。"

斯斯"哦"了声，把手上剩下的一块积木递给老大："那大哥哥，你帮我把剩下的城堡堆完吧。"

老大点点头。

她转头又吩咐弟弟："弟弟，你要帮着大哥哥一起哦。"

老二："好的，我一定给你堆个好看的。"

平倬服了。

顾深都快笑抽了。

斯斯认真把事情交代完，才跑到南夏身边抱住她的腿。

南夏刚要躬身抱她，顾深已经把她抱起来了。

斯斯不太愿意："我要妈妈抱，妈妈好久没抱我了。"

她眼睛一转，看着南夏。

顾深笑了声。

南夏把她接过来抱在怀里，跟平倬和华羽道别。

回到车里，斯斯坐在儿童座椅上，打了个哈欠。

"妈妈我好累哦。

"带两个男孩堆积木太累了……

"妈妈你抱抱我……"

南夏摸了摸她的脑袋："困了就睡会儿吧。"

斯斯点点头，这才闭上眼，很快睡着了。

顾深从后视镜里扫了眼，含笑："她今天夸了别人漂亮，怕你不高兴呢，这么鬼也不知道随了谁。"

南夏："难道不是像你？"

顾深宠溺地笑了下："你吃醋啊？那再生个像你的？"

车子缓缓向前开去。

风和日丽,天朗气清。

南夏看着睡着的斯斯,摸了摸她的头发:"宝贝乖。"

车子在等红灯。

顾深恰好回头,南夏一抬眼对上他的视线,温柔地笑了笑。

顾深也收起放荡不羁的表情,柔和一笑,跟她对视几秒,说:"你也永远是我的宝贝。"

··· 番外四 ···
嫁给了毕业照上的那个男生

浅薄的白光从一侧照亮南夏的脸。

她右手拿着一支白色电容笔，低头专注地改屏幕上的小黑裙设计图，手机闹钟突然响起来，她头也不转地摁掉，接着改腰线。

门被人推开，熟悉的脚步声渐近，她恍若未觉，直到男人从身后径直勾住她的脖子，伸手轻轻捏住她下巴，语气一贯的放荡不羁："到时间陪我了。"

自从斯斯出生后，南夏白天大多时间都被女儿分走，晚上则要改设计，顾深莫名被冷落很多，心里难免不平衡，干脆规定南夏晚上十点以后的时间都归他，两人还专门为此设定了闹钟。

他手上没怎么用力，大拇指指腹在她唇上轻轻蹭一下，似是提醒，更像撩拨。

南夏不为所动，回头看他一眼，眼神纯得要命，撒娇的语气："再等十分钟好不好？"

顾深拿她没办法："你就会压榨我。"

南夏眨了眨眼睛："那你给不给我压榨？"

顾深指了指手腕上的表："十分钟，多一秒都不行。"

南夏认真点头，当着他的面，老老实实定了个十分钟后的闹钟。等他出去，她却有些无法集中精神，不等闹钟响，她也出了书房。

楼下厨房的灯亮着，想必是顾深正给她热牛奶。

她微笑起来，慢慢走下楼，先拐去卧室看了眼熟睡的女儿才来到厨房。

顾深恰好把热牛奶倒进白色陶瓷杯里。

他肩宽腰窄，背影挺拔，转头看见她，挑了挑眉，走过去把牛奶不轻不重地往她身后的餐桌上一搁，散漫道："喝吧。"

他穿着烟灰色家居服，一双狭长的眼睛吊儿郎当地看她一眼，又低头看了眼手表："哟，还真新鲜，提前几分钟出来了，您可真赏脸。"

顾深不会跟她生气，但偶尔少不了几分阴阳怪气。

南夏觉得他这样特别可爱，像幼儿园里爱跟人计较的小男生，于是走过去伸手抱住他："唔，想你了。"

顾深不屑地"哼"了一声，却伸手将她按在怀里，等了一会儿，才舍得推开她："少占我便宜，去喝牛奶。"

牛奶香气四溢，南夏端起陶瓷杯慢慢喝了一口，顾深则转身进了卧室。等她喝完，顾深已经从卧室出来，换了身深蓝色的西服，里头还穿了件白色衬衫，领口松散地敞着，露出小麦色肌肤。

南夏一怔："你要出门吗？"

顾深漫不经心"嗯"了一声，顺手接过她喝完的牛奶杯进厨房清洗。

水流声"哗啦"响，南夏咬唇——最近对顾深的关心的确少了很多，都不知道他今晚要出门。

她走进去，从背后抱住顾深的腰："这么晚了，是要出差吗？"

自从搬回南城，都是顾深在国内外来回跑。

顾深笑了一下，把洗好的水杯往台面一放，转头："怎么，现在知道舍不得我了？"

南夏头靠在他胸口，声音很小："你怎么不早跟我说呀，那我……"

她声音一瞬间低下去。

顾深舍不得看她这样，早装不下去了："不出差，你去换衣服，陪我出趟门。"

南夏松了一口气，立刻又问："现在吗？去哪儿啊？"

顾深："你别管。"

南夏犹豫道："大概多久啊，我明天还要早起给斯斯做早……"

他打断："你女儿吃一顿保姆做的早餐饿不死。"

南夏腹诽：装得这么无情，明明他才是一见到女儿就原则全无的女儿奴好不好。

南夏没拆穿他，乖顺地去换了衣服。她再出来时，顾深眼前一亮。

已经有几年没见她穿过白色大衣，纯得要命，乌黑柔软的头发垂在腰前，一双眼睛清澈如小鹿。

倒像是回到了大学初见时。

她生完孩子也没太大变化，只眼下多了道浅浅的细纹，倒像是卧蚕，平添几分可爱。

顾深手一伸，把她搂进怀里，捏了下她的衣领："什么时候买的？"

"品牌送的。"南夏仰头看他，"好看吗？"

"好看。"顾深带着她往门外走，顺手拿起玄关处挂着的一顶蓝色贝雷帽给她戴上，"配这个更好看。"

一出门便被冷气包围，南夏缩了缩肩膀，抱着顾深的胳膊，借着门外昏黄的路灯才突然发现什么："下雪了？"

顾深："嗯。"

南夏终于知道顾深为什么执着于此刻带她出来。

顾深："带你赏雪。"

雪花无声静谧地往下落，已在地上积了薄薄的一层。

安静的夜空漆黑一片，只有远处几盏路灯点缀。

顾深牵住南夏的手塞进大衣口袋里，慢慢带着她往前走，两人谁也没说话，很享受这属于二人的宁静。

走到不远处的小花园，南夏才忍不住一笑，用下巴尖戳了戳顾深的肩膀。

顾深挑眉："想进去？"

南夏："你就是不怀好意。"

顾深含笑看她一眼，没说话，眼神像是在说——就是故意的，怎么着？

来都来了，当然不可能不进去，毕竟这是属于他们俩之间罗密欧与朱丽叶的花园。

南夏把手从他兜里缩回来，扯了扯他的衣袖，拉着他小心翼翼地小跑进去。

顾深笑了，跟上去："都结婚多久了，你怎么还跟出来偷情似的？"

南夏："我故意的，让你回忆往昔。"

她说话时已到了花园里那张凳子上，顾深从口袋里掏出张纸巾拂去雪花坐上去，手一伸，将她揽到腿上。

他声音低哑："那好好回忆下。"

他低头，轻轻吻住她。

南夏睁开眼睛，恰好有片雪花落在她眼睫上，冰冰凉凉的，很快化成一滴水。

她觉得这一幕似曾相识，当年似乎也有这么片雪花落下来，只是当时恰好落在他们唇间。

——仿佛已经过去很久了。

大学青涩的两人，分手后回国又在一起，结婚生子，斯斯都三岁了，算起来，两人认识快十年了，在这浪漫而漫长的时间里，很多当初让人悸动的东西经过岁月的洗礼，仿佛失去了当初的鲜嫩色彩，却沉淀成一种难以言喻的美妙默契，让两人互相融入彼此。

南夏伸手勾住顾深的脖子，温柔地回应他。

片刻后，她先忍不住笑了。

顾深拨了拨她被微风吹起的头发："傻笑什么？"

她说："我开心呀，开心能跟你这样在一起。"

去英国的那些年，是她最绝望的时刻，那时她无论如何也想不到，他们还有缘分在一起。

顾深握住她的手："有点冷，我们回去吧。"

南夏却舍不得："再待一会儿嘛。"

顾深觉得她软得要命，将她按在怀里抱了会儿，突然抱着她起身。

南夏吓了一跳："我自己走。"

顾深勾唇，抱着她一步步走出去，却没回别墅，而是直接把她放进车里，替她系好安全带。

南夏："还要去哪儿吗？"

顾深侧头看她一眼："去酒店。"

南夏："干吗去酒店……"

然而从后视镜里看到他的表情，她立刻明白了，在家里有斯斯，他们很难不被打扰，但到了酒店就是真正的二人世界了。

于是，她偏过头，没说话。

最近的酒店十几分钟就到，两人进去洗完澡，享受难得的时光。

第二天早晨醒来时接近九点了，南夏着急回去看斯斯，却被顾深按住："再待一会儿，难得出来趟。"

南夏也有些贪恋此刻的感觉，靠在他肩膀上，点点头。

顾深低头吻了吻她的脸颊，拿起手机随意翻看一眼，发现于钱的朋友圈里晒出了一张他的丑照——是大学毕业那天拍的学士服照，他整个人没精打采地坐在台阶上，帽子戴歪了，被太阳照得恰好闭眼，手腕上还歪歪扭扭挂着一个相机。

配文是：【翻出一张某人的黑历史，哈哈哈哈哈。】

顾深轻嗤一声："够无聊的。"

南夏恰好凑过来："我要看。"

顾深："不行。"

南夏只看了一眼,手机就被他摁灭,她不解:"为什么呀?难道不是你吗?"

顾深不太愿意:"会破坏我在你心里的形象。"

"那我更要看了。"南夏伸手去抢。

顾深把手机往枕下一藏,伸手一拉,南夏就歪到了他怀里。

顾深义正词严:"你怎么老喜欢占我便宜?"

南夏抿唇,指尖在他喉结上轻轻滑了滑:"给我看看嘛,求你了。"

顾深坏笑一声:"那你得像昨晚那么求我才行。"

南夏没好气地瞪他一眼。

手机终于到手,南夏才知后知后觉发现她可以用自己的手机看于钱的朋友圈啊,不觉气闷,伸手打了顾深肩膀一下。

顾深笑纳。

她低头看向照片——果然是她没见过的顾深的样子。

她弯唇,把照片保存下来发给自己:"你穿学士服还挺好看的嘛。"

顾深看她一眼:"用你说。"

南夏兴冲冲地说:"你毕业那天还拍了其他照片吧,我要看。"

顾深淡声:"没。"

南夏:"不可能。"

顾深声音里没什么情绪:"真没,就班级毕业合照,你不是有吗?"

拍摄班级毕业合照时,南夏被禁足,合照是最后找了她一张其他的照片修图上去的,她在第一排最右边,顾深在最后一排最左边,是照片里最遥远的距离。

南夏戳了戳他胸口:"你手上还挂了相机的,肯定有。"

顾深无奈道:"相机被于钱借走了,你要真想看找他,我没留备份。"

南夏看他表情的确不像是逗她,有点遗憾:"你怎么连备份都不留?"

顾深没说话。

到家恰好接斯斯从幼儿园回家吃午饭,送她上完学,南夏就去杂物间翻她的毕业合照。

照片被她保存在一个行李箱里,很快就被找了出来。

她心满意足地勾唇片刻,拿出去给顾深看:"回头我买个相框,摆在家里好不好?"

顾深笑了一声:"随你。"

这时,于钱来了电话。

想着肯定是照片的事,南夏连忙接起来。

于钱:"嫂子,我把照片都给你弄好了,网盘分享给你吧?不止我这儿的,还有平倬和班里其他人的,凡是有我哥的照片都被我搜刮过来了,我对你好吧?"

"太好了,就是有点麻烦你。不过都怪他,"南夏看顾深一眼,嗔道,"他就是太懒了,也没留个备份。"

于钱打趣起来:"那时候嫂子你又不在,他哪有心思啊,蔫得跟什么似的,拍完毕业照没几分钟就回宿舍了。"

南夏微微一怔,转头看向顾深。

见她眼睛里似乎有水光闪过,顾深接过她的手机,数落于钱:"哪儿那么多废话,赶紧把链接发过来。"

挂掉电话,南夏还那么看着他。

他摸了摸她的长发:"我们不是说好都过去了?"

南夏点头,平静片刻,又忍不住问他:"那你当时……是真的没心思拍毕业照吗?"

顾深想都没想:"你听他瞎说,我那是困了。"

南夏仰头看他。

看到她纯得要命的那张脸,他生生顿住,过了几秒,才"嗯"了一声,语气难得认真:"你不在,我做什么都提不起兴致。"

她握住他的手:"我以后都会在的。"

顾深深吸一口气,那年的痛楚和不安仿佛又隔着岁月轻微地刺痛他的心脏,但很快便被抚平。

他说:"我知道。"

于钱链接刚发过来,南夏就忍不住打开,一张张翻看顾深的照片:"我要做个相册收集起来。"

顾深挑眉:"你有空?"

南夏弯唇:"反正我要做。"

顾深一笑:"行。"

又翻看了几张,南夏歪头看他:"你的毕业照呢?"

顾深想了想:"应该也在杂物间,之前从我小姨家搬来的那堆东西里。"

"那我去找。"南夏说,"我要把你和我的合照摆在一起,这样别人来我们家的时候就知道我们是大学同学了。"

说完,她兴冲冲起身往杂物间跑。

顾深跟过去:"慢点,急什么。"

顾深陪她一起找,凭着记忆很快找出毕业相册。

南夏翻开,第一张就是毕业照。

她弯唇:"明天我就去订两个一样的相框尺寸,但是……"她忽然发现,"你的毕业合照怎么跟我的不一样……我……"

她手上的毕业照,她跟顾深明明隔着最远的对角线距离,但顾深这张,他是站在她身后的——虽然仍旧很明显是修图上去的,边界还有轻微的不自然。

顾深这次大方承认了:"我找人修图的。"

照片里,他和她站在一起——那时候他不知道还能不能再见到她,觉得哪怕毕业照里能站在一起也是好的。

虽然早说过无数次,难过的往事都不再提起,但是南夏胸口仍旧忍不住浮起一阵酸涩。

她伸手触摸着照片,说:"以后我们多拍一些合照,还有短片,要跟斯斯一起拍。"

"好啊。"顾深看着她,微微勾了勾嘴角。

南夏眼前倏地闪过初见时他的样子,意气风发,放荡不羁,跟此刻眼前的人脸庞仿佛重叠。

她微笑,迎上他的目光——这一生何其有幸,嫁给了毕业照上那个男生,这样美好的年华,他们一起经历了。

(全文完)